U0942617

Yilin Classics

JULES VERNE

经/典/译/林

L'Île mystérieuse

神秘岛

[法国]儒尔·凡尔纳 著

杨苑 陈伟 译 曹德明 校

译林出版社

图书在版编目（CIP）数据

神秘岛 /（法）儒尔·凡尔纳著；杨苑，陈伟译．—南京：译林出版社，2020.8（2024.8重印）
（经典译林）
ISBN 978-7-5447-7288-4

Ⅰ.①神… Ⅱ.①儒… ②杨… ③陈… Ⅲ.①幻想小说－法国－近代 Ⅳ.①I565.44

中国版本图书馆 CIP 数据核字（2020）第 058073 号

神秘岛 ［法国］儒尔·凡尔纳／著 杨苑 陈伟／译 曹德明／校

责任编辑 鲍迎迎
装帧设计 陈天岷
校　　对 王　敏
责任印制 颜　亮

出版发行 译林出版社
地　　址 南京市湖南路 1 号 A 楼
邮　　箱 yilin@yilin.com
网　　址 www.yilin.com
市场热线 025-86633278
排　　版 南京展望文化发展有限公司
印　　刷 南京爱德印刷有限公司
开　　本 880 毫米 ×1240 毫米 1/32
印　　张 18
插　　页 4
版　　次 2020 年 8 月第 1 版
印　　次 2024 年 8 月第 9 次印刷
书　　号 ISBN 978-7-5447-7288-4
定　　价 48.00 元

CONTENTS · 目录

译序 ······ 1

第一部　空中遇险者

第　一　章 ······ 3
第　二　章 ······ 10
第　三　章 ······ 19
第　四　章 ······ 26
第　五　章 ······ 34
第　六　章 ······ 42
第　七　章 ······ 49
第　八　章 ······ 57
第　九　章 ······ 66
第　十　章 ······ 76
第十一章 ······ 84
第十二章 ······ 94

第 十 三 章 …… 103
第 十 四 章 …… 113
第 十 五 章 …… 121
第 十 六 章 …… 128
第 十 七 章 …… 136
第 十 八 章 …… 145
第 十 九 章 …… 153
第 二 十 章 …… 161
第二十一章 …… 169
第二十二章 …… 177

第二部　被遗弃者

第　一　章 …… 189
第　二　章 …… 198
第　三　章 …… 207
第　四　章 …… 216
第　五　章 …… 224
第　六　章 …… 234
第　七　章 …… 244
第　八　章 …… 252

第 九 章 …… 260
第 十 章 …… 269
第十一章 …… 279
第十二章 …… 289
第十三章 …… 301
第十四章 …… 310
第十五章 …… 320
第十六章 …… 328
第十七章 …… 339
第十八章 …… 349
第十九章 …… 358
第二十章 …… 367

第三部　岛的秘密

第 一 章 …… 379
第 二 章 …… 389
第 三 章 …… 398
第 四 章 …… 409
第 五 章 …… 419
第 六 章 …… 427

第　七　章 …… 436
第　八　章 …… 444
第　九　章 …… 448
第　十　章 …… 457
第十一章 …… 464
第十二章 …… 472
第十三章 …… 481
第十四章 …… 491
第十五章 …… 500
第十六章 …… 513
第十七章 …… 523
第十八章 …… 531
第十九章 …… 543
第二十章 …… 554

译序

十九世纪下半叶的欧洲，正处于一个资本主义欣欣向荣的时代，工业革命方兴未艾，科学技术飞速发展，各国为了拓展原料产地和商品市场，以满足经济发展的需要，都不遗余力地向外扩张殖民。在这样的历史背景下，文学面临着新的挑战，广大读者迫切希望看到能反映资本主义大生产、反映科学技术在这种大生产中所起到的重要作用的作品。儒尔·凡尔纳的科幻小说，正是顺应了当时的形势，满足了人们对文学所提出的新的要求。

1828 年，儒尔·凡尔纳出生于法国南特，父亲是一个颇为成功的律师，他一心想让凡尔纳继承他的事业。但自幼喜欢旅行航海、酷爱科学幻想的凡尔纳却违背了父亲的愿望，爱上了文学和戏剧。在经历了无数次挫折和失败后，他终于找到了一个崭新的文学领域——科幻小说。1863 年，他的第一部作品《气球上的五星期》在遭受了十六次退稿之后，终于成功出版，并大获成功。此后，在将近四十年的时间里，凡尔纳总共创作了上百篇共七八百万字的科幻小说，并把它们收录在总标题《在已知和未知的世界中奇异的漫游》之下。他的代表作包括海洋三部曲《格兰特船长的儿女》《海底两万里》和《神秘岛》，其他主要作品还有《地心游记》《机器岛》《漂逝的半岛》《八十天环游地球》等，这些作品今天已被译成数十种文字，在世界各地广泛流传，而凡尔纳本人，也因此成为历史上拥有读者最多的十大作家之一，被誉为“现代科幻小说的鼻祖”“科学时代的预言家”。1905 年，凡尔纳去世，全世界纷纷电唁，悼念这位伟大的科幻作家。

凡尔纳的科幻作品，涉及的范围从地球到宇宙空间，从地质、地理到航海、航天，可以说是包罗万象、无所不及。这些作品巧妙地把现实和幻想结合起来，以夸张的手法和形象反映了十九世纪“机器时代”人们征服自然、改造自然的意志和愿望，并且不同程度地表现了一些重大的社会历史事件。此外，他的作品情节惊险，人物生动，融知识性、趣味性、创造性于一体，在尊重科学的基础上大胆预测未来。凡尔纳在自然科学方面提出的许多预言和假设，有的已得到了后人的证明，有的则至今还激发着人们的想象力和创造精神。

本书将要介绍的《神秘岛》就是这样的一部作品。它创作于 1874 年，并于第二年出版，是凡尔纳著名的海洋三部曲（《格兰特船长的儿女》《海底两万里》《神秘岛》）中的最后一部。该书的主要内容是：美国南北战争期间，五名北军俘虏乘坐气球，从南军大本营里士满出逃，他们在途中遭遇风暴，被抛到南太平洋一个荒无人烟的小岛上。这些落难者依靠自己的智慧和过人的毅力，克服了种种困难，不仅顽强地生存了下来，而且还把小岛建设成了一个繁荣富庶的乐园。整部小说文笔幽默流畅，情节跌宕起伏，充满了对自然界奇异多姿、绚丽多彩的描写，虽然出版至今已有一百多年的历史，但仍然深受世界各地读者的推崇和喜爱。

凡尔纳是一位优秀的通俗小说家，他有一种把自己内心的想象变得能够让读者触摸到的本领。曾经有人这样评论他：“他从心里看到种种场景，然后以令人吃惊的准确性将这些场景描绘出来……儒尔·凡尔纳取得成功的最大秘诀，在于他善于让千百万读者领略到他自己从内心见到过的东西。”在《神秘岛》中，凡尔纳的这种才能被发挥得淋漓尽致。和他的其他作品一样，《神秘岛》不是一部简单意义上的历险小说，作者除了尽情发挥他的想象力之外，还把冶金学、爆破学、工程学、水利学、动植物学、天文学、物理学等各种知识巧妙地融会在一个惊心动魄的故事之中，令读者在得到消遣的同时，仿佛上了一堂科普知识课，受益匪浅。书中的许多情节，如林肯岛经纬度的测量、花岗岩宫高度的确定、富兰克林火山的爆发等等，今天已成为许多国家科普教科书中的经典实例，在一代又一代科学爱好者们中间广泛流传。可以说，凡尔纳的想象和推理，是建立在对科学的深刻理解和把握上的，他的预见不是某种概率上的巧合，而是在科学基础上的大胆推测。

如果说凡尔纳在科学幻想方面是一位大师的话，那么他在文学人物的刻画上也毫不逊色。《神秘岛》中的主要人物共有五个，作者对他们并没有很多的正面描写，但是随着故事的展开和情节的深入，这些人物被栩栩如生地展现在读者眼前：智慧冷静、坚毅果敢的工程师赛勒斯，知识渊博、文武双全的记者斯皮莱，心直口快、勇敢善良的水手彭克罗夫，聪明伶俐、勤奋好学的少年哈伯特，忠心耿耿、心灵手巧的黑人纳布，此外还有改邪归正、忘我恭谦的罪犯艾尔通。虽然这些人物就其性格本身的刻画而言，可能带有脸谱化的痕迹，但是在小说中他们却取长补短，构成了一个完美的集体。其中，工程师赛勒斯所占的地位举足轻重，他是整个落难者小队的领袖和灵魂，也是十九世纪欧洲随着科学技术发展而产生的“人定胜天”思想的代表和象征，作者在书中所提到的科学知识，几乎全部是借助工程师之口表达出来的。当然，还不能忘记另外一个犹如神灵一般的人物，每逢落难者们遭遇危险，他都会在暗中伸出援助之手，使大家化险为夷，他就是“鹦鹉螺号”船长尼摩①。尼摩船长在小说中的存在，不仅增加了故事的悬念，而且帮助作者解决了所有在技术上无法解决的问题，对情节的发展、节奏的把握起着很重要的作用，同时也为整个三部曲画上了一个完满的句号。

《神秘岛》的成功之处，不仅在于情节的波澜起伏、人物的逼真刻画、幻想和科学的完美结合，更重要的是贯穿于全书之中的一种人文精神。作者通过对一群落难者开垦荒岛的描写，颂扬了他们不畏艰险、坚忍不拔的意志和临危不惧、抵抗强暴的品质，同时还流露出强烈的爱国主义和支持被压迫民族独立解放的情绪，这使得作品的意义远远超出了科幻和历险小说的范畴，上升到了一个更加崇高、更加伟大的境界。正如教皇在1884年接见凡尔纳时曾经说过的那样：“我并不是不知道您的作品的科学价值，但我最珍重的却是它们的纯洁、道德价值和精神力量。”也许正是因为这种人文精神，才让儒尔·凡尔纳区别于普通的科幻历险小说作家，跻身于世界文学巨匠的行列，而他的作品，也将继续激励人们去探索世界的奥秘、追求人生的真谛。

本书第一、二部由杨苑译出，第三部由陈伟译出。

陈伟

2002年4月

①《海底两万里》中的主人公。

第一部

空中遇险者

第一章

1865 年的风暴——空中的叫喊声——龙卷风卷走的气球——被撕裂的气囊——眼前只见到海——五名乘客——吊篮里发生的事——地平线上的海岸——悲惨事件的结局

“我们又在上升了吗？”

“不！正相反，我们在下降！”

“赛勒斯先生，比这还糟！我们在往下掉！”

“老天爷！把压载物扔下去！”

“最后一个袋子倒空了！”

“气球上升了吗？”

“没有！”

“我好像听到了波浪的拍击声！”

“吊篮下面就是海！”

“离我们大概不过五百英尺！”

这时候，有个很响亮的嗓音在空中回荡：

“把所有重的东西都扔出去！所有的东西！然后听凭上帝的安排吧！”

这就是 1865 年 3 月 23 日下午将近四点钟时，在这片太平洋辽阔而人迹罕至的水面上空响起的话语。

大概没有人会忘记那一年春分前后从东北方向刮来的那场暴风，当时气压表显示气压下降到七百一十毫米。那是一场从 3 月 18 日持续到26日的飓风，它片刻不停地咆哮着。大风暴从北纬35°斜穿过赤道，一直到南纬40°掠过一千八百英里的广阔地带，在美洲、欧洲和亚洲造成了巨大的灾难。城市被毁，林木被连根拔起，堤岸被排山倒海似的巨浪冲垮。根据统计局的统计数字，被海浪抛上岸的船只就有几百艘，有些龙卷风经过的地方，都被夷为平地；数千人在陆地上被压死或是被海水所吞没。那就是那场可怕的飓风肆虐过后留下的罪证。在灾情方面，它超过了1810年10月25日发生在哈瓦那和1825年7月26日发生在瓜德罗普岛的那两场令人恐惧的灾难。

然而，就在这陆地上和海上惨遭灾难的同时，在不平静的空中也上演了一场同样惊心动魄的悲剧。

事实上，一只气球像一只皮球一样被吹到龙卷风顶端，被卷进了一股气流的旋涡中，它以每小时九十英里的速度掠过空间，好像被什么空气大旋涡所控制，自身不停地转动着。

在这只气球的下面是一只摆动不停的吊篮，里面载着五个人，由于洋面上弥漫着水汽浓雾，所以很难看清他们。

这只气球——可怕的暴风雨的玩具——从何而来？它又是从地球的哪个地方升起的呢？显然它不可能是在刮飓风的时候出发的。但是，暴风已持续了五天，并且在18日那天已有了征兆。因此，我们有充分的理由认为，这只气球是从很远的地方飘来的，因为大风一昼夜至少可以把它带走两千英里。

总之，这几名乘客没有任何办法能计算一下他们起航以来飞过的路程，因为他们没有任何坐标。事情也真蹊跷，尽管他们处在激烈的暴风之中，却仍然安然无恙。他们坐立不稳，身体团团转，却没有感到这种转动，也不觉得有移动感。他们的目光无法穿透吊篮下面的团团浓雾。周围一切都模糊不清。云层和浓雾，使他们无法知道是白天还是黑夜。当他们悬浮在高空时，看不见有人居住的陆地上的一丝反光，也听不见陆地上的任何声响，甚至连海洋的澎湃声也传不到他们的耳朵里，有的只是这无边无际的黑暗。只有吊篮的急速下降才使他们意识到自己在海面上正面临着的危险。

但是，在扔下了弹药、枪支和食物等重物后，气球又上升到大气上层四千五百英尺的高度。乘客们发现吊篮下面就是大海，觉得在上面的危险总比下面小些，所以就毫不犹豫地扔东西，甚至把最有用的东西也扔了，他们想方设法不让氢气漏掉，氢气是气球的命根子，有了它才能把他们悬挂在这深渊之上。

黑夜在惶恐不安中过去了，对胆子比较小的人来说，这恐怕是致命的。然后，白昼又来临了，这时暴风渐趋缓和。从 3 月 24 日这天早晨开始，风势有了减弱的征象。黎明时分，片片轻云向高空升去。几个小时工夫，龙卷风散了，消失了。飓风转变为七级“疾风”，也就是说，大气层流动的速度已降低了一半。这时虽然还是水手们所说的“紧帆风”，但风势毕竟已减弱不少。

将近十一点钟的时候，下层的空气明朗了许多。大气发散出雷雨过后这种可以觉察到的浑闷气息。暴风似乎不再向西面刮了，似乎已自生自灭。也许它会像印度洋上空的台风，在龙卷风过后，如电子层突然消失。

但是，就在这时刻，人们可以觉察到气球又在慢慢地往下降。它甚至好像在逐渐地瘪下去，气囊伸长了，球形变成了椭圆形。

将近中午，气球飘荡在离海面只有两千英尺的上空。气囊容纳了五万立方英尺的气体，由于它的容量，显然它能长时间地停留在空中（或者上升到很高的高度，或者做水平方向的移动）。

此时，乘客们扔掉了使吊篮下坠的最后一批物品，扔掉了一些存粮，扔掉了所有东西，甚至包括放在他们衣袋里的小工具。其中有一个人爬到套住网索的圆环上，试图把气球的下部系牢。

显然乘客们不可能使气球维持在高空，氢气已经不足。因此，他们要完蛋了！

而事实上，在他们的下面既没有大陆，也没有小岛。在这个空间里没有一处可以着陆，也没有一处坚实的地面可以让他们抛锚。

无边无际的海面上，仍然翻滚着惊涛骇浪！即使是居高临下，视野延伸到半径为四十英里的范围，也无法看见这海的边缘。这是流动的平原，被暴风无情地鞭挞开的海浪如同披着白色鬃毛的万马在奔腾！眼前看不见一块陆地，也看不见一艘船只！因此这时必须不惜任何代价阻止气球往下降，不让它掉到海里去。虽然乘客们在这紧急关头尽了最大的努力，但气球仍然继续下坠，同时顺着东北风急速地向西南方向移动。

这些不幸的人们的处境多么可怕！他们显然已不能主宰气球。他们的努力没有结果。气囊越来越瘪了。氢气往外泄漏，根本就无法堵住它。下降的速度明显地加快，下午一点钟时，吊篮距离洋面不到六百英尺了。

实际情况是要阻止氢气从气囊的一条裂缝里往外泄漏是不可能的。扔掉吊篮里的所有东西来减轻其重量，乘客们又使自己悬挂在空中的时间延长了几个小时。但不可避免的灾难最终还是要发生的，如果天黑以前没有出现陆地，那么乘客、吊篮和气球就肯定会消失在海浪之中。

这时，他们做了最后的努力。气球上的乘客显然都是能正视死亡的坚强汉子。他们嘴里没有一句怨言。他们决心要奋斗到最后一秒钟，尽一切努力推迟坠落的时刻。吊篮只不过是一种柳条编的外壳，不可能在水上漂浮，如果掉到海里，必沉无疑。

两点钟时，气球离海面只有四百英尺了。这时，响起了一个洪亮的嗓音，那是一个没有任何恐惧的人的嗓音。回答他的同样是坚强有力的嗓音。

“所有的东西都扔掉了吗？”

“没有，还有一万金法郎！”

一个沉重的袋子马上掉入海中。

“气球升高了吗？”

“升了一点，但很快又会下降的！”

“还有什么可以扔出去的？”

“什么也没有了！”

“有！……吊篮！”

“我们抓住网索！把吊篮扔到海里去！”

这的确是减轻气球重量最后的也是唯一的办法。系着吊篮的绳索被割断后，吊篮掉了下去，气球又上升了两千英尺。

这五名乘客爬在气球网上，攀住网眼，同时向无底深渊张望。

大家知道气球对重力极为敏感。扔掉最轻的一点东西也能使它上升，这种在空中浮动的装置运转起来就像一架精确度极高的天平。因此，大家明白，它只要减轻相当的一点重量，立刻就会上升得很快。当时的情况正是如此。但是气球在上空静止了一会儿，又开始下降了。氢气从裂缝中外泄，而裂缝根本就无法修补。

乘客们做了他们能做的一切。从此以后，没有一种人为的办法能挽救他们，只有听天由命了！

四点钟时，气球离水面只有五百英尺了。

这时，听见了一声响亮的狗叫。有一只狗一直陪伴着他们，它紧靠着主人，也攀持在网眼上。

“托普看见什么东西了？”乘客中的一人大声地问。

接着马上有个大嗓门的人说：

“陆地！陆地！”

气球被风不停地吹动，自清晨以来，已经向西南方向飘过了几百英里的距离，这时前方出现了一块有相当高度的陆地。但这陆地还处在三十英里以外，如果方向不偏离的话，至少也要足足一个小时才能飘到那里。一个小时哪！在这以前气球里仅存的气体会不会泄漏光呢？

这真是个可怕的问题！乘客们清楚地看见了那坚实的着陆地，他们必须不惜任何代价到达那里。他们不知道这是岛屿还是大陆，因为他们都不知道飓风把他们吹到了地球的哪个角落。但是现在不管这块陆地有没有人居住，欢不欢迎他们，必须上这陆地去。

然而在四点钟时，气球明显地支持不下去了。它贴近了海水，有好几次巨浪的浪尖已舔着网的下部，网变得更沉，而气球像一只翅膀受了伤的鸟，在海面上已飘不起来了。

半小时后，距陆地只有一英里了，但松弛的气球已有了许多褶皱，只在上面部分还保留有一些氢气。乘客们紧紧地抓住气球网，这分量对气球来说还是太重，不多一会儿，他们的半个身子就浸入海水了，汹涌的浪涛拍打着他们。然后，气球的气囊变成了一只口袋，风猛烈地吹进去，推着它就像顺风的船只一样前进。也许它就是这样到达岸边的吧！

但是，就在离海岸还有两链[①]的距离时，四个人不约而同地惊叫了起来。那只似乎不可能再升起来的气球，在一个巨浪的拍击下，竟出人意料地升了起来。气球好像突然减轻了一部分重量，重新上升到一千五百英尺的高度，在那里它遇到了类似涡流的风，这阵风没有把它直接吹向岸边，而是把它吹向几乎与陆地平行的方向。两分钟以后，气球歪斜地靠近了陆地，最终落在一片海浪冲击不到的沙滩上。

乘客们互相帮助从网眼里挣脱出来。气球减轻了这几个人的重量，又被风吹了起来，就像受伤的鸟重振精神，消失在空中。

吊篮里原有五名乘客，还有一只狗，但从气球里跳到岸上的只有四个人。

---

① 计量海洋上距离的长度单位，一链合 185.2 米。

失踪的那名乘客肯定是被刚才拍击气球网的海浪卷走的。正是由于这个原因，气球才减轻了重量，最后上升了一次，然后过了一会儿，到达陆地。

这四名海上落难者——我们可以这样称呼他们——的脚刚踏上土地，就想起那位失踪的伙伴，他们大声地说道："他大概会游到岸边来的！我们去救他！我们去救他！"

第二章

美国南北战争中的一段插曲——工程师赛勒斯·史密斯——热代翁·斯皮莱——黑人纳布——水手彭克罗夫——年轻的哈伯特——意外的建议——晚上十点钟的约会——在暴风雨中出发

被飓风刮到这海边的这些人，既不是职业的气球驾驶员，也不是业余的空中探险爱好者，而是一批胆大妄为、在异乎寻常的情况下出逃的战俘。无数次他们差点要丧命！无数次他们差点被破裂的气球掀到海里去！但上天为他们安排了一个奇特的命运。3 月 20 日这天，逃离了被尤利塞斯·格兰特将军的部队所包围的里士满后，他们在空中飘行了五天，现在离开这个弗吉尼亚首府城市已有七千英里了。在可怕的美国南北战争时期，里士满是分离主义者们最重要的要塞。

就在这一年，1865 年 2 月间，格兰特将军为攻占里士满而多次试图袭击对方，但均告失败。在一次战斗中，他部下的多名军官落入敌手，并被囚禁在城里。其中最杰出的一个人是联邦参谋部的赛勒斯·史密斯。

赛勒斯·史密斯，马萨诸塞州人，工程师，一流的学者。在战争时期，美国政府曾委任他担任具有重要战略作用的铁路部门的领导。他是地地道道的美国北方人，长得瘦骨嶙峋，年近四十五岁，剃成平顶头的头发和那撮浓厚的小胡子已显灰白色。他的头型长得很好看，似乎是为了可以铸造在勋章上而生，两眼炯炯有神，嘴形严峻，完全是一个激进派学者的面容。他属于这种从摆弄锤子、镐子起家的工程师，正像那些当初只是个小兵的将军一样。因此，他不仅脑子聪慧，而且手也十分灵巧。他的肌肉强壮有力。作为一个活动家和思想家，又具有傲视一切困境的乐观精神，他做起事来不费太大的劲。受过良好的教育，富有实际经验，用法国军队里的一句俗话来说，“很有办法”，他确是一个具有极佳气质的人。不管环境如何，他总能主宰自己的命运，并把精神和身体的活力、欲望的冲动以及意志的力量这三个决定一个人的毅力的条件完美结合。他的座右铭“我不必希望就能成功，坚忍不拔也不是为了成功”与十七世纪威廉三世的话相仿。

同时赛勒斯·史密斯也是勇敢的化身。他参加过南北战争的每一次战役。一开始他投奔尤利塞斯·格兰特的伊利诺伊州的志愿军，随后在帕迪尤卡、贝尔蒙特、匹兹堡打过仗，参加过围攻科林斯的战役；在吉布森港、黑河、查塔努加、怀尔德尼斯以及波托马克河上的战斗中，他都勇敢善战，不愧为说过“我从不计算我部下的伤亡”这句话的将军手下的战士。赛勒斯·史密斯无数次可能被列入令人敬畏的格兰特将军的不予计算的阵亡将士的名单之中，但在这些战斗中，一直到在里士满战场上因受伤而被俘，幸运之神总是庇护着他。

和赛勒斯·史密斯同时落到南方军队的政权手里的还有一个重要人物。此人就是《纽约先驱报》的记者——令人尊敬的热代翁·斯皮莱。他被派去跟随北方军做战地报道。

热代翁·斯皮莱是英美出众的专栏记者，像斯坦利等人一样，为了获得确切的信息并在最短的时间内把信息传送到自己的报社，他会勇往直前。当时像《纽约先驱报》这样的报纸拥有真正的实力，代表这些报社的记者理所当然地受到重视。而热代翁·斯皮莱又是首屈一指的人物。

他是个具有很多长处的人：坚毅、敏捷、颇有见地。作为战士和艺术家，他跑遍了世界各地。他行动果断，善于提建议，当首先为了他自己，然后才是为了他的报社需要了解一切时，他会不辞辛劳，不顾危险。凡是新奇的、别人不知道也不可能为人知道的消息，他都能采访到。这是一位在枪林弹雨下写作的无畏的专栏记者。所有的危险对他来说都是最好的消息来源。

他也参加过所有的战役，每次都冲在前面，一只手握着左轮手枪，一只手拿着记事本，枪林弹雨并没有使他手中的铅笔颤抖。他不像那些没话找话说的人那样，不停地拍电报。他写的每篇报道都是短小精练、重点突出。另外，他为人很幽默。黑河战争结束后，为了能向自己的报社报道战役的结果，不惜一切代价独占电报局小窗口，连续两小时拍发了《圣经》前几章内容的记者正是他。为此《纽约先驱报》虽花费了两千美元，但首发了这则消息。

热代翁·斯皮莱长得身高马大，至多四十岁。脸上长着金黄带红颜色的颊髯。他的目光沉着，炯炯有神，眼睛转动迅速。这是那种习惯于用眼睛一扫就能一览无遗的人的眼光。他身体结实，像一根在冷水中淬过火的钢棒，经受过各种气候条件的锻炼。

作为《纽约先驱报》的特约记者，热代翁·斯皮莱已干了十年了。由于他精于文字和绘画，他的专栏文章和素描大大充实了该报的内容。被俘的时候，他正在描写战役和做速写。他的记事本上最后写的几个字是："一个南军士兵正举枪瞄准了我，而……"热代翁·斯皮莱没有被打中，像往常一样，他一点外伤也没有就脱了险。

赛勒斯·史密斯和热代翁·斯皮莱两人相互间只闻其名，并不认识。这次两人双双被押送到里士满。工程师的伤很快就痊愈了，在疗养期间他认识了这位记者。这两个人对彼此都有好感，并且都赏识对方。不久，他们的生活中产生了一个共同的目标，那就是逃跑，重返格兰特的部队，为联邦的统一而继续战斗。

这两个美国人因此决心利用一切机会。尽管他们在城内可以自由行动，但里士满戒备森严，没有逃跑的可能。

就在此时，赛勒斯·史密斯遇到了一个以前对他生死相随的仆人。

这是一个父母都是奴隶、出生在工程师家领地的黑人勇士。作为理智上和感情上都是奴隶制废除论者的赛勒斯·史密斯，早就让他获得了自由。成为自由人的奴隶却不愿离开自己的主人，愿意为主人去死。这是个三十岁的男青年，强壮、敏捷、机智、聪明、温和并安静，有时候还很天真，总是笑嘻嘻的，乐于效劳而且很老实。他的名字叫纳布乔多诺索，但大家用简称“纳布”叫他，他也就答应了。

当纳布得知主人被俘的消息时，他毫不犹豫地离开了马萨诸塞州来到了里士满，他凭借计谋和机灵，冒了多次的生命危险，最终潜入了这座被围困的城市。赛勒斯·史密斯重新见到自己的仆人的喜悦和纳布重新找到自己的主人的高兴劲儿，真是没法形容。

纳布虽然能进入里士满，但要再出去也是很难的事，因为这里对北方军队的战俘看管极严。要想成功地逃跑，除非有难得的机会，但这种机会不仅没有出现过，而且想去创造一个这样的机会也很不容易。

这期间，格兰特将军还在继续进行他的坚毅的军事行动。彼得斯堡一仗的胜利使他付出了沉重的代价。他的部队和巴特勒部队联合作战，在里士满尚未取得任何进展，没有迹象表明战俘们即将获得释放。枯燥的囚禁生活提供不了什么可写的素材，记者在这里真的待不下去了，他只有一个想法：不惜一切代价，逃出里士满。他甚至做了好几次尝试，但都被不可逾越的障碍阻止了。

这期间，围困还在继续，如果说战俘们急着想逃跑以便重返格兰特的部队，那么某些被围困者为了能与分离主义者的军队取得联系，也是急切地想出去，其中有一名狂热的南部同盟的拥护者，他名叫乔纳森·福斯特。事实上，由于北方军部的包围，被俘的北方战俘无法离开城市，同样南方军队的人也出不去。里士满的总督很久未能与李将军取得联系，他很想把城里的形势告诉他，以便能迅速取得援军的帮助。乔纳森·福斯特就有了乘气球飞越包围圈、直达分离主义者营地的念头。

总督批准了这一计划，为此制造了一只供乔纳森·福斯特使用的气球，并有五个人跟随他做这空中之旅。他们配备了武器，以便在着陆时自卫用；配备了食物，以备航程延长时食用。

气球预定在3月18日起飞。行动应该在夜间进行，他们计算依靠一般强度的西北风，几个小时后就可以到达李将军的军营。

但刮的并不是和缓的西北风。从18日开始，人们已能觉察到这风已转变为飓风了。很快，风暴使得福斯特不得不推迟出发的时间，因为不能让气球和气球上的乘客们冒粉身碎骨的险。

充足了气的气球停放在里士满的大广场上，等候着风势稍有和缓就放飞。而城里的人眼看着天气状况无所改变心里万分焦急。

3月18日、19日过去了，暴风没有任何变化。系在地上的气球被狂风吹得东倒西歪，要保护好这只气球也是挺难的一件事。

19日的夜晚过去了，20日早晨，暴风刮得更加猛烈，出发成了不可能的事。

这天，工程师赛勒斯·史密斯在里士满的一条街上被一个陌生人喊住了。此人是名叫彭克罗夫的水手，年纪在三十五岁至四十岁之间，身体健壮，皮肤被太阳晒得黝黑，一双眼睛炯炯有神，面容英俊。彭克罗夫是美国北方人，曾航行到过地球上的各大洋。在各次冒险中能发生的异乎寻常的事，这个只长了两只脚而没有长羽毛的人都碰到过了。不用说，这是一个对任何事都不会惊奇、时刻准备去干任何事的胆大的汉子。这年的年初，彭克罗夫和一个十五岁的男孩子一起到里士满来办点事。男孩名叫哈伯特·布朗，来自新泽西，是彭克罗夫以前船长留下的孤儿，他爱这孩子就像爱自己的子女一样。围困开始前，彭克罗夫未能离开里士满，因此他就被困在这里了，这是很不愉快的事，他也只有一个想法：尽一切可能逃跑。他久仰赛勒斯·史密斯的大名，也知道这位果敢的男人正以万分的无奈面对这囚禁的生活。因此，这天他走上前去，直截了当地问工程师：

“史密斯先生，您在里士满待够了吧？”

工程师眼睛一动也不动地看着对他说此话的人，那人又压着嗓门补充了一句：

“史密斯先生，您想逃跑吗？”

“什么时候？”工程师很快地问道，可以肯定，这句话他是脱口而出的，因为他还没搞清楚跟他说话的这个陌生人是谁。

不过他以敏锐的眼光打量了水手正直的面相后，便相信站在自己面前的是一个诚实的男人。

“您是什么人？”他简洁地问道。

彭克罗夫做了自我介绍。

“好吧，”赛勒斯·史密斯回答道，“那么您建议我用什么办法逃跑吧！”

“用这只闲置在那里的气球，它好像是专为我们而准备的……”

水手不用把话说完，工程师已明白了他的意思。他一把抓住了水手的胳膊，把他带回了自己的住处。

在工程师的住所里，水手简略地将自己的计划如实相告。要执行这个计划是要冒生命危险的。飓风当时确实很猛烈，但像赛勒斯·史密斯这样精明强干的工程师很了解如何来驾驶气球。如果他，彭克罗夫，懂得操作的话，就会毫不犹豫地出发。当然，要带上哈伯特一起走。他见过的世面多了，这场暴风雨算什么！

赛勒斯·史密斯一声不响地听着水手说话，他的双眼闪闪发光。机会来了，他可不是那种会放过机会的人。这个计划很危险，但可以去做。夜里尽管有人监视，但还是可以走近气球，溜进吊篮里去，然后割断系住气球的绳索。当然，他们有可能被打死，但相反，他们也有可能成功呀，而如果没有这场暴风雨的话……不过，如若没有这场风暴，气球早就起飞了，也就不会有这千载难逢的机会了！

“我不会是一个人……”赛勒斯·史密斯最后说。

“那么您要带走几个人呢？”水手问道。

“两个人，我的朋友斯皮莱和我的仆人纳布。”

“那么就是三个人，”彭克罗夫说，“连哈伯特和我，五个人。而气球可以载六个人……”

“这就行了。我们一定出发！”赛勒斯·史密斯说。

这个“我们”包括了记者斯皮莱，斯皮莱不是胆小鬼，当他们把计划告诉他的时候，他表示完全同意。他感到惊奇的是：如此简单的念头，以前他怎么没有想到过。至于纳布，主人想去哪里他就会紧紧跟随到哪里。

“那么就今天晚上吧，”彭克罗夫说，“我们五个人装作好奇的人逛到那里去！”

“今天晚上十点钟，”赛勒斯·史密斯回答道，“但愿上天保佑在我们出发前这场风暴不要减弱！”

彭克罗夫告别了工程师，回到了自己的住所。年轻的哈伯特·布朗正在那里。这个勇敢的少年知道水手的计划，正焦急不安地等待着与工程师商谈的结果。就这样，这五个果断的男人在飓风大作之时投入到了暴风中去。

没有！飓风并未停息，乔纳森·福斯特和他的同伴们都无法想象能乘在这样不牢固的吊篮里去迎战风暴！这真是可怕的一天。工程师只担心一件事：系在地上、被风吹得东倒西歪的气球不要被撕成碎片。他在几乎空无一人的广场上来来回回走了几个小时，一面监视着这气球。彭克罗夫也采取了同样的行动。他双手插在口袋里，有时打个哈欠，像个无所事事的人，但心里同样担心气球会不会撕裂，或是系绳断了气球飞到空中去了。

夜晚来临了，四周漆黑一片。像云层一样的团团轻雾弥漫在地面上。下了一场雨夹雪，天气寒冷。里士满的上空笼罩着大雾。好像暴风在围困者和被围困者之间休了战，大炮也在飓风的可怕响声前停止了轰鸣。城市里的街道上都空无一人。在这种恶劣的天气里，显然没有必要去守护广场中央那只在大风中挣扎的气球。当然，这一切对俘虏们的逃逸是有利的，但在这种猛烈的暴风天气出门会怎么样呢！……

“鬼天气！”彭克罗夫在想，同时他一拳把差点被风刮走的帽子压在石头上，“但不管怎样，唔，我们会成功的！”

在九点半钟的时候，赛勒斯·史密斯和他的伙伴们从四面八方来到了广场。由于煤气灯被大风吹灭，广场上一片漆黑。他们几乎都看不见被风刮倒在地上的那只巨大的气球。压载物袋系在网索上，而吊篮是用一根穿过砌牢在地面上的一只铁环的粗缆绳固定住。缆绳的另一头留在吊篮里。

这五个人在吊篮旁会合了。他们没有被人发现，天如此黑，他们彼此间都无法看清楚。

赛勒斯·史密斯、热代翁·斯皮莱、纳布和哈伯特·布朗一声不吭地在吊篮里坐了下来，而彭克罗夫此时正按照工程师的吩咐把压载物袋一一解下。做这事只需要一会儿的工夫，水手又回到同伴们的身边。

气球现在只由那根缆绳维系着，只等赛勒斯·史密斯一声令下，就可以起飞了。

就在此时，突然有一只狗跳进吊篮里来。这是工程师的爱犬托普。托普挣断链条，追寻主人来了。赛勒斯·史密斯担心这会增加吊篮的重量，打算把这狗赶回去。

“啊！就再多一个吧！”彭克罗夫一边说着，一边把两袋沙包扔出去以减轻吊篮的重量。然后他解开缆绳的一头。气球斜着上升，由于猛地升起，吊篮在两根烟囱间磕碰了一下就消失在天空中了。

这时飓风大作。当黑夜降临时，工程师不敢想气球下降的事；而当黎明时分，地面上的一切又都被雾气遮挡得看不见了。这样一直到五天后，他们从一角青天中看到了在这被猛烈的风吹来的气球下面的茫茫大海。

大家知道 3 月 20 日出发的五个人，其中的四个人在 3 月 24 日是如何被丢弃在那远离他们祖国六千多英里的一个荒凉海岸上的。[①]丢失的那个人就是他们中间自然形成的领袖——赛勒斯·史密斯工程师。其他四个人着陆后，首先就赶忙去救助他。

① 4 月 5 日，里士满落入格兰特将军之手，分离主义者的反叛被制服，李将军部队撤至西面，于是美国联邦政府的事业取得了胜利。

第三章

傍晚五点钟——失踪的人——纳布的绝望——在北面寻找——小岛——焦虑的一夜——晨雾——纳布游水——见到陆地——渡过海峡

工程师被一股海浪从网眼上冲走了，他的爱犬也消失了。这只忠实的畜生急忙跳出去救自己的主人。

“向前进！”记者大声喊道。

热代翁·斯皮莱、哈伯特、彭克罗夫和纳布，他们四个人全忘记了疲劳，开始了寻找工作。

可怜的纳布一想到自己失去了在这世界上最爱的人，绝望得号啕大哭。

从赛勒斯·史密斯失踪到他的伙伴们上岸之间只不过隔了两分钟，因此他们希望能及时去救他。

“我们去找啊！我们去找啊！”纳布喊道。

“对，纳布，”热代翁·斯皮莱回答道，“我们会找到他的。”

“他会活着吗？”

“会活着的。”

“他会游泳吗？”彭克罗夫问道。

“会的！”纳布说，“并且托普跟他在一起！……”

水手听着海浪的轰鸣声，摇了摇头！

工程师失踪的地点是在海岸的北面，离这些落难者上岸的地方约有半英里。如果他能到达离海岸最近的地方，那么也就是半英里的距离。

这时已近六点钟。薄雾刚刚升起，夜色变得朦胧了。落难者们在这块偶然踏上的陌生土地上——他们也不知其地理位置——沿着东海岸朝北面走去。他们在寸草不生的沙石路上行走，路面坑坑洼洼，有的地方还有许多坑洞，走起来很困难。有时从这些坑洞里还会飞出一些不太灵活的大鸟来，它们朝四面八方飞去，因为夜色也无法看清楚。另外一些比较灵巧的鸟，像云层似的成群地掠过。水手认出这是海鸥。海鸥的尖叫声总是与大海的怒吼声比高低。

落难者们不时地停下脚步，大声呼喊并倾听海边是否有回音。他们想到，如果他们离工程师可能已上岸的地方不远，那么即使赛勒斯·史密斯无法发出他在这里的信号，至少托普的吠叫声是可以传到他们耳朵里的。但除了海浪的轰鸣和拍岸浪的撞击声外，什么声音也没有。于是，这一小群人只得继续往前走，搜寻着海边的每个角落。

走了二十分钟后，这四个人突然被白浪滚滚的海水所阻拦，坚实的陆地到此中断。他们来到一个海角的尽头，海水猛烈地撞击着这个尖角。

“这是一个岬角，”水手说，“我们应该从右面按原路返回，这样我们才能到达本土。”

“但是也许他在这儿呢！”纳布说道，一面指着黑暗中翻腾着白色巨浪的大海。

“那么，我们再叫叫他！”

于是大家又齐声大喊，但无人回答。稍停片刻后，他们又喊了起来，还是没有回音。

这几名落难者只好从岬角返回，走的还是崎岖的沙石路。但是彭克罗夫发现这里的海岸更陡峭，地势上升了。他猜想这里长长的斜坡是与那在黑暗中隐约可见其轮廓的高高的海岸相连的。这一带海岸上的鸟少一些。这里的海浪不那么汹涌，浪涛声也不那么喧闹，很明显海水比较平静。他们几乎听不见海浪的拍岸声。无疑岬角在此处形成了一个半圆形的小海湾，它把大海的波涛挡在了外面。

但循着这个方向走，他们是朝南走，与赛勒斯·史密斯可能上岸的地方背道而驰。走了一英里半以后，海岸已无任何弯路能让他们往回朝北走。他们曾经绕过其尽头的岬角一定和本土相连接。尽管已筋疲力尽，落难者们还是鼓足勇气继续朝前走，心里期望随时能发现一段弯路，好让他们走回原地去。

他们走了两英里左右的路，来到了一处有着又湿又滑的岩石的高高的岬角上，又一次被海水挡住了去处。这时他们是多么的沮丧！

“我们是在一个小岛上！”彭克罗夫说，“我们已从岛的一端走到另一端了！”

水手的观察是对的。他们被抛下来的地方不是陆地，也不是海岛，而是一个小岛，其长度不足两英里，宽度显然更短了。

这个寸草不生、到处是乱石、有一些海鸟栖身的荒凉而干旱的小岛是否与另一个更大的群岛相连呢？他们无法肯定。当这些气球的乘客们从吊篮里透过雾气张望陆地时，他们并未能搞清楚这个地方有多大。但此时，彭克罗夫用他那双习惯于在黑暗中看东西的水手的眼睛，分辨出西面那些朦胧不清的高大影子是高耸的海岸。不过由于天黑，他们也无法确定这小岛是孤岛还是与其他岛连在一起的。他们也无法离开这里，因为周围都是海水。只好把寻找工程师的事拖到第二天。真糟糕，至今还没听见一声表明他还活着的声音！

“没听见赛勒斯的声音并不说明什么问题，”记者说道，“他也许受伤了，昏迷了，暂时不能回答我们的呼唤，我们不能失去希望。”

记者建议在小岛一处点燃一堆篝火，给工程师作信号用。但除了沙石就没别的东西，他们想找些树枝或干枯的荆棘也是白费心机。

可以想象，对深深爱着这位勇敢的赛勒斯·史密斯的纳布及其同伴们来说，这是多么痛苦的一件事：显然当时是无法去救他的，必须要等到白天来临。也许工程师自己已经脱险，藏身在海岸的某处，也许他已经永远消失了！

漫长的几个小时很难熬，天气非常寒冷。落难者们吃了不少苦，但他们几乎都没感觉到。他们甚至也没想到该休息片刻。为了领袖，他们忘了自己，心里充满着希望，或者说还抱着一线希望，在这荒凉的小岛上来回地寻找，无数次折回北端，因为那里是最靠近发生灾难地点的地方。他们倾听有什么声音，他们呼喊着，尽量高声呼喊，他们的声音大概能传得很远，因为此时周围一片宁静，海上也开始风平浪静了。

有一回纳布的叫喊好像产生了回声。哈伯特让彭克罗夫注意到此事，又说：

“这可能表明在西面不远处有海岸。”

水手点了点头。况且他的眼睛也不会欺骗他，如果他辨认出那儿是一块陆地，那么那儿准是陆地无疑。

但这声远方传来的回声是纳布叫喊声产生的唯一一次回响，而在这小岛东面却是一片寂静。

天空慢慢地晴朗起来，将近半夜时分，有几颗星星在闪耀。如果工程师这会儿和他的伙伴们在一起，他就会说这些不是北半球的星辰。这里不会出现北极星，也没有在新大陆北部经常能看见的那些星座。此时南十字座在地球的南极上空闪耀着光芒。

黑夜过去了。3 月 25 日早上将近五点钟的时候，天空稍稍亮了起来。地平线上还是黑魆魆的一片。晨光熹微，从海上升起了一股浓雾，这样在二十步外的东西就看不清了。这浓雾呈螺旋状笨重地移动着。

这时落难者们还是不能看清他们周围的事物。当纳布和记者的目光投向海洋方面时，水手和哈伯特则在寻找西面的海岸。但就是不见一寸陆地。

“不要紧，”彭克罗夫说道，“我虽没看见海岸，但我能感觉得到……海岸就在那儿……这就像我们已不在里士满一样的肯定！”

晨雾不久就停止了上升，这只不过是晴朗天气前的一场轻雾。灼热的太阳晒热了上层空气，这热量也就传到小岛的地面上。

六点半钟光景，也就是太阳升起后三刻钟的时候，轻雾变得更稀薄了。它的上面部分逐渐浓厚，下面部分却在消散。不久整个小岛就显露出来了，如同从天而降。然后四周的海洋也出现了，东面向外不断地延伸出去，西面却是被险峻而高耸的海岸所阻挡。

对！陆地就在那里。安全了，至少暂时是这样。在小岛和那海岸之间隔着一条宽半英里的海峡，其间水流湍急，水声哗哗。

这时，他们中有一个人为良心所驱使，马上就跳入水流中去。他没有征求伙伴们的意见，甚至连一句话也没说。此人就是纳布。他急于想登上这海岸，并从那里再往北面去。没有人能阻止他，彭克罗夫叫他也没用。记者准备跟纳布去。

彭克罗夫走到他跟前，问他：

“你打算渡过这海峡吗？”

“是的。”一旁的热代翁·斯皮莱回答说。

“好啊，但等一下，相信我，”水手说道，“纳布一个人就可以救他的主人了。如果我们全跳入这海峡，就有可能被这急流冲到大海里去。我没看错的话，现在是退潮。你们看沙滩上的海水正在退。因此我们还是耐下性子来，等潮水退了，我们就有可能找到一条可以涉水过去的通道……”

这时候纳布正奋力与水流搏斗着。他循着斜向渡过去，他那黑黝黝的双肩在水里一上一下地闪现。急流要把他冲走，但他还是靠近了海岸。小岛与对岸相隔半英里，纳布用了半个多小时才登岸，这时离对面的出发点已有几千英尺了。

纳布在一花岗岩壁下登上了岸，用力地抖了抖身体，然后一路奔跑，很快就消失在一个岩石海角后面了。这个海角向海中伸出，几乎与小岛北端在同一水平线上。

纳布的伙伴们以焦虑的心情注视着他大胆的行动。当看不见他时，他们一面吃着散落在沙滩上的一些贝壳类动物，一面又一次审视了这片为他们提供了庇护的陆地。这顿饭虽然太粗劣，但总算还是一顿饭。

对岸形成一个宽广的小海港，南端是一个寸草不生、非常荒凉的尖尖的海角。海角与起伏不定的海岸相连，一端是高耸的花岗岩石。相反，小海港朝北越来越开阔，形成一个从西南到东北的比较完整的海岸。它的终点是一个尖形的岬地。弓形小海湾两端之间的最大距离为八英里左右。小岛距海岸半英里，中间有一狭长海面。小岛就像一条骨骼巨大的鲸鱼，其最宽处也不超过四分之一英里。

小岛面前的海岸地带最先进入眼帘的是沙滩，上面散布着黑乎乎的岩石，这时因为退潮，岩石慢慢地显露出来。沙滩后面呈现出来的是陡峭的花岗岩壁，上面有一个至少有三百英尺高的形状奇特的尖顶。花岗岩壁延绵三英里，在右面一个好像是人工凿成的断面处突然中止。相反，在左面，在岬角的上空，这参差不齐的峭壁就像棱镜的碎片一样，散落为一块块零乱堆积的岩石，它们积聚在地势逐渐下降的斜坡上，并浸没在南面岬角的岩石中。

海岸的高地上一棵树也没有，就像好望角俯视开普敦的平台，只是比它小了些。至少从小岛看是这样。不过在右边断崖的后面还是有绿色的草木，可以看见一直延伸到远处的大树林的朦胧影子。看过轮廓粗糙的花岗岩壁，再看这一片绿色真叫人赏心悦目。

最后，在台地上方，在西北方向至少有七英里处的远景为阳光照耀下熠熠发光的白色山峰，这是山顶积雪的远山。

这块陆地究竟是一个小岛，还是与大陆相连，他们都无法回答这个问题。但看见堆积在左边的这些形状怪异的岩石，地质学家一定会毫不犹豫地对他们说，这是火山爆发引起的，因为岩石无疑是地球内部深层作用的结果。

热代翁·斯皮莱、彭克罗夫和哈伯特仔细地观察这个地方，也许他们会在这里生活很长时间，如果没有船只经过这里，他们甚至会死在这里。

“喂！彭克罗夫，你认为怎么样？”哈伯特问道。

“唔，像所有的事一样，有好也有坏。”水手回答说。

“我们会看到的。不过现在是在退潮了。再过三小时我们设法去探一条路，一到对面，我们再想法摆脱困境去把史密斯找回来！”

彭克罗夫的预见是对的。三个小时后，海水退了，海峡谷底大部分的沙滩已经显露了出来，只剩下狭窄的水道，显然要渡过去是容易的。

将近十点钟时，热代翁·斯皮莱和他的两个伙伴脱去了衣服，并把衣服打成包顶在自己的头上，然后就冒险地投身到深不过五英尺的海水中去了。对哈伯特来说，水还太深，他就像一条鱼似的游了起来，他出色地游过去了。三个人全都顺利地到达了对岸。对岸的阳光很快晒干了他们的身体，他们重新穿上了没被弄湿的衣服，然后就商量了起来。

第四章

石蛏——河口——“壁炉”——继续寻找——绿树林——储存燃料——等待退潮——在海岸上——木筏——回到海岸

一开始，记者叫水手就待在那里等他回来找他，然后马上就顺着几个小时前黑人纳布走的方向爬上了海岸。他很快就消失在一个拐角后面，他多么想知道工程师的下落啊。

哈伯特想同他一起去。

“你待在这儿，我的孩子，”水手对他说，“我们要准备一个野营的地方，还要看看是否可能找到比贝壳类动物更耐饥的东西。我们的朋友们回来时都需要恢复体力。我们每个人都有自己的任务。”

“我准备好了，彭克罗夫。”哈伯特回答道。

“好！这就行了，”水手又说，“我们有条理地进行吧。现在我们很疲劳，又冷又饿，因此首先要找一个可以歇歇的地方，生一堆火，找些食物。树林里有木柴，鸟窝里有鸟蛋，剩下的问题就是找一个可以住人的地方。”

“好啊，”哈伯特回应他的话，“我到这些岩石中去找一个岩洞，我会找到一个我们可以藏身的洞穴的。”

“就这样，”彭克罗夫说，“我的孩子，你去吧。”

他们两人走在巨大的花岗岩壁下的沙滩上，由于潮水退却，绝大部分的沙滩已显露出来。但他们并未朝北面去，而是朝南面走去。彭克罗夫注意到，在他们上岸地点下面几百步处有一狭窄的山口，照他的看法，这可能就是一条河或一条小溪的出口。

目前，一方面需要在可以饮用的水流旁安置下来；另一方面，赛勒斯·史密斯被水流冲到这里来也不是不可能的。

我们已经提到过，花岗岩壁高达三百英尺，上下浑然一体，即使是它的底部，海水也几乎冲刷不到，所以没有一点可以容身的缝隙。这是一种非常坚硬的花岗岩陡壁，从未被海浪侵蚀过。有许多水鸟在其顶部飞来飞去，特别是各种蹼足类的鸟，它们有长长的扁平尖嘴，喳喳地叫个不停，对这些也许是第一次扰乱了它们清静的人类的来访，一点也不害怕。彭克罗夫认得其中叫贼鸥的海鸟，还有那些栖息在花岗岩坑洼处的贪吃的小海鸥。如朝这一大群鸟开一枪，就会打死许多，但开这一枪需要有枪支，彭克罗夫和哈伯特都没有枪。而且这些小海鸥和贼鸥几乎都不能食用，甚至连它们的蛋也有一种令人厌恶的味道。

此时，走在左边的哈伯特很快发现了一些覆盖着海藻的岩礁。再过几个小时潮水上涨时这些岩礁又会被海水淹没。岩石上又湿又滑的海藻中间麇集了贝壳类动物，饿着肚子的人们不会对此视而不见。所以哈伯特喊了声彭克罗夫，水手马上就跑了过来。

“嗨！这是贻贝！”水手大叫起来，“这可以替代鸟蛋了！”

“这不是贻贝，”年轻的哈伯特回答道，他仔细地观察了岩石上的软体动物，“这是石蛏。”

“这可以吃吗？”彭克罗夫问他。

“完全可以吃。”

“那么我们就来吃石蛏。”

水手可以信任哈伯特。这小伙子博物学很棒，他很喜爱这门科学。他的父亲让他去听波士顿最优秀的教授的课，促使他对此有所钻研。教授们非常喜爱这个聪明勤奋的孩子。因此他那博物学爱好者的本能，以后会不止一次地被派上用场，他不会搞错。

这些石蛏为椭圆形贝壳，成群地紧黏在岩石上。它们属于穿孔类软体动物，能在最坚硬的石头上钻孔，其贝壳的两端呈圆形，这是一般贻贝没有的特征。

彭克罗夫和哈伯特美美地饱餐了一顿这些微微张口的石蛏。石蛏的味道辣辣的，不用他们加任何调料了。

饥饿暂时不成问题了，但口渴问题没有解决。特别在吃了这些生来辣乎乎的软体动物后，口渴得更厉害了，因此就需要找到淡水。这个地方地势如此崎岖不平，不大像会缺水。彭克罗夫和哈伯特小心地捡了许多石蛏，把它们塞满口袋或用手帕包起来，然后回到花岗岩壁脚下。

他们走了两百多步，来到了彭克罗夫揣测可能为一条小河流经过的山口。此处的岩壁好像是由于激烈的地质运动而被分裂开的。在它的脚下是一个小港湾，其最远处形成一个相当尖的角。那里的水流宽一百英尺，两岸高不过二十英尺。河水直接冲入花岗岩夹壁中。花岗岩壁在河口上游处渐趋平坦。然后河身突然拐了弯，消失在半英里外的矮林下面。

"这里有水！那里有木柴！"彭克罗夫说，"哈伯特，现在只缺少房子了！"

河水清澈见底。水手认为此时海水退潮没有倒灌进来，河水是淡味的。这个重要问题解决之后，哈伯特就去寻找可以藏身的洞穴了，但没能找到，到处都是平滑而陡峭的岩壁。

但是就在河口，在潮水的冲积地上面，崩塌的巨大岩石堆成了一个不是岩洞，而是常在花岗岩产地看见的、称为"壁炉"的东西。

彭克罗夫和哈伯特钻到岩石堆深处，他们走在沙地里，里面的光线并不暗，因为亮光是从岩石堆间的缝隙处透进来的。有些岩石奇迹般地保持着平衡而不至于掉落下来。但风也随着光线刮进来了，这是名副其实的凛冽的穿堂北风；随着这风，外面刺人的寒气也就进来了。不过水手想到，如果用石块和沙子堵住岩石堆的孔隙，这"壁炉"还是可以住人的。其几何形状像印刷体的“&”，这个符号就是拉丁语中“和”字的缩写。的确，只需堵住上端的口子，猛烈的南风和西风吹不进来，那么这里面的空间就可以利用了。

“这就是我们的事啦！”彭克罗夫说，“有一天我们再见到史密斯先生，他一定会利用这座迷宫的。”

“我们一定会再见到他的，彭克罗夫，”哈伯特大声说道，“并且当他回来的时候，应该让他觉得这里是一个还过得去的住处。如果我们能在左边的过道里生堆火，并且留个出烟孔，那就不错了。”

“我们可以做到的，我的孩子，”水手回答道，“‘壁炉’（这是彭克罗夫给这个临时住处取的名）就是我们的事了，但首先，我们去弄些木柴来。我想木柴对我们来说不会没有用，可以用来堵住洞孔，以免听到鬼叫似的风声。”

哈伯特和彭克罗夫两人离开了“壁炉”，拐了个弯，重新上了河的左岸。这里的水流相当湍急，一些枯死的树木也被冲了下来。上涨的潮水——此时已能觉察到——不定期会很有力地把河水推回到很远的地方。水手由此想到可以利用涨潮和退潮运送重物。

水手和少年走了一刻钟后，来到了河流突然向左的拐弯处。从此处开始，水流穿过一座美丽的树林。虽然已是秋季，这些树木还是郁郁葱葱，因为它们属于针叶树类。在地球上的所有地区，从较冷的北方到炎热的热带，都分布有这种树。这位少年博物学爱好者尤其认得出这种在喜马拉雅地区有众多树种的雪松，它们散发出一种很好闻的香味。在这些美丽的树木之间生长着松树丛，它们向四周伸展着阳伞般的浓密树枝。走在深草丛中，彭克罗夫感觉脚踩着干枯的树枝，它们就像鞭炮一样噼啪作响。

“我的孩子，”他对哈伯特说，“虽说我不知道这些树的名字，至少我知道把它们归在‘烧柴’类，现在我们最需要的就是这类树木！”

“我们弄些回去吧！”哈伯特回答道，一面动手干了起来。柴火收拾起来很容易，甚至不必去折树枝，因为在他们脚下有大量的枯枝。但燃料有了，需要考虑运输的方法。枯枝非常干燥，燃烧起来一定很快，因此应该运大量的枯枝回去。哈伯特认为光靠他们两个人搬运是不够的。

“嗨！我的孩子，”水手说，“应该想个办法来运柴火。干什么都会有办法的！如果我们有一辆大车或者一艘船，那就方便了。”

“不过我们有河！”哈伯特说。

“对，”彭克罗夫回答说，“河将是我们的自动运输线，还可以做一些木排。”

“不过，”哈伯特说，“现在正在涨潮，我们的运输线方向相反了！”

“等退潮了就行了，”水手说道，“那时河水就会把我们的燃料运到‘壁炉’那里去。我们做木排吧。”

水手身后跟着哈伯特，他们朝着树林外的河边走去。他们两人尽自己的力气，扛起成捆的木柴。在陡峭的河岸上也有大量的枯树枝，这里的草丛大概从没有人在上面踩过。彭克罗夫立即开始编结木排。

河岸的一角阻断河水，形成了一处小水湾，水手和少年把他们用枯藤条捆扎起来的相当粗大的木头放了下去。这样一只木筏就做好了。他们把捡来的木柴一一堆在木筏上，这工作量至少要二十个人来完成。一个小时内，工作做完了，而系泊在岸边的木筏只等退潮了。

这时还有几个小时的时间可以打发，彭克罗夫和哈伯特商量后决定爬到上面去，勘探一下范围更大的地方。

就在离河流拐角后面两百步远处，峭壁因崩塌而以平缓的坡度，逐渐消失在树林的边缘。这里就像一座天然的梯子。哈伯特和水手开始往上走去。由于身强力壮，一会儿工夫他们就到达了山顶，并走到俯视河上的地方。

他们第一眼就看到了他们在如此危险的情况下刚刚渡过的海洋。他们怀着激动的心情望着这发生过灾难的海岸的北区。赛勒斯·史密斯就是在这里失踪的。因此他们用眼睛搜寻，希望发现上面有可能攀附着一个人的气球的一些漂流残物。但什么也没有！面前只是一片空旷的洋面，至于海岸边，也是空无一人，记者和纳布都没有在这里出现。也许这时候他们在一个很远的地方，无法见到他们。

“我觉得，”哈伯特大声说道，“一个像史密斯这样坚强的人不可能像平常人那样被淹死的。他可能在岸边某一地方上了岸。你说是不是，彭克罗夫？”

水手忧郁地摇了摇头。他觉得不大可能再见到赛勒斯·史密斯了，但为了不让哈伯特失望，就说：

“当然，当然，我们的工程师是能在其他人打退堂鼓的情况下摆脱困境的人。”

这时候，他非常仔细地观察了海岸：下面展现了一片沙滩，一直延伸到河口的右边，被翻滚的浪花截住。这些露出来的礁石就像躺卧在浪涛里的两栖动物群。礁石岸外面的大海在阳光下闪闪发光。在南面，地平线被一个尖尖的海角所阻拦，人们无法确认陆地是顺着这个方向延伸，还是向东南和西南延伸，从而使这个海岸形成一个非常长的半岛。在海湾北端，海岸沿着弧线，伸展到很远的地方。在那里，海滨地势低而平坦，没有悬崖峭壁，只有退潮后才能看到的宽阔的沙滩。

于是彭克罗夫和哈伯特就回身朝西边走去。他们首先看到了六七英里远处矗立的一座顶峰积雪的山。从山的层层斜坡一直到海岸两英里处，生长着大片的树林，其中不乏众多的常绿树，因此一片翠绿，令人赏心悦目。而从树林边到海滨是一条宽宽的台地，上面散乱地生长着树丛。在左边，透过林中的开阔地，可以不时地看到小河熠熠发亮的河水，似乎这曲曲弯弯的小河可以回溯到山的支脉间，那里可能就是河的源头。在水手放下木筏的地方，河水从两堵高高的花岗岩壁之间开始流淌。左岸石壁干净陡峭，而右岸的石壁正好相反，地势渐渐下降，整个石壁变成一块块的岩石，岩石又变为小石子，小石子又变成沙砾，直到海岸尖角的尽头。

“我们这是在一个小岛上吗？”水手喃喃自语。

“不管怎样，这个岛还是蛮大的！”少年回答道。

“一个岛再大，总还是岛！”彭克罗夫说。

但这个重要的问题还不能得到解答，必须放到其他时间去解决。不管是小岛还是陆地，这里的土地看起来很肥沃，景色宜人，生长的植物种类繁多。

“这是我们不幸中的大幸，”彭克罗夫说，“得感谢上帝！”

“谢天谢地！”哈伯特回应他说。少年虔诚的心中充满了对万物创始主的感谢之情。

彭克罗夫和哈伯特长时间地考察了这片命运之神让他们降落其上的地方。可是这样粗略地看了一下，也很难想象未来会给他们带来什么。

然后他们就沿着花岗岩台地的南边山脊折回，山脊由奇形怪状的岩石构成一道长长的锯齿曲线。在这些石头空隙中栖息了几百只鸟类。哈伯特在跳上岩石时，把一群鸟惊飞了。

“啊！”他惊呼了起来，“这些鸟既不是海鸥也不是沙鸥！”

“那是什么鸟啊？”彭克罗夫问道，“好像是鸽子！”

“的确是，不过都是野鸽或是岩鸽，”哈伯特回答说，“它们翅膀上有两道黑纹，尾巴是白色的，而全身羽毛是青灰色，我能认得。如果岩鸽肉可以吃，它们的蛋应该很好吃，只要它们在窝里稍微留下一些蛋！……”

“我们不给它们孵蛋的时间了，除非能孵出荷包蛋来！”彭克罗夫兴高采烈地说道。

“你在什么地方煎荷包蛋？”哈伯特问他，“在你的帽子里吗？”

“啊呀！”水手回答说，“我可没有本事做这件事，我的孩子，我们只好吃带壳煮的溏心蛋了，最老的溏心蛋我来解决！”

彭克罗夫和少年仔细地察看了石壁的空隙，在一些洞穴里，他们果真找到了一些鸟蛋！他们把捡到的几打蛋放在水手的手帕里，在海水快涨潮时，开始下山朝河水走去。

当他们走到河的拐弯处，这时是下午一点钟，河水已经转潮了，因此必须利用退潮把木筏运送到河口去。彭克罗夫不想让木筏在水中无人照管而随波逐流，也不想上去撑它。而对缺乏缆绳和绳索的情况，作为水手的彭克罗夫是从不会感到为难的，他利用枯藤很快编制了一条几英寻①长的绳子。他把这根藤索系在木筏的后部，自己手里攥着另一头，而哈伯特用一根长长的竿子撑开木筏，使它漂浮到河中。

这个办法圆满成功了。那些水手在河岸上边走边护拦着的沉重的木柴随流而去。河岸很陡峭，不用担心木筏会搁浅。两点钟不到，木筏已漂到离“壁炉”几步远的河口了。

① 英美制计量水深的单位，一英寻约合 1.83 米。

第五章

布置“壁炉”——重要问题：火——火柴盒——搜索海滩——记者和纳布回来——仅有的一根火柴——一堆噼啪作响的火——第一顿晚餐——陆地上过的第一夜

木筏上的木柴一卸下来，彭克罗夫首先要做的事就是把“壁炉”里能吹进穿堂风的窟窿都堵上，以便里面能住人。他用沙、石块、纠缠在一起的树枝和烂泥把面朝南风的“&”形岩石通道的孔隙堵得严严实实，单留上面一个洞口。在旁边也留了一条弯曲的缝隙可以排烟和拔火。这样，“壁炉”就分成三四个房间了（如果能称为房间的话），里面很暗，住头野兽还马马虎虎。但人在里面很干燥，并且可以直起身子，至少在中间的那间主要房间里可以这样做。地面上铺了细沙，做完了这些，他们觉得以后还可以布置得更好些。

彭克罗夫和哈伯特一边干活一边交谈着：

“也许我们的伙伴们已找到了比我们这里更好的住处。”哈伯特说道。

“这有可能，”水手回答他说，“但俗话说：‘吃不准，少开口。’多总比没有更好！”

“啊！”哈伯特说，“但愿他们能把史密斯先生带回来！但愿他们能找到他！那样我们只有感谢老天了！”

“是啊！”彭克罗夫喃喃自语，“他曾是一个真正的男子汉！”

“曾是……”哈伯特问，“你认为再也见不着他了吗？”

“上帝不会让我这么说！”水手回答道。

他们的整理工作很快就做完了，彭克罗夫对此表示很满意。

“现在，”他说，“我们的朋友可以回来了。他们会有一个足以挡风避雨的地方。”

剩下的事就是支起炉子烧饭了。事实上，这活儿很简单，不费事。把一些扁平、宽大的石板放置在左面第一个通道底部，也就是原先留出来的作为管道用的缝隙边。如果烟不把热气带出洞外，那么里面肯定可以保持适当的温度。捡来的木柴储存在另一个“房间”里，水手在炉灶的石板上放了几捆木柴并混杂了一些细枝。

当哈伯特问水手有没有火柴时，他正忙于搬柴火。

“当然有啦！”彭克罗夫说，“我们很幸运，如果没有火柴或火绒，我们就会很难办。”

“我们可以像未开化的人那样，用两块干木头互相摩擦来取火啊！”哈伯特说。

“那么，我的孩子，你就试试看吧。我们看看，除了累断了手臂，你还能达到什么目的。”

“不过在太平洋的岛屿上这是很常用的简便的办法。”

“我不反对这种说法，”彭克罗夫回答他说，“不过得知道土人们熟悉取火的办法，或者说他们用的是一种特殊的木头，因为我已经不止一次地想用这个办法来取火，但都没有成功过。因此我承认，我宁愿用火柴。我的火柴在哪里？”

彭克罗夫在他的上衣口袋里找火柴盒。他是个烟鬼，平时火柴盒是不离身的。但他没找到。他就在自己的裤袋里找，令他大吃一惊的是，裤袋里也没有火柴盒。

“这可糟了，糟透了！”他看着哈伯特说，“这个火柴盒可能从我的口袋里掉出去了，我把它弄丢了！哈伯特，你没有打火机，没有什么可以生火的东西吗？”

“没有，我没有！彭克罗夫。”

水手跑了出去，身后跟着少年。他怒气冲冲地搔着自己的额头。

他们俩在沙滩上、岩石缝里以及河边非常仔细地搜寻，但毫无结果。这个火柴盒是铜做的，不可能逃过他们的眼睛。

“彭克罗夫，”哈伯特问道，“你没有把这个火柴盒扔到吊篮外面去吧？”

“我好好藏着的，”水手回答说，“不过那阵子我们如此慌乱，这种小物品是很可能丢失的。我的烟斗也丢失了呢！该死的火柴盒，它可能在哪儿？”

“啊，海水退潮了，”哈伯特说，“我们去着陆的地方看看吧。”

要找回这个火柴盒是不大可能的，因为海水涨潮时，海浪很可能把它冲到卵石中去，但想到这点也是好的。哈伯特和彭克罗夫迅速地朝昨天他们上岸的地方走去，那里离“壁炉”大约两百步远。

到了那里，他们仔细地在卵石缝、岩石堆里寻找，但没找到。如果火柴盒是在这里丢失的话，它该是被海浪卷走了。随着海水退潮，水手搜寻了岩石的角角落落，但还是一无所获。在当时的情况下，这是一个无法弥补的重大损失。

彭克罗夫一点也不掩饰自己的极度沮丧，他紧锁眉头，一声不吭。哈伯特为了安慰他，便说火柴可能已被海水弄湿，即使找到，也多半不能使用了。

“不，我的孩子，”水手回答道，“火柴是放在一个密封性很好的铜制的盒子里。现在，我们怎么办？”

“我们肯定能找到生火的办法的，”哈伯特说，“史密斯先生或斯皮莱先生不会像我们一样没有火柴。”

“不错，”彭克罗夫回答道，“不过，这段时间里没有火，他们回来时，只能吃到一顿糟糕的饭了。”

“我看，”哈伯特很快地说，“他们不可能既没有火绒，也没有火柴！”

“我看不一定，”水手边说边摇了摇头，“首先，纳布和史密斯先生是不抽烟的，并且我很担心斯皮莱先生会保留他的笔记本而不是火柴盒。”

哈伯特不吱声了，丢失火柴盒确实是一件令人懊恼的事。不过少年还是想着大家会有这种或那种办法生火的。彭克罗夫虽不是那种为大小事操心的男人，但他阅历较深，对此不以为然。不管怎样，现在只有一个办法：等待纳布和记者回来。并且必须放弃给他们煮蛋吃的打算，他觉得茹毛饮血对他自己、对大家来说都不是一件舒服的事。

火肯定点不起来了，水手和哈伯特又去捡石蛏，然后默不作声地重新走回“壁炉”住处。

彭克罗夫一边走路，一边双眼紧盯着地面，还在寻找他那丢失的火柴盒。他甚至重新爬上了河的左岸，从河口一直寻到曾经系泊过木筏的河湾。他又登上了台地，四下寻找，树林边的高草丛中也找过了。这一切都徒劳无益。

当他和哈伯特一起回到“壁炉”时，已经是傍晚五点钟了。不用说，岩石洞里连最黑暗的角落也都找过了，最终只好放弃继续寻找。

将近六点钟的时候，太阳消失在西边的高地后面，在海滩上走来走去的哈伯特看到了回来的纳布和热代翁·斯皮莱。

只有他们两人回来！……少年心里感到一阵难过。水手的预感没有错：工程师赛勒斯·史密斯没有找到。

记者一到，就一声不吭地在一块岩石上坐了下来。他又累又饿，连说话的力气也没有了。

而纳布，两眼哭得通红，现在又止不住掉下泪来，他是完全失望了！

记者讲述了寻找赛勒斯·史密斯的情况。他和纳布寻遍了八英里多范围的海岩，远远走过上次气球掉下来的地方。那次气球降落，接着工程师和托普就失踪了。海滩上空无一人，没有任何迹象——没有一块石头被新近翻动过，沙滩和整个滨海地带上都没留下人走过的脚印。显然没有人来过这里。海洋和海滨一样的荒凉，工程师就是在离海岩几百英尺的地方葬身大海的。

此时，纳布站了起来，用满怀希望的嗓音大声地说：

“不，不，他没有死！不！他不会死！我，或随便什么人会死，但他不会！绝不可能！他是个很有办法的人！……”

随后，他感到筋疲力尽，喃喃自语：

“啊！我受不了呀！”

哈伯特向他跑了过去，对他说：

“纳布，我们会找到他的，上帝会把他还给我们的。不过现在你饿了，你吃吧，请吃点东西吧！”

他一面说话，一面抓了几把贝壳类动物给这个可怜的黑人。这实在也只是一份微薄的、不够份儿的食物！

纳布已经几个小时没吃东西了，但他还是不想吃。失去了主人，他不能、也不想活了！

而热代翁·斯皮莱则狼吞虎咽地吃下了这些石蛏，然后他在一块岩石旁的沙地上躺下睡了。他疲乏不堪，不过神情还算安定。

这时哈伯特向他走了过来，并拉了他的手说：

“先生，我们发现有一个比这里更好的地方。天马上要黑了，你到这里来休息。明天，我们再看……”

记者站了起来，由少年领着向“壁炉”走去。

此时彭克罗夫走近了他，以最自然的语气问他，也许他身上有一根火柴吧。

记者停下脚步，在自己的衣服口袋里寻找，没找到，他说：

“我有过火柴，也许全都扔掉了……”

水手又叫住了纳布，问了他同样的问题，回答也一样。

“倒霉透了！”水手不禁大声叫了起来。

记者听见他说的话，就问彭克罗夫：

“一根火柴也没有吗？”

“一根也没有，因此火也没法生！”

“啊！”纳布高声说，“如果我主人在这里，他就会有办法！”

这四个落难者互相对视着，一动也不动，忧心忡忡。还是哈伯特第一个打破了寂静，他说：

“斯皮莱先生，您吸烟，您身上总是有火柴的啊！也许您没好好找找吧？再找找看，只要有一根火柴就行了！”

记者重新在自己的衣袋、背心袋及外套口袋里搜寻了一番。最后，出乎意料的，他在自己背心的夹层里摸到了一小根木柴样东西，令彭克罗夫大喜。他的手指捏住了这根东西，但没法把它取出来。因为这可能是唯一的一根火柴，所以千万不能把火柴头上的磷碰掉。

“让我来拿好吗？”少年对他说。于是他非常灵巧地把这根对他们这几个可怜的人来说是如此紧要的火柴，完好无损地取了出来。这根火柴平时微不足道，此时可是珍贵无比啊！

“一根火柴！”彭克罗夫叫了起来，“啊！这就像我们有了一整船火柴一样！”

他拿了这根火柴，身后跟着他的伙伴们，重新回到了“壁炉”。

这样一根小小的火柴在有人居住的地方，人们浪费很多，毫不在乎，也值不了多少钱，但在这里用这根火柴却要特别小心。水手确证了火柴是干燥的，然后他说：

“需要一些纸。”

“这里有。”热代翁·斯皮莱说，他稍作犹豫，就撕了一张笔记本上的纸。

彭克罗夫拿了记者递给他的这张纸，在炉子面前蹲了下来。炉子里面，木柴下面放了一堆干燥的枯草、树叶和苔藓，架空地放，这样空气流通很顺畅，木柴也容易燃烧。

这时，彭克罗夫把这张纸折成圆锥形，就像吸烟者在大风天气里做的那样，然后把这圆锥形的纸筒插在苔藓里。接着，他拿了一块稍有凹凸不平的卵石，仔细地把它擦了擦，心怦怦乱跳，他屏住呼吸，在上面轻轻地划了一下火柴。

这一划没有产生任何效果，彭克罗夫由于害怕把火柴头上的磷碰掉，他没敢使劲。

“不，我不行，”他说道，“我的手在发抖，火柴划不着……我不行……我不要！”他站了起来，请哈伯特代替他。

的确，这个少年有生以来从没有像现在这样紧张过。他的心脏剧烈地跳动着，普罗米修斯当年盗天火也不会比他更激动。不过他并不犹豫，很快地就在卵石上划火柴。随着轻微的哧的一声响，燃起了一小股淡蓝色的火苗，同时产生了呛人的烟味。哈伯特慢慢地转动火柴棒，使火烧得更旺，然后他把火柴棒扔进纸筒里。纸筒几秒钟就着了火，干燥的苔藓也马上燃烧了。

过了一会儿，干柴噼啪作响，由于水手使劲吹气，欢乐的火焰烧得更旺，亮光驱逐了黑暗。

“总算成功了！”彭克罗夫一面站起来，一面说道，“我这辈子还没这样激动过。”

平板石铺的炉灶内的火烧得很好，烟很容易地从狭缝形成的管道中通到外面去，拔风效果不错，很快一股舒适宜人的暖气弥漫开来。

这堆火必须小心不能让它熄灭，在热灰下要一直保留几块麸炭。因为这里不缺柴火，并且随时随地可以再去捡，所以这只是一件需加以注意的事。

彭克罗夫首先想到的是利用炉灶来烧一顿比石蛏更富有营养的晚餐。哈伯特带来两打鸟蛋。记者倚靠在一角，一声不响地看他们在做饭，而脑子里萦绕着三个问题：史密斯还活着吗？如果他还活着，现在身处何方呢？如果他摔下来后没有死，怎么解释现在他还音讯全无呢？至于纳布，他像是丢了魂似的，单独一人在海滩上转来转去。

彭克罗夫平时知道五十二种煮蛋的方法，这时候却没有选择的余地了，他只好把鸟蛋埋在热灰下面，让小火把蛋焖熟。

几分钟后晚餐准备好了，水手请记者来吃他的那份饭。这就是落难者们在这陌生的海岸上的第一顿饭。这些焖熟的鸟蛋美味无比，并且由于蛋含有人所需要的各种营养成分，所以吃了以后，这些可怜的人对此感到非常满意，也觉得恢复了体力。

唉！如果这顿饭他们中没有缺一人该多好！如果从里士满逃出来的五个战俘这会儿能面对这噼啪作响的火堆，坐在石窟里干燥的沙地上，那他们只有感谢上天了！但他们公认的头儿，最有创造才能、最博学的赛勒斯·史密斯却不在了，而且死无葬身之处啊！

3 月 25 日这一天就这样过去了。黑夜已经降临。他们听见外面的风在狂吹，拍岸浪一下一下单调地拍打着海岸。被海浪卷过来卷过去的卵石发出使人昏沉欲睡的撞击声。

记者简要地写下了这一天所发生的事，这块新陆地的初现，工程师的失踪，海岸的勘探，火柴事件，等等。写完后，他就退到一个黑暗的角落里去睡觉，由于过度疲劳，他在睡眠中得到了休息。

哈伯特也很快就睡着了。至于水手，他在炉子旁过夜，一直提防着炉火熄灭，所以柴火烧了不少。只有一个人没在“壁炉”内休息，这就是绝望的、难以安慰的纳布，尽管大伙儿都劝他进来睡觉，他还是整夜都在海滩上一边呼唤着自己的主人，一边踱来踱去。

第六章

落难者的物品清单——什么也没有——烧焦的布——森林里的一次远足——常绿树的植物志——逃走的啄木鸟——野兽的足迹——锦鸡——松鸡——一次奇特的“钓鱼”

这些空中落难者被抛到这个显然是无人居住的海岸上后，他们所拥有的物品清单很快就能列出来。

除了在发生灾难时他们身上所穿的衣服，其他就没什么东西了。当然要提一提热代翁·斯皮莱的一本笔记本和一只手表，这些无疑是他在不经意间留下的。他们没有一样武器、一件工具，甚至连把小折刀也没有。为了减轻气球的重量，这些吊篮上的乘客把所有的东西都扔掉了。

即使是丹尼尔·笛福[①]或维斯[②]的小说中所虚构的主人公，以及在胡安·费尔南德斯群岛或奥克兰群岛航海遇难的赛尔扣克和雷纳尔，也不像他们这样一无所有。那些人或者能从自己搁浅的船上取出粮食、家畜、工具和弹药等东西，或者有些遇难船只的漂流物漂到海岸，使他们得到生活必需品，从而能继续生存下来。他们一开始绝不是两手空空地面对大自然。但在这里，这些人没有任何工具和器皿。什么都没有，但必须做一切事情。

---

① 丹尼尔·笛福（1661—1731），英国小说家，《鲁滨逊漂流记》的作者。
② 维斯（1781—1830），瑞士文学家，《瑞士鲁滨逊》的作者。

而如果赛勒斯·史密斯和他们在一起，如果工程师能把他的实用科学、他的创造精神运用到目前的情况中，那么一切就有了希望。唉！不能指望重新见到赛勒斯·史密斯了。这些落难者们只能寄希望于自己和上帝了，上帝永远不会抛弃具有真诚信仰的人。

但首先，他们该不该在这岸边住下来呢？他们还不了解这里属于哪个大陆，有没有人居住，或只是一座荒岛的海岸。这些都是需要马上解决的重要问题，有了答案才能采取措施。但根据彭克罗夫的意见，似乎再等几天再去勘探比较合适。事实上，他们也需要筹备一些食物，特别是要去弄一些比单调的鸟蛋和软体动物更好的食品。探险者们还有很多劳累的工作要做，但他们连一个休息的场所都没有，他们首先必须恢复体力。

"壁炉"暂时可供他们休息。火生起来了，保存火炭就会很容易。目前在岩石缝里和海滩上有不少鸟蛋和贝壳类动物。在高地上空有成百上千只鸽子在飞翔，用棍子或石块都能打死几只。说不定邻近森林的树上还结有可以食用的果子呢？最后，这里还有淡水。因此，大家同意在"壁炉"里待几天，做些准备，然后去海岸或内陆探险。

纳布特别赞同这个计划。他坚持自己的想法和预感，不想马上就离开这个出事的地方。他不信、也不愿相信赛勒斯·史密斯已经死亡。纳布认为，像他这样的人是不可能被海浪冲走、淹死在离海岸几百步远的地方的，不会！除非海浪把工程师的尸体冲到岸上来，他目睹并且亲手触摸到主人的尸体，他才会相信主人的死亡。这种想法简直在他心里扎了根，并且越来越牢固。也许这是幻想，不过是一种值得尊敬的幻想，水手不愿让它破灭！就水手而言，他已不抱有希望，工程师肯定已葬身于海浪，但跟纳布没什么可争论的。后者就像一条狗，不愿离开主人倒下的地方，他似乎也痛苦得活不下去了。

3 月 26 日这天早晨，纳布在黎明时分又沿着海岸朝北面走去，他回到了史密斯不幸被海浪吞没的海边。

这天中午吃的仅仅是鸽蛋和石蛏。哈伯特在岩石凹处找到一些由于海水蒸发而沉积下来的盐，这种矿物质来得正是时候。

吃过饭，彭克罗夫问记者是否愿意陪哈伯特和他一起去树林里打猎。但考虑再三，必须要有人留下来照看火堆，并且很可能会有纳布需要帮助的情况发生，因此，记者就留了下来。

“去打猎吧，哈伯特，”水手说，“路上我们要搞些猎具，在林子里削些武器。”

但在临出发的时候，哈伯特提醒说，既然没有火绒，也许可以用另外的东西替代。

“什么东西？”彭克罗夫问道。

“烧焦的布，”少年回答说，“在必要时这可以作为火绒用。”

水手觉得这个主意很合理，不过麻烦之处是需要牺牲一块手帕。但这是值得的，于是他从自己的大格子手帕上撕下一块来，把它烤成焦布。他们把这块易燃的焦布放在石洞中间能避风挡潮的一块岩石的小洞里。

这时已是上午九点钟了。天阴沉沉的，刮着东南风。哈伯特和彭克罗夫绕过“壁炉”的拐角，还朝那缕从岩石顶端冒出的袅袅轻烟瞥了一眼，然后沿着河的左岸而上。

走进树林，彭克罗夫就把迎面的一棵树上的两根大树枝折下来，做成粗木棍，而哈伯特则在一块石头上把木棍的尖端磨平。啊！为了换取一把刀，他们什么都肯给。随后，两位猎人沿着河岸向深草丛走去。河流从西南方向的拐弯处开始渐渐变得狭窄了，两岸都是峭壁，上面被形成拱门的茂密树枝覆盖着。为了不迷路，彭克罗夫决定沿着河边走，这样总能回到出发的地方。但河边的路并不好走：这里有些树的垂枝一直弯到水面上，那里又有爬藤和荆棘需要用木棍去开路。哈伯特常常像一只灵巧的小猫在树墩间跑来跑去，一会儿又消失在矮树丛中。但彭克罗夫马上叫他回来，要求他千万不要走远。

这时水手仔细地观察周围的情况：左岸地势平坦，向内陆的地势渐渐趋高。有几处湿地，好像是沼泽地。这使人觉得有个地下水网，通过一些地下断层，水网的水流向河中。有时会有一条小溪流过矮树丛，不过人要渡过并不困难。对岸显得更为崎岖，而峡谷则轮廓分明，河水就从峡谷的底部流过。层层叠叠覆盖的小山形成一道屏障，挡住了视线。从右岸走会很困难，因为这里的斜坡突然变陡，而垂在水面上的树枝被树根强有力地支撑着。

不用说，这片树林，以及他们已走过的海岸都是没有人迹的地方。彭克罗夫只发现了一些四足兽的足迹，和一些动物新近走过时留下的痕迹，不过他认不出是什么动物。可以肯定的是——这也是哈伯特的看法——有些足迹是凶猛的野兽留下的，这样的野兽，碰上了可不能掉以轻心。不过，没有任何斧子砍树根的痕迹。没有篝火的余灰，也没有人的脚印。也许这才是值得庆幸的事，因为在太平洋之中的这块土地上，有人出现也许更可怕。

哈伯特和彭克罗夫几乎都不说话，路很难走，前进的速度非常慢，走了一个小时，不过才前进了一英里多路。到现在为止，打猎还一无所获。倒是有几只鸟儿在枝叶间鸣叫着飞来飞去，显得非常担惊受怕，似乎人类引起了它们本能的恐惧。在树林里的一片沼泽地上，哈伯特在一些飞禽中指出一种很像翠鸟的鸟，鸟嘴又长又尖，但与翠鸟不同的是，它的羽毛有着金属般的光泽，并不好看。

“这可能是一种啄木鸟。”哈伯特边说，边尽量走近去。

“如果它能让我们烤一烤，”水手说，“就有机会尝尝啄木鸟的味道了！”

此时少年灵巧地用力扔出一块石子，打中了啄木鸟翅膀的根部，但力气还不够大，鸟儿急速飞走，一会儿就消失得无影无踪。

“我真笨！”哈伯特叫了起来。

“不，孩子！”水手回答说，“你这一下子打得很准，别人还打不中呢。算了，不要气恼了！改天我们会逮住它的。”

勘探工作继续进行。随着他们往前走，树木越来越稀疏，但树都很美，只是上面结的果子都不能食用。彭克罗夫徒劳地寻找着几种在日常生活中很有用途的珍贵棕榈树，这些树在北半球可以生长到北纬40° 的地区，而在南半球却只能生长到南纬 35° 的地区。这片森林里只有针叶树。比如哈伯特认得的喜马拉雅雪松，类似北美洲西北部海岸的洋松，以及高达一百五十英尺的令人赞叹的冷杉。

此时有一群长尾闪色、羽毛美丽的小鸟飞来，它们栖落在枝头，抖动着身体，羽毛掉在地上，好像为地面铺了一层上等的羽绒。哈伯特捡了几支羽毛，看了看说：

“这些是锦鸡。”

“我宁愿它们是珠鸡和大松鸡，”彭克罗夫说，“不过，它们是否好吃？……”

“好吃，并且肉质很嫩，”哈伯特回答说，“而且，如果我没记错的话，人们可以很容易地靠近它们，用棍子把它们打死。”

水手和少年悄悄地钻进深草丛里，来到一棵大树底下，这棵树靠近地面的枝杈上，栖息着无数锦鸡，它们正在等着捕食爬过来的小虫，这是它们的食物。锦鸡用它们的毛爪紧紧地攀停在那些不粗不细的树枝上。此时，两名猎手站起身来，像使用镰刀一般地挥动他们的木棍，打下一连串的锦鸡。这些鸟都没有想飞走，就这样惊呆地被打下来了。当剩下的一些鸟要飞走时，地上已散落了上百只了。

“好啊！”彭克罗夫说，“这种猎物倒是非常适合像我们这样的猎手！用手就可以逮到！”

水手用一根柔软的细枝把这些鸟串起来，就像排成行的云雀。随后他们继续进行勘探。他们观察到这里的河水宽了一些，并向南形成一个河湾，但这个河湾并没有延伸太长，因为河水的源头可能就在山里，河水来自主峰融化的积雪。

我们知道，他们这次远足的特别任务是给“壁炉”的居民提供尽可能多的猎物。到目前为止，这个任务还不能说已完成。因此，水手还在积极地寻找。突然有一只动物窜进了草丛，他们连辨认都来不及，于是不禁低声抱怨起来。唉！如果托普在就好了！但托普和它主人同时失踪了，大概和它的主人一起死了。

下午三时左右，一些树上又飞来了一群鸟，它们啄食刺柏的芳香果实。突然，林子里回响起一阵喇叭似的鸣声。这种奇特而响亮的声音是由在美国被称为松鸡的鸡形目鸟发出来的。他们很快就看见了好几对，这种鸟身上的羽毛是浅黄褐色的，夹杂着褐色的斑纹，尾巴则为全褐色。哈伯特认得公鸟的脖子上长着两支长长的羽毛，就像是尖尖的翅膀一样。彭克罗夫打定主意要去逮上一只，因为这些松鸡像母鸡一样肥，而肉质则胜过笋鸡。不过它们很难抓到，人根本无法靠近。试了几次，均告失败，也把松鸡给吓跑了。水手只得对少年说：

“既然它们飞的时候没办法抓，我们应该想办法用绳子来逮它们。”

“像钓鲤鱼一样吗？”哈伯特为这个建议惊讶地叫了起来。

“是的。”水手一本正经地回答道。

彭克罗夫在草堆里已发现六个松鸡窝，每个窝里有两三只蛋。他很小心地不去碰这些窝，因为窝的主人肯定会回来。他就打算在松鸡窝边布下绳索——不是套索，而是真正的钩绳。他把哈伯特带到松鸡窝附近，在那里，他用只有伊萨克·沃尔顿[①]的弟子才具有的细心，制作他的特殊装置。哈伯特很感兴趣地注视着他，但是心里一直在怀疑这能否成功。钩绳是用细细的爬藤一根又一根地连接起来的，总长度为十五至二十英尺。彭克罗夫把矮小的刺槐上粗大坚固的倒刺绑在爬藤的一头，作为钩子。至于钩饵，他就用在地上爬行的一种红色的大毛虫代替。

① 有关钓鱼论著的著名作家。

做完这些事后，彭克罗夫灵敏地悄悄穿过草丛，把装有钓钩的绳子的一头放置在松鸡窝边，然后回过身来，拿着绳子的另一头，和哈伯特一起躲在一棵大树后面。于是两人就耐心地等着。说实话，哈伯特对这个很有办法的彭克罗夫能否成功并没有抱很大的希望。

整整半个小时过去了，正如水手所预料的那样，有好几对松鸡回到了窝里。它们跳来跳去，啄食地上的东西，丝毫没有怀疑这里有猎人。而猎人们早就藏到松鸡的下风处了。

当然，此时此刻，少年觉得非常有趣，他屏住呼吸。彭克罗夫则两眼圆睁，张着大嘴，双唇前伸，好像他就要品尝松鸡肉似的，大气也不敢出。

松鸡只是在钓钩近处走来走去，并没有注意地上的钩饵。于是彭克罗夫轻轻地拉了几下绳子，钩饵也微微一动，好像这些虫子还活着。

此时水手的心情肯定比钓鱼人还激动，因为钓鱼人是看不见鱼儿在水中上钩的情景的。

绳子动了后，很快就引起了松鸡的注意，它们用嘴来啄食钓饵。有三只很贪吃的松鸡同时把钩子和食饵都吞了下去。彭克罗夫突然迅猛地把绳子一提，松鸡的翅膀扑扑乱打，说明它们是被逮住了。

“乌拉！”彭克罗夫边喊边朝猎物跑去，一会儿工夫，他就成了能主宰它们的主人了。

哈伯特拍着手，他第一次看见用绳子来捕捉鸟类，水手很谦虚，说他不是首创者，也不是第一次这样做。

“总之，”他补充说，“处在我们现在的情况，我们必须多想些办法才行！”

松鸡的爪子都被绑了起来。彭克罗夫很高兴不会空手而归了。他看看天色不早，觉得该返回住处了。

这条河指明了该走的方向，他们只需顺河而下就可以了。将近六点钟的时候，非常劳累的哈伯特和彭克罗夫回到了“壁炉”。

第七章

纳布还没回来——记者的思虑——晚餐——即将来临的艰难夜晚——骇人的暴风雨——黑夜外出——与风雨搏斗——在离原营地八英里的地方

此时热代翁·斯皮莱双臂交叉抱在胸前，一动也不动地站在沙滩上，注视着大海。东西水平线上乌云层层叠叠，并且很快上升到空中。风力变大了，随着太阳下沉，天气也越来越凉。整个天空呈现出恶劣的景象，显然这是风暴即将来临的征兆。

哈伯特走进了“壁炉”，而彭克罗夫则向记者走去。全神贯注的记者没有看见他走过来。

“斯皮莱先生，今天晚上我们会碰上一个艰难的夜晚！”水手说，“海燕喜欢风和雨。”

这时候记者转过身来，看见了彭克罗夫，他首先问：

“根据你的看法，海浪冲走我们的伙伴时，气球离海岸有多远？”

水手没有想到他会提出这个问题。他思考了一会儿，然后答道：

“至多两链远。”

“一链有多远？”热代翁·斯皮莱问道。

“大概一百二十英寻，也就是六百英尺。”

“这么说，”记者说，“赛勒斯·史密斯可能是在离海岸最多一千二百英尺的地方失踪的了？”

“差不多。”彭克罗夫回答道。

“他的狗也是在那里失踪的？”

“是的。”

“使我惊讶的是，”记者补充说，“假定我们的伙伴死了，同样狗也死了，怎么狗和主人的尸体都没有被冲回岸边呢？”

“海浪这么大，这是不奇怪的，”水手回答说，“而且有可能海水把他们冲到很远的地方去了。”

“这么说，你肯定认为我们的同伴已在海里淹死了？”记者又一次问道。

“我是这样认为的。”

“彭克罗夫，”热代翁·斯皮莱说，“尽管我佩服你的经验，但我认为，不管史密斯和托普是死是活，他们双双消失得无影无踪，此事有无法解说和不合情理的地方。”

“斯皮莱先生，我很愿意和你有同样的想法，”彭克罗夫回答道，“不幸的是，我确信他们已经死了。”

说完话，水手就回到“壁炉”里。炉火噼噼啪啪烧得很旺。哈伯特刚刚添加了一抱干柴，火焰照亮了通道的阴暗处。

彭克罗夫立刻动手准备晚餐。由于大家都需要恢复体力，所以他认为应该弄些耐饥的食物才好。他们把一串串锦鸡留到第二天去吃，而将两只松鸡去了毛，然后用一根小木棍穿起来，放在旺火上烤。

晚上七点钟，纳布还没有回来。这么长时间待在外面，使彭克罗夫很为这个黑人担心。他在这片陌生的土地上会不会碰上什么意外？这个不幸的人会不会做出绝望的举动？哈伯特却不以为然。他认为纳布没有回来，是因为发生了新的情况，使他要继续寻找。况且，这种新的情况只可能是对赛勒斯·史密斯有利的。如果不是某一种希望把他留住，纳布为什么不回来呢？也许他已发现了某种迹象，一个脚印，或者是一件残留的漂流物指点了他？也许，这时候他正沿着一个踪迹在寻找，或许他甚至已经靠近他主人了呢？……

少年是这样推测的，他把这些想法都说了出来。大家都听他说，只有记者做着手势表示赞同，彭克罗夫认为纳布在海滨寻找的时候，走到比昨天更远的地方去了，所以现在还回不来。

此时哈伯特有一种隐隐约约的预感，他显得坐立不安了，几次三番提出要去迎接纳布。彭克罗夫告诉他，现在去会白跑一趟，而且天这么黑，天气这么恶劣，不可能找到纳布的踪迹，最好还是等他回来。如果明天纳布还没回来，彭克罗夫会毫不犹豫地和哈伯特一起去寻找他。

热代翁·斯皮莱同意水手的意见，不要再分开行动，哈伯特只好放弃自己的打算，但是两颗大大的泪珠夺眶而出。

记者不禁把这个厚道的孩子拥入自己的怀抱。

天气终于变坏了。一阵无比猛烈的东南风刮过海滨。人们听见正在退潮的海水咆哮着，猛烈地拍打着海岸前沿的岩石。雨水被飓风吹得像雾水般升起，岸边笼罩着层层雾气，卵石哗哗作响，好像装着碎石的四轮载重车在卸货。夹杂着风沙的大雨袭来，使人受不了，空气中弥漫着沙尘和水雾。打着漩涡的河水在河口和两岸石壁之间奔腾向前，狭窄的河谷上空形成了一股势不可挡的强烈气旋。“壁炉”里的烟经常通过细小的管道倒灌进来，弥漫在通道里，人在里面很不舒服。所以彭克罗夫煮好松鸡以后，就熄了火，只在热灰下保存一些火炭。

八点钟了，纳布还没有回来，很可能是恶劣的天气阻挡他回来，因为他必须找个洞穴躲避一下，直到这场暴风雨过去，至少也要待到天亮。在这种情况下，要去寻找并迎接他是不可能的。

野味是晚饭唯一的菜。肉的味道很不错，大家吃得很开心。尤其是彭克罗夫和哈伯特走了很多路，胃口大增，简直是狼吞虎咽。

饭后，每人都回到前一天晚上睡觉的角落，水手摊手摊脚地躺在炉火边，身旁的哈伯特很快就入睡了。

外面，夜深了，暴风雨也更加猛烈。这场风暴和把这些俘虏从里士满带到这个太平洋岛屿上的那一次风暴很相似。春秋季节，这样的暴风雨很频繁，并且常常造成极大的灾难，尤其在这片毫无遮挡的宽广海滩上，情景更为可怕。因此，不难想象，这个面向东方的海岸直接受到飓风的猛烈袭击，风力之猛难以描述。

幸好垒成“壁炉”的岩石很坚固，都是些巨大的花岗石块，不过有几块根基不够平稳，有点摇晃。彭克罗夫手抚在岩壁上可以感觉到频频的颤动。不过，最终他一再劝慰自己：没有什么可害怕的，这座临时避难所绝不会倒坍。尽管如此，他还是听到了石块从高地上被风刮下、掉到海滩上的声音。甚至有几块滚到了“壁炉”的顶上，有的垂直落下，碎成小块飞散开来。有两次，水手起来爬到通道口，以便观察外面的情况。雨不是很大，构不成什么危险，他又重新回到灶火前的睡铺上去，炉灶里的炭火在炭灰下噼啪作响。

尽管外面的暴风在咆哮，风雨声哗啦啦，雷声轰隆隆，哈伯特依然睡得很沉。最后彭克罗夫也困倦了，他的水手生涯使他对这一切习以为常。只有热代翁·斯皮莱还醒着，他焦急万分，责怪自己没有陪纳布一起出去。显然他还是满怀希望。使哈伯特心神不定的预感同样也使他坐立不安。他的思想集中在纳布身上。纳布还没有回来吗？他在沙地上翻着身，全然没有留意外面的狂风暴雨。他有时会合上因疲劳而变得沉重的双眼，但不一会儿，脑子里迅速闪过的某一念头又使他立即睁开了眼睛。

此时已是深夜，差不多凌晨两点钟的时候，睡得很熟的彭克罗夫被人猛力地摇晃着。

“什么事？”他醒来问道，并且立刻恢复了神志，这是水手特有的本领。

记者向他俯下身来，对他说：

“彭克罗夫，你听！你听！”

水手侧耳细听，但在狂风声中，他分辨不出有什么其他的声响。

“这是风声。”他说道。

“不是，”热代翁·斯皮莱说，“再听听，我好像听到……”

“听到什么？”

“狗的叫声！”

“有狗！”彭克罗夫一骨碌爬了起来并叫道。

“是呀，有狗叫声……”

“这不可能！”水手回答说，“况且又是暴风雨的天气……”

“你听！你听！”记者说。

彭克罗夫更加仔细地听了一会儿，确实，在风雨的间隙中，他相信是听到了远处的狗叫声。

“怎么样！”记者边说边握紧水手的手。

“是的，是的！”彭克罗夫回答说。

“是托普！是托普！……”刚刚醒来的哈伯特叫了起来。于是三个人一齐冲向“壁炉”的洞口。

想要出去非常不容易，大风把他们吹了回来，但最终他们还是出去了，不过只能倚靠在岩石上才能站住。他们环顾四周，无法张口说话。

天色非常黑，海洋、天空和大地都成了黑漆漆的一团，周围没有一丝亮光。

记者和他的两个伙伴就这样待了几分钟，他们对狂风束手无策，浑身被雨水淋得透湿，眼睛被风沙吹得睁不开来。随后，在暴风雨停止的间隙，他们又听到了狗叫声。他们认定这是在很远的地方。

这样叫的狗只能是托普！它是孤零零的，还是有人和它在一起？多半是孤零零的，因为如果纳布和它在一起的话，一定会急急忙忙地朝“壁炉”这边来。

水手无法让人听见他讲话，就按了按记者的手，意思是说“等一下”！然后他就回到过道里去了。

过了一会儿，他拿了一捆点燃的干柴出来，把火把投入黑暗中，并吹起尖声的口哨。

狗的叫声越来越近了，好像它就在等待这个信号似的，过不多久，一只狗奔进“壁炉”的过道里。彭克罗夫、哈伯特和热代翁·斯皮莱也都跟着它走了进来。

炭火上加了一把干柴，烧旺的火焰把过道映得通亮。

“这是托普！”哈伯特大声说道。

确实是托普，它是一只出色的盎格鲁–诺尔曼杂交狗，具有这两种狗的优良品质，跑得快，嗅觉也非常灵敏。这是工程师赛勒斯·史密斯的狗。但它现在是孤零零的！他的主人、纳布都不在身边！

不过托普不知道“壁炉”这个地方，它的直觉怎么会把它引到这里来的呢？真是不可思议，特别是在这样一个暴风雨的漆黑的深夜！更无法解释的是，这条狗显得一点也不疲乏，身上也没沾上污泥或沙土！……

哈伯特把狗拉到自己身边，双手拍着它的头。托普听任哈伯特这样做，并把自己的脖子在哈伯特的手掌中磨蹭。

“既然狗找到了，那么它的主人也就能找到！”记者说道。

“上帝保佑！”哈伯特回答说，“我们走吧，托普会为我们领路！”

彭克罗夫没有表示异议，他觉得托普的到来能断然否定他的推测。他说：“我们走！”

他仔细地盖好炉子里的炭火。为了回来时有火种，他在炭火下面放了几块木柴。托普轻轻叫了几声，似乎来邀他走，他带了一些晚饭吃剩的东西，随着托普冲向外面，记者和少年也跟在后面。

此时风雨大作，也许是最猛烈的时候。云层后的月亮没有透出一丝亮光。要走一条直路很困难，最好还是相信托普的直觉。他们也是这样做的。记者和少年跟在狗的后面，水手走在最后。他们之间无法交谈。雨下得并不大，因为风力很猛，雨水被吹成了细雾。

不过很幸运，有一个情况对水手和他的两个同伴是有利的：从东南方向吹来的风正好从背后推着他们走路。他们只是从后面承受大风扬起的、令人无法忍受的沙尘，只要不转过身去，他们就不会觉得这对于他们的赶路会有什么妨碍。总之，他们常常不由自主地走得很快，加快脚步也是为了避免人后仰，一个巨大的希望使他们力量倍增。现在的情况已不像发生意外事故的时候了，他们已经上了岸。他们毫不怀疑纳布已经找到了主人，所以才把那只忠实的狗派了回来。不过工程师还活着吗？纳布把他们叫来，会不会只是为了处理不幸的史密斯的后事呢？

在谨慎地越过高地的悬崖后，哈伯特、记者和彭克罗夫停下脚步喘口气。再次出现的岩石为他们挡了风，走了——不好说跑了——一刻钟后，他们已是气喘吁吁。

此时，他们才能听得到彼此说话，才能互相交谈。少年提到赛勒斯·史密斯的名字，托普就轻轻地叫几声，好像想说它的主人已得救了。

“得救了，是吗？”哈伯特又说，“托普，是得救了？”

狗好像回答似的又叫了几声。

他们重新又上了路。这时大约是凌晨两点半。海水开始上涨，大潮由于狂风的推波助澜显得更加凶猛可怕。巨浪撞击在礁石上，发出隆隆声，几乎都要淹没这个看不见的小岛。海岸直接暴露在海浪的袭击下，长堤已不起保护作用。

水手和他的同伴们一离开悬崖，风就又猛烈地吹向他们。托普毫不犹豫地朝着它认定的方向跑去，大家拱着身体，背着狂风，快速地迈步跟上。他们朝北面走去，右边是延绵不断的海浪，汹涌澎湃，发出震耳欲聋的轰鸣声，左边则是一片无法看清楚的黑乎乎的地方。但他们觉得这是块平地，因为现在狂风并没有像刮到花岗岩峭壁上那样受到阻碍。

凌晨四时，他们估计已走了五英里路。此时，云层上升了一些，地上也亮了些。狂风里的水汽少了些，但风却刮得更迅猛，冰凉刺骨。彭克罗夫、哈伯特和热代翁·斯皮莱衣服穿得很少，可能都冻得厉害，但他们一句怨言也没有。他们决心跟着聪明的托普，到它想去的地方。

五点钟左右，天开始亮了。头顶上是薄薄的雾气。一开始，一些淡灰的色调勾勒出云层的边缘，一会儿，有一道亮光透过黑黑的云层，在海平面上清晰地展现出来。浪尖闪烁着淡黄色的亮光，浪花又变成了白色。此时，左面崎岖不平的海岸模模糊糊地呈现出来，不过这还只是黑色背景上的灰色轮廓而已。

早上六点钟，天大亮。云层迅速地上升。此时，水手和他的伙伴们离开"壁炉"大约有六英里了。他们沿着一条非常平坦的海滩走去，由于正值涨潮，海边的礁石只露出上面的一部分。左边高低不平的沙丘上竖立着一根根蓟草，呈现出一大片沙质地区的荒凉景象。岸边有太多犬牙交错的悬崖峭壁，面临大洋只有一长溜不规则排列的小山丘。这里或那里生长着怪模怪样的大树，它们全都向西面躺着，树枝也向西面伸展。而在西南方向的远处，森林连成一片。

这时，托普明显地激动起来。它跑在前面，又朝水手跑回来，似乎要求他加快脚步。它离开了海岸，在令人赞叹的本能的驱使下，毫不犹豫地走入了沙丘。

大家都跟在狗的后面。这地方完全像是荒漠，没有任何生物存在的迹象。

沙丘的边缘很宽阔，上面不规则地排列着小丘和山岗。它就像一个小小的瑞士地形沙盘模型，只有具备惊人的本能才能认得路。

离开海岸五分钟后，记者和他的伙伴们来到了一个挖在高高的沙丘背后的洞口前。托普这才停住，并且高叫了一声。斯皮莱、哈伯特和彭克罗夫走了进去。

纳布在里面，跪在一个躺在草铺上的人身旁……

此人正是工程师赛勒斯·史密斯。

第八章

赛勒斯·史密斯还活着吗？——纳布的叙述——脚印——一个难以解答的问题——赛勒斯·史密斯开口说的第一句话——脚印的验证——回到“壁炉”——惊呆了的彭克罗夫

纳布一动也不动。水手只大声地问了他一句：

“还活着吗？”

纳布没有回答。热代翁·斯皮莱和彭克罗夫脸色变白了。哈伯特绞着双手，一动也不动地站着。这个可怜的黑人显然沉陷在痛苦中，既没有看见他的伙伴们，也没有听见水手的话。

记者跪在僵卧着的身体旁，稍稍解开他的上衣，然后把耳朵凑在胸前。一分钟——简直像一个世纪——过去了，他是在努力发现卧者有无心脏跳动的迹象。

纳布稍稍挺直了身体，两眼发直，什么也看不见。一个人无论有多么绝望，他的脸也不可能有这么大的改变，由于过度的疲劳和伤心，纳布都快让人认不出了。他以为自己的主人已经死了。

热代翁·斯皮莱经过长时间的仔细观察后，站起来说：

“他还活着！”

这会儿，彭克罗夫靠近赛勒斯·史密斯蹲下来。他的耳朵也捕捉到几下心跳的声音，而且唇边感觉到工程师微弱的呼吸气息。

哈伯特一听到记者的话，就冲出去找水。他在离开洞口一百来步的地方发现一条清澈的小溪。显然，由于前一天下了雨，所以水位上涨了，并且经过沙石的过滤，水变得很干净。但沙丘上一只贝壳也没有，拿什么盛水呢？少年没有办法，只好把自己的手帕浸了溪水，然后急忙奔回山洞。

幸好热代翁·斯皮莱只想用水来润湿一下工程师的嘴唇，所以这块湿手帕也就顶用了。凉水立即产生了效果：赛勒斯·史密斯从胸口发出一声叹息，他甚至好像努力要说话。

"我们会救活他的！"记者说道。

听了这话，纳布又充满了希望。他把主人的衣服脱掉，以便察看身上是否有伤。赛勒斯·史密斯的头、身体和四肢都没有挫伤与擦伤，这非常出人意料，因为他很可能是摔在岩石中的；他的两只手也很完好，很难解释工程师在努力翻越礁石过程中，怎么会不留下一点伤痕。

只有等赛勒斯·史密斯能说话时，才能听他解释所发生的事。眼前重要的是救活他，也许按摩能产生效果。大家用水手的短外套来进行按摩。经过使劲的按摩，工程师的身体重新暖和起来了，他的双臂微微动了动，呼吸也开始正常了。他显然已经精疲力竭。如果记者和他的伙伴们没有及时赶到，他的命就保不住了。

"你以为你的主人已经死了吗？"水手问纳布。

"是的，我以为他已经死了，"纳布回答道，"要是托普找不到你们，你们不来这里，我就可能把主人掩埋了，然后死在他身旁。"

可见，赛勒斯·史密斯的生命非同小可！

纳布这才把情况讲述了一番。那天，他拂晓时离开"壁炉"，爬上北面的海岸，来到他曾经走过的滨海地带。

在那里，纳布搜寻了海岸、岩石缝、沙滩。哪怕有最细小迹象的地方他都去看了，但他承认，一点希望也没有。他特别察看了潮水涨不到的沙滩部分，因为所有其他地方的痕迹都可能会在涨潮、落潮的时候被冲刷掉。此时，纳布已经对主人的生还不抱希望。他只想能找到主人的尸体，亲手把它埋葬掉。

纳布找了很久。他的努力是徒劳的，这个荒凉的海岸好像从没有人来过。每次涨潮带上来的成千成万的贝壳散布在海滩上，不见有破碎的壳，可见没有人碰过它们。在二百至三百码的范围内，没有任何人登岸的痕迹，无论这种痕迹是旧的还是新的。

于是纳布决定重新登上海岸，再走几英里路，潮水可能会把尸体冲到更远的地方去。如果海岸平坦，而尸体又在附近漂浮，那么潮水迟早会把它冲到岸上来。纳布深信这一点，他很想最后见主人一面。

“我沿着海岸又走了两英里，我察看了所有退潮时的礁石，所有涨潮时的沙滩，什么也没发现，我很绝望，但昨天傍晚将近五点钟时，我在沙滩上发现了人的脚印。”

“人的脚印？”彭克罗夫大声问。

“是的。”纳布回答道。

“脚印是从礁石那边开始出现的吗？”记者问他。

“不是，”纳布回答道，“只是从涨潮线那里开始有，因为涨潮线和礁石之间的脚印可能已被潮水冲掉了。”

“纳布，继续讲下去。”热代翁·斯皮莱说。

“当我看见这些脚印时，简直高兴得像疯子一样。脚印非常清楚，一直走向沙丘。我跟着这些脚印跑了四分之一英里，小心翼翼地不把脚印踩掉。五分钟后，天也黑了，此时我听到有狗叫声。是托普，它把我引到这里，来到主人的身旁！”

纳布在结束叙述时说，当他重新找到这毫无生命迹象的身体时，他是多么悲伤。他曾想在主人的身上意外发现一些生命的痕迹，他找到的是死去的主人，可他要的是活着的主人！他的一切努力都是徒劳的，他只有对这个如此爱戴的人尽最后一次义务了！

此时纳布想到了他的伙伴们，毫无疑问，他们也想最后见一次这个不幸的人。既然有托普在，他难道不可以把重任委托给这聪明、忠实的动物吗？纳布一遍又一遍地重复着记者的名字——在工程师的伙伴当中，托普最熟悉记者的名字——然后对狗指着海岸南面的方向。托普朝着这个指定的方向跑去了。

尽管托普从没到过“壁炉”，但在一种超自然的直觉的指引下，它到达了目的地。

纳布的伙伴们非常注意地听他讲述这一切。但他们总觉得有些事难以解释：赛勒斯·史密斯为了从海里逃生，肯定千辛万苦地才爬越过礁石，怎么他身上一点伤痕也没有呢？还有令人难以明白的是，他是怎么来到离海岸一英里多、处在沙丘中间的这个岩洞的呢？

“这么说，纳布，”记者问，“不是你把你主人搬到这个地方的？”

“不，不是我。”纳布回答道。

“史密斯先生显然是自己来这里的。”彭克罗夫说。

“虽然如此，”热代翁·斯皮莱说，“但真难以相信。”

大家只有从工程师的嘴里才能得到解释，但这要等他恢复说话能力后才行。幸好生命正在复苏。按摩使他血液流畅了。赛勒斯·史密斯又动弹了一下双臂，然后又动了一下脑袋，并且从嘴里又一次吐出几个听不清楚的字。

纳布伏在他身上叫唤他，但工程师似乎没听见，总是双眼紧闭。他的动作是生命的体现，但他的意识还没恢复。

彭克罗夫很懊悔没有火，也没有取火的办法，因为很不幸，他忘了把那块烧焦的布带来，否则用两块石头互相撞击，就可以使焦布烧起来。除了背心口袋里的一块手表，工程师身上其他什么东西都没有。大家的一致意见是尽快把赛勒斯·史密斯抬回“壁炉”去。

不过大家没有料到的是，在细心的照料下，工程师很快恢复了知觉。在用水润湿他的嘴唇以后，他慢慢苏醒过来。彭克罗夫想到在水中搀进一些他带来的松鸡肉汁，哈伯特奔到海岸边，拿回两只大蚌壳。水手调制好这种混合饮料，把它送入工程师的嘴里。工程师贪婪地啜着。

工程师的眼睛睁开了。纳布和记者向他俯下身去。

“主人！主人！”纳布大声叫道。

工程师听见了，他认出了纳布和斯皮莱，然后是另外两个伙伴：哈伯特和水手。他轻轻地握了握他们的手。

他的嘴里又吐出了几个字，这几个字显然他已经讲过，并且表明了此时这个念头仍然困扰着他，这次，大家听懂了。

“是岛还是陆地？”他喃喃地问。

“啊！”彭克罗夫情不自禁地叫了起来，“史密斯先生，只要你活着，我们才不管它是岛还是陆地呢，这个问题以后可以解决。”

工程师稍稍点了点头，然后好像就睡着了。

大家都不愿打扰他的睡眠。记者马上开始安排如何用最好的办法来搬运工程师。纳布、哈伯特和彭克罗夫离开了岩洞，向一个高高的沙丘走去。那沙丘上面长了几棵东倒西歪的树木。水手走在路上，不由自主地重复道：

“一个人只剩下一口气，还在想：是岛还是陆地？多么了不起的人啊！”

彭克罗夫和他的两个伙伴来到沙丘顶上。除了双手，他们没有其他的工具，于是就折下一棵类似海松的树的粗枝，由于受海风吹打，这棵树长得非常瘦弱。他们用这些树枝做了一个担架，铺上树叶和草，这样就可以运送工程师了。

做这件事大概花了四十分钟。当纳布、哈伯特和水手回到赛勒斯·史密斯身边时，已是十点钟了。这段时间热代翁·斯皮莱一直守护着工程师。

此时工程师已睡醒（不如说是从发现他时的半昏迷状态中苏醒过来），脸颊恢复了红润，原先死人般的苍白已褪去。他稍稍抬了抬身体，看了一下四周，似乎想问自己是在何处。

“赛勒斯，你听我说话不会累吧？”记者问。

“不会。”工程师回答他道。

“史密斯先生，”水手说，“我的意见是，如果你再吃点这种松鸡肉冻，听起来就更省力。赛勒斯先生，这可是松鸡肉啊！”水手补上一句，同时把手上的一些松鸡肉冻给他吃，并且加上一些小块肉。

赛勒斯·史密斯嚼着这些松鸡肉，剩下的全由他的三个伙伴分食了。他们的肚子很饿了，这点食物对他们来说少了点。

“好吧，”水手说，“我们在‘壁炉’里有食物，赛勒斯先生，你要知道，我们在南面有一座房子，里面有卧室、床和炉子。伙房里还有好几打鸟，我们的哈伯特叫它们锦鸡。你的担架已准备好了，等你觉得有力气了，我们就会把你抬回住处去。”

“谢谢，我的朋友，”工程师回答道，“再过一两个小时，我们可以出发……现在，斯皮莱，你说吧！”

于是记者讲述了所发生的事，他讲的这些事可能赛勒斯·史密斯不知道：气球最后一次坠落，在这块陌生荒凉的土地上着陆（且不管它是岛屿还是陆地），发现“壁炉”，寻找工程师，忠诚的纳布，还有多亏有了忠实聪明的托普，等等。

“不过，”赛勒斯·史密斯用依然微弱的声音问，“你们不是在沙滩上把我救起来的吗？”

“不是。”记者回答说。

“也不是你们把我抬到这个岩洞里来的？”

“不是。”

“那么这个洞离礁石那边有多远？”

“差不多半英里，”彭克罗夫回答他说，“赛勒斯先生，你惊奇，我们看见你在这里更惊奇。”

“的确，”工程师说道，这会儿他已逐渐恢复了活力，对这些细节问题感到了兴趣，“的确，这事很蹊跷！”

“不过，”水手又说，“你能跟我们说说，你被海浪卷走以后发生的事吗？”

赛勒斯·史密斯回忆了下，其实他记起的事也不多。海浪把他从气球的吊篮网上打入大海，一开始他沉到海下几英寻深处，然后浮到水面。在半明半暗中，他觉得有个有生命的东西在自己身旁动弹。这是托普，它赶着来救他。他抬起头，已看不见气球。因为减少了他和狗的压载量，气球已飞快地飘走了。处在惊涛骇浪中的他，估计自己距离海岸边不会少于半英里。他拼命地游水，试图与海浪作斗争。托普咬住他的衣服支撑住他，但一个激浪冲来，把他推向北边。挣扎了半小时后，他连同托普一起沉了下去。从那时起，一直到这会儿他在朋友们的怀抱中苏醒过来，其间发生的事他就不知道了。

“不过，”水手又说了，“你一定是被海浪冲上岸的，而且还有力气一直走到这里，因为纳布发现了你的脚印。”

“是啊，理应如此……”工程师边思考边回答道。

“那么你们没有看见这海岸上有人的踪迹吗？”

“没有，”记者答道，“另外，如果碰巧有某个救命恩人及时在这里出现，那为什么把你从海上救出后，就弃你不管了呢？”

“亲爱的斯皮莱，你说得很对。告诉我，纳布，”工程师转身问他的仆人，“不会是你……你不可能一时丧失意识……这时候……不，这太荒谬了……”

“是不是还有些脚印留在那里？”赛勒斯·史密斯问道。

“有的，主人，”纳布回答道，“在进来的地方，甚至在沙丘的背面，在避风雨的地方都有。而其他的脚印都被暴风雨冲刷掉了。”

“彭克罗夫，”赛勒斯·史密斯说，“请你把我的鞋子拿去，看看大小与这些脚印是否吻合。”

水手按工程师所说的去做了。纳布领着哈伯特和水手走到有脚印的地方时，赛勒斯·史密斯对记者说：

“这里发生了不可思议的事！”

“真是不可思议！”热代翁·斯皮莱回答道。

“不过现在我们不谈这个，以后再来谈它，亲爱的斯皮莱。”

过了一会儿，水手、纳布和哈伯特回来了。毫无疑问，工程师的鞋子和脚印完全吻合。因此，是赛勒斯·史密斯把脚印留在了沙地上。

“好吧，”他说道，“这一定是我自己有了幻觉，失去了意识，说成是纳布所为！我一定像个梦游者一样，一点也没意识到自己的脚步，托普在把我从海里救上来后，凭着它的本能把我带到这里来……过来，托普！我的狗，过来！”

这条出色的狗一面蹦跳着，一面叫着跑到主人跟前，主人不断地抚摩着它。

大家一致承认，对赛勒斯·史密斯获救的事实没有其他的解释，而这件事的所有荣誉都归于托普。

将近中午，彭克罗夫问赛勒斯·史密斯，大家是否可以把他抬回去了。作为回答，工程师努力站了起来，以证明自己最坚强的意志。但他不得不靠在水手的身上，不然他就摔倒了。

“好！好！”彭克罗夫说，“把工程师先生的担架抬来！”

担架抬了过来。交叉的树枝上铺着苔藓和长长的野草，大家让赛勒斯·史密斯平躺在上面，然后由彭克罗夫抬一头，纳布抬另一头，向着海岸走去。

这段路要走八英里，由于不能走得太快，还必须常常停下来，所以至少需要六个小时才能到达“壁炉”。

风一直刮得很猛，幸好没有下雨。工程师虽躺着，但用胳膊支起脑袋，观察着海岸，特别是面对大海的那部分。他不言语，只是看，这个地方崎岖不平的地势、森林以及各种物产的图像已深深印刻在他的脑海中了。不过，走了两个小时后，他感到疲乏了，就在担架上睡着了。

下午五点半，这支小队伍到达了悬崖，不久就到了“壁炉”前面。

大家都停下了脚步，担架被放在沙地上。赛勒斯·史密斯还没有醒，睡得很沉。

这时彭克罗夫非常惊讶地看到，前一天可怕的暴风雨已大大改变了这里的面貌：崩塌后的大块岩石躺在沙滩上，整个海岸上覆盖着一层厚厚的褐藻类和藻类海草。显然，漫过小岛的海水曾一直冲到巨大的花岗岩壁脚下。

“壁炉”出口前的泥土被猛烈的海浪冲刷出条条深沟。

彭克罗夫脑子里闪过一个预感。他赶紧向通道冲去，但马上又从里面跑了出来，呆若木鸡地看着他的伙伴们……

火种熄灭了，炭灰被水浸泡后成了淤泥。原本留作火绒用的那块焦布也不见了。海水曾经灌到各通道的最里面，所以“壁炉”里的东西都被冲得七歪八倒，全被毁坏了。

第九章

赛勒斯在这儿——彭克罗夫的试验——摩擦取火——岛屿还是陆地？——工程师的打算——在太平洋的哪个位置上？——在森林中——意大利五针松——捕捉水豚——好兆头的炊烟

彭克罗夫几句话一说，热代翁·斯皮莱、哈伯特和纳布对情况全都明白了，这一事故很可能导致非常严重的后果——至少彭克罗夫是这样想的，但正直的水手的伙伴们对此却产生了不同的反应。

由于找回了主人，纳布异常高兴，他不听或者说是不愿去关心彭克罗夫所讲的事。

哈伯特呢，他似乎在某种程度上与水手有同样的担心。

至于记者，他听了彭克罗夫的话，只是简单地回答：

“说真的，彭克罗夫，我觉得这是无关紧要的事！”

“不过我再对你重复一遍——我们没有火种了！”

“呸！”

“也没有办法重新生火了。”

“够了！”

“可是，斯皮莱先生……”

“赛勒斯不是在这里吗？”记者回答道，“我们的工程师不是活着吗？他会有办法给我们生火的。”

“用什么生火！”

“什么也不用。”

彭克罗夫能怎么回答呢？他什么也没说，因为在心底里，他和他的伙伴们一样，对赛勒斯·史密斯充满了信心。工程师对他们来说就是一个小宇宙，是人类一切智慧和科学的总合体！和赛勒斯一起住在一个荒岛上，就像和他住在美国一个工业最发达的城市一样。有了他，大家就不会缺什么；有了他，大家就不会绝望。如果有人来对这些正直的人们说，这片土地将要因火山爆发而毁灭，将要沉入太平洋的深渊，他们也会沉着地回答："赛勒斯在这里！看赛勒斯怎么办！"

不过，此时工程师因一路劳累还在昏睡，因此大家不能向他求助。晚餐必然是没什么可吃的了。事实上松鸡肉已全部吃光，也没有任何办法来煮什么野味。加上储存的锦鸡也踪迹全无，因此必须考虑一下怎么办。

首先，赛勒斯·史密斯被抬到中间的通道里。在那里，大家尽力为他安排了一个用几乎已干燥的藻类植物铺成的床。他睡得很沉，这使他很快恢复了体力，无疑比吃大量的食物还有效。

黑夜已经降临，随着风向突然转为东北，气温下降得很厉害。而且由于海水冲垮了原先彭克罗夫建立起来的通道中的几处隔墙，穿堂风吹过来，使"壁炉"难以居住了。如果不是大伙儿脱下他们的外套或上衣把工程师严严实实地盖起来，他的情况会相当糟糕。

哈伯特和纳布从海滩上捡回许多石蛏，晚餐也只能吃这个东西了。不过除了这种软体动物，还有少年在涨潮时从海水能漫到的高高的岩石上采来的一些可食用的海藻。这属于鹿角菜科的马尾藻，晒干后能提供一种营养极其丰富的胶状物质。记者和他的伙伴们吃了大量的石蛏后，又嚼了些马尾藻，马尾藻的味道还可以。在亚洲沿海地区，这是当地人的一种主要食物。

"不要紧！"水手说，"赛勒斯先生该来帮助我们了。"

不过，天气变得更加寒冷，而且不幸的是他们没有任何办法可以御寒。

水手非常着急，千方百计想取火。纳布也在帮他的忙。他先找到一些干苔藓，然后用两块卵石互相撞击，产生了一些火星；但苔藓不容易燃烧，没有着火。而且这种火星只是一种炽热的光，没有通常打火机的火石打出的火星那样稳定。因此试验没有成功。

尽管毫无信心，彭克罗夫随后还是照土人的办法，试着用两块木头互相摩擦起来。当然，如果按照新的理论，纳布和他两人的运动可以转换为热能的话，那么他们的运动足以烧开轮船上的锅炉了！但一无所获。木块是发热了，但仅此而已，还远不如两个操作者热呢。

经过一个小时的劳动，彭克罗夫浑身是汗，他气恼地扔掉了木头。

“我再也不相信土人能用这种方法来取火了，”他说道，“那里天气一定很热，即使是冬天也是如此！我的双臂都要擦出火来了！”

水手错误地否定了这种方法。土人们确实用快速摩擦木头的办法使它燃烧，但不是所有种类的木头都适合，而且根据大家认可的说法，还有个“诀窍”问题，可能彭克罗夫还没有这种“诀窍”。

彭克罗夫的坏心情没有持续太久。哈伯特重新捡起那两块被他扔掉的木块，更加用劲地摩擦起来。身体壮实的水手看见少年在努力做自己失败的事，不禁哈哈大笑。

“摩擦吧，摩擦吧，我的孩子！”他说道。

“我是在摩擦，”哈伯特笑着回答，“我只是也想热热身，免得冻得发抖，彭克罗夫，我很快就会和你一样热的。”

结果的确如此。不管怎样，当天晚上必须放弃生火的试验。热代翁·斯皮莱一再说赛勒斯·史密斯是不会被这么件小事难住的。但此时，他躺在一个通道的沙地上。哈伯特、纳布和彭克罗夫也照着他的样子躺了下来，托普就睡在主人的脚旁。

翌日，3 月 28 日，工程师早上八点钟左右醒来，他看见守候在自己身旁的伙伴们。就像前一天一样，他第一句话还是：

“是岛还是陆地？”

大家知道这是他最关心的事。

“我们什么都还不知道，史密斯先生！”彭克罗夫回答道。

“你们还不知道吗？……”

“等你带领我们在这个地方看一看后，”彭克罗夫又说，“我们就会知道了。”

“我想是能够试一试的。”工程师说着，不太费劲地起来，并站在那里。

“这太好了！”水手高声说。

“我非常虚弱，”赛勒斯·史密斯说，“给我吃一点东西，朋友们，我就会好的。你们有火的，是吗？”

这个问题没有马上得到回答。过了片刻，彭克罗夫说：

“唉！我们没有火，赛勒斯先生，或者更确切地说，我们不再有火了！”

于是水手就把前一天发生的事讲了一遍。他对工程师讲了他们唯一的一根火柴的故事，然后是他打算用土人的方法取火失败的事。工程师听得津津有味。

“我们再来考虑，”工程师说，“如果找不到和火绒相似的东西……”

“那怎么办？”水手问。

“那我们就来制作火柴。”

“化学火柴？”

“化学火柴。”

“这并不太难。”记者拍了拍水手的肩膀大声地说。

水手觉得事情不会那么简单，不过他也不表示反对。大家都走了出去。天气重新又变得晴朗了。太阳从海平面上升起，巨大的悬崖表面粗糙，犹如棱镜一般，强烈的阳光照在上面，折射出一片金黄色。

工程师迅速地朝四周看了一眼，然后就在一块岩石上坐了下来。哈伯特给了他几把贻贝和马尾藻，并说：

“我们就剩下这些东西了，赛勒斯先生。”

“谢谢，我的孩子，”赛勒斯·史密斯回答，“这些够了，至少，今天早上够了。”

于是他津津有味地吃起这毫不丰盛的食物，并喝了一些用大贝壳从河里舀来的凉水。

大伙儿看着他，都不言语。赛勒斯·史密斯好歹算吃饱了，就把双臂抱在胸前说：

“这么说，我的朋友们，你们还不知道命运是把我们抛在陆地上还是小岛上？”

“不知道，赛勒斯先生。”少年回答道。

“明天我们就会知道，”工程师又说，“在此以前没什么事可做了。”

“有呀。”彭克罗夫反驳道。

“什么事？”

“生火。”水手说，这个念头牢牢占据了他的心。

“彭克罗夫，我们会生火的。”赛勒斯·史密斯回答道。

“昨天你们抬我回来的时候，我不是在西边看见有一座俯视着这个地区的山吗？”

“是呀，”热代翁·斯皮莱回答道，“一座可能相当高的山……”

“那好，”工程师又说，“明天我们就爬到山顶去，看看这个地方是岛还是陆地，我再重复一句，在此以前我们没什么事可干。”

“有啊，生火！”固执的水手还是说。

“我们会生火的！”热代翁·斯皮莱说，“耐心一点，彭克罗夫。”

水手看着热代翁·斯皮莱，那神情似乎在说：

“假如只有你来生火，我们不会那么快就有烤肉吃！”但他没有出声。

不过赛勒斯·史密斯什么也没说，他好像并不十分关心这件事。他沉思了片刻，然后才说：

“朋友们，我们的处境也许很糟，不过话说回来，情况还不复杂。我们现在也许是在陆地上，那么只要我们做出努力，就可以到达有人居住的地方；也许我们处在一个岛上，那么有两种情况：如果岛上有人居住，我们就可以依靠当地居民摆脱困境；如果这是个荒岛，那么我们只能依靠自己了。”

“当然，事情就那么简单。”彭克罗夫回答道。

“不过，不管这里是陆地还是岛屿，”热代翁·斯皮莱问道，“赛勒斯，你认为暴风雨把我们扔在哪儿了？”

“老实说，我也无法知道，”工程师回答道，“不过我推测是在太平洋的某一陆地上。事实上，我们离开里士满的时候，刮的是强劲的东北风，风向按说并没有改变。如果风一直保持从东北向西南方向刮的话，那么我们飞越了北卡罗来纳州、南卡罗来纳州、佐治亚州、墨西哥湾、墨西哥狭长的本土，然后是太平洋的一部分。我估计气球至少已飞了六七千英里，而且只要风向稍微改变半个方位点，那么我们大概就会被刮到门达尼亚群岛，或是帕摩图群岛，如果风速比我假设的还大，甚至会一直刮到新西兰。最后这个假设成立的话，我们要返回祖国就容易了。不管是英国人还是毛利人，我们总能找到能说话的人。反之，如果这里的海岸归属于某一小群岛中的荒岛——这个我们也许可以从那座山顶上看出来——那么我们就要考虑永远在这里居住下去了。”

“永远！”记者叫了起来，“你说永远，亲爱的赛勒斯？”

“开始的时候，我们宁可把事情想得最坏，”工程师说，“这样，以后有好事情就能令人惊喜了。”

“说得好！”彭克罗夫说，“不过，如果这是一个小岛的话，但愿它是在船只航线上的，否则就倒霉了！”

“我们只有先上山看看，然后才知道该怎么办。”工程师回答说。

“不过，赛勒斯先生，”哈伯特问道，“明天爬山你吃得消吗？”

“但愿能行，”工程师回答说，“只要彭克罗夫和你，我的孩子，能表现得像个聪明又机灵的猎人。”

“赛勒斯先生，”水手说，“既然你提到猎物，如果我回来时能够烧烤，我就一定能把猎物带回来……”

“彭克罗夫，你尽管带回来好了。”赛勒斯·史密斯说。

大家一致同意，让工程师和记者一整天留在“壁炉”里，以考察海岸和上面的高地。与此同时，纳布、哈伯特和水手则返回森林，在林子里找些柴火。另外只要碰上能抓的，不管什么飞禽走兽，都要把它们逮回来。

在上午十时左右，他们就出发了。哈伯特信心十足，纳布兴高采烈，而彭克罗夫则心里嘀咕：

“如果我回来时能看见火，那准是雷电劈石点着的。”

他们三人再次爬上了陡峭的河岸，走到河的拐角处。水手停下脚步，对两个伙伴说：

“我们先打猎还是先砍柴？”

“先打猎，”哈伯特说，“你瞧，托普已经开始在搜寻了。”

“那就打猎吧，”水手又说，“然后我们回到这里来砍柴。”

说完话后，哈伯特、纳布和彭克罗夫各自从冷杉树干上折了一根树枝当棍棒，跟着在深草丛中蹦蹦跳跳的托普往前走去。

这回猎手们没有沿着河道走，而是直接走过树林的深处。这里都是相同的树木，大多数属于松柏科。有的地方长得不太密，一丛一丛地长，这里的松树长得非常高大，似乎表明这个地区的纬度比工程师所设想的要高。有几处林中的空地上，竖立着被岁月侵蚀的树桩，枯死的树木遍地都是，这里储备着取之不尽的燃料。走过林中空地，矮树林又密了，人几乎都走不进去。

没有任何开通的路，要想在这些树丛中找路走，是一件相当困难的事。因此水手一路上不时地折枝做记号，这些记号在回来的路上应该是很容易辨认的。不过，不像上次他和哈伯特所做的那样，这次他们没有溯河而上也许是个错误，因为走了一个小时的路，一只猎物也没有看见。托普在树枝下奔跑，把一些鸟都惊得飞走了。而锦鸡根本就看不到，也许水手不得不回到树林的那块沼泽地去，上次他曾在那里幸运地逮到过松鸡。

“嗨！彭克罗夫，”纳布以一种挖苦人的语气说，“假如这就是你答应带给我主人的猎物，那就不需要火来烤了！”

“耐心点，纳布，”水手回答道，“回去时猎物不会少的。”

“你对史密斯先生没有信心吗？”

“有啊。”

“不过你不信他能生火？”

“只有看到炉子里有木柴燃烧，我才信。”

“木柴会燃烧的，既然我的主人说过这话！”

“我们走着瞧吧！”

此时太阳还没有升到当空，探索继续进行。哈伯特发现一棵树上的果实可以食用，从而使探索获得了一些成绩。这棵树是意大利五针松，它的松子味道极佳，在欧美的温带地区很受欢迎。松子完全熟透了，哈伯特指给两位伙伴看，大家就享用了起来。

“好啊，”彭克罗夫说，“海藻当面包，生贻贝当肉，松子当餐后点心，这就是口袋里一支火柴也不剩的人的正餐了！”

“不应该抱怨。”哈伯特回答他说。

“我没有抱怨，孩子，”彭克罗夫说，“我只是想说我们肉吃得太少了！”

“托普可不这么想……”纳布一面大声地说，一面向矮树丛跑去。托普汪汪叫着，消失在矮树丛中，伴随着狗的吠声，还有一种奇特的动物的呼噜声。

水手和哈伯特跟着纳布跑了过去。如果那边有什么猎物的话，现在不是讨论怎样烹调它的时刻，而是应该讨论怎样逮住它。

猎手们一走进矮树林，就看见托普咬住一只动物的耳朵，正在与它搏斗。这是一只类似猪的四足兽，身长二英尺半左右，皮毛呈深褐色，腹部颜色要浅些，全身的毛很硬，但并不厚实，此时它的脚趾用力按在地上，趾间有蹼相连。

哈伯特认为这是一只水豚，是一种典型的啮齿目动物。此时水豚并没有挣扎，只是傻乎乎地转动着深藏在肥厚的眼睑下的一对大眼珠，也许它是第一次看见人吧。

纳布握紧了木棒，正要向水豚猛击过去，不料它却从托普的齿间挣脱开了，因为托普只咬住了它的耳朵边。水豚大叫着冲向哈伯特，差点把他撞倒，然后消失在树林里。

“啊！该死的东西！”彭克罗夫叫了起来。

于是三人马上就循着托普的足迹追了上去，当他们即将追上水豚时，后者却已钻进一个被高大的百年古松所遮蔽的大水塘里，不见了踪影。

纳布、哈伯特和彭克罗夫停下脚步，呆呆地站着。托普早已跳入水中，但躲在水底的水豚并没有出现。

“我们等着吧，”少年说道，“它很快会露出水面来呼吸的。”

“它不会被淹死？”纳布问。

“不会，”哈伯特回答道，“因为它有蹼足，而且也算是一种两栖动物。不过，我们还是等着它吧。”

托普还是在水塘里游着。彭克罗夫和他的两个伙伴每人在水塘边占据一个地方，以便切断被狗赶上水面的水豚的退路。

哈伯特的话没错。几分钟后水豚重又露出了水面。托普猛地扑向它，拖住它不让它再沉入水下。过了一会儿，水豚被拖到水塘边，纳布一记猛棍打死了它。

“乌拉！”彭克罗夫很自然地发出了这胜利的呼声。

“只要有炽热的炭火，我们就可以把这只水豚啃得只剩下骨头！”

彭克罗夫把猎物扛在肩上，看看太阳的高度，估计已是下午两点钟左右，就挥了挥手，招呼大家回去了。

托普的本能对猎手们大有益处，多亏这只聪明的畜生，他们才重新找到回去的路。走了半小时后，大家来到了河道的拐弯处。

彭克罗夫像上次那样，很快就扎好了一个木筏，尽管他觉得没有火，干这个活儿也没什么用处。木筏顺着水流向“壁炉”漂去。

在离“壁炉”不到五十步处，水手把木筏停了下来，用手指着悬崖的转角，又一次高声欢呼了起来。“哈伯特！纳布！你们看！”他大声说。

一缕轻烟从岩石堆中袅袅升起。

第十章

工程师的一项发明——赛勒斯·史密斯考虑的问题——出发上山——森林——火山上——角雉——岩羊——第一个高地——露营过夜——火山锥顶

过了一会儿，三个猎人来到噼啪作响的炉火前，赛勒斯·史密斯和记者都在那儿，彭克罗夫手里拎着水豚，一声不响地看看这个，看看那个。

“怎么样，我的勇士，”记者大声地说，“有火了，真正的火，完全可以用来烤热这只大猎物，我们马上就可以好好享用一番了！”

“可是谁点的火呢？……”彭克罗夫问道。

“太阳！”

热代翁·斯皮莱的回答没错，是太阳提供了使彭克罗夫感到惊叹的热量。水手简直难以相信自己的眼睛，他惊讶得都忘了去询问工程师。

“这么说，你带着透镜了，先生？”哈伯特问赛勒斯·史密斯。

“没有，我的孩子，”后者回答道，“不过我自己做了一个。”

于是他把当作透镜用的东西给大家看，这只不过是从记者和他自己的手表上取下来的两块玻璃。玻璃中间装了水，边上用黏土粘牢，这样一块真正的凸透镜就做好了。用这块透镜把阳光聚集在非常干燥的苔藓上，苔藓就燃烧了。

水手仔细看了看这仪器，然后瞧着工程师，一言不发。只是他的眼神意味深长：赛勒斯·史密斯对他来说，即使不是神，肯定也是个超人。最终他还是大声说话了：

“把这个记下来，斯皮莱先生，记在你的本子上！”

“已经记下来了。”记者回答说。

然后纳布帮忙，水手安排好烤肉叉子，掏空洗净的水豚，在明亮和噼啪作响的旺火上，就像烤乳猪一样，很快地烤了起来。

“壁炉”变得更适于居住了，这不仅是因为有了炉火，通道里暖和了，而且还因为用石块和沙土又重新整好了隔墙。

大家都看到，工程师和他的伙伴很好地利用了一天的时间。赛勒斯·史密斯的体力基本上已恢复，他爬上了高地就证明了这点。他十分善于估计高度和距离，他从高地上长时间地注视着那座火山锥，他打算明天去攀登其顶峰。这座火山位于西北方向约六英里处，他估计山的海拔高度为三千五百英尺。因此，站在山顶上，观察者至少可以看到五十英里远的地方。这样，赛勒斯·史密斯就有可能赶在大家前面，轻而易举地解决“陆地还是岛屿”这个问题了。

大家晚餐吃得不错。水豚肉得到了一致好评，加上马尾藻和意大利五针松的松子，这顿饭就很齐全了。不过吃饭的过程中工程师很少说话，他在考虑第二天的计划。

彭克罗夫有几次提出该怎么做的想法，可是赛勒斯·史密斯显然胸有成竹，只是摇头作答。

“明天，”他重复说，“我们就会知道该指望什么，然后我们就要开始行动了。”

吃完饭，大家在炉火里添了几把木柴，接着“壁炉”的主人们，包括忠实的托普，全都进入了深深的梦乡。这一夜平安度过，没有发生任何事故。第二天，3 月 29 日，他们精神饱满地醒来，准备着手进行可能是决定他们命运的这次远征。

所有准备工作都已就绪。剩下的水豚肉还足够大家吃一昼夜，此外，他们还希望在路上能得到补充。由于两块玻璃已重新安在工程师和记者的手表上，彭克罗夫烧了一些焦布以作火绒用。至于火石，在这片火成岩地区不难找到。

早上七点半，用木棍武装起来的勘探者们离开了“壁炉”。按照彭克罗夫的意见，走那条穿过森林的、已经走过的路比较好，哪怕回程时走别的路也行。这也是到达那座山最直的一条路。这样大家就绕过了南面的拐角，沿着河的左岸前进，并在河的西南拐弯处离开了河岸。他们重新找到了那条走过的绿荫下小径，在九点钟时，就来到了森林的西边。

地上一开始多沼泽，然后是干燥的沙土地，起伏不大，但有一定的坡度，从岸边向内陆慢慢升高。树木中间隐约可以看见几只逃窜的动物。托普机敏地要把它们赶出来，但主人马上把它叫住了，因为现在还不到追捕它们的时候。晚些时候再说了。工程师可不是一个会轻易改变已定主意的人。大家说的不错：他甚至看都不看这地方的地形以及大自然的产物。他唯一的目标就是这座要攀登的火山，他勇往直前。

十点钟时，大家休息了几分钟。走出森林，这个地区的山岳形态体系就呈现在众人的眼前。此山由两个火山锥组成。第一个是高约二千五百英尺的截锥，由起伏不定的山梁分支支撑着，这些分岔的山梁犹如紧紧贴在地面上的大爪子。山梁的分支之间形成窄窄的峡谷，峡谷里树木林立，最后一批树丛一直长到截锥顶。尽管如此，朝东北方向的山坡上的植物比较稀少，他们在那里瞥见一些很深的条纹，可能是熔岩流。

第二个火山锥在第一个的上面，锥顶略显圆形，并且有点歪，好像一顶戴在耳朵上的宽大帽子。它好像由一片片秃秃的泥土形成的，许多地方都露出略带红色的岩石。

第二个火山锥比较适合攀登，而且山梁支脉的山脊是到达那里最好的路。

“我们现在是在火山地带。”赛勒斯·史密斯告诉大家后，伙伴们便跟着他，开始在一山梁支脉的山脊上慢慢向上爬。这是一条弯弯曲曲、但更容易走的路线，它一直通向第一个高地。

地面上有许多隆起之处，显然是地球的内力所致。到处都散布着漂砾、众多的玄武岩碎片、浮石和黑曜岩。在几百英尺下面的峡谷深处，三三两两地耸立着针叶树，浓密的枝叶使阳光难以穿透。

在爬山的第一阶段，哈伯特在下面的坡地上让大家看一些野兽之类的大动物新近走过的足迹。

“这些野兽也许不会乐意把它们的地盘让给我们的吧？”彭克罗夫说。

“看吧，”曾在印度打过老虎、在非洲猎过狮子的记者回答说，“我们会解决这个问题的。不过眼前我们要小心！”

众人一步步地往上爬。这条路更加弯曲，障碍物也多了，无法直接通过，显得很漫长。有几处土地突然下陷，他们处在很深的裂隙边缘，只得绕道而过。为了寻找可以通行的小路，不得不往回走，这既花时间又浪费精力。中午，这支小部队为了吃中饭，就在一大丛冷杉树下略作休息，旁边有一条小溪，流到前面成瀑布而下。此时，他们才走了去第一个高地一半的路，可能傍晚才能到达那里。

从这里展望，海平面更开阔，只是视线被东南方的一个尖尖隆起的岬角阻挡了，无法确定这海岸是否与某一陆地相连。从左边可以看到北面几英里处。于是，从勘察者们所站的地方看向西北方，是一道被大自然削得奇形怪状的山梁支脉的山脊，恰似中央火山锥坚实的支柱。因此，现在大家还不能对赛勒斯·史密斯想要解决的问题做出判断。

一点钟时，他们继续爬山。他们必须折向西南方向走，并且又一次走进浓密的矮树林。树下有几对野鸡在奔跑。这就是角雉，它们的喉下长着肉垂，眼睛后面有两个圆锥形的小触角。它们的体形与公鸡大小相仿，雌角雉浑身呈褐色，雄角雉则是红色的羽毛上点缀着白色斑点，光彩夺目。热代翁·斯皮莱捡起一块石子，灵巧又用力地扔过去，打死了一只角雉。在新鲜空气的作用下，彭克罗夫肚子早已饿了，不禁贪婪地盯着它看。

登山者们离开矮树林后，搭了人梯，爬过一段一百英尺长、非常陡峭的山坡，来到上面的一个平台。这里树木稀少，土壤像是火山土。此时又得向东走。山坡非常陡，不能直线往上爬，每个人必须小心翼翼地寻找自己能踩脚的地方。纳布和哈伯特走在前头，彭克罗夫断后，中间是赛勒斯和记者。

在这个海拔高度上出没的动物——地上有许多脚印——想必是属于那种脚劲好、脊骨柔软的岩羚羊之类的品种。他们看见了几只动物，不过彭克罗夫叫错了它们的名字。

“绵羊！”他喊道。

众人在离六只高大的动物五十步远的地方停了下来。它们的硬角向后弯曲，角尖扁平，在柔软光滑的褐色长毛下隐藏着浓密的绒毛。

这不是普通的绵羊，而是被哈伯特称为岩羊的动物。它们通常都生活在温带的山区。

“它们有羊腿和羊排骨吗？”水手问道。

“有的。”哈伯特回答道。

“那它们就是绵羊！”彭克罗夫说。

这些岩羊一动不动地站立在玄武岩碎石之间，以惊奇的眼神瞧着大家，好像是第一次看见两只脚的人类。突然，它们感到害怕，跳过岩石，逃之夭夭。

“再见！”彭克罗夫以滑稽的口吻朝着岩羊喊道，引得赛勒斯·史密斯、热代翁·斯皮莱、哈伯特和纳布哈哈大笑。

大家继续登山。在某些斜坡上，常常可以观察到一些由变化无常的熔岩形成的条纹痕迹。有时，路上会遇到小的硫气孔，他们只得从旁边绕过去。有些地方，硫在其他一些物质——一般这些物质是在熔岩流出前喷出的——中间形成结晶体沉积，比如灼热的、不规则的颗粒状白榴火山灰，以及由无数小长石结晶所形成的微白色灰尘。

在临近由较低火山锥截体所形成的第一个高地时，攀登显得非常困难。将近四点钟时，他们走过了最后一片林区。现在，周围只剩下几棵长得奇形怪状的、瘦削的松树，在这个海拔高度上要顶得住海上吹来的强烈的大风，这些树经受了考验。工程师和他的伙伴们很幸运，这天天气晴朗，大气平静，由于地处海拔三千英尺，如果风稍稍刮得猛一点，对他们的爬山也是不利的。碧空万里，四周一片宁静。此时他们已看不见太阳，因为它被上面那个巨大屏障般的火山锥遮住了。这个火山锥挡住了西面半个地平线，随着太阳的西沉，它那巨大的阴影在海滩上拖得越来越长。东面有少量水蒸气——不是云，而是轻雾——在上升，在阳光的照耀下，呈现出光谱的七色。

勘探者们距离高地只有五百英尺了，他们打算在上面扎营过夜，但由于必须迂回曲折地攀登，这段路程实际上有两千英尺。可以说脚下已无土地可踩，斜坡的角度都很大，被风化的熔岩沟滑得站不住脚。天渐渐暗了下来，当赛勒斯·史密斯和他的伙伴们经过七个小时的攀登，筋疲力尽地爬上了第一个火山锥高地时，已近黑夜。

现在必须组织露营，设法恢复体力。恢复体力首先要吃饭，然后好好睡一觉。高地上有许多岩石，大家很容易在岩石中间找一个隐蔽的场所。燃料不太多，不过高地上有些地方有枯死的苔藓和荆棘，用它们还是可以生火的。水手用石块搭起炉灶，纳布和哈伯特就去忙柴火的事。他们很快就扛了干荆棘回来了。纳布用火石打出火星，点着焦布，然后用嘴吹气，这样几分钟后，在岩石的避风处，一堆火就噼噼啪啪地烧起来了。

这堆火是用来夜里御寒，而不是用来烤野鸡的。纳布打算第二天才烤这野鸡。他们当晚就吃剩下的水豚肉和几十颗意大利五针松的果仁，六点半还不到，这一切事情都已结束。

这时，赛勒斯·史密斯想在天还没完全黑下来以前，去察看一下火山锥底部那宽大的环形地层。在休息前，他需要知道，万一火山锥侧面太陡，无法爬到山顶，那么能否从它的底部绕过去。这个问题他考虑了很久，因为从帽子倾斜的角度来看，高地很可能是走不通的。如果无法爬到山顶，又不能从火山锥的底部绕过去，考察西边就不可能，那么登山的部分目的就落空了。

工程师不顾疲劳，在哈伯特的陪伴下，沿着高地圆形的边缘往北走去，彭克罗夫和纳布留下来安排睡铺，热代翁·斯皮莱记录当天发生的事情。

夜色很美，四周一片寂静，天色还不是很黑。赛勒斯·史密斯和少年两人挨着走路，也不说话。走在高地上，有一些地方非常开阔，没有遇到任何障碍物；有些地方被堆积的崩塌岩石所阻塞，只留下一条狭窄的小道，两个人不能并肩通过。赛勒斯·史密斯和哈伯特走了二十分钟后，不得不停下脚步。从这里开始，两个火山锥的斜坡连成一片，已不存在把这山的两部分分开的山肩。要绕过将近七十度的斜坡很难。不过，假如工程师和少年不得不放弃走这条环形路，那么他们就要重新考虑直接爬上火山锥的办法。

他们面前展现出一个深洞，这就是火山活动时喷出的岩浆流经的火山口，也可以说是“瓶颈”。硬结了的熔岩和火山渣形成天然的阶梯，踏步处也很宽，便于他们登到山顶。

赛勒斯·史密斯瞥了一眼，对环境有所了解，然后他领着少年毫不犹豫地走入这巨大的火山裂口，里面光线越来越暗。

还有一千英尺的高度要攀登，从火山口的斜坡能不能爬上去呢？很快就能知道。只要能往前，工程师就不停地爬上去。幸好这些长而曲折的斜坡好似火山内部宽大的螺距，有助于登高行走。

火山本身肯定已经完全熄灭了。侧坡上没有冒烟，深谷底也不见火焰，没有隆隆声，也听不见低沉的声音，这口黑井也许通到地球的核心，里面没有发现任何颤抖的迹象。甚至连火山口的空气里，也闻不到硫黄的蒸气味，这只是一座沉睡的火山，并且是已经完全熄灭的死火山。

赛勒斯的意图该要实现了。哈伯特和他两个人一步一步地爬上内壁，他们头顶的火山口越来越大，而通过火山口看到的这部分圆形天空也明显扩大了。他们每走一步，就有新出现的星星映入眼帘。南半球天空的美丽星座灿烂无比。明亮的天蝎座 α 星，以及不远处被认为是离地球最近的半人马座 β 星在天顶闪耀，然后，随着火山口的扩大，出现了南鱼座 α 星（又名北落师门）和南三角座。最终，差不多就在地球的南极上空，闪现出南十字座，相当于在北半球上空的北极星。赛勒斯·史密斯和哈伯特的脚踏上火山锥顶时，时间已近八点钟。这时夜幕已降临，两千米外的景物已无法辨认。是不是大海环抱了这块不知名的陆地，或是这块陆地在西面与太平洋的某一大陆相连接呢？此时还无法知晓。西边地平线上清楚地出现了带状的云层，天色越显昏暗，天水一色，分不清它们的界线在哪里。

但随着云层的上升，地平线有一处地方突然透出一道朦胧的微光，慢慢地投射到地面上。原来这是正在西沉的一弯新月，云层已经飘离，因此月光足以照亮地平线。有一阵子，工程师看见月亮倒映在水面上，微微荡漾着。

赛勒斯·史密斯一把抓住少年的手，以低沉的嗓音说：“这是一个岛！”说话间，这轮月亮就在波涛中消失了。

第十一章

在火山锥顶——火山口内——周围的海——不见陆地——鸟瞰海滨——水文地理和山岳形态——岛上有人住吗？——为海湾、海岬、河流等命名——林肯岛

半小时后，赛勒斯·史密斯和哈伯特返回了露营地。工程师只对大伙儿说，他们意外来到的这个地方是一个岛，明天大家再去看看。随后，在海拔二千五百英尺的一个玄武岩山洞里，“岛民”们尽量安顿好自己的睡铺，在宁静的夜里美美地睡上一觉。

第二天，3 月 30 日，吃完了只有烤角雉的简便早餐，工程师就想重新爬上火山顶，去仔细观察一番。如果这个岛远离其他陆地，或者不在来往于太平洋各群岛之间的船只航线上，那么他和他的伙伴们就可能一辈子被困在这里。大伙儿跟着他，进行这一次新的勘探。

大概早上七点钟前后，赛勒斯·史密斯、哈伯特、彭克罗夫、热代翁·斯皮莱和纳布离开了露营地。没有人对目前的处境表现出不安。无疑他们对自己很有信心，但必须指出的是，赛勒斯·史密斯和伙伴们的信心是建立在不同的基础上的。工程师有信心，是因为他感到自己有能力从荒野的自然界中获得他和伙伴们生活所需要的一切东西，而他的伙伴们什么也不担心，则是因为赛勒斯·史密斯和大家在一起。这种差别我们可以理解。特别是彭克罗夫，自从生火的事情以后，他就一刻也不会绝望了，即使是在一块光秃秃的岩石上，只要工程师和他在一起，他就信心十足。

“唔！”他说，“没有当局的许可我们就从里士满逃了出来。如果我们不能离开这个地方，那才见鬼了！况且这里又没有人会阻拦我们离开。”

赛勒斯·史密斯走与昨天相同的路。他们从山脊的高地绕过火山锥，一直走到巨大的裂隙口。天气好极了。万里无云，太阳当空照，阳光照亮了火山锥的东侧。

大家来到了火山口，这里果然如工程师在黑暗中所辨认的那样，是一个距高地一千英尺、越往上越宽的庞大的漏斗。在洞隙的下面，又宽又厚的熔岩流从山坡上蜿蜒而下，火山喷发物标出了它流向下面山谷的路线，在这个岛的北部到处可见这样的凹槽。

火山口内的坡度约为三十五至四十度，因此爬起来没有困难，也没有什么障碍。他们在那里发现了很久以前遗留下来的熔岩痕迹，这说明，在侧面新的喷口没有形成前，熔岩很可能是从火山锥顶喷出的。

火山管从地层一直通到火山口，其深度用肉眼无法测定，因为下面光线暗得看不见，但是这座火山已经熄灭，这是确定无疑的。

八点钟不到，赛勒斯·史密斯和伙伴们聚集在火山口的山顶，站在北面隆起的一个锥形小丘上。

“大海！周围是海！”他们不由自主地大声喊了起来，这句话使他们变成了岛民。

确实是大海，这一望无际的平静水面环抱着他们！也许在第二次登上火山锥前，赛勒斯·史密斯还希望能发现前一天晚上在黑暗中没有看到的某个海岸或某个邻近的岛屿。但现在，远到水平线，也就是说在五十多英里的半径范围内，什么也看不见。没有陆地，没有帆影。漫无边际的洋面上一片空旷，而这个岛就处在圆周的中心。

大家一动不动地站着，默默无语，在好几分钟的时间里观察着各个方向的海面。他们的目光一直搜寻到最远的尽头。彭克罗夫拥有非凡的眼力，他也没有看到什么。如果水平线上有一块陆地，哪怕看起来像一缕难以觉察的蒸气，水手肯定也能辨认出来。他的双眼就是大自然架在他眉弓下的一副望远镜！

看好了海洋，他们又回过头来看他们完全支配着的这个海岛。热代翁·斯皮莱首先提了一个问题：

"这个岛可能有多大？"

确实，在漫无边际的大洋中，这个岛显得并不大。

赛勒斯·史密斯思考了片刻，仔细地观察了一下海岛的周长，并考虑到他所处位置的高度，然后说：

"朋友们，我估计岛的周长有一百多英里，这不会有错。"

"那么它的面积呢？"

"这很难估计，"工程师回答说，"因为这里的地势太崎岖不平了。"

如果赛勒斯·史密斯确实没估计错的话，那么海岛的面积与地中海上的马耳他岛或扎金索斯岛相仿，只是地形很不规则，而且海角、岬角、海湾要少得多。它的形状很奇特。在工程师的建议下，热代翁·斯皮莱画出了轮廓，大家觉得它像一个躺卧在太平洋洋面上、某种类似足类怪兽的荒诞动物。

事实上，海岛的轮廓的确就是如此，了解这点很重要。很快，记者就画好了一张相当精确的海岛地图。

落难者是在海岸的东部登陆的，这里凹进去，形成一个宽阔的海湾，东南尽头则是尖尖的海角。第一次勘察的时候，由于被一个海岬遮住，因而彭克罗夫没能看见。在东北方向，有两个海角形成了一个小海湾，这狭长的海湾就像一条可怕的角鲨，半张着嘴。

从东北到西北，海岸呈弧形，犹如一头猛兽扁平的头盖骨。接着地势升高，隆起，只是海岛这部分的构图并不明确，它的中央就是火山的位置。

从这里开始，海岸从南到北的走向相当平整，但在三分之二处出现了一条狭窄的小河，割断了海岸。从小河分割处往南，海岸渐渐变得细长，好像巨大的钝吻鳄的尾巴。

这条尾巴形成了一个名副其实的半岛，从前面我们提到的海岛东南角算起，半岛向海里延伸了三十多英里，在顶端弯成一个宽阔的锚地，这是这块地形奇特的土地的低海岸。

海岛的最窄处，也就是说从“壁炉”到与它同纬度的西海岸的小河，也只有十英里；海岛的最长距离，即从东北的角鲨嘴到西南的尾巴端部，不少于三十英里。

至于海岛的内陆，情况大致如此：从高山到海滨的整个南部地区树木繁茂，北部地区则干旱多沙。在火山和东海岸之间，赛勒斯·史密斯和伙伴们意外地发现了一个湖，意想不到的是湖边绿树成荫。从这个高度上看，湖好像与大海处在同一水平面上，但工程师稍做思考后，向大家解释说，湖面的海拔高度可能有三百英尺，因为它处在海岸高地的延伸部分上。

“这是一个淡水湖吗？”彭克罗夫问道。

“一定是的，”工程师回答说，“因为湖水是从山上流下来的。”

“我看见有一条小河流进湖里。”哈伯特说着，用手指着一条小溪，这条小溪可能流自西面的山梁支脉。

“是这样，”赛勒斯·史密斯说，“既然这条小溪向湖里供水，有可能在靠海的那边有一个溢水口，湖水太满时，就可以从这个口子里流出去。我们回去的时候可以去看看。”

这条小溪和前面已确认的那条河构成了这个岛上的水文地理体系，至少在这些勘探者的眼里如此。然而，在占据了岛上三分之二面积的茫茫森林下面，可能还有其他地下河流向海洋。他们甚至应该做出这样的假设，因为这个地区生长着许多典型而美丽的温带植物。岛北部没有河的迹象。也许东北的沼泽地会有死水。情况就是这样。此外，沙丘、沙滩和明显的干旱与岛上大部分地区草木丰美的情况形成强烈的对比。

火山不在岛的中心位置，相反，它耸立在西北部，好像是两个区域的分界线。在西南、正南和东南方，山梁支脉的末端都淹没在翠绿的草木之中；相反，在北面，人们可以清楚地看见山的分系一直延伸到沙滩上。火山喷发时，熔岩从这里为自己开辟了通道，这条宽广的熔岩之路一直延伸到形成东北海湾的峡口。

赛勒斯·史密斯他们就这样在火山顶上待了一个小时。他们眼下的海岛就像一个色彩斑斓的立体地图：绿色的是森林，黄色的是沙地，蓝色的则是水。除了这大片绿荫遮盖下的土地，阴暗的山谷底部和火山脚下形成的窄小管道内部都无法探究，他们对这海岛总体上都掌握了。还有一个重大问题要解决，这对于这些落难者的未来影响很大。

岛上有人住吗?

记者提了这个问题。水手刚刚在海岛的各个区域进行了仔细的考察，所以他可以对此做出否定的答复。

他们没有在任何地方发现有人类用手制作的物品。没有聚集在一起的茅屋，没有一幢单独的棚屋，海滩上也没有渔场，空中也没有证明有人存在的炊烟。确实，从他们观察的地方到西南那个尾巴形半岛的最远处，差不多有三十英里，纵使彭克罗夫眼力再好，也难以发现那里是否有住屋。他们也无法揭开这遮盖着海岛四分之三的绿色屏障，看看是否有某个村落存在。不过一般来说，在这种浮现于太平洋波涛中的狭小空间里，居民们大多都会住在沿海地带，而这里的海滨并没有人居住。因此，在做进一步更全面的观察以前，可以认为岛上无人居住。

那么，是否有邻近岛屿上的土著经常到岛上来，哪怕是做短暂的停泊呢？这个问题也难以回答。在这方圆约五十英里的范围内，不见任何陆地。不过五十英里的距离，不论是马来人的船还是波利尼西亚人的独木舟都很容易渡过。一切取决于海岛的位置，它究竟是孤立在太平洋之中，还是与什么群岛为邻。赛勒斯·史密斯不用仪器能测定出它的经度和纬度吗？这可能很难。在没有弄清情况以前，还是按照邻岛土著可能会出现的假设采取一些防备措施为好。

对海岛的勘察已经结束：确定了它的形状，估计了它的地势，计算了它的面积，并了解了它的水文和山岳情况。记者在地图上已概括地画出了森林和平原的分布图。现在只要再下山去，从矿物、植物和动物资源这三个方面来勘察这块土地。

在招呼同伴们下山前，赛勒斯·史密斯用平静而庄重的声音对大家说：

“朋友们，我们被上帝之手扔在这样一小块土地上了。也许我们将在这里生活很长时间。如果碰巧有船驶过，我们也许会意外得救……我说碰巧，因为这个岛很小，它甚至连船只停泊的港口也没有。我担心的是它不在船只通常行驶的航线上，也就是说，对于经常来往于太平洋群岛之间的船只而言，这个岛的位置过于偏南，而对绕过合恩角去澳大利亚的船只而言，它又太偏北了。关于我们的处境，我不想对你们隐瞒什么……”

“你说得对，亲爱的赛勒斯先生。”记者激动地说。

“和你共事的都是男子汉大丈夫。我们都信任你，你也可以信任我们。朋友们，对不对？”

“赛勒斯先生，我一切听你的。”哈伯特握着工程师的手说道。

“不论何时何地，你都是我的主人！”纳布高声说。

“至于我，”水手说，“如果我干活不积极，我就不叫彭克罗夫。史密斯先生，如果你愿意，我们就把这个岛变成一个小美国！我们要在这里建造城市，铺设铁路，安装电报设备。等有一天，它有了很大的改变，一切都安排好，变得文明开化，我们就把它交给联邦政府。不过我有一个要求。”

“什么要求？”记者问道。

“就是不要把我们当作落难人员，而是当作一群来这里开垦的移民。”

赛勒斯·史密斯不禁笑了，水手的提议被采纳了。随后他向伙伴们表示感谢，并且补充说，他相信大家的毅力和上天的帮忙。

“好吧，上路回‘壁炉’！”彭克罗夫大声说。

“朋友们，等一下！”工程师说，“我觉得最好能给这个岛，还有我们看见的这些海角、岬角和河流取个名字。”

“很好，”记者说，“有了名字，以后我们下命令或接受指示就方便多了。”

“事实上，”水手说，“能说清楚我们去哪里、从什么地方来，已经不错了。至少，我们好像是在某一个地方。”

“比如‘壁炉’。”哈伯特说。

“对！”彭克罗夫说，“这个名字很合适，这是我独自想出来的。赛勒斯先生，我们就用‘壁炉’这个名字来称呼我们第一次过夜的地方，好吗？”

“好啊，彭克罗夫，既然你已取好了这个名字。”

“行！至于其他的都好办。”兴致很高的水手又说。

“哈伯特不止一次地给我讲过鲁滨逊的故事，我们可以像鲁滨逊那样取名，什么‘天公湾’‘抹香鲸海角’‘失望岬’……”

“还不如用史密斯先生的名字，”哈伯特说，“斯皮莱先生，纳布的名字！……”

“我的名字？”纳布叫道，露出他那雪白闪亮的牙齿。

“为什么不可以呢？”彭克罗夫反问道，“‘纳布港’，这很好！还有‘热代翁岬’……”

“我更喜欢借用我们国家的名字，”记者说，“这会使我们想起美国。”

“对，对于那些主要的地方，”赛勒斯·史密斯说，“主要的海湾和湾洋，我非常乐意用这种方法来命名。比如说，我们可以把东面的这个大海湾叫作联合湾，把南面的那个大海湾叫作华盛顿湾，我们现在站的山叫作富兰克林山，我们眼皮底下的这个湖叫格兰特湖。这样再好不过了，朋友们。这些名字会使我们想起我们的国家，以及那些为之增光的伟大公民。至于我们从这个山顶能看见的河流、海湾、海角和岬角，我们可以依据它们的特殊形状来取名字。这样会给我们留下更深的印象，同时也更符合实际。这个岛的形状非常奇特，我们不难想出一些名字来表示它们。至于那些我们尚不知道的河流、有待探索的森林，以及以后会被发现的小溪，我们可以随时发现随时命名。你们以为如何，朋友们？”

工程师的建议得到伙伴们的一致同意。海岛就像一幅地图，展现在他们的眼皮底下，他们只需在所有这些凹进来、伸出去以及凸起来的地方加上名字就行了。热代翁·斯皮莱逐个记下这些名字，这个海岛的地理名称就将正式定下来了。

首先，大家把两个海湾和高山的名字定了下来：联合湾、华盛顿湾和富兰克林山，这是工程师提出的名字。

“现在，”记者说，“我提议把这个岛上伸向西南方的半岛叫作盘蛇半岛，半岛末端弯曲的尾巴叫爬虫角，它太像爬虫的尾巴了。”

“同意。”工程师说。

“现在，”哈伯特说，“我们把另一端的海湾叫作鲨鱼湾吧，它非常像一个张大的鱼嘴！”

“很好！”彭克罗夫大声说，“我们再把鱼嘴的上下两部分叫腭骨角，这样就完整了。”

“但有两个海角呢。”记者提醒大家说。

“这样，”彭克罗夫说，“我们可以叫它们北腭骨角和南腭骨角。”

“我都记下了。”热代翁·斯皮莱说。

“还有东南角的海角要命名。”彭克罗夫说。

“就是联合湾的顶端吧？”哈伯特问。

"叫爪角。"纳布马上叫了起来，他也想成为这块领地上某一块土地的教父。

事实上他取的名字非常好，因为这座奇形怪状的海岛就像一只怪兽，而这个海角极像这个动物的强劲爪子。

彭克罗夫为事情的进展感到高兴。大家对命名工作进一步发挥了想象力：气球把他们降落在一条河边，河水为这批移民提供了饮用水，这条河就被命名为慈悲河，以表示对上帝真诚的感谢。落难者们最初着陆的那个小岛被命名为安全岛。"壁炉"上方高耸着花岗岩峭壁，峭壁顶端是一个高地，从这里可饱览整个大海湾，他们就把这个高地命名为眺望岗。最后，他们把覆盖在盘蛇半岛上的密不透风的森林叫作远西森林。

海岛这部分看得见并已知道的地方的命名工作已告结束，以后随着新的发现再做补充。

至于海岛的方位，工程师曾经根据太阳的高度和位置，大致确定联合湾和整个眺望岗处在正东。但第二天，通过记录太阳升起和落下的精确时间和中午太阳的位置，他打算准确地定下海岛的正北方向，因为海岛地处南半球，太阳位于最高点时会从北面经过，而不是从南面，这与在北半球所看到的不一样。

所有的事情都已结束，移民们只等走下富兰克林山返回"壁炉"，此时彭克罗夫突然高声说：

"嗨！我们真太健忘了！"

"怎么回事？"热代翁·斯皮莱问道，他已经合上笔记本，站起身来打算走了。

"我们的岛啊？怎么，我们忘了给它取一个名字了！"

哈伯特正想建议用工程师的名字给海岛命名，对此大伙儿一定会赞同，不料赛勒斯·史密斯简短地说道：

"朋友们，我们用一个伟大公民的名字来称呼它吧，这个人现在正在为保卫美利坚合众国的统一而斗争。我们叫这个岛为林肯岛！”

大家欢呼三声，表示赞同工程师的建议。

这天晚上，这群新移民在睡觉前都谈到了远方的祖国。他们议论这场使国家血流成河的可怕战争；他们深信南军很快会被征服，而北军的正义事业由于有格兰特和林肯将一定会获胜！

这就是 1865 年 3 月 30 日发生的事。他们没有想到，十六天后，在华盛顿将会发生一起可怕的凶杀案，在耶稣受难日这天，亚伯拉罕·林肯倒在一名狂热者的枪弹下。

第十二章

对表——彭克罗夫心满意足——可疑的烟——红河的水流——林肯岛上的植物和动物——山鸡——捕捉袋鼠——刺豚鼠——格兰特湖——返回“壁炉”

林肯岛上的这批移民向四周看了最后一眼，然后从窄窄的火山脊上绕过火山口往下走。半个小时后，他们就下到昨晚露营的那个高地。

彭克罗夫想起该是吃早饭的时候了，于是提出该把赛勒斯·史密斯和记者两人的手表对一下。

他们知道热代翁·斯皮莱的表没有被海水浸入，因为他一开始就被抛在沙滩上，并没有受到海浪的袭击。这是一块制作精良、非常好的怀表，每天热代翁·斯皮莱都不会忘记仔细地给它上发条。

工程师的那块表肯定是他在沙丘上的那段时间停的。于是他给表上足了发条，根据太阳的高度，估计是上午九点钟左右，就把表拨在这个时间。

热代翁·斯皮莱正要照着做，工程师用手拦住他说：

“不，亲爱的斯皮莱，等一下。你的表还保留着里士满的时间，对吗？”

“是的，赛勒斯。”

“那就是说，你表上的时间是根据里士满的子午线校正的，而那个城市的子午线和华盛顿的子午线几乎相同，对吗？”

“确实是这样。”

“那好，保留着你的时间。只要准时上发条，不要去拨动长针、短针，以后我们会有用的。”

“有什么用呢？”水手心里想道。

大家好好地吃了一顿，把剩下的野味肉和松子全都吃光了。不过彭克罗夫一点也不担心，一路上食物可以得到补充。托普吃了一份勉强饱腹的食物，它会到矮树林中去寻找新的野味。另外，水手还想请工程师制造火药和一两支猎枪，他想不会有什么困难吧。

离开高地时，赛勒斯·史密斯建议大伙儿走另外一条路回“壁炉”。他很想去看一看被绿树环抱、如此美丽的格兰特湖。于是大家沿着一支山脉的山脊走去，山脉间有一条小溪流入湖中，它的源头可能就在这里。谈话中，移民们已经开始用他们刚刚选定的地名了，这大大方便了他们的交流。哈伯特和彭克罗夫，一个年轻，另一个有点孩子气，他们非常高兴。水手边走边说：

“嗨！哈伯特！这真行！孩子，我们不会迷路了，因为不管我们走格兰特湖这条路，还是穿过远西森林到慈悲河，我们都必定会走到眺望岗，最后到达联合湾！”

他们约定，走路时一定要待在一起，不能相互分散得太开。在这浓密的森林里，肯定生活着某些危险的动物，所以小心谨慎极为必要。大多数情况下，彭克罗夫、哈伯特和纳布走在头里，前面还有托普，它对每一个角落都会搜寻一番。记者和工程师结伴而行。热代翁·斯皮莱随时准备记下发生的一切，而工程师在大部分时间里都默不作声，只是不时地走到路旁，去捡一些矿物或植物，不假思索地放入口袋里。

“他捡些什么鬼东西？”彭克罗夫咕哝着，“我是白找了，没有看见什么东西值得弯腰去捡。”

十点钟左右，这支小部队走下了富兰克林山最后的坡路。这里只有荆棘丛和稀少的树木。他们走在淡黄色的石灰质土地上，这片平地长达一英里，一直延伸到森林边缘。大块的玄武岩分布在各处，使地上坎坷不平。根据比朔夫[①]的实验，这种岩石需要三亿五千万年才能冷却。北部山坡上遍地都是熔岩的痕迹，可是这里却没有。

赛勒斯·史密斯认为已顺利到达小溪，按照他的看法，这溪水应该流经平原的树林。此时他看见哈伯特匆匆跑回来，而纳布和水手则正躲在岩石的后面。

“孩子，有什么事？”热代翁·斯皮莱问道。

“烟，”哈伯特回答道，“我们看见在离我们一百步远的地方，从岩石堆里升起一股烟。”

“这地方有人吗？”记者大声问。

“在摸清对方的底细之前，我们要避免露面，”赛勒斯·史密斯回答道，“我怀疑是土著，如果岛上真有土著的话，这是我不愿意看到的事情。托普在哪里？”

“在前面。”

“它没有叫吧？”

“没有。”

“这就怪了。不过，想办法把它叫回来。”

不一会儿，工程师、热代翁·斯皮莱和哈伯特赶上了另外两个伙伴，像他们一样躲在玄武岩的碎石堆后。

他们从那里非常清晰地看见一缕淡黄色的烟在空中袅袅上升。

托普被它主人用轻轻的一声口哨召了回来。后者对伙伴们做了一个等待的手势，就从岩石中溜了出去。

移民们一动不动，有些焦虑地等待着这次勘察的结果。这时，赛勒斯·史密斯叫他们过去。他们马上跑了过去，立刻闻到空气中弥漫着一股难闻的气味。

---

① 比朔夫（1792—1870），德国地质学家。

这股气味很容易辨别，足以让工程师猜测这烟的来源，此前这烟着实让他担心了一番，这并不是毫无道理的。

“这火，”他说道，“确切地说这烟，完全是大自然的造化。那里有一个硫黄泉，可以有效地治疗我们的喉炎。”

“好呀！”彭克罗夫叫道，“可惜我没有感冒！”

于是大家朝着冒烟的地方走去。他们在那里看见有一个硫化钠泉，大量泉水在石间流淌，由于吸收了空气中的氧，这水就散发出硫化氢的强烈气味。

赛勒斯·史密斯把手伸到泉水里，感觉这水有些油腻。他尝了尝，味道有点甜。至于水温，他估计有95℉（35℃）。哈伯特问他根据什么做出这个估计。

“很简单，孩子，”他说，“因为我把手伸进水里的时候，我没感到冷也没感到热。这就表明水温与人体的温度一样，而人的体温在95℉左右。”

目前硫黄泉派不上什么用场，大家朝几百步外的密林边缘走去。

不出大家所料，那里轻快地流淌着一条清澈的小河，高高的河岸由红色土壤构成。红色说明土壤中含有氧化铁。由于这个颜色，他们马上把这条小河命名为红河。

这是一条由山涧流水汇合而成的较宽的小河，河水深邃而清澈。它一半是河，一半是激流。在这里，它静静地流过沙滩；而在那边，河水撞击在岩石上隆隆作响，或是化作瀑布直泻而下。河水就这样一直流入湖中。它长一英里半，宽度为三十到四十英尺不等。河水是淡的，这使人能够推断湖水也是淡的。如果能在湖边找到一个比“壁炉”更合适的住处就好了。

一直到下游几百英尺，小河两岸的树木郁郁苍苍。大部分树都属于澳大利亚塔斯马尼亚岛这类温带地区常见的品种，而不是他们在离眺望岗几英里的范围内勘探时所见到的针叶树类。现在是一年当中的四月初，相当于北半球的十月份，也就是初秋时分，树叶还很茂盛。特别是木麻黄和桉树，有的树到第二年春天会产生一种甜味的甘露蜜，这与东方的甘露蜜非常相似。林中空地上耸立着一丛一丛的澳大利亚雪松，地面上覆盖着一种在荷兰被称为“蒂萨克”的高高的草，而太平洋各群岛上多见的椰子树，在这岛上好像没有见到，无疑这里的纬度太低了。

“真可惜！”哈伯特说，“这么有用的树，这么好吃的果实！”

鸟儿成群结队地在略显稀疏的桉树和木麻黄的枝叶间展翅飞翔。黑色、白色或灰色的美冠鹦鹉，长着五颜六色羽毛的雄鹦鹉和雌鹦鹉，浑身绿得发亮、头顶红色冠羽的“国王”，蓝色的丝舌鹦和“蓝山”，就好像万花筒似的。它们飞来飞去，叽叽喳喳声震耳欲聋。

突然，在矮树丛中响起了由一些不和谐的声音组合而成的奇特的合奏。岛民们先后听到鸟鸣声、兽吼声，还有一种好像是从土著的嘴里发出的咂嘴声。纳布和哈伯特全然忘了谨慎小心的基本原则，直向灌木丛冲去。幸好那里既没有可怕的猛兽，也没有危险的土著，只有六只被确认为“山鸡”的鸣禽，此鸟会模仿各种声音。两人灵巧地挥动了几棒，这场合奏就中断了。这些野味为他们提供了一顿美美的晚餐。

哈伯特指着一些美丽的鸽子给大家看，它们的翅膀是青铜色的，有的羽冠非常华丽，还有的一身羽毛都是绿色的，就像麦夸里港的鸽子一样。不过不可能抓到它们，还有那些成群结队飞走的乌鸦和喜鹊也是逮不着的。只要开一枪，就可以打死一大群飞禽，但是这些猎人没有枪，他们只有石块作投掷武器，棍棒作长柄武器，而且这些原始的武器还十分缺乏。他们后来看见一群四足动物，好像松鼠一样敏捷，从一棵树跳到另一棵树，逃进矮树丛，这时，猎人们觉得武器真是太少了。这种动物跳跳蹦蹦，一跳就是三十英尺高，是一种真正能飞的哺乳动物。

“袋鼠！”哈伯特叫了起来。

“这能吃吗？”彭克罗夫问道。

“炖着吃，”记者回答，“这是最好的野味！……”

热代翁·斯皮莱这句振奋人心的话还没说完，水手以及后面跟着的纳布和哈伯特就顺着袋鼠的足迹追上去了。赛勒斯·史密斯叫也叫不住。猎人们去追逐这种跳起来像一只皮球、弹跳性很好的动物是白费力气。跑了五分钟后，大家都已气喘吁吁，而袋鼠全都消失在矮树丛中。托普也没有取得比它主人更好的成绩。

“赛勒斯先生，”彭克罗夫见到追上来的工程师和记者，就说，“赛勒斯先生，你看现在非得造些枪了。这有可能吗？”

“也许能，”工程师回答说，“不过我们首先得制作一些弓和箭，我相信你一定也会像澳大利亚猎人一样灵巧地使用它们。”

“弓箭！”彭克罗夫不屑地撇着嘴说，“这是孩子们的玩意儿！”

“不要自命不凡，我的朋友，”记者说，“在好几个世纪里，弓箭足以血染世界，发明火药只不过是昨天的事。”

“确实是这样，斯皮莱先生，”水手回答道，“我说话总是太快，欠考虑，请你原谅。”

哈伯特一直想着自己最喜爱的博物学，他又回到了袋鼠的话题，说：“况且，我们在这面对的是最难捕捉的动物。这是一种有着灰色长毛的大动物。如果我没记错，还有黑色和红色的袋鼠，岩石袋鼠和鼯，这些都比较容易抓到。据统计有十二种……”

“哈伯特，”水手以教训人的口吻说，“对我来说，只有一种袋鼠，这就是‘烤肉铁扦上的袋鼠’，我们今晚缺的就是这个。”

听了彭克罗夫关于袋鼠的新分类，众人不禁哈哈大笑。晚上只能吃山鸡，正直的水手毫不掩饰自己的懊恼；不过，命运还是向他显示了好意。

托普到处搜寻着食物，它越是饥饿，直觉就越灵敏。如果有什么野味落到它的嘴里，很有可能不会留给猎人们了，这会儿它可是在为自己打猎。不过纳布在旁边监视着它，这样做是对的。

下午三点左右，托普消失在荆棘丛中。不久传出低沉的呼噜呼噜声，表明它在与什么动物搏斗。

纳布冲了过去，确实，他看见托普正在贪婪地吞食着一只小动物，十秒钟后，这野味已经进入它的肚里，无法辨认。所幸的是这只狗袭击了一窝三只动物，另外两只啮齿目动物——我们这里提到的动物就是属于这种目——已被扼死，躺在地上。

纳布双手各提着一只比野兔大一点的动物胜利而归。这种动物黄色的皮毛上夹杂有暗绿色的斑纹，尾巴只留下了退化的痕迹。

这几个美国公民很快便说出这种啮齿动物的正确名字。它们叫“马拉”，是一种刺豚鼠，个儿比美国的兔子和热带地区的同类稍大一些，有着一对长耳朵，与其他刺豚鼠明显不同的是，它们的上下颌每边长了五个臼齿。

“乌拉！”彭克罗夫高声叫着，“烤肉来了！现在我们可以回家了！”

大家又继续往前走。木麻黄、山龙眼和高大的橡胶树形成一个拱门，下面流淌着清澈的红河水。美丽的百合科树高达二十英尺。有些乔木连年轻的自然学家也不知晓，它们低垂在小河上方，而河水则在这绿色摇篮中潺潺流过。

在这里河面明显宽了，赛勒斯·史密斯因此认为不久就可到达河口。果然，当他们走出美丽的密林时，河口赫然显现在眼前。

探险家们来到了格兰特湖的岸边。这个地方值得一看。水面的周长约七英里，面积为二百五十英亩，四周环绕着各种各样的树木。东面，透过几处高耸的绿色屏障，露出了闪闪发光的海平面。北面，湖岸弯曲着，略显凹形，与南端突出的轮廓形成对比。众多的水鸟经常飞到这小安大略湖边来，而离南岸八百英尺的地方露出水面的岩礁，就相当于北美洲安大略湖的“千岛”。有好几对翠鸟聚集在岩礁上，一动不动，专注地守候着游过来的鱼群。一有机会，它们就尖叫一声，迅速扎入水中，重新露出水面的时候，嘴里已衔着猎物了。在别处，岸上和小岛上趾高气扬地走着野鸭、鹈鹕、水鸡、红嘴鸟、舌头呈刷子状的水鸟和一两只典型的美丽琴鸟，它们张开的尾巴就像古希腊优美的里拉竖琴。

这是个淡水湖，湖水颜色略深，但仍然清澈。水面上有几处冒出水泡，激起的涟漪一圈圈荡漾开来，又彼此交织。毫无疑问，湖中有不少鱼。

“这湖真美！”热代翁·斯皮莱说，“我们就住在湖边吧！”

“我们住定了！”赛勒斯·史密斯说。

这批移民想抄近路回“壁炉”，就一直走到湖岸南面的拐角处。他们在这个从来没有人出没过的地方，用手在矮树林和荆棘中艰辛地开辟出一条路来。就这样，他们朝着海岸走去，以便到达眺望岗的北边。大家朝此方向走了两英里，又穿过最后一道防风林，绿草如茵的高地就展现在眼前。更远处就是一望无际的大海。

想要回“壁炉”，只需斜穿高地，走上一英里路，然后再往下，走到慈悲河的第一个拐弯处就到了。但工程师想了解一下湖水涨满后是怎样、从哪里泄出去的，于是他们在树林里又向北勘察了一英里半路。附近可能有一个溢水口，水大概是穿过花岗岩石缝流出的。简而言之，这个湖只是一个巨大的浅口盆，流入的河水慢慢把它灌满，溢出的湖水会以某种瀑布的形式流向大海。如果是这样的话，工程师认为也许可以把现在白白浪费掉的水力开发利用起来。大家重新登上高地，沿着格兰特湖岸又走了一英里，但赛勒斯·史密斯还是没有发现理应存在的溢水口。

此时已是四点半了。移民们该回家准备晚饭了。于是这支小部队就半路折回，从慈悲河的左岸走回了“壁炉”。

“壁炉”内的火生起来了。纳布和彭克罗夫，一个是黑人，另一个是水手，他们自然地担负起厨师的职责。他们手脚麻利地烤好了刺豚鼠肉，让大家美美地饱餐了一顿。吃完饭，大家正要走开去睡觉，赛勒斯·史密斯从口袋里取出几块不同的矿石标本，简单地说：

“朋友们，这是铁矿石，这是黄铁矿石，这是黏土，这是石灰石，这是煤。这就是大自然给予我们的东西，我们需要付出努力才能利用它们。明天看我们的吧！”

第十三章

在托普身上找到的东西——制造弓箭——砖场——陶窑——各种厨房用具——第一次炖肉——苦艾草——南十字座——一次重要的天文观察

“那么，赛勒斯先生，我们从哪儿开始干呢？”翌日早晨，彭克罗夫问工程师。

“从头开始。”赛勒斯·史密斯回答道。

的确，这些移民们不得不“从头”做起。他们甚至连制造工具的必要工具也没有，也没有自然界那种“有时间，省力气”的条件。他们没有时间，因为他们必须为自己提供生存的必需品，刻不容缓。虽然他们已经拥有前人的经验，用不着再去发明创造些什么，但此时此刻他们需要制造一切东西。他们的铁和钢还处于矿石状态，陶器还只是黏土，内衣和外衣还只是纺织原料。

但我们要说，这些移民是一批出类拔萃、勇敢坚毅的人。他们是工程师最聪明的助手，无比忠诚和热情。他了解他们，知道他们的才能。

热代翁·斯皮莱，精明能干的记者，什么都学过，为的是对什么都能议论一番。他的脑子和双手应该可以为小岛的开拓工作做出重大贡献。他在任何任务前都不会退缩，他还是个狂热的猎手，不过，这件至今为止对他来说只是娱乐的事情，他要把它当作职业来干了。

哈伯特，勇敢的孩子，已经出色地掌握了自然科学方面的知识，他将为共同事业带来很大的帮助。

纳布，忠诚的化身，机灵、聪明、不知疲倦、强壮，有着钢铁般的身体，他懂一些铁匠的工作，这对岛上的事情很有用。

至于彭克罗夫，游遍各大洋的海员，在布鲁克林造船厂当过木匠，在这个州的船上做过助理裁缝，休假期间做过园丁、种过地，并且和一般水手一样，做什么都合适，什么都会做。

的确，为了与命运抗争并确保胜利，很难有更合适的五个人凑在一起，来完成这个使命了。

赛勒斯·史密斯说过，要“从头开始”。工程师所说的这个“头”，就是制造一种能用来转换自然界物质的器具。大家知道火在这种转化中的作用。不过，燃料、木柴或地上的煤立即可以使用，但问题在于要筑一个炉灶才行。

“这炉子派什么用场?”彭克罗夫问。

“用来制造我们需要的陶器。”工程师回答道。

“那我们用什么来筑炉子呢?”

“用砖块。”

“砖块用什么做?”

“用黏土。朋友们，开始吧。为了避免运输，我们就把工场设在原料产地。纳布将送食物来，煮食物的火是不会缺少的。”

“不，”记者说，“缺少打猎的工具，就会没吃的东西，那怎么办?”

“啊！如果我们有一把刀就好了！”水手高声说道。

“怎么?”赛勒斯·史密斯问道。

“我可以很快地做一张弓和一些箭，这样伙房里就会有大量的野味了！”

“是的，一把刀，一把锋利的刀……”工程师自言自语地说。

说话间，他把目光投向了在岸边跑来跑去的托普。他的眼睛突然一亮。

“托普，过来！”他说。

主人一召唤，狗就跑过来了。工程师两手捧起托普的头，把它脖子上戴的颈圈解了下来，并把这颈圈一折为二，说道：

“彭克罗夫，这就是两把刀！”

水手用两声“乌拉”来回答他。托普的颈圈是用薄薄的淬火钢片做成的，因此可以先在一块砂岩石上磨快，使它开刃儿，然后找块细沙石，把刃口毛剔除，这就做成了刀。海滩上这种砂岩石随处都有。两个小时后，他们就拥有了两把装上结实刀柄的锋利刀子了。

获得第一批工具后，大家为这个胜利欢呼起来。的确，这是非常可贵的胜利，并且来得正是时候。

众人出发了。赛勒斯·史密斯的意思还是回到湖的西岸去，昨天他在那里发现了黏土，还取回一块样品。因此，大家就顺着慈悲河岸走，穿过眺望岗，走了五英里多路，来到了离格兰特湖二百英尺远的一块林间空地。

哈伯特在路上发现了一种树，南美洲的印第安人用这种树的树枝制作弓箭的弓。这就是棕榈科的“克里井巴”树，果子不能食用。又长又直的树枝被砍了下来，捋去树叶，经过切削，中段粗，两头细，剩下的事就是去找一种适合做弓弦的植物。他们找到一种属锦葵科的木槿，叶子的形状很怪，但纤维的韧性非常好，甚至可以与动物的筋腱媲美。彭克罗夫就这样得到了一批有相当强度的弓，缺的只是箭了。找些硬而直、没有结节的树枝就可以做成箭杆，这很容易。但箭头要用能代替铁的东西加固，这就不容易找到了。彭克罗夫心想自己尽了力，剩下只好碰运气了。

大家来到了前一天到过的地方。这里的土是可以用来制砖瓦的黏土，对他们要进行的工作再合适不过了。

操作并不困难，只需把黏土中的沙挑净，做成砖块形状，然后放在柴火上烧就成。

通常砖块都是用模子压出来的，但现在工程师只能用手来做。当天和第二天都花在这一工作上。黏土掺了水，大家手脚并用地调和，然后把它分成大小一致的一块一块。一名熟练工人不用机器，十二个小时内能做一万块砖；但林肯岛上的这五名制砖工在两个工作日内只做了三千多块。这些砖坯被一块块地排放好，第三天或第四天完全干透后才进行焙烧。

4 月 2 日这天，赛勒斯·史密斯开始进行确定岛的方位的工作。

前一天他精确地记下了太阳消失在地平线的时间，并把折射因素也考虑在内。这天早晨，他同样精确地记录了太阳升起来的时间。在日落与日出之间隔了十一小时又三十六分钟。因此，在日出以后六小时十二分，这一天的太阳理应正好通过子午线，而此时它在天空中所占的位置就是正北①。到了上述时间，赛勒斯把这一点记了下来，并用两棵树作标记，这两棵树与太阳在一条直线上。就这样，他为以后的工作获得了一条不变的子午线。

在焙烧砖块的前两天，大家忙于储备燃料。他们把林中空地周围的树枝都砍了下来，还拣了树下的全部枯枝。与此同时，大家也少不了要打打猎，何况彭克罗夫现在已经拥有几打箭头非常锐利的箭了。这些箭头是托普找来的。它猎到一头豪猪，作为野味它很一般，但它身上的硬刺价值就高了。把这些硬刺牢固地装在箭头上，再用美冠鹦鹉的羽毛作箭羽，这样箭射起来就准确多了。记者和哈伯特很快就成了非常灵巧的神箭手。因此，“壁炉”里有了大量的飞禽走兽之类的野味：水豚、鸽子、刺豚鼠和大松鸡等等。这些猎物大部分是在慈悲河左岸的森林里打到的。为了纪念彭克罗夫和哈伯特第一次探险时所捕

① 在这个纬度区域，每年这个季节，早晨太阳在五点四十八分升起，晚上六点十二分落下。——原注

捉到的啄木鸟，他们就把这片森林命名为啄木鸟林。

野味大都在新鲜时就被吃掉了，他们把保留下来的水豚腿肉加了有芳香味的叶子，然后放在用青树枝烧的火上熏烤。虽然这种食物营养很丰富，但每次总是烤着吃，这些客人们很想听到炉膛里有炖汤的声音。不过这得等炖锅做好以后，也就是说要等窑子砌好以后才行。

最近几次在制砖工场附近小范围内的打猎过程中，猎手们发现新近有他们无法确认的动物出没其间。这种动物体形大、爪子锋利有力。赛勒斯·史密斯叮嘱大家要特别小心，因为这片森林里很可能有会伤人的猛兽。

他说得对。果然，有一天热代翁·斯皮莱和哈伯特看见一只像美洲豹的动物。幸好这头野兽没有袭击他们，不然的话，即使能逃脱也免不了受重伤。热代翁·斯皮莱决定，一旦有一件正式的武器，也就是彭克罗夫所要的武器，他就要与这些猛兽搏斗一场，直至把岛上的猛兽消灭光。

这几天也没对“壁炉”内部进行整理，因为工程师打算另找一处更为合适的住所，如果有必要的话，可以另外建一处。他们只是在通道的沙地上铺了一层苔藓和枯叶，这些疲乏不堪的劳动者们在这有点儿原始的睡铺上睡得十分香甜。

自从他们登上林肯岛以来，就把在岛上的日子都记了下来，因而可以做出正确的计算。4 月 5 日，星期三，风暴把这些落难者扔在这里已经有十二天了。

4 月 6 日，天一亮，工程师和他的伙伴们就在林间空地那块准备焙烧砖头的地方集合。当然，这项工作应该在露天进行，而不是在窑里进行，更确切地说，是把砖块堆砌成一个巨大的窑，然后进行自我焙烧。准备好的柴捆作为燃料放在地上，周围一排排地放置着已经晒干的砖坯，很快就形成了一个立方体，外面留了几个出气孔。这项工作干了整整一天，到了晚上才给柴捆点火。

这个晚上大家都没有睡觉，小心照看着窑火，不让它熄灭。砖窑烧了四十八个小时，大获成功。然后要等这些冒着热气的砖冷却下来，在这期间，赛勒斯·史密斯领着纳布和彭克罗夫去湖的北边，用一个树枝编成的筐子运石灰石。这是一种很普通的石头，量很多，他们也装了好几次。这种石头加热后，能分解产生一种黏稠的生石灰，经过焙烧后体积会大大膨胀，这种石灰质地非常纯，可与白垩或大理岩烧成的媲美。用沙和石灰搅拌——沙的功能是减少石灰浆凝固时的收缩——就成了极好的灰浆。

做了这些事后，到了4月9日这天，工程师手中就有了一定数量的完全准备好了的石灰和几千块砖。

因此，大家立即开始砌窑，以便焙烧日常生活所需的各种陶器，这件事没有太大困难就做成了。五天后，窑里就烧起了煤，工程师曾在红河河口附近发现了露天的煤矿层。于是，高达二十多英尺的烟囱里冒出了第一缕烟。林中空地成了工场，彭克罗夫甚至想，这个窑可以生产出所有的现代工业产品来。

在此期间，移民们首先生产的是一种很普通的但适于烹调用的陶器。它的原材料就是地上的黏土，赛勒斯·史密斯往里加了一些石灰和石英，就成了名副其实的“烟斗泥”。他们用这种土做沙锅，并找来形状合适的石头当模子，制作茶杯、盆子，还有可以盛水的大坛、大缸等。这些物品的外形歪歪斜斜，都有缺陷，但经过高温焙烧后，“壁炉”的厨房里就有了不少与最精美的瓷器一样珍贵的用具了。

这里要提一句，彭克罗夫很想知道这种“烟斗泥”是否名副其实，就为自己做了几个相当粗糙的烟斗，他觉得这些烟斗很可爱。只可惜没有烟叶。要知道，这个东西对彭克罗夫至关重要。

“不过像所有的东西一样，烟叶会有的！”他非常有信心地反复说。

这些工作一直持续到4月15日，大家明白这些时间没有白费。移民们成了制陶工人，除了做陶器，不干别的事。什么时候赛勒斯·史密斯觉得该把他们变成铁匠，他们就会是铁匠。第二天是星期天，还是复活节，大家同意休息一天。这些美国人都信教，是《圣经》箴言的认真奉行者，目前的处境更激发了他们对创世主的信赖。

4 月 15 日傍晚，众人最终回到了“壁炉”。剩下的陶器都运回来了，陶窑在没有新的用途之前暂时熄火。回来时碰上一件令人高兴的事：工程师发现了一种可以代替火绒的东西。他知道有一种多孔菌属的蘑菇的海绵状柔软组织经过适当的处理，特别是让它浸透火药或放在硝酸钾或氯化钾的溶液里煮沸后，就会变得很容易燃烧。但在这之前，移民们一直没有找到这种多孔菌以及能代替多孔菌的羊肚菌。那天，工程师认出一种蒿属植物，它主要的品种有苦艾、亚香茅、龙蒿等，他采了好几把，并交给水手说：

“拿去，彭克罗夫，这会使你高兴的。”

彭克罗夫仔细地看了看，这植物有丝一般的长须，叶子上覆盖着一层绒毛。

“啊！这是什么东西，赛勒斯先生？”彭克罗夫问道，“天啊！是烟草吗？”

“不是，”赛勒斯·史密斯说，“这是蒿属植物，学者们称之为中国苦艾，我们可以用它作火绒。”

果然，等苦艾晾干到一定程度后，工程师将它浸透在硝酸钾里，它就成了很容易燃烧的东西。海岛上有不少硝酸钾，也就是硝石的矿层。

当晚，全体移民集中在中间的石室里，像样地吃了一顿晚餐。纳布准备了炖刺鼠肉和熏香水豚腿肉，在腿肉上还加了煮熟了的“大根茎杯芋”的块茎，这是属于天南星科的一种草本植物，在热带地区它长成乔木状。这种杯芋味道不错，极富营养，有点像在英国可以买到的“波特兰西谷米”，在某种程度上，可以代替目前林肯岛上居民所缺的面包。

晚饭过后，赛勒斯·史密斯和他的伙伴们在睡觉前去沙滩散步。这时是晚上八点钟，夜色极美。满月五天以后的月亮还没有升上来，但地平线上已经显示出一片柔和的银白色，我们也许可以称它为月亮的“曙光”。拱极星座在南半球的上空闪闪发光，其中就有几天前工程师在富兰克林山顶上向它致意的南十字座。

赛勒斯·史密斯对这光辉灿烂的星座观察了良久，它上下两端各有一颗一等星，左臂有一颗二等星，右臂有一颗三等星。他想了想，然后问少年：

“哈伯特，今天是不是4月15日？”

“是的，赛勒斯先生。”哈伯特回答道。

“那好，一年中有四天实际时间与平均时间相等，如果我没记错的话，明天就是其中的一天，这也就是说，孩子，明天在正十二点钟时，太阳会在几秒钟的时间内经过子午线。所以，如果明天天气晴朗，我想我可以计算出这个岛的经度，至多相差几度吧。”

“没有仪器，没有六分仪，能行？”热代翁·斯皮莱问道。

“行，”工程师又说，“另外，因今晚月色明亮，我现在就来试试看能否计算出南十字座的高度，也就是地平线上南极的高度，来求得我们现在所处的纬度。朋友们，你们很清楚，在我们开始认真安置居所以前，光确认这里是个海岛是不够的，我们要尽可能了解它与美洲大陆、澳洲大陆或是太平洋各主要群岛之间的距离。”

“确实，”记者说，“如果碰巧我们离某个有人居住的海岸只有一百来英里，那么我们会更有兴趣去造一艘船，而不是造一所房子。”

“所以，”赛勒斯·史密斯又说，“今晚我要尝试获得林肯岛的纬度，明天中午再想办法计算出它的经度。”

如果工程师有一个六分仪，操作起来就没有什么困难了。这个仪器可以通过反射，很精确地测出物体的角距离。只要今晚测出天极的高度，明天再测出太阳经过的子午线，他就可以算出林肯岛的坐标。

但没有六分仪事情不好办，所以必须找一个能代替它的东西。

赛勒斯·史密斯回到了“壁炉”。在炉火的映照下，他削了两根小小的扁尺，把它们的一端连接起来，做成两只脚可分可合的圆规状的东西。他从柴堆里找来一根结实的胶树刺固定连接点。

做好了仪器，工程师又回到海滩。由于要在轮廓清晰的地平线，也就是海平面上测量天极的高度，而爪角正好遮挡了南面的海平面，所以他不得不另找一个更合适的地点。显然，最佳点是在正对南面的海岸，但这需要穿过慈悲河。这时河水较深，这有难度。

最终，赛勒斯·史密斯决定去眺望岗观察，当然，他也考虑到了高地的海拔高度，他打算第二天用一个几何学的简单原理把这个高度计算出来。

于是众人动身去高地。他们爬上了慈悲河的左岸，来到了面向西北和东南的高地边缘，这里沿着河边的一长溜岩石形状奇特、犬牙交错。

这部分高地比右岸高出五十多英尺，并向爪角尽头和海岛南岸逐渐倾斜下去。因此在这里目光一览无遗，可以清楚地看到从爪角到爬虫角整整半个圆形的海平面。在南面，初升的月亮映照着海平面，使其在天空的衬托下显得非常突出，所以可以比较精确地测量。

此时，南十字座以倒置的位置出现在观察者的眼前，α 星在星座的底部，与南极较近。

这个星座离南极不像北极星离北极那么近。α 星约在距南极 27°处，赛勒斯·史密斯知道这点，在计算时，他就考虑到了这个距离。在这颗星经过南极的子午线时，他也留心进行观察，这样他的观察容易多了。

赛勒斯·史密斯把他的木制圆规的一只脚对准了水平线，另一只脚对准 α 星，就好像他摆弄复测经纬仪上的瞄准镜一样，而两只圆规角之间的开度就是 α 星和水平线之间的角距。为了把这个测得的角度固定下来，他用树刺把圆规的两只脚钉在另一根横放的木条上，这个办法很好，帮他达到了目的。

做了此事，剩下要做的就是计算所测得的角度。考虑到水平面的俯角，要重新回到海平面上去观察，还需要测量高地的高度。圆规测得的角度能帮助算出 α 星的高度，最后算出天极在水平线上的高度，也就是海岛的纬度。因为地球上任何地点的纬度，总等于这个地点的天极在水平线上的高度。

这些计算工作留待第二天再做，十点钟时，大家都熟睡了。

第十四章

测量花岗岩峭壁——运用相似三角形定理——海岛的纬度——一次去北部的探险——牡蛎群——未来的打算——太阳经过子午线——林肯岛的坐标

翌日，4月16日，复活节的星期天，这些移民们天一亮就从“壁炉”里出来，去洗洗内衣和外套。工程师打算一旦得到必要原料——纯碱或钾碱，脂肪或油——就马上自己制造肥皂。至于每个人的行头要更新的重要问题，也将在合适的时间和地点来探讨。总之，他们身上的衣服现在还很牢固，经得起体力劳动时的磨损，还能穿半年时间。不过，这一切还取决于这个岛屿的位置，看它是否靠近有人居住的陆地。如果天气允许，这个问题当天就可以见分晓。

太阳从清晰的水平线上升起来，预示着这是个晴朗的日子，是炎热的季节临将结束时的一个美好秋日。

现在要测量眺望岗的海拔高度，以完成昨日测量的全部项目。“你不需要一个和你昨天用的一样的仪器吗？”哈伯特问工程师。

“不需要，我的孩子，”工程师回答说，“我们将采用另一种办法，但精确度并不差。”

哈伯特样样都想学，他跟着工程师离开了花岗石峭壁，向海滩边走去。此时，彭克罗夫、纳布和记者则干着别的活儿。

赛勒斯·史密斯准备了一根直杆子，他对自己的身高很清楚，用这根木杆子比着自己的身体，便精确地测出这根杆子长十二英尺。哈伯特手里拿着赛勒斯·史密斯交给他的一个铅锤，它是用一根柔韧的植物纤维系上一块普通的石块做成的。

他们来到离海滩边二十英尺、距垂直耸立的花岗岩峭壁五百英尺的地方，赛勒斯·史密斯把长木杆插入沙地二英尺深，小心填稳，并利用铅锤，使它与地面保持垂直。

做完这个之后，工程师往后退到一个趴在沙地上、目光可以同时扫到木杆顶端和峭壁尖顶的距离。然后，他仔细地把一根小木桩插在这个观察点上，以示区别。

“你知道几何学的基本原理吗？”他问哈伯特。

“知道一点，赛勒斯先生。”哈伯特回答道，他不想过分表现自己。

“你记得两个相似三角形应该具备的条件吗？”

“记得，”哈伯特回答道，“它们的对应边成比例。”

“好，孩子，我刚刚做了两个直角的相似三角形：第一个比较小的，它的边分别是那根垂直的木杆、从小木桩到木杆的距离，我的视线就是它的斜边；第二个直角三角形的一条边是垂直的峭壁——我们要测量它的高度，另一条边是从小木桩到峭壁底部之间的距离，而我的视线同样也构成它的斜边，不过它由第一个三角形的斜边延长而成。”

“啊！赛勒斯先生，我明白了！”哈伯特叫了起来，“从小木桩到木杆的距离与从小木桩到峭壁底部的距离的比，等于木杆高度与峭壁高度的比。”

“是这样的，哈伯特，”工程师回答说，“我们只要测量这两个距离，并知道木杆的高度，再算一下比例，就可得出峭壁的高度，从而免去直接测量的辛劳。”

他们利用木杆测出了两个水平的距离，而木杆在沙地上的高度正好是十英尺。

从小木桩到木杆插入沙地的地方，这段距离是十五英尺。

从小木桩到峭壁底部的距离为五百英尺。

赛勒斯·史密斯和少年测量完毕，便回到“壁炉”。他拿出一块类似板岩的平平的石头，这是他前几次外出时拣回来的。他用一块尖尖的贝壳，就很容易地在上面画出数字来，于是，他列出了如下的比例式：

$$15 : 500 = 10 : x$$

$$500 \times 10 = 5\,000$$

$$5\,000 \div 15 = 333.33$$

由此得出峭壁高度为三百三十三英尺。

然后赛勒斯·史密斯取出了前一天制作的仪器，圆规两脚之间的距离就是 α 星和水平线之间的角距。他在分成三百六十等分的一个圆周上非常精确地测得这个角的开度为 10°。这个角度加上 α 星距南极的 27°，再减去观察时所处的高地离海面的高度值，便得到 37° 这一角度。赛勒斯·史密斯从中得出结论：林肯岛位于南纬 37°。考虑到计算中可能有 5° 的误差，这个海岛的位置应该是在南纬 35°～40°。

为了求得海岛的坐标，还得算出经度。这也就是工程师打算当天中午在太阳通过子午线时要做的事。

大家决定利用星期日出去走走，更确切地说，是去湖北面与鲨鱼湾之间的那部分地区勘察一番。如果时间允许，他们还打算一直走到南腭骨角的背面去。

早上八点半，这支小小的队伍沿着海峡的边缘出发了。在对面的安全岛上，有许多飞禽大摇大摆地走动着。这都是属企鹅一类的潜水鸟，这一点可以从它们像驴一样难听的叫声中得到确认。彭克罗夫只是从吃的角度来看它们，他满意地得知，它们的肉虽然黑一点，但味道还不错。

他们还看到一些体形庞大的两栖动物在沙地上爬行，可能是海豹，它们似乎把海岛当作家了。它们的肉是油质的，很难吃，根本不能考虑把它们当作食物。不过赛勒斯·史密斯还是专注地进行了观察。也没说明到底是为什么，他只向大伙儿宣布，不久大家要到小岛上去看看。

移民们走的海滩上，散落着无数的贝壳类动物，其中有些会使软体动物爱好者感到高兴，比如酸浆贝、三角蛤等。但最实用的是牡蛎群，这是退潮的时候纳布在离“壁炉”约四英里处的岩石丛中发现的。

“纳布这一天没有白过。”彭克罗夫看着这一大片牡蛎群大声地说。

“这个发现实在太好了，”记者说，“只要如人所说的那样，每个牡蛎一年产五万至六万个卵，那我们就怎么也取之不尽了。”

“不过我认为牡蛎群没什么营养。”哈伯特说道。

“是的，”赛勒斯·史密斯回答道，“牡蛎的营养价值不高，一个成年人如果只吃牡蛎过日子，那他一天吃的牡蛎不得少于十五至十六打。”

“好啊！”彭克罗夫说，“这里有那么多牡蛎，我们可以拼命吃。我们要带一些回去午饭时吃吗？”

水手和纳布知道大家都会同意，所以也不等大家对这个建议做出回应，就采了一定数量的牡蛎，并把它们放在纳布用一种木槿纤维做成的网袋里，那里面已经放了午饭要吃的食物，然后大家继续沿着沙丘和大海之间的海岸爬上去。

赛勒斯·史密斯不时地看看手表，以便能在正午的时候及时观察太阳。

海岛的这部分一直到联合湾的南腭骨角都非常干旱，只见到沙土和贝壳，并夹杂一些残留的熔岩石。有一些海鸟，如海鸥、大个儿的信天翁以及野鸭，常飞到这荒凉的海岸上来，它们理所当然地让彭克罗夫垂涎三尺。他试着用箭去射它们，但没有成功，因为这些海鸟并不停留，必须在飞翔中击中它们才行。

这件事使水手反复对工程师说：

“赛勒斯先生，你看，我们没有猎枪，我们的装备就是不行！”

“当然啰，彭克罗夫，”记者回答说，“不过这要靠你了！你要提供铁给我们做枪管，钢做撞针，硝石、炭和硫黄做火药，水银和硝酸做雷汞，还有铅做子弹，这样赛勒斯就能为我们制造出最好的枪支。”

“哦！”工程师说，“所有这些东西我们大概都能在岛上找到，但火器是精细的仪器，制造它需要一些高精密度的工具。好吧，我们以后再说吧！”

“为什么，”彭克罗夫大声说，“为什么当时我们非得把吊篮里带来的所有武器、工具甚至我们的小折刀都扔到外面去呢！”

“如果我们不把它们扔掉，彭克罗夫，那气球就会把我们扔到海底里！”哈伯特说道。

“孩子，你说的倒也是实话！”水手说。

然后，他又转入另一个话题：

“我想，第二天乔纳森·福斯特和他的伙伴发现人跑了，气球也飞了，会惊愕得不得了！”

“我真想知道他们会怎么想！”记者说。

“这可都是我的主意！”彭克罗夫一脸得意的神情。

“一个非常好的主意，彭克罗夫，”热代翁·斯皮莱笑着说，“它把我们送到这里来了！”

“我宁愿在这里，也不愿落在南方人的手里！”水手大声地说，“尤其是赛勒斯先生又回到我们身边来了！”

“说实话，我也是这样想的！”记者接着说，“况且，我们还缺什么？什么也不缺！”

“除了……所有的东西！”彭克罗夫一面说，一面哈哈大笑，同时耸耸自己宽大的肩膀，“不过总有一天，我们会有办法离开这儿的！”

“朋友们，”工程师说，“如果林肯岛离某处有人居住的群岛或陆地只是一般的距离，那么也许这一天会比你们想象的来得更早。一点钟以前，我们将会知道一切。我没有太平洋地图，但我脑子里很清楚地记得它南部的情况。昨天我测得林肯岛的纬度，岛的西面应该是新西兰，东面是智利的海岸。不过这两块陆地之间至少有六千英里。因此需要确定这个岛究竟处于茫茫大海中的哪个位置上，我想过一会儿有足够准确的经度会告诉我们这个的。”

“帕摩图群岛是纬度上离我们最近的陆地吗?”哈伯特问道。

“是的,”工程师回答,“不过我们和它相距一千二百多海里。”

“那么那边呢?”纳布问。他饶有趣味地听着以上对话，用手指着南方发问。

“那边什么也没有。”彭克罗夫回答道。

“的确什么也没有。”工程师补上一句。

“那么，赛勒斯,”记者问道,“如果林肯岛离新西兰或智利只有两三千英里呢?……”

“这样的话,”工程师回答说,“我们就不造房子，造一艘船，由彭克罗夫操纵……”

“当然可以，赛勒斯先生,”水手叫了起来,“只要你能找到办法造一艘能航海的船，我完全可以当船长……”

“如果需要的话，我们就造一艘船!”赛勒斯·史密斯回答说。

他们确实信心十足。谈话间，要进行观察的时候到了。赛勒斯·史密斯没有仪器，他怎么测定太阳经过海岛子午线的情况呢?这点哈伯特是猜不到的。

此时，观察者们处在离“壁炉”六英里处，这里离工程师神秘地获救后被找到的沙丘地区不远。大家就在这里休息，并准备用午饭，因为已经十一点半了。哈伯特去近旁的溪里找水，他用纳布带的一个水壶装了水回来。

与此同时，赛勒斯·史密斯张罗着准备进行天文观察。他在沙滩上选了一块非常干净的地方，海水退了以后，这里非常平整。这片细沙地像镜子一样平滑。至于沙地是否水平，这并不重要，而且那根高六英尺的标杆是否与地面垂直也不要紧。相反，工程师甚至还把它向南面——也就是背着太阳的那面——倾斜，因为不应忘记，海岛位于南半球。所以林肯岛上的移民们看见的太阳运行的周日弧线是在北面的水平线上，而不是在南面。

此时哈伯特明白了工程师将怎样确定太阳的中天，也就是它经过海岛子午线时的方位，或换句话说，当地的中午。他采用的是标杆在沙地上投影的方法，虽然缺乏仪器，但这个方法将使他得到相当准确的结果。

事实上，当影子的长度缩至最短时就是正午，所以只需注意这影子的末端，以便确认影子逐渐缩短后又开始伸长的那一瞬间。赛勒斯·史密斯把标杆倾斜到和太阳相对的方向，就会使影子更长一些，从而更容易观察它的变化。钟面上的时针越长，时针尖的移动也就更容易辨别。标杆的影子也就像是钟面上的指针。

赛勒斯·史密斯估计时间已到，就跪在沙地上，把一根根小木标杆插在地上，标出标杆影子逐渐缩短的情况。他的伙伴们也都俯下身来，极有兴趣地看他操作。

记者手里拿着表，准备记下影子缩到最短时的时刻。另外，我们要说明一下，由于赛勒斯·史密斯是在 4 月 16 日进行观察的，这一天是实际时间和平均时间的相合之日，所以热代翁·斯皮莱所报出的时间，也就是华盛顿当时的真实时间，这样计算将会简单化。

此时太阳慢慢地移动，标杆的影子也一点点地缩短，当赛勒斯·史密斯觉得影子又开始变长时，他问道：

“几点钟？”

“五点零一分。”热代翁·斯皮莱马上回答道。

现在只需把结果计算出来，这是很容易的。以整数计，华盛顿和林肯岛的经线差有五个小时，也就是说，在林肯岛上是正午时，华盛顿已是傍晚五点钟了。太阳在环绕地球的视运动中，每四分钟经过1°，也就是每小时经过15°。15（度）乘以5（小时），得出75（度）。

因此，既然华盛顿地处经度77°3′11″，也就是从格林尼治子午线算起的77°——美国人和英国人都把格林尼治子午线作为经度的起点——那么林肯岛应该在格林尼治子午线以西77°加75°处，也就是西经152°处。

赛勒斯·史密斯向他的伙伴们宣布了这一结果，就像他测量纬度时一样，考虑到观察时可能产生的误差，他认为可以肯定林肯岛的位置是在纬度35°～37°，在经度格林尼治子午线以西150°～155°。

可以看出，他给予经纬度观察可能产生的误差是5°的范围，每度为六十英里，就实际测定位置而言，经纬度上可能有三百英里的差错。

不过这个误差大概不会影响他们将要采取的措施。显然，林肯岛远离所有陆地和群岛，他们不可能乘简易小船横渡大洋，那样未免太冒险了。

事实上，测量的位置表明，林肯岛距塔希提岛和帕摩图群岛至少有一千二百海里，距新西兰一千八百多海里，而离美国西海岸四千五百多海里！

在赛勒斯·史密斯的记忆中，怎么也想不起在太平洋的这个地区有什么岛位于林肯岛的附近。

第十五章

决定过冬事宜——冶金问题——勘察安全岛——捕捉海豹——抓住一只针鼹——无尾熊——加泰罗尼亚[①]人的方法——炼铁——如何炼钢

翌日，4 月 17 日，水手的第一句话是对热代翁·斯皮莱说的。

“那么，先生，”他问道，“今天我们干什么？”

“干赛勒斯高兴做的事。”记者回答说。

他们至今已当过制砖工和制陶工，现在要变成冶金工人了。

昨天饭后，他们一直勘察到腭骨角的尖端，距“壁炉”差不多有七英里。连绵不断的沙丘到这里就中止了，土壤呈火山土状，这里不是眺望岗上那样的高耸的峭壁，而是从火山喷发出来的矿物质，它们构成了位于两个海角之间的狭长海湾的边缘。走到尖角后，移民们就折回了，并在傍晚时分回到了“壁炉”。但在弄清是否离开林肯岛这个问题以前，大家都无法入睡。

林肯岛离帕摩图群岛一千二百英里，这可是相当长的距离。尤其是在恶劣季节临近时，一只小船是无法渡过去的。彭克罗夫明确地表明了这一想法。而制作一只简易的小船，即使有所需的工具，也是一项艰难的工程，更何况移民们没有工具，他们必须从制造锤子、斧头、锛子、锯子、木工钻、刨子等做起，这就要花相当长的时间。因此，

① 加泰罗尼亚，西班牙一地区名。

大家决定在林肯岛过冬，并且要找一个比“壁炉”更舒适一些的住处，以便度过冬季。

首要的事情是要利用工程师在岛上西北部发现的几处铁矿，把铁矿石炼成铁或钢。

一般地里蕴藏的金属都不是纯金属，大部分是和氧或硫的化合物。赛勒斯·史密斯上一次带回来的两个标本正是这样：一个是没有碳化的磁铁矿，另一个是黄铁矿，也称作硫化铁。前一种矿石是氧化铁，必须用炭还原——也就是脱氧——以后，才能获得纯粹的铁。这个还原过程是矿石和碳在高温下进行的，可以采用简单而快速的“加泰罗尼亚人方法”，其优点是在一道工序里就可以把矿石炼成铁；也可以采用高炉炼铁法，先把矿石熔化，变成铁水，同时脱去化合物中3%～4%的碳。

赛勒斯·史密斯需要什么呢？需要铁，而不是铁水，因此他应该寻找最迅速的还原方法。而且他所采集到的矿石含铁量很丰富，质地也很纯，这种氧化铁是深灰色的块状物，能产生正八面结晶体的黑色粉末。天然的磁石中含有这种矿石，瑞典和挪威就有丰富的矿藏，用于生产欧洲的优质铁。煤层就在铁矿层不远处，移民们已经进行了开采。生产的原料就在近旁，无疑为处理矿石带来极大的便利。英国开采业最宝贵的财富，正是可以从地下同时开采出煤和金属来进行冶炼。

“那么，史密斯先生，”彭克罗夫问他，“我们就要炼铁了吗？”

“是的，朋友，”工程师回答道，“为此，我们将开始在岛上捕捉海豹，这是你喜欢做的事。”

“捕海豹！”水手大声地说，同时向热代翁·斯皮莱转过身去，“炼铁需要海豹吗？”

“既然赛纳斯这么说，一定有道理！”记者回答他道。

但工程师已经离开“壁炉”，彭克罗夫没有得到其他的解释，就忙着准备捕捉海豹的事了。

一会儿，赛勒斯·史密斯、哈伯特、热代翁·斯皮莱、纳布和水手就全集中在沙滩上了，这一处的海峡在退潮的时候会形成一条可以涉水而过的通道。现在处于最低潮，猎手们走过去，水只没到膝盖。

赛勒斯·史密斯是第一次踏上小岛，而他的伙伴们却是第二次了，因为气球就是把他们扔在了这里。

他们上岸时，有几百只海雀以纯真的眼光看着他们。移民们手里有木棍作武器，要打死它们很容易，但他们不想进行这场无谓的屠杀，因为不能惊动那些躺在几链外沙滩上的两栖类动物。他们也不去侵犯那些无辜的企鹅，它们的翅膀已经退化成短肢，像鳍一样紧贴在身旁，浑身是鳞状的羽毛。

移民们小心翼翼地向北面的海角走去，这一带地上有许多海鸟做窝的小洞。岛尽头的水面上有许多大的黑点在游动，好像移动的礁石。

这就是他们要捕捉的两栖动物——海豹。由于海豹尾部小，皮毛短而密，身躯呈纺锤形，是极好的游泳者，在海里很难抓住，所以必须在陆地上进行捕捉。海豹的四肢短而扁平，趾有蹼，在陆地上只能缓慢地爬行。

彭克罗夫熟知海豹的习性，他建议等它们躺在沙滩上晒太阳时再行动，因为它们很快就会熟睡，到那时就切断海豹的后路，打击它们的头部。于是猎手们就藏在沿海地带的岩石后面，静悄悄地守候着。

等了一个小时，海豹向沙滩爬来，有六只左右。彭克罗夫和哈伯特离开众人，绕过小岛的海角，以便切断海豹的退路，并从后面来捕捉它们。此时，赛勒斯·史密斯、热代翁·斯皮莱和纳布沿着岩石匍匐前进，准备参与即将开始的战斗。

水手魁梧的身躯突然出现了，他一声大吼。工程师和他的两个伙伴急忙向着大海和海豹之间奔去。两只海豹被狠狠击中，躺在沙滩上已经死了，其余几只则重返大海，逃之夭夭。

“赛勒斯先生，你要的海豹！”水手向工程师走来说道。

“好啊，”赛勒斯·史密斯回答道，“我们将拿它们来做炼铁炉的风箱！”

“炼铁炉的风箱！”彭克罗夫大声地说，“那些海豹的运气不错！”

原来，工程师打算用这些两栖类动物的皮来制作加工矿石所需要的鼓风机。这两只海豹中等大小，身长不超过六英尺，头部像狗。

由于没有必要去扛这么重的两只海豹，纳布和彭克罗夫决定当场就来剥皮，而赛勒斯和记者则去完成勘察海岛的任务。

水手和黑人操作起来很敏捷，三小时后，赛勒斯·史密斯就有了两张不必再经鞣制、可派上用场的海豹皮了。

大家不得不等海水再次退去，然后才涉过海峡，返回“壁炉”。

他们没费多大力气，就把这两张皮绷紧在木框架上，使其平整，再用纤维把它们缝起来，尽可能使它充气后不会漏气。为此，他们前后缝了好几次才成功。赛勒斯·史密斯只有托普的颈圈上的两片钢片做的工具，但它非常灵巧，加上伙伴们发挥聪明才智来相助，所以三天后，这个小团队的工具中就增添了一台鼓风机。在加工处理矿石时，鼓风机被用来往里面送风，这是保证冶炼成功必不可少的条件。

4 月 20 日一早，正如记者在他的记事本中所写的那样，“冶金时代”开始了。我们知道，工程师先前就决定在煤矿和铁矿的附近进行开采。不过根据他的观察，矿脉在富兰克林山东北支脉的山脚下，有六英里远，因此不可能每天回“壁炉”来，大家同意用树枝搭一间茅屋过夜，以便能夜以继日地进行这项重要的工作。

计划定下来后，他们清晨就出发了。纳布和彭克罗夫用一个枝条编的筐拖着风箱走，上面还放了一些植物性食品和兽肉，沿途他们还会进行补充。

他们走的是啄木鸟林这条路，从东南方向斜穿到西北方向，那是树林最密的地方。必须开辟一条道路，以后这条路将成为连接眺望岗和富兰克林山最直接的交通干道。这里树木的品种都是大家所熟知的，长得很美。哈伯特还指出一种叫龙血树的新品种，而彭克罗夫把它们称作“自命不凡的韭葱”，因为它们虽然长得高大，但和洋葱、细香葱、分葱或芦笋一样，都是属于百合科的。龙血树有木质的根，烧过后吃起来味道不错，经发酵处理，还可以制成一种很可口的甜烧酒。于是大家便挖掘了一些龙血树根。

众人在树林里走了很长时间，整整一天，不过这样也好，可以观察周围的动植物。托普专门去搜寻猛兽，在草丛和荆棘丛中奔跑，不加区分地把各种猎物都赶出来。哈伯特和热代翁·斯皮莱用箭射死了两只袋鼠，还有一只既很像刺猬又很像食蚁兽的动物。说它像刺猬，因为它缩成一团，并且全身长着刺；说它像食蚁兽，因为它长着善于掘地的爪子，口鼻部又长又细，端部像鸟嘴，舌头可伸缩，上面有许多小刺，用来捕捉昆虫。

“把它放在锅里煮，”自然是彭克罗夫提醒说，“它会像什么肉？”

“像一块极好的牛肉。”哈伯特回答道。

“我们的要求不能再高了。”水手说。

在这次远游中，他们看见过几头野猪，不过这些动物并没有袭击人群，看来不一定就会碰上什么可怕的猛兽了；但记者在离他几步远的浓密的矮树丛中隐约看见一只类似熊的动物，于是开始平静地把它画出来。幸好这只动物并不属于那种可怕的跖行类，只不过是一只无尾熊，一般称为“考拉”，它的身体有大狗那么大，毛很硬，皮色污浊，脚爪非常有力，可以爬上树去采树叶吃。弄清楚了这只动物的“身份”，大家也不去打扰它，热代翁·斯皮莱只是把他速写上的题词“熊”擦掉，写上“无尾熊”，随后大家继续赶路。

傍晚五点钟时，赛勒斯·史密斯发出休息的信号。此时他们已经走出森林，来到富兰克林山东部主要支脉的起点。红河在几百英尺的远处流淌，因此获取饮用水很方便。

大家马上开始安排露营事宜。一个小时不到，他们就在林边的树中间，用藤条扎树枝，搭好了一间棚子，外面再涂上一层黏土，这样就有了一处不错的住处。而地质勘探工作则第二天再去做。晚饭准备妥了，营房前有一堆烧得很旺的火，架子上烤肉在转动。八点钟时，一个人留下来守夜，照看篝火，以防附近有猛兽出现，其他人则安安稳稳地入睡了。

翌日，4 月 21 日，赛勒斯·史密斯在哈伯特的陪伴下去寻找古生代的土层，他曾经在这种土层里发现过铁矿标本。他们在靠近红河源头、东北一个支脉的山脚侧面，找到了露天的矿石。这种矿石含铁量很高，容易熔化，完全适合工程师打算采用的还原法，也就是加泰罗尼亚人的方法，只是他们像科西嘉人那样，把这种方法简化了。

事实上加泰罗尼亚人的方法要求砌好熔炉和坩埚，然后一层矿石一层煤，交替地放在坩埚内，让它们产生变化和还原。但赛勒斯·史密斯主张省去这些设备，而只是简单地用矿石和煤堆成一个立方体，然后用风箱把空气打进中央。毫无疑问，这是土八该隐①和人类最早的冶金学家所采用的方法。既然这种方法亚当的子孙能够成功，而且在矿藏和燃料丰富的地方也曾获得过很好的成果，那么林肯岛的移民们也能够成功。

他们毫不费力地在不远的地表层上采集到了矿石和煤。大家先把矿石敲碎，并用手把矿石表层的杂质除去，然后像木炭工人用木柴烧炭那样，把煤和矿石一层一层地堆放好。就这样，在风箱产生的空气的作用下，煤就变成了碳酸，然后转化为氧化碳，使氧化铁得到还原，也就是使它释放出氧气。

工程师就是这样操作的。他事先在窑里烧制好一根耐火的陶土管子，把它装在用海豹皮制成的风箱顶端，而风箱就安置在矿石堆近旁。

---

①《圣经·旧约》中拉麦和洗拉之子，是铜匠和铁匠的祖师。

然后他用一个木架、一些植物纤维绳子以及一个平衡锤制造出一台机械，依靠这台机械的运动，把空气送入立方体中，温度的升高，促使其发生化学变化，就能炼出纯铁来。

操作起来并不容易，要把事情做好，还需要大家最大的耐心和全部的智慧。但最终成功了，成果是一块海绵状的生铁，还需进行锻打，也就是说把其中熔解了的杂质除去。显然，这些临时铁匠没有锤子，不过他们的处境与最早的冶金学家没什么两样，因此他们就照先辈们的样子干了起来。

他们给第一块生铁装上木棍，当作铁锤，把花岗石当作砧子，就这样打起铁来。获得的金属铁虽然粗糙，但颇有用场。

移民们经过千辛万苦，终于在 4 月 25 日打出了好几根铁条，并用铁条制作了工具，如铁撬棒、钳子、十字镐等等，彭克罗夫和纳布称它们是无价之宝。

不过这些金属还达不到纯铁的程度，不能派上大用场，如果是钢，那又另当别论了。钢是铁和碳的合金，可以从生铁里去除多余的碳或是在熟铁里加进所缺的碳获得。前一种脱碳法可以生产出原钢或是铸钢；后一种渗碳法则可生产出硬化钢。

赛勒斯·史密斯应该采用后面一种方法来炼钢，因为他拥有比较纯的铁。他把铁和碳的粉末一起放在耐火黏土烧成的坩埚内加热，取得了成功。这种钢在冷、热的状态下都能锻造，于是他就用锤子来进行加工。纳布和彭克罗夫在工程师的指点下，把铁斧子烧红，然后猛地浸入冷水中，获得了很好的淬火效果。

还有一些其他的工具就这样被制造出来了，当然样子粗糙一些。这些工具包括刨刀、斧头、短斧、做锯条用的钢条、木匠用的凿子，还有制造铲子、鹤嘴锄、锤子、钉子等用的铁，等等。

最后，5 月 5 日，冶金时代的第一阶段结束了，铁匠们回到“壁炉”。不久就会有新的工作让他们获得新的头衔。

第十六章

再次讨论居住的问题——彭克罗夫的奇想——去湖的北面勘探——高地的北界——蛇——湖的尽头——托普的不安——托普下水——水下的搏斗——儒艮

这天是 5 月 6 日，相当于北半球地区的 11 月 6 日。几天以来天空都被浓雾笼罩，要紧的事是筹划如何过冬。不过气温并没有明显地下降，如果林肯岛上有一个摄氏温度计，那么上面显示的平均温度会在 10℃～12℃。这不奇怪，因为林肯岛大致处在南纬 35°～40°，其气候条件理应和北半球的西西里岛和希腊一样。希腊和西西里岛在严寒的季节里会下雪、结冰，想必在冬天最冷的时候，林肯岛上气温也会下降，因此最好要做防备。

总之，即使还没有受到严寒的威胁，雨季也已临近了。这座太平洋中的孤岛，承受着洋面上常有的各种恶劣天气的袭击，可能会很可怕。因此应该认真考虑并迅速解决找到比“壁炉”更舒适的住处这一问题了。

彭克罗夫自然对自己发现的这个藏身处情有独钟，不过他很清楚必须另找一处住所。“壁炉”已被海水侵入过，当时的情景大家记忆犹新，不能再去经历同样的遭遇了。

“并且，”赛勒斯·史密斯这天与伙伴们议论这些事时补充说，“我们还需要一些防护措施。”

“为什么？这个海岛并无人居住。”记者问道。

“也许是这样，”工程师回答道，“尽管我们还没有勘察过整个海岛。不过即使没有人，我担心会有不少危险的猛兽。因此应该对可能发生的攻击有所防备，这样就不必每夜派我们中的一人去守夜照看炉火。朋友们，总之，必须考虑到一切情况。我们所处的地方是太平洋上马来海盗经常出没的海域……”

“什么！”哈伯特说，“这里离陆地那么远还会有海盗？”

“是的，孩子，”工程师回答道，“这些海盗都是大胆的水手，同时也是可怕的歹徒，因此我们应该采取一些措施。”

“那么，”彭克罗夫说，“我们要构筑工事自卫，来对付这些两条腿的野蛮人和四条腿的野兽。不过，赛勒斯先生，我们先把全岛都勘察一遍，再采取行动不是更恰当吗？”

“这么办也许更好，”热代翁·斯皮莱插话说，“谁知道，也许在这里无法寻到的山洞，在对面海岸就能找到呢？”

“这倒是真的，”工程师说，“不过，朋友们，你们忘了，我们最好是住在靠近河水的地方，我们从富兰克林山的山顶上朝西看时，既没有河流也没有小溪。相反，在这里，我们处于慈悲河与格兰特湖之间，这可是一个不能忽略的优点。另外，这个海岸面向东方，不会像别的海岸那样完全暴露在南半球从西北方向刮来的信风中。”

“那么，赛勒斯先生，”水手回应说，“我们就在湖边造一座房子吧。现在我们既不缺砖头，也不缺工具。我们做过制砖工、陶工、铸工和铁匠，我们一定也能做泥瓦工！”

“是的，朋友，不过在做出一个决定前，必须好好考虑一下，如果有天然的住处，就可以省去我们很多的工作，并且无疑也会为我们提供一个比较安全的栖身处，它既可以防御岛上的敌人，也可以防御外来的敌人。”

“的确，赛勒斯，”记者说道，“但是我们已经察看了海岸的整个花岗岩石壁，没有发现洞穴，甚至连一条缝隙也没有看见！”

“是的，什么也没发现！”彭克罗夫补充说，“嗨！如果我们能够在这石壁的某一高度上凿出一个住处，别人无法登上，这样可就太好了！我可以想象，在对着大海的那一面，有五六个房间……”

“房里还有透亮的窗户！”哈伯特笑着说。

“还有楼梯可以上下！”纳布加上一句。

“你们笑什么！”水手大声地说道，“我的提议有什么不可能呢？难道我们没有十字镐和铲子吗？难道赛勒斯先生不懂得制造火药来炸炮眼吗？赛勒斯先生，哪天我们需要火药，你就会去制造，是不是？”

赛勒斯·史密斯听着彭克罗夫兴奋地发挥他那多少有些荒诞的设想。要在这花岗岩壁上凿洞，即使有炸药，也是一项花大力气的工作。大自然没有帮他们解决这一大难题，这确实令人不快。工程师没有回答水手提出的问题，而是建议更加仔细地察看一下从河口到北边尽头拐角处的岩壁情况。

于是大家一齐出动，在两英里左右的范围内进行了一次非常仔细的勘察。可是，平坦而陡峭的岩壁上见不到任何一个洞穴。岩鸽们在岩壁顶峰飞翔，它们的窝实际上只不过是在参差不齐的花岗岩峰顶上掘成的一些小孔。

这情况令人不快，想要用十字镐或是炸药在这岩壁上凿出一个足够大的山洞来，那是痴心妄想！彭克罗夫在海岸上意外地发现了唯一可供临时居住的“壁炉”，而现在却要放弃它。

勘察工作结束了，移民们此时聚集在岩壁的北面拐角处，岩壁到这里终止，再过去是很长的山坡，并消失在沙滩上。从此处一直到西边的尽头，是由石块、泥土和沙子一起形成的斜坡，倾斜度只有45°，斜坡上有一些植物——灌木和野草。这里或那里，还有花岗岩的尖顶冒出来。斜坡上下树木丛生，上面还覆盖了一层厚厚的草，不过植物也就长到这里为止，斜坡脚下就是沙滩，一直延伸到海滨。

赛勒斯·史密斯认为，溢出的湖水可能会以瀑布形式流到这里，他这样想并非没有道理。事实上，红河所提供的多余的水一定会在某一地方流失。但是从西面的河口一直到眺望岗，在这片已经勘探过的岸边地带，都找不到这个出口。

工程师于是建议伙伴们去爬那座斜坡，然后从眺望岗返回“壁炉”，这样也就勘察了湖的北岸和东岸。

这个建议被采纳了。几分钟后，哈伯特和纳布来到了高地上面，赛勒斯·史密斯、热代翁·斯皮莱和彭克罗夫则以稳重的步伐跟随其后。

在两百英尺的远处，透过叶丛，阳光照耀下的水面熠熠发亮。此处的景色非常迷人。那些颜色变黄了的树一组一组地长在一起，很优美，让人赏心悦目。有几棵巨大的老树干倒在地上，黝黑的树皮与地面的绿茵形成了鲜明的对照。那里还有许多喧闹的白鹦叽叽喳喳地叫着，在树枝间跳来跳去，活像转动着的万花筒。透过这一片奇特树丛的阳光，似乎都被分解了。

移民们没有直接去湖的北岸，而是绕过高地的边缘，去左岸的河口。这个弯拐了两英里多路。不过由于树木长得很稀，中间的通道较宽，所以走路十分方便。大家明显地觉得，肥沃的地区到此终止了，树木也没有红河和慈悲河之间地带上长得那么茁壮。

赛勒斯·史密斯和他的伙伴们在这块对他们来说是新的土地上谨慎地走着。弓箭和装有尖铁的木棍是他们唯一的武器。然而没有任何野兽出现，可能这些动物更多是在南边的密林里出没；不过，当他们看见托普停在一条有十四到十五英尺长的大蟒蛇前时，大大地吃了一惊。纳布用棍子一击，就把它打死了。赛勒斯·史密斯仔细看了这条爬行动物，告诉大家这不是毒蛇，而是一种钻石蛇，新南威尔士的土著会食用它。不过也可能存在其他能致命的毒蛇，比如有叉尾的蝰蛇，它会从你的脚底下竖立起来，还有长着一对小耳朵的飞蛇，它爬行起来非常迅速。托普惊吓过后，又拼命地去追捕别的蛇了，它的主人担心了，立即唤它回来。

众人很快来到红河注入格兰特湖的河口。探险家们认出，对岸就是他们从富兰克林山下来时到过的地方。赛勒斯·史密斯证实溪水的流量相当大，因此大自然必定会在某处为溢出来的湖水安排一个溢水口。必须发现这个出水口，因为它有可能形成一个瀑布，那么就可以利用这水力资源了。

移民们随意地走着，但相互间没有离得太远，他们开始绕着很陡峭的湖岸走。看样子湖里的鱼很多，彭克罗夫打算做一些渔具来钓鱼。

他们首先必须绕过尖尖的东北角。湖水有可能是从这里流出去的，因为湖的尽头在这里几乎和高地的边缘平齐。但一无所获，大家继续沿岸勘察，湖岸拐了一个小弯后，顺着与海岸平行的方向逐渐下降。

这边陡峭的岸上树木虽然较少，但东一簇西一簇的却增添了景色的美感。此时格兰特湖呈现了它的全景，湖面上没有一丝涟漪，平滑如镜。托普在荆棘丛中搜寻，惊飞了各种鸟群，热代翁·斯皮莱和哈伯特朝它们射了几箭，有一只飞禽被少年射中，落在沼泽地的草中。托普跑过去，衔了一只美丽的水鸟回来。此鸟浑身深灰色，嘴短，前额很宽，脚爪由齿形边的蹼相连，翅膀上有白色的边饰。这是“骨顶鸡”，与大山鹑差不多大小，属介于涉禽类和蹼足类之间的长趾类型。总之，这是一种很蹩脚的野味，味道不怎么好。不过托普的口味毫无疑问不会像它的主人们那样挑剔，所以大家决定把“骨顶鸡”留作它的晚餐。

移民们此时沿着湖的东岸走，很快就到达上次来过的地方了。工程师相当诧异，因为他没有看见任何湖水外溢的迹象。他在同记者和水手交谈时，毫不掩饰自己的惊讶之情。

此时，一直很安静的托普表现得烦躁不安起来。聪明的狗在岸上来回奔跑，突然停了下来，抬起一只脚，看着湖面，好像被什么看不见的猎物惊住了；然后它一边搜寻一边狂吠起来，又突然地止了声。

一开始，赛勒斯·史密斯和他的同伴们都没有注意到托普的行为，但它叫得越来越频繁，工程师才来过问这件事。

“托普，怎么回事？”他问道。

这只狗跳着向主人跑来，显得非常不安，然后又向岸边跑去。突然它跳入湖中。

“托普，回来！”赛勒斯·史密斯不愿让自己的狗在这令人怀疑的湖水中冒险。

“那下面发生了什么事？”彭克罗夫观察着湖面问道。

“托普可能嗅到什么两栖类动物了吧。”哈伯特回答说。

“也许是一条鳄鱼？”记者说。

“我认为不是，”赛勒斯·史密斯回答说，“只有在纬度较低的地区才有鳄鱼。”

此时托普被主人召回，爬上了岸边，但它无法安静下来，又跳进了深草丛。直觉使它盯着水下某种看不见的、紧贴着湖边游弋的动物。不过湖水很平静，一丝涟漪也没有。众人多次在岸上停下脚步，仔细地观察水面，但什么也没出现。情况有点蹊跷。

工程师也非常惊讶。

“我们一定要把这项勘探工作进行到底！”他说。

半小时后，大家来到了湖的东南角，又重聚在眺望岗上。对湖岸的考察到此为止，可以说是结束了，但工程师还是没能发现湖水是从何处流出以及怎样流出的。

“不过这个溢水口一定存在，”他重复道，“既然外面看不到，在海岸的花岗岩群山内部应该有洞！”

“你急于要知道这个有什么用，亲爱的赛勒斯？”热代翁·斯皮莱问他。

“关系重大，”工程师回答道，“因为如果湖水是从峭壁内流出去的，那么岩壁上可能就会有洞，把洞里的水排出去后，很容易就可以住人了。”

“可是，赛勒斯先生，”哈伯特说，“也有可能是从湖底通过一个地下通道流到大海去的呢？”

“的确，这也有可能，”工程师回答说，“如果确实如此，大自然不为我们提供住处，我们就不得不自己动手造房子了。”

移民们准备穿过高地，返回“壁炉”，因为时间已是傍晚五点钟，然而托普又一次表现出急躁不安。它凶猛地吠着，并且再次跳入湖中，连主人叫它都来不及。

众人一齐奔向湖边，只见狗已在离岸二十英尺以外的地方了，赛勒斯·史密斯赶紧召唤它，这时候水面上浮现出一个大脑袋，看来那里的水不太深。

这是一只两栖类动物，有一双大眼睛和一个锥形脑袋，并长着柔软光滑的长须，哈伯特马上就认出了它。

“海牛！”他大声叫道。

这不是海牛，而是鲸目中的一种，名叫“儒艮”，其鼻孔就长在吻部的上方。

这只巨大的动物迅速向狗扑过来，托普想摆脱它游回到岸上来却没有成功。托普的主人束手无策，不知如何来救它。热代翁·斯皮莱和哈伯特还没想到举起弓箭，托普就又被儒艮咬住，一起消失在水中。

纳布手里拿着铁头标枪，想跃入这头巨兽生活的湖水，向它发起攻击，救出托普。

“不行，纳布。”工程师拦住勇气十足的仆人。

此时在水下面进行着一场无法解释的搏斗，因为在这样的条件下，托普肯定是抵挡不住的。湖水上下翻腾，搏斗一定很激烈，最终只可能以托普的死为结束！但是，大家突然在一个漩涡的中心重新看见了托普，它好像被某种力量抛到湖面上方十英尺处，然后又掉入动荡的湖水中，不久它就爬上岸来，奇迹般地生还，身上居然没有严重的伤口。

赛勒斯·史密斯和伙伴们看得目瞪口呆。还有一件无法解释的事：水底的战斗好像还在继续，可能是儒艮受到了某一强大动物的袭击，所以放走了托普，正在进行自卫。

不过这种情况并没有维持太久，湖水被鲜血染红了，儒艮的尸体在一片慢慢荡开的猩红色水面上浮了出来，并且搁浅在湖南面一角的小沙滩上。

大家朝那里奔去。儒艮死了，这是一个体长十五至十六英尺、重约三四千磅的庞然大物。它脖子上有一个伤口，好像是被锋利的刀割开的。

究竟是什么两栖动物能够对凶猛的儒艮进行这样猛烈的袭击并将它杀死？没人能说得清楚。赛勒斯·史密斯和伙伴们心里想着这件事，回到了“壁炉”。

第十七章

考察格兰特湖——泄露秘密的暗流——赛勒斯·史密斯的计划——儒艮的油脂——使用片状的黄铁矿——硫酸铁——怎样制造甘油——肥皂——硝石——硫酸——硝酸——新瀑布

第二天，5月7日，赛勒斯·史密斯和热代翁·斯皮莱让纳布留在家里准备午饭，两人登上了眺望岗，而哈伯特和彭克罗夫则逆流而上，去补充一些木柴。

工程师和记者很快来到了儒艮搁浅的那块小沙滩，这里地处格兰特湖的南端。成群结队的鸟扑在这肥肥的肉堆上，赛勒斯·史密斯想要保存儒艮的油脂派用场，所以就用石块来驱赶它们。至于儒艮的肉，也是上等的食物，在马来西亚的某些地区，它是当地土著首领们餐桌上的特色菜。不过，这是纳布的事了。

此时赛勒斯·史密斯脑子里产生了别的想法。昨天发生的事还记忆犹新，但并未让他过于担心。他很想揭开那场水下战斗的谜底，弄清楚是什么庞然大物或水中怪兽会使儒艮奇怪地受伤。于是他站在湖边观察，但水面在第一缕阳光的照耀下闪烁着，显得很平静，什么也没有出现。

儒艮躺着的小沙滩附近水并不深，但从这里开始，湖底逐渐倾斜，湖中心很可能会相当深。整个湖就像一个巨大的盛水盆，里面装满了红河的流水。

“我说，赛勒斯，”记者问，“我觉得这湖水没什么可怀疑的。”

“是的，亲爱的斯皮莱，”工程师回答道，“我确实不知该怎样解释昨天所发生的事。”

“我承认，”热代翁·斯皮莱又说，“至少儒艮受的伤很奇怪，而我难以进一步解释的是，托普怎么会被猛烈地抛出水面呢？就好像是一只强有力的手臂把它抛起来，随后用匕首杀死了儒艮。”

“是的，”工程师回答道，同时陷入了沉思，“这其中有我难以理解的一些事情。但亲爱的斯皮莱，你能明白我是怎么被救的，我是怎么从海浪中脱身并被搬到沙丘上去的吗？不能明白，不是吗？所以我预感这其中有什么秘密，有一天我们一定会揭晓的。那就好好观察吧，在伙伴们面前，我们对这些怪事也不要坚持我们的看法，把我们的意见保留在心里，还是继续干活。”

大家都知道，工程师还没能发现多余的湖水流向何方，但肯定在某处存在一个溢水口。不过，此时他惊讶地发现这个地方有一股很明显的水流，他抛下几块小木头，看见它们向南端漂去。他在岸上跟着这股水流走，来到了湖的南端。

在这里湖水好像突然从一些地隙中流走，形成了湖水凹陷。赛勒斯·史密斯把耳朵贴近湖面聆听了一会儿，清晰地听到了地下瀑布的水流声。

“就在这里，”他边说边站起身来，“毫无疑问，水就是从这里流出去的，水从这里通过花岗岩壁内部的通道流向大海，我们可以利用水流经过的某些洞穴！好了，我知道该怎么做。”

工程师砍下一根长树枝，剥去树叶，然后把它伸进湖两岸夹角的水中，他确认水下一英尺的地方有一个大洞。这个洞就是他们至今都没找到的溢水口，水流很急，把工程师手里的树枝也冲跑了。

“现在没什么可怀疑的了，”赛勒斯·史密斯反复地说，“这里是溢水口的出口，我要让它暴露出来。”

“什么？”热代翁·斯皮莱问道。

“让湖面下降三英尺就成。”

“怎么让它下降呢？”

“在别处开一个更大的出口。”

“开在什么地方，赛勒斯？”

“开在离海岸最近的湖边。”

“这可是花岗岩！”记者提醒他说。

“那好，”赛勒斯·史密斯回答说，“这花岗岩我来炸掉它，湖水流走、湖面下降后，洞口就会露出来。”

“湖水下落到海滩上就会形成一个瀑布。”记者补充道。

“这个瀑布我们可以利用起来！”赛勒斯说，“来吧！来吧！”

工程师拖着他的伙伴就走，记者完全信任赛勒斯·史密斯，他对这件事的成功充满信心。但是，怎么炸开这花岗岩的湖岸呢？没有火药，工具也不齐全，怎么分解这些岩石呢？虽然工程师热衷于这项工作，但这是不是超出了他的能力范围了呢？

赛勒斯·史密斯和记者回到“壁炉”时，发现哈伯特和彭克罗夫正忙于从木筏上卸柴火。

“樵夫的工作将要结束了，赛勒斯先生，”水手笑着说，“当你需要泥瓦匠时……”

“不是要泥瓦匠，是要化学家。”工程师回答。

“是啊，”记者插话说，“我们要炸海岛……”

“炸海岛！”彭克罗夫叫了起来。

“至少炸一部分！”热代翁·斯皮莱说。

“朋友们，听我说。”工程师说道。

于是，他告诉他们这次勘察的结果。根据他的意见，眺望岗下的花岗岩石中一定有一个比较大的洞存在，他打算进到里面去。为了做到这一点，首先要使洞口畅通，让水流出来，如果有一个更大的出水洞，水位就会下降。因此需要制造炸药，在岸的另一处炸出一条宽的排水沟。这就是赛勒斯·史密斯利用大自然提供给他的矿物想要做的事。

不用说，大家都十分热烈地赞同这个计划，特别是彭克罗夫。进行大规模作业，在花岗岩上打洞，人造瀑布，这些是最适合水手做的事情了。既然工程师需要化学家，他也就会成为化学家，就像他曾经是泥瓦匠或鞋匠一样。只要需要什么，他就会干什么。他对纳布说，如果哪天有必要，他“还可以担任舞蹈和礼仪教师”。

纳布和彭克罗夫首先被派去取儒艮的油脂，肉则被保存下来以供食用。他们立即出发，甚至也没有再多问一声。他们对工程师绝对信任。

他们走后不久，赛勒斯·史密斯、哈伯特和热代翁·斯皮莱拖着柳条筐溯流而上，朝煤层走去，那儿的最新过渡地层里含有大量的片状黄铁矿，赛勒斯·史密斯曾经带回来过一块样品。

整整一天，他们都忙于把黄铁矿搬回“壁炉”。到了晚上，已运回好几吨矿石了。

第二天，5月8日，工程师开始操作了。这些片状黄铁矿的主要成分是碳、硅石、矾土和硫化铁，后者含量过多，要把它分离出来，并尽快使它转变为硫酸盐。有了硫酸盐，就可以从中提取出硫酸了。

这就是他们要达到的目的。硫酸是用途最广泛的化学产品之一，根据硫酸的消耗量多少，可以估量出一个国家的工业化程度。对岛上的移民来说，这种酸将来的用处还很大，可以制造蜡烛、鞣制皮革等等，但此时工程师则留作他用。

赛勒斯·史密斯在“壁炉”后面选了一块仔细平整过的场地。他在地上放置了一堆树枝和剁碎的木柴，再把片状黄铁矿互相架空，放在上面，然后又在上面铺上一层薄薄的黄铁矿石，这些矿石事先已经被打碎成核桃般大小。

做完这些事，他们就把柴火点燃，热量传到片岩，因含有碳和硫黄，所以片岩也燃烧起来了。于是他们又加了几层碎的黄铁矿石，形成很大的一堆，外面盖上土和草，并留了一些通气孔，就像把一堆木柴烧成炭那样的做法。

然后他们就让这变化自己去完成了，因为硫化铁变成硫酸铁、矾土变成硫酸铝的过程至少需要十至十二天。硫酸铁和硫酸铝都是可溶解物质，而像硅石、焦炭和灰渣等其他物质则是不可溶的。

在这项化学反应进行的同时，赛勒斯·史密斯又忙开了其他事情。大家除了热情，还有拼命精神。

纳布和彭克罗夫把儒艮的油脂剥下来，存放在几个大的土坛里。通过皂化作用从油脂中分离出甘油。为此，他们要用苏打或石灰来进行处理。这两者中的一种与油脂作用后就成了肥皂，并分解出甘油，而工程师想要的就是甘油。他是不缺石灰的，这我们都知道。只是用石灰来处理只能得到钙质肥皂，不能溶解，因此毫无用处，而用苏打处理，则可得到可溶性的肥皂，可以用于日常生活中的洗涤。所以，作为一个讲究实用的人，赛勒斯·史密斯更应该设法弄到苏打。这很难吗？不难，因为岸边的海生植物很多，有海蓬子、松叶菊和冲上海岸的鹿角菜科和昆布等海藻。大家采集了大量的海草，先把它们晒干，然后放在露天的坑里焚烧。这样烧好几天，直至烧成灰色的粉状物质，这就是很久以来被大家称作“天然苏打”的东西。

有了苏打，工程师就用它来处理油脂，这样就得到了可溶性的肥皂，同时也获得了甘油这个中性物质。

但这还不是全部，为了将来配制的需要，赛勒斯·史密斯还要另一种物质——硝酸钾，通常叫硝盐或硝石。

赛勒斯·史密斯可以用硝酸和碳酸钾起化学反应来制造硝酸钾，碳酸钾很容易从植物的灰里提炼出来，但硝酸却没有，他缺的正是这种酸。这样一来，他便陷入了一个恶性循环，难以摆脱。但幸运的是，大自然为他提供了硝石，只需去采集就成。哈伯特在岛的北面富兰克林山下发现了硝石矿，提炼这种矿就可获得硝酸。

这些工作持续了一个星期，在硫化铁没有变成硫酸铁以前就结束了。余下的日子里，他们有足够的时间把耐火陶土制成塑性陶土，并砌了一个结构特殊的砖炉，用来蒸馏将要制成的硫化铁。所有这些工作在 5 月 18 日，差不多也就是化学反应要结束的时候完成了。在工程师机灵的指导下，热代翁 · 斯皮莱、哈伯特、纳布和彭克罗夫成了世界上最熟练的工人。事实上，实际的需要是人们最愿意听从并且也教给人最多东西的老师。

经过对黄铁矿堆的加热和完全还原，得到了硫酸铁、硫酸铝、硅石、炭渣和灰渣，它们都被放置在一只装满了水的盆子里。移民们用力搅动这些混合物，让它沉淀，然后把水倒出，这清澈的液体含有硫酸铁和硫酸铝溶液，而其他物质都是不能溶解的固体物质。最后，上述液体部分蒸发以后，会析出硫酸铁晶体，而没有蒸发的、含有硫酸铝的母液就被丢弃了。

这样，赛勒斯 · 史密斯就拥有了相当数量的硫酸铁结晶可以用来提炼硫酸。

在工业生产中，制造硫酸的设备很花钱。需要庞大的厂房、专门的工艺装备、各种白金的仪器、用于进行化学反应的防酸腐蚀的铅房等等。工程师手头没有任何这种设备，但他知道，特别是在波希米亚，那里的人用比较简单的方法来制造硫酸，甚至能生产出高浓度的硫酸。所谓“北欧硫酸”就是这样制造出来的。

为了得到硫酸，赛勒斯 · 史密斯只剩下一道工序要做：把硫酸铁结晶封在坛子里进行焙烧，使硫酸以水汽形式蒸发出来，冷凝后就得到了硫酸。

耐火陶瓷坛用来放置晶体，炉子用来加热蒸发硫酸，这道工序进行得很顺利。5 月 20 日，也就是操作开始后的第十二天，工程师就拥有了他打算以后用作多种用途的硫酸。

那么，他究竟为什么要拥有这种化学产品呢？原因很简单，是为了生产硝酸，而且这也不难，用硫酸和硝石起化学反应，就可以蒸馏出硝酸。

但他要把这种硝酸用在何处呢？这可是他的伙伴们还不知道的事，因为他至今尚未宣布他这项工作已获得成功。

不过，工程师的目的即将达到，最后一道工序完成后，他就会得到他费了这么多功夫想要有的东西。

获得了硝酸后，他把硝酸和事先在水浴锅里蒸发所得到的浓缩甘油混合在一起，这样他甚至不用冷却剂，就有了好几品脱的淡黄色油质溶液。

这最后一道工序是赛勒斯·史密斯单独一人在远离“壁炉”的地方完成的，因为这工作有引起爆炸的危险。而当他拿回一瓶这种溶液给朋友们看时，只说了一句话：

“这就是硝化甘油！”

的确，就是这种可怕的产品，其爆炸威力可能是一般炸药的十倍，它曾经造成过很多事故。不过，自从人们找到了把它和多细孔、能吸收液体的固体物质——比如黏土或糖——混合起来的方法，把它制成炸药后，这种危险的液体使用起来就比较安全了。不过移民们在林肯岛上操作的时候，他们还不知道这种方法。

“就是这种液体可以炸岩壁吗？”彭克罗夫一脸狐疑地问道。

“是的，朋友，”工程师回答道，“由于花岗岩十分坚硬，这种硝化甘油在爆炸的时候的反作用力会更大，从而产生更大的效果。”

“那我们什么时候能看到爆炸呢，史密斯先生？”

“明天，等我们挖好炮眼以后。”工程师回答说。

翌日，5 月 21 日，一清早，布雷工兵们就前往格兰特湖东岸的一尖角处，距海岸只有五百步。此处的高地比湖面低，湖水只由一道花岗岩石拦着。因此很显然，如果炸断这道岩石，湖水就会由这个缺口泻出，形成一条小河，流经倾斜的高地，直奔沙滩而去。然后湖面就会下降，暴露出溢水口，这是他们的最终目的。

要炸的就是这道花岗岩石。在工程师的指导下，彭克罗夫灵巧而有力地挥舞着十字镐，凿去岩石的表层。坑是挖在与河岸水平方向的岩脊上，要斜伸进去，才能到达比湖面低得多的地方。用此方法炸开岩石后，湖水就能大量倾泻出去，从而导致水面明显下降。

工作进行起来很费时，因为工程师想要获得巨大的效应，所以打算至少要用十升硝化甘油来进行爆炸。彭克罗夫和纳布轮流干，干得很不错，在下午四点钟左右，炮眼就挖妥了。

剩下的问题是点燃炸药。一般硝化甘油是用雷管发火引起燃烧和爆炸的。必须要有撞击才能产生爆炸，而单纯的点燃只能引起燃烧，不会爆炸。

赛勒斯·史密斯当然能够制作雷管。既然他有硝酸可供使用，即使没有雷管，他也可以很容易地制造出一种类似火棉的物质。把火棉塞紧装入药筒内，加进硝化甘油，用火绳点燃发火，就可以引起爆炸。

但赛勒斯·史密斯知道硝化甘油具有在受到撞击时爆炸的性能，因此他决定采用这个方法。此法如不成功，再采用其他方法。

事实上，用锤子敲击散布在坚硬的石块表面上的几滴硝化甘油，就足以引起爆炸。但拿锤子敲击的人也在现场，必定会丧命。因此赛勒斯·史密斯就想出一个办法：在炮眼上方，用植物纤维把一块好几斤重的铁挂在一根支柱上。另外，把一根事先浸过硫的植物纤维的一端系在第一根的中央，另一端则从地面拖到离炮眼好几英尺的地方。这第二根植物纤维着火后，会燃到与第一根的连接处，第一根点燃、烧断后，铁块就会猛地砸在硝化甘油上。这套装置布置妥当后，工程师叫伙伴们都退到远处去，然后他把炮眼里的硝化甘油灌满，直到与炮眼口齐平，还在岩石表面滴了几滴。此时，上方的铁块早已悬挂妥当。

做完了这些事，赛勒斯·史密斯拿起浸硫纤维的一头，把它点燃了，然后离开现场，与伙伴们一起回“壁炉”。

这根绳子大约可以燃烧二十五分钟。果然，二十五分钟后，响起了惊天动地的爆炸声。整个海岛好像都在震动，石块也像火山爆发一样在空中乱飞。冲击波如此厉害，连“壁炉”内的岩石也震动了起来。移民们虽然身处两英里以外，但仍被热浪掀翻在地上。

大家站起来，爬上高地，朝着湖岸可能已被炸开的缺口奔去。

他们高呼三声“乌拉”！花岗岩石已被炸开了一个很大的缺口！湖水从缺口处急速冲出，泛起浪花流过高地，翻过山脊，然后从三百英尺的高度上直泻而下，流到海滩上。

第十八章

彭克罗夫不再怀疑——湖原来的溢水口——深入地下——穿过花岗岩之路——托普失踪——中央岩穴——地下井——秘密——用十字镐凿——回家

赛勒斯·史密斯的计划大功告成，但他还是老习惯，双唇紧闭，眼神发呆，一动也不动，毫无满足的表示。哈伯特兴奋异常，纳布高兴得跳了起来，而彭克罗夫则摇晃着他那颗大脑袋，喃喃地说：

"嗨，他真不愧是我们的工程师！"

确实，硝化甘油威力无穷。湖岸炸开的缺口很大，从新的溢水口排出的水量至少是从原来溢水口排出的三倍，因此过不了多久，湖面就有可能会下降至少两英尺。

众人回到"壁炉"，拿了十字镐、铁头长矛、纤维绳索、一块火镰和一些火绒，然后返回高地，托普也跟随其后。

走在路上，水手忍不住问工程师：

"赛勒斯先生，你很清楚用你所制造的这种可爱的液体，可以把我们整个岛炸掉。是不是这样？"

"是的，的确可以把岛炸毁，甚至可以把大陆和地球本身也炸毁，"赛勒斯·史密斯回答道，"这只不过是用量多少的问题。"

"那么，你能用硝化甘油做火器的弹药吗？"水手又问。

"不行，彭克罗夫，因为它太容易爆炸。不过既然我们有硝酸、硝石、硫黄和碳，我们可以很容易地制造火棉甚至是普通的火药。可惜我们没有枪支。”

“啊！赛勒斯先生，”水手回答道，“只要有良好的意愿就行！……”

很明显，彭克罗夫已经从林肯岛的词典里画去了“不可能”这个词。

大家上了眺望岗后，立即朝湖的尖角那边走去，原先在那里的溢水口现在应该已经显露出来。这个溢水口已不再排水，也许已可以通行，他们可以方便地察看它内部的情况。

过了一会儿，众人已来到湖下面的一端，他们一眼就看出自己已取得了成功。

果然，在花岗岩壁上，露出了他们寻找已久的溢水口，现在它是在水面之上了。水退了以后露出的一道窄窄的分水线，使他们得以走过去。这个溢水口宽大约二十英尺，但高只有两英尺，就好像人行道边上的阴沟集水孔。人很难进去，纳布和彭克罗夫举起十字镐，一小时不到，他们就把洞口凿出了足够的高度。

这时工程师走上前去，发现这溢水口进口部分的石壁是一个斜坡，最多不过30°～35°，因此可以走过去。只要坡度不再增大，那就不难从这上面一直走到海边去。如果在花岗岩内壁有大的洞穴存在，那他们就会设法加以利用。

“赛勒斯先生，我们为什么要停下来呢？”水手焦急地要冒险进入窄窄的通道去，“你看托普已经跑在我们前头了！”

“好，”工程师回答他道，“不过里面要有照明。纳布，你去砍一些含树脂的树枝来！”

纳布和哈伯特向湖岸奔去，那里的松树和其他树木都长得一片苍翠，不一会儿，他们就抱回来一些扎成火把的树枝。移民们用火镰打出火，点燃火把，接着赛勒斯·史密斯领头，带着众人走进了黑漆漆的狭长坑道中，这里不久前还充满了溢出的湖水。

出乎大家意料，坑道的直径逐渐变大，走了不久，勘探者们就能够直起身子往下走了。周围的石壁被流水长年累月地侵蚀，变得很滑，所以要小心不要摔跤。为此，他们用绳子把彼此连接起来，就像那些登山者一样。幸好路上碰到一些如台阶一般的凸出的岩石，走下去时就容易多了。岩石上还悬挂着水滴，它们在火把的照耀下，到处闪着红色；石壁上可能悬挂着不少钟乳石。工程师观察了这黑色的花岗岩，这上面既看不出地层，也看不出断层，纹理很细，是结构很紧密的一个整体。因此，估计这个坑道自海岛存在的那一天起就已经存在了，而并不是流水长年冲刷的结果。亲手挖掘了这条坑道的是冥王普路托[①]，而不是海神尼普顿[②]，石壁上还能分辨出熔岩的痕迹，水流的冲刷并没有把这痕迹完全抹去。

移民们往下走得很慢。这是人类第一次来这儿，因此他们在冒险走进这岩石深处的时候，不由得感到有些激动。他们都不言语，只是在思索，想的也不只是一件事，在这通向大海的洞穴里，也许生活着章鱼或其他什么巨大的头足纲动物吧。因此，他们只能小心地往里走。

尽管如此，托普走在这支小队伍的前头，大家完全可以信任它的聪明，紧要关头，它绝不会不发出警报。

在一条曲折的路上往下走了大约一百英尺以后，走在前面的赛勒斯·史密斯停了下来，伙伴们也走到了他的跟前。他们停下来休息的地方是一个不大不小的空旷岩洞。从拱顶上往下掉的水滴并不是岩石里渗出的水，而是长久以来流经这里的急流所遗留下来的痕迹，空气有点潮湿，但没有丝毫难闻的气味。

“嗨，亲爱的赛勒斯，”热代翁·斯皮莱说，“这个深洞很隐蔽，难以发现，只是不能住人。”

“为什么不能住人？”水手问他。

“因为洞太小，光线也太暗。”

---

① 罗马神话中的死亡和财宝之神。
② 罗马神话中的海神。

“我们不能把它弄大一些，再凿一些洞透进光线和空气吗？”彭克罗夫这样问，他现在真是信心十足。

“我们继续往前走吧，”赛勒斯·史密斯说，“继续勘探，也许再往下走，大自然会让我们免去这番劳动。”

“我们现在才往下走了三分之一的路程。”哈伯特提醒大家说。

“差不多三分之一，”赛勒斯·史密斯说，“因为我们从洞口往下走了一百英尺左右，再往下一百英尺并不是不可能……”

“托普哪儿去了？”纳布打断主人的话问道。

大家在洞穴里寻找，狗不在。

“也许它往前走了。”彭克罗夫说。

“我们追上它。”工程师说。

众人继续往下走去。一路上工程师留心着坑道的拐弯处，尽管弯来弯去，但他很清楚，坑道的大致方向是通向大海。

移民们又往下走了五十英尺左右，这时候，他们听到了从遥远的花岗岩石洞深处传来的声音。大家驻脚静听。声音从坑道传来，好像通过一个传声筒，非常清晰。

“这是托普的叫声！”哈伯特大声地说。

“是的，”彭克罗夫说道，“我们这只勇敢的狗叫得很凶呢！”

“我们有铁头长矛，”赛勒斯·史密斯说，“保持警惕，前进吧！”

“越来越有趣了。”热代翁·斯皮莱在水手的身边小声地说，水手点了点头。

赛勒斯·史密斯和他的伙伴们急忙前去搭救他们的狗。托普的吠声越来越清晰了，但在它断断续续的叫声中有一种奇怪的怒气。它是否侵入了什么动物的窝，与对方打起架来了呢？大家都没有想到会有什么危险，而是感到非常好奇。他们不是往下走，而是沿着岩壁滑下去，这样几分钟后，在下面六十多英尺处，终于找到了托普。

在那里，坑道通到了一个宽敞而宏伟的石洞。托普在里面狂吠着来回乱跑。彭克罗夫和纳布挥动着手里的火把，照亮了岩石壁凹凸不平的壁面，同时赛勒斯·史密斯、热代翁·斯皮莱和哈伯特也高举着长矛，准备应付一切可能发生的事故。

巨大的石洞里空无一物。大家四下里搜寻，什么东西也没有，没有动物，也没有人。但是狗还是在叫，抚慰它也好，恐吓它也好，都无法使它安静下来。

"这里某个地方一定有一个溢水口让湖水排向大海。"工程师说。

"当然啰，"彭克罗夫说，"大家小心，不要掉到什么洞里去。"

"走，托普，走！"工程师叫道。

托普被主人的叫喊所激励，朝着石洞的尽头跑去，但在那边它叫得越发起劲。

众人跟着过去，在火把的照耀下，岩石的地面上出现了一个洞口，下面就像一口井。原来的湖水就是从这里排出去的。不过这井是垂直的，而不是倾斜的、可以通行的坑道，不可能下去冒险。

大家把火把都凑到井口，可什么都看不见。赛勒斯·史密斯折了一根燃烧着的树枝，投入深渊。树枝点着了很明亮，下坠的速度更增加了它的亮度，它照明了井壁，但还是没有看见什么东西。随后，火焰接触到水面，也就是海面，微微颤动了一下，熄灭了。

根据点燃的树枝下坠的时间，工程师推测出井的深度约是九十英尺。

因此，石洞的地面位于距海平面九十英尺的地方。

"这就是我们居住的地方。"赛勒斯·史密斯说。

"不过这里曾有什么生物住过。"热代翁·斯皮莱说，他的好奇心还没满足。

"不管是两栖动物，还是别的动物，它们已经从这里逃走了，"工程师回答道，"它把地方让给我们了。"

"没有关系，"水手接着说，"我很想变成托普，即使是一刻钟也好，总之，它不会无缘无故地乱叫一气。"

赛勒斯·史密斯看着他的狗，靠近他的伙伴也许会听见他喃喃地说：

“是的，我相信托普比我们知道得更多！”

不过，移民们的愿望大部分都实现了。机遇，加上他们领导者的智慧，使他们得到了很大的好处。他们已经有一个很大的石洞可以使用，虽然在火把昏暗光线的照耀下，还无法估计它的面积，不过，肯定可以用砖头把它隔成一个个房间，即使不能把它当作一幢房子，至少也可以作为宽敞的公寓。湖水流走后，不会再有水流经这里了。这个地方是空的，可以利用。

但是有两个难题：第一，在岩石中凿洞取光的可能性；第二，使石洞进出更方便的必要性。关于照明问题，上面是非常厚的花岗岩，所以不可能考虑从上方来解决这个问题，不过，也许可以凿穿面临大海的岩壁。赛勒斯·史密斯一路走下来时，大致估计了一下坑道的倾斜度和长度，从而有充分理由相信这外岩壁不会太厚。如果采光问题可以这样解决，那么进出的问题也可以解决了，因为凿一扇门和凿一扇窗一样并不困难，在外面筑个梯子也容易。

赛勒斯·史密斯把自己的想法告诉了大家。

“赛勒斯先生，那我们就干吧！”彭克罗夫说，“我有一把十字镐，我知道怎么在墙上开窗孔。该在哪儿下手？”

“在这里。”工程师一面回答，一面指着石壁凹陷得很厉害的一处地方给这强壮的水手看，此处的厚度肯定要薄得多。

彭克罗夫在火把的照耀下开始凿岩壁，岩石被砸得碎石四溅，火星迸发。他工作了半小时后，纳布来换班，然后热代翁·斯皮莱接纳布的班。

这样干了两个小时，他们有些担心这里的岩壁可能会比十字镐的长度还厚。可是，当热代翁·斯皮莱砸了最后一下，十字镐竟穿过岩壁，掉到外面去了。

“乌拉！乌拉！”彭克罗夫大喊了起来。

岩壁只有三英尺厚。

赛勒斯·史密斯把眼睛凑到窗洞口，这儿离地面有八十英尺。他眼前展现出海岸和海岛，外面是茫茫大海。

岩石明显风化了，所以这窗洞凿得还是相当宽大的，光线大量地投射进来，照在宏伟的岩洞里，产生了极美的效果。岩洞长一百英尺，左面高和宽不超过三十英尺，右面则非常宽敞，圆形的拱顶高达八十多英尺。花岗岩支柱不规则地分布在几处，支撑着拱底石，就像教堂殿上的圆顶。这个拱顶综合了人类所创造的拜占庭、罗马和哥特式建筑艺术：有的像侧面的拱脚柱，形成椭圆形的拱门，有的是突出的尖肋；在隐隐约约的昏暗的间隔中，可以看到奇形怪状、带有突饰、如同穹隅一般的拱窗。不过，在这里却是大自然的杰作，是大自然在花岗岩石中一手掘成了这仙境般的阿尔汉布拉宫[①]。

移民们既赞叹又惊讶。原先他们以为是在一个狭小的洞里，不料却是一个绝妙的宫殿样的地方，纳布就像走进了一个神殿，把头上的帽子也取了下来。

大家都赞不绝口，欢呼声在岩洞拱顶下回荡，回声连着回声，逐渐消失在黑暗的中殿深处。

“啊！朋友们，”赛勒斯·史密斯高声地说，“等我们在这里开了大窗户，在左面安排好我们的房间、仓库和办公室，剩下这壮丽的岩洞就可以作为我们的自修室和博物馆！”

“我们给它取个名字？”哈伯特问道。

“花岗岩宫。”工程师回答道。众人欢呼起来表示赞同。

此时火把已快烧尽，必须从坑道上返回高地去。大家决定第二天再来做新居的整理工作。

离开前，赛勒斯·史密斯再一次趴在这直通海面的黑暗的井口，

---

① 阿尔汉布拉宫，为中世纪西班牙摩尔人的王宫。

仔细地倾听着。下面什么声响也没有，甚至也没有深处常有的波涛流动的声音。他又往里面抛了一根点燃的松枝，井壁被照亮了一会儿，跟上次一样，没发现什么异样的情况。即使有什么水怪突然被湖水退落所吓着，那么它现在也该从这个地下通道游往大海了；在新的溢水口被炸出来之前，满溢的湖水曾经也是经过这个通道流出去的。

但是工程师一动也不动地站着，竖着耳朵听，眼睛注视着深渊，一声也不吭。

水手走过来，碰了一下他的胳膊叫道：

“史密斯先生！”

“什么事，朋友？”工程师反问道，似乎刚从梦中醒来。

“火把就要熄灭了。”

“那走吧！”赛勒斯·史密斯说。

这支小队伍离开了岩洞，开始从黑暗的坑道往上爬。托普跟着大家，走在最后，还不时发出奇怪低沉的呼呼声。上坡路走得很困难。大家在上面的岩洞里稍作休息，这里相当于长长的石梯半途中的平台。然后，他们又往上走去。

不一会儿，他们就感受到了清新的空气。石壁上也没有晶莹发亮的水滴，因为已经被蒸发干了。火把的亮度逐渐变暗。纳布手里的火把熄灭了，为了不在漆黑中冒险前进，必须加快脚步。

他们赶紧走路。快四点钟时，水手的火把也灭了，此时赛勒斯·史密斯和他的伙伴们也走出了溢水口。

第十九章

赛勒斯·史密斯的计划——花岗岩宫的正面——绳梯——彭克罗夫的梦想——香草——天然养兔场——为了新居的需要将水改道——花岗岩宫窗外的景色

第二天，5月22日，布置新居的工作开始了。事实上，“壁炉”不够住，移民们急于要换到这能避开海水、雨水，既宽大又合乎卫生条件的岩石洞里来。不过旧居也不能放弃，工程师的计划是要把它辟成做重要工作的工场。

赛勒斯·史密斯首先关注的是确认花岗岩宫的正面处在什么位置。他来到海滩上，站在巨大的岩壁下，由于记者手里的十字镐脱手掉下时应该是垂直坠落的，所以只要找到这把十字镐，就可以找到花岗岩凿洞的地方。

十字镐很快就找到了，它已经陷入沙地，离海滩垂直距离约八十英尺，它的上方有一个洞孔。有几只岩鸽从这个窄小的洞孔里飞进飞出，好像花岗岩宫是为它们而发现的。

工程师打算把岩洞的右面分成好几个房间，前面有一条进入的过道。在正面开五扇窗和一扇门作采光用。彭克罗夫非常同意开五扇窗，但不明白开门派什么用场，因为原来的溢流坑道提供了天然的阶梯，从那里上下花岗岩宫也极为方便。

“朋友们，”工程师回答他说，“如果我们通过这坑道很容易到达我们的住所，那么别人也很容易进来。相反，我打算把溢流坑道口堵死，必要的话，甚至筑坝提高水位，来完全淹没它。”

“那我们怎么进出呢？”水手问。

“通过外面的梯子，”赛勒斯·史密斯回答，“一条绳梯，一旦抽掉绳梯，外面的人就无法进入我们的住处。”

“干吗这么多心眼儿？”彭克罗夫说，“到目前为止，我们还没觉得野兽有多可怕。至于土著，这个岛上并没有啊！”

“你能肯定吗，彭克罗夫？”工程师看着水手问道。

“当然，我们要查遍全岛后才能肯定。”彭克罗夫回答道。

“是的，”赛勒斯·史密斯说，“因为我们还只了解岛的一小部分。不过，即使我们在岛上没有敌人，也可能有外来的敌人，太平洋这一海域并不太平。因此我们要加倍小心，以防万一。”

赛勒斯·史密斯说得很在理，彭克罗夫无话可说，准备执行命令去了。

移民们将在花岗岩宫的正面为“套房”开五扇窗和一扇门采光，另外再开一扇大窗洞和一些小圆窗，使光线能大量进入作为大厅的奇妙殿堂。岩宫正面离地面八十英尺，朝向东方，每天第一缕阳光就会照到它。它所处的位置是在慈悲河中凸角和“壁炉”岩石堆垂直线之间的中间部分。这样，由于有凸出的峭壁保护，恶劣的风——也就是东北风——就不会从正面刮来，而是从侧面刮过。另外，工程师还打算在窗框做好以前，用厚实的挡窗板把这些窗洞先挡起来，这样可以遮风挡雨，必要时还可以起隐蔽作用。

首先要做的工作就是在岩壁上凿洞。用十字镐来凿会很费时，而大家知道赛勒斯·史密斯是个很有办法的人。他手里还有一些硝化甘油，正好可以利用。爆炸物在工程师选定的位置上进行局部爆炸，取得很好的效果。随后，大家用十字镐和铲子凿好了门窗的形状，并把门窗边缘磨平。这样，几天以后，花岗岩宫内洒满了初升的阳光，一直照到最里面的角落。

根据赛勒斯·史密斯的计划，套房要分隔成五个面向大海的小间：右边是进口，有一扇门，门外是楼梯，然后第一间是厨房，宽三十英尺，再是饭厅，宽四十英尺，再过来是同样大小的寝室，最后是“客厅”，这是应彭克罗夫要求而设置的，客厅旁边就是大厅了。

这些房间，确切地说这些套房，并没有占据花岗岩宫的全部空间，因此还要安排一条走廊和一间仓库，里面可以放置大量的工具、食品和储存物。岛上采集来的植物或捉到的动物，放在里面不会受潮，保存条件极好。这里有的是地方，每样东西都可以放得有条不紊。另外，大岩洞上面还有一个小岩洞，他们也可以使用，这就像我们新居的顶楼。

计划一定，剩下的就是执行了，布雷工又成了制砖工，然后，做好的砖被运来，并存放在花岗岩宫的脚下。

直到现在，赛勒斯·史密斯和他的伙伴们都是经由原先的溢流坑道进入岩洞。这迫使他们首先要绕过河岸，登上眺望岗，在坑道里往下走二百英尺，而要回到眺望岗，也要往上爬同样长的距离。这样既浪费时间，也非常辛苦。因此，工程师决定立刻制作一条结实的绳梯，一旦绳梯收了起来，外人绝对进不了岩洞。

绳梯编得非常讲究，梯脚用一种韧性极好的植物纤维搓绞而成，牢固程度可与粗绳索媲美。而梯级则取材于一种红杉树，其枝条轻盈而牢固。这套设备出自专家彭克罗夫之手。

他们另外又编制了一些植物纤维绳，并且在门上安置了一个粗糙的辘轳状装置，这样可以把砖搬上花岗岩宫来。既然运送材料如此简便，那么内部装修工作就立即开始了。石灰并不短缺。还有几千块砖在那里备用。大家很快就把很简陋的隔墙构架竖了起来，在很短的时间里，按照原定的计划，各个房间和仓库也都分隔好了。

在工程师的指挥下，这几项工作进展迅速，他本人也操持着锤子和刮刀。没有什么动手的活儿赛勒斯·史密斯不会干，因此，他为这些聪明而热忱的伙伴树立了榜样。大家满怀信心，甚至很快乐地工作着。彭克罗夫总是有笑话可讲，他一会儿是木匠，一会儿是制绳工，一会儿又是泥水匠，他的好心情感染了这个小世界。他对工程师绝对信赖，什么也动摇不了他的这种信心，他认为工程师是个样样都能干、样样也都能成功的人。衣服和鞋子的问题（这的确是个重大的问题）、冬夜的照明、岛上沃土的利用以及野生植物如何转变为栽种植物等问题，他觉得都好办，只要有赛勒斯·史密斯的帮助，到时候都能办好。他梦想开凿几条运河，便于运送地上的宝藏；梦想开采石场和煤矿；梦想制造各种工业用的机器；梦想筑铁路，不错，是铁路！总有一天，铁路网会覆盖林肯全岛。

工程师让彭克罗夫说个痛快，他一点也不想阻止这位勇敢者夸张的想法。他很清楚信心是有感染力的，他甚至微笑着听他说话，闭口不提自己有时对未来的担心，事实上，太平洋的这个区域处在船只航线以外，很可能永远得不到别人的救助。移民们应该指望的是自己，也只有自己，因为林肯岛远离其他所有岛屿，如果乘坐一只造得不怎么好的船去冒险，这将是一件严重又危险的事。

"不过，"正如水手所说的，"鲁滨逊连奇迹般的困难都克服了，我们的条件可是远胜于他。"

事实上，他们懂得如何去克服困难，当别人束手无策、难逃一死的时候，这些懂得如何克服困难的人却能够成功。

在所有这些工作中，哈伯特表现得尤为特出。他聪明、活跃，理解得很快，事做得又好，赛勒斯·史密斯越来越喜欢这个孩子。哈伯特对工程师也怀着强烈的敬意和友爱之情。彭克罗夫看到他们两人的关系越来越亲密，但他丝毫不嫉妒。

纳布就是纳布，他总是那样：勇敢、热忱、忠诚，简直是无私和忘我的化身。他和彭克罗夫一样信赖主人，只是他不那么外露。每当水手兴奋异常的时候，纳布脸上总是露出"这太正常了"的神态。彭

克罗夫和他彼此都有好感，很快，他们就用“你”来称呼对方了。

至于热代翁·斯皮莱，他参与每一项集体工作，并且不会干得最差。这常常使水手感到有点儿惊讶。这位敏锐的“新闻记者”不仅什么都懂，而且什么都能干。

5月28日，绳梯终于安装好了。它垂直高度八十英尺，至少有一百个阶梯。幸好赛勒斯·史密斯利用离地面四十英尺高处岩壁的一个凸出岩石，把绳梯分成两个部分。他们用十字镐把这凸出部分弄平，成了可以固定第一部分绳梯的平台，从而把摇晃程度减轻了一半，并且用一根绳子也可以把绳梯收回到花岗岩宫上去。第二部分绳梯的下端也牢牢地固定在凸出的岩石平台上，它的上端就系在大门上。这样一来，爬绳梯显然就容易多了。另外，赛勒斯·史密斯还打算晚些时候装一部水力升降机，那样就会使花岗岩宫的居民们既省力又省时。

大家很快就习惯了使用这条绳梯。他们手脚轻快敏捷。作为海员，彭克罗夫早就习惯于在船桅和帆索之间疾步如飞，他俨然成了伙伴们的老师。不过，这个本领也要教给托普。这只可怜的四条腿的狗，并不适合这种训练。但彭克罗夫是个非常热忱的教练，托普最终还是学会了攀登，它像马戏团里那些勇敢的同类一样，很快就能利用绳梯上下了。不用说，水手对自己的学生非常得意。不过彭克罗夫不止一次地驮着托普爬绳梯，这一点托普从不抱怨。

这里要提到的是，在积极进行这些工程时，食物问题也丝毫未被忽视，因为恶劣的季节已临近。记者和哈伯特负责小队的食品供应，他们每天用几个小时的时间去打猎。目前，他们还仅在河左岸的啄木鸟林一带活动，因为没有桥和小船，暂时还无法渡过慈悲河去。这一整片名为“远西”的广大森林还未曾被勘探过。他们留待来年开春天气转好时再去进行这项重要的活动。啄木鸟林里野兽不少，袋鼠和野猪很多，猎人们的标枪和弓箭发挥了作用。另外，哈伯特在湖的西南角附近发现了一处天然的养兔场，这是一片有些潮湿的草地，上面有柳树，还有各种芳香植物，比如百里香、欧百里香、罗勒、风轮菜以及其他唇形科的各种香草，它们在空气中散发着香气，这些植物全是兔子爱吃的东西。

根据记者的观察，既然这块草地适合兔子生长，那么没有兔子就奇怪了。于是两个猎人仔细地搜寻起来。总之，这里生长着大量的有用植物，自然学家在这里有机会研究植物界的众多品种。哈伯特就采了一些罗勒、迷迭香、密里萨和药水苏等嫩枝，它们都具有各种疗效，有的可舒胸、去痰，有的有收敛效果，有的能退热，还有的能镇痉或治疗风湿病。彭克罗夫问采这些草有什么用。

“治病，”少年回答道，“我们生病时可治我们的病。”

“既然岛上没有医生，我们怎么会是病人呢？”彭克罗夫非常认真地说。

少年没有对此进行反驳，仍然继续采集药草，花岗岩宫里的人都非常欢迎这一举动。而且除了这些药草，他还采到一种被北美人称为“奥斯威戈茶”的植物，用它能泡出绝好的饮料。

经过仔细搜寻，两个猎手最后终于找到了养兔场的确切位置。这里的地面上像筛子一般，满是洞眼。

“兔子的巢穴！”哈伯特喊了起来。

“是的，”记者回答道，“我看是的。”

“里面有兔子吗？”

“这就难说了。”

这个问题很快就得到了解答。话音未落，就有几百只像兔子一样的小动物四处奔跑开来，它们跑得非常快，连托普也赶不上。猎人们和狗都空跑一场，这些啮齿动物很容易从他们手里逃脱。但记者下定决心，至少要逮到半打兔子才肯离开那里。他首先要用兔子去充实他们的食品储藏室，以后再逮些来家养。在洞口布置一些套索，抓起来就容易了。但此时此地，既无套索，也无可以做套索的材料。因此，他们只能用木棍到每个洞里去搜寻，没有别的办法可行，只好耐心去做。

搜了一个小时，终于在洞里逮住了四只兔子。这些兔子与欧洲的同类很像，一般称它们为美洲兔。猎物被带回了花岗岩宫，并且出现在晚餐的餐桌上。养兔场的主人丝毫没有被瞧不起，因为它们肉味鲜美。对岛上的居民而言，这养兔场是一个宝贵的资源，并且似乎取之不尽。

5月31日，岩洞里间隔房间的工程宣告结束。剩下的工作是要在房间里布置一些家具，不过这可以在漫长的冬季里去做。第一间做厨房用的房间要安装烟囱，必须做一根能把烟通到室外的管道，这项工作让这些临时充数的砌炉工们忙了好一阵。赛勒斯·史密斯认为，最简单的办法就是用泥砖砌烟囱。由于出口不可能从上面的高地走，大家就在厨房窗口上方的岩壁上凿了一个洞，让烟囱像铁皮炉子的管道一样斜着通出去。也许——甚至是肯定——会有风迎面过来，烟囱会倒灌，但很少刮这样的风，况且，纳布师傅对此也不怎么在意。

所有这些内部布置工作完毕以后，工程师就去负责原先湖水溢水口的堵塞工程了，这样可以堵住外人进来的道路。大块大块的岩石被滚到洞口，把它封得死死的。赛勒斯·史密斯并没有执行他定下的计划，即筑一道堤坝，使湖水恢复到原来的水位，把洞口淹没。他只是在岩石间隙中种了些小灌木或荆棘，等到来年春天，这些草木就会长得很茂盛，堵塞的洞口也就看不出来了。

不过工程师还是利用了泄流口，把一小部分淡水引到新居里来。只要在地上开一条小沟，清澈的湖水就会源源不断地流进来，每天能有二十五至三十加仑。这样，花岗岩宫里从此就不会再缺水了。

最后，一切工作都已结束，而且结束得正是时候，因为寒季节已来临。在工程师有时间制作窗玻璃以前，大家用厚实的木板把正面墙上的窗户挡住。

热代翁·斯皮莱把各种各样的植物乃至飘动的长草，极具艺术性地布置在窗子周围凸出的岩石上，这样，窗户就好像镶嵌在美丽的绿色框架中，效果棒极了。

居民们住在这座坚固、卫生、安全的住所里，对自己的劳动成果非常满意。从花岗岩宫的窗口放眼望去，外面是浩渺的海面，北面的尽头是南北两个腭骨角，南面则是爪角，整个联合湾壮丽地呈现在他们眼前。的确，这些勇敢的移民们完全有理由感到满足，彭克罗夫幽默地称花岗岩宫是“夹层上的六层楼公寓”，并对它赞不绝口。

第二十章

雨季——穿衣问题——捕捉海豹——制作蜡烛——花岗岩宫内进行的工作——两座单孔桥——从牡蛎场回来——哈伯特在口袋里发现的东西

从6月份开始就正式进入了冬季，这时相当于北半球的12月份。一入冬就狂风暴雨不断，中间几乎毫不停歇。花岗岩宫的主人们感受到了新住所的优点，恶劣的天气袭击不到他们了。“壁炉”抵挡不住严冬的侵袭，令人担忧的是，由于洋面上大风的推动，涨潮时水会倒灌进去。赛勒斯·史密斯考虑到可能会发生这种意外，为了尽可能保存安装在那里的炼铁炉和炉灶，他还采取了一些预防措施。

在整个6月份，大家都忙于干各种活儿，包括打猎或钓鱼，这样食品储藏室里才有足够的食物。彭克罗夫一有闲暇，就建议设置一些陷阱，他希望这会带来极大的好处。他已经做了一些木质纤维的套索，所以从那以后，每一天都能从养兔场得到一定数量的兔子。纳布的时间几乎全用来腌肉或熏肉，这样他可以确保有美味的食品供大家享用。

他们很认真地讨论了穿衣的问题。因为移民们身上穿的衣服还是他们从气球上坠到岛上时穿的，除此以外就没有其他衣服了。这些衣服既保暖又结实，他们穿得非常小心，至于内衣，也保持得很干净，但不久都该换掉了。加之如果冬天很冷，他们就会冻得受不了。

聪明的赛勒斯·史密斯也在这个问题上犯了难。他不得不应付最紧急的事情：建立一个住所，保证有食物，而在穿衣的问题还没解决以前，他们可能就会受冻。因此，第一个冬天看来只能将就地熬过去。上次去富兰克林山勘探时，他们曾发现过岩羊，等天气转暖，就可以好好地进行一次捕猎。有了羊毛，工程师就会织出又暖和又结实的料子……怎么织？他会考虑的。

“我们只要在花岗岩宫里烤烤我们的小腿就行了！”彭克罗夫说，“有的是燃料，没有任何理由要节省。”

“况且，”热代翁·斯皮莱说，“林肯岛的纬度并不太高，也许这里的冬天不会太冷。赛勒斯，你不是对我们说过，这里的纬度是35°，相当于北半球的西班牙吗？”

“可能吧，”工程师回答说，“不过西班牙的冬天有时候也很寒冷，下雪、结冰都不会少，林肯岛也许会一样。不过这是个海岛，作为一个岛，我认为这里的气温会温暖些。”

“赛勒斯先生，这是为什么？”哈伯特问道。

“孩子，海洋可以看作是一个巨大的容器，夏天的热量可以贮存在里面。冬天来临，它就会释放出热量，这样就能使海洋周围地区的气温比较适中，夏天不会太高，冬天不会太低。”

“这个我们到时候就会知道，”彭克罗夫说，“我希望，除了天冷不冷的问题，不要有什么其他令我担心的事。有一点是肯定的，现在白天变短、夜晚变长了，我们是否该讨论一下照明的问题。”

“这很容易。”赛勒斯·史密斯回答说。

“容易解决吗？”水手问。

“容易解决。”

“那我们什么时候开始？”

“明天，组织捕猎一次海豹。”

“是为了制作蜡烛吗？”

“对，彭克罗夫，为了做蜡烛。”

事实上，这就是工程师的计划，既然他有石灰和硫酸，而且小岛上的两栖动物又能为他提供制作蜡烛所必需的油脂，所以这个计划就完全可以实现。

这天是6月4日，是圣灵降临节的星期日，大家一致同意遵守这个节日的习惯做法：把所有的工作都停下来，并且对天做祷告。不过现在的祈祷只是感恩而已。这些移民不再是被丢弃在荒岛上的可怜的海上落难者了。他们没有更多的要求，只是想感谢上天。

翌日，6月5日，虽然天气会有变化，但是大家还是出发去小岛。现在必须利用退潮才能涉水过海峡，因为这一点，大家决定好歹要造一只小船，这样交通才会方便些，并且以后天气好转，去岛的西南部进行大规模的勘探时，也可以乘船沿慈悲河而上。

海豹数目很多，猎人们用包铁头的标枪很容易就刺死了六只。纳布和彭克罗夫动手剥海豹的皮，他们只把油脂和皮带回花岗岩宫，海豹皮将被用来制作牢固的靴子。

这次猎捕的成绩如下：有将近三百磅油脂可以全部用于制作蜡烛。

制作过程非常简单，即使产品不是绝对的完美，至少这些蜡烛可以使用。赛勒斯·史密斯手头只有硫酸，把硫酸和中性的脂肪——海豹的油脂——一起加热，就会分离出甘油，然后用烧开的水，可以很容易地从新的化合物里分离出油精、人造奶油和硬脂精。不过为了简化工序，他更喜欢用石灰来使油脂皂化。这样他就获得了一种石灰质的肥皂，这种肥皂用硫酸很容易分解，使石灰以硫酸盐的状态沉淀，而脂酸则被分离出来。

油酸、十七烷酸和硬脂酸这三种酸中，第一种酸是液体，通过足够的压力就可以排出。后两种酸正是用来制作蜡烛的原料。

制作工序持续了不到二十四个小时。经过多次试验，烛芯用植物纤维浸了熔化的蜡油做成，移民们用手捏成了道地的油脂蜡烛，只是颜色黑了一点，外观不够光滑而已。这种蜡烛大概没有那种烛芯在硼酸里浸过的蜡烛的优点：后者的烛芯随着燃烧会熔化，并且会完全烧尽。不过赛勒斯·史密斯制作了一把令人满意的烛剪，这就解决了问题。这些蜡烛在花岗岩宫的无数的夜晚大受欢迎。

在这整整一个月的时间里，新居内有许多工作要做，好多是细木工活：他们把原本粗制滥造的工具改得精致了，另外还添制了一些新工具。

剪刀也被制造出来了，移民们终于能剪头发了，即使不能用来刮胡子，至少能随心所欲地修一下。哈伯特没有胡子，纳布胡子很少，但其他几个伙伴却是满脸胡须，这证明了制作剪刀的必要性。

制作一把被人们称作刀锯的手拉锯非常辛苦，但最终还是做成了，不过使用时要花大力气才能锯开木头。有了锯子，他们制作了桌子、凳子和衣橱，放在几个房间里，还做了床架，床上的卧具均为草垫。厨房里架着铺板，上面放置着陶工烧制的用具，还有一只砖砌炉子，一块洗涤石，显得很像样，纳布在里面工作得很认真，就好像他是在化学实验室里操作一样。

不过这些细木工很快就变成了大木匠。事实上，由于爆炸产生了新的溢水口，需要建造两座单孔桥：一座建在眺望岗上，另一座就建在沙滩上。现在，一道水流横向地切断了高地和沙滩，而他们要去岛的北面，就必须越过水流。否则的话，他们就不得不绕一个大圈子，溯流而上，向西越过红河源头。因此，最简单的办法是在高地和沙滩上各建一座长为二十至二十五英尺的单孔桥。用斧子把几棵树劈成方形，就能做成桥的构架。这工作需要几天时间。桥搭建好后，纳布和彭克罗夫就走过桥去，一直走到他们曾经在沙丘附近发现的牡蛎群那里。他们用一辆粗糙的车子取代了原来那个实在不太实用的柳条筐，拖回来几千只牡蛎。慈悲河口也是天然的养蚝池，这些牡蛎很快就在岩石间适应了新的环境。这种软体动物味道鲜美，移民们几乎每天都要消耗掉一些。

虽然居民们只勘察了林肯岛很小的一部分，但可以看出，海岛几乎已经提供了他们所需的一切。如果对慈悲河到爬虫角的整个森林进行彻底的搜寻，也许林肯岛还会贡献出新的财富。

岛上居民还缺一样东西。含氮的食物不缺，能让他们少吃点肉类的植物性产品也有，用龙血树的木质树根发酵后制成一种酸味的饮料，就像是一种比纯水好得多的啤酒；他们甚至还制了糖，虽然既没有甘蔗，也没有甜菜，但他们用一种含糖的枫树蒸馏出糖来，这种枫树在温带地区生长茂盛，在这个岛上也有不少；他们把从养兔场采回来的一种植物泡成很可口的茶；最后，他们还拥有许多盐，这是食物中唯一的矿物质……但独缺面包。

也许以后移民们会用什么替代品来替代这种食品，比如西谷椰子粉或面包树的淀粉。事实上，南方的森林树种里就有这种珍贵的树，不过到目前为止，他们还没有碰到过。

然而在这种情况下，上天好像就直接来帮助他们了。虽然这只是很小的一件事，但赛勒斯·史密斯纵使再聪明、再有创造性，也绝对创造不出来。一天，哈伯特在缝补自己的上衣时，在夹层里非常偶然地发现了一样东西。

这一天下着倾盆大雨，移民们都聚集在花岗岩宫的大厅里，突然少年高声叫喊了起来：

“嗨，赛勒斯先生，一粒麦子！”

他把麦粒，一颗唯一的麦粒给大家看。这粒麦子是从衣袋里的洞掉进上衣的夹层里去的。

麦粒的存在可以这样解释：在里士满的时候，彭克罗夫曾送给哈伯特几只野鸽子，哈伯特经常用小麦喂这些鸽子。

“一粒麦子？”工程师马上问道。

“是的，赛勒斯先生，不过只有一粒。”

“嗨，孩子，”彭克罗夫微笑着说，“我们确实讨了便宜了！用一粒麦子我们能做什么呢？”

“我们将用它来做面包。”赛勒斯·史密斯回答道。

“做面包、糕点、馅饼！”水手说，“嗨，这粒麦子做的面包是不会把我们噎住的！”

哈伯特对自己的发现并不太在意，正想把大家议论的这粒麦子扔掉，赛勒斯·史密斯把它拿了过去，仔细看了看，认准它完好无损，就对着水手说道：

“彭克罗夫，你知道一粒麦子能长出多少麦穗吗？”工程师的语气很平静。

“我想是一枝吧！”水手回答道，心里对这个问题很感到意外。

“十枝，彭克罗夫。那你知道一枝麦穗又能结多少麦粒？”

“这我确实不知道。”

“平均八十粒，”赛勒斯·史密斯说，“因此，如果我们种下这粒麦子，那么第一次我们将收获八百粒麦子；种下这八百粒麦子，第二次将收获六十四万粒；第三次是五亿一千二百万粒；第四次将是四千多亿了。比例就是这样。”

伙伴们都默不作声地听着他说话。这些数字使他们惊呆了，但它们都是精确无误的。

“朋友们，是的，”工程师又说，“这就是大自然繁殖力的算术级数。一株麦穗能结八百颗麦粒，而一株罂粟可以结三万二千颗种子，一株烟草则可以结三十六万颗种子，与它们相比，小麦的增长又算得了什么呢？假如没有众多妨碍它们繁殖的破坏性因素，几年之内这些植物就会蔓及整个地球。”

工程师没有继续他小小的提问。

“彭克罗夫，”他接着说，“现在你知道四千亿粒麦子合多少斗①吗？”

---

① 这里的斗是古代容量单位，约合 12.5 升。

“不知道，”水手回答道，“但我知道我很笨！”

“算他十三万粒一斗，就是三百万斗以上，彭克罗夫。”

“三百万斗！”彭克罗夫叫了起来。

“三百万斗。”

“四年以后吗？”

“四年以后，”赛勒斯·史密斯回答道，“甚至两年以后，如果我们能在这个纬度上一年收获两次的话。我希望是这样。”

听了此话，彭克罗夫习惯性地以大声的欢呼来作回答。

“哈伯特，”工程师接着说，“所以你的发现对我们具有非常重要的意义。朋友们，在我们所处的环境里，所有的东西，一切，都能为我们所用。请你们不要忘记这点。”

“不会，赛勒斯先生，我们不会忘记的，”彭克罗夫回答道，“万一我找到能繁殖三十万粒籽的烟草种子，我向你保证，我绝不会把它随便扔掉！”

“我们应该把这粒麦子种下去。”哈伯特回答说。

“是的，”斯皮莱接着说，“我们要非常小心，因为它寄托了我们以后的收获。”

“但愿它能生根发芽！”水手大声地说道。

“它会发芽的。”赛勒斯·史密斯如此回答。

这天是 6 月 20 日，对播种这唯一的、珍贵的麦粒是个有利时机。移民们一开始想把它种在一个坛子里，但经过一番思考，大家还是决定把它种在地里，听凭大自然去安排。当天种子就被种了下去，自不必说，为了使播种成功，他们采取了一切小心谨慎的措施。

天气开始晴朗了，移民们爬上花岗岩宫上面的高地。在那里，他们找了一块既能避风又能晒到正午阳光的地方。他们把地上打扫干净，仔细地除掉野草，甚至还搜寻一番，把昆虫和蚯蚓都赶跑，然后周围用栅栏围起来，这粒麦子就埋进了这滋润的泥土里。

这些移民们不就像是在为高楼大厦奠定第一块基石吗？这使彭克罗夫想起那天他万般小心地划唯一一根火柴的情景。不过这一次事情更为严肃。事实上，落难者们总是可以通过这样或那样的方法取到火种，但如果这粒麦子不幸种坏了，没有任何人能帮他们再造一粒麦子！

第二十一章

零下几度——在东南面沼泽地区勘探——白狐——海景——有关太平洋未来的对话——珊瑚虫的不断工作——地球将会变成什么——打猎——冠鸭沼泽地

从此以后，彭克罗夫没有一天不到被他一本正经地称为“麦田”的地方去看看。如果有昆虫胆敢到那里去冒险，它们将会被毫不客气地消灭。

将近6月底，经过连绵不断的雨天，天气明显地变冷了。6月29日那天，气温只有20℉（−6.67℃）。

第二天，6月30日，相当于北半球的12月31日，是星期五。纳布提醒大家一年的最后一天是不吉利的日子，但彭克罗夫回答他说，明年一开始自然是个好日子，这样更好。

不管怎样，年初的天气非常寒冷。慈悲河口堆积着浮冰，不久，整个格兰特湖面也冻结了。

他们有好几次不得不去补充些燃料。

彭克罗夫在河水封冻前用木筏运回了大量的木柴。水流是不倦的动力，他们用来运送木柴，一直到河水冻住为止。除了森林提供大量的燃料外，他们还从富兰克林山支脉的脚下挖了几车煤回来。7月4日，气温下降到8℉（−13℃），在这样低温的日子里，这种高热量的煤势必受到热烈的欢迎。

饭厅里又装上了第二只烟囱，因为大家都在这里工作。

在这个寒冷的季节里，赛勒斯·史密斯很庆幸把一小股格兰特湖水引到花岗岩宫里来。冰下的湖水由原先的泄流口通畅地流到挖在仓库后面角落里的室内蓄水池，池满时多余的水会通过地下井流向大海。

这段时间，天气非常干燥，移民们尽可能穿足衣服，决定花一天工夫去东南方向慈悲河与爪角之间的地区勘探一番。这是一片广阔的沼泽地，没准在那里可以好好地打一次猎，因为沼泽地里的水鸟很多。

去一次要走八九英里，回程也一样，这样就要用上一整天的时间。并且由于是去岛上一个未曾勘探的地区，所以全体人员都出动了。7月5日，天刚亮，六点刚过，赛勒斯·史密斯、热代翁·斯皮莱、哈伯特、纳布和彭克罗夫拿着长矛、套索、弓箭和足够的食物离开了花岗岩宫，他们的爱犬托普则欢蹦乱跳地在前面领着路。

大家从冰封的河道上走过慈悲河，这是最近的一条路。

“不过，”记者说得很确切，“这可不能代替真正的桥！”

就这样，筑一座“真正的”桥便被纳入了未来的工程计划中。

移民们是第一次踏上慈悲河右岸，冒险走进这片白雪皑皑、高大而美丽的松柏林。

但他们还没有走到半英里，就有一窝四足动物被托普的吠声所惊吓，从浓密的矮树丛里跑了出来，显然它们原来是以这里为家的。

“呀！好像是狐狸！”哈伯特看见这群动物飞速逃走，高声地说。

这些确实是狐狸，个儿特别大，发出一种号叫声。托普听了好像也很吃惊，停了下来，不去追捕，这些狐狸乘机逃之夭夭。

狗不懂博物学，难免会吃惊。但这些狐狸的叫声、红灰色的皮毛以及黑色尾巴末梢上的一缕白毛，早已表明了它们的种类。哈伯特毫不犹豫地说出了它们的真实名字：白狐。在智利、福克兰群岛以及美国北纬30°～40°的地区，都能经常看到它们。哈伯特深感遗憾，托普竟然没有逮到一只这样的食肉动物。

“这能吃吗？”彭克罗夫问道，他永远是从一个特别的角度来看待岛上的动物。

“不能。”哈伯特回答道，“不过动物学家们还没有弄清这些狐狸的瞳孔是适合在白昼活动还是在夜间活动，也不知道把它们归在狗这一属是否合适。”

赛勒斯·史密斯听着少年这番成熟的话，不禁微笑起来。至于水手，他认为既然狐狸不能被列入可以食用的一类，这就与他没什么关系了。不过他提出，如果要在花岗岩宫建立一个家禽饲养场，就有必要小心防备这些四脚的掠夺者。对此，大家都表示赞同。

绕过了岬角，移民们发现了一个长长的海滩。此时是早上八点钟，天空非常澄净，这种天气在持续寒冷以后常会出现。赛勒斯和他的伙伴们走了一段路，身上暖和起来，所以并不觉得刺骨的寒冷，加之也没有风，所以气温虽低，但还是能够忍受的。太阳在洋面上升起，它巨大的轮盘在水平面上摇曳，但全无暖意。蔚蓝平静的海洋如同晴空下的地中海港湾，爪角则弯得像一把土耳其弯刀，顶端逐渐变窄，伸向东南方四英里处。左边，沼泽地的边缘突然出现一个小小的海角，阳光照在上面一片火红。当然，联合湾的这一片海面上什么屏障物都没有，甚至连沙滩也没有，如有船只遭到东风的袭击，在这里也无法找到避难所。大家感到这里的海水很平静，没有浅滩，海水颜色均匀，没有一点带黄的色调，而且连一块礁石也没有。这是个陡峭的海岸，这里的大洋下面一定是万丈深渊。往后，朝西方向四英里，便是远西森林了。这里就像是南极地区一个受浮冰侵袭的荒岛的海岸。移民们在这里休息，吃早饭。他们用干燥的荆棘和海藻烧起一堆火，纳布把冻肉做成早饭，另外还备有几杯“奥斯威戈”茶。

大家一边吃东西，一边四下里看看。林肯岛的这部分确实很贫瘠，与整个西部地区形成了鲜明的对照。这情景令记者想到，如果当初他们意外地掉在这里的海滩上，那他们对未来领地的想法一定很凄凉。

“我甚至会认为我们无法爬上岸来，”工程师说，“因为这里的海水很深，而且连一块可以攀附的岩礁都没有。花岗岩宫前至少有一些沙滩，一个小岛，这样获救的可能性就大大增加了。而在这里，却只有深渊。”

“很奇怪，”热代翁·斯皮莱提醒大家说，“这个岛比较小，但它的地貌多样。按理讲，这种多样化的地貌只在面积较大的陆地上才有。简直可以这样说，林肯岛西部的物产如此丰富、土地如此肥沃，是由于墨西哥湾暖流流经的缘故，而北部和东南沿岸则仿佛沿着北冰洋。”

“你说得对，亲爱的斯皮莱，”赛勒斯·史密斯回答，“我也观察到了。我觉得，无论从它的地貌还是自然现象来看，这个岛都很奇特。它综合了一个陆地的所有面貌，如果说它过去曾是大陆，我是绝对不会感到意外的。”

“什么！在太平洋中间的一块陆地？”彭克罗夫大声地问道。

“为什么不可能呢？”赛勒斯·史密斯回答道，“澳大利亚、新爱尔兰还有所有那些被美国地理学家称为澳大拉西亚的太平洋群岛，它们过去不也是与欧洲、亚洲、非洲或两个美洲同样重要的世界第六大洲吗？我认为，这浩瀚的太平洋里所有的岛屿，只不过是被淹没的陆地的高山部分，而在史前时期，这块陆地是在水面上的。”

“像过去的亚特兰蒂斯[①]一样。”哈伯特说。

“是的，孩子……如果过去它存在过的话。”

“那么林肯岛会是这块大陆的一部分？”彭克罗夫问。

“这很可能，”赛勒斯·史密斯回答，“这就足以解释为什么这岛上的物产是如此多样化。”

“而且岛上的动物数量也很多。”哈伯特补充说。

“是的，孩子，”工程师回答道，“这也为我的理论提供了一个新的论据。我们看到，岛上的动物数量确实很多，更奇怪的是动物的种类

① 亚特兰蒂斯，传说中的史前洲名或岛名，古代作家认为，该地方在一次地震后沉入了海底。

也很多。这是有原因的，我认为林肯岛过去可能属于某一块陆地，后来这陆地逐渐地沉到太平洋下面了。”

“那么，有一天，”彭克罗夫好像还没有完全被说服，他说，“这古大陆剩下的部分也会消失，在美洲和亚洲之间就什么也不存在了？”

“不，”赛勒斯·史密斯回答道，“将会有新的大陆出现，现在正有亿万个微小的动物在努力建造。”

“这些泥瓦匠是谁？”彭克罗夫问道。

“是珊瑚虫，”赛勒斯·史密斯回答，“这些珊瑚虫通过不断的工作，造成了太平洋上的克莱蒙-托纳尔、环形礁及其他众多的珊瑚岛屿。四千七百万个珊瑚虫才重一格令①，不过它们吸收了海盐，消化了水里的固体物质，就会产生出石灰石，这种石灰石能在海下形成巨大的下部结构，其坚硬和牢固程度可与花岗岩媲美。以前，在创世的最初时期，大自然利用水使大地隆起，而现在，微小的动物替代了地球内部已明显减弱的动力（地球表面现在已有许多火山熄灭了，证明了这点）。我确信，年复一年，珊瑚虫一代接一代，太平洋总有一天会变成一个广阔的陆地，我们的后代也将会在这土地上居住和开发。”

“这要过很长的时间！”彭克罗夫说。

“大自然有的是时间。”工程师说道。

“新的陆地有什么用？”哈伯特问道，“我觉得现在人类可以居住的面积已经足够了。当然，大自然是不会做无用的事的。”

“的确，都会有用，”工程师又说，“为此，我们也可以解释为什么将来在这个被珊瑚岛所占据的热带地区，必定会出现新的大陆。至少我觉得这个解释可以接受。”

“赛勒斯先生，我们听你说。”哈伯特说道。

“我谈谈我的想法。学者们一般都同意，由于极度降温，总有一天

① 一格令重 59 毫克。——原注

地球会毁灭，或者地球上的动植物都无法生存。但他们就这种严寒的起因还不能取得一致的意见。有些人认为，这是由于千百万年后太阳温度下降而造成的；另外一些人则认为，这是由于地球内部的火焰逐渐熄灭的缘故，这对地球的影响比一般人们所假定的要明显得多。我同意后面一种说法。我的根据来自这样一个事实：月球是一个实实在在的、冷冰冰的星球，尽管太阳总是不断地把同样的热量洒向它的表面，但那儿无法居住。所以说月球变冷是因为它内部的火焰完全熄灭了，而宇宙间所有的星球，包括月球，都是因火焰而形成的。总之，不管什么原因，有一天我们的地球也会冷却，只不过这是慢慢进行的。那时候会发生什么情况呢？再过一段相当遥远的时期，温带地区就会和现在的南北极地区一样，不能再住人了。因此，人类和动物群将会拥向受太阳热力影响更直接的纬度。这样，就会有大规模的移民现象。欧洲、中亚和北美洲，将会像澳大拉西亚或南美洲的南部一样，逐渐被离弃。植物也将会随着人们的迁移而有所变化，它们将会和动物一样，退向赤道地区生长。南美洲和非洲的中部将变得尤为适合居住。拉普兰[①]人和萨摩亚[②]人将会发现，地中海沿岸的气候竟和极地海洋的气候一样。到那时，赤道地区要容纳地球上所有的人，不是嫌太小了吗？又怎么能养活他们呢？不过，为了让迁移的动植物有庇护所，有远见的大自然从现在起就在赤道地区打下了新大陆的基础，并且委托珊瑚虫来进行这项建设任务了。朋友们，我经常在想这些事，我很认真地认为，我们这个地球的面貌总有一天会彻底改变。随着新大陆的抬高，海洋会淹没原来的陆地，在未来的世纪里，将有一个像哥伦布那样的人来发现钦博拉索山[③]、喜马拉雅山或是勃朗峰[④]所形成的岛屿，

① 拉普兰，指斯堪的纳维亚半岛的北部地区。
② 萨摩亚，指大洋洲的萨摩亚群岛。
③ 钦博拉索山，在南美洲厄瓜多尔境内。
④ 勃朗峰，位于法国和意大利边境，为阿尔卑斯山的最高峰。

这些岛屿将是美洲、亚洲和欧洲被淹没后留下的遗迹。然后，这些新大陆也变得不能居住。热量将会消退，就好像灵魂刚刚离去的人的躯体会冷下来一样，那样，地球上的生命就将消失，即使不是永远，至少也是在一段时期内。那时我们这个椭圆体的地球就会处于死气沉沉的静止状态，有朝一日再在更好的条件下复活！但所有这一切，朋友们，都是创世主的秘密。我从珊瑚虫的工作，一直谈到探测未来的秘密，也许是扯得远了一点。”

“亲爱的赛勒斯，”热代翁·斯皮莱说，“这些理论对我来说都是些预测，有一天它们会实现。”

“这是上帝的秘密。”工程师说。

“所有这一切都不错，”彭克罗夫竖起耳朵听了后说，“不过，赛勒斯先生，你能不能告诉我，林肯岛是由你所说的珊瑚虫建成的吗？”

“不是，”赛勒斯·史密斯回答说，“它纯粹是由火山引起的。”

“那么有一天它会消失吗？”

“这有可能。”

“我很希望那时我们已经不在这里了。”

“你放心，彭克罗夫，那时我们不会在这里，因为我们没有任何要死的念头，并且也许我们最终会离开这里。”

“在此之前，”热代翁·斯皮莱说，“我们要做长久住在这里的打算。况且做什么事都不应该半途而废。”

谈话到此结束。午饭后，继续进行勘探，他们来到了沼泽地的边缘。

这块沼泽地面积有二十平方英里，一直延伸到海岛东南角的圆形海岸。土壤是硅质黏土性质的湿软泥，夹杂了许多枯草残叶，生长着刚毛藻、灯芯草、薹和蔗草等植物，东一块、西一块的片片牧草厚如地毯，覆盖在土地上。好多处水塘都结了冰，在阳光的照耀下闪闪发光。这里既没有雨水，也没有上涨的河水，所以按理不可能有水塘。

由此，人们很自然地会得出结论：这片沼泽地是由土壤里的水渗透而成的，事实确实也是如此。令人担心的是，天热时产生的疫气会使人得疟疾。

死水表面生长着水生植物，许多鸟儿在上空飞翔。沼泽猎人和职业的水禽猎人在这里都不会虚发一枪。这里生活着成群的野鸭、针尾鸭和沙雉，它们都不大怕人，所以可以靠近它们。

这些鸟都密集在一块，一颗铅弹准能打中好多只。但移民们只能用箭来射击。成绩是差了些，不过射箭没有什么声响，不会吓跑飞禽，而枪声一响，就会把沼泽地的鸟全赶到四面八方去。因此，这一次猎人们猎取了一打左右的野鸭，还是挺满意的。这些被哈伯特称为冠鸭的野鸭，全身白色，上面有一道条纹，头部为绿色，翅膀则为黑、白、红棕三色，嘴为扁平形。托普敏捷地跑去叼回这些猎物。他们把岛上这块沼泽地命名为冠鸭沼泽。这里也就成了他们资源丰富的水鸟供应基地。他们打算以后对这里做适时的勘探，这里的许多种水鸟即使不能驯养，至少也有可能会适应湖边的气候，这样，这些消费者要抓它们就更方便了。

将近傍晚五点钟，赛勒斯·史密斯和伙伴们走上了返家的路。他们穿过了冠鸭沼泽，再一次从冰桥上渡过了慈悲河。

晚上八点，他们回到了花岗岩宫。

第二十二章

陷阱——狐狸——美洲野猪——风向突变为西北风——暴风雪——篾匠——严寒——枫糖的结晶——神秘的井——计划中的探险——铅弹

严寒的天气一直持续到 8 月 15 日，不过气温没有再低于前面提到过的最低温度。大气平静的时候，这种低温还可以忍受，但当凛冽的北风刮起来时，衣服穿得少的人就遭罪了。彭克罗夫为此感到遗憾：林肯岛上只有狐狸和海豹，没有熊，而熊皮可是令人期盼的东西。

“熊总是穿得很暖和，”他说道，“我只想向它们借用一下身上保暖的斗篷过冬。”

“可是，”纳布笑着说，“这些熊也许不会同意把斗篷借给你的，彭克罗夫，这些猛兽可不是圣·马丁[①]！”

“我们会让它借的，纳布，我们会让它借的。”彭克罗夫以非常权威的口气反驳道。

不过岛上并不存在这种可怕的食肉动物，至少到目前为止，它们还没有出现过。

尽管如此，哈伯特、彭克罗夫和记者还是忙着在眺望岗和森林四周设陷阱。根据水手的看法，不管什么动物，抓到就好，无论是啮齿

① 圣·马丁，法国圣徒名，一次骑马外出时，看见路边有人受冻，他就用宝剑把外氅割了一半给此人披上。

动物还是食肉动物掉进陷阱，都会受到花岗岩宫的欢迎。

这些陷阱极为简单：在地上挖好坑，上面铺些树枝和野草做掩盖，下面放诱饵，诱饵的气味会吸引动物进来。需要说明一下，这些坑不是随便挖的，而是在经常有四足动物出没的地方才设陷阱，这种地方会有许多野兽的足迹。每天大家都来视察一番，头几天，移民们在陷阱里发现了三只白狐，他们在慈悲河的右岸曾经见过这种动物。

“啊，又是这个！这地方只有狐狸！”彭克罗夫第三次从陷阱里取出白狐时，有些窘迫地大声说道。

“这种动物没什么用处！”他又说道。

“不，”热代翁·斯皮莱说，“它们有用处。”

“派什么用场？”

“用来做诱饵，引诱其他动物！”

记者说得很对，从此以后，陷阱里就放置了死狐狸的肉来做诱饵。

水手用一种藤本植物的纤维制作了一些套索，用套索比设陷阱效果更好。很少有他们逮不到几只兔子的时候。虽然抓到的总是兔子，但纳布善于变换烹调方法，所以食客们也不抱怨。

不过在8月的第三个星期，猎人们从陷阱里抓到了比白狐更实用的动物，这就是他们曾在湖的北面见到过的野猪。彭克罗夫也不必问这种野兽是否能食用，这一看就清楚，因为它们与美洲或欧洲的家猪很相像。

“不过，彭克罗夫，”哈伯特对他说，“我告诉你，这可不是家猪。”

“孩子，”水手一边说，一边弯腰从陷阱里揪着野猪的小尾巴把它提出来，“让我相信这是家猪吧！”

“为什么？”

“因为这让我高兴！”

“彭克罗夫，你很喜欢吃猪肉吗？”

“非常喜欢，”水手回答道，“特别是猪脚，如果它有八只脚而不是四只，那我就会加倍地喜欢！”

这种美洲野猪，名叫猪獾，是猪科动物四属中的一属。其皮毛颜色很深，没有其他同属那样突出口外的长犬齿。猪獾通常都是群居的，在岛上的森林地带很可能会有很多。总之，这种野猪肉从头到脚都可以食用，彭克罗夫对它们也不可能再提更多的要求了。

将近 8 月 15 日，风向突然有了变化，突然变成了西北风。气温上升了几度，空气中积聚的水蒸气不久就凝结成了雪花。整个岛屿覆盖了一层白雪，给岛上的居民展现出一片新的面貌。这场大雪整整下了好几天，积雪很快就达到了两英尺厚。

风力也变强了，刮得非常猛烈。从高高的花岗岩宫里，可以听见海水撞击礁石的隆隆声。在某些角落，气旋使雪花形成旋转的高大柱子，就好像是海上龙卷风形成的水柱。船只碰上这种情况，会开炮向水柱轰击的。不过，从西北方向刮过来的暴风雪并没有正面扫过海岛，花岗岩宫的朝向使它免遭直接的袭击。但是，这场大风雪和在极地某些地区发生的风暴一样可怕，在这些日子里，赛勒斯·史密斯和他的伙伴们尽管想出去，但都不能冒险，因此从 20 日到 25 日，他们在家里待了五天。他们听见暴风雪在啄木鸟林里咆哮，想必树林一定遭了殃，可能有好些树会被连根拔起，不过想到用不着砍树了，彭克罗夫也得到了安慰。

“大风就是樵夫，我们让它去干吧。”他反复地说。

况且也没有办法阻止它。

此时花岗岩宫里的主人多么感谢上天为他们安排了这个坚不可摧的住处！当然，也应该感谢赛勒斯·史密斯，不过造就了这个宏伟洞穴的到底还是大自然，工程师只不过是发现了这个地方。大家在洞内都很安全，暴风雪不会袭击他们。如果当初他们在眺望岗上建造一座砖头和木头的房子，它肯定经受不起这场暴风雪。至于“壁炉”，只要听听这海浪强大的轰鸣声，就可以相信那地方绝对不能住人了，海水穿过海岛，可能已把它摧毁。但在这里，在磐石中间的花岗岩宫里，风也罢，雨也罢，都进不来，什么也不用担心。

在这些闭门不出的日子里，移民们并没有闲着。仓库里有许多木材，他们将木材锯成木板后，做了桌椅，逐渐把家具凑齐了。由于制作的时候用料充足，所以这些家具都很坚固。只是它们比较笨重，有点名不副实，但纳布和彭克罗夫还是引以为傲，用再好的家具来换也不肯。

不久，这些细木工又成了篾匠，并且做得还很不错。他们曾在湖北面的尖角附近发现了一片茂盛的柳林，那里生长着许多红柳。雨季到来前，彭克罗夫和哈伯特就砍了不少这种有用的小灌木，那时经过处理的枝条，现在完全可以派上用场了。最初的成品样子很难看，但这些工匠手巧、脑子灵，他们互相商量，回忆过去曾见到过的样子，彼此竞赛，很快就制作出许多大大小小的柳条筐、柳条篮，增加了小分队的设备内容。他们把这些柳条制品放置在仓库里。纳布选了几只专门的柳条筐存放他采集来的根茎、意大利五针松子和龙血树根。

8月的最后一周，天气又有了变化。气温稍有下降，暴风雪也平静了下来。移民们迫不及待地冲到外面去。沙滩上的积雪肯定有两英尺厚，不过人在这冻硬的雪地上面走路并不困难。赛勒斯·史密斯和伙伴们登上了眺望岗。

变化真大！树林特别是附近生长着针叶类树的地区，上次看见还是郁郁葱葱的，现在已消失在同一种颜色之下。从富兰克林山山巅一直到滨海地带，森林、草地、湖泊、河流和沙滩全成了白茫茫的一片。慈悲河水在冰层下流淌，遇到潮起潮落，就形成淌凌，断裂时发出爆裂声。众多的鸟，如野鸭、沙雉、针尾鸭和海雀，在冰封的湖面上飞翔，数目达几千只。瀑布流到高地边缘前所经过的岩石上结了许多冰柱，使人觉得水好像是从一个文艺复兴时期的艺术家所塑造的巨大的檐槽喷口里流出来的，这个作品风格怪诞。至于这场暴风雪给森林带来的损害程度，现在还无法判断，必须等地上的积雪融化以后才能知道。

热代翁·斯皮莱、彭克罗夫和哈伯特利用这个机会去查看了他们的陷阱。因为地面上的雪掩盖了一切，所以很难寻找。他们还必须小心，不要掉入某个陷阱里去，这不仅危险，而且很丢人：自己掉进自己设置的陷阱。最终他们没有碰上这种倒霉的事，并且找到了所有的陷阱，它们都完好无损。陷阱里没有任何动物，不过周围有许多痕迹，其中有一些非常清晰的爪印。哈伯特非常肯定地说，某种属于猫科的食肉动物曾经光顾过这里，这证明工程师认为林肯岛上有猛兽存在的看法是对的。这些猛兽可能通常生活在茂密的远西森林中，由于饥饿所迫才到眺望岗来冒险。也许它们嗅到了花岗岩宫里人的气味？

“猫科动物是什么动物呢？”彭克罗夫问道。

“就是老虎。”哈伯特回答道。

“我以为这种野兽只有热带国家才有。”

“在新大陆，”少年回答道，“从墨西哥到布宜诺斯艾利斯的潘帕斯草原，都可以见到老虎。既然林肯岛的纬度和阿根廷的拉普拉塔纬度差不多，那么在这里遇见几只老虎也就没什么奇怪的了。”

“好吧，我们提防着点。”彭克罗夫回答道。

这期间，随着气温升高，积雪终于开始融化。下了一场雨，由于雨水的溶解作用，地上的积雪层消失得无影无踪。尽管天气恶劣，移民们还是补充了他们的各种储备。植物方面有意大利五针松子、龙血树根、根茎和枫树的糖浆；动物方面有养兔场的兔子、刺豚鼠和袋鼠。做这件事需要多次去森林，他们发现有许多树木被这次暴风雪刮倒。水手和纳布为了运回几吨燃料，推着小车一直去到有煤的矿层那里。路上他们看到制陶器的土窑烟囱被大风吹毁了，顶部至少被削掉足足六英尺。

运煤的同时，花岗岩宫里也补充了木材。移民们利用重新通畅的慈悲河水，运回了好几木筏的木材。可以认为，最寒冷的季节还没有结束。

他们也去“壁炉”看了一下，很庆幸，在暴风雪的那些日子里他们没有住在里面。大海在那里留下了不容置疑的施虐的痕迹。大风卷起海水漫进海岛，也猛烈地涌进了过道，“壁炉”的一半已被沙土和厚厚的一层海藻所堵塞。当纳布、哈伯特和彭克罗夫去打猎或是补充燃料时，赛勒斯·史密斯和热代翁·斯皮莱则忙于打扫“壁炉”，他们发现锻炉和炉子完好无损，因为事前他们用堆沙做了保护。

移民们重新补充燃料非常必要，因为严寒还远远没有结束。大家知道，北半球 2 月份的天气主要表现为气温急剧下降。在南半球也应是如此，8 月底（相当于北美的 2 月份）的气候也逃脱不了这个规律。

将近 25 日，经过了又一次雪转雨的天气后，风向突然转为东南，气温骤然下降。工程师估计，此时华氏温度计的汞柱标志不会高于 −8℉（−22.22℃），这样严寒，加上刺骨的北风，更加使人受不了。这种天气竟持续了数日。移民们不得不再一次把自己关在花岗岩宫内。由于要把正面所有的窗洞都严严实实地堵住，只留下一条细窄的缝隙通气，所以蜡烛的消耗量很大。为了节约蜡烛，他们常常以炉火来照明，反正他们是不在乎燃料的。有好几次，他们中有人下到海滩上去，潮涨潮落使那里堆积起许多浮冰。下去的人很快就回到岩石洞里来，但用手去抓绳梯的木棍，是一件困难和痛苦的事情。天气如此寒冷，冰凉的梯级使他们的手指感到烧灼般的疼痛。

花岗岩宫里的主人们空待在岩洞里，他们应该干些事情。赛勒斯·史密斯于是就考虑了一项可以在室内进行的工作。

我们知道移民们只有液体枫糖，这是他们在枫树上切开深深的口子引流出来的。他们只需用陶罐承接下来，存放在那里，烧各种东西时就用液态的糖。时间放长了，枫糖颜色变白，并且成了糖浆。

不过，可以把它做成更好的东西。有一天，赛勒斯·史密斯向大家宣布，他们要成为炼糖工了。

“炼糖工！”彭克罗夫说，“我想这是一个新的职业吧？”

“很新！”工程师回答道。

“那就好！”水手说。

但愿“精炼”这个词不要让人联想到有成套设备、众多工人的复杂的工厂。并非如此！只需采用一种非常简单的工序进行提纯，就可以使液体的糖成为结晶。盛着糖水的陶罐放在火上熬，蒸发以后，表面就结了一层泡沫。当泡沫变厚时，纳布小心地用木头刮刀把它撇掉，这样就可以加速糖浆的蒸发，同时也防止沾上焦味。

经过几个小时的旺火煎熬，糖浆熬成了，操作者身体也烤暖和了。然后把糖浆倒入事先在厨房的炉子里做好的、形状不一的黏土模子中，第二天冷却了的糖浆就成了块状或片状。这种糖颜色有点红，几乎是透明的，味道好极了。

直到9月中旬，天气还是很冷，花岗岩宫里的“囚犯”们开始觉得他们被“监禁”的时间太长了。他们差不多每天都试图出门去，不过在外面都待不久。因此，大家总是做些改善住所的事，一边劳动一边聊天。赛勒斯·史密斯教给伙伴们各种知识，主要向他们讲解科学的实际应用。移民们没有图书馆可使用，但工程师就是一本大家随时可以翻阅的书，总是翻开在需要的那一页。这本书可以解决他们的所有问题，只要经常阅读就成。时间就这样过去，这些正直的人们似乎一点也不为未来担心。

但是，这段监禁的日子也该结束了。大家都焦急地等待着，即使美好的季节不能早日来临，至少也希望冷得难以忍受的日子尽快过去。要是他们的衣服能御寒的话，他们就有可能去沙丘或冠鸭沼泽打猎。猎物大概都很容易接近，每次打猎都会满载而归。但是赛勒斯·史密斯坚持要大家以健康为重，因为他需要每个人，大家遵从了他的建议。

必须提一提，最受不了闭门不出的人，除了彭克罗夫，就是托普了。这只忠实的狗在花岗岩宫里待着，觉得地方狭小，它从这个房间到另一个房间来回地跑，显得很烦躁。

赛勒斯·史密斯经常注意到，每当托普走近位于仓库尽头、与大海相通的那口黑黝黝的井时，它就发出奇怪而低沉的叫声。井口上盖着一块木板，托普绕着井口转，有几次甚至把爪子伸进盖板下面，好像想把它掀起来。此时，它就又会奇怪地尖叫起来，显得愤怒不安。

工程师已数次观察到这种情况。这深洞当中究竟有什么东西，能使这只聪明的动物如此激动不已呢？这口井直通大海，这一点确凿无疑，但会不会有其他小通道通向海岛的地下呢？它会不会与另外的岩洞相连？这井口底是不是经常有某种海怪来透透气呢？工程师只是在想，不禁产生了许多奇怪的念头，他习惯于深入钻研现实的科学领域，不愿相信怪异甚至是超现实的事情。但这只狗非常聪明，它从不会无故对着月亮狂吠，现在它坚持要以自己的嗅觉和听觉来探查这口井，这又如何解释呢？如果井底没有什么使它不安的事情，就不会发生这种情况。托普的行动使赛勒斯·史密斯对自己的自信产生了怀疑。

工程师只把自己的想法告诉了热代翁·斯皮莱，因为他觉得没有必要使其他伙伴因托普的怪异表现而产生与自己一样的种种念头。

终于，寒冷的天气结束了。虽然还有雨、风雪、冰雹和狂风的天气，但它们并不持久。冰雪融化了，沙滩、高地、慈悲河岸和森林又可以通行了。春回大地，使岩洞里的主人们欣喜万分，不久，花岗岩宫成了他们只有睡觉和吃饭才待的地方。

9月的下半个月里，他们多次去打猎。这使得彭克罗夫又一次提出了制造火器的问题，而赛勒斯·史密斯是答应过的。工程师很明白，没有专门的工具，几乎无法制造出能派上点用场的枪来，所以他总是把这件事往后推，放到以后再去做。他还提醒大家，哈伯特和热代翁·斯皮莱已经成了熟练的弓箭手，各种美味的动物，像刺豚鼠、袋鼠、水豚、野鸽、大鸨、野鸭和沙雉等飞禽走兽，都纷纷倒在他们的箭下，所以还可以等待一段时间。但固执的水手一点也听不进去，工程师不满足他的要求，他就一直不停地求他。再说，记者也支持彭克罗夫。

他说："如果海岛上像我们怀疑的那样有猛兽，就该设法与它们搏斗并消灭它们。这迟早将会成为我们的首要任务。"

不过，这一时期赛勒斯·史密斯所操心的不是火器，而是衣服问题。移民们身上穿的衣服度过了这个冬天，但它们不可能一直穿到来年的冬天。必须想方设法获得食肉动物的皮或是反刍动物的毛，既然有很多岩羊，他就想到了如何去饲养一群岩羊，来满足小分队的需要。要在岛上的某些地方建立起农场一样的机构，一个家畜饲养栏，一个家禽饲养场，这是季节转好以后要做的两件重要的事情。

为了未来的这些机构，首先必须进一步了解林肯岛上所有尚未勘探过的地方，也就是位于河右岸、从慈悲河口到盘蛇半岛的这一片高大的森林以及整个西海岸地区。不过，得要有可靠的天气，才能真正有效地进行勘探，大概要等一个月以后才行。

因此大家只好耐心等待。但这时发生了一件事，使移民们要去视察他们整个领地的愿望又变得迫切了。

这天是 10 月 24 日，彭克罗夫去巡视陷阱。陷阱里的诱饵总是放得很好。他在一个陷阱里发现了三只动物，它们应该会受到食品室的欢迎：一头美洲母野猪和它的两只崽子。

彭克罗夫回到岩洞，为他的捕获物感到高兴。像往常一样，他为此又大大炫耀了一番。

"来吧！我们可以好好地吃一顿了，赛勒斯先生！"他大声说道，"还有你，斯皮莱先生，你也有好吃的。"

"我很想吃呀，"记者回答道，"不过，吃什么呢？"

"乳猪。"

"啊！彭克罗夫，真的是乳猪吗？听你的口气，我还以为你带回来一只块菰小山鹑呢！"

"什么？"彭克罗夫大声说，"你是不是瞧不起乳猪？"

“不是，”热代翁·斯皮莱毫无热情地回答，“但愿不要吃得太多……”

“好呀，好呀，记者先生，”水手反驳道，他不喜欢听别人贬低他打猎的成绩，“你有点挑剔吧。七个月前我们刚登上这个海岛时，那时如果能遇上这样的野味，你会非常高兴的！……”

“就是，就是，”记者回答道，“人总不是十全十美的，也不会样样都满足。”

“好了，”彭克罗夫又说，“我希望纳布能露一手。你们看，这两只小野猪只不过三个月大，会像鹌鹑一样嫩！嗨，纳布，来吧！我亲自来监厨。”

于是纳布跟着水手进了厨房，他们专心致志地做起了烹调工作。

大家让纳布按自己的心思去做。结果纳布和水手做了一顿极丰盛的晚餐：两只炖乳猪、袋鼠汤、一只熏腿、意大利五针松子、龙血树饮料和奥斯威戈茶，总之，最好的东西都拿出来了。但在所有这些菜肴中，首推的要算炖乳猪了。

五点钟，晚餐在花岗岩宫的餐厅里摆好了。袋鼠汤在饭桌上冒着热气。大家觉得汤的味道很不错。

喝完了汤，就上了炖乳猪。彭克罗夫亲自把炖乳猪切开，给每个食客分了很大的一块。

炖乳猪的味道确实鲜美，彭克罗夫吃得狼吞虎咽，但突然他发出了一声叫骂。

“怎么回事？”赛勒斯·史密斯问他。

“是这样……我把一颗牙齿咬崩了！”水手回答道。

“呀！这样！你的炖乳猪里有小石子吗？”热代翁·斯皮莱问道。

“应该是的。”彭克罗夫一面说，一面从嘴里取出一样他以一颗牙齿的代价换来的东西！……

这根本不是一颗小石子，而是一颗铅弹。

第二部

被遗弃者

第一章

关于铅弹——制造独木舟——打猎——在松树顶上——无法证明有人存在——纳布和哈伯特的渔获物——翻过身来的海龟——海龟失踪——赛勒斯·史密斯的解释

气球上的乘客们被扔在林肯岛上已有整整七个月了。从那以后，尽管他们进行了搜寻，但都没有发现人的踪迹。在海岛上，从没看到过能表明有人存在的炊烟，也从没见到过能证明有人过去或最近进行过体力劳动所遗留下来的痕迹。这个岛似乎不仅现在没有其他人居住，也应相信从来没住过其他人。而现在，这样建立起来的全部推断被一个从一只不伤人的啮齿动物身上找到的金属颗粒推翻了！

毫无疑问，铅弹是从枪里射出来的，除了人，谁会使用这种武器呢?

当彭克罗夫把铅弹放在桌子上时，他的伙伴们都非常惊讶地盯着看。尽管铅弹的样子微不足道，但他们立即想到了这件事可能产生的严重后果。就算突然看见了鬼，也不会使他们显得更惊慌。

赛勒斯·史密斯毫不犹豫地谈了自己对这件惊人的意外事件所做的一些假设。他拿起铅弹，用食指和拇指捏着转来转去地看。然后他问彭克罗夫：

“你能肯定被这颗铅弹打伤的猪獾只有三个月大吗?”

“顶多三个月，赛勒斯先生，”彭克罗夫回答道，“我在陷阱里发现它的时候，它还在母猪怀里吃奶呢。”

“那么，”工程师说，“这证明在最多三个月以来的这段时间内，有人在林肯岛上开过枪。”

热代翁·斯皮莱补充说：“一颗铅弹打中了这幼小的动物，只不过没有致命而已。”

“这是毫无疑问的，”赛勒斯·史密斯又说，“从这件事可以做出以下的推论：或许在我们到来以前岛上有人住过，或许在三个月以前的这段时间内有人上过岛。这些人是自愿上岸还是由于海船失事被迫登陆？这个疑点以后才能澄清。至于他们是欧洲人还是马来人，是我们的敌人还是朋友，现在我们无法猜测；他们是否还在岛上，或是已经离岛而去，我们也不知道。但这些问题和我们的关系太直接，所以我们不能对此漠然视之。”

“不！不会有人！绝对不会有人！”水手从桌子旁站起来大声地说，“在林肯岛上，除了我们没有其他人！见鬼！岛不大，如果有人住，我们肯定会看见其中的某些人的。”

“如果事实不是这样，那就怪了。”哈伯特说道。

“我的假定更加惊人，”记者指出，“也许这只猪獾崽生下来时身上就已有这颗子弹了！”

“除非，”纳布神情严肃地说，“彭克罗夫……”

“你看这个，纳布，”彭克罗夫反驳说，“要是五六个月来我下颌里有一颗子弹，我会不发觉！它会藏在哪儿呢？”水手继续说，同时张开嘴巴，露出三十二颗漂亮的牙齿，“纳布，你仔细看看，如果你能从这口牙齿中找到一颗蛀空的牙，我就让你拔下半打牙来！”

“纳布的假设确实无法接受。”赛勒斯·史密斯回答道，他虽然心情很沉重，但脸上还是挂着笑容，“最多三个月前，有人在岛上开过枪，这是可以肯定的事。不过我这样想：这些人是不久前才登上这个海岸的，或许他们只是路过而已，因为如果岛上有人住，我们在富兰克林山顶上俯视全岛时，就会看到这些人，他们或许也会看到我们。

因此有可能在仅仅几个星期前，有一些遇险者曾经被一场暴风雨刮到海岸上的某处。不管怎样，弄清楚这点对我们至关重要。”

“我想我们应该谨慎行事。”记者说。

“我也是这样想的，”工程师说，“因为如果是马来海盗上了岸，那就糟了！”

“赛勒斯先生，”水手问道，“在这以前，先造一只小船行不行？这样我们就可以溯流而上，必要时还可以绕着海岸行驶。应该有所准备。”

“你的建议很好，彭克罗夫，”工程师回答说，“不过我们不能再等了。因为造一只小船至少要一个月时间……”

“造一只正规的小船的确要一个月，”水手回答道，“但我们不需要能航海的船，我保证，最多五天就能造好一只足以在慈悲河上航行的独木舟。”

“五天内造一只船？”纳布叫喊道。

“是呀，纳布，一只印第安人的船。”

“用木头做？”黑人一脸的不信任。

“用木头，”彭克罗夫回答，“更确切地说，用树皮做。赛勒斯先生，我再说一遍，五天之内事情就可以搞定！”

“五天之内，好吧！”工程师回答道。

“不过，这段时间我们要十分小心才是！”哈伯特说。

“朋友们，要非常小心，”赛勒斯·史密斯说，“并且我要求你们只在花岗岩宫周围打猎。”

这顿晚餐在不怎么愉快的气氛中结束了，这点是彭克罗夫没有料想到的。

自从发生铅弹事件以来，岛上有别人住着或曾经住过，就成了不容置疑的事实，而这样的发现只会引起移民们的极度不安。

赛勒斯·史密斯和热代翁·斯皮莱两人在去歇息以前，就这些情况做了长时间的交谈。他们在想，这件事与工程师不可思议的得救，以及我们多次遇到的其他奇怪的特殊情况是否有什么关联。经过对问题各方面的讨论，工程师最后说：

“一句话，亲爱的斯皮莱，你想知道我的看法吗？”

“当然，赛勒斯。”

“那好，我的看法是，不管我们在岛上搜索得多么仔细，我们什么也发现不了！”

从第二天起，彭克罗夫开始工作了。他并不是要造一条有肋骨和船壳板的小船，而是一种非常简单的、平底的、能漂浮的装置。它适合在慈悲河上特别是在靠近源头、水比较浅的那一段航行。把一块一块的树皮缝在一起就可以做成轻巧的小船。如果碰到什么自然障碍需要搬运的话，它也比较轻巧。彭克罗夫打算用钉子来钉这些树皮，使小船能达到密封的程度。

这样，就要选择一种树皮又软又有韧性的树木来造船。正好，最近一次暴风雨刮倒了不少冷杉树，这种树完全适合派这种用场。有几棵树躺倒在地上，只需剥下树皮就行，但由于他们工具不完善，这一工作非常困难。最终他们还是完成了这个任务。

水手在工程师的帮助下，一刻不停地做这件事情，这时候热代翁·斯皮莱和哈伯特也没有闲着，他们担当起小队的供应任务。记者不得不赞赏少年运用弓箭和长矛的娴熟程度。哈伯特也表现得非常勇敢和冷静。两个猎人遵照赛勒斯·史密斯的嘱咐，没有走出花岗岩宫方圆两英里的范围。森林边的几道斜坡已提供了足够数量的刺豚鼠、水豚、袋鼠和美洲野猪等，而且即使陷阱的收成不如冬天时好，至少养兔场还能养活林肯岛上的移民们。

在打猎的时候，哈伯特常常和热代翁·斯皮莱谈论铅弹事件以及工程师对此事得出的结论。这天是10月26日，他说道：

“斯皮莱先生，如果有几个海上落难者上了这个岛，但至今没有在花岗岩宫这边出现，你不觉得很奇怪吗？”

“如果他们还在这里，这会令人震惊，”记者回答说，“如果他们已不在了，那一点也不奇怪。”

“这么说，你认为这些人都已离开海岛了？”哈伯特又说。

“这是极有可能的，孩子，因为如果他们在岛上居住的日子长了，特别是如果还待在岛上，那总会有蛛丝马迹的。”

“不过，如果他们还能离开，”少年指出，“就不能算是落难者了。”

“对，哈伯特，或者说，至少他们是我所说的暂时的落难者，实际上，很可能是一阵暴风把他们刮到了岛上，但没有损坏他们的船只，风暴一过，他们就又从海上走了。”

“必须承认，”哈伯特说，“史密斯先生总是担心这岛上有人，而不是希望有人。”

“确实，”记者说道，“他知道只有马来人才能经常在这个海域出没，而这些绅士们都是些危险的无赖，还是远离他们为好。”

“斯皮莱先生，”哈伯特又说，“有朝一日我们可能会发现他们登陆的痕迹，也许我们会注意到这一点。”

“孩子，这完全可能。一处被遗弃的营地、一堆熄灭的火堆，这些都可以为我们提供线索，这也就是我们下一步勘探所要寻找的东西。”

两个猎人谈话的这天，他们正处在慈悲河附近的森林中，林中的树木长得非常美丽。其中耸立着几棵高达两百英尺的华美的松树，新西兰的土著称它们为“科里松”。

“斯皮莱先生，我有个主意，”哈伯特说，“假如我爬到科里松树顶上，也许就可以看到很远的地方了。”

“想法很好，”记者回答道，“不过你能爬上这么高大的树吗？”

“我可以试试。”哈伯特说。

这个敏捷、灵活的少年纵身一跃，就跳到了上面的树枝上。树枝的分布非常有利于攀登，所以几分钟后，他就爬到了树顶，俯瞰着这片覆盖着森林的广大的绿色平原。

在这个制高点，目光可从东南方的爪角一直延伸到西南方的爬虫角，包括整个海岛的南部地区。而耸立在西北面的富兰克林山则遮住了绝大部分地平线。

哈伯特从他的观察点上可以看到整个岛上尚未被认知的地区，那里可能藏有被他们怀疑存在的外来人。

少年非常仔细地观望。首先看海上，什么也没有。无论是海平面上还是岛的近处，都不见船帆。不过，由于树丛遮挡了海岸，可能有船，特别是断了桅杆、靠岸很近的船，哈伯特无法看见。

在远西森林那边也没看见什么。森林形成一个面积为好几平方英里的密不透风的圆屋顶，中间没有任何开阔地带，甚至都无法看到慈悲河的流向，也辨认不出这条河在山上的源头。也许有其他的溪水流向西边，但都不能确认。

如果哈伯特漏看了宿营地的所有痕迹，那至少他能在空中发现几缕表明有人存在的炊烟吧？但空气很纯净，哪怕是一丝烟雾都会在天空中清晰地显示出来。

有一回，哈伯特以为看见一缕从西边升起来的轻烟，但仔细一看，发现是自己搞错了。他的视力极佳，观察得非常细致。可以肯定什么也没有。

哈伯特从松树上爬下来，于是这两个猎人回到了花岗岩宫。赛勒斯·史密斯听了少年的叙述，摇了摇头，什么也没说。显然，只有在对海岛进行了彻底的勘探以后，才能对这个问题下定论。

过了两天，10 月 28 日，又发生了一件令人费解的事。

哈伯特和纳布在离岩洞两英里处的海滩上闲逛时，很幸运地捕获了一只美丽的大海龟。这是一只米达斯种的海龟，龟甲闪着漂亮的绿光。

哈伯特看见这只海龟时，它正爬进岩石堆，朝大海爬去。

“到我这里来！纳布，到这里来！”他叫道。

纳布奔了过来。

“好漂亮的动物！”纳布说，“不过我们怎么抓它呢？”

“再容易不过了，纳布，”哈伯特回答道，“我们把这只海龟翻过身来，它就不会跑了。拿好你的长矛，照我的样子做。”

这只爬行动物感到有危险，就把头、脚缩进龟甲和腹甲里去，一动也不动，就像一块岩石。

哈伯特和纳布把木棍插到海龟的腹甲下面，一齐用力，好不容易把它翻了个身。海龟长三英尺，大概至少有四百斤重。

“好呀！”纳布高声说，“这会使我们的朋友彭克罗夫开心死的！”

确实，朋友彭克罗夫不会不开心，因为这种海龟专食藻类，肉质非常鲜美。这时，海龟只露出它小小的脑袋，扁扁的，但从隐藏在上腭下方巨大的颞窝开始，脑袋就变得粗大起来了。

“现在我们拿猎物怎么办？”纳布说，“我们总不能把它拖到花岗岩宫去吧！”

“把它留在这里，既然它没法翻身，”哈伯特回答道，“我们用车子把它运回去。”

“那就说定了。”

不过为了更小心一些，哈伯特用一些大的鹅卵石把海龟填稳，纳布认为这是多此一举。然后，这两个猎人就沿着退潮露出来的宽宽的沙滩，回到了岩洞。为了给彭克罗夫一个惊喜，哈伯特没有对他讲在沙滩上被翻过身来的那只美丽的海龟的事。不过，两个小时后，他和纳布推着小车又回到了留着海龟的地方，此时海龟却已无影无踪了。

纳布和哈伯特一开始面面相觑，然后往四下里细看。这里是原先海龟待着的地方，少年甚至找到了他放置的鹅卵石，因此他肯定没有弄错地方。

“啊！”纳布说，“这么说，这海龟自己能翻身？”

“也许是的。”哈伯特回答道，他一脸的不解，同时看着散落在沙滩上的鹅卵石。

“彭克罗夫要不高兴了！”

“史密斯先生也许会对这起失踪案的解释感到为难。”哈伯特心里想。

“好吧，”纳布为了隐瞒这件倒霉的事，便说，“我们就不提这件事了。”

“不，纳布，必须得讲。”哈伯特回答道。

于是，两个人重新推着空车，返回了花岗岩宫。

到了工程师和水手一起劳动的工地，哈伯特把发生的事讲述了一遍。

“呀！笨蛋！”水手叫了起来，“至少损失了五十顿汤！”

“不过，彭克罗夫，”纳布反驳道，“海龟逃了，不是我们的错，我跟你说我们是把它翻过身来的。”

“那是你们没把它完全翻过来！”不肯让步的水手开玩笑地说。

“没有完全翻过来！”哈伯特大声地说。

于是他又把他曾经小心地用鹅卵石把海龟填稳的事讲了一遍。

“那真是奇迹了！”彭克罗夫说。

“赛勒斯先生，我想，”哈伯特说道，“海龟一旦翻过身来，就没法再爬动的，特别是块头大的海龟。你说是不是？”

“孩子，你说得对。”赛勒斯·史密斯回答道。

“那它怎么会跑掉的呢？……”

“你们把这只海龟留在离大海多远的地方？”工程师问道，他又停下了手中的工作，思考着这件事。

“最多五十英尺。”哈伯特回答说。

“那时是退潮的时候？”

“是的，赛勒斯先生。”

“好了，”工程师说，“海龟在沙滩上无法做的事，在水里就能做到。潮水上涨冲到它的时候，它就能翻过身来，然后安安稳稳地游回深海里去。”

“嗨！我们真笨！”纳布叫了起来。

“我刚才就这样说你们来着！”彭克罗夫说道。

赛勒斯的这种解释大概是可行的。但他自己对这一解释的正确性有把握吗？不一定吧。

第二章

初试独木舟——海岸边的漂流物——水上牵引——漂流物角——箱中的物品：工具、武器、仪器、衣服、书籍、器皿——彭克罗夫所缺的东西——福音——《圣经》中的一节

10月29日，树皮小船完工了。彭克罗夫实现了自己的诺言，一条独木舟在五天内制造完毕，船体用一种叫“克勒金巴树”的柔韧细枝编织而成。小船后面和中间同样的间距设有两条长凳，前面也有一条长凳。船舷支有两个桨架，有一个可以操纵船的摇橹。船身长十二英尺，重不到二百斤。放小船下水再简便不过了。轻巧的独木舟被搬到岩洞前面的海滩上，涨潮时海水就使它浮了起来。彭克罗夫马上跳到船上，摇起橹来，大家觉得这小船非常适合他们使用。

“乌拉！”水手大叫起来，他认为自己的胜利值得欢呼，“有了这船，我们可以周游……”

“周游世界？”热代翁·斯皮莱问道。

“不是，周游全岛。用一些石块压舱，前面装根桅杆，哪天史密斯先生做一张帆挂上去，我们就可以远航了！嗨！赛勒斯先生，还有你，斯皮莱先生，还有你，哈伯特！还有你，纳布，你们不想来试试我们的新船吗？见鬼！应该看一看，这船能容纳我们五个人吗？”

确实，这是要试一试的。彭克罗夫摇橹，使小船通过一条岩石间的狭小通道，驶回沙滩边。大家一致同意当天沿岸边航行，一直驶到南面岩石尽头的第一个海角，作为独木舟的首航。

纳布上船时大声问道：

“彭克罗夫，你的船很多地方漏水！”

“这没关系，纳布，”水手回答他，“等木头密封了就好。再过两天，就没水了，到那时候，我们独木舟里的水会比酒鬼肚子里的水还少。上船吧！”

大家都上了船，彭克罗夫把船划向海面。天气很好，海面平静得如同湖面，独木舟行驶得非常安全，犹如在慈悲河逆流而上。

两支桨，纳布划一支，哈伯特划另一支，彭克罗夫在船尾，摇着橹掌握方向。

水手首先让小船穿过海峡，掠过海岛的南端。从南面吹来一阵微风。海峡里和海面上都没有涌浪。由于船载量很重，所以也感觉不到船身下面长长的水波在流动。他们驶离海岸约半英里，以便看一看整个富兰克林山。

然后，彭克罗夫把船掉了头，重又回到河口。于是，独木舟就沿着岸边行驶，海岸直到尽头的海角渐趋圆形，遮住了整个冠鸭沼泽。

由于海岸弯曲，海角离慈悲河的距离被拉长了，大约有三英里。移民们决定把船划到尽头，看一下海岸到爪角的全貌，必要时还可划得稍远一点。

岸边的礁石开始逐渐被潮水淹没，独木舟避开它们，沿海岸行驶了两链多距离。岩石峭壁从河口到海角逐渐低了下来。这里是与眺望岗岩壁迥然不同的花岗岩石堆积物，它们毫无规则地散布着，给人一种非常蛮荒的印象，好像这里曾经是巨大的采石场。从森林里向外延伸两英里，尖突的海角上草木不生，酷似从绿色的衣袖里伸出来的一只巨人的手臂。

在两支桨的推动下，小船顺利向前。热代翁·斯皮莱一手拿着铅笔，一手拿着记事本，草草地画下海岸线。纳布、彭克罗夫和哈伯特一面交谈，一面观察这片他们第一次看到的新领地。随着独木舟向南行驶，南、北腭骨角好像也在移动，把联合湾包得更紧了。

至于赛勒斯·史密斯，他不说话，只是在观察。他那怀疑的眼神令人觉得他是在观察一个陌生的地方。

独木舟行驶了三刻钟后，差不多就到达了海角的尽头。彭克罗夫正准备要绕过去，哈伯特突然站了起来，指着一个黑点问道：

“那边沙滩上是什么东西？”

所有人都朝那个黑点看去。

“确实，”记者说，“有一样东西，好像是一半陷在沙里的漂流物。”

“啊！”彭克罗夫大叫，“我看到这东西了！”

“那是什么？”纳布问道。

“木桶，木桶，可能还装着东西呢！”水手回答道。

“彭克罗夫，靠岸！”赛勒斯·史密斯说。

大家划了几桨，独木舟就在一个小海湾的尽头靠了岸，乘客们跳上沙滩。

彭克罗夫没有搞错。那里有两只陷在沙中的木桶，不过它们还与一只大箱子牢牢地系在一起。箱子由于木桶的支撑能漂浮起来，最后搁浅在这海滩上。

“那么说，在小岛附近的海域曾经发生过海难了？”哈伯特问道。

“显然是的。”热代翁·斯皮莱回答说。

“这箱子里有什么呢？”彭克罗夫显然不耐烦了。

“箱子里有什么？箱子关着，没关系，把盖子砸开！用石块砸……”

于是水手举起一块很重的石头，对着箱子的一面砸去。工程师阻止了他，对他说：

“彭克罗夫，你能再忍耐一个小时吗？”

“不过，赛勒斯先生，你想想，也许这里面有我们所缺的东西呢！”

“我们会知道的，彭克罗夫，”工程师说，“不过，请相信我，不要砸坏这只箱子，也许我们会用得着它。把箱子运回花岗岩宫去，在那里要打开它很容易，不必砸坏。这箱子是用于旅行的，而且它既然能漂到这里，就一定也能漂到河里去。”

“赛勒斯先生，你说得有理，我错了，”水手回答道，“人不是总能控制住自己的！”

工程师的意见很明智。确实，独木舟装不下这箱子里的东西，它们大概很重，因为原来是用了两只空木桶才使箱子浮起来的。因此，最好是用水上牵引的办法，把它拖到花岗岩宫的海滩上去。

不过现在我们要问，这漂流物从何而来？这是一个很重要的问题。赛勒斯·史密斯和他的伙伴们仔细地观察了他们四周以及海岸几百步以内的范围。没有看见任何残骸。海上也观察过了。哈伯特和纳布登上了一块高高的岩石，但海平面上空无一物，既没有因受损而不能操纵的船只，也没有扬帆行驶的小船。

不过肯定发生过海难。也许这件事还与铅弹的事情有关？也许有人登上了海岛的其他地方？也许他们还待在那里？他们很自然地想到，这些人不可能是马来海盗，因为漂流物显然来自美国或者欧洲。

大家又回到箱子旁。箱子长六英尺，宽三英尺，是用橡木做的，盖得很严密，外面覆了一层厚厚的皮革，并用铜钉钉住。两只大木桶密封着，但敲打一下可以感到里面是空的。两只木桶用粗绳绑在箱子两侧，彭克罗夫认出打的是“水手结”。箱子的完好状况表明，它不是搁浅在礁石上，而是陷在海滩上的。仔细看的话，还可以肯定它在海上漂流的时间并不长，并且是最近才被冲上了岸。似乎没有渗水，里面的东西应该不会受损。

显然，这只大箱子被一只驶向小岛的落难船只抛入海中，船上的乘客想办法使它能漂浮，原想能在岸边重新找到它。

“我们把这箱子从水上拖回岩洞去，”工程师说，“在那里可以清点一下里面的物品。以后如果我们在岛上发现这次假设的海难还有幸存者，我们就把这些东西交还给失主。如果找不到……”

“那我们就留着自己用！”彭克罗夫大声说道，“不过，天知道这里面到底有些什么！”

潮水开始升到放置大箱子的地方，显然它可能会漂浮起来。系木桶的绳子被解开了一部分，用作把木桶与小船联系起来的缆绳。然后，彭克罗夫和纳布两人用他们手中的桨挖开箱子下面的沙土，使箱子移动起来更方便一点。这样，独木舟拖着箱子，不久就绕过了漂流物角——这是他们因发现箱子而取的名。

牵引物很重，两只木桶勉强能使它浮在水面上。水手因此也时刻担心绳子会不会断裂，东西会不会掉入海中。不过，幸好他的这些担心都是多余的，经过一个半小时的航行——航行三英里需要这么多时间——独木舟在花岗岩宫前靠了岸。

小船和漂流物都被拖上了沙滩，这时由于开始退潮，他们脚下的水很快就没了。纳布去拿了几样工具来开箱子，尽可能使箱子受损程度小一些，大家也着手清点物品。彭克罗夫毫不掩饰自己有多么兴奋。

水手首先把两只木桶解了下来，木桶没有损坏，以后可以使用，这是毫无疑问的。然后，他用钳子把锁钳开，打开箱子。

箱子里面有一层锌皮内衬，显然是为了防止里面的物品受潮。

“啊！”纳布又高叫了一声，“里面是不是罐头？”

“我想不是。”记者回答说。

“如果只有……”水手轻声地说。

“什么？”纳布听见了，问他。

“没什么！”

锌皮全都被扯开了，掀在箱子的四周，里面各种各样的物品都被取了出来，摆放在桌子上。每看见一样新的东西，彭克罗夫就发出一阵欢呼，哈伯特拍着双手，而纳布则跳起黑人舞来……其中有些书使哈伯特喜出望外，而一些厨房用品则让纳布捧在手上吻个不停。

此外，移民们完全有理由感到十分满足，因为这个大箱子装有工具、武器、仪器、衣服、书籍。下面就是记在热代翁·斯皮莱记事本上的物品清单：

工具：

三把多用途组合刀，两把砍柴斧，两把木工斧，三把刨子，两把横口斧，两头木工凿，六把冷錾，两把锉刀，三把锤子，三把螺旋钻，两把木工钻，十袋钉子和螺丝钉，三把大小不等的锯子，两盒针。

武器：

两支燧石枪，两支撞针枪，两支后膛马枪，五把大刀，四把马刀，两桶火药（每桶二十五斤），十二盒雷管。

仪器：

一个六分仪，一个双筒望远镜，一个长筒望远镜，一匣量规，一只袖珍指南针，一只华氏温度计，一只无液气压计和一只装有照相机、镜头、玻璃感光片以及摄影用化学产品的匣子。

衣服：

两打衬衣（料子很奇特，材料取自一种植物，但很像羊毛），三打长袜（质地同衬衣）。

器皿：

一把铁制水壶，六只镀锡的有柄平底锅，三只铁盘，十副铝制餐具，两把水壶，一个便携式炉灶，六把餐刀。

书籍：

一本《圣经》(《旧约全书》和《新约全书》)，一本地图册，一本《波利尼西亚方言辞典》，一部六卷本的《自然科学辞典》，三令白纸，两本空白的簿子。

“必须承认，”记者在写完清单后说，“这个箱子的主人是非常讲究实际的人。工具、武器、仪器、衣服、器皿、书籍，一样也不缺！好像他预料会碰上海难，事先准备好的一样。”

“的确什么也不缺。”赛勒斯·史密斯一脸沉思，说道。

“并且可以肯定，”哈伯特加上一句，“这只箱子和船的主人不是马来海盗。”

“除非，”彭克罗夫说，“这主人被海盗俘虏了……”

“这不可能，”记者回答道，“可能是一艘美国或欧洲的船被风暴刮到了这一带沿海，乘客为了至少能抢救一些日常必需品，就准备了这只箱子，并把它抛入海中。”

“这也是你的看法吗，赛勒斯先生？”哈伯特问他。

“是的，孩子，”工程师回答道，“事情可能就是这样。在落难时，或是考虑到会发生海难时，他们有可能在箱子里准备各种重要的物品，这样，在海岸的某个地方可以找到它……”

“甚至连照相器材匣也放进去吗？”水手一脸不解的神态。

“至于这架照相机，”赛勒斯·史密斯回答说，“我不大明白它的用途。如果多几套衣服，多些弹药，或许会对我们及所有其他落难者更有价值！”

“这些仪器、工具和书籍有没有标记和地址，能告诉我们它们的来历吗？”热代翁·斯皮莱问道。

这需要看一看。因此每件物品都被仔细地检查了一遍，特别是书籍、仪器和武器。与一般的做法不一样，武器也好仪器也好，上面都没有制造厂的商标。而且东西都很新，好像没有用过。工具和器皿也一样，全都是崭新的。这就表明，这些东西不是被随便扔进箱子里去的，相反，它们被挑选出来是经过思考的，排列得也很仔细。能防潮的夹层也说明了这点，这夹层是不可能在匆忙中焊接起来的。

至于那两本《自然科学辞典》和《波利尼西亚方言辞典》，都是英文的，但上面都没有出版者的名字，也没有出版的日期。

《圣经》也是英文的，印刷质量很出色，是四开本，显然它经常被人翻阅。

地图册是一本十分华丽的作品，包括了世界各国的地图和好几幅根据麦卡托投影法制作的地球平面球形图，其专业术语用的是法文，不过也没有出版日期和出版者的姓名。

因此，在这些物品上都找不到可以表明来历的标记，也就无从猜测这艘可能最近在沿海一带经过的船只的国籍。不管这艘船来自何方，总之它使林肯岛上的移民们富裕了起来。在这以前，他们利用自然界的财富为自己创造了一切，并且凭借自己的聪明才智，克服了重重困难。好像苍天为了奖赏他们，送来了这批人类的工业品，为此他们都一致地感谢苍天。

不过他们中有一个人还是不满意，他就是彭克罗夫。箱子里好像缺少一样他觉得非常需要的东西，随着物品一件件地被取出，他的欢呼声也越来越轻，清单列完后，只听见他喃喃自语：

"所有这些东西都不错，不过你们看，箱子里没有我要的东西！"

纳布不禁问道：

"啊！我的老朋友彭克罗夫，你要什么呢？"

"半斤烟草！"彭克罗夫一本正经地回答，"有了这个，我就十分满足了！"

听了水手的这番话，众人不禁哈哈大笑起来。

发现了漂流物后，大家觉得现在更需要对海岛做一次认真的勘探。于是他们决定，第二天天一亮就出发，逆慈悲河而上，去西海岸。如果有什么海难者在岸边的某个地方登陆，他们可能会缺乏生活必需品，应该立即去援助他们。

这天，各种物品都被搬上了花岗岩宫，并被有条不紊地放在大厅里面。

10 月 29 日正好是个星期天，在睡觉前，哈伯特问工程师愿不愿意为他读几段福音。

“很乐意。”赛勒斯·史密斯回答。

他拿起了《圣经》，正要打开，彭克罗夫阻止了他，并说道：

“赛勒斯先生，我很迷信。你随便翻开哪一页，给我们念你看到的第一节。看看与我们的情况是否相符。”

赛勒斯·史密斯对水手的想法报以微笑，就照他的意思去做了，他打开《圣经》，正好是书签带隔开的一页。

突然，他的目光停留在《马太福音》第七章第八节前用红铅笔画的一个十字上。于是他把这句话念了出来：

“凡祈求的，就得着；寻找的，就寻见。”

第三章

出发——涨潮——榆树和朴树——各种植物——啄木鸟——森林景色——高大的桉树——为什么称之为“寒热病树”——猴群——瀑布——露营过夜

翌日，10月30日，所有计划中勘探的准备工作都已就绪。最近发生的这些事使勘探成了当务之急。确实，情况起了变化，林肯岛上的移民们现在不是需要救援，而是能够去帮助别人了。

大家决定，小船能在慈悲河上行驶多远，他们就去多远。这样的话，他们就能够轻松地走完很长的一段路程，而且可以把一些食物和武器运到海岛西面很远的地方。

事实上，移民们不仅要想到带去的东西，也要想到可能会带回岩洞的东西。如果像他们所推测的那样，海岸上发生过海难，那么漂流物肯定不会少，可以拿回不少东西。这样想的话，推车大概会比并不牢固的独木舟更合适。不过车子很笨重，还得拖着它，用起来并不方便。这不免使彭克罗夫在遗憾箱子里没有给他那“半斤烟草”的同时，又为没装来一对新泽西的壮马而感到失意。马匹对这个小队可是大有用处！

在被纳布装上船的食品当中，有肉罐头、几加仑啤酒和发酵过的酒，这些东西足够他们维持三天，也就是赛勒斯·史密斯为这次勘探所规定的最长期限。况且，他们打算必要时还可以在路上做一些补充，纳布绝对不会忘记带上那只便携式火炉。

工具方面，他们带了两把砍柴斧，这在密林中可用来开路；仪器只带了望远镜和袖珍指南针。

至于武器，他们挑了两支燧石枪，这种枪使用火石，容易补充，比撞针枪更实用。撞针枪要用雷管，经常用，雷管很快就会用完。不过他们也带了一支马枪和几颗枪弹。至于火药，桶里装有五十斤左右，理应带上一些，但工程师打算要制造一种炸药，这样就可以把火药节省下来。除了这些火器，移民们还带上了五把装在皮鞘里的大刀。有了这些装备，移民们就可以比较放心地去辽阔的森林中冒险了。

自不必说，彭克罗夫、哈伯特和纳布这样武装起来后，充满了希望，尽管赛勒斯·史密斯让他们保证：没有必要，绝不随便开枪。

早晨六点钟，独木舟离了岸。所有的人都上了船，包括托普。船只向慈悲河口驶去。

半个小时前才涨潮，因此还有几个小时的潮水可以利用，如果再晚一些，退潮就会使逆流而上变得困难。再过三天月亮就要满月了，潮水已经涨得很猛，足以支撑独木舟的船身，小船就在高高的两岸之间行驶，也不用划桨来加速。

几分钟后，勘探者们来到慈悲河口一个拐弯处，这里正是七个月前彭克罗夫编第一个木筏的地方。

过了这个相当尖的拐角，河水变宽，向西南流去，两岸是高大的常绿针叶树类。

慈悲河两岸的景色美不胜收。赛勒斯·史密斯和他的伙伴们对大自然用水和树木营造出的美景赞不绝口。随着船只向前移动，树木的种类也起了变化。右岸上生长着层层叠叠的榆树，这种为建筑师们所追求的珍贵树木，具有在水中不变质的特点。此外，还有许多同科的树木，其中有种朴树，其果实可以生产一种非常有用的油。哈伯特发现更远的地方有一些木通科植物，它的枝条很柔韧，在水里浸过以后可以制成很好的绳索。还有两三棵柿树，上面有一种美丽而奇特的黑色纹理。

每隔一段时间，只要上岸方便，小船就会停下来。这时热代翁·斯皮莱、哈伯特和彭克罗夫便手里拿着枪，跟着托普就上岸。除了野味，他们还会碰到一些不可小看的有用植物。少年自然学家如愿以偿地得到了大家的重用，因为他发现了一种藜科野生菠菜和一种甘蓝属十字花科蔬菜，这些蔬菜肯定可以移植过来“家种”，还有水芹、辣根菜、芜菁和一种一米多高、多枝杈、毛茸茸的细茎植物，上面结着褐色的籽。

“你知道这是什么植物吗？”哈伯特问水手。

“烟草！”彭克罗夫大声说，显然，除了烟斗里的植物以外，他从来没有见过其他心爱的植物。

“不是！彭克罗夫！”哈伯特回答道，“这不是烟草，这是芥菜。”

“去它的芥菜！”水手又说，“不过，如果万一看到烟草，孩子，千万不要轻易放过。”

“总有一天我们会看到的！”热代翁·斯皮莱说。

“真的！”彭克罗夫大声说，“到了这一天，我就不知道我们岛上还缺什么了！”

这些植物都被连根拔起，搬到独木舟上。赛勒斯·史密斯没有离开过小船，一直坐在那里沉思。

记者、哈伯特和彭克罗夫就这样多次下船去，一会儿上慈悲河右岸，一会儿上它的左岸。左岸比较平坦，右岸则树木较多。工程师看着袖珍指南针，辨认出慈悲河从第一个拐弯处开始，就明显地从西南流向东北，在三英里的长度上差不多是笔直的，但在更远处，也许它方向会有改变，它的上游伸向西北方的富兰克林山支脉，那里是这条河流的发源地。

有一次上岸时，热代翁·斯皮莱好不容易抓住了两对活鸟，这种飞禽嘴巴细长，颈也很长，翅膀短，没有尾巴。哈伯特称它们为鹊，这是正确的。大家决定就把它们作为未来家禽饲养场的第一批客人。

不过，直到现在，他们还没使用过枪，第一次枪声响在远西森林中，因为他们发现了一只极像翠鸟的美丽的小鸟。

“这鸟我认识！”彭克罗夫喊道，可以说，他是不由自主地开了这一枪。

“你认识什么？”记者问他。

“这是我们第一次外出时逃脱的那种鸟，我们还用它来命名这部分森林呢。”

“啄木鸟！”哈伯特高声说。

确实是一只啄木鸟，它粗硬的羽毛发出金属般的光泽，非常美丽。几粒铅弹把它打落在地，托普把它衔到船上。同时还打中了六只猩猩鹦鹉，这是一种与鸽子差不多大小的攀禽类鸟，全身长着绿色的羽毛，翅膀上部分是深红色，直直的羽冠镶有一道白色。少年好枪法，打下了这些鹦鹉，他也引以为荣。鹦鹉是比较好吃的野味，啄木鸟肉不好吃，啃不动。不过要彭克罗夫承认他打下的不是飞禽中的美食之王，是一件困难的事。

独木舟来到距慈悲河口约五英里的第二个拐角，这时已是上午十点钟。他们就在此处休息，吃午饭。在美丽的大树树荫下，他们歇了半个小时。

这里的河宽有六十到七十英尺，河床深五至六英尺。工程师发现有许多支流流入，使河水增多，不过那些都是不能通航的小河流。啄木鸟林也好，远西森林也好，都是一望无际。无论是在森林中，还是慈悲河岸的树下，都没有人迹的存在。勘探者们没有发现一丝可疑的迹象。显然，从未有人用斧子砍过这些树木，也从未有开拓者在茂密的荆棘和深草丛中用刀斩过树干间的爬藤。即使有落难者上了岛，而且还没有离开海岸，在这样浓密的森林中，也找不到这些假想中的海难脱险者。

为此工程师急着想去林肯岛的西岸。他估计距此至少有五英里。航行又开始了，尽管从现在的流向来看，慈悲河好像不是朝海岸而是朝富兰克林山流去，但大家决定，只要船身能在水中浮起来，就一定要坐独木舟去。因为这样既省力又省时间，否则他们就不得不在密林中用斧子开辟出一条前进的路来。

不久河水就浅了，或许是退潮了（事实上，这时该是退潮的时间），或许这里离慈悲河口太远。必须得使用双桨了。纳布和哈伯特坐在他们的长凳上操起桨来，彭克罗夫则摇起了橹，小船继续逆流而上。

此时，远西森林这边的树木变得稀疏了，树与树之间距离拉大，有时会看到一棵棵孤零零生长着的大树。不过正是由于树与树之间的空地大，四周的空气自由流通，所以这些树长得都很美。

这个纬度上的植物是多么壮观！植物学家看了这些树，肯定会毫不犹豫地说出林肯岛所处的纬度来。

“桉树！”哈伯特叫道。

的确，这些华美的亚热带大树，和与林肯岛处在同一纬度上的澳大利亚及新西兰的桉树同属。有几棵桉树高达二百英尺，树干的根部周长有二十英尺，而树皮上布有一层五英寸厚的香脂，使表面看上去凹凸不平。这些巨大的桃金娘科树真是不可思议，也很奇特，它的树叶是侧立着长的，所以阳光能一直晒到地面。

桉树下面是片片绿茵。树丛中飞出群群小鸟，在阳光的照耀下犹如灿烂的红宝石展翅飞翔。

“多么大的树啊！”纳布叫道，“它们有什么用吗？”

“呸！”彭克罗夫说，“长得高大的树就像巨人一样，根本没什么用！”

“我想你说错了，彭克罗夫，”热代翁·斯皮莱说道，“桉木已开始被用来制造上等的木器家具。”

“我还要补充一点，”少年说，“桉树科还包括许多有用的树，如番石榴树能结出番石榴；丁香树上长丁子香花蕾，可用作调味；石榴树结石榴果子；桃金娘丁香树的果实可用来制作一种还过得去的酒；乌格尼香桃树含有很纯的酒精成分；石竹科香桃树的树皮是一种珍贵的桂皮；尤琴椒树可制成牙买加辣椒；普通香桃树的浆果可用作胡椒的替代品；大桉树可以产生一种极好的液汁；几内亚桉树叶经过发酵可以制成啤酒。总之，所有这些‘生命之树’或‘铁树’都属于桃金娘科，一共有四十六属一千三百种。”

大家让少年起劲地往下讲，这像是一堂简短的植物课。赛勒斯·史密斯微笑着听，而彭克罗夫则怀着一种无法克制的骄傲心情。

“很好，哈伯特，”彭克罗夫说，“不过我敢保证，这里的大树绝不是你刚才提到的那些有用的树木。”

“确实是这样，彭克罗夫。”

“这就证明了我说过的那句话，”水手接着说，“也就是：高大的树和巨人一样，没有用！”

“彭克罗夫，这你就错了，”工程师说，“我们头顶上的这些高大桉树还是有用的。”

“派什么用？”

“能净化它们所生长的环境。你知道在澳大利亚和新西兰，人们是怎样称呼它们的吗？”

“不知道，赛勒斯先生。”

“人们称它们为‘寒热病树’。”

“这种树会使人发寒热吗？”

“不是，因为它们能防止人们生这种病！”

“很好，我要把这记下来。”记者说。

“记下来吧，亲爱的斯皮莱。桉树可以消除患疟疾的疫气，这点好像已经得到了证实。在欧洲南部和北美的某些地方，那里的土壤很不卫生，有人就用这种天然的预防药做试验，当地居民的健康状况得到了逐步的改善。凡是在桃金娘科树木覆盖下的地区，已没有‘间歇热’这种病了。现在，这已经成了毫无疑问的事实，这对于我们这些林肯岛上的移民而言，是再幸运也没有了！”

“啊！多好的岛！这个岛再好也没有了！”彭克罗夫大声地说，“我说过，它什么也不缺，如果……”

“会有的，彭克罗夫，会找到的，”工程师回答他道，“不过现在我们还得继续往前走，独木舟能划到多远，我们就去多远。”

勘探继续进行，大家又航行了至少两英里的路程。在岛上的这一带树林中，主要生长着桉树。从慈悲河的两岸看去，桉树望不到边，河床曲曲弯弯，陷落在高高的翠绿的堤岸中间。小船在河中常被长长的水草和尖尖的岩石所阻挡，所以航行变得艰难了。划桨不方便，彭克罗夫不得不用一支长篙来帮忙。大家也感觉到河水越来越浅，担心不久小船会因为水太浅而不能行驶。太阳已经开始向地平线西斜，树木在地面上投下长长的阴影。赛勒斯·史密斯眼看当天到不了岛的西岸，决定就在水浅得不能继续前进的地方露营过夜。他估计到达海边大概还有五六英里，要在夜色中穿过这片陌生的密林，这段路未免长了点。

小船穿过森林继续前进，两岸的树木又多了起来。这里的“人气”好像也足了些。如果水手的眼睛没有看错的话，他分明看到成群结队的猴子在矮树丛中奔跑。有几次，甚至有两三只猴子停在离小船不远的地方，毫无惧色地盯着他们看，它们似乎是第一次见到人类，还不知道害怕。用枪的话很容易打中它们，彭克罗夫想试上一试，但赛勒斯·史密斯反对这种无意义的屠杀。而且，这样也比较谨慎，因为这些猴子力气大，还非常灵巧，可能会很可怕，最好还是不要以一场完全不合时宜的袭击来向它们挑衅。

的确，水手纯粹是从食物的角度看待这些猴子，事实上，这些食素动物是很好的野味，不过既然食物很充裕，那就没有必要浪费弹药了。

将近四点钟时，在慈悲河上的航行变得很困难了，因为河道被水生植物和岩石所堵塞。两岸变得越来越陡峭，河床已处在富兰克林山支脉的低处。鉴于河水是由这座山南坡众多的涧水汇合而成，所以移民们离源头也就不太远了。

“再过一刻钟，”水手说，“我们就不得不停下来，赛勒斯先生。”

“好吧，我们会停下的，彭克罗夫，并且我们还将组织扎营过夜。”

“我们离花岗岩宫大概有多远？”哈伯特问道。

“差不多七英里，”工程师回答他，“如果把带我们到这西北方向的河流的弯道都计算在内的话。”

“我们还向前吗？”记者问道。

“当然，能走多远就走多远，”赛勒斯·史密斯回答说，“明天天一亮，我们就离开小船。我希望我们能在两个小时内到达西岸，这样，我们就有差不多一整天的时间可以勘探那里的滨海地带。”

“前进！”彭克罗夫说。

但不久，独木舟就在河床底部的石子上擦过，这时的河宽也不足二十英尺。两边的树木在河上搭起了一座绿色的长廊，光线变得阴暗。人们听到了瀑布的潺潺水声，这表明上游几百步处存在着一个天然屏障。

果然，河身拐了最后一个弯，树丛中出现了一道瀑布。船底碰到了河床，过了一会儿，小船就停泊在右岸边的一棵大树下。

时间差不多五点了。落日的余晖从浓密的枝叶间洒落下来，斜斜地照在小小的瀑布上，细小的水珠映出了美丽的彩虹。前面，慈悲河消失在矮树林中，它的源泉就隐蔽在那里。在它流经之处，许多支流汇合进来，使它逐渐变成一条真正的河流，不过在这里，它只是一条浅浅的清澈小溪。

大家就在这里安营扎寨，周围的景色非常迷人。下船以后，他们在一丛宽大的树林底下生了一堆火。如果有必要，赛勒斯·史密斯和他的伙伴们也可以在这些树枝下过夜。

因为肚子饿了，所以移民们晚饭吃得狼吞虎咽。接下来就是睡觉。但晚上他们听到了可疑的吼叫声。安睡者为了用噼啪作响的火焰来保护自己，就让火堆一直燃烧着。纳布和彭克罗夫轮班照看着火，往火堆里拼命地添柴火。他们似乎看见一些动物的影子在矮树丛下或树影当中围着营地游荡，也许他们没有看错。不过一夜平安无事。第二天，10月31日，凌晨五点钟，大家都已起身，等着出发。

第四章

前往西海岸——几群猴子——一条新河——为什么在那里感觉不到涨潮——海岸森林——爬虫角——哈伯特羡慕热代翁·斯皮莱——竹子的噼啪声

早上六点钟，岛上的移民们吃过早饭，然后重新上了路，他们准备走一条捷径去西海岸。他们要走多长时间才能到达呢？赛勒斯·史密斯说要两个小时，不过这还要看路上会碰到什么障碍而定。这部分远西森林显得树木繁盛，是一片漫无边际、树种各异、伐期龄较短的矮林。由于他们必须在野草、荆棘和爬藤中开出一条路来，所以走路时手里就要拿着斧头。当然，考虑到夜里听到的野兽叫声，他们还应该带上枪支。

露营的确切位置可以视富兰克林山的情况而定，由于火山耸立在北面约三英里不到的地方，所以朝西南方向笔直走去就可以到达西海岸。

众人把独木舟小心地停泊好，接着就出发了。彭克罗夫和纳布带上了至少够小队人马吃两天的食物，这样就不用在路上再打猎了。工程师叮嘱同伴们不要随便开枪，以免在海岸周围暴露自己。

在瀑布上方不远处的一片乳香黄连木树丛中，他们第一次挥起了斧头。赛勒斯·史密斯手里拿着指南针在前面引路。

附近树林中的树木，绝大部分在湖的周围和眺望岗上都见到过。有喜马拉雅杉、洋松、柽柳、产树胶的树、桉树、龙血树、木槿、雪松等。由于树太密，影响了生长，所以它们长得并不高大。移民们边走边开路，前进得很慢。工程师有一个想法，以后要把这条路与红河的那条路连起来。

他们出发后，从岛的高山斜坡上走下来，来到一块非常干燥的土地上，这里植物茂盛，表明这里要么有地下水源，要么曾受到过流水的灌溉。不过，赛勒斯·史密斯记得在勘察火山口时，除了红河和慈悲河，没有见到别的河流。

在行程的最初阶段，他们又看见了猴群。猴子们第一次看见人类的面孔，好像非常惊奇。热代翁·斯皮莱开玩笑地问，这些灵活、强壮的四足动物说不定把他和伙伴们当作自己退化了的兄弟呢！坦率地说，作为普通的步行者，移民们每走一步都要受到荆棘、爬藤的妨碍以及树干的阻挡，与这些在枝头跳来跳去、来去自由的灵巧动物相比，他们大为逊色。猴子数目很多，幸而它们并未表现出任何敌意。

他们也看到一些野猪、刺豚鼠、袋鼠等其他啮齿类动物，还有两三只考拉，彭克罗夫很想朝它们开枪。

“不过，打猎还没开禁，”他说，“朋友们，你们现在就好好地蹦、好好地跳吧！等我们回来时再找你们说话！”

上午九点半，直通西南方向的路突然被一条不知名的河拦住了去路。此河宽三十至四十英尺，由于河岸倾斜，水流很急，急流撞击在众多的岩石上，发出隆隆的响声，奔腾而去。这条溪水深而且清澈，但绝不能行船。

“这下子我们无路可走了！”纳布大声地说。

“不，”哈伯特回答道，“这不过是条小溪，我们完全可以游过去。”

“何必呢，”赛勒斯·史密斯说，“显然这条小溪是通向大海的，我们留在左岸，沿着它陡峭的河岸走，一定会很快到达海岸的，否则的话就怪了。走吧！”

“等一下，”记者说，“朋友们，这条小溪叫什么名字？别让我们的地理书上留有空白。”

“对！”彭克罗夫说。

“孩子，给它起个名吧！”工程师对少年说。

“等我们到了河口以后再起不是更好吗？”哈伯特提醒说。

“好，”赛勒斯·史密斯回答道，“那我们接着走吧，不要停下来。”

“再等一下！”彭克罗夫说。

“怎么回事？”记者问道。

“打猎不允许，我想捕鱼总可以吧！”水手说。

“我们没时间浪费。”工程师说。

“哎！五分钟就行！”彭克罗夫说，“为了我们的午饭，我只要五分钟时间。”

于是彭克罗夫趴在河岸上，双手伸到流动的河水里，不一会儿就从岩石缝里抓上来几十只活蹦乱跳的螯虾来。

“这太好了！”纳布一面高声喊叫，一面前去帮水手的忙。

“我说嘛，除了烟草，这岛上什么都不缺。”彭克罗夫叹了一口气，喃喃自语。

不消五分钟，收获就非常丰硕，因为溪水里的螯虾真的很多。这种甲壳动物的外壳呈蓝色，额剑上有一只小的齿状物。大家装了一袋螯虾，然后继续上路。

自从他们顺着这条新的河岸前进以后，路好走多了，他们走得也更快了。而且这里是从未有过人迹的地方，有时可以发现一些大型动物遗留下来的足迹，它们大概是到溪边来饮水的。不过除此以外，就没见到别的了。看来那只让彭克罗夫崩掉一颗牙的猪獾不是在这一带森林里被枪弹击中的。

不过，看着这湍急的河水向大海流去，工程师不禁怀疑自己和伙伴们离西海岸比估计的要远得多。这时候潮水已经上涨，如果河口距此只有几英里的话，潮水会把河水推回来。但没有发生这种现象，河水还是顺着河床正常地流去。工程师大概为此感到非常惊讶，他频频地看指南针，确证这弯来弯去的河不会把他们重新带回到远西森林去。

此时，河面越来越宽，水流也渐趋平缓。右岸上的树木和左岸一样繁茂，都是一眼望不到边。不过这些森林里肯定没有什么人住，因为托普并不叫。如果在这条河附近有什么外人的话，这只聪明的狗不会没有反应。

十点半，稍稍走在前面的哈伯特让赛勒斯·史密斯大吃一惊。哈伯特突然停下脚步叫道：

“大海！”

过了一会儿，移民们全都在林边停了下来，观望着展现在他们眼前的西海岸。

不过这片海岸与他们意外登上的东海岸是多么的不同！没有花岗岩壁，海上没有礁石，甚至没有沙滩。森林一直延伸到海边。最边上的树受到海浪的冲击，倾斜在水面上。这完全不是大自然通常所造就的海岸，一般的海岸，或是宽广的沙滩或是岩石成堆，而这里的海岸却是由世界上最美丽的森林边缘构成的。海岸高高在上，可以俯视整个海平面，在这片繁茂的土地下面，是花岗岩的基础，在这里生长的各种树木华美异常，与岛内的树长得一样好。

这时候，移民们来到一个小小的湾口，里面只能停泊两三艘渔船，这里还是通向一条新河的狭窄入口。奇特的是，它的河水不是平缓地流入海洋，而是从四十多英尺的高度上跌落下来，这就是为什么在小河的上游觉察不到海水涨潮的原因。确实，太平洋的潮水即使在最高的水位，也不可能涨到河面的高度，即使再过几百万年，潮水也不可能把花岗岩的地基冲刷成一个可通行船只的河口。大家一致决定把这条河命名为瀑布河。

往北望去，森林的边界延绵约两英里，接着树木越来越稀少，外面是几乎成一条直线的秀丽山岗，呈南北走向。相反，在瀑布河和爬虫角之间的滨海地带全是森林，这些美丽的树木，有的笔直，有的倾斜，海水的长长波浪直接冲击着它们的根部。勘探工作应该在这海岸上，也就是说在整个盘蛇半岛上继续进行，因为这部分滨海地带不像其他地方那样干旱和荒凉，可以为任何落难者提供藏身之处。

这天天气晴朗，万里无云。纳布和彭克罗夫在可以眺望远方的悬崖顶上摆放了午餐。海平面上空无一物，不见一艘帆船。在目光所及的沿海地区，既没有船只，也没有漂流物。但在没有搜索完盘蛇半岛的尽头之前，工程师并不想停下来。

午饭匆匆吃好，十一点半，赛勒斯、斯皮莱发出了动身的信号。为了能沿着海滨走，他们必须在树下行军，而不是爬峭壁或涉沙滩。

从瀑布河河口到爬虫角大约有十二英里。如果是走畅通的沙滩，那么只要花四个小时，他们就可从容地走到目的地。但现在需花上双倍的时间，因为要绕着树木走，要砍断那些不断挡在他们面前的荆棘和爬藤，无数次的绕道大大地延长了他们的行程。

在这海岸一带，没有任何迹象显示这里最近发生过海难事件。正如热代翁·斯皮莱所说，大海确实可能把一切全都卷走了，但不能因为找不到任何踪迹，就得出结论说这里没有船只出过事。

记者的看法是对的，况且铅弹事件也不容置疑地证明，在三个月前的这段时间内，岛上有人开过枪。

时间已是下午五点了，移民们现在所处的地方距离盘蛇半岛的顶端还有两英里。很明显，他们到了爬虫角以后，就来不及在日落以前返回慈悲河源头附近的宿营地。因此必须在爬虫角过夜。幸好，食物并不缺。在海滨，见不到动物野味，但飞禽很多，有啄木鸟、锦鸡、角雉、松鸡、丝舌鹦、鹦鹉、白鹦、野鸡、鸽子等一百多种鸟。每棵树上都有一个鸟巢，每个鸟巢里都有鸟。

傍晚七点钟左右，筋疲力尽的移民们终于来到了爬虫角。这个海角的形状很奇特，像是大海中的一只涡螺。半岛沿岸生长的森林到这里就终止了，而整个南面的海岸地区，又恢复了通常海岸的面貌：岩石、礁石和沙滩。因此，极有可能在这里发现一艘因海难而无法操纵的船，只是夜幕已经降临，搜寻的事只能明天再说了。

彭克罗夫和哈伯特急忙去寻找一个适于宿营的地方。在远西森林边缘的树林中，少年发现了几丛竹子。

“好极了！”他说，“这是珍贵的发现。”

“珍贵？”彭克罗夫问道。

“这是毫无疑问的，”哈伯特继续说，“彭克罗夫，我只要告诉你，把竹子的皮削成柔韧的篾条，可以用来编制篮、筐等器物；把竹皮捣烂，浸渍后可做成中国的宣纸；根据竹子的粗细，可以做成手杖、烟杆和接水管；粗大的竹子是非常好的建筑材料，它既轻又牢固，不怕虫蛀。还有，把竹子从竹节部分锯开，以一个竹节当底，这就是牢固而方便的竹筒，中国人用得很多呢！不！你对这个不会感兴趣的，不过……”

“不过什么？”

“假如你不知道，我还可以告诉你，在印度，人们把竹子当芦笋吃。”

“三十英尺高的芦笋！”水手叫了起来，“味道怎么样？”

“好极了，”哈伯特回答道，“不过他们吃的不是三十英尺高的竹子，而是嫩的竹笋。”

“太好了，孩子，太好了！”彭克罗夫说。

“还有，把嫩笋泡在醋里是上等的调味品。”

“越说越好了，哈伯特。”

“最后一点，竹子的竹节之间会渗出一种甜的液体，可以用来制作非常可口的饮料。”

“讲完了吗？”水手问。

“讲完了。”

“也许还能拿来当烟抽？”

“可怜的彭克罗夫，这可不行！”

哈伯特和彭克罗夫没花多长时间就找好了可以过夜的地方。强劲的西南风吹动着海浪，使海滩上的岩石受到冲击，从而形成了一些洞穴，大家可以睡在里面，避避夜里的凉气。不过正当他们准备走进一个洞穴时，一阵可怕的吼声使他们止住了脚步。

“往后退！”彭克罗夫叫了起来，“我们的枪里只装了小粒的子弹，叫得这么凶的野兽不会在乎像一粒盐似的子弹。”

水手抓住哈伯特的胳膊，把他拉到岩石后面，这时，洞口出现了一只色彩斑斓的动物。

这是一头美洲豹，体形至少和亚洲的同种差不多，身长有五英尺多，淡黄褐色的毛皮上有许多黑色的眼状斑，与腹部的白毛形成了鲜明的对照。哈伯特知道它是老虎的劲敌，就像美洲狮是豺狼的劲敌一样，它们都是可怕的野兽。

美洲豹向前走来，炯炯有神的眼睛四下张望，全身的毛竖了起来，好像不是第一次嗅到人的气味。

就在此时，记者从一块高大的岩石后走出来，哈伯特以为他没有看见美洲豹，正想朝他奔过去，但热代翁·斯皮莱对他做了一个手势，还是继续往前走。他不是初次遇上猛兽，他一直走到离开美洲豹十步远处，肩上抵着马枪，屏气，一动也不动地站在那里。

美洲豹蜷缩起身体，正要向猎人纵身跳过去，就在这时，一颗子弹打中了它额头两眼之间的部位，豹子应声倒下。

哈伯特和彭克罗夫朝着美洲豹跑过去，纳布和赛勒斯·史密斯也奔了过来。他们对躺在地上的美洲豹注视了好一会儿。他们觉得美丽的豹皮可以放在花岗岩宫里当作饰品。

“啊！斯皮莱先生！我对你是又欣赏又忌妒！”哈伯特热情万分地叫道。

“好，孩子，”记者说，“你也会做到的。”

“我！能有这么沉着？”

“哈伯特，你只要把美洲豹当作一只兔子，然后就能非常沉着地朝它开枪。”

“就是！”彭克罗夫说，“它并不比兔子狡猾！”

“那么现在，”热代翁·斯皮莱说，“既然美洲豹已离开了它的窝，朋友们，我不明白，为什么我们不去占用那儿过夜呢？”

“也许别的野兽会进来！”彭克罗夫说。

“在洞口烧一堆火就行了，”记者说，“这样它们就不敢进来。”

“那好，去美洲豹的家啰！”水手边说边拖着动物的尸体。

移民们向空出来的巢穴走去。纳布在洞穴里剥豹皮的时候，他的伙伴们则在门口堆起了从树林里捡来的大量的干柴火。

赛勒斯·史密斯看见竹子，就去砍了几根，和干柴放在一起。

这些事做完后，大家就在洞里安顿了下来。洞里的沙地上到处都是枯骨。移民们的枪都上好了子弹，在受到突然袭击的情况下可以使用。大家吃了晚餐，该要休息时，就点着了洞口的那堆干柴。

空中立刻响起了一阵噼啪声！这是竹子点着后发出的像爆竹一样的爆鸣声！这样的响声足以吓退那些最勇猛的野兽！

不过，这种产生激烈爆鸣声的方法并不是工程师发明的，根据马可·波罗的说法，几个世纪以来，鞑靼人就是用这种方法，成功地把中亚可怕的野兽驱逐出了他们的宿营地。

第五章

建议从南岸返回——海岸的地势——寻找假想中的遇难船只——空中的弃船——发现天然小港——慈悲河岸上的午夜——漂来的小船

赛勒斯·史密斯和他的伙伴们在美洲豹礼让给他们的洞穴中美美地睡了一觉。

日出时，大家已经来到了海角尽头的海岸上，极目远眺，可以看到周围三分之二的海平面。工程师用望远镜最后看了一次，断定海上没有船只，也没有遇难船只的残骸，什么疑点也没有。

在海岸区域，至少在形成海角南岸的三英里长的直线范围内，情况也是如此，而在这外面，有一片呈凹陷状的土地，遮盖了其余的海岸，同样，由于有高耸的悬崖遮挡，从盘蛇半岛的尽头也是无法看到爪角的。

还剩下岛的南岸没有勘探。是不是需要立即出发、在那里花上 12 月 2 日这一整天的时间呢？

在他们最初的计划里没有这个问题。实际上，当他们把独木舟留在慈悲河源头时，曾经说好西岸的考察结束后，再回来乘船，然后从慈悲河回花岗岩宫。当时赛勒斯·史密斯以为遇难船只或是正常航行的船可能在西岸停泊，可现在既然没有可以靠岸的地方，那就必须到南面去寻找在西面找不到的东西。

热代翁·斯皮莱建议继续勘探，这样也可以彻底解决假设中的海难问题。他问爪角离半岛究竟有多远。

“如果我们把海岸的弯度也考虑进去的话，”工程师回答说，“大约三十英里。”

“三十英里！”热代翁·斯皮莱又说，“那得走整整一天。不过，我想我们还是应该沿着南海岸返回岩洞。”

“可是，”哈伯特说，“从爪角到花岗岩宫至少还有十英里。”

“一共就算四十英里吧，”记者说道，“下决心走吧。至少我们还可观察这陌生的海岸，不用另外再来勘察了。”

“说得对，”彭克罗夫说，“那独木舟怎么办？”

“独木舟单独留在慈悲河源头已有一天了，”热代翁·斯皮莱回答道，“再放两天也没什么！到目前为止，我们还不能说这岛上有小偷呀！”

“不过，”水手说，“我一想起海龟的事，就不大信这话了。”

“海龟！海龟！”记者说，“你不相信是海水把它翻过身来的？”

“谁知道呢？”工程师喃喃自语道。

“可是……”纳布说。

虽然纳布有话要说，可他张了张嘴，又不说了。

“纳布，你想说什么？”工程师问他。

“如果我们沿海岸返回爪角，”纳布回答道，“那我们绕过这个海角以后，就会被拦住去路……”

“被慈悲河阻拦！的确，”哈伯特回答，“我们既没有桥也没有船可以过河！”

“不过，赛勒斯先生，”彭克罗夫回答，“用几根能漂浮的树干，我们就可以渡河了！”

“不要紧！”热代翁·斯皮莱说，“假如我们想要找一条到达远西森林的捷径，最实用的是造一座桥！”

“造桥！”彭克罗夫叫了起来，“对啊，难道史密斯先生不是职业工程师吗？我们想要一座桥时，他就会为我们造座桥。至于今天晚上你们要渡慈悲河去对岸，这事我包了，并且保证你们的衣服一点也不湿。我们还有一天的粮食，这就够了，况且今天也许不会像昨天那样碰不到野味。上路吧！”

记者的建议得到了水手的积极支持，也得到了大家的赞同，因为每个人都想解开疑团，并且从爪角返回，这样勘探任务就圆满完成了。不过再也不能浪费一点时间，四十英里路可不短，不能指望半夜以前到达花岗岩宫。

早晨六点钟，小队人马就出发了。为了防备可能会遇到的两足或四足动物，枪都上了膛，托普走在前头，同时搜寻森林的边缘。

从半岛尾端的海角开始，海岛呈弯曲形，距离有五英里之长。他们很快走过了这段路程，经过最仔细的搜寻，没有发现外人登陆的痕迹——不管是以前的还是最近的，没有看见海难的残留物，没有扎营后留下的东西，没有篝火熄灭的余灰，也没有任何脚印！

移民们来到了一个海角，弧形海岸到此终止，随后沿东北方向延伸，形成了华盛顿湾。在这里，他们可以一览海岛的整个南岸！它的尽头就是位于二十五英里开外的爪角。在早晨的薄雾中，爪角变得隐隐约约，好像悬挂在大地和水的中间，产生了海市蜃楼的效果。在他们所站的位置和巨大的海湾之间，首先进入眼帘的是一片宽阔平坦的沙滩，其后是森林；然后海岸变得非常险要，有许多尖尖的岩石突出在海面上；最后，在爪角，有许多黑乎乎的岩石堆积在那里，形成了一幅杂乱但也不失美丽的画面。

这是勘探者们第一次看到海岛这部分的情景。他们也只停留了片刻，匆匆扫了一眼。

“如果有船只到这里来，”彭克罗夫说，“它肯定要失事。这里有延伸到海中的沙洲，远处还有暗礁！这里的海域非常险恶！”

“不过出事的船只至少会遗留下点什么东西吧。”记者说。

“可能在礁石上会留下几块木片，在沙滩上就不会有东西留下。”水手说。

“这是为什么？”

“因为沙比岩石更危险，它会吞没所有陷下去的东西。几百吨的船体只消几天工夫就会在那里消失得无影无踪！”

“这么说，彭克罗夫，”工程师问道，“假如有一艘船在沙洲上出了事，而现在一点痕迹也没有，这一点也不奇怪？”

“不错，史密斯先生，加上时间和暴风雨的原因，情况就是这样。不过，即使在这样的情况下，居然没有桅杆和圆木的残片被抛到海水冲不到的海岸上来，那相当令人吃惊。”

“那我们还是继续寻找吧。”赛勒斯·史密斯回答道。

下午一点钟，移民们来到了华盛顿湾弯度最大的地方。此时他们已走过二十英里。

众人停下来吃午饭。

从这里开始，连接着沙洲的是一条长长的礁石海岸线。这条海岸曲折险恶，怪石嶙峋，在波涛的冲击下，不时地露出它的真容。卷起的浪头在岩石上撞得粉碎，化为白色的浪花，恰似条条流苏。从这里一直到爪角，海滩处于礁石和森林的中间，显得不是那么开阔，而是有些狭窄。

由于海岸上到处有崩塌的岩石，走路比较困难。花岗岩石壁有越来越高的趋势，后面是一片树林，人们只能看见翠绿的树梢，一丝风也没有，树枝都静止不动。

经过半小时的休息，小队人马又重新上了路。大家的眼睛不放过礁石和海滩的任何地方。每次一有什么东西引起他们的注意，彭克罗夫和纳布甚至会冒险进入礁石里去瞧个明白。不过根本没有什么漂流物，只不过是某些样子奇特的岩石欺骗了他们。还好他们发现这边的海滩上有许多可以食用的贝壳类动物，但要想大力开采，一定要等慈悲河两岸间的交通问题得到解决、运输工具得到改善后才行。

在这个滨海地带，如果有一件比较大的物品，比如一只船的船壳，或者是船遇难后被海水冲上岸的残骸——就像上次在离这里二十英里不到的地方找到的那只大箱子一样——应该能够看得见。但什么也没发现，没有发现任何与假设中的海难有关的东西。

下午三点钟左右，赛勒斯·史密斯和伙伴们来到了一条很小的小河旁。这条小河不与任何水流相通，形成了一个小小的天然港湾。从海上看不见这个小湾，但通过一条礁石形成的狭小的通道，却可以进去。

几次强烈的地震运动造成岩石崩裂，从而在这条小河的背后形成了一个缺口。从一个坡度较为缓和的缺口上去，是一块高地，高地距爪角可能十英里不到，因而和眺望岗的直线距离也就是四英里。

热代翁·斯皮莱提议大家在这里稍事休息。大家欣然同意，因为长时间的步行激发了每个人的食欲，虽然还不到吃晚饭时间，但没有人会拒绝吃一块野味肉来提神。吃了这一顿，他们就可以坚持到花岗岩宫，然后再吃夜宵。

几分钟后，移民们坐在几棵美丽的海松树下，狼吞虎咽地吃起了纳布从背包里取出来的食物。

他们所处的地点海拔高度为五十到六十英尺。站在这里，视野非常开阔，从海角的最后一批岩石望过去，一直可以看到联合湾。但由于北面隆起的地势和高大树林形成的屏障，从这里看不到小岛和眺望岗。

不用说，虽然勘探者们能看到的海域很宽，而且工程师用望远镜在这天水一色的弧线上逐点地搜寻，他们还是没有发现任何船只。

同样，他们也用望远镜仔细地搜索了这个海域上从海滩到礁石之间的任何地方，也没有发现任何漂流物。

“嗨！”热代翁·斯皮莱说，“我们该放心了，不会有人再来和我们争夺林肯岛的所属权！”

“不过，那颗铅弹！”哈伯特说，“我想，它可不是凭空想象出来的吧！”

“见鬼，当然不是！”彭克罗夫想起他那颗缺少了的牙齿，不禁高声地说道。

“那么结论是什么？”记者问。

“结论是，”工程师回答，“三个月以前，最多三个月，有一只船自愿或不自愿地登上了……”

“什么！赛勒斯，你认为它被大海吞没了，没有留下任何痕迹吗？”记者大声地嚷嚷。

“不，亲爱的斯皮莱。不过你想，假如可以肯定有一个人曾经登上过这个岛，那么现在也可以肯定他已经离开了。”

“赛勒斯先生，如果我没有理解错的话，”哈伯特说，“那只船可能已经离开了？”

“当然。”

“那我们可能错过了一次回国的机会。”纳布说。

“我想是的。”

“那好！既然机会已经没有了，我们走吧！”彭克罗夫说，他已经怀念起花岗岩宫了。

但正当他立起身来时，托普一阵狂吠，从林子里奔了出来，嘴里衔着一块沾着污泥的碎布。

纳布从狗的嘴里夺下这块布，这是一块结实的布。

托普还在叫，并且来回地走，好像想要主人跟它到森林里去。

“也许那里有什么东西能讲清那颗铅弹的来历！”彭克罗夫大声地说。

“有一个落难者！”哈伯特说。

“也许他受伤了！”纳布说。

“也许已经死了！”记者说。

所有的人都沿着林边的高大松树，跟在狗的后面跑。为了以防万一，赛勒斯·史密斯和伙伴们准备好了枪。

他们大概走进森林相当深的地方，但令他们很失望，没有看见任何脚印。森林里的荆棘和爬藤都完好无损，就像他们以前在密林里看见的那样，必须用斧子来砍断。因此很难想象会有人来过这里，但是托普走来走去，不像一只随意找东西的狗，而是像一个有意志、有思想的人。

托普走了七八分钟后停了下来。众人来到了有许多高大树木的林中空地，他们看看周围，在灌木下、树干间，什么也没发现。

“托普，怎么回事？”赛勒斯·史密斯问道。

托普叫得更凶了，并且跳到一棵大松树下。

突然，彭克罗夫叫了起来：

“啊！好！太好了！”

“什么？”热代翁·斯皮莱问。

“我们还一个劲儿地在海上或陆上找漂流物呢！”

“怎么了？”

“怎么了，漂流物在空中！”

水手指着挂在松树顶上的一大块灰白色布料，托普衔回来的就是从这上面掉下来的一小块。

“这可不是什么漂流物！”热代翁·斯皮莱说。

“对不起，你说什么？”彭克罗夫说。

“怎么？这是……”

“这是我们的弃船，我们的气球撞在这棵树顶上遗留下来的东西！”

彭克罗夫没有搞错，他发出了欢呼声，并说道：

“这是很好的布！这下子我们好几年都有布用了！可以有东西做手帕和衬衣了！嗯！斯皮莱先生，岛上的树会长出衬衣来，你做何感想？”

对于这些小岛上的居民来说，这只气球能在空中最后一次弹跳后又掉到岛上，而他们又能把它找回来，这确实是一件幸运的事。假如他们还想从空中做一次新的逃离，他们可以让这东西保持原样；他们也可以把气球上的漆除掉，好好地利用这几百尺优质的棉帆布。想到这点，大家与彭克罗夫一样兴高采烈。

现在要把挂在树上的气球取下来，好好保存它，这工作可不简单。纳布、哈伯特和水手爬上了树顶，为了解下这只巨大的泄了气的气球，他们显示了不可思议的灵巧。

这工作持续了差不多两个小时。拿下来的不仅有气囊、气球上的阀门、弹簧和铜制附件，还有气球网，也就是大量的缆绳和细绳、系索圆箍和锚。气囊本身已破裂，下面的附属部分也被撕裂，除此以外，完好无损。

真是从天而降的一笔财富！

"赛勒斯先生，"水手说，"如果我们决定要离开这个岛，就不再乘气球了，对不对？这种气球不是你想上哪儿就去哪儿，对此我们已经有所了解。你看，如果你相信我，我们可以造一艘二十吨左右的船。你让我从这帆布上剪一些下来，做一张前桅帆和一张三角帆。至于余下的布，我们可以做衣服穿！"

"再说吧，彭克罗夫，"赛勒斯·史密斯回答道，"再说吧。"

"不过在此期间，必须把这些东西保存好。"纳布说。

确实，现在他们无法把这些分量很重的帆布、粗细绳子扛回花岗岩宫，要等有合适的车子来装运才行，在这以前，重要的是把这些东西妥当存放，不要让它们受到风暴的侵袭。众人齐心协力，终于把全部物品拖到岸边，放在被他们发现的一个相当宽大的石洞里。由于朝向关系，这里不会受到风雨和海水的影响。

"我们曾需要一个柜子，现在我们有了，"彭克罗夫说，"但它不能上锁。谨慎一点的话，就把洞口遮盖起来，这不是为了防两条腿的小偷，而是为了防四只脚的动物。"

晚上六点钟，所有的物品都已存放妥当，他们为那条由小河形成的海湾起了一个合适的名字——气球港，接着，就又踏上了去爪角的路。彭克罗夫和工程师就最近一段时间里要做的事情交换着意见。首先，必须在慈悲河上造一座桥，这样与岛南面的交通就方便了；然后派车子过来运气球，因为小船无法把它搬运回去；还有一件事，就是再造一艘有甲板的小艇，让彭克罗夫把它配置成独桅帆船，这样他们就可以沿着海岛进行环岛旅行；另外还有其他的等等。

说话间，他们来到了曾经发现那只珍贵的大箱子的地方，也就是漂流物角，这时黑夜已经降临，天色已晚。这里与别处一样，没有发现曾经发生过海难的痕迹，这又一次证实了先前赛勒斯·史密斯所下的结论。

从漂流物角到花岗岩宫还有四英里路，他们很快就走过了这段距离。不过当他们沿着滨海地带走到慈悲河口，然后到达该河的第一个拐弯处时，时间已是过了半夜。

这里的河床宽八十英尺，要过河很困难，不过彭克罗夫早已自告奋勇来承担克服困难的任务，大家就催着他办。

必须承认，这些人已筋疲力尽。走了很长的路，气球的事也没让他们的手脚闲着。大家急于回到花岗岩宫去吃宵夜和睡觉。如果桥造好了，只要一刻钟，他们就可以回到家里。

夜里天很黑。彭克罗夫准备实现自己的诺言，动手编制一个木筏，用来渡慈悲河，他和纳布两人选中了岸边的两棵树，用手中的斧头朝树根砍去。

赛勒斯·史密斯和热代翁·斯皮莱两人坐在河岸上，等着需要时去帮助自己的伙伴，而哈伯特则在近处走来走去。

突然，少年从河边急忙返回，指着慈悲河上游喊道：

“那边有什么东西在漂？”

彭克罗夫停止了手中的活儿，他注意到黑暗中有一样东西隐隐约约地在移动。

“一只小船！”他说道。

所有的人都奔了过去，他们非常惊讶地看见有一只小船顺着河水漂来。

“喂！来船了！”出于职业习惯，水手高声叫道，他也没想一想，这时保持沉默是否更为妥当。

没有人回答。这只船继续漂过来，此时离他们只有十来步远，水手又叫道：

“这是我们的独木舟！它的缆绳断了，才会顺水漂来。它来得正是时候！”

“我们的独木舟？”工程师喃喃自语。

彭克罗夫说得没错。这正是那只小船，它的缆绳可能是断了，才从慈悲河源头漂来。现在要赶在它被急流冲到河口时截住它，纳布和彭克罗夫灵巧地用一根长竿挡住了它。

小船靠了岸。工程师第一个跳上去，拉住了缆绳，经过触摸检查，断定绳子是因为和岩石长时间摩擦受损而断裂。

“这真是，”记者轻声地对他说，“这真是一件……”

“怪事！”赛勒斯·史密斯回答道。

不管是不是怪事，它总是件幸运的事！哈伯特、记者、纳布和彭克罗夫上了船。他们已经不怀疑绳子是被磨断的。不过最令他们吃惊的是，独木舟正好在他们在的时候漂到这里，晚一刻钟的话，它就会冲入大海，不可能被他们拦住。

如果是处在神话时代，这件事会使人想到，这个岛上有一个神奇的仙人在庇护着这群海难的幸存者！

他们划了几桨后，就来到了慈悲河的河口。小船被牵到花岗岩宫附近停靠，然后大家就直奔绳梯处。

但就在此时，托普狂吠起来，纳布正在寻找梯子的第一级，不料，他喊了一声……

“绳梯不见了！”

第六章

彭克罗夫的呼唤——在“壁炉”里过夜——哈伯特的箭——赛勒斯·史密斯的计划——意想不到的答案——花岗岩宫里发生的事——移民有了个新仆人

赛勒斯·史密斯停下脚步，一言不发。他的伙伴们在夜色中摸索着岩壁，心想风会不会把绳梯吹到旁边去，他们也在地上寻找，怕它会不会掉下来……但绳梯绝对已经消失了。会不会是狂风把它吹到半空中的平台上去了呢？在黑暗中这还无法证实。

“假如这是个玩笑，”彭克罗夫高声说，“那就太恶劣了！来到家门口，却找不到扶梯可以爬到自己的房间去，这可让疲乏不堪的人笑不起来！”

纳布只是一味地乱喊乱叫。

“可是没有刮过风啊！”哈伯特说。

“我现在开始感到林肯岛上的怪事太多了！”彭克罗夫说。

“怪事？”热代翁·斯皮莱说，“不是啦，彭克罗夫，这些都是很自然的事。我们不在的时候有人来了，他占据了我们的住处，并且把梯子收了上去！”

“有人！”水手喊道，“那会是谁呢？”

“就是用子弹射中猪獾的猎手，”记者回答道，“除了他，没有别的人能解释我们所遇到的倒霉事。”

“那好，如果上面有什么人，”彭克罗夫已经开始不耐烦地说起粗话来，他说，“我就来叫唤，他应该回答我。”

于是水手以他雷鸣般的嗓音发出了“喂——”的声音，这拖长了的呼喊声在山谷间传来了不断的回声。

大家都侧耳细听，好像从花岗岩宫的高度传来了一阵傻笑声，但无法辨明。没有人回答彭克罗夫的叫唤，但水手还是徒劳地大声呼喊着。

的确，即使是世界上最无动于衷的人对这里发生的事也会感到吃惊，更何况他们都不是这种人。在他们所处的环境中，一切事故都是严重的，但自他们居住在这海岛的七个月以来，的确还没有遇到过如此惊人的事。

这一小队人想着这件奇特的事情，忘记了自己的疲劳，他们聚在花岗岩宫下面，不知该考虑些什么、做些什么。他们互相提问，却又无法回答；提出各种各样的假设，但都无法接受。纳布很难过，因为不能进厨房而感到失望，何况带出来的食物已经吃完，这时候也没办法进行补充。

“朋友们，”这时赛勒斯·史密斯说话了，“我们只有一件事可做：等天亮，然后再见机行事。我们去‘壁炉’等。在那里，我们可以有地方避一避，虽然不能吃东西，但至少可以睡一觉。”

“有谁会那么放肆，敢和我们开这个玩笑呢？”彭克罗夫无法容忍这意外事件，又一次发问道。

不管这“放肆的人”是谁，唯一能做的事，就是照工程师所说的，去“壁炉”，在那里等天亮。不过，移民们还是给托普下达了守在花岗岩宫窗下的命令。而托普总是不折不扣地执行主人的命令。当主人和他的伙伴们躲在岩石洞里时，这只忠诚的狗就待在了岩壁下面。

这些人尽管很劳累，但如果说他们在“壁炉”的沙地上睡得很好，那也不是事实。这不仅是因为他们焦虑不安，想了解这新近发生的事件的真实原因——这可能是偶然的自然原因，天亮也就真相大白，也可能是某个人所为——还因为他们睡得很不舒服。不管怎样，他们的住处现在被人占据了，没有办法要回来。

花岗岩宫不仅是他们的家，也是他们的仓库。那里有小分队的全部物资：武器、仪器、工具、弹药、食物等等。假如所有的东西都被洗劫一空，他们就需要重新整理，重新制造武器和工具。事态太严重了！由于担心，所以每隔一会儿他们中就有人出去，看一下托普是不是在那里好好地守着。只有赛勒斯·史密斯以他一贯的耐心等待着，尽管面对不可思议的事实，他那坚忍的理智也被激怒了；想到在他周围，也许就在他上面，有一种不可名状的势力在起作用，他也恼怒万分。热代翁·斯皮莱对此也有同感，两人低声地做了多次交谈，谈起了这些他们的洞察力和经验都无法应付的怪事情。在这座岛上肯定存在着神秘的东西，只是如何来识破它呢？哈伯特只会幻想，还爱向赛勒斯·史密斯提问。至于纳布，他认为所有这一切与他无关，都是主人的事，如果不是担心伙伴们不高兴，这个正直的黑人会和躺在花岗岩宫的睡铺里一样，安安稳稳地度过这一夜。

而彭克罗夫比所有人更着急，他气极了。

“这是一个玩笑，”他说，“是别人和我们开的玩笑！可我不喜欢开玩笑，如果这人落到我的手里，那他就倒霉了！”

东方出现了第一缕阳光，移民们全副武装，奔向礁石旁的海岸。在朝阳的直接照射下，花岗岩宫很快就变得亮堂起来，在五点钟以前，透过茂密的枝叶可以看到紧闭着的窗户。

一切看来都很正常，但他们看到那扇出发前关好的门现在却洞开着，不禁叫出声来。

有人进了花岗岩宫，这一点毫无疑问。

上半截绳梯通常挂在平台与大门之间，它还在原来的地方，但下半截绳梯却被抽上去，搁在门槛上了。再清楚不过了，入侵者不想受到任何突然的袭击。

要确定他们是谁、有多少人，这还没有可能，因为他们还没有露过脸。

彭克罗夫又叫唤起来。

还是没有回答。

“无赖！”水手大喊大骂起来，“他们倒好像在自己的家里一样，安安稳稳地睡大觉！喂，你们这些海盗、土匪、强盗、约翰牛[①]养的！”

作为美国人，当彭克罗夫把某人称为“约翰牛养的”时，他对此人的辱骂已到顶了。

此时，太阳已完全升起来了，花岗岩宫的正面被阳光照得通明，但洞内外却鸦雀无声。

他们在想这岩洞内是不是有人在，不过绳梯的位置足以表明有人在里面，并且甚至还可以肯定，不管这是些什么人，他们还没逃走！但如何才能接近他们呢？

哈伯特出了个主意：把一根绳子系在箭上，然后把箭射到吊在门槛上的绳梯的前面几根横档中间。这样利用绳子，就可以把绳梯拽到地下，恢复地面到花岗岩宫的上下交通。显然，除此以外没有其他的办法，只要灵巧一点，这个办法应该行得通。幸好在“壁炉”的一个过道里放有弓箭，另外还有几十英寻用木槿植物制成的轻绳。彭克罗夫展开轻绳，把绳子的一头系在一支上好的羽箭上，随后，哈伯特把箭搭在弓上，非常小心地瞄准绳梯的下端。

赛勒斯·史密斯、热代翁·斯皮莱、彭克罗夫和纳布都往后站，以便观察窗子里面会发生什么事。记者把马枪抵在肩上，枪口瞄准了花岗岩宫的大门。

弓满箭发，羽箭带着绳子，穿过绳梯最下面的两个横档。

这一举动大获成功。哈伯特马上抓住绳子的一头，正当他想一下

---

① 约翰牛是对英国人的诨称。

把绳梯拽下地面时，突然有一只胳膊从门边伸出来，抓住绳梯，把它拉进了花岗岩宫里。

“十足的无赖！”水手大叫了起来，“不要等多久，就有一颗子弹来收拾你！”

“这是什么人？”纳布问道。

“什么人？你没看清楚吗？”

“没有。”

“是猴子，一只猕猴，一只卷尾猴，一只长尾猴，一只猩猩，一只狒狒，一只大猩猩，一只狨猴！我们的住处被猴子入侵了，它们趁我们不在时从梯子上爬了上去。”

就在此时，好像为了证实水手的话，有三四只四足动物出现在窗口，它们推开了窗板，向房屋的主人做出种种鬼脸。

“我早就知道这只不过是一场闹剧！”彭克罗夫喊道，“不过，对这些搞闹剧者，我们要杀一儆百！”

水手举起了手中的枪，迅速瞄准了一只猴子，就开了枪。所有的猴子都跑散了，除了其中被打死的那只。它摔在了沙滩上。

这只猴子身体很大，属于四足动物的第一目，这是没错的。不管是黑猩猩、猩猩、大猩猩，还是长臂猿，它们都属于类人猿。如此命名，是因为它们与人类很相似。哈伯特称这是一只猩猩。大家都知道少年熟悉动物学。

“多漂亮的畜生！”纳布高声说。

“你说漂亮就漂亮！”彭克罗夫回答说，“不过我还是不知道我们怎么才能回家！”

“哈伯特是优秀的射手，”记者说，“他的弓在这里！我们再试一次……”

“不过这些猴子很狡猾！”彭克罗夫大声地说，“它们不会再到窗口来，我们再也不可能打死它们。而我一想到它们会在房间和仓库里捣乱……”

“耐心点吧，”赛勒斯·史密斯说，“我们会有办法战胜它们的。”

“只有它们下来后我才放心，”水手回答说，“史密斯先生，你知道现在上面有多少只猴子吗？”

彭克罗夫的问题不好回答。而少年要再一次尝试也不容易，因为绳梯的下端已被拉回到了门里。重新拉拽绳子时，绳子断了，绳梯仍留在了原处。

情况非常尴尬。彭克罗夫极为恼火。事情多少有点喜剧的味道，但他一点也不觉得可笑。很显然，他们最终是要回自己的家，并把入侵者赶出去，但什么时候？怎么做？这些问题目前还无法回答。

猴子们已经有两个小时不露面了。不过它们总还在那里，有几次，下面的人一看见有猴脸或猴爪从门里或窗边探出来，就马上开枪。

“我们藏起来吧，”工程师说，“也许猴子以为我们已经离开，就会出来。斯皮莱和哈伯特去埋伏在岩石的后面，看见一个打一个。”

众人照工程师的命令去做了。记者和少年是这个小队里最棒的射击手，他们守候在最佳的射程范围内，但不让群猴看见；纳布、彭克罗夫和赛勒斯·史密斯爬上了高地，去森林打些野味，因为该吃早饭了，但一点可吃的东西也没剩下。

过了半小时，猎人们带回几只岩鸽，大家勉勉强强把它们烤熟了。猴子还是没有出现。

托普守候在岩宫的窗下，热代翁·斯皮莱和哈伯特去吃早餐。吃完早餐，他们又返回岗位。

两个小时后，情况还是没有丝毫改变。四足动物好像都已消失，它们很可能由于一个同伴被打死而受了惊吓，并且也害怕枪声，所以就待在花岗岩宫的房间后面，甚至跑到仓库里去不敢出声。移民们想到这仓库里存放着的财富，一再被工程师嘱咐的耐心最终变成了暴怒。不过，坦率地说，这并不是没有道理。

“显然，这太蠢了，”记者终于开口说，“这事没有道理就这样结束！”

“总得想办法让这些无赖滚蛋！”彭克罗夫高声地说，“尽管它们有二十来只，但我们总会战胜它们。不过，这样的话就必须与它们短兵相接！嗨！难道没有什么办法接近它们吗？”

“有啊。”工程师回答道，他脑子里正好闪过了一个念头。

“有办法？”彭克罗夫问道，“好呀，没有其他办法，这就是好办法！什么办法？”

“我们试着从湖边原来的那个溢水口下到花岗岩宫里去。”工程师回答道。

“呀！真见鬼！”水手喊道，“我怎么想不到这个点子！”

这确实是进入岩洞攻击猴群并把它们驱赶出去的唯一办法。溢水口被石块和泥土堵死了，必须做出牺牲，不过还是可以重新堵上的。幸好工程师没有执行用湖水淹没洞口的计划，因为这工程需要相当的时间。

他们命令托普还是待在它的岗位上，然后拿了十字镐和铲子，离开了“壁炉”，经过花岗岩宫的窗子下面，准备重上慈悲河左岸，登上眺望岗。这时已过了中午。

不过，他们走了还不到五十步，就听见了狗的狂吠声，这似乎是绝望的叫唤。他们停下了脚步。

“快跑！”彭克罗夫说。

于是大家从河岸上飞奔而下。

他们跑到拐弯处，发现情况有了改变。

这群猴子不知何故，突然受了惊吓，正想逃走。有两三只像小丑一样灵活的猴子从这个窗口跳到另一个窗口。它们根本没打算把绳梯放回原处，否则的话，事情就好办了。也许是惊慌失措，它们忘了这种逃跑的方法。有五六只猴子所处的位置非常明显，移民们很容易瞄准它们，随即开了枪。有一些受了伤或已被打死，摔到房间里去的同时发出了尖叫声；另外一些往外冲，摔得粉身碎骨。过了一会儿，他们可以断定花岗岩宫里没有活的猴子了。

“乌拉！”彭克罗夫高喊了起来，“乌拉！乌拉！”

“不要那么喊！”热代翁·斯皮莱说。

“为什么？猴子都被杀死了。”水手回答道。

“对，但你喊了，我们就能进到屋里去吗？”

“那我们去溢水口吧！”彭克罗夫接着说。

“当然，”工程师说，“不过最好……”

就在此时，好像是回答赛勒斯·史密斯的话似的，绳子从门槛上滑下，打开后一直挂到地面。

“啊！真叫人难以相信！”水手看着工程师喊道。

“太不可思议了！”工程师一面喃喃自语，一面带头爬上了绳梯。

“赛勒斯先生，当心点！”彭克罗夫大声地说，“也许这些畜生中还有活着的呢……”

“我们看看吧。”工程师一边说，一边继续往上爬。

伙伴们全跟在他的后面，不一会儿，他们就到了大门口。

大家四下寻找，房间里空无一人，就连被猴群所看重的仓库也没有人。

“那么这个梯子，”水手大声说，“是哪位绅士给我们放下来的呢？”

就在此时，大家听到了一声叫声，有一只原先躲在过道里的猿猴般的动物冲进了大厅，纳布在它身后追赶着。

“啊！强盗！”彭克罗夫叫了起来。

他举起斧子，正要去劈这动物的脑袋，赛勒斯·史密斯阻止了他，并说：

“放了它吧，彭克罗夫。”

“让我饶了这个黑家伙？”

“对！是它把绳梯抛给了我们。”

工程师说这句话的时候语气非常奇特，让人搞不清他的话是不是认真的。

不过大家还是扑到这黑家伙的身上，经过一番顽强的挣扎，它被打倒在地，捆了起来。

“嗨！”彭克罗夫大声地说，“现在我们拿它怎么办？”

“当仆人！”哈伯特回答道。

少年说这话的时候一点也没有开玩笑的意思，因为他知道这种聪明的动物完全可以被利用。

移民们走近这个大家伙，仔细地端详起它来。它属于类人猿的一种，其面角显然并不比澳大利亚或西南非洲的霍屯督人低多少。这是一只猩猩，它既没有狒狒那样凶猛、猕猴那样轻举妄动、狨猴那样肮脏、叟猴那样急躁，更没有犬面狒狒那样恶劣的本性。它属于那种具有近乎人类智慧特点的类人猿。如果在家里用它，它能伺候人吃饭，打扫房间，洗衣服，擦皮鞋，笨拙地使用刀叉和汤匙，甚至还会喝酒……完全和一个最优秀的两只脚的仆人一样。布丰[①]也有一只这样的猩猩，它像一个忠实热情的仆人，伺候了他很长时间。

被捆绑在花岗岩宫大厅里的大猩猩身高六英尺，躯干长得很匀称，宽阔的胸膛，不大不小的脑袋，面角为六十五度，圆圆的脑壳，突出的鼻子，一身光滑、柔软而发亮的毛色——总之，这是类人猿中的好品种。它的一双眼睛虽然比人类的眼睛小，但却闪烁着智慧和灵巧；雪白的牙齿在小胡子下面闪闪发光，而它的小胡子是褐色的卷须。

“一个漂亮的小伙子！”彭克罗夫说，“如果我们懂它的语言，就可以和它交谈了！”

“难道，”纳布说，“这是真的吗，我的主人？我们要把它收为仆人？”

---

① 布丰（1707—1788），法国博物学家和作家。

“是的，纳布，”工程师微笑着回答，“你可不要忌妒。”

“我希望它是一个好仆人，”哈伯特说，“它好像很年轻，教导它会很容易，我们用不着非得用武力来制服它，也不会像有人那样拔去它的犬齿！只要主人对它好，它就会很依恋他们。”

“会是这样的。”彭克罗夫说道，他早已忘记了对“恶作剧者”的仇恨。

于是他走近猩猩，说：

“喂，老兄，怎么样？”

猩猩轻轻地哼了一声，好像没有太大的恶意。

“那么你愿意成为小分队的成员了？”水手问道，“你为赛勒斯·史密斯先生服务吗？”

猩猩又哼了一声，表示同意。

“除了饭食没有别的待遇，你会满意的，是不是？”

它第三次肯定地哼了一声。

“和它对话有点单调。”热代翁·斯皮莱说。

“好啊！”彭克罗夫反驳道，“最忠实的仆人话总是最少，而且还不拿报酬！——老兄，你听见了吗？一开始我们不给你报酬，但如果我们对你满意的话，以后会加倍给。”

就这样，小队里增添了一名新成员，它也是一名生力军。给它取名字的时候，水手提出叫它朱庇特，简称于普，为的是纪念另外一只他所熟悉的猿猴。

没有更多的仪式，于普就在花岗岩宫里安顿了下来。

第七章

要执行的计划——慈悲河上的桥——变眺望岗为岛屿——吊桥——小麦收获——河流——单孔桥——家禽饲养场——鸽棚——两头野驴——套上牲口的大车——去气球港

林肯岛上的移民们没有被迫走原先的溢水口，就重新返回了住处，这样一来，就省却了泥水工程。事实上，他们很幸运：正当他们要打开被堵死的洞口时，猴群突然不可思议地受了惊吓，从花岗岩宫里逃了出来。是否它们预感到有人要从另一条路来攻击它们了呢？这也许是对它们撤退的唯一解释。

移民们趁着傍晚前的几个小时，把猴子的尸体搬到树林里埋掉，然后努力整理被入侵者弄乱了的内室——说弄乱而不是弄坏，是因为它们只是把房间里的家具弄得天翻地覆，但并没有损坏这些东西。纳布重新又点燃了炉火，储藏室内的食物提供了一顿丰富的晚餐，大家美美地吃了一顿。

大家没有漏掉于普，它胃口很好，吃了一些意大利五针松的松子和根茎，大家给了它很多食物。彭克罗夫把它捆着的双臂解开了，但双腿还是绑着。他觉得在它听话以前，这么办比较妥当。

睡觉前，赛勒斯·史密斯和他的伙伴们围坐在桌旁，讨论了几件需要立即进行的事情。

最重要也是最迫切的事，就是在慈悲河上建一座桥，把岛的南部和花岗岩宫连接起来；然后是建一个畜栏，用来圈养捕捉方便的岩羊和其他毛用羊。

很明显，这两项计划都是为了解决当前最严峻的穿衣问题。确实，有了桥，就可以方便地把气球运回来；有了布，可以做内衣；有了畜栏，以后提供羊毛，就可以解决冬衣的问题。

赛勒斯·史密斯有意把畜栏建在红河的源头附近，在那里，反刍动物能找到大量的新鲜牧草。从眺望岗到红河的发源地之间，有一部分路已经开辟，如果有一辆条件比原来那辆好一点的车，特别是如果可以捕获到能驾车的动物，那运输就更为方便了。

纳布提醒大家，畜栏远离岩洞没什么关系，但如果家禽饲养场离太远了就不好。家禽应该在厨师长伸手可及的范围内，除了靠近原来溢水口的那个湖岸地区，没有其他更适合的地方了。在那里，一些水鸟也可能会和其他家禽一样繁殖开来。他们打算首先试养上次猎获的那对鹊鸟。

翌日，11 月 3 日，建桥的工程启动了。这项重要的活儿需要所有人都参加。岛上的移民们成了木匠，他们扛着锯子、斧头、凿子和锤子，下到了沙滩上。

在那里，彭克罗夫提出：

“昨天于普乖乖地为我们把绳梯放下，如果今天它趁我们不在，又把梯子收上去怎么办？”

“把绳梯的下端固定住。”赛勒斯·史密斯回答道。

他们在沙地上牢牢地插入两个木桩，把绳梯系住。随后就重上慈悲河左岸，不久便到达了河的拐弯处。

众人停下脚步，仔细察看地形，考虑此处建桥是否合适。看来地点是合适的。

实际上，从这里到昨天被发现的气球港，只有三英里半的距离，而要在桥和港口之间开辟一条可通大车的大路也很容易，这样，花岗岩宫和岛南部的交通就方便多了。

赛勒斯·史密斯向伙伴们提出了一个既便于执行又很有好处的计划，为此他已经思考良久。这就是把眺望岗完全孤立起来，使它免受一切动物的攻击。这样一来，花岗岩宫、“壁炉”、家禽饲养场以及整个打算用来播种的高地上部将不会遭到动物的毁坏。

这个计划执行起来很简单。下面就是工程师的打算。

现在，高地已经是三面临水了，这些水流有的是人工的，有的是天然的。

西北面，从原先的溢水口一直到湖东岸的排水口，有格兰特湖做屏障。

北面，从排水口直到海边，有一条新的河流做屏障。这条小河处于瀑布的上下两端，流水已经在高地和沙岸上冲出了一条河床。只需把这条河床再挖深一些，就可以阻止动物的侵入。

整个东面，从上述小河的河口一直到慈悲河河口，有大海做屏障。

最后，南面，从慈悲河的河口一直到它拐弯处的这一段，有慈悲河做屏障，桥就打算造在这个拐弯处。

只剩下高地西边不到一千米的地方任何人都可以通行无阻。这部分包括慈悲河的拐弯处和格兰特湖的南角。最简单的办法就是挖一条又宽又深的沟渠，然后引进格兰特湖的湖水，而满出来的水可以通过另一个瀑布流入慈悲河。湖水水位肯定会因为引水入渠而下降一些，不过赛勒斯·史密斯已经确认红河的水量相当大，足以实行他的计划。

“这样一来，”工程师接着说，“眺望岗四周都围绕着水，将成为一个真正的小岛，只有我们将要建在慈悲河上的桥，才能使它和我们的其他领地相通。在瀑布的上下两端，已经有两座单孔桥了，还要建两座单孔桥，一座建在我向你们建议要挖掘的沟渠上，另一座建在慈悲河的左岸。如果这些桥能按我们的想法造起来的话，那么眺望岗就能抵挡一切外来的突然袭击。”

赛勒斯·史密斯为了让大家更好地了解他的计划，特地画了一张高地的地图，大家看了以后，总体上都掌握了这个计划。计划获得了众人的一致同意。彭克罗夫挥舞着手中的木工斧，高喊：

“先去造桥吧！”

这是最紧急的工作。他们选择了一些树木，砍下来后，削去枝杈，然后锯成梁木、厚木板和薄木板。这座桥在慈悲河的右岸部分是固定的，而连接左岸的这一边将是活动的，就像闸门一样，利用平衡锤可以把它升起来。

这是一项艰巨的工程，即使进展顺利，也要花很长时间，因为慈悲河宽约八十英尺。必须在河床中打下一些桥桩，来支撑固定的桥板，而打桩就必须安装一台打桩机。桥有两个桥拱，这样可以承载较重的重量。

很幸运，工具、加固用的铁饰件以及擅长这种工程的人才都不缺。伙伴们热情高涨，七个月以来，他们已经练就了熟练的手艺。应该说，热代翁·斯皮莱已不是手脚最笨的人了，他甚至与水手比试起来。“真没想到一个普通的记者能做到这样！”彭克罗夫心里想道。

慈悲河上的桥整整用了三个星期才建成。大家就在工地上用餐，那些天天气也非常好，他们只有吃晚饭时才回到花岗岩宫。

在这段时间里，于普很容易地适应了新环境，并且和新的主人们也熟悉了，它总是以非常好奇的眼光看着他们。不过为了小心起见，彭克罗夫还不让它有完全的行动自由，他要等计划中的工程全部完工、高地四周都不可通行的时候，才会把它完全解开，他这样想并非没有道理。托普和于普相处得很好，很乐意在一起玩，不过于普做一切事情的态度都很庄重。

11 月 20 日，桥建好了。桥身可以移动的那一头可以方便地用平衡锤操纵，只要稍微用点力气就能使它升起来。桥的铰链部分与它落下时借以支撑的最后一根横档之间存在二十英尺的间距，动物无法跳越过去。

接着的问题是去寻回上次匆匆放好的气球的气囊。但要运回来，就需推车去气球港，因此也就需要在这远西森林中开出一条路来。这工作要花费时间。纳布和彭克罗夫特地到气球港去察看了一下，确认保存在那里的帆布完好无损，于是大家决定有关眺望岗的工程继续进行。

“如今，”彭克罗夫说，“既然我们不怕狐狸上门，也不怕其他动物袭击，我们就可以在较好的条件下设立我们的家禽饲养场了。”

“不用说，”纳布补充道，“我们还可以开垦高地，在那上面移种野生植物……”

“还要准备我们的第二块麦地！”水手以胜利的神态高声说。

事实上，这第一块麦地里只种着一颗种子，在彭克罗夫的小心照料下，这块地获得了大丰收。正如工程师所说，麦子长出了十枝麦穗，每枝穗上结了八十颗麦粒。这样，六个月的时间，小队就拥有了八百颗麦粒，每年还可收获两次。

为了谨慎起见，移民们在这八百颗麦粒中留存了五十颗，其余将全部播在一块新的麦地里，对它们小心呵护的程度不会低于对那单独一颗种子的照料。

地准备好了，周围装上了又高又尖的牢固栅栏，这样四足动物就很难翻越进来。彭克罗夫发挥他天才的想象力，和大家一起制作了一些能发出响声的风车和可怕的假人，来驱赶鸟类。于是，七百五十颗麦种被播种在整齐而狭小的犁沟里，剩下的事就留给大自然去完成。

11月21日，赛勒斯·史密斯开始构思那条西面——也就是从格兰特湖南角一直到慈悲河拐弯处——把眺望岗分隔开来的沟渠。那里有两三英尺深的腐殖土，下面是花岗岩。因此必须重新制造一些硝化甘油来用，而硝化甘油也的确起到了它往常的作用。不到两个星期，移民们便在坚硬的高地上开凿出一条宽十二英尺、深六英尺的沟渠。他们还用同样的方法，在湖岸岩石中开了一个排水口，将湖水引进了新的河床，这条新开的小河被命名为“甘油河”，它也成了慈悲河的支流。正如工程师所说的，湖水下降了，但几乎觉察不出。最后，为了使高地完全与世隔绝，移民们将北面沙滩上的河床也拓宽了，并用双层栅栏加固了沙土。

在 12 月的上半个月，这些工程就已完毕。眺望岗呈不规则的五角形，周长约四英里，全被流水围着，完全不怕任何人或动物的侵袭。

12 月份，天气非常炎热。但移民们丝毫不想拖延他们计划的实施，由于急着想建立一个家禽饲养场，大家又忙起来了。

不用说，于普在高地围水工程全部结束后，就获得了彻底的自由。它寸步不离它的主人们，也没有表现出任何想逃走的念头。这是一头温顺的动物，很健壮，而且灵活得惊人。嗨！当它攀登花岗岩宫的绳梯时，没有人能与它比。它已经参与了许多工作，比如拖木料，把采自甘油河河床里的石子运回来。

“它还不是泥瓦匠，但已经是一只‘猴子’了！”哈伯特开玩笑地说。因为“猴子”原本是泥瓦匠给自己的学徒取的外号，在这里真是再贴切不过了！

家禽饲养场选在湖的东南岸上，占地两百平方码。他们用栅栏把它围起来，里面分隔成不同的窝棚，以便饲养各种家禽。窝棚用树枝隔成，只等新的主人来住。

第一批主人是一对鹊鸟，不久就有了许多小鸟。与它们做伴的是六只常住在湖边的水鸭。有几只是中国种，翅膀展开成扇形，羽毛光亮鲜艳，可与锦鸡媲美。几天后，哈伯特逮住了一对鹑鸡，它们的尾巴呈圆形，羽毛长长的，是一种美丽的野鸽子，不久就被养驯了。至于鹈鹕、翠鸟和黑水鸡，它们原本就生活在家禽饲养场的岸边。这一群鸟，经过一阵叽叽喳喳的争吵后，最终相安无事地共处起来，它们的数目也增加得很快，可以满足小队食用的需要。

赛勒斯·史密斯为了使自己的事业更完善，就在家禽饲养场的一角建成一座鸽棚，他们在里面养了十二只常飞到高地岩石上来的鸽子。这些鸟很快就习惯了每晚飞回自己的新家，它们比起同类斑尾林鸽来，要容易驯养得多，并且后者的繁殖还处于野生状态。

终于到了要利用气球的气囊制作衣服的时刻。只有无法生存的人，才会让这气球保持原状，然后乘着它离开海岛，在漫无边际的大海上冒险；而现实的赛勒斯·史密斯则根本没有想过这个问题。

问题是要把气囊运回花岗岩宫，移民们忙着把笨重车子弄得轻巧些，以便于驾驭。不过有车子，还得找拉车的动力啊！这岛上有没有土生土长的反刍动物，能代替马、驴和牛呢？这是一个问题。

“确实，”彭克罗夫说，“有一头拉车的牲口对我们是很有用的，以后赛勒斯先生可以造一辆蒸汽车，甚至火车头，肯定有一天，我们会有一条从花岗岩宫到气球港的铁路，还有通往富兰克林山的支线！”

诚实的水手完全相信自己所说的话。老天！当信念和幻想掺和在一起时，会有什么后果！

说实在的，只要有一头能套车的牲口，就能做彭克罗夫的事了。老天爷对他确是宠爱，没有让他久等。

12月23日这一天，大家听见纳布在叫喊，托普也叫得很凶。众人担心会发生什么不测，于是就离开了干活的“壁炉”，立即奔了出来。

他们看见了什么？有两头个头很大的动物，从畅通的单孔桥上冒冒失失地闯了进来。这一公一母的动物，似马又似驴，样子很灵巧，浅栗色的皮毛，白色的腿和尾巴，头上、颈部和躯干上有黑色条纹。它们不慌不忙，毫不惊恐地向前走来，炯炯有神地看着这些它们还不能认为是主人的人们。

“这是野驴！”哈伯特喊道，“是介于斑驴和斑马之间的四足动物。”

“为什么不称它们为驴子？”纳布问道。

“因为它们没有长耳朵，而且样子也比较漂亮！”

“不管是驴还是马，”彭克罗夫说，“正像史密斯先生说的那样，这两头动物都是‘动力资源’，应该逮住它们。”

水手也不吓唬野驴，而是悄悄地从草丛中一直走到甘油河上的单孔桥前，他用力摇晃桥板，逮住了它们。

现在用武力来征服它们、强制驯化它们吗？不行。大家决定，花几天时间让野驴在高地上自由走动，那里牧草丰美，并且工程师不久就叫大家在家禽饲养场边建造了一间牲口棚，里面铺上了垫草，好让野驴可以在里面过夜。

就这样，这一对野驴行动非常自由，移民们甚至也不靠近它们，以免吓着它们。不过有好几次，由于习惯生活在广阔的天地和浓密的森林里，这两头野驴还是表现出了想离开的愿望，这高地太束缚它们了。它们沿着环绕在周围、无法逾越的河水走着，发出几声尖叫，然后又奔过草地，最后又归于安静，长时间地呆望着它们永远无法返回的大森林！

在这期间，鞍辔和套子已经用植物纤维做好了。在野驴被逮住的几天后，移民们不仅准备好了要套用的大车，而且还开通了从慈悲河拐弯处到气球港的那条穿过远西森林的直路——不如说是便道。这样，他们就可以在这条路上驾车了。12 月底临近时，他们第一次试用野驴。

彭克罗夫很会哄骗这对野驴，它们会走过来吃他手里的食物，接近它们也不困难；但一套上车，它们就直立起来，大家费了很大劲才把它们勒住。不过它们很快也就屈从了这新的差事，因为野驴没有斑马那样倔强，在南非的山区，它们多被用来套车干活；在欧洲比较寒冷的地区，它们也能适应环境。

这天，除了彭克罗夫在前面牵着牲口，小队的其他成员全都坐上了大车，踏上了去气球港的路。不用说，在这条刚刚开辟好的便道上，人颠簸得很厉害，不过大车还是顺利到达了目的地，当天，大家把气球的气囊和其他索具都装上了车。

晚上八点，大车又经过了慈悲河上的桥，从河的左岸下来，停在了河滩上。野驴从车上解了套，随后被牵回牲口棚。彭克罗夫在睡觉前发出了满意的吼声，这声音在花岗岩宫内产生了阵阵回响。

第八章

内衣——海豹皮鞋——制作火棉——播种——捕鱼——龟蛋——于普的进步——畜栏——捕捉岩羊——新的动植物资源——思乡

1月份的第一个星期被用来制作小队人员所需的内衣。针是在大箱子里找到的，这些不算灵巧但很有力的手缝制出来的东西，一定很牢固。

多亏赛勒斯·史密斯想到把气球上的缝线拆下来再用，所以线也不缺。热代翁·斯皮莱和哈伯特以惊人的耐心把这些长长的缝线拆了下来。彭克罗夫感到非常厌烦，所以不愿干这活，不过在缝纫方面，谁也不是他的对手。事实上，大家都知道，但凡水手大都擅长缝纫。

他们用焚烧植物所获得的碱和钾碱来去除气球气囊帆布上的油脂，脱了漆后的棉布恢复了它原有的柔软和弹性，晒干后显得很白。

这样就制成了几十件衬衣和短袜套，当然，这些都不是织成的，而是缝制成的。移民们重新穿上了白色的衬衣是多么高兴啊！衣服无疑很粗硬，不过他们一点也不在乎。他们还为睡觉时有被单而高兴，这样，花岗岩宫里的睡铺便成了名副其实的床了。

他们也就是在这个时候制作了海豹皮的皮鞋，用来取代从美国穿来的鞋子和长筒靴。应该承认，这些新皮鞋都很宽大，绝对不会挤痛穿鞋者的脚。

1866年初，天气持续炎热，不过林中狩猎并没有中断。森林里有很多刺豚、美洲野猪、水豚、袋鼠以及其他走兽和野禽，而热代翁·斯皮莱和哈伯特又是非常优秀的射手，绝不会虚发一枪。

赛勒斯·史密斯总是叮嘱他们要节省弹药，并且采取措施，用别的东西来代替在箱子里找到的火药和弹丸，这些他都要留在将来用。他们有一天要离开这片领地，谁知道他们又会上哪儿去呢？因此必须为这个未知的将来做一切必要的准备，用替代品来节省弹药。

赛勒斯·史密斯在岛上找不到铅，就用制作方便的铁丸来代替铅弹，这也没有什么不好。铁丸没有铅弹重，就把它做得大一些，每次枪里装得少一些，但枪手打得准，也就弥补了这个不足。至于火药，赛勒斯·史密斯能够自己制造，他手头有硝石、硫黄和木炭，不过这项工作要求非常的细心，没有专门工具很难保证质量。

赛勒斯·史密斯倾向于制造火棉，也就是棉花火药，但这东西也不是说非要棉花不可，是纤维素就行。纤维素是植物的基本组织，它不仅以纯净的状态存在于棉花中，也存在于大麻、亚麻的纺织纤维、纸张、旧棉制品和接骨木的髓质中。在海岛的红河河口附近，生长着很多接骨木，移民们曾用这种属于忍冬科灌木的果实代替咖啡。

这样的话，只要去收集接骨木的髓质来作为纤维素就行了，制作火棉还有另一样东西必不可少，就是发烟硝酸。工程师手上有硫酸，只要加入可从自然界获取的硝石，让两者发生化学反应，就可得到硝酸。

于是他决定生产和使用火棉，尽管他也认识到火棉有相当严重的缺点，比如效果不稳定，非常容易燃烧——因为它的燃点是一百七十度而不是二百四十度——所以这种瞬时爆燃很容易损坏枪支。相反，火棉也有优点：不怕受潮，不会因此而弄脏枪筒，而它的威力是一般火药的四倍。

制作火棉，只需把纤维素在发烟硝酸中浸一刻钟，然后用大量的水清洗后晾干。这的确非常简单。

赛勒斯·史密斯手中只有一般的硝酸，而不是发烟硝酸或是水化的硝酸，这种硝酸一接触到潮湿的空气，就会产生接近白色的雾气；用一般的硝酸代替发烟硝酸，渗进三到五倍的浓硫酸，也能得到同样的效果，他获得了成功。岛上的猎手因而很快就拥有了很好的火药，由于他们用得小心，所以效果不错。

这段时间前后，移民们在高地上开垦了三英亩[①]土地，剩下的则保留为野驴的牧场。他们还到啄木鸟林和远西森林去了好几次，带回来许多野生植物，有菠菜、水田芥、辣根菜、芜菁，只要好好栽种，它们很快就能长好，并将改善林肯岛上的移民们一直保持至今的饮食结构。大家还用车子运来大量的木材和煤炭。同时，外出也是改善道路的方法，在车轮的碾压下，路面逐渐变得坚实起来。

养兔场总是不断地为花岗岩宫的食品储藏室提供兔肉。由于它位于甘油河的外围，所以它的“主人”不会进入高地的保护区，也就不会毁坏那里新种的庄稼。至于安排在海滩岩石间的牡蛎养殖场，它的产品也是一批一批地出来，每天都能提供极好的牡蛎。除此以外，他们还捕鱼，或在湖里钓，或在慈悲河里钓，收获都很大。彭克罗夫设置了几处的深水鱼竿，装上铁钩，常常能钓到肥美的鳟鱼，还有一种味道鲜美的鱼，它们的腹部银光闪闪，还带有黄色的星星点点。专职烹饪的纳布师傅可以愉快地每天变换他的菜单。餐桌上只缺面包，大家已经说过，这是一个不可忽视的问题。

这段时间，移民们也捕捉了经常爬到腭骨角海滩上来的海龟。此处的海滩地势高低不平，隐藏着不少雪白坚硬、外形浑圆的海龟蛋，它们的蛋白与鸟蛋一样，不会凝结。阳光使龟蛋孵化，它们的数量当然很多，因为每只海龟一年能产二百五十个蛋。

“真是一片龟蛋田！”热代翁·斯皮莱说，“我们只要去拣就行了。”

---

① 一英亩相当于 0.046 公顷。——原注

但他们并不只满足于拣蛋，也捕捉蛋的生产者，结果抓了十二只海龟回花岗岩宫。从营养角度来看，这是上品。纳布师傅在海龟汤里加了香料调味，还放上十字花科植物作装饰，总是使众人赞不绝口。

这里还得提一件很幸运的事，这件事使他们又得到了一样新的过冬储备物。有大批的雌鲑鱼游进了慈悲河，并且逆流而上，分布在好几英里的范围里。这时正是雌鱼寻找合适的地方产卵的季节，它们身后跟着一大群雄鱼，在淡水中发出哗哗的响声。上千条长达两英尺半的鲑鱼就这样拥进河中，只要设置几道栏坝，就可以拦住一大批。他们就以这种方法抓了几百条鱼。这些鱼经腌制后储存起来，留在冬季河水结冰、无法捕鱼的时候再食用。

这时候，聪明的于普也被提升为仆从了。它身穿一件男式上衣，一条帆布短裤，脖子上系一条围裙。它最感兴趣的就是围裙的口袋，它把双手插进口袋，还不许别人来搜东西。灵巧的猩猩被纳布训练得很好，他们在一起交谈时，好像彼此能听得懂似的。于普对纳布极有好感，纳布对它也一样。除非大家不需要于普的服务，比如拉车、运木柴或是爬树之类的事，它大部分时间都是待在厨房里，模仿纳布的一切举动。老师表现出很大的耐心和热情来教学生，而这个学生也发挥了最大的智慧，从老师的教课中学到本领。

有一天，于普师傅手臂上搭着一条餐巾，出人意料地来到餐桌旁为大家服务，花岗岩宫的主人们是多么高兴啊！它既灵巧又专心，极出色地完成了自己的服务项目：换盘子、上菜、斟饮料，这些事它做得非常一本正经，最后逗得大家都乐了，彭克罗夫更是兴奋不已。

“于普，上汤！”

“于普，来一点刺豚鼠肉！”

“于普，给我一只盘子！”

“于普！诚实的于普！有教养的于普！”

大厅里只听见这一片叫嚷声，而于普还是不慌不忙地回应着这些事，注意着所有事情。彭克罗夫重提第一天见到它时的玩笑，对它说：

“真行，于普，你的工资该加倍了！”

于普只是摇了摇它聪明的脑袋。

不用说，这只猩猩此时已完全适应了花岗岩宫里的环境，它常常伴随主人们去森林，从来没表现出有逃跑的念头。它走路的样子非常逗人，彭克罗夫为它做了一根手杖，它就扛在肩上当枪使。假如想采摘树顶上的什么果子，它马上就会爬上去。假如大车的轮子陷入了泥坑，力大无穷的于普只要肩膀一顶，轮子就能脱离困境。

“好家伙！”彭克罗夫常常这样大声说，“如果它是一个与现在完全不同的坏蛋，那就什么办法也没有了！”

将近1月底的时候，移民们开始进行海岛中部的一项大工程。他们早已决定在富兰克林山脚下的红河源头建造一个畜栏，用来圈养反刍动物，特别是那些可以提供羊毛做冬衣的岩羊。这些动物如果出现在花岗岩宫附近，就会有许多麻烦。

每天早上，移民们——有几次是全体人员，但多数还是赛勒斯·史密斯、哈伯特和彭克罗夫三人作代表——都要奔赴红河的源头。在两头野驴的帮助下，他们走在这条取名为“畜栏路”的新辟的路上，头顶绿色的“圆盖”，这五英里的路走起来就像散步一般。

他们在富兰克林山的南坡选择了一块很大的地方。这是一片草地，间或有些树丛，就处在一个山梁的脚下。一条小河从山坡上流下，斜穿过草地，不久就消失在红河中。这里的野草新鲜丰美，间隔生长的树木并不阻挡空气的自由流通。只要沿着山势围起一道高的圆形栅栏，那些动物——即使是最敏捷的动物——跳越不出去就成了。围篱内的畜栏将能够同时容纳一百来只岩羊和野山羊，以及以后会产下的小羊羔。

工程师划定了畜栏的边界，接着就该砍树做栅栏了。由于移民们在开辟道路时已经砍伐了不少树木，现在只要把这些树干用车子拖来就行，他们把这些树干锯成一百多根木桩，然后把它们一根一根牢牢地插入地下。

栅栏的前面留有一个相当宽的入口处，并装上用厚木板做的双扉门，可以关闭。门外还用木棍来加固。

畜栏的建造工程花了至少三个星期的时间，因为除了栅栏，赛勒斯·史密斯还为这些反刍动物搭建了畜棚。况且这些建筑物都必须造得非常牢固，因为岩羊是很健壮的动物，它们使起性子来很可怕。木桩的上端都削尖了，而且用火烤得很坚硬，每隔一段距离，木桩就用横木钉牢，这样就能保证栅栏整体的牢固程度。

畜栏的工程一结束，就该在富兰克林山脚下反刍动物经常出没的牧场上打围了。这个行动在 2 月 7 日这个美好的夏日里进行，全体人员都参加了行动。两头野驴已训练有素，由热代翁·斯皮莱和哈伯特两人骑着，它们在这次狩猎中出了不少力。

这次行动主要就是逐渐缩小包围圈，把岩羊和野山羊逼到畜栏里去。所以赛勒斯·史密斯、彭克罗夫、纳布和于普在树林里各守一方，两名骑士和托普则在畜栏半英里的范围内来回奔跑。

海岛的这一带岩羊众多。这些美丽的动物体大如黄鹿，角比公羊角还硬，灰色的毛皮上杂有许多长毛，很像盘羊。

这一天打猎很辛苦。大家无数次来回奔跑，无数次大声叫喊！有将近一百只岩羊被围住，但超过三分之二的岩羊逃脱了。最后，有三十来只岩羊和十来只野山羊逐渐被赶往畜栏，畜栏的大门洞开着，成了它们唯一的出路，所以畜生们都往那里跑，结果成了俘虏。

总而言之，成绩令人满意，移民们没什么可抱怨。这些岩羊中大部分是母羊，并且有几只不久就会产下羊羔。羊群肯定会越来越壮大，要不了多少时间，他们会有很多的羊毛，甚至羊皮。

这天晚上，猎手们筋疲力尽地回到花岗岩宫。不过第二天，他们还是去畜栏看了看。关在里面的俘虏曾经试着要推倒栅栏，但没有成功，不久也就安静了下来。

2月份没有发生过什么重要的事情。每天的日常工作有条不紊地进行着，移民们在改善畜栏路和气球港路的同时，又开始了从畜栏通往西海岸的第三条路的筑路工程。林肯岛上还没有被勘察过的部分是盘蛇半岛上的茂密森林，那里藏有热代翁·斯皮莱很想驱赶出去的猛兽。

冬季到来以前，他们还必须细心呵护那些从树林里移植到眺望岗上的野生植物。哈伯特每次出门，总要带回一些有用的植物。有一天，他拿回几棵菊苣，菊苣的籽经过压榨会产出一种质量很好的油；另一天，他带回来一种普通的酸模，酸模抗坏血病的特性不可小看；他还带回来一些珍贵的块茎，这种块茎在南美一年四季都可以种植，目前已有两百多个种类。菜园维护得很好，水浇得很勤，防止鸟儿来啄食的工作也做得不错，菜地被分成一小畦一小畦，上面分别种了莴苣、长土豆、酸模、芜菁、辣根菜和其他一些十字花科植物。高地的土质惊人的肥沃，丰收大有指望。

各种饮料也不缺，只要不是想喝葡萄酒，最挑剔的人也不应抱怨。除了奥斯威戈茶和从龙血树根提炼出来发酵而成的利口酒，赛勒斯·史密斯又添制了一种名副其实的啤酒。他把冷杉的嫩枝煮沸、发酵，然后制出这种令人喜爱又特别卫生的饮料。英美人称之为“泉水啤酒”，也就是“冷杉啤酒”。

夏末即将来临时，家禽饲养场有了一对很美丽的大鸨，它们属于鸨科，特点是有一身披肩似的羽毛；还添了十二只琵嘴鸭，它们的上喙两边长着两片长膜；还有一些漂亮的公鸡，有黑色的鸡冠、肉瘤和表皮，与在湖岸上趾高气扬地走着的莫桑比克公鸡相似。

应该说，在这些智勇双全的人们的努力下，所有的事情都获得了成功。当然，上天也帮了他们不少的忙。但是他们坚信这句伟大的格言：“人必自助，而后天助之。”

每当夏天炎热的白天过去、工作结束以后，晚上海风微微吹来，移民们爱坐在眺望岗边一条盖满爬藤的长廊下休息，爬藤是纳布亲手所种。他们在那里谈天，互相交流知识，制订未来的计划。性格直爽的水手总是给这群人带来快乐，在这个小小的世界里，人们生活得非常和谐。

他们也谈到自己的国家，亲爱的、伟大的美国。这场南北战争打得怎么样了？战争肯定不会持续太久，里士满大概很快就落入了格兰特将军之手。攻克南部联邦首府可能是这场悲惨战争最后的一幕。现在北军的正义事业一定已经取得了胜利。林肯岛上的这群流亡者多么想有一份报纸啊！他们和其他人的联系已经中断了十一个月。不久，3月24日，就是气球把他们扔在这陌生的海岸上的周年纪念日。那时候，他们还只是一群遭遇海难者，甚至都不知道在大自然的威力之下能否保全自己可怜的生命！而现在，由于他们领袖的学识和他们自己的智慧，他们已经成了拥有武器、工具和仪器的真正的移民。他们充分利用了岛上的动物、植物和矿物——自然界的这三大物类。

是的，他们常常谈起上面这些话题，并且也设想了许多未来的计划！

赛勒斯·史密斯大部分时间都沉默不语。他只是听大伙儿说，很少讲话。有时候，他对哈伯特的某些想法和彭克罗夫的俏皮话报以微笑，但他还是每时每刻都思考着那些不可思议的事实，迄今为止，他还没有找到它们的谜底。

第九章

恶劣天气——水力升降机——制造玻璃器皿——面包树——对畜栏的频繁查看——畜群的扩大——记者的一个问题——林肯岛的精确坐标——彭克罗夫的提议

3月的第一个星期，天气有了变化。月初的时候，月亮很圆，天气一直非常炎热。大家觉得大气里充满了雷电，担心会有一段较长时间的雷雨天气来临。

果然，在3月2日这一天，雷声大作。狂风从东面刮来，冰雹正对着花岗岩宫打过来，犹如机枪发射，噼噼啪啪响个不停。必须把门窗都关得严严实实，否则室内将水漫金山。眼看落下的冰雹有的有鸽蛋那么大，彭克罗夫只有一个想法：他的麦田正面临极大的危险。

他立即向地里奔去。地里的麦穗已经长出了绿色的穗头，他用一块大帆布盖上，保护了他的庄稼。他站在旷野上，被雹子打得够呛，不过毫无怨言。

这种坏天气持续了一个星期，这期间高空的雷声一直响个不停。在两次暴风雨的间隙，还是能听见天边传来的隆隆雷声，随后，暴风雨再次肆虐。天空中电光闪烁，雷电击倒了岛上好几棵树，其中有一棵非常高大的树，它原本长在湖畔的树林边。有几次，雷电打在海滩上，使沙粒熔化成玻璃状的物体。工程师看到这种玻璃状物体之后，不禁想可以把厚而牢固的玻璃装在窗户上，以抵挡风雨和冰雹。

移民们没有什么紧急的户外工作要做，就趁着坏天气在室内干些活儿，花岗岩宫内因此布置得越来越完善。工程师安装了一台车床，他制作了些盥洗用品和厨房用品，还特别做了一些纽扣，这是他们非常缺乏的东西。他对那些火器的维护工作做得非常仔细，还为它们制了一个枪架。还有搁板、衣橱都制作得很完美。大家锯呀，刨呀，锉呀，车呀，在恶劣的天气里，只听见岩洞里工具的嘎吱声和车床的沙沙声与外面的雷鸣声响成一片。

于普并没有被遗忘，它被单独安置在仓库旁的一个房间里，这里如同一个小船舱，里面有铺好褥草的吊床，对它再合适不过了。

“于普很诚实，它从来不会顶嘴，”彭克罗夫常常反复地说这句话，“应答时总是彬彬有礼！多好的仆人，纳布，多好的仆人！”

“它是我的学生，”纳布回答道，“不过，不久就要和我平起平坐了！”

“它会成为你的上司，”水手笑着反驳道，“因为你，纳布，你会说话，而它不会！”

不用说，于普现在对它的服务项目非常熟悉：拍打衣服、转动烤肉铁扦、打扫房间、伺候吃饭、堆木柴，还有一件事使彭克罗夫极为高兴——在没有把可敬的水手伺候进被窝之前，它绝对不会先去睡觉。

至于小队成员的健康问题，无论是两足动物还是两手动物、四手动物还是四足动物，大家都很好。户外的生活、卫生的环境、温和的气候、脑力与体力的劳动，这一切使他们深信自己不会染上疾病。

确实，所有人的身体都非常好。一年来，哈伯特已经长高了两英寸。他的脸长得更有男子气概了，他也希望自己能成为体魄和道德都非常完美的人。他利用工作之余的所有时间进行自学，阅读从大箱子里找来的书籍，除了在实际工作中学到的本领外，他还向工程师学习科学知识，向记者学习语言。老师们都乐意帮助他提高文化修养。

工程师执意要把自己所有的知识都教授给少年，不仅讲给他听，还做给他看，哈伯特从老师的授课中获益匪浅。

“如果我死了，”赛勒斯·史密斯心里想，“他可以代替我！”

3 月 9 日前后，暴风雨停了，但在夏天最后的这一个月里，天空总是乌云密布。大气经过雷电的激烈震荡，还没有恢复它往日的纯净，除了有几天晴朗的天气可以外出忙各种事，其他的日子里几乎不是下雨就是起雾。

差不多这个时候，那头母野驴下了崽，小野驴和它母亲的性别一样，长得挺好。畜栏里的情况也一样，岩羊群扩大了，已经有好几只羊羔在畜棚里咩咩叫，这使纳布和哈伯特非常高兴，他们每人都有一只自己最喜欢的羊羔。

移民们家养美洲野猪的试验也获得了成功。他们在家禽饲养场的旁边又建了个猪栏，里面不久就有了几只正在驯化的小猪崽，换言之，它们在纳布的喂养下，正日渐长胖。于普负责每天给它们送饲料：刷锅水、厨房的下脚料等等，它做得很认真。有几次它拽住这些小寄食者的尾巴取乐，不过这不是凶残，只是调皮而已，因为它的天性像小孩一样，把这弯弯的小尾巴当成了玩具玩。

3 月的一天，彭克罗夫在和工程师谈话时，提醒他还没时间去做以前答应过的一件事。

“赛勒斯先生，你说过，可以用一种装置来替代花岗岩宫的长绳梯的，”他说道，“哪一天你是不是来搞一搞呢？”

“你是说升降机吧！”赛勒斯·史密斯回答。

“如果你愿意，我们就称它为升降机，”水手回答说，“名字无关紧要，只要这个东西能让我们毫不费力地上上下下就行。”

“这再简单不过了，彭克罗夫，不过这真的有用吗？”

“肯定有用，赛勒斯先生。我们不仅要考虑到有用，还应该考虑到舒适。你可以说这玩意儿对人来说是一种奢侈，但对运送东西而言，它就非常必要了。背着沉重的东西爬长绳梯可不那么方便！”

“那好，彭克罗夫，我们试试看，想办法满足你的要求。”赛勒斯·史密斯回答道。

“不过你没有机器可用呀。”

“我们可以造一些机器。”

“造一台蒸汽机吗？”

“不，是水压机。”

确实，工程师掌握着一种大自然的力量，而且他可以毫无困难地利用这种力量。

要做到这一点，只需把供应花岗岩宫内部的水量增大就可以了。移民们扩大了处在溢水口上端石块和乱草中的出水孔，使通道底部产生了一个湍急的瀑布，水漫出来后，就从内井排出去。工程师在这个瀑布下方装了一个带有叶片的圆筒，外面有一个轮盘，上面绕着粗绳，粗绳和叶片相连，还系着一个吊篮。移民们利用一根拖到地面的长绳来调节水的动力，就可以坐在吊篮里，一直被送到花岗岩宫门前。

3 月 17 日，水力升降机第一次开始使用，大家都很满意。从此以后，所有的重物，如木材、煤炭、食物，包括移民们自己，都通过这个简单的设备上下了，它彻底取代了最初的绳梯，对此没有人感到惋惜。托普对这项改革感到特别高兴，因为它爬绳梯时没有也不可能有于普那样灵活，有好多次是纳布甚至是猩猩背着它爬上岩洞的。

在此期间，赛勒斯·史密斯也尝试着制造玻璃，不过，首先他得把原先的制陶炉改造一下，以适合新的用途。这件事困难很大，不过经过多次失败的试验，他终于成功地配备了一个玻璃制品工场。接连几天，热代翁·斯皮莱和哈伯特——这两位工程师的当然助手——都没有离开现场。

制作玻璃的原材料是沙子、白垩和碱（碳酸盐或硫酸盐）。这里的海滩提供了沙子，石灰里有白垩，海岸植物能烧出碱，黄铁矿能炼出硫酸，而地下则可开采出煤来，把熔炉加热到适当的温度。所以说，赛勒斯·史密斯具有一切必要的条件。

最难制作的工具是吹玻璃工人的那根手杖似的吹管，这是一根五六英尺长的铁管，一头用来蘸液态玻璃用。彭克罗夫成功地用一条长长的薄铁片卷成一根枪筒似的细棍子，它就可以做吹管用了。

3 月 28 日，熔炉烧旺了。他们把一百份的沙子、三十五份的白垩、四十份的硫酸盐和两三份的煤屑掺和在一起，然后置于耐火黏土制的熔锅里。炉温升高，使熔锅里的材料化为液体，或更确切地说，是化为糊状物，这时候，赛勒斯·史密斯就用吹管挑起了一些，把这团东西在事先准备好的金属板上滚动一下，让它有适合吹玻璃的形状，然后把吹管交给哈伯特，告诉他从另一头吹气。

“就像吹肥皂泡一样吗？”少年问道。

“对呀。”工程师回答。

于是哈伯特鼓起腮帮，用尽力气吹，并且不停地转动着手中的吹管，那团胶状玻璃被吹得膨胀起来。在这上面又加了一些料，不久就吹出了一个直径为一英尺的玻璃球。赛勒斯·史密斯从哈伯特手里把吹管拿过去，来回摆动，使有韧性的玻璃球拉长，形成一个两头圆的圆柱体。再用在冷水里浸湿的锋利铁片切除这两个圆头，并用同样的办法把圆柱体垂直切开，经过再一次加热，使玻璃伸展平铺在一块平板上，并用木头棍棒把它压平。

第一块玻璃就这样制作好了，要制造五十块玻璃，只需重复五十次这样的操作就行。不久，花岗岩宫的窗子全都装上了半透明的玻璃，也许还不够洁白，但已够透亮了。

至于做杯子、瓶子，那是小事一桩。更何况吹管吹成什么样子他们都能接受。彭克罗夫要求让他也来吹一次，他觉得很好玩，但他吹得太猛了，吹出来的成品样子很逗人笑，而他自己却很欣赏。

在这段时间的一次外出中，他们发现了一种新的树种，这种树的果子又增加了他们的食品来源。

有一天，赛勒斯·史密斯和哈伯特出去打猎，他们来到了慈悲河左岸的远西森林。像往常一样，少年对工程师提了无数个问题，而后者非常诚恳地回答了他。不过打猎和人世间的一切事情一样，没有足够的专心和热情，就不可能成功。正因为赛勒斯·史密斯不是猎手，而哈伯特只是谈论化学和物理，所以这天尽管有不少袋鼠、水豚和刺豚鼠都在少年的猎枪射击范围之内，但它们还是逃脱了。天色已经不早，两个猎手几乎就要空手而归，这时，哈伯特忽然停下脚步，高兴地叫了起来：

“嗨！赛勒斯先生，你看见那棵树了吗？”

他指给工程师看的与其说是一棵大树，不如说是小灌木。因为它只有一根包着鳞状树皮的树茎，上面长着叶脉细小、平行的树叶。

“这种像小棕榈树的树是什么树？”赛勒斯·史密斯问。

“这是一棵‘苏铁’，在我们的博物学辞典里有它的插图。”

“但这树上没有果实啊？”

“不错，赛勒斯先生，”哈伯特回答道，“但它的树干里含有大自然为我们磨好的面粉。”

“这是面包树？”

“是呀，面包树。”

“孩子，”工程师说，“在我们的小麦收获以前，这是一个非常可贵的发现。但愿你没有弄错！”

哈伯特没有弄错。他折了一根树枝，发现里面是腺状组织，含有大量的粉末，并且杂有木质纤维，同样是粉末状的年轮一圈一圈地把它们分隔开来。粉末里含有一种黏液，味道很不好，不过通过挤压，可以去除。这种物质可以提供一种极富营养的高品质的面粉，过去日本的法律还曾经禁止它出口。

赛勒斯·史密斯和哈伯特观察了这一带有“苏铁”生长的远西森林，并且做了标记，然后返回到花岗岩宫，把他们的发现告诉了其他人。

第二天，移民们全去收割了，彭克罗夫越来越喜欢这个岛了，他对工程师说：

“赛勒斯先生，你认为有属于落难者的岛吗？”

“你这话是什么意思，彭克罗夫？”

“我想说，有一些岛是专门为海上失事者而存在的，在这种岛上，这些可怜虫们总能够摆脱困难。”

“很有可能。”工程师微笑着回答他。

“这是肯定的，先生，”彭克罗夫说，“至少林肯岛就是这样一个岛。”

大家运了大量的“苏铁”茎回岩洞。工程师设置了一台压榨机来去除粉末中的黏液，从而获得了大量的面粉。这些面粉经过纳布的巧手，变成了糕点和布丁。这还不是真正的面包，不过已经很接近了。

这时期，畜栏里的野驴、山羊和绵羊每天都为小队人员提供必要的鲜奶。那辆大车被一辆轻便的小车所代替，移民们经常驾着它去畜栏。每当彭克罗夫去畜栏的时候，他总要带上于普，让它驾车，而于普总是把鞭子挥得噼啪响，用他一贯的聪明，出色地完成任务。

畜栏也好，花岗岩宫也好，一切都欣欣向荣，说实话，如果移民们不是远离自己的祖国，就没有什么可抱怨的了。他们已经非常适应和习惯这岛上的生活，一旦要离开这片好客的土地，他们也会感到遗憾。

不过，对祖国的爱总在他们的心中，如果有什么船只突然出现在海岛的视野之中，他们就会发出信号，引起对方的注意，然后离岛而去！……在这以前，移民们幸运地生活着，他们是担心而不是希望会发生什么事打断这一切。

但有谁能自诩可以永远保住好运、免遭厄运呢？

不管怎样，移民们在林肯岛已经住了一年多，这座海岛经常是他们谈话的主题。有一天，他们又对它进行了一次观察，这与后来发生的事有重大关系。

这天是 4 月 1 日，复活节的星期日，赛勒斯·史密斯和伙伴们休息一天，并做祷告。就像北半球的 10 月份，这天天气非常晴朗。

傍晚时分，晚饭后，所有人都聚集在眺望岗边的绿廊下面，看着在海平面上渐渐上升的夜色。纳布端来了几杯代替咖啡的饮料，它是用接骨木种子泡制的。大家谈起了林肯岛及其在太平洋中孤立的位置，这引出了热代翁·斯皮莱的问题：

“亲爱的赛勒斯，你从大箱子里找到了六分仪后，有没有重新测定林肯岛的位置？”

“没有。”工程师回答。

“这个仪器比你先前用的那套东西要精确多了，也许重新测定一下比较恰当。”

“这有什么用？”彭克罗夫说，“这岛还不是在原来的地方。”

“可能是这样，”热代翁·斯皮莱又说，“不过仪器不完善，有可能会影响到观测的准确性，既然现在要验证一下准确度并不难……”

“亲爱的斯皮莱，你说得不错，”工程师说道，“我应该尽早做一次验证，尽管上次我测量的经纬度误差不会超过5°。”

“嗨！谁知道呢？”记者又说，“也许我们这里和另一个有人居住的地方非常近，谁能知道？”

“明天我们就会知道，”赛勒斯·史密斯说，“如果不是那么多的工作，弄得我一点空闲时间也没有，我们也许早就知道了。”

“好呀！”彭克罗夫说道，“赛勒斯先生是一个很好的观测家，他不会搞错的，如果这个岛没有挪位置，那它肯定还在那个地方！”

“我们等着瞧吧。”

第二天，工程师用六分仪对他先前所获得的林肯岛的坐标进行了一次必要的观测验证，其结果如下：

第一次观察的结果是西经150°～155°，南纬30°～35°。

第二次观察的结果更为精确，西经150°3′，南纬34°57′。

事实说明，尽管上次用的仪器很不完善，但由于工程师技术高超，他的误差并没有超过5°。

“现在，”热代翁·斯皮莱说，“既然除了六分仪，我们还有一本地图册，亲爱的赛勒斯，就让我们来看一下林肯岛在太平洋上所占据的确切位置吧！”

哈伯特跑去拿地图册，大家知道这本地图册是在法国出版的，所以它上面的文字都是法文。

太平洋的区域图打开后，工程师手持圆规，准备确定林肯岛的具体位置。

突然他手中的圆规停了下来，说道：

“太平洋的这个区域已经有一个岛屿了！”

“有一个岛？”彭克罗夫高声问道。

“可能就是我们这个岛吧？”热代翁·斯皮莱回答道。

“不是，”赛勒斯·史密斯说，“这个岛位于西经153°、南纬37°11′，也就是在林肯岛偏西2.5°、偏南2°的地方。”

“这是什么岛？”哈伯特问道。

“塔波岛。”

“是个大岛吗？”

“不是，是太平洋上一个偏僻的小岛，也许还从没有人上去过。”

“那好，我们去看看。”彭克罗夫说。

“我们去？”

“是呀，赛勒斯先生。我们造一只有甲板的小船，由我来驾驶——我们离这个塔波岛有多少距离？”

“它在我们岛东北方约一百五十海里处。”赛勒斯·史密斯回答。

“一百五十海里！这算什么？”彭克罗夫说，“顺风的话，四十八小时就可以到达！”

“但这有什么好处？”记者问道。

“不知道，走着瞧吧！”

就凭着这句话，大家决定造一只船，以便在10月份天气好转时能出海去。

第十章

造船——第二次麦收——捕捉考拉——一种漂亮但不实用的新植物——看见鲸鱼——葡萄园的鱼叉——分割鲸鱼——鲸须的利用——5月底——彭克罗夫心满意足

彭克罗夫只要脑子里有个计划，在没有执行前他就绝不会放弃。他想去塔波岛，但这样一次跨海航行需要一艘比较大的船，所以就必须造这艘船。

这个计划得到了工程师的首肯和水手的赞同。

船的龙骨长度为三十五英尺，横梁九英尺，如果水下深度足以稳住船身，使它不会漂移，那么吃水可能不会超过六英尺。全船装上甲板，用隔板隔成两个船舱，有两个船口可出入，配备为单桅帆船，还配有后桅帆、船艏三角帆、前桅帆、顶桅、三角帆。这些帆都极易操纵，在遇到短暂暴风雨时也好驾驶，并且容易靠岸。船壳将建成干舷，也就是说船壳板是露出来的，至于肋骨，等装在下肋骨的船壳板装配好后，再以加热的方法贴上。

应该用什么木料造这艘船呢？岛上榆树和冷杉都很多。大家决定用冷杉，用木匠的话来说，这种木料虽然“纹理很粗”，但容易加工，耐水性也和榆树一样好。

这些细节定下来后，大家又商定，既然半年后才会有好季节，那么就让赛勒斯·史密斯和彭克罗夫两人去造船，热代翁·斯皮莱和哈伯特应继续出外打猎，而纳布和他的助手于普仍干他们的家务活。

移民们马上选好了树木，大家砍树，把木材锯成一段一段，然后再锯成木板，就像真正的锯木工人那样干得有板有眼。一星期后，“壁炉”和岩壁之间的一块洼地被布置成了造船场，一条长达三十五英尺的龙骨躺在沙地上，后面装有艉柱，前面装有艏柱。

赛勒斯·史密斯进行这一项新的工作并不盲目。他对造船知识的了解和其他方面的知识一样多，他事先在纸上画出船的图样。此外，他的助手是彭克罗夫，后者在布鲁克林船厂工作过多年，有丰富的实际工作经验。经过一番精密的计算和深思熟虑后，他们才把船的肋骨装到龙骨上。

大家都知道，彭克罗夫心急火燎地想做好这件新的事情，所以一刻也不愿意离开工作。但有一件事居然让他从造船工地脱身出来，虽然仅仅是一天而已，这就是4月15日的第二次麦收。和第一次一样，这次也获得了丰收，达到了预期的数量。

“五斗！赛勒斯先生。”彭克罗夫谨慎小心地量好他那珍贵的麦粒，然后说。

“五斗，”工程师回答道，“一斗十三万粒麦子，这就有六十五万粒麦子了。”

“好呀！这次我们把它们全都播下去，”水手说，“只留一小部分下来。”

“对，彭克罗夫，如果下一次的收获有相应的收成，我们就会有四千斗麦子了。”

“那我们就有面包吃了？”

“是的。”

“那必须得做一台磨。”

“我们就做一台。”

第三块麦地的面积比前两块大了不知多少，经过非常仔细的耕作后，移民们在这块地上播下了珍贵的麦种。彭克罗夫做完这些事，又回到了他原来的工作岗位。

这时，热代翁·斯皮莱和哈伯特就在附近打猎，他们冒险深入到远西森林从未去过的地方。他们扛着上了子弹的猎枪，以防不测。这里的树长得很美，但好像空间不够似的，互相挤在一块，树枝、树叶纠缠纷乱。在这样的密林中勘探非常困难，而记者不带袖珍指南针的话，绝不会在此冒险，因为阳光几乎都透不过浓密的枝叶，要循原路返回极其困难。这种地方没有很大的活动范围，野味自然也很少。不过，在这4月份的下半个月，他们还是打死了三只食草兽。这就是考拉，移民们曾经在湖的北面见过一只。它们被捕杀时正傻乎乎地待在树上。考拉的毛皮被带回花岗岩宫，用硫酸进行鞣制，就可以派上用途。

另一次外出时的发现，从某种角度来看也非常可贵，这次多亏了热代翁·斯皮莱。

4月30日，两位猎人深入到远西森林的西南面，记者比哈伯特领先约五十步，来到林中一空地，那里的树木比较稀疏，有几道阳光射了进来。

热代翁·斯皮莱一开始就闻到某种植物散发出的香味，感到很惊讶。这种植物的茎秆圆而直，并且多枝杈，长着一串一串的花，还有一些小小的种子。记者折了几根茎枝，向少年走来，并问道：

“哈伯特，看看这是什么东西。”

“斯皮莱先生，你在哪里找到它的？”

“在林中空地那边，长得很多。”

“那好，斯皮莱先生，”哈伯特说，“你找到了这个东西，保管彭克罗夫会对你感激不尽！”

“这是烟草吗？”

“是呀，虽然不是上等的，但总归还是烟草！”

“啊！这个正直的彭克罗夫！他可要高兴死了！不过他不能独自一

人抽，也该替我们留一份！”

“哦！我有一个想法，斯皮莱先生，”哈伯特说，“我们先不要告诉彭克罗夫，争取时间把烟叶加工好，等到哪一天，我们给他送上一支装得满满的烟斗！”

“好，说定了，哈伯特，到了这一天，我们这位可敬的伙伴在这世界上就别无他求了！”

记者和少年采集了大量这种珍贵植物，偷偷地运回了花岗岩宫。他们行动非常小心，仿佛彭克罗夫是一个严厉的海关人员。

赛勒斯·史密斯和纳布知道这个隐情，但水手却什么也没觉察。这段时间相当长，因为需要把细小的烟叶晒干、切碎，然后放在炎热的石头上焙烤。整个过程需要两个月的时间。不过由于忙于造船，彭克罗夫只在睡觉休息时才回到岩洞，所以这一切都能瞒着他进行。

5月1日那一天，不管怎样，彭克罗夫不得不再次放下手头喜爱的工作，因为全体人员必须参加捕鱼。

几天来，大家看见有一个庞然大物出没在距林肯岛两三海里的洋面上。这是个头最大的鲸鱼，被称为南半球“好望角鲸”。

“如果我们能逮住它就太好了！”水手大声嚷嚷，“嗨！要是我们有一艘合适的船和一把完好的鱼叉，那我就会说：‘冲上去，这畜生值得我们去捕捉。’”

“喂，彭克罗夫，”热代翁·斯皮莱说，“我倒很想看看你是怎么投鱼叉的，这大概很有趣！”

“是很有趣，但也有危险，”工程师说，“不过，既然现在我们没有办法攻击它，那就不要管它了吧。”

“我很奇怪，”记者说，“这里纬度相对比较高，怎么会有鲸鱼。”

“为什么吗？斯皮莱先生，”哈伯特回答道，“我们正处在被英美捕鲸者称为‘鲸鱼场’的太平洋海域，也就是在新西兰和南美之间的这一带海洋里，聚集着最大数量的鲸鱼。”

“对极了，”彭克罗夫回答道，“不过，我觉得意外的是我们没有看见更多的鲸鱼。总之，既然我们无法靠近它，鲸鱼的多少也就无关紧要了。”

于是他长叹一声，表示遗憾，然后又回去工作了。但凡水手都是渔夫，如果说垂钓的乐趣与鱼的大小有直接关系，那么可以想象，一个捕鲸者面对一头鲸鱼会有何感受！

况且这不仅仅是乐趣。要知道，捕获一头大鲸鱼对全小队有多大的好处，鲸油、鲸肉和鲸须都很有用场。

现在，这头鲸鱼好像也不愿离开林肯岛的海域。因此，当哈伯特和热代翁·斯皮莱不去打猎、纳布只需照看一下炉子的时候，他们就从花岗岩宫的窗口或眺望岗上，用望远镜观察这条鲸鱼的一切行动。它进入联合湾，迅速地从腭骨角游到爪角，划出了道道水浪，它那大得惊人的尾鳍有力地推着它跳跃前进，速度有时候竟然达到每小时十二海里。有几次它游到离岛非常近的海面，可以很清楚地看到它。这是一条南半球的鲸鱼，全身黑色，头部比北半球的鲸鱼要扁平一些。

大家还看见从鲸鱼的鼻孔里喷出一股高高的水汽，也许是水，这是很奇特的现象。博物学家和捕鲸者在这个问题上意见还没有统一。喷出来的到底是空气，还是水呢？通常大家认为这是水汽，一接触到冷空气，水汽就化为雨水落下来。

在这期间，这只海上哺乳动物的出现牵挂了全小队人的心。这对彭克罗夫来说更是一种诱惑，他工作时常为此而分心，就像小孩得不到一样东西一样，他最终非常想得到这条鲸鱼。夜里他做梦高声说的也是鲸鱼，当然，如果他有办法去攻击，如果小船能够出海，他肯定会毫不犹豫地去追逐它。

不过，移民们做不到的事，机遇却为他们做到了。5 月 3 日这一天，纳布从厨房的窗口大声叫嚷起来，说鲸鱼搁浅在海滩上了。

哈伯特和热代翁·斯皮莱正要去打猎，听说后把枪也丢下了。彭克罗夫扔下手上的斧头，赛勒斯·史密斯和纳布跟着他们，大家一起迅速地朝出事地点奔去。

涨潮的时候，鲸鱼在距花岗岩宫三英里的漂流物角沙滩上搁了浅。也许它无法脱身了。可最好还是赶快去，必要时切断它的退路。大家拿了十字镐和铁头长矛，一路跑过慈悲河上的桥，然后下到右岸，直奔沙滩，花了不到二十分钟的时间就来到这头巨大的鲸鱼身边，在它的上空，已经有一大群鸟在盘旋了。

“多么巨大的一头鲸！”纳布喊道。

的确巨大，这头南半球的鲸鱼身长八十英尺，重量不低于十五万磅，难怪纳布会惊呼。

不过，搁浅在此的巨鲸既不动弹，也不趁涨潮的时机挣扎着重返大海。

退潮时，移民们绕着巨鲸走了一圈，知道了它一动不动的原因。

鲸鱼死了，它的左侧插着一把鱼叉。

“那么说，在我们的海域附近有捕鲸船？”热代翁·斯皮莱马上说道。

“为什么这么说？”水手问道。

“鱼叉还在那里……”

“嗨！斯皮莱先生，这不说明什么，”彭克罗夫回答说，“我曾看见过有一些鲸鱼身上中了鱼叉还游了上万海里哩，它也许是在大西洋北部被人打中，游到太平洋的南面才死的，这没有什么好奇怪！”

“可是……”热代翁·斯皮莱还想说什么，彭克罗夫的话并没有说服他。

“这完全可能，”赛勒斯·史密斯说，“我们来看看鱼叉吧。根据一种相当普遍的习惯，也许捕鲸者会在鱼叉上刻下自己船只的名字呢？”彭克罗夫拔下鲸鱼身上的鱼叉，果然，上面刻有字，他读了出来：

玛丽亚–斯泰拉
葡萄园

“一艘葡萄园[1]的船！我家乡的船！”他喊道，“‘玛丽亚–斯泰拉’！我很熟悉，这确实是一艘了不起的捕鲸船！啊！朋友们！一艘葡萄园的船，一艘葡萄园的捕鲸船！”

水手挥动着手中的鱼叉，激动万分地重复着这个藏在他心头的名字，这个他家乡的名字。

但由于不可能等待“玛丽亚–斯泰拉号”来要回这条被他们叉中的鲸鱼，大家决定在哺乳动物腐烂之前，把它分割掉。

几天来，一些猛禽一直窥视着这丰富的猎物，它们急急地要来分食鲸肉，必须鸣枪才能把它们赶走。

这是一头母鲸，它提供了大量的鲸奶，根据博物学家德芬巴赫[2]的意见，鲸奶可以当牛奶喝，事实上，它的味道、色泽和浓度都与牛奶没什么两样。

彭克罗夫从前在一艘捕鲸船上工作过，所以他能够有条不紊地指导分割鲸肉的工作。这项工作持续了三天，这是件很不愉快的工作，不过全小队的人，包括记者在内，都没有打退堂鼓，正如水手所说，热代翁·斯皮莱最终会成为一个“非常出色的海上落难者”。

他们把鲸脂切成两英尺半厚的方块，然后再分割成许多块，每块重约一千磅。为了不把花岗岩宫周围搞得臭气熏天，他们把大的陶土罐搬到现场来熬油。经过熬炼，鲸脂的重量减少了三分之一。不过鲸油很多，光鲸舌就熬了六千磅，下唇四千磅。有这么多油脂，可以保

---

① 美国纽约州的港口。——原注

② 德芬巴赫（1811—1855），德国人。

证硬脂和甘油的长期供应，还有鲸须，无疑也可以派上用场，尽管在花岗岩宫里不用雨伞和女人的紧身褡。鲸鱼口腔上部的两边长有八百根角质板，极富弹性，为纤维组织，极像两把梳子，梳齿长为六英尺，用于滤取成千上万的微小动物、小鱼和软体动物作为自己的食物。

分割的工作结束了，大家都感到很满意。剩下的鲸骸就留给了猛禽，它们一定会把它吃得一干二净。花岗岩宫的日常工作又恢复了正常。

不过，在返回造船工地以前，工程师突然有了一个念头，他想制作一些玩意儿，这大大引起了大伙儿的好奇心。他取了十二根鲸须，把它们切成长短一样的六段，并把头磨尖。

“这个东西，赛勒斯先生，”哈伯特问道，“你做好后，派什么用？”

“用来刺死狼、狐狸，甚至美洲豹。”工程师回答说。

“现在吗？”

“不，是到今年冬天，我们能用上冰块的时候。”

“我不太明白……”哈伯特回答道。

“你会明白的，孩子，”工程师说，“这玩意不是我发明的。俄属美洲阿留申群岛上的猎人们常常使用这个方法。朋友们，你们看见的这些鲸须，等天寒地冻的时候，我就把它们弄弯，浇上水，让上面结了一层冰保持它的弯曲。然后我把这些鲸须分散地扔在雪地上，上面涂一层鲸油。如果有一天饥饿的动物吞食了这样的饵食会怎么样呢？它胃里的热量会使冰融化，那根鲸须就会弹直了，尖头就会刺穿它的身体。”

“太聪明了！”彭克罗夫说。

“这还省去了火药和子弹。”赛勒斯·史密斯说。

“这办法比设陷阱好！”纳布接着说。

“那就等冬天来临吧！”

“那就等吧！”

这期间，造船工作有进展，将近月底时，船壳板装了一半。大家已经可以看出，船形很适合出海航行。

彭克罗夫以无比的热情投入工作，也只有他这种强壮的体魄才经得住这样的劳累；他的伙伴们则在偷偷地为他准备一份奖品，以酬谢他的辛劳。5 月 31 日，他感受到了有生以来最大的一次快乐。

这天晚饭后，彭克罗夫正要离开餐桌，他感到有人把手搭在自己肩上。这是热代翁·斯皮莱的手，他说：

"彭克罗夫，等一会儿，不要就这样走了！你忘了餐后甜点了吧？"

"谢谢，斯皮莱先生，"水手回答说，"我要回去工作。"

"那来一杯咖啡，怎么样，朋友？"

"不要什么了。"

"那抽一袋烟，怎么样？"

彭克罗夫突然跳了起来，当他看见记者递给他一支装满烟丝的烟斗，而哈伯特则送上一块灼热的火炭时，他那亲切、粗犷的脸变白了。

水手想说点什么，但没能说出来。他拿过烟斗，把它含在嘴上，然后用火炭点燃烟丝，一口接一口地接连吸了五六口。

一缕散发着香味的淡蓝色烟雾在空中袅袅上升，透过烟雾，大家听见一个极其兴奋的嗓音在重复地说：

"烟草！真正的烟草！"

"是的！彭克罗夫，"赛勒斯·史密斯回答说，"并且是很好的烟叶！"

"啊！神圣的上帝！万物的创始主！"水手喊道，"我们的岛上什么也不缺了！"

于是彭克罗夫一刻不停地吸烟，吸烟，吸烟！

"是谁发现烟草的？"最终他想起来要问了，"大概是你吧，哈伯特？"

"不是，彭克罗夫，是斯皮莱先生。"

“斯皮莱先生！”水手大喊一声，把记者一把抱住。记者还从来没有被人这样紧紧地搂抱过。

“嗨！彭克罗夫，”热代翁·斯皮莱过了一会儿，总算缓过气来了，他说，“你还应该感谢哈伯特，是他认出这种植物的；还有赛勒斯，是他加工了烟叶；还有纳布，他好不容易为我们保了密。”

“好吧，朋友们，总有一天我会为此事报答你们的。”水手说，“现在，我们是生死之交！”

第十一章

冬季——缩绒——缩绒机——彭克罗夫的固执想法——鲸须——利用信天翁——未来的燃料——托普和于普——暴风雨——家禽饲养场的损失——去沼泽地——赛勒斯·史密斯独自一人——探井

6月份，冬季就来临了，这时相当于北半球的12月，重要的事情就是制作牢固而保暖的冬衣。

移民们已经把畜栏里的岩羊毛剪了下来，现在需要把这些宝贵的纺织原料变成织物。

不用说，赛勒斯·史密斯既没有梳毛机、精梳机、轧光机、拉丝机、捻线机，也没有自动纺车和织布机，所以只能采用更简便的方法来替代原来那一套纺织工序。他提出利用羊毛纤维在受压的情况下会纠结在一起的特性，来制造一种被称为毛毡的织物。经过简单的缩绒工序就可制成毛毡，虽然柔软性差一些，但保暖性大大提高了。岩羊的毛很短，正适合用来制毡。

工程师在大家的协助下——其中包括彭克罗夫，他不得不又一次放下手头的造船工作——开始了准备工作，把渗透在羊毛中被称为羊毛粗脂的油腻物质清除掉。这道除脂工序的操作如下：把羊毛在水温七十度的水缸里浸二十四小时，然后放在碱缩液里彻底清洗，挤干后，就可进行缩绒处理了，也就是说，可以生产出一种牢固的、但无疑也是粗糙的织物，它在欧美的工业中心不会有任何价值，但在林肯岛的市场上必定会很受重视。

这种类型的织物在很早以前应该就有了，而实际上，正是用了赛勒斯·史密斯将要采用的方法才生产出来第一批羊毛织物。

在制造缩绒机时，赛勒斯·史密斯又一次显示了他作为工程师的才华。他懂得如何巧妙地利用到目前为止还没有动用过的海滩瀑布的水力资源，用这个动力来使缩绒机运转。

设计非常简单。羊毛被放置在一个凹槽中，承受着从上面垂直落下的捣槌一上一下地捶击，整个体系全都用木头框架构成。这就是几个世纪以来人们所使用的机器，直到后来用滚筒来代替捣槌，用牵伸法来代替捶打法。

在赛勒斯·史密斯的指导下，这项工作完成得很好。羊毛事先在肥皂溶液中浸泡过，一方面有利于压制和柔化，另一方面也防止它在捶打中受损。这样，从缩绒机中出来的就是厚厚的毛毡了。短短的羊毛原材料，经加工后变得很紧密，这种织物同样可以用来做衣服或被子。当然这可不是美利坚毛料、平纹薄花呢、苏格兰开司米、中国绸缎、羊驼毛织物，也不是呢绒或法兰绒。这是“林肯毛毡”，林肯岛上又多了一种工业产品。

就这样，移民们有了保暖的衣服和厚厚的被褥，他们能够面无惧色地迎接 1866 年至 1867 年的冬天了。

6 月 20 日前后，严寒真正地来临了。令彭克罗夫感到非常遗憾的是他不得不暂停造船工作。而他原本打算在开春以前结束此项任务。

水手一直有个想法，就是进行一次航海旅行，去塔波岛，但赛勒斯·史密斯不同意他只是出于好奇而做这件事。在这荒芜、干旱的岩石岛上，出了事连一点救助的办法也没有。坐一只小船在陌生的海面上行驶一百五十海里，这不免使他有些担心。万一行驶在海上的船到不了塔波岛，又无法返回林肯岛，那么，在这灾难频发的太平洋之中，它会怎么样呢？

赛勒斯·史密斯多次与彭克罗夫谈起此事，他发现水手对完成这次旅行的想法非常固执，也许他自己也不明白怎么会这样。

“朋友，”有一天工程师对他说，“你有没有发现，你说了许多林肯岛的好话，如果必须要离开它，你会非常遗憾，但现在，你又是第一个想要离开这里的人。”

“只是离开几天而已，”彭克罗夫回答道，“赛勒斯先生，来去的时间只是几天，去看一下那个小岛的情况。”

“那个岛不会比林肯岛好！”

“这我知道！”

“那你为什么要去冒险？”

“我想了解一下塔波岛上发生的事。”

“那里没有什么事，也不会发生什么事。”

“谁知道呢？”

“如果你遇上风暴怎么办？”

“天气好的季节里不用担心这个，”彭克罗夫回答说，“不过，赛勒斯先生，为了以防万一，我请你同意我只带哈伯特一起去做这次旅行。”

“彭克罗夫，”工程师用手抚着他的肩膀说，“如果你和哈伯特——机遇使他成为我们的儿子——发生了不幸，你以为我们会从此安心吗？”

“赛勒斯先生，”彭克罗夫怀着不可动摇的信心说，“我们不会让你们为这个伤心的。等天气好了，我们再来谈这件事。我想，当你看到我们的船装备好了，当你看到它在海上航行的情况，当我们一起坐船绕林肯岛兜圈子时，我敢说，你就不会再犹豫让我走了！我不瞒你，你的这艘船是个杰作！”

“彭克罗夫，至少应该说：我们的船！”工程师回答道，他一时无法说服对方。

谈话到此结束，水手和工程师谁也没有说服对方，只好等下次再谈。

6 月底临近时下了第一场雪，畜栏里事先准备了大量的饲料，不需要每天去照料，不过大家还是决定，每周一定要有人去看一次。

移民们又重新设置了一些陷阱，并且拿工程师制作的玩意儿也做了试验。弯曲的鲸须被冻在冰里，外面又涂上一层厚厚的鲸油，放置在林边，那里是动物去湖边通常经过的地方。

让工程师高兴的是，这个沿袭阿留申群岛渔民的创造发明非常成功。他们抓到了十二只狐狸，几头野猪，甚至还有一头美洲豹。当然，这些猎物都已经死了，都是因为它们的胃被弹直的鲸须刺穿的缘故。

这里还须提一件事，因为这是移民们为了能与外界取得联系所做的第一次尝试。

热代翁·斯皮莱已经想过多次，或许可以写一张纸条封在瓶子里，把瓶子丢入海中，随波逐浪，说不定会漂到某个有居民的海岸；或许这个任务可以让鸽子来完成。但林肯岛远离陆地一千二百海里，怎么能一心指望鸽子或瓶子跨越这段距离呢？这想法太不可思议了。

6 月 30 日，哈伯特一枪打中一只信天翁，不过它只是爪子上受了点轻伤。大家好不容易逮住了它。这是一只适合海上长途飞行的美丽大鸟，双翅展开长达十英尺，它能飞过太平洋这样宽阔的大海。

这只出色的大鸟很快就痊愈了，哈伯特很想把它留下来驯养，而热代翁·斯皮莱让他明白，不能错过利用这个信使与太平洋各岛取得联系的机会。哈伯特不得不承认，如果信天翁是从某个有人居住的区域飞来的话，它一旦获得自由，必定会飞回原处。

事实上，热代翁·斯皮莱作为专栏编辑的职业本性还是会不时地显露出来，如果有机会能投寄一篇有关林肯岛上移民们的奇遇的精彩文章，他一定非常乐意。如果这篇文章有朝一日能寄到他可敬的主任约翰·贝纳特手里的话，那么对于《纽约先驱报》的特约记者本人和刊载这篇文章的报纸来说，是一件多么了不起的事啊！

热代翁·斯皮莱写了一篇简明扼要的报道，放入一个涂了树胶的厚帆布袋中，并写了几句话，恳请发现此袋者把文章寄给《纽约先驱报》编辑部。然后，他把这个小布袋系在信天翁的脖子上，因为这种鸟习惯在海面上休息，所以不能系在它脚下。接着移民们把这只快速的信使放飞到天空中，看着它消失在西边的轻雾中，他们还是感到心情有些激动。

"它会飞到哪里去呢？"彭克罗夫问道。

"朝着新西兰方向飞。"哈伯特回答说。

"一路顺风！"水手喊道，其实，他本人对这种通讯方式并没有抱太大的希望。

冬天来临，许多工作又放到花岗岩宫里来做。补衣服，还有一些其他的缝制工作，比如裁剪剩下的气囊材料制作船帆……

7月里，天气非常寒冷，大家用起木柴或煤炭来毫不吝啬。赛勒斯·史密斯在大厅里安装了第二台壁炉，大家在那里度过漫漫的长夜。一边工作一边交谈，休闲时读读书，对大家来说，时间都没有白过。

这个大厅被烛光照得通明，燃烧着煤块的炉子把室内烤得暖烘烘的。吃过营养丰富的晚餐后，大家坐在一起，桌子上接骨木咖啡热气腾腾，烟斗里冒着芳香的烟雾，听着室外风暴的咆哮，这对移民们来说，是真正的享受！如果说，远离家乡亲人、又无法与他们取得联系的人也有乐趣的话，那么他们已经有了很大的乐趣！他们经常谈起自己的家乡，远方的朋友，以及美利坚合众国的强盛，它的影响正在日益扩大。赛勒斯·史密斯以前参与过很多国家的事情，他就讲了好些故事，把自己的想法与推测告诉大家，引起了听众极大的兴趣。

有一天，热代翁·斯皮莱忍不住对他说："亲爱的赛勒斯，你预言所有的工商业都会不断得到发展，难道它不会有完全停顿下来的危险吗？"

“停顿下来！为什么？”

“由于缺少煤，我们可以毫不夸张地说，煤是所有矿物中最宝贵的东西。”

“是的，确实最宝贵，”工程师回答说，“钻石只是纯碳的结晶，大自然创造了它，似乎是为了证明煤是最宝贵的物质。”

“赛勒斯先生，”彭克罗夫又说，“你不是想要把钻石当作煤放在炉子里烧吧？”

“不是，朋友。”赛勒斯·史密斯回答道。

“不过我还是要说，”热代翁·斯皮莱又说，“你不否认，总有一天煤会全部烧光吧？”

“噢！煤矿的储量还很丰富，十万个煤矿工人每年开采一亿公担[①]，还远不能开采完呢。”

“随着煤的消耗量的增长，”热代翁·斯皮莱说，“我们可以预期，这十万个煤矿工人很快就会增加到二十万个，煤的开采量也就会增加一倍。”

“这完全可能。不过，除了可以用新型机器开采更深层的欧洲煤矿，美洲和澳洲的煤矿也将能长期提供工业所需的消耗。”

“有多长时间？”记者问道。

“至少二百五十年或二百年。”

“我们这代人可以放心了，”彭克罗夫说，“但应该为我们的后代感到担心！”

“人们会发现别的东西的。”哈伯特说。

“但愿如此，”热代翁·斯皮莱说，“因为没有煤就没有机器，没有机器就没有铁路、蒸汽船、工厂，以及现代文明生活所要求的一切东西！”

---

① 1公担等于100千克。

"那能发现什么东西呢？"彭克罗夫问道，"赛勒斯先生，你想得出吗？"

"大致想得出，朋友。"

"不用煤，人们用什么来烧呢？"

"用水。"赛勒斯·史密斯回答。

"用水，"彭克罗夫高声地说，"用水来加热蒸汽船和机车，用水来加热水？"

"是的，水被电分解为构成元素后，"赛勒斯·史密斯回答道，"将变成一种强大又可操纵的力量，因为根据一个不可思议的规律，所有伟大的发现，几乎都在同一时间得到协调和完善。是的，朋友们，我认为有朝一日，水将会被用作燃料，构成水的氢和氧单独或合起来用，将会提供一种无穷无尽的热源和光源。它的强度也非煤所能比拟。总有一天，轮船的煤舱和机车头的煤水车将不再装煤，而是这两种元素的压缩气体，它在炉子里燃烧时将产生巨大的热能。所以说没什么可担心的。只要这地球上还有人住，它就会供给居民所需的东西；只要有动物、植物和矿物这三界的产品，人类就不会缺乏光和热。所以，我认为煤用完了，人们就可以用水来加热东西或取暖。水就是未来的煤。"

"我但愿能看到这一切。"水手说。

"你生得太早了，彭克罗夫。"纳布说，他在这场讨论中只插了这一句话。

不过，结束这场谈话的并不是纳布的这句话，而是托普又一次怪异的吠叫声，在这之前，工程师已有所察觉。与此同时，托普又在里面过道尽头的那口井洞旁兜着圈子走来走去。

"托普为什么这样叫个不停？"彭克罗夫问道。

"于普怎么也哼哼起来了？"哈伯特接着说。

果然，猩猩和狗一样，表现出明显的激动，奇怪的是，与其说这两只动物很激动，不如说它们很不安更为确切。

“很明显，”热代翁·斯皮莱说，“这口井与大海直接相通，有时会有什么海里的动物到井底来透透气。”

“是的，”水手说，“也不会有其他解释…… 喂，托普，别叫了！”彭克罗夫转身向着狗说，“还有你，于普，回你的房间去！”

猩猩和狗都不作声了。于普回房去睡觉了，但托普还留在厅里，整个晚上都能听见它低沉的哼哧声。

不再提这件事了，但工程师却为此紧锁眉头。

在 7 月余下的日子里，不是下雨就是天气特冷。不过气温并不如去年冬天低，最低温度不低于 8℉（−13.3℃）。这个冬天不太冷，但暴风雨却特别频繁。“壁炉”受到了海水的多次袭击。海底地震造成的海啸以滔天的巨浪撞击着花岗岩宫的岩壁。

移民们靠着窗口，观望着巨浪在自己的眼皮底下被撞得粉碎，大洋的怒涛对岩石也感到无奈，这壮丽的景象令他们赞叹不已。海浪带着耀眼的泡沫奔腾而去，整个海滩消失在狂浪之中，而峭壁犹如浮在大海上，海浪高达一百多英尺。

在这种暴风雨的天气里，要到岛上各处去走走是很困难的，甚至也很危险，因为常常有大树被风刮倒。不过，他们每个星期都要有人去畜栏看看。幸好东南面有富兰克林山支脉的遮挡，这块圈地不大会受到风暴猛烈的袭击，这也就保护了那里的树木、棚屋和栅栏。而建在眺望岗上的家禽饲养场则直接暴露在东风的袭击之下，损失较大。鸽棚两次被大风刮走了屋顶，栅栏也被吹倒了。所有这一切都需要重新修理，并且要做得更结实，因为林肯岛显然是处在太平洋上最险恶的海域里。它好像是大旋风的中心点，风就像鞭子抽打陀螺似的抽打着它。只不过这只陀螺是不动的，而鞭子却在绕着它动。

8 月份的第一个星期，狂风逐渐平息，大气也恢复了前些时候似乎一去不复返的平静。不过这样一来，气温却明显下降，温度计上的水银柱降到−8℉（−22℃），天气非常寒冷。

8月3日，移民们几天前就定下计划，要到岛东南面的冠鸭沼泽去打猎。那里是所有水鸟过冬的地方，有许多野鸭、沙雉、针尾鸭、绿翅鸭和鹏鹏，这对猎人们是一个很大的诱惑。大家一致同意这一整天都用来打水鸟。

不仅热代翁·斯皮莱和哈伯特，连彭克罗夫和纳布也参加了这次打猎行动。只有赛勒斯·史密斯借口有什么事，留在花岗岩宫，没有和他们一起去。

猎人们说好晚上回来，就走气球港的那条路，直奔冠鸭沼泽。托普和于普也和他们一起出发。众人一走过慈悲河上的桥，工程师就把吊桥吊起，然后回到家中，心里想着他要一个人做的那件事。

这件事就是仔细勘察一下岩洞内那口连着大海的井，过去格兰特湖的湖水也流经此井。

为什么托普常常绕着这井口跑？为什么这只狗会发出如此奇怪的吠叫声？是否有什么令人不安的事把它引到这井边来？为什么于普也像托普一样焦躁不安？这口井除了垂直通向大海，是否还有别的通道？它是否还通向岛的其他地方？这些都是赛勒斯·史密斯想知道的问题，首先他想自己一个人先弄清楚。所以他决定趁大家不在的时候来探井，现在机会来了。

下到井底并不难，使用绳梯就行，它的长度已经足够。自从装了水力升降机后，这条绳梯就搁置在一旁了。工程师把绳梯拖到直径约为六英尺的井口边，把它的上端牢牢地系住，把绳梯放入井中，然后他点了一盏提灯，带了一把手枪，腰里别了一把刀，就开始从绳梯的最上面一级往下爬去。

井壁都是实心的，间或有突出的岩石矗立着。借助这些突出的岩石，任何灵巧的动物都可以爬到井口上面来。

工程师注意到了这种情况。他用提灯四下里仔细地照一下这些突出的石块，没有发现有任何痕迹或是破损的地方，这说明这些岩石在过去或最近都没有被爬过。

赛勒斯·史密斯一面往深处爬，一面用灯四下里照着井壁，没有看到任何可疑的东西。

当工程师走到最后几档梯级时，他已接近水面了，不过此时的水面非常平静。在水平面上，或是在井的其他地方，都没有发现可能通向岩石峭壁内部的侧向通道。赛勒斯·史密斯用刀柄在井壁上敲了几下，发出的声音显示是实心的。这是浑然一体的巨大的花岗岩体，没有生物能在这里开辟通道。要到达井底，然后上到井口，一定要经过与海相通并常年浸没在水中的水道才行，这水道流经海滩地下岩层。能在这里上下的，只有海上动物。至于这条水道通到何处，在海岸的什么地方，出口在水下多深，这些问题都还找不到答案。

赛勒斯·史密斯结束了勘察，从井底上来，抽出绳梯，并把井口盖好。他一边向花岗岩宫的大厅走，一边心里在思忖：

“我什么也没看到，但那里一定有什么东西！”

第十二章

船上的帆缆索具——狐狸的攻击——于普受伤——于普得到照料——于普康复——船造好——彭克罗夫的胜利——“乘风破浪号”——去岛的南部试航——意外的纸条

当晚，猎人们满载而归。他们四个人手拿肩扛，尽量把野味全都搬回来。托普的脖子上挂了一串针尾鸭，而于普身上则绕了一圈沙雉。

“主人，”纳布大声说，“这下我们有事可做了！把它们储存起来，做成肉糜，我们就会有很多东西可吃了。不过得有人帮助我。彭克罗夫，我得靠你帮忙。”

“不行，纳布，”水手回答道，“我必须做船上的索具，你不能依靠我。”

“那你呢，哈伯特先生？”

“我嘛，纳布，明天我得去畜栏。”少年回答。

“那只有你来帮我了，斯皮莱先生？”

“我可以帮你，纳布，”记者回答说，“不过我先告诉你，如果你向我泄露了你的烹饪秘密，我可要将它公开。”

“可以，只要你方便，斯皮莱先生，”纳布说，“只要你方便。”

这样一来，第二天，热代翁·斯皮莱就成了纳布的助手，在厨房里实习。在这以前，工程师把自己探井的结果告诉了他，在这个问题上，记者完全同意工程师的看法，尽管什么也没发现，但肯定存在一个需要揭晓的秘密！

严寒又持续了一个星期，移民们除了去家禽饲养场照料，就不离开花岗岩宫。住所里充满了香味，那是纳布和记者的杰作。不过，他们并没有把在沼泽地打来的猎物全都制成储存食品，这种大冷天野味完全可以保存，野鸭和另外一些水鸟必须趁着新鲜吃，它们的味道比世界上任何水产动物都要鲜美。

在这个星期中，彭克罗夫在哈伯特这个缝纫能手的协助下，拼命工作，结束了制作船帆的任务。由于找回了气囊上的索具，有的是大绳索。缆绳、网绳都是很牢固的麻绳，水手都用上了。船帆的边上都加了帆边绳，剩下的绳子就用来做了升降索、支索和下后角索等。至于船上的滑车装置，工程师照彭克罗夫的建议，在车床上制造了一些必要的滑轮。这样，在船还没有完工前，帆缆索具已完全准备妥当。彭克罗夫甚至还竖了一面蓝、红、白的美国国旗，这颜色由岛上众多的植物染料染制而成。只是除了美国国旗上代表三十七个州的三十七颗光辉灿烂的星以外，水手还加上了代表“林肯州”的第三十八颗星。在水手眼里，林肯岛已被归为伟大的合众国的版图。

“就算事实上还没有归属，但在心里已是这样了！”他说。

在这期间，这面国旗就竖立在花岗岩宫的一扇窗户上，移民们向它连呼三声“乌拉”以示敬意。

这时，寒冷的季节已近尾声，岛上的第二个冬天似乎即将平安度过，不料在8月11日夜里，眺望岗遭到了严重的毁坏。

大家经过一天的劳累，睡得正酣，但在凌晨四点钟左右，突然被托普的叫声惊醒。

这次狗不是在井口那里叫，而是在门口叫。它朝门扑去，似乎想把它撞开，于普也是连声尖叫。

“嗨，托普！”纳布第一个被惊醒，他喊道。

但狗还是吠叫，并且叫得更凶。

“什么事？”赛勒斯·史密斯问。

所有人都匆匆穿上衣服，奔到窗前，把窗打开。

下面是一片雪地，在黑夜里呈现出灰色。大家什么也没看到，只听到黑暗中传来一种奇怪的叫声。显然，海滩上有某种动物入侵，只是从上面看不清楚。

“什么东西？”彭克罗夫叫道。

“可能是狼，美洲豹或是猴子！”纳布回答说。

“见鬼！它们会到高地上去的！”记者说。

“那里有我们的家禽饲养场，”哈伯特高声说，“还有，我们的庄稼怎么办？”

“它们是从什么地方过来的呢？”彭克罗夫问道。

“它们可能是从海滩的单孔桥过来的，”工程师说，“我们中间有人忘了把吊桥拉起来。”

“确实，”斯皮莱说，“我想起来了，我没有把吊桥拉起来。”

“斯皮莱先生，你可干了一件好事！”水手喊道。

“已经做了的事就不去提了，”赛勒斯·史密斯说，“我们该考虑现在怎么办！”

工程师和伙伴们迅速地交换了意见。肯定有一批动物过了单孔桥，侵入了海滩，不管是什么动物，它们会爬上慈悲河左岸，到眺望岗来。所以必须抢在它们前面，必要时要和它们搏斗一场。

“这些都是些什么野兽呢？”大家听见它们叫得更凶了，于是又依次提出了这个问题。

这叫声让哈伯特听了全身战栗，他想起第一次去红河源头时，曾经听见过这种叫声。

“这是狐狸！”他说。

“快去！”水手高喊。

于是大家拿了斧头、马枪和手枪，跳进升降机的柳条筐中，不久就来到了沙滩。

成群的饥饿狐狸很危险。然而，移民们毫不犹豫地冲进狐狸群中，他们射出的第一批子弹，在黑暗中划出了瞬时即逝的亮光，吓退了前面的攻击者。

最重要的是要阻止这批掠夺者闯到眺望岗去，否则，那里的种植场和家禽饲养场就会遭到它们肆意践踏，这将会造成巨大的损失，尤其是麦地的损失将更是无法弥补。由于野兽只能从慈悲河左岸进入高地，如果在慈悲河和花岗岩壁之间狭小的堤岸部分有一道难以逾越的障碍，就可以阻挡狐狸的入侵。

这点大家都明白，赛勒斯·史密斯一声令下，他们就去占领了指定地点，而此时，狐狸们正在黑暗中乱蹦乱窜。

赛勒斯·史密斯、热代翁·斯皮莱、哈伯特、彭克罗夫和纳布分开站着，形成了一道不可通行的防线。托普张着血盆大口，站在大家的前面，它后面的于普拿着一根多节的粗短木棍，像狼牙棒似的挥舞着。

夜色很暗，他们借助射出的子弹的微光，看见至少有百来只狐狸，它们的眼睛炯炯如火炭。

“不能让它们通过！”彭克罗夫厉声高喊。

“它们不可能通过！”工程师说。

不过，如果说它们没有通过这里，并不是它们不想这样做。狐狸们前仆后继，移民们开枪、挥斧，与之进行殊死的搏斗。地上已经躺着不少动物的尸体，但进攻的队伍似乎并没有减少，想必是从沙滩的单孔桥上来了不少后援。

不久，移民们就不得不与敌人展开了肉搏战，他们也受了伤，所幸都是轻伤。哈伯特一枪射中一只像山猫似的扑在纳布背上的狐狸，这才把他解救出来。托普极其愤怒地进行着搏斗，它跳上去咬住狐狸的喉咙，一下子就咬死了对方。于普挥舞着棍棒，狠命地打击进攻者，根本无法让它留在后面。也许它天生具有透过黑暗看到东西的能力，它总是处在战斗最激烈的地方，并且不时地发出尖叫，这是它极度兴奋的表现。有时，它冲到前面很远的地方，在枪弹的微光中，可以看见它被五六只大狐狸包围在中间，但它非常冷静地应战。

经过足足两个小时的抵抗，战斗终于结束，移民们赢得了胜利。东方透出了第一缕曙光，进攻者们重新由单孔桥向北逃去。纳布紧跟着去把吊桥升起来。

当晨曦照亮战场时，大家统计了散落在地上的狐狸尸体，共有五十多只。

“于普！”彭克罗夫大声问，“于普在哪里？”

于普不见了。它的朋友纳布呼唤它，于普第一次没有回答它朋友的呼唤。

每个人都去找于普，害怕它也在尸体堆中。他们清理血染雪地的尸体，在这一堆死狐狸中发现了于普。这些死狐狸大都肢体断裂，证明是勇敢无畏的于普猛力殴打的结果。可怜的于普手里还拿着半截断了的棍棒，由于缺乏武器，它寡不敌众，在胸前留下了几处深深的伤口。

“它还活着！”纳布一边俯身下去看，一边喊道。

“我们会救活它的，”水手说，“我们会把它当成我们中的一员来照料。”

于普好像也听懂了，它把脑袋搁到彭克罗夫的肩膀上，似乎表示感谢。水手自卫时也受了伤，但他和他伙伴们的伤都无关紧要。由于他们手中有枪，所以都能使进攻者不敢靠近，只有猩猩的伤势很严重。

纳布和彭克罗夫把于普一直抬到升降梯上，勉强能听到从它嘴里发出的呻吟声。大家慢慢把它升到花岗岩宫，随后把它安置在从一张床上拿过来的睡垫上，十分小心地清洗它的伤口。看来，它的重要器官并未受伤，只是由于失血过多而变得虚弱，并且发起了高烧。移民们给它包扎了伤口，让它躺着，并且严格规定它的饮食，纳布说：“要像正常人一样对待它。”于是，他们给它喝了几杯清凉的汤剂，花岗岩宫里就有现成的药草。

于普一开始睡得很不安稳，但慢慢地它的呼吸就变得均匀了，大家让它安安静静地睡觉。托普也不时地走来——可以说是踮着脚尖——看望它的朋友，好像极其赞扬大家对伤者的一切照料。于普的一只手垂在床边，托普以懊悔的神情舔着它的手。

这天上午，他们把死狐狸全都拖到远西森林，找了一个地方，把它们深深埋在地下。

这次袭击事件险些造成严重后果，对移民们是一次教训；自此以后，他们一定要有人专门查看，确保所有的吊桥已升起、不可能有入侵者以后，才敢安心睡觉。

这期间，于普让人担惊受怕了几天，然后它的病情渐渐好转。由于它的身体很棒，所以热度慢慢地退了。热代翁·斯皮莱稍懂一点医学知识，不久就觉得它没问题了。8 月 16 日，于普开始吃东西。纳布为它做了几样甜味的小菜，病人吃得津津有味。它有个小毛病，就是有点儿贪吃，纳布也没能帮它把这个缺点纠正过来。

“你说怎么办呢？”纳布对热代翁·斯皮莱说，记者有时会责怪他把猩猩宠坏了，“除了嘴馋，它也没有别的乐趣，这个可怜的于普！我很高兴在这方面能为它提供点服务。”

8 月 21 日，于普卧床休息十天后能下床了。它的伤口已愈合，看得出来，它很快就会恢复原来的活力和灵巧。

就像所有的康复者一样，于普的胃口好得惊人，记者就让它随心所欲地吃，他相信于普有凡事从不过分的本能，这种本能倒是人类所缺乏的。纳布看到自己的弟子又有了胃口，欣喜万分。

“吃吧，我的于普，”他说道，“什么也不要剩下！你为我们大家流了血，我帮你恢复健康只是最起码的事！”

8 月 25 日，大家听见纳布在叫喊他们。

“赛勒斯先生！热代翁先生！哈伯特先生！彭克罗夫！你们快来！快来啊！”

听见纳布的叫喊，他们赶紧起了床，聚集在于普的房间里。

“怎么回事？”记者问道。

“你们看！”纳布一面回答，一面哈哈大笑。

大家看见了什么？原来于普像个土耳其人，蹲在花岗岩宫的大门口，安安静静地、一本正经地在抽烟！

“我的烟斗！”彭克罗夫叫道，“它拿了我的烟斗！啊！我勇敢的于普，我把它送给你了，抽吧，我的朋友，抽吧！”

于普认真地吹出几口浓浓的烟，好像感到无比惬意。

赛勒斯·史密斯对此事并不感到惊讶，他举了好几个例子，说明被驯养的猿猴会抽烟并不奇怪。

从这天起，于普就有了自己的烟斗——当然原来是水手的东西——它把烟斗挂在房间里靠近烟丝的地方。它自己装烟丝，并用点燃的炭来点烟，显然，它是最幸福的猿猴了。大家认为，这种共同的嗜好使于普和彭克罗夫之间的关系更为密切，而可敬的猩猩和忠实的水手早已结下了深厚的友谊。

“它也许是一个人，”彭克罗夫有几次对纳布说，“如果有一天它开始和我们说话，你会奇怪吗？”

“不，不会的，”纳布回答道，“我奇怪的，倒是它不说话，现在它只差会说话了。”

“如果有一天它对我说：‘彭克罗夫，我们交换一下烟斗好不好？’”水手又说，“这会使我很高兴的。”

“是的，”纳布说，“他生来就是个哑巴，多不幸！”

随着9月份的来临，冬季完全过去了，各项工作又积极地开展了起来。

造船工程进展迅速。船壳板已全部装好，船壳的各部分都被船体内部用蒸汽熏弯了的肋骨——这些肋骨完全与船的尺寸大小吻合——连接了起来。

由于木材丰富，彭克罗夫向工程师建议在船壳内部再加上一层防水护板，这样就能保证船的牢固性。

赛勒斯·史密斯难以预料将来会发生什么事，所以同意了水手的意见，尽可能把船造得牢固些。

9 月 15 日左右，船的护板和甲板已全部完工，他们用晒干的大叶藻代替废麻嵌填船缝，具体做法就是用锤子把大叶藻填入船壳、护板以及甲板的夹缝中，然后用沸滚的松脂涂在船缝上，树林里的松树可以提供大量的松脂。

船的布置工作极其简单。他们用石灰砌成一块块花岗石块，作为压舱石，花岗石块重约一万二千磅。压舱石上面铺有一层甲板，船的内部分为两个舱房，舱房两边有两条长凳，可做井型甲板用。两个舱房之间的隔板由桅杆底部的木墩支撑着。移民们可以通过甲板上装有防雨罩的两个舱口进入船舱。

彭克罗夫毫不费力地找到了一棵适合做桅杆的树。他选了一棵挺拔、无节的年轻冷杉，把它的根部砍成方形，以便做桅座，顶部则削成圆形。桅杆、舵以及船身上用的铁饰品都是在“壁炉”的铁匠铺制作的，虽然外表粗糙，但很牢固。最后，桅杆、上桅、后桅驶风杆、圆材和桨等等也在 10 月的第一个星期完工了，大家商定，为了了解一下船只的航海性能与可靠程度，将沿岛做一次试航。

在此期间，一些必要的工作都没有被疏忽。畜栏重新做了调整，因为岩羊和山羊群添了一些小羊羔，必须有地方安顿和喂养。他们还要去牡蛎养殖场、养兔场、煤矿和铁矿查看，连猎物丰富的远西森林未曾勘察过的地区也没有漏掉。

他们又发现了一些本地的植物，虽然不能马上派上用场，但丰富了花岗岩宫储存物的品种。它们都是松叶菊类植物，有的和好望角出产的很相似，长有可食用的肉质叶；有的则会结出含有淀粉状物质的籽儿。

10 月 10 日，船下水了。彭克罗夫欣喜若狂。工程完美无缺。移民们把船上的帆缆索具配备齐全后，利用棍棒把船推到岸边，涨潮时，船身在众人的掌声中浮了起来。在这种场合，彭克罗夫表现得尤其热烈，丝毫不甘落后。船造好后，他更有了自负的理由，因为他将作为船长来指挥这条船，这个决定得到了大家一致的同意。

为了让彭克罗夫船长满意，首先必须为船命名。在对好几种建议做了长时间的商讨后，大家同意用“乘风破浪号”这个名字。

“乘风破浪号”在潮水中浮起来后，就可以看出它的吃水线保持得很平稳，可以以各种速度航行。

试航就在当天进行，船将驶离海岸，到大海中去航行。天气非常晴朗，吹着凉爽的微风，行船会很顺利，特别是在南面一带海域，因为一个多小时前就刮起了西北风。

“上船啰！上船啰！”船长彭克罗夫高声叫喊。

不过出发前得吃点东西，移民们担心这次出海有可能要到晚上才能回来，所以觉得还应带些食品上船为好。

赛勒斯·史密斯同样也急于进行这次试验。船的设计图出自工程师之手，当然，在水手的建议下，他也做了某些部分的修改，但他并不像彭克罗夫那样，对这只船那么有信心。水手不再提去塔波岛的事，赛勒斯·史密斯甚至希望他已断了这个念头。事实上，他很反对让两三位伙伴坐上这只只有十五吨的小船去远方冒险。

十点半，全体人员都上了船，也包括于普和托普。纳布和哈伯特把陷入慈悲河口沙滩上的船锚拉了上来。“乘风破浪号”升起了后桅帆，并在桅顶飘扬起林肯岛的标志旗，在彭克罗夫的操纵下向大海进发。

要驶出联合湾，先得有顺风，大家觉得在这个航向，船的速度是令人满意的。

船绕过了漂流物角和爪角后，为了能沿着海岛的南岸前进，彭克罗夫不得不避风航行。过了一段时间，他观察到“乘风破浪号”行驶平稳，总是在风向的五个向位格①以内，也没有大的漂移。即使是顶风的时候，船只的转向也很灵活，而且驶得也很好。

“乘风破浪号”的乘客们感到由衷的喜悦，他们有了一只性能良好的船，必要时，这只船会帮上大忙。而现在风和日丽，这次出海一定顺利。

彭克罗夫驾船来到离气球港三四海里的洋面上，此时呈现在他们眼前的是海岛的全貌。这是一幅全新的景象，从爪角到爬虫角，海岸的景色不断变化着，在近处的森林中，针叶树的深绿与其他树种嫩芽的新绿形成了鲜明的对照，而在远处俯视着一切的富兰克林山，它的顶峰还积着刺眼的皑皑白雪。

“多美啊！”哈伯特欢呼道。

“是呀，我们的岛既美又好，”彭克罗夫说，“我爱它，就像爱我可怜的母亲一样。当初我们来的时候，什么也没有，非常潦倒，是它接纳了我们，而现在，我们五个人——对它而言，我们是从天上掉下来的孩子——还缺什么呢？”

“什么也不缺！”纳布回答说，“船长，什么也不缺！”

于是，两位勇士高呼三声“乌拉”，以示他们对海岛的敬意。

此时，热代翁·斯皮莱正倚靠着桅杆，把眼前的景象画成素描。

赛勒斯·史密斯则静静地看着。

“赛勒斯先生，”彭克罗夫问道，“你觉得我们的船怎么样？”

“好像行驶得不错。”工程师答道。

“好！那你现在认为它能航行多远呢？”

---

①（32点制罗经的）向位格，每格11°15′。

“去哪里，彭克罗夫？”

“比如说，去塔波岛吧。”

“我的朋友，”赛勒斯·史密斯说，“我认为，在紧急的情况下我们的确应该坐这只船，哪怕去更远的地方；但你知道，要是看到你出发去塔波岛，我会很难过，因为你实在没有什么必要去那里。”

“人们总是喜欢了解自己邻居的情况，”彭克罗夫说，他也很固执己见，“塔波岛是我们的邻居，并且是唯一的邻居！至少得讲一下礼貌，去拜访一次。”

“见鬼！”热代翁·斯皮莱说，“我们的朋友彭克罗夫竟然也一本正经地讲究起礼节来了。”

“我并不讲究什么东西。”水手反驳道。工程师的反对使他有些恼火，但他也不愿让工程师为自己感到难过。

“彭克罗夫，”赛勒斯·史密斯说，“你要想到你不能独自一人去塔波岛。”

“我有一个同伴就行了。”

“好吧，”工程师说，“那就是说，你要让林肯岛上的五个人当中有两个人去冒险啰？”

“六个人，”彭克罗夫说，“你忘了于普。”

“七个人，”纳布接着说，“托普也算一个！”

“不会有危险的，赛勒斯先生。”彭克罗夫说。

“可能吧，彭克罗夫，不过我对你再重复一遍，这是一次没有必要的冒险！”

固执的水手不回答了，谈话暂时中断，不过他心里还是想等有机会再提这个问题。他万万没有想到，一件事情的发生帮了他的忙，使彭克罗夫原本有争议的任性愿望，变成了一桩人道主义的举动。

“乘风破浪号”在海上航行了一会儿，就靠近海岸，向气球港驶去。移民们必须察看一下沙洲与礁石之间的航道情况，如有必要，就在那里设置信标，因为这条小溪以后有可能会成为船只停泊的港口。

他们离海岸只有半海里了，但必须逆风换抢行驶。由于风被部分高地所挡，风力减小，连帆也鼓不起来，平静如镜的海面只在有风随意刮过时才泛起涟漪，此时，“乘风破浪号”放慢了船速。

哈伯特站在船头，为前进在航道中的船只指路，突然他大叫起来：

“迎风行驶！彭克罗夫，迎风行驶！”

“发生了什么事？”水手站了起来问，“有礁石吗？”

“不是……等一下，”哈伯特说，“我没看清楚……还是迎风行驶……好……再往前一点……”

说话间，哈伯特俯身在船边上，迅速把一只手臂伸到水里去，随即举起手来，说道：

“一只瓶子！”

他手上拿着一只封口的瓶子，此处离海岸只有几链的距离。

赛勒斯·史密斯把瓶子拿过来，什么话也没说，拔去瓶塞，从里面掏出一张已经浸水的纸，上面写着：

遇难……塔波岛：西经 153°，南纬 37°11′。

第十三章

决定出发——假设——准备工作——三名乘客——第一夜——第二夜——塔波岛——搜索沙滩——搜索森林——空无一人——动物——植物——荒废的房子

“有一名落难者被遗弃在离我们几百海里的塔波岛上！”彭克罗夫大声地说，“啊，赛勒斯先生，你现在不会反对我出航的计划了吧！”

“不反对，彭克罗夫，”赛勒斯·史密斯回答道，“而且你要尽早出发。”

“明天就走？”

“明天。”

工程师手里拿着那张从瓶子里掏出来的纸条，对着它思考了片刻，然后说：

“朋友们，根据这张纸条的形式和内容，我们首先可以得出这样的结论：第一，塔波岛上的落难者是一个具有相当丰富航海知识的人，因为他写出的塔波岛的经纬度和我们测定的数据相符合，并且连分度也有了；第二，他是个英国人或美国人，因为纸条是用英文写的。”

“这完全合乎逻辑，”热代翁·斯皮莱说，“这个落难者的存在正好解释了在海岸边出现的那只大箱子。有落难者就说明曾经发生过海难。不管这个人是谁，彭克罗夫有造船的念头，并且就在今天试航，对他来说是一件很幸运的事，因为错过了今天，也许这只瓶子就会在礁石上碰碎。”

“确实，”哈伯特说，“‘乘风破浪号’经过这里，正好这只瓶子飘过来，这太幸运了。”

“你不觉得这有点奇怪吗？”赛勒斯·史密斯问彭克罗夫。

“我只觉得很幸运，”水手回答道，“赛勒斯先生，你觉得此事有什么不寻常吗？这只瓶子总要漂到什么地方去的，既然能漂到别处去，为什么就不能漂到这里来呢？”

“也许你说得对，彭克罗夫，”工程师说，“不过……”

“可是，”哈伯特提出说，“没什么能证明这个瓶子已在海上漂了很久。”

“是的，”热代翁·斯皮莱说，“连这纸条也好像是最近才写的。赛勒斯，你怎么想？”

“这很难证实，以后我们会弄清楚。”赛勒斯·史密斯回答。

进行这场谈话时，彭克罗夫并没有闲着。他把船掉了头，“乘风破浪号”在满后侧风的吹动下，鼓起风帆，迅速地向爪角驶去。大家心里都想着这位塔波岛上的落难者。他们还来得及救他吗？这可是移民们生活中的一件大事啊！他们自己也只是落难者，只怕那个人没有他们那么幸运，他们的责任就是前去搭救他。

“乘风破浪号”绕过爪角，将近四点钟时在慈悲河口抛了锚。

当晚，有关这次新远征的细节问题都研究妥当。看来，彭克罗夫和哈伯特都懂得如何驾驶船只，所以他们是去塔波岛最合适的人选。如果他们在第二天也就是10月11日出发的话，就可以在13日到达目的地，因为从目前的风势来看，横渡这一百五十海里的洋面用不了四十八个小时。在塔波岛上待一天，再花三四天在回程上，因此可以预计他们在17日即可返回林肯岛。天气晴朗，气温一直在上升，风势也较稳定，这一切都对勇士们有利，他们将远离林肯岛，去履行人道主义的义务。大家决定赛勒斯·史密斯、纳布和热代翁·斯皮莱留在花岗岩宫，但一心念着自己是《纽约先驱报》记者的热代翁·斯皮莱提出了异议，他表示，宁愿游水过去，也不愿错过这样的机会。结果大家同意他也加入这次出海。

傍晚，大家就忙着把一些东西搬上“乘风破浪号”，其中有卧具、器皿、武器、弹药、指南针以及够吃一个星期的粮食。东西很快就搬好了，移民们回到了花岗岩宫。

第二天，凌晨五点钟，大家互相告别时心里都有些激动。彭克罗夫扬起风帆，船向着爪角驶去，绕过爪角，然后一直驶向西南方。

船驶离海岸四分之一海里时，乘客们回过头来，看见花岗岩宫高处的两个人还在向他们挥手示意，他们是赛勒斯·史密斯和纳布。

“的确是我们的朋友！”热代翁·斯皮莱高声叫道，“这是十五个月来我们第一次分开！……”

彭克罗夫、记者和哈伯特最后一次挥了挥手，花岗岩宫很快就消失在爪角那高高的岩石后面了。

这天最初的几个小时，船只一直在林肯岛南面的海上行驶，不久，林肯岛看起来就像一只绿色的篮子，中间露出了富兰克林山。从远处看，这座山并不高，显然不会吸引过往的船只来此靠岸。

一点钟左右，船已行驶到了离开爪角十海里的海面上。从这里已经分辨不清那一直延伸到富兰克林圆形山顶的西海岸。三个小时以后，整个林肯岛都消失在了海平面下面。

“乘风破浪号”行驶得非常好。它被波涛轻轻托着，向前疾驰。彭克罗夫扯起了顶桅帆，借着风势，根据指南针的指示，驾驶船只沿直线前进。

哈伯特不时地替换他，少年掌起舵来也很稳，并没有发生因船只突然偏向而遭水手责备的情况。

热代翁·斯皮莱一会儿和这个人说说话，一会儿和另一个人说说话，需要时他也会操作一下。船长彭克罗夫对自己的船员绝对满意，说要用四分之一升的小瓶酒来嘉奖他们。

晚上，弯弯的月亮出现在暮色苍茫的夜空中，上弦月要到 16 日才能看到。不久，这轮新月就将沉入海中。夜色很浓，但星光灿烂，明天又将是一个好天气。

出于谨慎，彭克罗夫把顶桅帆降了下来，他不想让它遭到不测之风的袭击。在如此平静的夜里，此举也许是过于小心了，但彭克罗夫是一个非常谨慎的水手，大家也不能责怪他。

记者去小睡一会儿，彭克罗夫和哈伯特每隔两小时就互相调换去掌舵。水手信任少年就像信任他自己一样，这是建立在少年的冷静和理智上的信任。彭克罗夫就像船长对舵手一样，为他指出航道，而哈伯特也没有让“乘风破浪号”偏离一丝一毫。

一夜平安度过，10 月 12 日的白天也在同样的情况下过去了。船只一直保持着向西南方向行驶，如果不碰上什么海流的话，它应该能径直抵达塔波岛的附近。

船只此时驶过的海面非常冷清。有时，几只信天翁或军舰鸟之类的大鸟在枪弹的射程范围内飞过，热代翁·斯皮莱心想，说不定其中就有上次替他把文章捎给《纽约先驱报》的那只鸟呢。也只有这些鸟，才能经常在塔波岛和林肯岛之间的海面上空出现。

“可是，”哈伯特说，“现在应该已经有一些捕鲸船开到太平洋的南面来了。说实话，我觉得没有比这里更荒凉的海面了。”

“不会那么荒凉吧！”彭克罗夫回答说。

“什么意思？”记者问道。

“我们不是都在这里吗？难道你把我们的船看作遇难的残骸，把我们这些人当作鼠海豚了吗？”

彭克罗夫为自己的打趣笑了起来。

到了晚上，他们行驶了三十六小时，时速为三又三分之一海里，他们估计“乘风破浪号”离开林肯岛以后，已经行驶了一百二十海里。现在风势已经变小，有停下来的趋向。尽管如此，如果估计正确、航线也没有偏差的话，第二天拂晓时分他们就可以看到塔波岛。

10 月 12 日到 13 日的这个夜里，热代翁·斯皮莱、哈伯特、彭克罗夫都没有睡觉。他们等待着天明，心里十分激动。他们要做的事情包含着那么多不确定因素。他们是否离塔波岛已经很近了呢？他们要去搭救的那个落难者是否还住在岛上呢？他究竟是谁？他的出现会不会给至今一直都很团结的小分队带来什么不好的影响？

另外，这个人愿不愿意换一个地方受困呢？所有这些问题可能都要到第二天才会得到解决，但现在他们都难以入睡。翌日，晨曦初照，他们轮流用眼光搜索着西面的整个海平面。

“陆地！”早晨六点钟左右，彭克罗夫叫了起来。他是不大会弄错的，显然，陆地就在前面。

“乘风破浪号”的全体船员该多么高兴啊！几个小时以前，他们已接近了该岛的滨海地带！

塔波岛的海岸很低，只是勉强露出波涛，现在“乘风破浪号”离它只有十五海里。船的航向稍稍朝着岛的南面，一直向前行驶着，随着太阳在东方升起，人们可以看到几处山峰的影子。

“这个岛比林肯岛小多了，”哈伯特说，“并且它很可能和林肯岛一样，是由于海底地震造成地面隆起而形成的岛屿。”

上午十一时，“乘风破浪号”离岛只有两海里了，彭克罗夫在这陌生的海面特别小心地前进着，以寻找可以登陆的航道。

这时，他们可以看到整个塔波岛，岛上清楚地呈现出丛生的绿色桉树和其他一些大树，这些树种与林肯岛上的一样。然而令人惊奇的是，岛上没有显示有人居住的炊烟，沿海地带也没有人来过的痕迹。

但是那张纸条上却分明写着，这里有一个落难者，而且他可能还在这里等候着。

这时，“乘风破浪号”正冒险进入礁石中间的曲折航道，彭克罗夫全神贯注地看每一个弯道。他安排哈伯特去掌舵，自己在船头观察水流，手里拉着帆索，准备随时收帆，热代翁·斯皮莱用望远镜扫视整个海岸，但什么也没看到。

在中午时分，“乘风破浪号”的船身终于碰到了塔波岛的沙滩。船上的人下了锚，收了帆，然后全体登陆。

根据最新的地图，在这个位于新西兰和美洲大陆之间的太平洋海域，没有其他岛屿存在，所以毫无疑问，这就是塔波岛。

他们用缆绳牢牢地把船系住，以免退潮时海水把它卷走。接着，彭克罗夫和两个伙伴带足了武器，登上海岸，他们要去爬半英里外的那座高二百五十至三百英尺的小山丘。

“从这个小山丘的顶上，”热代翁·斯皮莱说，“我们大概可以了解小岛的全貌，这对我们的搜寻工作有好处。”

“这样，”哈伯特说，“就像赛勒斯先生在林肯岛一开始就爬上富兰克林山一样。”

“是一样，”记者说，“而且这是最好的做法。”

探险家们一边说着话，一边沿着一片草地的边缘往前走去，草地的尽头就在小山丘脚下。有许多岩鸽和燕鸥成群结队地在他们面前飞走，这些鸟好像与林肯岛上的相似。左边的草地边上有一片树林，他们听见树下荆棘丛里有轻微的响声，还看见野草在摆动，这说明里面藏着胆小的动物，但至今却没有发现有人居住的痕迹。

彭克罗夫、哈伯特和热代翁·斯皮莱三人来到了小山丘脚下，一会儿就爬到了山丘顶上，他们从上面急切地观察起四面八方来。

他们现在所处的这个小岛，周长不会超过六英里，海角、海岬、小海湾或小溪都不多，呈扁高的椭圆状。四周的大海延伸到天边，一片寂静。眼前没有陆地，也没有帆影。

塔波岛上草木丛生，和林肯岛的面貌不一样：林肯岛变化多样，有的地方干旱、荒凉，有的地方肥沃、富饶；这里却是统一的青枝绿叶，间或有两三座不太高的山丘。一条小溪从椭圆形的小岛斜穿过一块大草地，从西海岸的一个狭小河口流入大海。

“这个岛的面积很小。”哈伯特说。

“是的，”彭克罗夫随即说，“对我们来说，是小了一点。”

“而且，”记者说，“这里好像还没有人住。”

“确实，”哈伯特应声道，“丝毫没有人住的迹象。”

“我们下去吧，再找一找！”彭克罗夫说。

水手和他的两个伙伴回到了他们停船的地方。他们决定在深入岛内以前先徒步绕岛走一圈，这样不至于在搜索时遗漏什么地方。

沙滩上的路很好走，只是在几个地方有巨大的岩石挡住去路，不过绕过去就行了。探险家们朝南面走去，路上惊飞了为数众多的海鸟群，大批海豹远远地看见他们，就纷纷跳入海中。

“这些动物，”记者指出说，“不是第一次看见人，它们怕人，说明它们对人有所了解。”

出发后一个小时，他们三个人来到了小岛的南端，岛的尽头是一个尖尖的岬角，然后他们沿着西海岸重新往北走，这里同样是沙石海岸，背景是浓密的森林。

他们花了四个小时，把整个小岛的周围搜了个遍，没有发现任何地方有人住的痕迹，也没有看到有人走过的脚印。

这事太过蹊跷，他们不得不认为塔波岛上没人住或是住的人已经离去。也许这纸条是几个月前或几年前写的，这样的话，这个落难者很可能已经返回了祖国，或者已经悲惨地死去。

彭克罗夫、热代翁·斯皮莱和哈伯特在“乘风破浪号”上，一面急匆匆地吃晚饭，一面做出种种多少都还算合情合理的假设，他们打算在入夜以前继续搜索。

晚饭后，五点钟，他们向树林进发。

许多动物在他们走近时就四处逃窜。这些动物主要——甚至可以说全部——是山羊和猪，并且一看就知道它们属于欧洲种。也许它们是被捕鲸船带到这座岛上，然后迅速繁殖起来的。哈伯特打算抓一两对活的带回林肯岛去。

这个岛上有人来过，这一点毫无疑问。更为明显的是，森林中有开出来的小径，有用斧子砍伐过的树干，到处都留下人类劳动的痕迹。不过，倒下的树已腐烂，足见是许多年前砍伐的；斧头砍的树的截面上已长满毛茸茸的青苔。小径上长满了浓密的野草，使人难以辨认。

“这证明不仅有人在岛上登陆，”热代翁·斯皮莱说，“而且还在这里住过一段时间。他们是什么人？人数有多少？还剩下多少人？”

“纸条上只提到一个落难者。”哈伯特说。

“那好，如果他还在岛上，”彭克罗夫说，“我们不可能找不到他！”

搜索工作继续进行。水手和他的伙伴们自然而然地走在斜向穿过小岛的路上，这样，他们就能沿着通往大海的小溪向前行进。

如果说，欧洲种的动物和人类手工劳动的痕迹无可争辩地表明这座岛已经有人来过，那么岛上的一些植物样本更证明了这点。在林中空地的一些地方，显然曾经种过蔬菜植物，不过这可能是很久以前的事情。

当哈伯特认出马铃薯、菊苣、酸模、胡萝卜、卷心菜和萝卜时，他高兴极了，只要采些种子回去，就可以大大丰富林肯岛上菜园子里的品种。

“好！好极了！”彭克罗夫说，“这东西非常适合纳布，也适合我们。即使找不到落难者，至少我们这次旅行也没有无功而返，上帝会嘉奖我们的！”

“也许吧，”热代翁·斯皮莱说，“不过，看这些种植园的状况，我们担心这个岛已经很久没人住了。”

“确实，”哈伯特接着说，“不管这个居民是什么人，他是不会对这样重要的作物掉以轻心的！”

“是的！”彭克罗夫说，“这个落难者已走了！……假定是这样……”

“那么必须承认，这纸条是很久以前写的。”

“当然。”

“那么说，这只瓶子是在海上漂了很久才到达林肯岛的啰？”

“怎么不可能？”彭克罗夫回答道，“不过现在天黑了，”他接着又说，“我想我们最好还是停止搜索。”

“我们回船吧，明天再继续工作。”记者说。这是最明智的建议，大家正要照着办，哈伯特忽然指着树林中一个模糊不清的东西大声叫道：

“房子！”

三个人立即朝所指的房子奔去。借着黄昏的微光，可以看出这一座用木板建成的房子，厚厚的屋顶上涂着一层沥青。

门半开着，彭克罗夫把门推开，一个箭步跨了进去……

房内空无一人！

第十四章

物品清单——夜晚——几个字母——继续搜索——植物和动物——哈伯特遇险——在船上——出发——恶劣天气——本能的闪现——海上迷航——及时的火光

彭克罗夫、哈伯特和热代翁·斯皮莱在黑暗中一动也不动。

彭克罗夫大声地叫了几声。

没有人回答他。

于是水手用打火石点燃了一根小树枝。火光照亮了这间小屋，看得出这里已好久没有住人了。屋子的尽头有一个简陋的壁炉，里面有些冷灰，上面有一捆干柴。彭克罗夫把点燃的小树枝丢入炉中，木柴发出噼里啪啦声，火一下就烧旺了。

水手和他的两个伙伴此时看到一张凌乱的床，床上的被子潮湿而发黄，说明好久没有使用了。壁炉的一角有两把生锈的开水壶和一只倒扣的锅子。有一个衣橱，里面有几件开始发霉的水手服。桌子上有一副锡餐具和一本因潮湿而受损的《圣经》。角落里放有几样工具：铲子、十字镐和两支猎枪，其中的一支已经断裂。在一个用木板搭的架子上，有一桶没有开过封的火药、一桶枪弹和好几匣雷管。所有这些东西都落了一层厚厚的灰，也许是有年头了。

“没有人。”记者说。

“是啊，没有人。”彭克罗夫应声说。

“这房子里好久没有住人了。”哈伯特说。

“是的，一定好久了！”记者说。

“斯皮莱先生，”彭克罗夫说，“我想不要回到船上去，就在这房子里过夜吧。”

“你说得对，彭克罗夫，”热代翁·斯皮莱回答道，“如果房子的主人回来，嗨！也许他不会抱怨我们占了他的地盘。”

“他不会回来的！”水手边摇头边说。

“你认为他已经离开这个岛了吗？”记者问道。

“如果他已经离开，应该会带走自己的武器和工具。”彭克罗夫回答说，“你知道，落难者对海难后遗留下来的这些东西都非常珍惜。不！不！”水手以肯定的语气说，“不！他没有离开这个岛！如果他乘坐自己造的小船逃生去的话，就更不会丢弃这些非常必要的物品了！不，他还在岛上！”

“他还活着吗？……”哈伯特问道。

“可能活着，也可能死了。不过，如果死了，我想他不会自己安葬自己，”彭克罗夫回答道，“我们至少会发现他的遗骸！”

于是大家决定在这被遗弃的房子里过夜，堆在墙角里的木柴足够他们取暖用。关上门后，彭克罗夫、哈伯特和热代翁·斯皮莱在一条长凳子上坐了下来，他们就这样待着，话说得很少，但脑子里却想得很多。他们在脑海里做了种种推测，也期待着各种情况的出现，他们急切地倾听着门外的响动。如果门突然打开，有一个人出现在他们面前，他们也不会为之感到惊讶，尽管这房子显然已被人遗弃，但他们随时准备要与这个人、这个遇难者、这个许多朋友正等待着的陌生友人握手。

但周围什么响声也没有，门还是关着，时间就这样过去了。

这一夜对水手和他的两个伙伴显得多么漫长啊！只有哈伯特睡了两个小时，他这个年龄的人很需要睡眠。他们三个人都急于继续昨天的搜索工作，要把塔波岛彻底地找一找。彭克罗夫的推断完全正确，既然房子被抛弃了，而工具、器皿和武器还留在这里，那么似乎可以肯定房子的主人已经死了。因此大家决定去寻找他的遗骸，并且至少也要为他举办一个基督教的葬礼。

天亮了，彭克罗夫和伙伴们立刻对这所房子进行了察看。

这座房子的位置确实很好，它在一个小山丘的背后，有五六棵桉树遮隐着。房前，穿过树林，有一块用斧子开辟出来的林间空地，从那里可以展望大海。有一小块草地通到海岸，周围的木栅栏已经东倒西歪，海岸的左边就是小溪的河口。

这座房子用木板造成，一眼就能看出是船体或甲板的木板。所以，很可能是有一艘遇到海难、失去操纵的船被海浪冲到小岛的岸边，船员中至少有一个人得救，这个人利用手边的工具和船的残骸，建造成了这个住所。

热代翁·斯皮莱绕着房子走了一圈，在一块木板上——这也许是遇难船身外壳上的木板——看到了几个缺损的字，这更加证实了他们的假设。那几个字是：

“不……颠……亚”

“不列颠尼亚！”彭克罗夫被记者叫过来，他大声地说，“这是常见的船名，不过，我不能肯定它是英国船还是美国船。”

“这并不重要，彭克罗夫。”

“的确，这关系不大，”水手回应说，“只要船员中还有人活着，不管他是哪国人，我们都一定要救他。不过在继续搜索前，我们先要回到‘乘风破浪号’上去。”

彭克罗夫对他的船有些不放心。万一岛上住着人，万一某个岛民占了这只船……不过对于这种似乎不大可能的假设，他还是耸了耸肩。然而水手还是乐意回船上去吃午饭。而且这段已经开辟好的路并不长，差不多一英里吧。于是大家开始往回走，同时察看着路两旁的树木和矮林，只见成百只山羊和猪四处逃窜。

离开那座房子二十分钟以后，彭克罗夫和他的伙伴们重返东海岸，“乘风破浪号”的铁锚深深地扎在沙滩中，和先前一样，好好地停在那里。

见此情景，彭克罗夫不禁松了一口气。总之，这只船就是他的孩子，而作为父亲，他的权利就是时时刻刻无端地为孩子担心。

大家上了船，然后吃饭，尽量吃得饱一些，这样晚些吃晚饭也不要紧。吃完饭，他们便继续进行仔细的搜索工作。

总之，岛上唯一的居民很可能已经死了。所以，彭克罗夫和他的伙伴们寻找的不是活人，而是死人的踪迹。不过搜索还是一无所获，他们在覆盖全岛的浓密树林里徒劳地寻找了半天。现在似乎应该承认，如果落难者已经身亡，又没有留下尸体的痕迹，那么很可能是某一种野兽吞吃了他的骸骨。

“明天天一亮我们再出发。”彭克罗夫对他的两个伙伴说。此时是下午两点钟左右，他们正躺在一丛松树的树荫下面，做片刻的休息。

“我想我们可以毫无顾忌地把落难者的器皿拿走。”哈伯特接着说。

“我也是这样想，”热代翁·斯皮莱说，“这样，这些武器和工具就可以充实花岗岩宫的物资。如果我没搞错的话，那里储存的枪弹和火药数量不少。”

“没错，”彭克罗夫应声说，“不过，不要忘了我们要捕捉一两对猪回去，林肯岛上没有这种……”

“也不要忘了采些菜籽回去，”哈伯特补充说，“这样我们就会有新旧大陆的各种蔬菜了。”

“也许我们应该在塔波岛上多待一天，”记者说，“这样可以把有用的东西全都搜集起来。”

“不行，斯皮莱先生，”彭克罗夫说，“我要求大家明天天一亮就动身。我觉得风向有转西的趋势。我们来的时候是顺风，回去时也要顺风才好。”

“那我们就不要浪费时间了！”哈伯特站起身来说道。

“我们不要浪费时间，”彭克罗夫接着说，“哈伯特，你去采集菜籽，因为你比我们熟悉。我和斯皮莱先生去猎猪，尽管没有托普，我希望我们还是会抓到几头。”

于是哈伯特穿过小路，向小岛种菜的地方走去，水手和记者则径直走进了森林。

许多猪在他们面前逃窜，这些动物异常灵活，好像很难接近它们。不过，追赶了半个小时以后，猎人们终于在一个浓密的矮林窝中逮到了一对猪。这时，在北面几百步的地方传来叫喊声，叫声中还夹杂着可怕的、不像人发出的咆哮声。

彭克罗夫和热代翁·斯皮莱站了起来，两头猪利用这个机会逃之夭夭，水手原本正要用绳子把它们捆绑起来。

“这是哈伯特的声音！”记者说。

“快跑！”彭克罗夫叫道。

水手和热代翁·斯皮莱立即朝发出叫喊的地方迅速跑去。

幸亏他们跑得快，在靠近林中空地的小道拐弯处，他们看见少年正被一个野人一样的动物按在地上，这也可能是一个巨大的猿类，它正要伤害少年。

彭克罗夫和热代翁·斯皮莱马上扑到这巨兽的身上，把它按在地上，救出了哈伯特，然后把它结结实实地捆绑了起来。水手是一个大力士，记者也非常强壮，尽管怪物竭力挣扎，还是被紧紧地绑好了，动弹不得。

“哈伯特，你没受伤吧？”热代翁·斯皮莱问道。

“没有！没有！”

“啊！这人猿如果伤了你的话……”彭克罗夫高声说。

“他不是人猿！”哈伯特说。

彭克罗夫和热代翁·斯皮莱听了这话，就朝躺在地上的怪物看去。

确实，他一点也不像人猿，他是一个人，一个男人！但是他是什么样的人啊！是一个用再极端的字眼来形容也不为过的野人，更可怕的是，他似乎已粗野到丧失了人性。

他头发竖起，胡须乱糟糟的，一直垂到胸前，除了腰间围着一块破布，身上几乎全都裸露着，双眼透着凶狠的目光，一双大手长着特长的指甲，棕红色的肤色犹如桃花心木，双脚硬如牛角，这就是这个也被称作人的可怜怪物的真实写照。不过人们确实也会提出这样的问题：占据他躯体的究竟是人的心灵，还是野兽的粗俗本能？

“你能肯定他是一个人，还是他曾经是一个人？”彭克罗夫问记者。

“哎呀！这是毫无疑问的。”后者答道。

“那他就是落难者了？”哈伯特问。

“是的，”热代翁·斯皮莱回答说，“不过这个不幸的人已完全丧失了人性！”

记者说得对。如果这位落难者曾经是一个文明开化的人，显然孤独已把他变成了野蛮人，也许更糟，变成了一个真正的人猿。他咬紧利牙，从喉咙里发出沙哑的声音。食肉类动物为了吃生肉，都有这种利齿。毫无疑问，他丧失记忆已经很久了，也有好久不知道如何使用工具、武器，不知道如何生火。看得出他很敏捷、很灵活，但他的智力却衰退了。

热代翁·斯皮莱对他说话，他好像听不懂，甚至好像没有听见……不过记者从他的眼睛中看出，他并没有完全丧失理智。

这名俘虏并不挣扎，也不试图挣脱捆绑自己的绳子。他是不是被自己过去的同类惊呆了？他是否在脑海的一角寻回了能恢复他人性的某些瞬间回忆？如果放了他，他会试图逃跑，还是留下来？他们不知道，也没有试一试。热代翁·斯皮莱非常专注地看了看这个可怜的人，然后说：

“不管他现在、过去以及以后会怎样，我们的责任是带他和我们一起回林肯岛！”

“对！对！”哈伯特回应说，“也许我们的细心照料，能重新唤起他的智慧！”

“灵魂是不会死亡的，”记者说，“如果能使这个上帝的造物摆脱粗野，这将是一件令人十分快乐的事！”

彭克罗夫满脸迟疑地摇了摇头。

“总之，必须试一试，”记者说，“况且这是人道主义对我们的要求。”

确实，他们的责任就是要做一个文明人和基督徒。他们三个人都明白这点，并且也知道赛勒斯·史密斯是会同意这样做的。

“我们还要绑着他吗？”水手问道。

“如果解开他脚上的绳子，也许他能走路？”哈伯特问道。

“试试看吧。”彭克罗夫回答说。

于是囚犯双脚上的绳子被解开了，但他的双臂还是被牢牢地捆绑着。他自己站立了起来，并没有想逃跑的念头。他那干涸的双眼向走近他的三个人投射出尖刻的目光，丝毫没有显示出他想起自己是和他们一样的人，或至少曾经是一样的人。他的嘴里不时地发出咝咝声，表情非常凶狠，不过并不想反抗。

按照记者的建议，这个不幸的人被带回了他的房子。也许重睹旧物会对他产生某些影响！也许一点火星，就足以使他混浊的思想重新得到恢复，使他熄灭的灵魂重新发出光芒。

那处房子并不远。几分钟后，大家就走到了。不过到了那里，这名俘虏什么也没有认出来，他似乎对所有东西都失去了知觉。

这个可怜人来到岛上时是个理智的人，如果不是因为在小岛上被困得太久，长期的孤独使他退化成如此粗野的状况，那么又该怎样解释呢？

记者想到火也许对他会有作用，于是过了一会儿，就在炉膛里燃起了一堆熊熊烈火。这样的火光甚至连动物都会被吸引过来。

炉火起初好像引起了这个不幸的人的注意，但很快他就往后退，他那无意识的眼神也变得黯淡了。

显然，至少目前无计可施，只有把他带回“乘风破浪号”上去。送到船上后，就由彭克罗夫看管着他。

哈伯特和热代翁·斯皮莱回到小岛上去结束他们要干的事情。几个小时后，他们回到了海岸，带来一些器皿、武器、采集到的蔬菜种子、几头野味和两对猪。所有东西都被装上了船，只等第二天早晨一涨潮，“乘风破浪号”就会起锚。

俘虏被安置在前舱里，他安静地待着，不声不响，好像既聋又哑。

彭克罗夫给他吃东西。他推开了给他烧热的肉，也许这对他不合适。哈伯特打来几只鸭子，水手拿了其中的一只给他看，他竟像野兽般地扑了上去，狼吞虎咽，一下子就吃了下去。

“你认为他会恢复正常吗？”彭克罗夫边问边摇头。

“也许会的，”记者答道，“我们对他的照料不可能不对他产生作用，是孤独把他变成现在的样子，而今后他不再是单独一人了。”

“这个可怜人这样可能已经很久了！”哈伯特说。

“也许是的。”热代翁·斯皮莱说。

“他可能多大年纪？”少年问道。

“这说不好，”记者回答说，“他满脸浓密胡须，面貌也无法看清楚，不过年纪不会太轻，我猜想他至少应该有五十岁。”

“斯皮莱先生，你有没有注意到，他的眼睛凹陷得多深啊！”少年问道。

“是的，哈伯特，不过我要补充一句，和他整个人的外表相比，他的眼睛还比较有人情味。”

“好吧，我们等着瞧吧，”彭克罗夫说，“我很想知道史密斯先生会对我们的野人有什么看法。我们来找一个人，而带回来的却是一个怪人。不过我们已尽力了！”

夜晚过去了，大家不知道俘虏是否入睡，不过尽管他已松绑，但也不动弹。他就像某些野兽一样，一开始关押还老老实实，但过一会儿野性就会发作。

翌日，10 月 15 日，天亮时，正如彭克罗夫所预料的，天气发生了变化。风向转为西北，这有利于“乘风破浪号”的返航，但同时天气已经转凉，可能会增加航行的困难。

凌晨五点钟起了锚。彭克罗夫收了主帆，将船朝东北偏东方向行驶，直奔林肯岛。

第一天的航程平安无事。俘虏安静地呆在前舱，由于他曾经是水手，所以海上的颠簸似乎在他身上产生了某种有益的反应。他是否想起一些他从前的职业了呢？不管怎样，他还是安安静静地待在那里，神情并不沮丧，而是惊讶。

第二天，10 月 16 日，风更大了，并且风向更向北了，这不利于“乘风破浪号”的航行，船只因而也在浪上颠簸。彭克罗夫不久只得抢风行驶，虽然他一句话也没说，但已经开始为海上的状况感到担忧，因为海浪一直凶猛地冲击着船头。如果风力不减弱的话，回林肯岛的时间肯定要比去塔波岛的时间还长。

果然，17 日早晨，也就是“乘风破浪号”返程后四十八小时，他们仍然没有到达林肯岛海域的迹象。由于航行的方向和速度很不正常，所以也无法估算到底已经走过了多少航程。

又过了二十四小时，还是没有看见任何陆地。此时船完全是逆风而行，海上波浪滔天。海浪劈头盖脸朝船上打下来，必须迅速地升帆、收帆，经常改变帆的前下角索，有时还要稍稍抢风行驶。18 日那天，“乘风破浪号”甚至一度被海水完全盖过，幸亏船员们事先把自己绑在了甲板上，否则他们就会被浪冲走。

彭克罗夫和他的伙伴们正忙着为自己松绑，却意外地得到了俘虏的帮助。他从舱口冲了出来，似乎恢复了水手的本能，用圆木材猛地撞破一块船身，使甲板上的水更快地流出去，过了一会儿，船上的水流光了，他一声不响地又下到了自己的房间里。

彭克罗夫、热代翁·斯皮莱和哈伯特看着他做此事，都非常惊讶。

不过他们的处境还是很险恶，水手有理由认为，他们在这茫茫大海中已经迷失了方向，无法找到正确的航路。

18 日夜里，既黑暗又寒冷。不过到了十一点钟的时候，风势弱了下来，海浪也平息了，“乘风破浪号”行驶得较为平稳，并加快了速度。不管怎么说，这只船的航海性能不错。

彭克罗夫、热代翁·斯皮莱和哈伯特一点儿都不想睡觉，他们非常小心地守候着。也许林肯岛就在附近，天亮时就可以看到；也许“乘风破浪号”在海流和大风的作用下偏离了航向，再也无法校正。

彭克罗夫非常担心，不过并没有绝望，因为他历经考验，很坚强，他坐在舵旁，只想穿透周围那浓厚的黑暗。

凌晨两点钟左右，他突然站了起来，高喊道：

“火光！火光！”

确实，在东北方向二十英里处，出现了亮光，林肯岛就在那里，这火显然是赛勒斯·史密斯为了给他们指明航道而点燃的。

彭克罗夫原来行驶的方向过于偏北，他修正了航向，朝着水平线上火光驶去，这火光就像是一颗明亮的星星。

第十五章

归来——讨论——赛勒斯·史密斯和陌生人——气球港——工程师的热诚——一次感人的试验——流泪

翌日，10月20日早上七点钟，“乘风破浪号”在离开四天以后，又慢慢地停靠在慈悲河口的沙滩上。

赛勒斯·史密斯和纳布对恶劣的天气和超期未归的伙伴们非常担心，天一亮就登上眺望岗，最后终于看见了这只迟归的船。

“谢天谢地！他们来了！”赛勒斯·史密斯喊道。

至于纳布，他高兴得跳了起来，拍着手转着圈子，叫道：

“噢！我的主人！”他的表情比最好的演说还动人。

工程师数着甲板上看见的人，他起先推测彭克罗夫要么没有找到塔波岛的落难者，要么那个不幸的人拒绝离开原来的岛，另换一个被困的地方。

而事实上，甲板上只有彭克罗夫、热代翁·斯皮莱和哈伯特三个人。

船靠岸时，工程师和纳布在沙滩上等候。船上的人还没下来，赛勒斯·史密斯就对他们说：

“朋友们，你们回来晚了，我们非常担心。碰上了什么不幸的事了吗？”

“没有，”热代翁·斯皮莱回答说，“相反，一切都很顺利。我们会把事情讲给你听。”

“不过，”工程师又说，“你们的寻找工作是失败了，回来时和去时一样，只有三个人。”

“对不起，赛勒斯先生，”水手说，“是四个人。”

“你们找到落难者了？”

“是的。”

“那你们把他带回来了吗？”

“带来了。”

“他还活着吗？”

“活着。”

“他在哪儿？是什么人？”

“他是，”记者回答说，“或者不如说，曾经是一个人。赛勒斯，我们能告诉你的就是这些。”

工程师马上就猜出了他们出去几天所发生的事。大家对他讲了搜索的过程，小岛上那座唯一的废弃已久的房子，还有最后抓到这个似乎已不属于人类的落难者等等。

“问题是，”彭克罗夫补充说，“我不知道我们是否应该把他带回来。”

“当然应该，你们做得对，彭克罗夫！”工程师立刻回答。

“但这个可怜虫已失去理智！”

“现在也许是这样，”赛勒斯·史密斯说，“不过几个月前，这个不幸者是和你们、和我一样的人。谁知道我们中如果有一个人活到最后，在这岛上长期过孤独的生活，会变成什么样？朋友们，孤独是不幸的。我们应该相信，孤独会很快摧残人的理智，你们发现这个可怜的人处于这样的状况就是实例。”

“不过，赛勒斯先生，”哈伯特问道，“你怎么会认为这个不幸者只是在几个月前才变得粗野的呢？”

“因为我们发现的那张字条是最近才写的，”工程师回答道，“而只有落难者才能写字条。”

“除非，”热代翁·斯皮莱指出，“是他一个已经死了的同伴写的。”

“亲爱的斯皮莱，这不可能。”

“为什么？”记者问道。

“因为纸条上只提到一个落难者，而不是两个。”赛勒斯·史密斯回答。

哈伯特三言两语地讲述了这次离岛出海途中所发生的事，特别提到了在风暴最猛烈的时候，这名俘虏又突然成了水手的奇事，他的脑子突然清醒了一阵子。

“好啊，哈伯特，”工程师说，“你对这事很注意，做得对。这个不幸的人不应该不可救治，绝望使他变成了这个样子。但在这里，他又遇到和他一样的人，既然他身上还有灵魂，我们就能挽救他！”

于是，塔波岛上的落难者在工程师的极大同情和纳布的万分惊讶下，被请出了“乘风破浪号”的前舱，不过一踏上陆地，他就想要逃跑。

但赛勒斯·史密斯向他走来，非常威严地将一只手按在他的肩膀上，同时又以无限温和的目光看着他。这个不幸者在瞬间显得很顺从，他垂下双眼，低下脑袋，慢慢地安静下来，不再有丝毫的抗拒。

“可怜的被遗弃者！”工程师喃喃而语。

赛勒斯·史密斯仔细地观察他。从外表上看，这个可怜的人已经没有丝毫人性，不过工程师和记者一样，从他的眼神里突然发现了一丝难以觉察的智慧之光。

大家做出决定，让被遗弃者，或者说陌生人——以后他的新伙伴们都这样来称呼他——住在花岗岩宫中的一个房间里，从那里他不可能逃走。大家毫无困难地把他带到房间里，在良好的照料下，也许可能期望有一天他会成为林肯岛上移民们的又一个伙伴。

记者、哈伯特和彭克罗夫肚子饿得要命，纳布赶紧给他们张罗早餐。就在他们用餐时，赛勒斯·史密斯听他们详细地讲述了去小岛探险的过程中所发生的各种事情。他同意朋友们的看法，从不列颠尼亚这个名字来看，陌生人可能是英国人或美国人，工程师甚至透过他未经修理的胡须和乱蓬蓬的头发，还认出了盎格鲁-撒克逊人的面貌特征。

“不过，”热代翁·斯皮莱对哈伯特说，“你没有跟我们讲你是怎样碰上这个野人的，我们什么也不知道，只知道如果不是我们碰巧及时赶来救你，你就可能被他掐死了！”

“哎，”哈伯特回答说，“我确实很难说清那天发生的事。我正在采集植物的时候，听见从一棵很高的树上轰隆一声掉下来什么东西。我几乎都来不及转身……这个不幸者大概躲藏在一棵树上，说时迟那时快，他扑到我身上，如果斯皮莱先生和彭克罗夫没有……”

“我的孩子，”赛勒斯·史密斯说，“你可真危险，不过，没有这件事，也许这个可怜的人还会躲避你们的寻找，我们也不会再多一个伙伴。”

“那么，赛勒斯，你希望能成功地把他重新变成一个人吗？”记者问道。

“是的。”工程师回答说。

吃完早餐，赛勒斯·史密斯和他的伙伴们离开花岗岩宫，回到了海滩。接着大家就忙着从“乘风破浪号”上卸东西，工程师仔细察看武器和工具，没有发现能证明陌生人身份的蛛丝马迹。

大家一致认为，从塔波岛抓来的那几头猪对林肯岛大有好处，于是把它们送入猪圈，在那里，它们很快就会适应新的环境。

两桶火药、弹丸以及几匣雷管也深受欢迎。大家甚至做出决定，要建立一座小型火药库，火药库可以设在花岗岩宫外，也可以设在上面的石洞里，那样就不必担心爆炸了。不过，火棉的效果很好，还是应该继续使用，没有任何理由用普通火药完全取代火棉。

船上的东西卸完后，彭克罗夫说：

“赛勒斯先生，我觉得应该把我们的‘乘风破浪号’停泊在一个安全的地方，这样才比较放心。”

“停在慈悲河口不妥当吗？”赛勒斯·史密斯问道。

“是的，赛勒斯先生，”水手回答道，“它一半时间都搁浅在沙滩上，很容易受损。你知道，这是一只好船，我们回来时受到如此猛烈的风暴袭击，它航行的状况仍然非常好。”

“我们不能让它浮在河上吗？”

“也许可以这样做，赛勒斯先生，不过这河口没有任何遮挡，刮起东风来，‘乘风破浪号’就可能被海浪冲坏。”

“那你想把它停在哪里呢，彭克罗夫？”

“停在气球港，”水手回答说，“那条小河有岩石遮挡，我觉得是最合适的港口。”

“那里是不是远了些？”

“啊！它离花岗岩宫不过三英里多，而且我们有一条平坦大路可以直通那里。”

“好吧，彭克罗夫，把你的‘乘风破浪号’开到那里去，”工程师说，“不过我还是喜欢就近守护着它。有时间的话，我们应该为它造个小港。”

“太好了！”彭克罗夫叫了起来，“一个有灯塔、码头和平坞的港口！啊！说实在的，赛勒斯先生，有你在，什么事都会变得非常容易！”

“是的，正直的彭克罗夫，”工程师说，“不过，那是要在你帮我的情况下，因为我们所有的这些工作大部分都是你做的。”

哈伯特和水手就又登上“乘风破浪号”，起了锚，扯上帆，海风很快就把船送到爪角。两个小时后，它就停在了气球港平静的水面上。

陌生人在花岗岩宫里度过了最初的几天，他是否让人觉得他的野性有所改变了呢？在他混沌的头脑里是否出现了智慧的亮光？说到底，他的灵魂回归肉体了吗？是的，回答是肯定的，而且他恢复得如此之快，甚至连赛勒斯·史密斯和记者都怀疑这个不幸的人是否真的曾经完全丧失过理智。

一开始，习惯于塔波岛上露天生活、无拘无束的陌生人常会闷闷地发怒，大家都担心他会从花岗岩宫的窗口跳到海滩上去。但他慢慢地平静了下来，这也使他有了更多的自由。

人们完全有理由对他抱有希望，而且是很大的希望。陌生人已经忘记了在小岛上食肉动物的本能。他已经摆脱了茹毛饮血的饮食习惯，看到烧热的肉，他再也不会像在“乘风破浪号”上那样，表现出反感的情绪了。

赛勒斯·史密斯趁着他睡着的时候，把他乱蓬蓬的头发和长长的胡须都剪短了，这些像鬃毛一样的发须使他的样子更为野蛮。工程师替他除去遮体的破布片，让他穿上比较合身的衣服。这样一来，陌生人重新有了人样，甚至他的眼睛似乎也更温和了。这张脸过去曾经被智慧之光照耀过，那时它肯定相当漂亮。

赛勒斯·史密斯规定自己每天要和陌生人在一起待上几个小时。他到他身边来工作，干各种事，以便引起他的注意。确实，有一点星火就可以重新点燃他的灵魂之火，脑海中的一桩往事就会唤醒他的理智。在“乘风破浪号”遇到风暴时，大家已经清楚地看到了这一点。

工程师还注意到要高声说话，这样可以通过听觉和视觉来刺激他已变得迟钝的智力。这件事情有时是这个人、有时是那个人、也有时是大家一起来参与。他们谈论最多的是有关航海的事情，这应该最能打动一个水手的心。有时候，陌生人对所讲的东西表现得很茫然，但不久，他们相信他能听懂他们的一部分话了。有时候他脸上的表情很痛苦，这说明了他内心的感受在脸上暴露无遗，虽然有好几次大家觉得话就在他嘴边，但他还是不说话。不管怎样，这个可怜的人总是安安静静、非常愁闷的样子。不过他的安静是不是只限于表面上的呢？他的愁闷只是禁锢在岛上的结果吗？现在这些都还不能确定。在一个固定的环境里，只看见有限的物品，只和这些移民们——不久他就会和他们熟悉起来——接触，没有任何要求需要满足，吃的和穿的都比过去好，这样，他的自然本性理所当然地逐渐起了变化；但这种新的生活能吸引他吗？或者用一句对他更贴切的话来说，他是否像动物一样已经被主人驯服了呢？这是赛勒斯·史密斯急于要解决的重要问题，只是他不愿意粗暴地对待他的病人。对他来说，陌生人只不过是一个病人。有一天他会康复吗？

因此，工程师随时随地都在关注着他。可以这样说，工程师是在守候他的灵魂，准备当它一出现就逮住它。

移民们带着真挚的感情，关注着赛勒斯·史密斯所进行的这场治疗的每一个阶段的情况。在这次人道主义的行动中，所有人都协助他。没过多久，大家——也许除了不肯轻信的彭克罗夫——就都和工程师一样，充满了希望和信心。

前面我们说过，陌生人非常安静，但他对工程师表露出一种依恋之情，显然后者对他的影响很深。赛勒斯·史密斯决定进行一次试验，把他带到另一个环境去，让他面对过去熟视无睹的海洋，或是身处森林的边缘，这大概会使他回想起多年来自己生活过的地方。

“不过，”热代翁·斯皮莱说，“他一旦获得自由，不会逃掉吗？”

“这就是我们要做的试验。”工程师回答说。

“好吧！”彭克罗夫说，“这家伙出去后，一呼吸到野外的空气，就会飞快地逃走的。”

“我不这样认为。”赛勒斯·史密斯说。

“我们试试看吧！”热代翁·斯皮莱说。

“试试看。”工程师说。

这天是10月30日，塔波岛的落难者被关在花岗岩宫里已有九天。天气很暖和，灿烂的阳光洒在海岛上。

赛勒斯·史密斯和彭克罗夫来到了陌生人住的房间，见他正躺在窗边，瞪眼瞧着天空。

“来吧，朋友！”工程师对他说。

陌生人马上起了身，看着赛勒斯·史密斯，就随着他走了。水手在后面跟着，他对试验的效果满腹狐疑。

走到了门口，赛勒斯·史密斯和彭克罗夫让他坐到升降机里，而纳布、哈伯特和热代翁·斯皮莱已在花岗岩宫下面等候他们。吊篮放下来了，不一会儿，全体人员都到了海滩上。

移民们有意与陌生人拉开一点距离，让他可以自由行动。

陌生人朝大海走了几步，他的双眼顿时放出了光彩，但他并没有要逃跑的举动，只是注视着岸边的细浪，看它如何消失在沙滩上。

“这不过是大海，”热代翁·斯皮莱指出，“也许引不起他逃跑的念头。”

“对，”赛勒斯·史密斯说，“必须把他带到高地去，到森林的边缘去。在那里试验就会有结论了。”

“而且在那里他是跑不了的，”纳布说，“吊桥全都吊了起来。”

“噢！”彭克罗夫说，“这样的人碰到甘油河这样的小溪，就会一跃而过。”

“我们等着瞧吧。”赛勒斯·史密斯看着他的病人的眼睛，简单地说了一句。

于是陌生人被带到慈悲河口，大家爬上了河的左岸，到达了眺望岗。

这里就是森林的边缘，生长着美丽的树木，微风吹过，树叶轻轻摆动。陌生人兴奋地呼吸着空气中沁人心脾的香气，然后长长地叹了一口气。

移民们都待在他的身后，如果他稍有逃跑的动作，就准备把他抓住。

果然，这个可怜的人正想跳到把他和森林隔开的溪水中去，他的双腿像弹簧似的刚要放开来……不过，他马上就蹲了下来，神情有些沮丧，眼里流下了一颗大大的泪珠。

“啊！”赛勒斯·史密斯大声说道，“你又成了一个人了，因为你流泪了！”

第十六章

有待解开的谜——陌生人最初的几句话——岛上十二年——无意间说出的话——失踪——赛勒斯·史密斯的信心——制造风磨——第一块面包——忠诚的行为——诚实的手

是的，这个不幸的人流了泪！也许他的脑海里想起了什么往事，用赛勒斯·史密斯的话来说，由于流泪，他又重新变成了人。

移民们稍稍往后站着，让他在高地上待一会儿，感受充分的自由，不过他并不想利用这个自由，于是赛勒斯·史密斯决定把他带回花岗岩宫。

过了两天，陌生人好像渐渐愿意参与到集体生活中来了。显然他在听大家说话，也听懂了，但非常奇怪的是，他固执地不肯和大家说话。有一天晚上，彭克罗夫把耳朵贴在他的房门上，听见他说了这几个字：

“不！在这里！我！决不！”

水手把听到的话告诉了其他伙伴。

“其中肯定有什么痛苦的秘密！”赛勒斯·史密斯说。

陌生人已开始使用农具，并在菜园里干活。他常常会在劳动时停下来，独自发呆，大家听从工程师的叮嘱，尊重他想保持的孤独，不去打扰他。如果他们中有人走近，他就会往后退，胸部起伏，抽噎起来，似乎满腹心酸！

他是不是在受悔恨的折磨？也许是的。有一天，热代翁·斯皮莱不禁做了这样的评论：

“他不说话，我认为他有难言之隐，不好说。”

大家必须耐心地等待。

又这样过了几天，到了 11 月 3 日，陌生人在高地上劳动，手上的铲子掉了下来，他就停止了工作，在不远处观察他的赛勒斯·史密斯又一次见他流下了眼泪。工程师被一种难以抑制的同情心驱使着，向他走来，轻轻地碰了碰他的手臂，并呼唤他：

“我的朋友！”

陌生人的眼睛想尽量避开他，而赛勒斯·史密斯则要去握他的手，他急急地往后退去。

“我的朋友，”赛勒斯·史密斯以更坚定的语气说，“我要你看我一下！”

陌生人看着工程师，就像受到了催眠师的影响。他想逃跑，但此时他的面部表情突然有了变化。他的双眼发出亮光，嘴唇微微颤动着好像想说话，他再也控制不住了……最后，他双臂抱在胸前，用哽咽的嗓音问工程师：“你们是谁？”

“像你一样，是落难者，”工程师非常激动地回答，“我们把你带到这里来，到和你一样的同胞中间来。”

“和我一样的同胞！……我没有这样的同胞！”

“你现在是在朋友中间……”

“朋友！……我的朋友！朋友！”陌生人一边双手抱头一边喊道，“不……决不……不要管我！不要管我！”

然后他向着临海的高地那边跑去，在那里一动不动地待了很久。

赛勒斯·史密斯回到伙伴们身边，把刚才发生的事讲给他们听。

“是的，在这个人的生活中一定有一个秘密，”热代翁·斯皮莱说道，“他好像只有经过忏悔才能重新做人。”

“我不知道我们带回来的是个什么样的人，”水手说，“他有秘密……”

“我们会尊重他的秘密，”赛勒斯·史密斯很快说，“如果他犯过什么错，他已经为此付出惨痛的代价，在我们的眼里，他应该得到宽恕。”

陌生人独自在海滩上待了两个小时，他肯定是沉浸在过去的回忆之中——那一段岁月无疑很痛苦——移民们的目光盯着他，也不去打扰他。

两个小时后，他似乎下了决心，跑来找赛勒斯·史密斯。他哭得两眼通红，但现在已经停止了哭泣。他一脸谦恭，好像很惶恐，感到羞耻，人缩成一团，眼睛朝下，看着地上。

“先生，”他对赛勒斯·史密斯说，“你和你的伙伴，都是英国人吗？”

“不是，”工程师回答，“我们是美国人。”

“啊！”陌生人发出了惊叹，然后喃喃地说：

“我宁愿是这样！”

“那你呢，我的朋友？”工程师问道。

“英国人。”他很快地回答。

说出这几个字对陌生人来说好像是很沉重的事，于是他就离开了海滩，带着一副激动的神情，从瀑布走到慈悲河口。

走过哈伯特身边的时候，他停住脚步，用哽咽的嗓音问：

“几月份了？”

“12月。”哈伯特回答。

“哪一年？”

“1866年。”

“十二年了！十二年了！”他高声喊道，然后就马上离开了哈伯特。

哈伯特把自己与陌生人的一问一答告诉了其他伙伴。

“这个不幸的人，”热代翁·斯皮莱说，“他连哪年哪月都不知道了！”

“是啊！”哈伯特又说，“我们找到他时，他在小岛上已经待了十二年！”

“十二年！”赛勒斯·史密斯说，“啊！十二年的孤独，也许还经历过一段被诅咒的生活，这完全会损害一个人的理智！”

“我倒是认为，”彭克罗夫说，“此人绝不会因海难而来到塔波岛，而是犯了什么罪以后被流放到了岛上。”

“也许你说得对，彭克罗夫，”记者回答道，“如果是这样，有朝一日把他流放在岛上的人也不是不可能再把他找回去。”

“那他们找不到他了。”哈伯特说。

“可是，”彭克罗夫说，“必须得找到，而……”

“朋友们，”赛勒斯·史密斯说道，“在弄清楚事情之前，我们不要讨论这个问题。我觉得这个不幸的人吃了苦，不管他犯了什么过失，他已经为此付出了沉重的代价。他渴望倾吐心声，可又不敢，这使他异常烦闷。我们不要逼他说出他过去的事情。也许他自己会对我们讲的，我们知道情况以后，再考虑怎么办比较好。再说，只有他能告诉我们他是否还有某一天返回祖国的希望和信心，但我对此有所怀疑！”

“为什么？”记者问道。

“因为如果他能肯定在一段确定的时间后被释放的话，他会等待获释的时候，而不会把这纸条抛入海中。不，很可能他是被判处死在这小岛上，不能再见到他的同伙了！”

“但是，”水手提醒道，“有一件事我不明白。”

“什么事？”

“如果此人被遗弃在塔波岛有十二年了，那大家可以假定我们遇见他时，他处于这种野蛮状态中已经有好多年了！”

“这是可能的。”赛勒斯·史密斯回答道。

“那么，他写这纸条时可能是许多年前了！”

“毫无疑问……但是这纸条像是最近才写的！……”

“另外，怎么能认定装有纸条的瓶子从塔波岛漂到林肯岛经过了许多年的时间呢？”

“这不是绝对不可能的，”记者回答道，“也许这瓶子在海岸边搁浅很久了呢？”

“不，”彭克罗夫回答道，“这瓶子还是漂着的，我们甚至不能假定这瓶子在海岸边搁置了多少时日，瓶子会重新被海水冲走，因为在南岸全是岩石，它必然会被撞碎的。”

“确实是这样。”赛勒斯·史密斯一边沉思一边回答。

“还有一点，”水手接着说，“如果这纸条是好几年前写的，放在瓶子里也有好几年，那它一定会因受潮而损坏。但情况不是这样，它保存得很好。”

水手的想法非常正确，这是一个不可思议的事实，因为当移民们在瓶子里发现纸条时，它好像是最近才写的。而且纸条上精确地写出了塔波岛的经纬度，这表明写纸条的人具有相当全面的水文地理知识，而一个普通的水手绝没有这等水平。

“这又是一件难以解释的事情，”工程师说道，“不过我们还是不要逼我们这位新伙伴说出真情。哪天他愿意开口讲了，朋友们，我们再听他说。”

在随后的几天里，陌生人一句话也不说，也不离开高地周围。他不做片刻休息，一刻不停地在地里劳动，不过他总是避开大家，独自在一边干活。吃饭时，他也不回花岗岩宫，虽然大家几次三番邀请他，他也只吃一些生的蔬菜。黑夜降临，他也不回到给他指定的房间里去，就待在树丛下，天气恶劣时，则蜷缩在岩石洞里。这样，他还是像以前生活在塔波岛上一样，除了树木，没有别的东西可以遮蔽，移民们坚持要改变他的生活方式，但一切努力都是枉然，他们只好耐心等待。这样的时刻终于来临了，在良心的驱使下，他不由自主地做了一番可怕的自白。

11 月 10 日这天，晚上八点钟左右，天色已经暗了下来，众人聚集在游廊底下，陌生人突然出现在他们面前。他的双眼发出异常的光芒，整个人又恢复了从前苦难日子里的凶狠模样。

赛勒斯·史密斯和伙伴们看见他都吓呆了。他处于极度的激动之中，牙齿像发烧的病人一样咯咯作响。他怎么了？看见与他一样的人，他受不了了吗？他厌倦这文明环境中的生活了吗？难道他还眷恋过去的野蛮生活？大家不得不这样想，因为听见他断断续续地说：

“我为什么来这里？你们有什么权利把我从小岛带到这里来？……你们和我有什么关系？……你们知道我是谁？……我所做的事……为什么我会在那里……单独一个人？谁告诉你们我不是被遗弃在那里……我不是被判在那里度过余生？你们了解我的过去吗？……你们知道我是否偷过东西，杀过人……是不是一个无耻之徒，一个该死的人……只配像野兽一样地活着……远离所有的人……你们说……你们都知道吗？”

移民们听着这个人把自己说成是无耻之徒，也不去打断他，他只是不由自主地吐出这些并不彻底的自白。赛勒斯·史密斯向他走去，想让他安静下来，但他迅速朝后退去。

“不要！不要！”他高喊道，“我只问一句话……我是自由的吗？”

“你是自由的。”工程师回答。

“那么，再见！”他大声说道，一边像疯子似的跑走了。

纳布、彭克罗夫和哈伯特也立刻朝林边跑去……但他们几个人自己回来了。

“应该让他走！”赛勒斯·史密斯说。

“他不会回来了……”彭克罗夫说。

“他会回来的。”工程师这样回答。

这件事后又过了好几天。赛勒斯·史密斯坚持认为——这是不是一种预感呢？——这个不幸的陌生人迟早会返回这里。他说：

“这是他野性的最后一次发作，悔恨触动了他，新的孤独生活会使他感到惊骇。”

在这期间，无论是眺望岗还是畜栏的各项工作都继续着，赛勒斯·史密斯想在畜栏那里建立一个农场。不用说，哈伯特从塔波岛上采集来的种子已经被小心地播下了。高地此时已成了一个设计周全、维护得当的大菜园，当然，移民们的双手因此也没有空闲过。在那里，总有工作要做。随着蔬菜品种越来越多，必须把简单的正方形菜地扩大为真正的菜地，并取代草场。岛上的其他地方长有丰富的青草，野驴的饲料是不用担心的。而且，眺望岗处在深水的环抱之下，受到良好的保护，把它改为菜地，而把不怕猿猴和野兽损害的草场迁到外面去，这样做要好得多。

11 月 15 日这天，他们进行了第三次收割。自从十八个月前播下了第一粒麦种以来，麦地的面积大大地扩大了。第二次收获的六十万粒麦子，这次生产了四千斗，即五亿粒麦子！现在移民们的粮食非常充足，他们只需留十来斗麦子播种，就能确保每年的收成足够全队人畜食用。

收割完了后，11 月的下半个月就忙于做面包。

确实，他们有了麦子，但这还不是面粉，所以必须有一个磨坊。赛勒斯·史密斯打算利用流向慈悲河的第二条瀑布作为磨坊的动力，第一条瀑布早已是缩绒机的动力来源；不过大家经过讨论，最后还是决定在眺望岗上建立一个简单的风磨。因为建造风磨比磨坊容易，再说高地面向大海，经常有风吹来。

“不用说，”彭克罗夫说，“风磨将更加令人愉快，在周围的景色中会产生很好的效果。”

于是大家开始工作起来，选择木材制作风磨的架子和机械部分。在湖的北面有几块很大的砂岩，很容易就可以做成石磨，而风翼则用气球上取之不尽的气囊帆布来做。

赛勒斯·史密斯制订方案，风磨的位置选在湖边家禽饲养场稍右的地方。几根粗大的木材支撑着一个枢轴，整个风磨的框架就装在枢轴上，这样，随着风向，它就能带动整个机械装置一起转动起来。

这项工作很快就完成了。纳布和彭克罗夫早已成了手艺娴熟的木匠，只要按照工程师提供的样子做就行。这样，不久在选定的地址上，就竖起了一个圆柱形的亭子，上面有个尖顶，极像一个胡椒瓶。四个风翼框架以一定的角度牢牢地插入主动轴中，并且被铁榫头把固定住。亭子内有一些机械设备：放置两块磨石的框架，一块是固定的，一块是能活动的；一只类似方形槽的加料斗，上面宽，下面小，可以让麦粒掉到磨石上；一个振动槽，用来控制麦粒移动的速度，由于它不停地滴答作响，所以有了个“爱絮叨的人”的名字；最后还有筛粉器，通过筛滤，把面粉和麸皮分开，这东西制作起来也不难。工具都很好使，工作上困难就少了，总之，风磨的结构也极其简单，只不过是时间问题。

所有的人都参加了磨坊的建造工作，12 月 10 日工程结束。

和过去一样，彭克罗夫为自己的作品感到兴高采烈，他相信这个机器十全十美。

“现在，只要有好风，”他说，“我们就可以好好地磨我们的麦子了！”

“一阵好风，也许，”工程师回答道，“但风也不能太大，彭克罗夫。”

“嗨！这样我们的磨坊只会转得更快呀！”

“磨坊没有必要转得这么快，”赛勒斯·史密斯回答他，“经验告诉我们，当风翼一分钟转动的次数是风在一秒钟内经过的英尺数的六倍时，磨坊可达到最大的工作量。中等程度的风每秒能跑二十四英尺，带动风翼每分钟转十六次，所以不用更快。”

“就是啦！”哈伯特大声说，“快刮一阵东北风吧，让我们好办事！”

移民们都急于要品尝林肯岛上的第一块面包，所以没有任何理由不立即启用磨坊。这天上午，他们磨了两三斗小麦，第二天吃午饭时，花岗岩宫的餐桌上就出现了一块漂亮的圆形面包，虽然是用啤酒酵母发酵的，还不够松软，但尽管如此，每个人都是大口大口地咬，并且快乐无比。这不难理解。

只是陌生人还没有现身。热代翁·斯皮莱和哈伯特多次跑遍了周围的森林，既没有碰到他，也没有发现他的任何踪迹。他们为他这次长时间的失踪感到忧心忡忡。当然，这位塔波岛上原先的野蛮人在这片猎物充足的远西森林中生活，不会感到有什么为难，但大家还是担心他是否又恢复了老习惯，由于无人管束，他的野性是否又会重现？尽管如此，赛勒斯·史密斯也许有一种预感，坚持说逃跑者会回来的。

"是的，他会回来的！"他以一种伙伴们不以为然的信心反复地说，"这个不幸者在塔波岛时，意识到自己是单独一个人，而在这里，他知道他的同类在等着他。这个可怜的人既然已经忏悔，已经说了他过去的部分生活，他就会回来，把所有的事都说给我们听，到那一天，他就是我们的人了。"

后来发生的事证明赛勒斯·史密斯说的话是对的。

12月3日，哈伯特离开眺望岗，去湖的南岸钓鱼。他没有带武器，因为那些危险的野兽不会在岛的这一带出现，所以在这以前都没有采取任何防备措施。

与此同时，彭克罗夫和纳布在家禽饲养场劳动，而赛勒斯·史密斯和记者则在"壁炉"忙于制造苏打，因为储存的肥皂已经用光了。

突然响起了叫喊声：

"救命啊！救命！"

赛勒斯·史密斯和记者由于离得太远没有听见呼救声。彭克罗夫和纳布急忙离开家禽饲养场，朝湖边奔去。

但此时，谁也没有料到陌生人会出现，他抢在他们前面，越过了介于高地和森林之间的甘油河，冲向对岸。

在那里，哈伯特正面对着一头巨大的美洲豹，这头美洲豹与在爬虫角打死的那头相似。他猛然一惊，紧靠着一棵树站着，猛兽缩起身躯，正要扑上去……说时迟那时快，陌生人冲向了可怕的猛兽，他手里只有一把刀作武器，猛兽立即转过身来，对付这新的对手。

搏斗持续的时间很短。陌生人有惊人的力气，手脚十分灵活。他一只手像钳子般有力地掐住美洲豹的喉咙，毫不担心豹子爪会刺伤自己的肌肤，另一只手则攥着一把刀，直插美洲豹的胸口。

美洲豹倒地死了，陌生人一脚把它踢开，正想离开，移民们赶到了搏斗的现场，哈伯特心里对他恋恋不舍，叫着：

“不！不！你不要走！”

赛勒斯·史密斯向陌生人走来，后者看他走近，不禁紧锁双眉。他的上衣撕破了，肩膀上流着血，但他也不在意。

“我的朋友，”赛勒斯·史密斯对他说，“我们刚刚欠了你一笔人情债。你冒着生命危险，救了我们的孩子。”

“我的生命，”陌生人喃喃而语，“它能算什么？什么也不值！”

“你受伤了吗？”

“不要紧。”

“请把你的手伸给我，好吗？”

哈伯特想去握住刚刚救了自己的手，陌生人却把双手交叉在胸前，胸口起伏不停，眼神变得黯淡无光，他好像又想逃跑。但经过一番思想斗争，他语气生硬地问道：

“你们是什么人？你们想要对我怎么样？”

这是他第一次问起移民们的来历。也许他听了以后，就会讲自己的故事。

赛勒斯·史密斯简要地讲了他们从里士满出发以后的全部经过，他们如何摆脱困境以及现在他们手上掌握了哪些财富。

陌生人全神贯注地听着他叙述。

然后，工程师对他说全体人员都在这里：热代翁·斯皮莱、哈伯特、彭克罗夫、纳布和他本人；他接着又说，他们来到林肯岛以后，感到最高兴的事，就是从塔波岛回来时又有了一个新伙伴。

听了这些话，陌生人脸红了，他的脑袋垂到胸前，羞愧不已。

“现在你知道我们是什么人了，”赛勒斯·史密斯又说，“你能把手伸给我们吗？”

“不，”陌生人以沙哑的嗓音答道，“不，你们，你们都是些正派的人！而我……”

第十七章

总是待在一边——陌生人的请求——建在畜栏旁的农场——十二年前——“不列颠尼亚号”上的水手长——被遗弃在塔波岛上——赛勒斯·史密斯的手——神秘的纸条

陌生人最后说的这些话证实了移民们的预感。在这个不幸者的生活中有一段痛苦的往事，也许在大家的眼里，他已为此付出了代价，但他内心深处还没有宽恕自己。总之，这个罪人深感内疚，懊悔不已，而他的新朋友们热诚地想要握他的手，他觉得自己不配把手伸给这些正派的人。不过在发生了美洲豹事件以后，他不再返回到森林中去，从那天起，他也不再离开花岗岩宫的范围了。

他的生活中究竟有什么秘密呢？陌生人有一天会讲起吗？这一切只有将来才知道。不管怎样，大家约定，不去追问他的秘密，并且和他一起生活，不要对他存有猜疑之心。

有好几天，他们的共同生活过得像从前一样。赛勒斯·史密斯和热代翁·斯皮莱一起工作，他们有时候是化学家，有时候是物理学家。记者只有在陪哈伯特去打猎时才会离开工程师，因为让少年独自一人在森林里奔走不太谨慎，必须保持警惕。至于纳布和彭克罗夫，一天在牛栏或家禽饲养场，另一天去畜栏，还有花岗岩宫内的事务，他们要做的事儿不少。

陌生人也劳动，不过总是独自一人待在一边，并且他又恢复了老习惯，不和移民们一起吃饭，晚上睡在高地的树丛下面，从不与大伙儿掺和在一起。好像对他来说，与这些救命恩人交往是件难以容忍的事！

“但是，”彭克罗夫指出，“为什么他要人去救他呢？他为什么要把那张纸条扔进海里呢？”

“他会讲给我们听的。”赛勒斯·史密斯一成不变地回答。

“什么时候？”

“也许比你料想的要早，彭克罗夫。”

果然，陌生人供认的日子已接近了。

12 月 10 日，也就是他回到花岗岩宫一星期以后，赛勒斯·史密斯见他向自己走来，以一种平和而谦恭的语气说：

“先生，我对您有一个请求。”

“说吧，”工程师回答道，“不过先让我问你一个问题。”

听了这些话，陌生人的脸突然红了起来，并且马上想离开。赛勒斯·史密斯明白这个罪人内心在想什么，他无疑是害怕工程师要询问他的过去。

赛勒斯·史密斯用手拉住了他。

“老兄，”工程师对他说，“我们对你来说不仅是伙伴，还是朋友。我坚持对你说明这点，现在我听你说了。”

陌生人用手捂住自己的眼睛。他浑身颤抖，好久说不出话来。

“先生，”最后他说，“我来向你请求一件事。”

“什么事？”

“在距这里四五英里的山脚下，你们有一个养家畜的畜栏，那里的牲畜需要有人照看，你们能答应让我住在那里吗？”

赛勒斯·史密斯以非常怜悯他的心情注视着这个不幸者，过了一会儿才说：

“朋友，畜栏里的厩舍只能勉强让牲口住……”

“对我来说，这就相当好了，先生。”

“朋友，”赛勒斯·史密斯又说，“我们不会阻挠你做任何事。你高兴住在畜栏，可以。而且我们随时欢迎你回到花岗岩宫里来。不过既然你要住在那里，我们就做一些必要的安排，让你在那边住得舒服些。”

“不管怎样，我在那里会很好的。”

“朋友，”赛勒斯·史密斯接着说，他有意坚持用这个热忱的称呼，“你让我们来决定这件事该怎么办吧。”

“谢谢，先生。”陌生人说完后就离开了。

工程师立即把陌生人对他所提的建议告诉了其他伙伴，大家决定在畜栏那边再建造一座木屋，并且要尽可能把里面安排得舒适些。

当天，移民们带上必要的工具去了畜栏，过了一个星期，房子已经建好，准备迎接它的主人。木屋建在离畜栏二十多英尺处，从那里去照料岩羊群很方便，此时岩羊已有八十多只。他们制造了一些家具：床、桌子、板凳、衣橱和箱子，还搬了一些武器、弹药和工具过去。

陌生人还没有看见过自己新的住处，移民们在他不在的情况下在那里忙碌，而他则还在高地上干活，也许是想把活儿干完。事实上，土地已经被他完全翻耕过了，只等到时播种。

12 月 20 日，畜栏那边的布置工作一切就绪。工程师告诉陌生人，他的住所已准备好，就等着他去入住，陌生人回答说，当晚他就到那里去睡。

这天晚上，全体人员聚集在花岗岩宫的大厅里。此时是八点钟，该是他们的伙伴离开的时刻。因为他们担心自己在场，陌生人就要向他们告别，从而造成他不自在，他们就留下陌生人一人，自己先回到花岗岩宫去。

然而，他们刚在大厅里谈了一会儿话，外面就响起了一声轻轻的敲门声。接着陌生人走了进来，开门见山地说：

“诸位先生，在我离开你们以前，你们有必要了解我的历史。下面就告诉你们。”

这几句简单的话语使赛勒斯·史密斯和他的伙伴们深为感动。

工程师站了起来。

“朋友，我们对你没有任何要求，”他说，“你有权保持沉默……”

“我有责任把它说出来。”

“那就请坐吧。”

“我站着。”

“我们就听你说。”赛勒斯·史密斯回答他。

陌生人站在大厅一个光线昏暗的地方。他没有戴帽子，双臂抱在胸前，保持着这种姿势，并用嘶哑的嗓音，好像强迫自己似的讲述了下面的故事，在这期间，他的听众们一次也没有打断过他的话：

“1854 年 12 月 20 日，属于苏格兰贵族格里那凡勋爵的蒸汽游艇‘邓肯号’在澳大利亚西海岸南纬 37° 的柏努依角抛锚停船。船上有格里那凡勋爵和夫人、一位英国陆军少校、一位法国地理学家，还有一个女孩和一个男孩。这两个孩子是一年前连人带货一起沉没的‘不列颠尼亚号’船长格兰特的儿女。‘邓肯号’由船长约翰·孟格尔指挥，船员一共有十五人。

“这艘游艇为什么会在此时来到澳大利亚海岸呢？下面我来说明。

“六个月前，‘邓肯号’上的人在爱尔兰海域拣到一只瓶子，里面藏有一张用英、德、法三种文字写的纸条。上面大意是说‘不列颠尼亚号’遇难后还有三名幸存者，就是格兰特船长和他的两名水手。他们流落在一个海岛上，纸条上写了这个岛所处的纬度，所写的经度因纸被海水浸蚀，已无法看清。

“海岛的纬度为南纬 37°11′。经度不知道，但如果沿着 37° 纬线前进，经过陆地或海洋，就一定能到达格兰特船长和他两个同伴所在的地方。

“英国海军部对是否去寻找他们犹豫不决，而格里那凡勋爵决心尽一切力量把船长找回来。玛丽·格兰特和罗伯特·格兰特也与他联系上了。于是‘邓肯号’装备起来，准备远航，乘客有勋爵一家和格兰特船长的两个孩子。游艇离开了格拉斯哥，向着大西洋驶去，绕过了麦哲伦海峡，进入太平洋，一直到达巴塔哥尼亚。根据对纸条的初步理解，他们推测格兰特船长已被那里的土著抓去。

“‘邓肯号’上的旅客在巴塔哥尼亚的西岸下了船，游艇则开到东岸的科连特斯角，接他们上船。

“格里那凡勋爵沿着37°纬度线穿过巴塔哥尼亚，没有找到任何有关船长的踪迹，这样，11月13日他又回到船上，继续穿越大西洋寻找。

“‘邓肯号’一路上去过特里斯坦-达库尼亚群岛和阿姆斯特丹岛，但一无所获，在1854年12月20日到达了澳大利亚海岸的柏努依角，这我在前面已经说过。

“格里那凡勋爵打算像穿过美洲一样横穿澳大利亚，于是他上了岸。在离海岸几英里处，有一个爱尔兰人的农场，在那里，他们受到了殷勤的接待。格里那凡勋爵告诉这个爱尔兰人他来到这里的缘由，并问他是否知道一年多以前有一艘叫‘不列颠尼亚号’的三桅帆船在澳大利亚西海岸沉没。

“爱尔兰人表示从来也没有听人谈起过这起海难，但令众人大吃一惊的是，主人的一个仆人插进来说：

“‘阁下，谢天谢地！如果格兰特船长还活着，他一定是在澳大利亚的土地上。’

“‘你是谁？’格里那凡勋爵问道。

“‘和您一样，也是苏格兰人，阁下，’此人回答说，‘我是格兰特船长的伙伴之一，“不列颠尼亚号”的落难者。’

“此人名叫艾尔通。他的身份证件证明，他是‘不列颠尼亚号’的水手长。在船只触礁断裂时，他和船长失散了，他一直以为船长和所有船员都已遇难，船上只有他艾尔通一个人幸存。

"'不过，'他又接着说，'"不列颠尼亚号"的失事地点是在澳大利亚的东海岸，而不是西海岸，如果像纸条上所写的那样，格兰特船长还活着，他应该是在澳大利亚土著的手中，所以应该到东岸去寻找。'

"此人说话的语气很率直，眼光充满自信，使人不会怀疑他的话的真实性。已经雇用他一年多时间的爱尔兰人也为他做了担保。格里那凡勋爵完全相信此人忠实可靠，就按照他的建议，决定沿着南纬37°线，横穿澳大利亚。于是由格里那凡勋爵、勋爵夫人、两个孩子、陆军少校、法国人、孟格尔船长和几名水手组成的小队人马，在艾尔通的带领下按计划出发；而'邓肯号'则由大副汤姆·奥斯丁率领，驶向墨尔本，在那里等候格里那凡勋爵的指令。

"他们在1854年12月23日那天出发。

"应该说明一下，这个艾尔通是个叛徒。他确实曾经是'不列颠尼亚号'的水手长，但由于他和船长发生争执，就企图煽动水手造反，并强占船只，为此格兰特船长在1852年4月8日让他在澳大利亚西海岸下了船，随即弃他而去。这样做并没有错。

"因此，这个坏蛋并不知道'不列颠尼亚号'遇难的事，他只是听格里那凡勋爵说了后才知道。自从被丢弃后，他化名为本·乔伊斯，成了一群逃犯的头子。他之所以会厚颜无耻地坚持说船只失事是发生在东海岸，促使格里那凡勋爵奔向那个方向，是因为他想让勋爵离开自己的船，自己乘机去占领'邓肯号'，使这艘游艇成为太平洋上的海盗船。"

陌生人说到这里，停了片刻。他的嗓音有些颤抖，但他还是往下说：

"横穿澳洲大陆的远征开始了。当然，由于艾尔通——也可以叫他本·乔伊斯——的带领，这次远征非常不幸，他通知手下的那批逃犯准备干坏事，这些人就时而走在他们的前面，时而跟在后面。

“此时，‘邓肯号’已经驶往墨尔本去检修。因此，重要的是要让格里那凡勋爵命令游艇离开墨尔本，开到澳大利亚的东海岸去，只有在那里才便于下手抢船。艾尔通把小队人马带到非常靠近东海岸的地方，这里处于茫茫的林海之中，出了事一点办法也没有。格里那凡勋爵写了一封信，让艾尔通负责送给‘邓肯号’的大副。信中命令游艇立即驶往东海岸的图福尔德湾，也就是远征队几天后将要到达的地方。艾尔通和他的同党也是在那个地方约好碰头。

“正当这封信要交到艾尔通手里的时候，叛徒的面目被揭穿了，他只好逃跑。但他不惜一切代价，要弄到这封能使他得到‘邓肯号’的信。他终于截获了此信，并于两天后到达了墨尔本。

“至此为止，这个罪犯的所有阴谋诡计都获得了成功。他将把‘邓肯号’开到图福尔德湾，在那里逃犯们会轻而易举地抢占游艇，杀死全体船员，然后本·乔伊斯就将在海上独霸一方。但上帝阻止他去执行这个可怕的计划。

“艾尔通来到墨尔本，把信交给大副汤姆·奥斯丁，大副读了信以后，立即就开船出海。可是开航的第二天，他得知大副是把船开往新西兰东海岸，而不是澳大利亚东海岸的图福尔德湾时，可以想象他是多么沮丧和愤怒！他想阻拦大副这样做，但奥斯丁把信给他看……原来，写这封信的法国地理学家犯了一个令人庆幸的错误，他把目的地写成了新西兰东海岸。

“这样，艾尔通的全盘计划都泡了汤！他想反抗，结果遭到了监禁，并被带往新西兰东海岸，从此就失去了其党羽以及格里那凡勋爵以后的消息。

“‘邓肯号’在新西兰东海岸一直游弋到3月3日。这一天，艾尔通听到了隆隆的炮声，原来是‘邓肯号’上的大炮开了火，不一会儿，只见格里那凡勋爵和他的那些人来到了船上。

“事情的经过是这样的：格里那凡勋爵历尽千辛万苦，终于结束了旅程，到达澳大利亚东海岸的图福尔德湾。但那里没有‘邓肯号’的踪影！他就往墨尔本发了电报。回电是：‘“邓肯号”已于本月 18 日起航，目的地不详。’

“格里那凡勋爵立刻想到一件事：他那艘本分的游艇已落入本·乔伊斯的手里，变成了一艘海盗船！

“不过格里那凡勋爵并不想打退堂鼓。他是一个无畏和大度的人。他上了一艘商船，前往新西兰东海岸，并沿着南纬 37° 线继续寻找，但没有发现任何格兰特船长的踪迹；不过，在另一个海岸，出乎他的意料——这也是上天的安排，他竟然找到了‘邓肯号’，在大副的指挥下，这艘船已经等了他五个星期。

“这天是 1855 年 3 月 3 日，格里那凡勋爵上了‘邓肯号’，艾尔通也在船上，他站在勋爵面前，勋爵要这个强盗讲出他所知道的关于格兰特船长的全部情况。艾尔通拒绝回答。于是格里那凡勋爵对他说，到下一个停泊地就把他转交给英国当局。艾尔通还是沉默不语。

“‘邓肯号’沿着 37° 纬线继续前进。这期间，格里那凡勋爵夫人采用说服的办法，化解了强盗的抵制情绪。最后她的影响产生了效果，艾尔通愿意讲出他所知道的情况，交换条件是格里那凡勋爵必须把他丢弃在太平洋的任何一个小岛上，而不要把他交给英国当局。勋爵为了知道有关格兰特船长的情况，答应做一切事，所以他同意了。

“于是艾尔通讲述了自己的全部经历，但格兰特船长把他丢在澳大利亚海岸上以后的情况，他确实就不知道了。

“不过，格里那凡勋爵还是兑现了自己的诺言。‘邓肯号’继续航行，到达了塔波岛。艾尔通将被流放在该岛上，同时，他们奇迹般地在那里找到了格兰特船长和他的两名水手，这里正处于南纬 37° 线上。这样，这个罪犯就去这荒凉小岛替换了他们，当他离开游艇时，格里那凡勋爵说了下面这段话：

“‘艾尔通，你在这里将远离一切陆地，也无法与人类取得联系。

"邓肯号"让你留在这个小岛上，你不可能逃离。你将孤身一人，在上帝的眼睛下生活，这眼睛能洞察你心灵的最深处，但你既不会消失，也不会被遗忘，就像格兰特船长一样。虽然你不值得人们怀念，人们还是会想起你。艾尔通，我知道你在何处，所以我知道在什么地方能找到你。我不会忘记这一点！'

"就这样，'邓肯号'起航了，不久就消失在海面上。

"这天是1855年3月18日。①

"艾尔通独自一人留在岛上，但弹药、武器、工具和种子他都不缺。并且还有正直的格兰特船长留下的房子，可以供他这个罪犯使用，他只需让自己活下去，并在孤寂中赎清自己所犯的罪行。

"先生们，他后悔了，他为自己的罪行感到羞耻，他非常痛苦！他心想，如果有一天人们来这个小岛上找他，他必须是一个配得上回到他们中间去的人！这个不幸的人吃了多少苦呀！他拼命劳动，想通过劳动重新做人！他成天祷告，想通过祈祷来悔过自新！

"两年、三年，时间就这样过去了。孤独中的艾尔通总是向海面张望，看看是否在小岛附近出现了什么船只，推算自己赎罪的期限是否到头，他吃尽了人们从来也没有吃过的苦头！啊！对一个被悔恨所折磨的人来说，这种孤寂是多么冷酷无情！

"可是，上天似乎觉得对他——这个不幸的人——惩罚得还不够，因为他感到自己逐渐成了一个野人，感到自己在慢慢地变得迟钝、愚蠢！他无法对你们说这是不是两年或四年的遗弃生活所造成的后果，不过，最终他变成了你们所发现的那个不幸的人。

"不用我说，先生们，你们就可以猜出，艾尔通或本·乔伊斯和我，就是同一个人。"

---

① 上面这段简要的事件摘自另一部名为《格兰特船长的儿女》的小说，我们的读者可能有的已经读过这本书。他们在这里将会发现日期不一致的情况，这种情况后面还会发生。不过，他们最终会明白为什么一开始不用真实日期的原因。——原注

赛勒斯·史密斯和伙伴们听完了这个故事，都站了起来。他们的内心激动无比！一幕幕的不幸、痛苦和绝望活生生地呈现在他们的眼前！

“艾尔通，”赛勒斯·史密斯说，“你曾经是一个大罪犯，不过上天一定认为你已经赎了罪，他让你回到了人间就证明了这点。艾尔通，你已经得到了宽恕！现在你愿意成为我们的伙伴吗？”

艾尔通往后退着。

“这是我的手！”工程师说。

艾尔通面对赛勒斯·史密斯朝他伸过来的手，眼里流下了大滴大滴的眼泪。

“你愿意和我们一起生活吗？”赛勒斯·史密斯问道。

“史密斯先生，再给我一点时间吧！”艾尔通答道，“再让我单独在畜栏的房子里住些时候。”

“随便你，艾尔通。”赛勒斯·史密斯回答道。

艾尔通正要离开，工程师向他提了最后一个问题：

“还有一句话，朋友，既然你打算过孤独的生活，那你为什么要往海里扔纸条，让我们知道你的踪迹呢？”

“纸条？”艾尔通问，他一脸迟疑，不明白对方说的话。

“是的，这纸条装在一只瓶子里，被我们拣到了。纸条上写明了塔波岛的确切位置。”

艾尔通把一只手放在额头上，思考了一下才说：

“我从没往海里扔过纸条。”

“从来没有吗？”彭克罗夫大声问。

“从来没有。”

说着艾尔通向大家鞠了一躬，走到门口，离开了。

第十八章

谈话——赛勒斯·史密斯和热代翁·斯皮莱——工程师的一个念头——电报——电线——电池——字母——美好季节——小队的兴旺发达——摄影——雪景——林肯岛上的两年

哈伯特冲到门口，看着艾尔通牵动升降机的绳子，消失在黑暗之中。他回到屋内，说了一声："可怜的人！"

"他会回来的。"赛勒斯·史密斯说。

"啊！赛勒斯先生，"彭克罗夫大声地说，"这是怎么回事呢？怎么，难道不是艾尔通把瓶子扔进海里的吗？那究竟是谁干的呢？"

的确，这是一个大问题。

"是他扔的，"纳布回答道，"只是这个不幸的人处在半疯状态。"

"是的，"哈伯特说，"他已经意识不到自己干过什么事了。"

"这件事只能这样来解释，朋友们，"赛勒斯·史密斯立刻接着说，"现在我明白为什么艾尔通能确切地指出塔波岛的位置，原来他被遗弃在岛上以前发生这么多事，这使他了解了这一切。"

"不过，"彭克罗夫指出，"如果他写纸条时还没有变成野蛮人，如果纸条是他在七八年前扔入海中的，那为什么它没有被海水泡湿呢？"

"这证明，"赛勒斯·史密斯回答道，"艾尔通的智力只是最近才衰退的，但他自己并不这样认为。"

"应该是这样，"彭克罗夫说，"否则事情就不好解释了。"

"确实不好解释。"工程师接着说，他似乎不想再继续谈下去了。

“不过艾尔通说了实话吗？”水手问道。

“说了，”记者回答道，“他所说的故事完全是真实的。我记得很清楚，各家报纸都报道了格里那凡勋爵乘游艇远航及远航的结果。”

“艾尔通说了实话，”赛勒斯·史密斯又说，“彭克罗夫，你不用怀疑这点，事实对他来说相当残酷。一个人能这样认罪，就一定会说实话。”

翌日，12月21日，移民们下到海滩，然后爬上高地，但在那里并没有见到艾尔通。艾尔通昨天夜里回到畜栏的屋子里，他们觉得那时不去打扰他比较好，通过勉励不能做到的事，也许时间能做到。

于是哈伯特、彭克罗夫和纳布重新做起了他们平时的工作。这一天，由于赛勒斯·史密斯和记者要做同样的事情，所以都待在“壁炉”的工场里。

“亲爱的赛勒斯，你知道吗？”热代翁·斯皮莱说，“你对我们讲的关于瓶子的解释，我很不满意。怎么能认为这个不幸者写了纸条，并把瓶子扔进海里，但自己一点也不记得呢？”

“所以不是他把瓶子扔入大海的，亲爱的斯皮莱。”

“那你认为……”

“我什么也不认为，什么也不知道！”赛勒斯·史密斯打断他说，“我只能把这件事算到那些至今还无法解释的事情中去。”

“说实在的，赛勒斯，”热代翁·斯皮莱说，“所有这些事都不可思议！你的得救、沙滩上搁浅的箱子、托普的意外，最后还有这只瓶子……我们永远不会有谜底吗？”

“会有的！”工程师很快地答道，“我要把这个岛搜个天翻地覆，那时就会有谜底了。”

“也许机遇会为我们提供打开这个秘密的钥匙！”

“机遇！斯皮莱！我一点也不相信机遇，也不相信这世界上有什么神秘的事，所有在这里发生的不可思议的事都有原因。我们会发现这些原因。不过，在这以前，我们还是要观察、工作。”

1月份来临了，时间已经进入了1867年。夏季的工作进行得很艰辛。后来几天，哈伯特和热代翁·斯皮莱去畜栏劳动，他们发现艾尔通就住在专为他准备的屋子里。他照料着那些托付给他的庞大畜群，这样，伙伴们就不必三天两头辛苦地跑去畜栏。不过，为了不再让艾尔通长时间地孤寂，移民们还是经常去看望他。

由于工程师和热代翁·斯皮莱心存某些疑虑，所以海岛的这一带地区有一个人管着也相当重要，如果发生什么事，艾尔通会通知花岗岩宫里的居民。

但是，有时会有突发事故，并且需要迅速告诉工程师。除了和林肯岛的神秘现象有关的各种事情，还可能有许多其他的事，也需要移民们立即赶来参与，比如海上有船只经过、西海岸的近海区发生海难、海盗上岛等等。

为此，赛勒斯·史密斯决定要让畜栏和花岗岩宫之间能随时随地保持联系。

1月10日这一天，他把自己的打算告诉了他的伙伴们。

“啊！你打算怎么做呢，赛勒斯先生？”彭克罗夫问道，“你不会想安装一台电报机吧？”

“我正这样想。”工程师回答说。

“用电的吗？”哈伯特大声问。

“用电的，”赛勒斯·史密斯回答道，“我们有制作电池所必需的所有材料，最困难的事可能就是拉铁丝，不过我想，如果有一台拉丝模，我们就能解决问题。”

“好呀，这样一来，”水手接着说，“我对有一天我们能坐上火车也抱有希望。”

于是大家就开始工作，从最难的制作铁丝着手，因为如果失败了，那就没有必要再去制作电池以及其他的附属装置。

大家知道，林肯岛上的铁品质优良，因而非常适合用来拉铁丝。赛勒斯·史密斯先制作了一个拉丝模，这是一块钢板，上面钻有许多大小不一的圆锥形洞孔，可以使铁丝逐渐达到所要求的粗细程度。工程师打算利用水力资源，所以就在离大瀑布只有几英尺的地上，牢牢地埋下了一个座架，然后把淬过火的坚硬钢板稳稳地固定在座架上。

事实上，缩绒机也在那里，现在这台机器并没有运行，只要有强大的力量转动它的主轴，就可以用来拉铁丝，并把铁丝卷在上面。

操作起来相当困难，必须非常细心。移民们事先制作好又长又细的铁杆，顶端用锉刀锉细，然后插入拉丝模的大孔中，再用传动主轴一边拉一边卷成二十五至三十英尺的长度，松开后，再依次在较小的孔洞里进行同样的操作。最后，工程师制出了一批长度为四五十英尺的铁丝，这些铁丝连接起来，就可以很容易地铺设在畜栏和五英里外的花岗岩宫之间。

机器安装好后，赛勒斯·史密斯就让伙伴们去当拉丝工，拉丝的活儿几天就干好了。他自己则忙着去做电池。

在当前的情况下，需要制造一种直流电池。大家知道，现代电池通常由碳精棒、锌和铜组成。工程师绝对没有铜，尽管他在林肯岛上尽力寻找，但没能找到，那只能不去用它。碳精就是煤气厂里煤脱氢后在蒸馏罐里留下来的坚硬石墨，这完全可以制作，不过必须设置专门的设备，这将是一项巨大的工程。至于锌，他们想起了在漂流物角捡到的那只箱子，它的外包皮衬的就是这种金属，现在派这种用场再合适不过。

赛勒斯·史密斯经过一番深思熟虑，决定制作一种非常简单的电池，这种只用锌做原材料的电池与贝克勒耳[①]在1820年所发明的电池相仿。至于其他材料，如硝酸和钾碱，工程师手边就有。

---

① 贝克勒耳（1788—1878），法国物理学家。

利用硝酸和钾碱相互作用的效果，就可制作电池，具体步骤如下：

制作一定数量的玻璃瓶，瓶内装上硝酸。瓶口塞着塞子，有一根玻璃管子穿过瓶塞通到里面，管子下端连着用布包着的黏土，这部分是要浸入硝酸里的。工程师从管子的上端倒入一种钾碱溶液，他事先焚烧各种植物时获得了这种溶液；这样，硝酸和钾碱通过黏土就会相互起作用。

然后赛勒斯·史密斯取两片锌片，一片放入硝酸中，另一片放入钾碱溶液中。这两片锌片之间用一条金属丝连接起来，就立刻会产生一股电流，从瓶子里的锌片传到管子里的锌片。这样，管子里的锌片就成了电池的正极，而瓶子里的锌片则为负极。每个电瓶产生相同的电流，把这些电流集中起来，就足够用来发电报了。

赛勒斯·史密斯所制作的就是这种巧妙而简便的仪器，这使他能在花岗岩宫和畜栏之间建立起电报通信。

从 2 月 6 日起，移民们开始在通往畜栏的路上安装电线杆，电线杆上都装有玻璃绝缘体，以便拉电线用。几天以后，电线就拉好了，准备输送速度为每秒十万千米的电流，大地可以作为电流的回路。

工程师制作了两套电池，一套放在花岗岩宫用，另一套放在畜栏用，这样的话，遇到事情，双方都可以与对方进行联系。

至于收报机和发报机，这是很简单的事。在花岗岩宫和畜栏，都有电线绕在一个电磁铁上，所谓电磁铁，也就是一块绕有线圈的软铁芯。这样，两极之间就接通了，电流从正极流出，通过电线，流到电磁铁，铁芯就会暂时变成磁体，然后电流从地下流回负极。电流一中断，电磁铁的磁性马上就会消失。所以只要在电磁铁的前面放置一片软铁片，电流通过时就会吸住它，电流一中断，它就会掉下来。赛勒斯·史密斯把铁片的装置弄妥，然后非常容易地将它连在一个圆盘的指针上，圆盘写明了字母，这样，两地之间就可以联系了。

2 月 12 日，全部安装工作都告结束。这一天，赛勒斯·史密斯发了一份电报过去，询问畜栏那边是否一切正常，过了片刻，从艾尔通那里就得到了令人满意的答复。

彭克罗夫乐不可支，从此，每天早晨和晚上，他都会发电报去畜栏，对方也都会有电报过来。

这一通信方法有两个非常实在的好处：首先，可以查明艾尔通是否在畜栏；其次，不会让他感到太孤寂。除此之外，工程师每个星期都会去看他，艾尔通也不时地到花岗岩宫来，当然，他来的时候总是受到热情的接待。

美好的季节就这样在日常工作中流逝了。小队的资源，特别是蔬菜和粮食，在一天天地增加，并且从塔波岛带回来的植物也都成功地种活了。眺望岗呈现出一派欣欣向荣的景象。第四次收获又是一次大丰收，可以想见，没有人敢去计算收割下来的麦子是不是有四千亿粒。不过，彭克罗夫倒是想去数一数，但工程师告诉他，即使他每分钟能数到三百,一小时能数到九千，也将需要五千五百年左右才能完成这项工作，听了这话，诚实的水手觉得应该放弃这个想法。

天气非常好，白天气温高，但到了晚上，海面上吹来的微风吹散了暑气，花岗岩宫的居民们都觉得夜里很凉快。在此期间，也曾有过几场暴风雨，虽然时间不长，但对林肯岛而言，却迅猛异常。在几个小时之内，闪电时时映红了天空，隆隆的雷声响个不停。

这一时期，这块小小的殖民地非常兴旺。家禽饲养场里的家禽迅速大量地繁殖，居民们就以过剩的家禽为食，让家禽的数量维持在适当水平成为很重要的一件事情。那几头大猪已产了猪崽，大家都懂得要照料这些猪，纳布和彭克罗夫为此花了好多时间。那对野驴也生了两头漂亮的小野驴。哈伯特在热代翁·斯皮莱的指导下，成了一名优秀的骑手，他们两人常骑着野驴出门。他们也把野驴套在车上，有时往花岗岩宫运木柴和煤，有时运工程师所要的各种矿产。

在这期间，他们也深入远西森林做了多次探险。探险者们去那里冒险不必担心酷热，因为阳光几乎难以穿透他们头顶上方互相交错的浓密枝叶。他们就这样察看了慈悲河的整个左岸，从畜栏到瀑布河河口的路就是沿着这个岸边的。

不过，在进行这几次探险时，移民们都认识到要很好地武装起来，因为他们常常遭遇到一些凶猛的野猪，与它们的斗争相当严酷。

在这个季节，还必须与美洲豹进行一场可怕的战争。热代翁·斯皮莱对美洲豹特别记恨，他的学生哈伯特则是全力协助他。由于他们全副武装，所以碰上一头这种野兽，心里也毫不惧怕。哈伯特非常勇猛，而记者惊人的冷静。所以花岗岩宫的大厅里不久就有二十多张美丽的豹皮挂在了墙上做装饰。如果猎杀再继续下去，林肯岛上的美洲豹很快就会绝种，而这正是这些猎人们所追求的目标。

有几次，工程师也参加了岛上未经勘探地区的探险活动，整个过程中，他都非常专注，仔细地观察。在这浩瀚的密林中，他寻找着除了动物足踪之外的其他踪迹，但一无所获。托普和于普也陪着他一起来这里，它们的表现也告诉大家，没有什么不寻常的东西。不过，托普倒是不止一次地在那口井边吠个不停，工程师曾下井勘探过，并没有什么结果。

同样在这段时间，热代翁·斯皮莱在哈伯特的协助下，用在大箱子里找到的那架相机，在岛上景色最美的地方拍了好几张照片，在此之前，相机还没用过呢。

这架相机配有很好的镜头，非常完整。印相片所需的材料、涂玻璃感光片的火棉胶、使它感光的硝酸银、定影用的亚硫酸钠、浸印相纸的氯化铵，以及用于为印相纸保湿的醋酸钠和氯化金等，样样都不缺。甚至连氯化了的印相纸也有，在把它们放进印相框以前，只需把印相纸放在硝酸银的水溶液里浸泡几分钟即可。

记者及其助手在很短的时间里就成了熟练的摄影师，他们拍了一些相当漂亮的风景照，例如从眺望岗上拍的以富兰克林山为背景的林肯岛全景，环抱在高高的岩石丛中、秀丽的慈悲河口，林中空地和背后映衬着圆形山丘的畜栏，从漂流物角看到的爪角如此奇特的地势，等等。

摄影师们也没有忘记给岛上的所有居民拍照，一个也没落下。

“照相大家都有份儿。”彭克罗夫说。

看见挂在花岗岩宫墙上的自己那张很逼真的相片，水手非常高兴，他看这些相片的神情，就像是驻足在百老汇大街最豪华的橱窗前面一样。

不过必须提一句，拍得最成功的相片，无疑是于普的那一张，它一本正经地摆着姿势，那样子异常生动，难以描述。

“它好像要做鬼脸！”彭克罗夫高声地说。

如果于普对此还不满意，那它就太挑剔了，但它很高兴，带着一丝深情端详着自己的照片，看上去有点自命不凡。随着 3 月份的到来，夏天的酷暑终告结束。有些日子下起了雨，气温仍然比较高。这里的 3 月份相当于北半球的 9 月份，这个季节并不如人们所期望的那么美好。也许这预示着严酷的冬天会提前来到。

有一天，是 21 日的早晨，大家甚至以为下起了初雪。事实上，哈伯特一大早来到了花岗岩宫的一扇窗前，他往外看了一眼，就喊了起来：

“瞧！岛上铺了一层雪！”

“这时候会下雪？”记者一边问，一边向少年走去。

伙伴们全都走了过来，他们也只能肯定这个事实：不仅是小岛，还有花岗岩宫下面的整个海滩，全是白茫茫的一片。

“这就是雪！”彭克罗夫说。

“或是像雪一样的东西！”纳布接着说。

“但温度计表明现在有 58℉（14℃）呢！”热代翁·斯皮莱指出。

赛勒斯·史密斯一声不响地看着这白茫茫的大地，他确实也不知道应该如何解释发生在这个季节和这种气温下的这种现象。

“真见鬼！”彭克罗夫叫了起来，“我们种的庄稼都要冻死了！”

水手正打算从花岗岩宫里下去，灵活的于普已经跑在他前面，自上面滑到了地上。

不过，猩猩还没落地，那厚厚的白雪竟飞扬了起来，在空中化为密密麻麻的絮片，几分钟内，把阳光也遮挡住了。

“是鸟！”哈伯特叫道。

原来这是大批大批的海鸟，它们全身的羽毛洁白耀眼，成千上万地栖息在小岛和海岸上。当它们消失在远方的时候，移民们莫不惊讶得目瞪口呆，仿佛目睹冬天在瞬间变成了夏天。只可惜这变化太突然，记者和少年都来不及打一只鸟下来，因而也无法知道这是什么鸟。

几天后就是3月26日了，这些空中的落难者被抛到林肯岛上已有整整两年了。

第十九章

怀念祖国——未来的可能性——勘探海岛海岸的计划——4月16日出发——从海上看盘蛇半岛——西岸的玄武岩——恶劣天气——黑夜降临——发生的新事件

已经两年了！在整整两年的时间里，移民们没有和他们的同胞取得任何联系！他们得不到文明社会的任何消息，就像处在太阳系中的某个小行星上，被遗忘在这个小岛上。

在他们的家乡会发生什么事呢？祖国的形象总是出现在他们的眼前，在他们离开她时，这个国家由于内战而四分五裂，也许南方的叛乱分子还在血洗这片国土呢。对他们来说，这是最痛苦的事，他们经常谈论这个话题，不过也坚信北方军为美利坚合众国的荣誉而战斗的事业终将取得胜利。

在这两年里，他们没有看见有船只驶过海岛，至少连帆影也没瞥到过。显然林肯岛不在船只的航线上，甚至它不为人所知——这一点从所有的地图上都可以得到证明——因为即使这里没有港口，船只在需要的情况下可以来这里补充淡水。林肯岛四周的海面上，极目望去，一片空寂，移民们看来只有依靠自己才能返回祖国。

不过，得救的机会还是有的，在4月的第一周，有一天移民们聚集在花岗岩宫的大厅里，讨论了这个话题。

他们谈到了美国，谈起了故乡，觉得要再见到祖国的希望渺茫。

“肯定地说，我们只有一个办法，”热代翁·斯皮莱说，“一个唯一的办法可以离开林肯岛，这就是造一艘可以在海上航行几百海里的大船。我觉得，我们既然能造小船，也就能造大船！”

“那我们既然能去塔波岛，”哈伯特接着说，“也就可以去帕摩图群岛。”

“我不反对，”彭克罗夫说道，在有关航海的问题上，他总是起决定性的作用，“尽管近海航行和远洋航行完全不是一码事，但这件事我并不反对。在我们去塔波岛的航程中，小船遭遇到恶劣的风浪，可我们清楚海岸就在附近；但是一千两百海里可是一段相当长的航程，而距离我们最近的陆地至少也有这样长的距离。”

“彭克罗夫，在这种情况下，你不想冒险吗？”记者问道。

“只要是大家愿意的事情，我都会去冒险，斯皮莱先生，”水手回答道，“你们都知道，我是一个勇往直前的人！”

“而且，别忘了我们当中又多了一个水手。”纳布提醒说。

“谁呀？”彭克罗夫问道。

“艾尔通。”

“就是。”哈伯特说。

“如果他同意来就好了！”彭克罗夫说。

“好！”记者说，“如果艾尔通住在塔波岛的时候，格里那凡勋爵的游船开来了，你想他会拒绝离开吗？”

“朋友们，你们忘了，”此时赛勒斯·史密斯说道，“艾尔通住在岛上的最后几年已丧失了理智。不过问题不在这里。问题在于我们是否应该指望这艘苏格兰游船回来救我们。既然格里那凡勋爵答应艾尔通来塔波岛接他，条件是他认为犯人已赎清了自己的罪恶，那么，我相信他会回来。”

“是的，”记者说，“我还要说，他很快就会回来，因为艾尔通被遗弃在岛上已经有十二年了！”

“嗨！”彭克罗夫说，“我完全同意你们这样说，勋爵会回来，甚至很快就会回来。但他的船会停靠在哪里呢？是塔波岛，而不是林肯岛。”

“这是肯定的，”哈伯特说，“因为地图上甚至没有标出林肯岛。”

“所以，朋友们，”工程师接着说，“我们应该采取一些必要的措施，让塔波岛上的人知道我们和艾尔通是在林肯岛上。”

“当然，”记者说，“这也很容易，只要在格兰特船长和艾尔通住过的窝棚里留下一张字条，写明我们这个岛的位置，格里那凡勋爵或他的船员就会发现。”

“真懊恼，”水手说，“我们第一次去塔波岛时没想到这样做。”

“我们当时怎么会这样做呢？”哈伯特回答说，“那时候我们还不清楚艾尔通的历史，我们也不知道有一天会有人来接他走，现在我们知道了这件事，又错过了季节，我们不可能再去塔波岛了。”

“是的，”赛勒斯·史密斯说，“现在为时已晚，只好等到明年春季再渡海过去。”

“不过，万一苏格兰游船在那以前就来了呢？”彭克罗夫问。

“这不大可能，”工程师回答道，“因为格里那凡勋爵不大会选择冬季进行远洋冒险。除非在艾尔通和我们一起生活的这五个月中，他已经回过塔波岛，并且又走了；否则他会晚些时候才来，这样的话，等10月份天气一转好，我们就该去塔波岛，在那里留一张字条。”

“如果‘邓肯号’几个月前刚在附近的海面上出现过，”纳布说，“这就太糟了！”

“我希望情况不是这样，”赛勒斯·史密斯说，“但愿上天不要夺走我们剩下的最好机会！”

“我觉得，”记者提出，“不管怎样，我们去了塔波岛，就会知道怎么办，因为如果苏格兰人回过塔波岛，他们一定会留下某些痕迹。”

“这当然，”工程师说，“这样的话，朋友们，既然我们这次有回国的机会，那就耐心地等吧；如果失去了这次的机会，我们再看看该怎么办。”

“无论怎样，”彭克罗夫说，“我们都清楚，如果我们以这样或那样的方式离开林肯岛，都不是因为我们觉得住在这里不舒适。”

“你说得对，彭克罗夫，”工程师说，“这只是因为在岛上，我们远离了一个人在世界上最珍爱的一切：家庭、朋友和祖国！”

事情就这样定下后，移民们就不再提造大船北上太平洋群岛或是西去新西兰的计划了，大家只忙于一些日常工作，以便在花岗岩宫度过第三个冬天。

不过，他们还是决定在恶劣天气来到以前，驾驶小船做一次环岛游。移民们对整个海岸的情况还不太清楚，特别是从瀑布河河口一直到腭骨角西岸和北岸的这一带，还有南、北腭骨角之间像鲨鱼嘴似的那条狭长的海湾。

这次出海的计划是彭克罗夫提出来的，赛勒斯·史密斯对此完全赞同，因为他很想亲自去看看他的这部分领地。

此时天气有了变化，不过气压表波动得并不厉害，因此大家觉得可以指望这种可以航海的天气。正好，在 4 月份的第一个星期，气压急剧下降，在刮了五六天的强劲西风之后，它又重新升高了；气压表上的指针重又停在二十九又十分之九英寸的高度上，情况显然很适合航海。

出发的日子定在 4 月 16 日，停靠在气球港的“乘风破浪号”装上了食物，准备去做一次为期不短的航行。

赛勒斯·史密斯把这次探险的计划告诉了艾尔通，并建议他一起参加；但艾尔通宁愿留在岛上，大家决定让他在大伙儿不在时住到花岗岩宫来。于普留下来和他做伴，它没有做任何抵触的表示。

4 月 16 日一大早，全体移民，还有托普，都上了船，微风从西南面吹来，令人感到很舒服。“乘风破浪号”离开气球港，逆风换抢行驶，向爬虫角驶去。整个林肯岛的周长为九十英里，从气球港到爬虫角的南岸为二十英里左右。因为吹的完全是逆风，所以这二十英里必须逆风航行。

他们花了一整天的时间才到达爬虫角，因为船离开气球港后，只碰到两个小时的退潮，而在剩下六个小时里，它都是在难以抵抗的满潮里行船。当船绕过爬虫角的时候，天已经黑了。

彭克罗夫建议工程师收缩两帆，慢速前进。但赛勒斯·史密斯更希望在离岸几链远的地方停泊，以便次日天亮时能再看一看这部分海岸。大家甚至约定，既然是要仔细勘察岛的沿海地带，那么夜间就不要航行，只要天气条件允许，晚上就在靠近海岸的地方抛锚。

这一夜就在爬虫角边抛锚度过，风停了，升起了轻雾，四周万籁俱寂。除了水手，其他乘客在“乘风破浪号”上也许都不像在花岗岩宫他们的房间里睡得那么好，不过他们终究还是睡着了。

翌日，4 月 17 日，天蒙蒙亮，彭克罗夫就起航了，吹的是满后侧风和左舷风，所以航船可以紧贴西岸行驶。

移民们对这一带长着美丽森林的海岸很熟悉，因为他们曾经徒步走遍了这片森林，然而，这次面对这迷人的景色，大家还是赞叹不已。船只减慢速度，尽可能近地沿着岸边行驶，这样船上的人可以好好观景，只是要时刻小心，不要撞到海面上到处漂浮着的树干。他们甚至有好几回特地停下船，让热代翁·斯皮莱拍些优美的风景照。

将近中午时分，“乘风破浪号”来到了瀑布河河口。远处的右岸上出现了稀疏的树木，而在三英里以外，只有西面山梁的分支之间生长有一丛一丛的树木，干旱的山脊一直延伸到海滨地区。

这条海岸的南北两个地区反差有多大啊！这边是树木葱郁，而那边却是地势崎岖，非常荒凉。就如在某些国家里，有人把后者称为“铁海岸”，它那犬牙交错的外形，似乎表明这是由在地质时期沸腾的玄武岩浆突然产生结晶而形成的。如果当初移民们意外地在岛的这部分降落，那他们首先会被这怪石嶙峋的景象吓一大跳。他们在富兰克林山顶上遥望时，由于站得太高，无法看到此处海岸极其险恶的一面；但从海上看，它的奇特也许举世无双。

“乘风破浪号”沿着海岸行驶了半英里。移民们看得很清楚，岸上尽是大小不一的岩石，小的有二十英尺高，大的有三百英尺高，形状也各不相同，有如同塔楼的圆柱形，如同钟楼的棱柱形，如同方尖碑的金字塔形，还有如同工厂大烟囱的圆锥形。即使是北冰洋的大浮冰，也未必有这种千姿百态的气派！这边是跨岩石的虹桥，那边好像教堂圣殿的一长溜拱门，深不可测；这边一个巨大的洞穴有着雄伟的拱顶，那边密密麻麻地竖立着石头的尖塔和小方尖塔，远远胜过任何一个哥特式的大教堂。这些自然界巧夺天工的作品远比人们的想象力丰富，它们在这八九英里的壮丽的滨海地带一览无余。

赛勒斯·史密斯和他的伙伴们看着这一切，都惊得发呆。他们默不作声，而托普却不是这样，它毫无拘束地吠叫了起来，从玄武岩峭壁那边传回来一声声的回音。工程师甚至发现这狗的叫声有些奇怪，就像上次在花岗岩宫的井口听到的叫声一样。

“我们靠岸吧。”他说。

于是“乘风破浪号”尽可能贴近海岸的岩石行驶。也许那里有某个值得勘探的洞穴呢？可是赛勒斯·史密斯什么也没发现，既没有洞窟也没有坑洼可以让一个有生命的东西藏在里面，因为这些岩石的下部就浸没在海浪之中。不久，托普也就停止了吠叫，船仍在离岸几链远的地方行驶。

在海岛的西北部分，海岸又变得平坦而多沙。移民们已经隐约看见，在一块低洼的沼泽地上生长着一些稀有的树木，和刚才所看到的极其荒凉的海岸形成强烈对比，在这里有无数的水鸟栖息、飞翔着，充满了生命的气息。

当晚，“乘风破浪号”就在北面靠近海岸的一个小海湾抛锚停泊，此处的海水非常深。一夜平安度过，随着夕阳西下，风也停息了，直到第二天晨曦初现，才又刮起了微风。

由于上岸方便，这天早晨，小队的猎手——也就是哈伯特和热代翁·斯皮莱——就去游逛了两个小时，返回时带来好几串野鸭和沙雉。托普表现极佳，由于它的勤奋和敏捷，一只野味也没有丢失。

上午八点钟，“乘风破浪号”起航，由于顺风，而且风势逐渐加大，船身被海浪高高抬起，迅速地直奔北腭骨角。

“我想，”彭克罗夫说，“要刮西风了。昨天太阳下山时，西面地平线上红彤彤的，而今天早上又出现了马尾云，这不是好兆头。”马尾云是一种细长的卷云，它们散布在海面上空五千英尺的天上，恰似轻柔的棉絮团，出现这种云通常都预示天气将有变化。

“那好，”赛勒斯·史密斯说，“我们把帆尽量全升起来，把船驶到鲨鱼湾去避一避。我想，在那里‘乘风破浪号’会很安全。”

“好极了，”彭克罗夫说，“况且北边的海岸尽是沙丘，看起来没有什么意思。”

“如果不仅今晚在鲨鱼湾过夜，而且明天也在那里待一天的话，”工程师接着说，“我是不会不高兴的，因为那里值得仔细地勘察。”

“我想不管我们愿不愿意，我们非得这么做，”彭克罗夫说，“看，西边的海平面上黑压压的，天气要变了！”

“不管怎样，我们去腭骨角总是顺风的。”记者说。

“是顺风，”水手说，“不过进入海湾时，我们必须逆风换抢行驶，希望我们能顺利通过这个陌生的海域。”

“根据我们在鲨鱼湾南岸所看到的情况，”哈伯特接着说，“这部分海域礁石不少。”

“彭克罗夫，”赛勒斯·史密斯说，“尽力做得好一些吧，我们全靠你了！”

“放心吧，赛勒斯先生，”水手回答道，“没有必要的话我不会去冒险。我宁愿刺刀扎进我的肋骨，也不愿让礁石撞到我的‘乘风破浪号’。”

彭克罗夫所说的肋骨，就是这只船体浸在水下的那部分，他把它看得比自己的皮肉还重要。

“几点钟了？”彭克罗夫问。

“十点钟。”热代翁·斯皮莱回答。

“赛勒斯先生，我们到腭骨角还有多少距离？”

“大约十五海里。”工程师回答。

“那也就是两个半小时的事情，”水手说，“中午到一点钟之间，我们就可以到达腭骨角附近。糟糕的是，这时候正是退潮，潮水要往外流。我很担心既不顺风又不顺水，我们进湾会很困难。”

“加上今天又是满月，”哈伯特指出说，“4月份的潮水势头很猛。”

“那么，彭克罗夫，”赛勒斯·史密斯问道，“你能不能把船停泊在腭骨角附近的什么地方呢？”

“在天气即将变坏的时候，在靠近陆地的地方下锚！”水手大声地说，“赛勒斯先生，你是怎么想的？这非搁浅不可！”

“那你怎么办？”

“我尽量在海上一直待到涨潮，也就是晚上七点钟左右，如果那时天色尚未全黑，我就想法驶进海湾；否则的话，我们只好整夜沿着海岸行驶，到明天太阳升起来的时候再进海湾。”

“我已经对你说过了，彭克罗夫，我们信任你。”赛勒斯·史密斯说。

“啊！”彭克罗夫说，“只要在这海岸上有一座灯塔，那航海者就方便多了！”

“是的，”哈伯特接着说，“但这一次我们可没有好心的工程师为我们点火，引我们入港了！”

“说实话，亲爱的赛勒斯，”热代翁·斯皮莱说，“我们还没有谢过你呢，要是没有那堆火，我们就不可能到达……”

“哪堆火……？”赛勒斯·史密斯对记者的话大为吃惊。

“赛勒斯先生，我们说的是，”彭克罗夫回答道，“在我们上次回林肯岛的最后几个小时里，我们在‘乘风破浪号’上感到非常担心，如果不是你在10月19日夜里在花岗岩宫的高地上点燃火堆指引我们，我们就可能驶过林肯岛了。”

“是的，是的！……这是我想出的好主意！”工程师说。

“而这一次，”水手说，“除非艾尔通想到这一点，否则就不会有别人帮我们这个小忙了！”

“不会了！没有人了！”赛勒斯·史密斯回答。

过了一会儿，工程师单独和记者待在船头时，他俯身对着记者的耳边说：

“斯皮莱，在这个世界上有一件事可以肯定，那就是在10月19日的夜里，我没有在花岗岩宫的高地上或是岛的任何地方点过火！”

第二十章

海上过夜——鲨鱼湾——秘密——过冬的准备工作——恶劣季节提前到来——严寒——室内工作——六个月后——一张底片——出乎意料的事

彭克罗夫的预感永远不会错，事情真的就如他所说的那样发生了。风力逐渐加大，从微风变成了强风，风速达到每小时四十至四十五英里，这种情况下，任何船只在海面上都会收帆行驶。不过，六点钟左右，当“乘风破浪号”开到海湾口附近时，已开始退潮了，船不可能进去。这样，船不得不在海面上航行，因为即使彭克罗夫想去慈悲河口，他也无法办到。他只好把三角帆作为暴风帆升到主桅的顶上，把船艏对着陆地，然后把船停了下来。

虽然风势很强，幸好有海岸挡着，所以海浪并不大，因而大家就不必担心会有对小船造成很大危险的浪头袭来。“乘风破浪号”的压舱情况很好，大概不会翻船；不过，如果海水大量地打上甲板，而船板又经受不住的话，船会受损。作为经验老到的水手，彭克罗夫对一切可能发生的事故都做了防备。当然，他对自己的这只船非常有把握，不过他还是怀着几分焦虑的心情，期待着天明。

这天夜里，赛勒斯·史密斯和热代翁·斯皮莱没有找到机会可以在一起交谈，不过工程师在记者耳旁说的那句话，还有似乎笼罩在林肯岛上的这股神秘的势力，都值得大家再讨论一下。热代翁·斯皮莱不断想起荒岛海岸上出现火光这又一件不可思议的事情。他确确实实地看见了那火光！他的伙伴，哈伯特和彭克罗夫，和他一样也看见了！这火光使他们在这个漆黑一团的夜里辨别出林肯岛的位置，他们从不怀疑这堆火是工程师亲手点燃的，而现在，赛勒斯·史密斯却明确表示他没有做过这件事！

热代翁·斯皮莱打算等"乘风破浪号"回去后，马上就重提此事，并且催促赛勒斯·史密斯把这些奇怪的事情告诉大伙儿。也许那时，大家会做出决定，共同在林肯岛的所有地方进行一次彻底的搜查。

不管怎样，这天晚上，在海湾入口处的周围，陌生的海岸上显然并无任何火光出现，而这只小船就整夜地停泊在海上。

当东方的海平面上晨曦初照时，风势也稍稍减弱，并且改变了两个向位格，这样，彭克罗夫就可以比较容易地把船驶进窄小的湾口。早上七时许，"乘风破浪号"朝着北腭骨角的方向，谨慎地驶入航道，开始在千奇百怪的熔岩峭壁之间航行。

"喏，"彭克罗夫说，"这里的海湾是一个非常好的锚地，许多船只在这里都可以随便掉头。"

"特别奇怪的是，"赛勒斯·史密斯指出，"这海湾是由于火山连续喷发的两次熔岩浆堆积而形成的，结果造成了海湾的四周都被遮挡，可以相信，即使是刮最猛烈的风，这里的海水也会像湖面那样平静。"

"当然，"水手又说，"因为这里的风只能从两个海角间的狭窄通道吹进来。并且，北边的海角还遮挡着南边的海角，这样狂风就难以长驱直入。说实话，我们的'乘风破浪号'即使在这里停泊一年，也不会走锚！"

"对这只船而言，这海湾太大了一点！"记者说。

"嗨！斯皮莱先生，"水手接着说，"我承认对'乘风破浪号'来说，这海湾是太大了；但如果美国的舰队需要在太平洋上找一个可靠的避风港，我想找不到比这儿更好的地方了！"

"现在我们在鲨鱼的嘴里呢。"纳布想起海湾的形状，说道。

“正是在它的嘴中间，正直的纳布！”哈伯特说，“不过，你不会担心它会闭上嘴，把我们关在里面吧？”

“不会，哈伯特先生，”纳布回答道，“只是我不大喜欢这个海湾，它的样子很凶恶！”

“好呀！”彭克罗夫高声地说，“我正考虑要把这个海湾献给美国，纳布却在贬低它！”

“不过，至少这里的海水够深吧？”工程师问道，“因为，对‘乘风破浪号’来说水够深了，对我们的装甲军舰来说却不一定够。”

“这很容易证实。”彭克罗夫回答道。

于是水手用一块绑着长绳的铁，作为测深器放入海水中。这根绳子长约五十英寻，一直放完了，也没有碰到海底。

“嗨！”彭克罗夫说，“我们的军舰可以来这里！它们不会搁浅的！”

“的确，”赛勒斯·史密斯说，“这个海湾是一个名副其实的深渊，海岛是由于火山爆发而形成，所以港湾的海底有如此深的凹陷也就不足为奇了。”

“这些峭壁好像是笔直切割而成的，”哈伯特指出说，“我非常相信，即使彭克罗夫用比刚才的那一根长出五六倍的绳子去峭壁边测水深，他也不可能触到海底。”

“这一切都很好，”记者接着说，“不过我要提醒彭克罗夫，这个锚地缺一样重要的东西！”

“什么东西，斯皮莱先生？”

“一个通向海岛内部的缺口或通道。我没有看见有什么地方可以踩脚。”

确实，港湾周围陡峭的熔岩石壁没有一处地方适合登陆。这是一道难以逾越的屏障，使人想起挪威的峡湾，只是这里更显冷清和寂静。“乘风破浪号”贴近高耸的岩壁，以便靠岸，但找不到一块突出的地方可供船员们上岸时踩脚。

彭克罗夫自我安慰地说，如果需要，用炸药就可以在这岩壁上炸开一个缺口，但是，这会儿在港湾里他显然无计可施，他就把船驶向海峡，并在下午两点钟左右驶出了海峡。

“嘘！”纳布不由得轻松地舒了一口气。

在这条巨大的鲨鱼的嘴巴里，这个正直的黑人确实感到不自在。

从腭骨角到慈悲河口不过八英里左右，“乘风破浪号”在离岸一海里处，扬着被后侧风吹得鼓鼓的帆，朝花岗岩宫直驶而去。驶过巨大的熔岩峭壁，很快就到了千姿百态的沙丘地带，工程师就是在这附近被奇迹般地重新找到的，大量的海鸟常常飞到这里来。

四点钟左右，彭克罗夫将船驶向海岛岬角的右面，进入海岛与海岸之间的那条海峡。五点钟时，“乘风破浪号”就在慈悲河口的沙滩上抛锚停泊。

移民们离开自己的住处已有三天了。艾尔通在海滩上等候他们，于普欢天喜地地来迎接他们，嘴里还发出愉快的呼噜声。

这一下子，海岛的海岸全都勘探过了，没有发现任何可疑的踪迹。如果有什么神秘生物存在的话，他只可能隐藏在盘蛇半岛的浓密森林之中，因为移民们还没有去那里搜寻过。

热代翁·斯皮莱和工程师谈论了这些事，决定让伙伴们注意在岛上发生的某些怪异现象，而最近发生的一件事也很令人费解。

这样，赛勒斯·史密斯又提到了有不知名者在滨海地区点起篝火的事，他不由地又问记者——这个问题提了有二十多次：

“那你肯定是看到火了？会不会是局部的火山爆发，或是什么流星闪过？”

“不是，赛勒斯，”记者回答说，“肯定是某个人点的火。再说，你也可以问彭克罗夫和哈伯特，他们和我一样，也是看到的，他们可以为我的话做证。”

这样过了几天后，4 月 25 日晚上，当全体人员聚集在眺望岗上时，赛勒斯·史密斯说了话：

“朋友们，我认为应该让你们注意到岛上所发生的某些事情，我将乐意听取你们对这些问题的看法。这些事情真是不可思议……”

“不可思议！”水手喷了一口烟，大声说道，“难道我们的小岛会是不可思议的吗？”

“不会，彭克罗夫，不过肯定是神秘的，”工程师回答道，“除非你能向斯皮莱和我解释清楚我们至今还无法明白的东西。”

“你说吧，赛勒斯先生。”水手接着说。

“那好！”于是工程师说道，“我掉进大海以后，怎么会在岛内四分之一英里的地方被重新找到，而我自己却对此竟毫无意识，你知道原因吗？”

“可能，因为你昏倒了……”彭克罗夫回答说。

“这个解释不能接受，”工程师说，“不过我们不谈这个问题了。我还问你，你知道托普是怎么发现你们的住处的吗？它离我躺着的山洞可有五英里远！”

“狗的本能吧……”哈伯特回答说。

“奇特的本能！”记者指出，“尽管那天夜里风雨交加，托普来到‘壁炉’时身上竟然是干的，也没有污泥！”

“这个也不谈了，”工程师又说，“我再问你，你明白为什么我们的狗在和儒艮搏斗后，会被奇怪地抛出湖面吗？”

“不明白！我承认，不太明白，”彭克罗夫回答道，“而且儒艮身上的那个伤口好像是被一种利器刺伤的，这件事也无法弄明白。”

“这个问题我们也谈过。”赛勒斯·史密斯又说。

“朋友们，为什么在小猪獾身上有这颗子弹？为什么这只箱子没有船只遇险的痕迹，而是完好地搁浅在海滩上？为什么我们在海上试航时，会那么巧地出现这只装了纸条的瓶子？为什么我们的小船在缆绳断了以后，会在我们需要的时候，正巧从慈悲河上漂到我们身边来？

为什么猿猴入侵后，绳梯会那么及时地从花岗岩宫上面放下来？最后，为什么艾尔通声称从没写过的纸条会落入我们的手中？所有这些事，你们都明白吗？”

赛勒斯·史密斯一件不漏地把岛上发生过的怪事一一列举出来。哈伯特、彭克罗夫和纳布面面相觑，无言以对，因为这些连续发生的事件，第一次被集中起来看，确实使他们惊讶到了极点。

“毫无疑问，”彭克罗夫终于说了，“赛勒斯先生，你说得对，这些事都难以解释！”

“朋友们，”工程师又说，“除了这些事，还要加上一件最近发生的更加离奇的事！”

“什么事，赛勒斯先生？”哈伯特马上问道。

“彭克罗夫，”工程师接着说，“你说当你们从塔波岛回来时，看见林肯岛上有火光，是这样吗？”

“确实如此。”水手回答道。

“你肯定看见了这火光？”

“就像我现在看见你一样肯定。”

“哈伯特，你也看见了吗？”

“嗨！赛勒斯先生，”哈伯特大声地说，“那火光就像一颗一等星那样灿烂夺目！”

“这不会是一颗星吧？”工程师坚持地问。

“不是，”彭克罗夫回答说，“因为天空布满了厚厚的云层，而且不管怎么说，一颗星也不可能那么靠近地平线。斯皮莱先生和我们一样，他也是看见的，他可以为我的话做证。”

“我补充一句，”工程师说，“这堆火很亮，它放射出来就如同一片电光。”

“是的！是的！完全是这样……”哈伯特接着说，“这堆火的位置肯定是在花岗岩宫的高岗上。”

“好吧，朋友们，”赛勒斯·史密斯说道，“告诉你们，在10月19日夜里，纳布和我，我们都没有在海岸上点过火。”

“你们没有……”彭克罗夫极度惊讶，话也就说不下去了。

“我们没有离开过花岗岩宫，”赛勒斯·史密斯回答道，“如果岸上有火光出现，这不是我们，而是别人点的！”

彭克罗夫、哈伯特和纳布全都惊呆了，这不可能是幻觉，10月19日夜里他们确实目睹了火光。

是的，他们不得不承认其中有神秘之处，有一股显然有利于移民的无法解释的势力会及时地在岛上出现，这激起了他们极大的好奇心。是否在某个隐蔽的地方藏着某种生物呢？这是必须不惜一切代价去求证的事情。

赛勒斯·史密斯还向伙伴们提起一件往事。托普和于普在花岗岩宫那口与大海相通的井口旁走过时表现很反常，他对他们说，自己曾经下井去搜索过，但在里面没有发现任何可疑的东西。最后，这一次谈话得出了结论，小队全体成员决定，一旦季节转暖，就去全面搜查海岛。

但是，自这一天起，彭克罗夫就显得忧心忡忡，这个海岛原来是自己的私有财产，现在似乎不完全属于自己，而要和另一个主人分享所有权了，并且不管愿不愿意，他感到自己受到此人的支配。纳布和他经常议论起这些无法解释的事件，由于他们两人生性喜欢神奇古怪之事，所以不免要相信林肯岛上有某种超自然的力量在起作用。

此时，随着5月份——相当于北半球的11月份——的到来，天气变坏了。今年冬天看起来会提前，而且会很冷。因而过冬的准备工作刻不容缓，进行了起来。

尽管如此，面对这个可能会非常严酷的冬天，移民们还是做了很好的准备。毛毡衣服是不缺的，到那时，会有大量的岩羊可以提供制作这种保暖织物所必需的羊毛。

不必说，大家也为艾尔通提供了这种舒适的衣服。赛勒斯·史密斯建议他到花岗岩宫来过冬，他在这里会比在畜栏里住得好些，艾尔通答应，等畜栏的最后一些工作一结束，就搬过来。4月中旬他就过来了。自那以后，艾尔通就过起了集体生活，并且在各种场合都使自己成为有用的人；不过，他总是一副卑躬屈膝和忧郁的样子，从不参与大伙儿的娱乐活动。

移民们在林肯岛上的第三个冬天，大部分都在花岗岩宫内度过。有过好几次狂风暴雨，岩石几乎都要被刮倒。漫天海啸险些要盖过全岛，只要是停泊在海岸边的船只，一定会连人带货全部沉没。在一次暴风雨中，上涨的慈悲河水有两次差点把桥梁冲垮。每当海水冲击滨海地带时，堤岸上的桥都淹没在水浪之中，因此必须对这些桥身进行加固。

大家都认为这种类似龙卷风、又夹着雨雪的暴风，一定对眺望岗造成了损害，而磨坊和家禽饲养场的损失会特别严重。移民们不得不经常去做一些抢修工作，否则家禽的生存会受到极大的威胁。

在这最恶劣的天气里，有几对美洲豹和成群结队的猿猴一直闯到高地边缘，大家总是担心，这些灵巧和大胆的动物会为饥饿所驱使，利用河水冰封、走动方便的机会，越过河来。如果没有人经常守护，农作物和家畜就肯定会被毁掉，所以必须常常开枪，使这些危险的来访者待在一定的距离以外。因此，这些过冬者要干的活儿很多，不算户外的工作，在花岗岩宫内的整理工作就非常多。

即使在最寒冷的日子里，他们也去广阔的冠鸭沼泽打了几次猎，每次都是满载而归。热代翁·斯皮莱、哈伯特在于普和托普的协助下，百发百中，而沼泽地上有无数的野鸭、沙雉、针尾鸭和凤头麦鸡等水禽。去这个猎物丰富的猎场很方便，可以经慈悲河小桥，再走气球港的那条路，也可以从漂流物角的岩石壁绕过去，不论走哪条路，离花岗岩宫都不会超过两三英里。

严寒的冬季四个月，也就是6月、7月、8月和9月，就这样地度过了。不过总而言之，花岗岩宫并未受到酷寒天气太大的影响，畜栏那边也是如此，由于它不像高地那样暴露，绝大部分又被富兰克林山遮挡，吹过森林和海岸的岩壁的寒风，到这里已趋微弱。因此，畜栏的损害并不严重，10月份的下半月，艾尔通回去了几天，凭着他勤快利落的双手，一个人很快就完成了修缮工作。

这个冬天并没有发生什么新的怪事。尽管只要碰到什么微不足道的事情，彭克罗夫和纳布都会想到是否有什么神秘的原因，然而还是没有发生任何怪诞的事情。托普和于普也不再在井口边走动，当然也就不会有任何不安的表现。这一系列神奇的事件几乎已告终止，不过，晚上在花岗岩宫里，大家还是常常议论起这些事，而且还是决定要搜查全岛，直至那些最难以搜索的部分。但此时发生了一件最最重大的事情，暂时改变了赛勒斯·史密斯和伙伴们的计划，此事的后果也许会令人沮丧。

时间是10月份，美好的季节转眼间已来临。阳光下的自然界面貌一新，在森林边缘那些常绿的针叶树中，朴树、山茂坚、喜马拉雅杉已经抽出了新绿。

大家记得，热代翁·斯皮莱和哈伯特已经拍过好多次林肯岛的风景照片了。

10月17日下午，将近三点钟时，哈伯特被纯净的天空所吸引，他想拍一张眺望岗对面联合湾的全景照片，范围从腭骨角一直到爪角。

水平线异常清晰，微风吹过海平面，泛起小小的涟漪，远处的海面看起来平静如湖水，这里或那里闪烁着太阳的银色光斑。

照相机被放置在花岗岩宫大厅的一个窗台上，所以它能俯视海滩和整个海湾。哈伯特像往常一样地操作，取出底片后，就去室内的一个阴暗角落里用定影液定影。

哈伯特回到亮处，仔细检查底片，发现底片的海平线上有一个几乎难以觉察的小黑点，他反复地洗，想把这一小点东西除去，但没能成功。

“这是镜头上的一个污点。”他心里想。

于是他取下望远镜中一个高倍凸透镜，好奇地察看这个小黑点。

不过，他一看就大叫一声，底片也险些从手里掉了下去。

哈伯特立即跑到赛勒斯·史密斯的房间里，把底片和放大镜交给工程师，并把底片上的小黑点指给他看。

赛勒斯·史密斯看了这个小黑点，然后抓起望远镜冲向窗口。

望远镜慢慢扫过水平线，最后停在那个可疑的小黑点上，然后赛勒斯·史密斯放下望远镜，只说了一个字：“船！”

果然，从林肯岛上看见了一艘船！

第三部

岛的秘密

第一章

灭亡还是得救？——召回艾尔通——重要的讨论——它不是“邓肯号”——可疑的船只—— 戒备措施——船驶近了——一声炮响——双桅帆船在海岛附近抛锚——夜幕降临

气球上的落难者被扔到林肯岛上已经两年半了，至今为止，他们还没有和外界取得任何联系。有一次，记者将一封写有他们情况的短信系在一只鸟的身上，试图以此和陆地取得联系，可这只是碰运气，不能对它抱很大的希望。艾尔通是唯一加入这一小队移民当中的人，当时的情景大家都已知道。然而，10月17日这一天，在杳无人迹的海面上，却有另外一伙人突然出现在海岛附近！

毫无疑问！那里有一艘船！它是路过这里，还是要靠岸？再过几个小时，移民们就可以知道答案。

赛勒斯·史密斯和哈伯特立刻把热代翁·斯皮莱、彭克罗夫和纳布叫到了花岗岩宫的大厅，并把所发生的事情告诉了他们。彭克罗夫抓起望远镜，对地平线迅速扫视了一番，然后把目光停留在他们所说的那个小点上，也就是照片底片上那个依稀可辨的小点：

“见鬼！真是一艘船！”他说话的语气并不显得非常高兴。

“它正朝我们这儿开来吗？”热代翁·斯皮莱问。

“现在还很难说，”彭克罗夫回答，“因为地平线上只露出一根桅杆，根本看不见船身！”

“我们怎么办？”少年问。

“等。”赛勒斯·史密斯回答说。

在很长一段时间里，移民们都沉默不语，他们沉浸在这一事件所引起的各种思想、感情、恐惧和希望中，这是他们来到林肯岛以后所发生的最重要的事件。

的确，这些移民们不像那些被抛弃在孤岛上的落难者，后者为了生存必须和凶恶的自然作斗争，而且时刻都遭受着思乡的折磨。但他们不同，特别是彭克罗夫和纳布，他们感到既快乐又富有，真的要离开这里，他们一定会感到遗憾。再说，他们已经习惯了这种新的生活，并且依靠自己的智慧开发了这片土地！不过无论如何，这艘船毕竟代表着来自大陆的消息，说不定它还是从祖国的某一个地方开来的呢！它载着他们的同伴，所以当他们看到它的时候，心跳得特别厉害，对此我们完全可以理解！

彭克罗夫不时举起望远镜，他靠在窗口，从那儿仔细地观察着那艘船。船在东面二十海里的地方，因此移民们还无法发求救信号。无论是升信号旗、开枪，还是点燃火把，船上的人都不会看到或听到。

不过，可以肯定的是，岛上高耸的富兰克林山绝不会逃脱船上瞭望哨的视线。可是这艘船为什么要到这儿来呢？难道仅仅是出于偶然吗？在地图上，除了塔波岛之外，太平洋的这个区域没有任何其他陆地，而塔波岛本身也不在往来于波利尼西亚群岛、新西兰和美国海岸之间的船只的航线上。

每个人都在这样问自己，哈伯特突然做出回答。

“该不会是‘邓肯号’吧？”他叫着说。

大家应该记得，“邓肯号”是格里那凡勋爵的游船，是它把艾尔通抛在了荒岛上，日后它还要回来把他接回去。塔波岛和林肯岛相隔并不很远，两者之间的经线距离只有一百五十海里，纬线距离则只有七十五海里，因此在林肯岛上一定能看到驶向塔波岛的船只。

“必须通知艾尔通，”热代翁·斯皮莱说，“让他马上来这儿。只有他才能告诉我们那艘船是不是‘邓肯号’。”

大家一致同意，于是记者走到联系畜栏和花岗岩宫的电报机旁，发了一份电报：

“速来。”

过了一会儿，电报机的铃响了。

艾尔通回答：“即来。”

移民们继续观察起那艘船来。

“如果它是‘邓肯号’，”哈伯特说，“艾尔通一定会轻而易举地认出来，因为他在这艘船上待过一段时间。”

“如果他真的认出来，”彭克罗夫接着说，“一定会激动万分！”

“对，”赛勒斯·史密斯回答，“现在艾尔通已经有资格回到‘邓肯号’上去了，但愿它真的是格里那凡勋爵的游船。除此之外，其他任何船都令我怀疑！这一带海面经常有坏人出没，我一直担心会有来自马来的海盗光顾我们岛。”

“我们将保卫它！”哈伯特叫道。

“当然，孩子，”工程师微笑着回答，“不过要是用不着保卫，那就更好了。”

“我有一个看法，”热代翁·斯皮莱说，“既然连最新的地图上都没有标出林肯岛，那么航海者们一定不知道它的存在。要是一艘船突然发现了新陆地，肯定会靠岸勘察一番，而不会离它而去，你看我的话有没有道理，赛勒斯？”

“当然。”彭克罗夫回答。

“我也这样想，”工程师补充说，“甚至可以这样认为，任何一位船长都有责任勘察和标明所有尚未被人发现的陆地和岛屿，而林肯岛正属于这种情况。”

“那么，”彭克罗夫说，“如果这艘船打算靠岸，并且在离我们岛几链远的地方下锚，我们该怎么办？”

这个突如其来的问题一时无人回答。不过赛勒斯·史密斯稍做考虑之后，便和往常一样，用平静的语气回答说：

“怎么办？朋友们，这么办：我们要和船上的人取得联系，然后乘它离开这座我们以美国的名义占有的岛屿。将来，我们要和那些愿意跟随我们的人回来，正式对它进行开发，为美国在太平洋的这个区域奉献一个有用的基地！”

“哇！”彭克罗夫叫道，“我们送给祖国的这份礼物可不薄啊！岛上几乎已经得到了开发，所有地方都被命了名，这里有天然港口、淡水补给站、道路、电报线、工地和工厂，只差把林肯岛标在地图上了！”

“可是，如果有人趁我们不在的时候占据了它怎么办？”热代翁·斯皮莱说。

“见鬼！”水手叫着说，“我宁可一个人留下来保卫它，相信我彭克罗夫吧，林肯岛不是逛街人口袋里的手表，我不会让人偷走它！”

在整整一个小时的时间里，大家无法确定这艘船是否在朝林肯岛驶来。它近了一点，可它的航向究竟是哪儿呢？这一点彭克罗夫也不能断定。不过，由于这时候刮的是东北风，因此它很可能是在以右舷风行驶。此外，朝林肯岛的方向恰巧顺风，海面上又是风平浪静，所以尽管地图上没有标出海水的深度，但是船仍可以放心大胆地开过来。

四点左右——也就是接到召唤后的一个小时——艾尔通来到了花岗岩宫。他走进大厅，说：

“有什么吩咐，先生们？”

赛勒斯·史密斯照例向他伸出手来，把他领到窗边：

“艾尔通，”他对他说，“我们请你来有一件重要的事情。岛的附近有一艘船。”

起初艾尔通的脸色略微一变，眼光一时也黯淡了下来。接着，他把身体探出窗外，扫视了一下地平线，可什么都没看见。

“用这架望远镜仔细看一看吧，”热代翁·斯皮莱说，“艾尔通，可能是来接你回去的‘邓肯号’。”

“‘邓肯号’！”艾尔通喃喃地说，“这么快就来了吗？”

他不由自主地说完最后这句话，然后双手抱头。

难道他认为在荒岛上独居十二年还不足以洗清自己的罪过吗？难道在他自己或别人的眼里，这位悔过的罪人还不觉得已经得到了宽恕吗？

“不，”他说，“不！不会是‘邓肯号’。”

“再看看，艾尔通，”工程师说，“我们必须事先知道这艘船的来历，这很重要。”

艾尔通拿起望远镜，朝大家所指的方向看去。他一动不动，默不作声地对着地平线看了好几分钟，然后说：

“的确是一艘船，但我想它不是‘邓肯号’。”

“为什么？”热代翁·斯皮莱问。

“因为‘邓肯号’是一艘蒸汽游船，而这艘船的上方和四周却连一点烟都看不见。”

“也许它只是在依靠风帆航行呢？”彭克罗夫说，“它好像恰巧顺风，离开陆地这么远，它或许想节约用煤吧。”

“也许你说得对，彭克罗夫先生，”艾尔通回答道，“这艘船可能把火熄了。我们只能让它再驶近一点，到时候就可以知道究竟是怎么一回事。”

说完，艾尔通就在大厅的一个角落里坐了下来，不再说一句话。移民们仍然谈论着这艘陌生的船只，但艾尔通却没有参与。

这时候大家已经没有心思继续工作。热代翁·斯皮莱和彭克罗夫显得特别紧张，他俩来回走着，一刻也坐不下来。哈伯特则感到好奇。只有纳布和往常一样保持镇定。他的祖国难道不就是他主人所在的地方吗？至于工程师，他陷入了沉思，其实，与其说他希望这艘船来，还不如说他害怕它来。

这时候，船离岛又近了一些。从望远镜里，他们可以看清这是一艘远洋船，而不是太平洋海盗们所常用的马来快船。所以，工程师的担心看来是多余的，这艘出现在林肯岛附近海域的船只不会对他们构成任何危险。彭克罗夫经过仔细观察，确定这是一艘双桅横帆船，它正借助右舷风，鼓足所有的风帆，对着海岸斜驶过来。这一判断得到了艾尔通的证实。

可是，照这样的方向行驶，双桅船很快就会消失在爪角后面，因为现在刮的是西南风。这样的话，要对它进行观察，就必须登上气球港附近华盛顿湾的高地。而糟糕的是，这时已经是傍晚五点钟了，苍茫的暮色很快就会使所有的景物都变得模糊不清。

“天黑了我们怎么办？”热代翁·斯皮莱问，“要不要点起火堆，表示我们的存在？”

这个问题事关重大，尽管工程师心里有一种不祥的预感，但他还是做出了同意的答复。在黑夜里，双桅船也许会消失，会一去不复返；一旦它走了，还会有其他船只到林肯岛附近来吗？再说，又有谁能预见移民们的将来呢？

“不错，”记者说，“不管它是什么船，我们都要告诉它岛上有人居住。要是错过这送上门来的机会，那我们将来一定会后悔的！”

于是大家决定让纳布和彭克罗夫去气球港，等天黑以后，就在那里燃起一堆大火，火光一定会引起双桅船的注意。

可是，正当纳布和水手准备离开花岗岩宫的时候，那艘船改变了方向，径直朝联合湾驶来。这是一艘好船，因为它很快就接近了海岸。

于是纳布和彭克罗夫暂时留了下来。大家把望远镜交给艾尔通，让他最后确认下这艘船是不是“邓肯号”。要知道，那艘苏格兰游船也是一艘双桅船。

现在，双桅船离海岛只有十海里了，问题的关键就是要看清它的两根桅杆之间究竟有没有烟囱。

地平线还很清晰，观察起来非常容易。艾尔通很快放下望远镜，说：

“这不是‘邓肯号’！绝不会是它！……”

彭克罗夫重新把双桅船锁定在望远镜的视线里。这艘船的吨位有三四百吨，船身完美细长，桅杆新颖别致，构造既精巧又适宜航行，它一定是一艘海上快船。可它究竟是哪个国家的呢？现在还很难说。

“不过，”水手接着说，“船桁上飘着一面旗帜，只是我还看不清它的颜色。”

“用不了半个小时，我们就可以看清楚，”记者回答说，“此外，那艘船的船长显然有上岸的打算，所以，今天，最晚不超过明天，我们就可以认识他了。”

“管他什么时候认识呢！”彭克罗夫说，“最好是知道我们将要和什么样的人打交道，要是能看清船上旗帜的颜色该多好！”

说这些话的时候，水手的双眼始终没有离开望远镜。

天色渐暗，海上的风也随之减弱。双桅船的旗帜卷成一团，绕在绳索上，更加难以辨认了。

“这不是美国国旗，”彭克罗夫不时地说，“也不是英国国旗，否则上面的红色很容易看出来。也不是法国国旗或德国国旗，也不是俄国的白旗，也不是西班牙的黄旗……好像是一面单色旗……让我想一想……在这一带海面上……经常会看到哪些国家的旗帜呢？……智利旗吗？那是三色的……巴西旗？那是绿色的……日本旗？那是红白的……而这面旗帜……”

这时候，一阵微风把这面陌生的旗帜吹了开来。艾尔通抓起被水手放下的望远镜，将它举到眼前，然后以嘶哑的嗓音叫道：

“是黑旗！”

的确，双桅船的船桁上飘扬着一面阴森森的旗帜，现在大家完全有理由把它看作一艘可疑的船了！

难道工程师的预感是正确的？这是一艘海盗船吗？它是不是在太平洋的这一带浅海上抢劫，并且要和在这里横行的马来海盗船争霸呢？它来到林肯岛附近干什么？是把它看成一座无名荒岛、准备在这里藏匿劫来的赃物，还是打算在海岛沿岸寻找一个过冬的港口？难道移民们的这片净土将要成为一个肮脏的藏身之地、一个太平洋海盗的巢穴了吗？

这些念头不由地出现在移民们的脑海里。此外，船旗的颜色所包含的意义已经毋庸置疑。那确实是海盗的旗号！要是当初那些罪犯的罪恶阴谋得逞的话，那么“邓肯号”也会挂上这种旗帜。

大家立刻开始商量对策。

“朋友们，”赛勒斯·史密斯说，“也许这艘船只是想巡视一下岛的沿岸，也许船上的水手不会上岸，不过这仅仅是一种可能。不管怎样，我们必须尽量把自己隐蔽起来。眺望岗上的风车太显眼了，艾尔通和纳布去把风翼拆下来。同样，花岗岩宫的窗户也要用厚厚的树枝遮住。不准点火。总之，不能暴露任何岛上有人的迹象！”

“我们的船怎么办？”哈伯特问。

“噢！”彭克罗夫回答，“它藏在气球港呢，我不相信这些无赖会找到它！”

工程师的命令立刻得到了执行。艾尔通和纳布登上山岗，采取了必要的措施，以掩盖任何岛上有人居住的迹象。在他们干这项工作的时候，其他人从啄木鸟林的边缘捡回了大量树枝和藤条。从远处看，它们就像是一簇天然的树叶，把开在花岗石峭壁上的窗洞巧妙地伪装了起来。同时，弹药和武器也被安置妥当，随时都可以用来应付突然袭击。

所有这些准备工作完成之后，赛勒斯·史密斯说：

“朋友们，”他的声音显得很激动，“假如这些混蛋想强占林肯岛，我们就一定要保卫它，对吗？”

“对，赛勒斯，”记者回答，“必要的时候，我们不惜牺牲生命！”

工程师向伙伴们伸出手来，大家热烈地握了握他的手。

艾尔通一个人躲在角落里，没有和移民们一起握手。作为一名昔日的罪犯，也许他认为自己还没有资格这样做！

赛勒斯·史密斯看出了艾尔通的心事，就走到他身边。

“你呢，艾尔通，”他问道，“你准备怎么办？”

“尽我的义务。”艾尔通回答。

说完，他站到窗边，透过树枝往外看。

这时是七点半，太阳早在二十分钟前就消失在了花岗岩宫的后面。因此，东方的地平线逐渐暗淡了下来。然而，双桅船仍然在朝联合湾驶去。确切地说，它绕过爪角之后，便借着上涨的潮流，往北开了很远，现在，它已经来到了眺望岗附近，离联合湾不到八海里。人们甚至可以认为，在这个距离上，它已经进入了宽广的联合湾，因为如果在爪角和腭骨角之间画一条直线的话，那么这条直线正好位于双桅船的西面，并且穿过它右舷的后半部分。

这艘船是否打算进入海湾？这是第一个问题。一旦进入了海湾，它是否会在那里抛锚？这是第二个问题。它是否会仅仅巡视一下海岸、不让船员们上岸就离开？再过一个小时，这些问题就能得到解答，所以移民们只能耐心等待。

看到这艘可疑的船只所悬挂的黑旗之后，赛勒斯·史密斯深感忧虑。迄今为止，他和同伴们的工作都很顺利，这艘船的到来会不会对此构成威胁？毫无疑问，双桅船的水手们是一群海盗，他们是否曾经来过这里，所以才在靠岸的时候升起黑旗呢？他们会不会已经登过此岛？如果是这样，那么某些至今无法解释的怪事就能够水落石出了。在岛上那些尚未探测过的地方，会不会还有海盗的同伙在准备与双桅船上的人联系呢？

赛勒斯·史密斯静静地思考着这些问题，却不知如何回答；不过他觉得，这艘双桅船的到来，只会给移民们的安全带来严重危害。

不管怎样，他和他的同伴们决心抵抗到底。目前迫切需要知道，这些海盗的人数多不多？他们的装备是否比移民们的优良？可是如何才能接近他们呢？

天完全黑了。新月已经消失。海岛和海面被一片漆黑笼罩着。沉重的乌云聚积在地平线上，透不过一丝光线。风也在暮色中停了下来。枝头上树叶纹丝不动，也听不见海浪冲刷沙滩的声响。双桅船上的灯光全都被遮了起来，因此一点都看不到它，虽然它还在海岛附近，但大家却无法断定它的具体位置。

“哎！谁知道呢？”彭克罗夫说，“也许这艘该死的船会在夜里开走，明天一早我们就找不到它了！”

这时，海面上突然闪过一道强烈的光线，接着传来一声炮响，仿佛是在回答水手的判断。

双桅船还在那里，而且船上有大炮。

从看见闪光到听见炮声，中间有六秒钟的间隔。

因此，双桅船距海岸大约有一又四分之一海里。

这时候，大家听见了锚链从链孔里被放出来的哗哗声。

双桅船在花岗岩宫的视线范围内抛锚了。

第二章

讨论——预感——艾尔通的建议——大家接受建议——艾尔通和彭克罗夫在格兰特岛上——诺福克岛的罪犯——他们的计划——艾尔通的英勇尝试——六对五十

海盗们的企图已经昭然若揭。他们在距海岛很近的地方下了锚，显然是打算第二天乘坐小艇登陆！

赛勒斯·史密斯和同伴们随时准备行动，但是，不管他们的决心有多大，都不能轻举妄动。如果海盗们上岸后不深入海岛巡查的话，那么他们也许还能继续隐蔽。这些海盗也许没有其他打算，只是想到慈悲河去补充一些淡水，这样，他们就可能发现不了距离河口一英里半的那座小桥和经过整治的“壁炉”。

但是，为什么要在船顶上挂起那面旗呢？为什么又要开那一炮呢？也许这仅仅是一种纯粹的示威，不然就是表示他们占领了海岛！现在，赛勒斯·史密斯知道船上的装备十分精良。可是林肯岛的移民们有什么武器可以对付海盗的大炮呢？只不过是几杆枪而已。

“不管怎样，”赛勒斯·史密斯说，“我们的阵地牢不可破，花岗岩宫的出口隐蔽在芦苇和杂草丛中，不可能被敌人发现，因此他们闯不进来。”

“可是我们的农田怎么办？还有家禽场、畜栏和其他的一切！”彭克罗夫跺着脚叫道，“用不了几个小时，他们就能把这一切洗劫一空！”

“是的，彭克罗夫，”赛勒斯·史密斯回答，“而我们没有任何办法可以阻止他们。”

“问题在于他们人多不多，”记者说，“如果他们只有十来个人，我们可以阻挡他们，可要是有四十、五十甚至更多人的话……”

“史密斯先生，”这时候艾尔通一边说，一边朝工程师走去，“你能答应我一个请求吗？”

“什么请求，朋友？”

“让我到船上去探听一下海盗们的实力。”

“可是，艾尔通……”工程师犹豫不决地回答，“这样做会有生命危险……”

“为什么不可以试一试呢，先生？”

“这不是你分内的事情。”

“分外的事情我也应该做。”艾尔通答道。

“你打算坐独木舟接近那艘船吗？”热代翁·斯皮莱问。

“不，先生，我泅水过去。有些地方人可以潜水前进，但独木舟却不能。”

“你可知道，双桅船离海岸有一又四分之一英里呢！”哈伯特说。

“我水性很好，哈伯特先生。”

“我要提醒你，这样做有生命危险。”工程师说。

“没关系，”艾尔通回答，“史密斯先生，我求你开恩同意我的请求。也许这是我重新做人的一次机会！”

“去吧，艾尔通。”工程师答应道，他明白如果他拒绝，一定会深深伤害这位已经改邪归正的罪犯。

“我陪你去。”彭克罗夫说。

“你不信任我！”艾尔通生气地说。

然后，他又谦卑地叹了一口气：

“唉！”

“不！不！”赛勒斯·史密斯用鼓励的口吻说，“不，艾尔通！彭克罗夫并没有不信任你！你误解了他的话！”

“不错，”水手接着说，“我只是想把艾尔通送到小岛上。尽管不太可能，但也许那些混蛋中已经有人上了岸。要真是这样，就得阻止他报信，这时候两个人就不算多了。既然艾尔通提出要上船，那么就让他一个人去，我留在小岛上等他。”

事情谈妥之后，艾尔通便着手准备出发。他的计划很大胆，但在夜色的保护下，他是有可能获得成功的。只要艾尔通能到达船边，就能抓住船上的绳索或铁链，这样他就可以侦察出海盗的人数，或许还能偷听到他们的企图。

艾尔通和彭克罗夫在同伴们的陪同下来到岸边。艾尔通脱掉衣服，在身上涂了一层油，以免受冻，因为海水还很凉。事实上，也许他将不得不在水里待好几个钟头。

这时候，彭克罗夫和纳布去几百步远的慈悲河河滩上搬停靠在那里的独木舟。他们回来时，艾尔通已经做好了出发的准备。

他肩上搭着一条毯子，和移民们一一握手。

接着他就和彭克罗夫上了独木舟。

晚上十点半，两个人消失在夜色之中。他们的同伴们则回到“壁炉”里等他们归来。

独木舟顺利地渡过海峡，在对面的小岛上靠了岸。他们做这一切的时候非常小心，生怕海盗们会在这一带游荡。但是经过一番侦察，他们确信岛上没有其他人。于是艾尔通和跟在后面的彭克罗夫迅速穿过小岛，却惊动了躲在石洞里的飞鸟。接着，艾尔通毫不犹豫地跳进海里，无声无息地朝双桅船游去。船上刚刚亮起几盏灯，灯光指明了它的确切位置。

彭克罗夫蹲在岸边高低起伏的乱石丛里，等待同伴归来。

这时候，艾尔通在水中奋力地向前游着，没有发出丝毫声响。他勉强把头露出水面，两眼盯着双桅船那黑暗的阴影，船上的灯光倒映在水里。他只想要完成许下的诺言，至于上船和经常在这一带海域出没的鲨鱼会给自己带来什么危险，他却根本没有考虑过。在潮水的带动下，他很快离开了海岸。

半小时后，艾尔通神不知鬼不觉地潜水到了船边，用一只手抓住了船头的铁链。他吸了一口气，攀着铁链爬上船头。那里晾着几条水手的短裤，他穿上一条，然后站稳脚跟，听了起来。

双桅船上的人不但没有睡，而且还在说笑唱歌。那些夹杂着谩骂的话语传到了艾尔通的耳朵：

“我们抢来的这艘船真是太棒了！”

“它开得真快！不愧叫‘飞快号’！”

“就让诺福克岛上所有的船都来追吧！它们只能跟在它的屁股后面跑！”

“船长万岁！”

“鲍勃·哈维万岁！”

听到鲍勃·哈维这个名字，艾尔通立刻想起了他过去在澳大利亚的一个同伴，这人是个胆大包天的水手，现在仍然干着艾尔通没有继续下去的罪恶勾当。了解了这一点，大家就可以理解艾尔通听到这段对话时的心情了。鲍勃·哈维在诺福克岛附近的海面上抢劫了这艘双桅船，当时它满载着各种武器、弹药、器皿和工具，正驶向三明治群岛[①]中的一个岛屿。鲍勃·哈维和他的同伙们抢到这艘船之后，就由罪犯变成了海盗，这帮匪徒出没在太平洋上，毁坏船只，屠杀船员，甚至比马来海盗还要残忍！

罪犯们一边开怀畅饮，一边高声谈论着他们的“战绩”。从他们的话中，艾尔通得知，“飞快号”现在的船员全都是从诺福克岛上逃出来

① 即现在的夏威夷群岛。

的英国囚犯。下面介绍一下诺福克岛。

在澳大利亚以东，南纬29°2′、东经165°42′的地方，有一个方圆六海里的小岛，岛上的最高峰名叫皮特峰，海拔一千一百英尺。这座小岛就是诺福克岛，上面关押着英国监狱里最冥顽不化的罪犯。这些罪犯有五百名，他们必须接受铁一般的纪律和可怕的惩罚，此外还有一百五十名士兵和一百五十名工作人员看管着他们，这些人都听从一个总督的指挥。很难想象能有比这群恶棍更坏的人聚集在一起了。尽管他们受到严密的监视，但有时候——虽然这并不多见——还是有些人得以乘着抢来的船只逃跑，并且在波利尼西亚群岛一带到处骚扰。

这就是鲍勃·哈维和他的同伙们所干的勾当，也是艾尔通曾经想干的事情。鲍勃·哈维夺取了停泊在诺福克岛附近的“飞快号”，屠杀了船上的船员。一年来，在他的指挥下，这条双桅船成了海盗船，在太平洋上大肆劫掠。哈维曾是一名远洋船长，但现在却是一个海盗，而且是艾尔通的旧相识！

罪犯们大部分都聚集在船尾的舱里，但也有几个人躺在甲板上大声说话。

他们一边狂喊狂饮，一边继续谈话。艾尔通得知“飞快号”是偶然来到了林肯岛附近，鲍勃·哈维从来没有到岛上去过。但是，正如赛勒斯·史密斯所预料的那样，当他在航行途中发现这块连地图上都没有标记的无名陆地时，便打算要上岸勘察一番，如果合适，必要时就可以把它作为双桅船的停靠基地。

至于“飞快号”船顶的黑旗和模仿战舰降旗时鸣放的礼炮，这纯粹是海盗们的示威行为，而不是什么信号，在诺福克岛的逃犯们和林肯岛之间，还不存在任何联系。

现在，移民们的领地面临着巨大的危险。岛上有便利的淡水补给站和小巧的港口，各种资源也得到了移民们的开发，还有便于藏身的花岗岩宫，这一切对罪犯们来说，显然是再合适不过了。一旦海岛落入他们之手，就会成为一个绝好的藏身之所；而且正因为它无人知晓，所以也许在很长一段时间里，都能保证他们逍遥法外、平安无事。同样明显的是，移民们的生命不会得到保护，鲍勃·哈维和同伙们要干的第一件事，就是毫不留情地杀死他们。赛勒斯·史密斯和他的同伴们甚至连逃跑或隐藏的办法都没有，因为罪犯们打算在岛上住下来，即便是“飞快号”出海打劫的时候，他们也有可能在岛上留几个人看守。所以，移民们必须战斗，必须把这些恶棍消灭干净，他们根本不值得怜悯，对他们采取任何手段都不过分。

艾尔通这样想着，他清楚赛勒斯·史密斯也一定会同意他的看法。

可是，抵抗并取得最后胜利是否可能呢？这取决于双桅船的装备和人数。

艾尔通决心不惜任何代价弄清这一点。他上船一个小时之后，叫骂声逐渐平息下来，许多罪犯已经烂醉如泥，船上的灯也已经熄灭，“飞快号”一片漆黑。于是艾尔通毫不犹豫地冒险爬上了甲板。

他抓住船头的托板，翻过斜桅，爬到前甲板上，从横七竖八的罪犯们中间穿过，在船上绕了一周。他发现“飞快号”上装备有四门大炮，可以发射八到十磅的炮弹。他用手摸了摸，发现它们全是后膛炮，这是一种新式火炮，操纵简单，威力巨大。

甲板上躺着十来个人，可以推测还有更多的人睡在船舱里。何况艾尔通从他们的话语里得知，船上大约有五十个人。对于林肯岛上的六个移民来说，这些人够多的了！不过，由于艾尔通的忠勇，赛勒斯·史密斯不会手足无措，他将知道敌人的实力，并且会做出相应的部署。

艾尔通已经完成了任务，只要回去向同伴们报告就行了。他准备到船头去，从那儿下水。

但是，正如他说的那样，他是个分外的事情也要做的人，他的脑海里突然产生了一个英勇的念头：牺牲自己的生命，来拯救海岛和岛上的居民。显然，赛勒斯·史密斯无法抵抗这五十个强盗，他们装备有各种武器，可以强攻花岗岩宫，也可以把移民们围困起来饿死，无论采取哪种方法，他们都能取得胜利。于是，他似乎看到了他的救命恩人——那些让他脱胎换骨、重获新生的人，那些对他恩重如山的人——被无情地屠杀，看到他们的劳动成果惨遭破坏，看到他们的海岛被变成了一个海盗的巢穴！他对自己说，归根结底，造成这么多不幸的罪魁祸首是他自己，因为他的老伙伴鲍勃·哈维只不过是实现了他过去的计划而已。想到这里，他不禁毛骨悚然。他的脑子里只有一个念头：炸掉双桅船、炸死全船的人。虽然他自己也会在爆炸中死去，但他却尽到了自己的责任。

艾尔通说干就干。要找到火药库并不困难，它通常总是在船的后半部分。对于一艘从事海盗勾当的船来说，火药是不会缺乏的，只需一点火星，就可以在顷刻间让它粉身碎骨。

艾尔通沿着绳索，小心地滑到中仓，那里躺着很多人，他们不是因为疲倦而是因为喝醉了酒而睡着的。主桅的底部亮着一盏灯，周围支着一个枪架，上面架着各种各样的火器。

艾尔通从枪架上拿了一支手枪，并且确认子弹已经上了膛。有了它就足以完成他的破坏工作了。他朝船尾走去，想找到后舱下面的火药库。

不过，要想走过漆黑一片的中仓甲板而不碰到那些半睡半醒的罪犯，这可不是件容易事。那些被碰到的罪犯不是张口谩骂，就是伸脚踢人。艾尔通被迫一再停下脚步。不过，最后他总算来到了后仓的隔板前，找到了火药库的门。

除了把门砸开，艾尔通没有其他办法，于是他开始动手。干这活儿没法不发出声音，因为要砸的是一把门锁。不过艾尔通膂力过人，锁被拧坏了，火药库的门被打了开来……

这时候，突然有一只手搭在艾尔通的肩上。

“你在这儿干什么？”一个身材高大的人严厉地问道，他站在黑暗里，突然把灯光射到艾尔通的脸上。

艾尔通向后一跳，借着一闪而过的灯光，他认出了自己昔日的同伴鲍勃·哈维。不过哈维却没有认出艾尔通，他以为艾尔通早就死了。

“你在这儿干什么？”鲍勃·哈维一边问，一边抓住艾尔通的裤腰带。

艾尔通不回答，他猛然推开罪犯头目，试图冲进火药库。只要朝这些火药桶放上一枪，那么一切就全都结束了！……

“快来人，伙计们！”鲍勃·哈维叫道。

有两三个海盗被叫声惊醒，他们爬起身来，向艾尔通扑去，企图把他掀翻在地。身强力壮的艾尔通奋力挣脱，朝他们开了两枪。两个罪犯应声倒下，可是他自己也因为躲闪不及，肩膀上被砍了一刀。

艾尔通明白他的计划已无法实现。火药库的门已经被鲍勃·哈维关上，中仓又是一片混乱，海盗们全都被惊醒了。艾尔通必须保全自己，以便和赛勒斯·史密斯他们并肩战斗。他只能夺路而逃！

可是，尽管艾尔通下定决心，不惜一切代价回到同伴那里去，但他究竟逃得掉逃不掉还是个问题。

艾尔通的枪里剩下四颗子弹。他开了两枪，其中一枪是朝鲍勃·哈维打的，不过没有打中他，即使打中了，最多也不过是轻伤。艾尔通利用敌人稍稍后退的一刹那，向通往甲板的楼梯跑去。经过照明灯的时候，他用枪托把它打灭了，于是周围漆黑一片，这对他逃跑非常有利。

这时候，有两三个被惊醒的海盗正从甲板的楼梯上下来。艾尔通开了第三枪，将其中的一个打倒在楼梯下面，其他人不知道发生了什么事，立刻四散躲避。艾尔通两步跳上甲板，三秒钟后，他把最后一颗子弹打在了一个刚刚掐住他脖子的海盗的脸上，然后跨过舷墙，纵身跃进了大海。

艾尔通划了还不到六下，子弹便像冰雹似的向他打来。

听到船上传来的枪声，躲在小岛岩石下面的彭克罗夫，还有蹲在“壁炉”里的赛勒斯·史密斯、记者、哈伯特和纳布他们，心里真是焦急万分！他们背着枪冲到海滩上，随时准备抵抗敌人的攻击。

他们深信海盗发现了艾尔通并杀死了他，也许这些恶棍还想利用夜色在岛上登陆！

他们在极度不安中度过了半个小时。枪声已经停止，但无论是艾尔通还是彭克罗夫都没有回来。难道小岛被占领了吗？是不是应该去增援艾尔通和彭克罗夫？怎么增援？这时候正在涨潮，根本不可能渡过海峡。再说独木舟也不在这里！不难想象，赛勒斯·史密斯和他的同伴们是多么焦急！

终于，将近十二点半的时候，独木舟载着他们两人靠岸了。艾尔通的肩膀受了点轻伤，彭克罗夫则安然无恙。大家张开双臂，迎接他们的归来。

所有人立刻躲进了“壁炉”。艾尔通把事情的经过讲了一遍，同样也提到了他企图把双桅船炸掉的计划。

大家都伸手握住了艾尔通的手，而艾尔通则毫不掩饰他们的处境有多么危险。海盗们被惊动了，他们知道林肯岛上有人居住，一定会全副武装、蜂拥而来。他们都是些无法无天的人，要是移民们落入他们之手，就别指望他们会大发慈悲。

“好吧，我们拼了！”记者说。

“先回去，看情况再说。”工程师回答。

“我们有机会逃脱这个厄运吗，赛勒斯先生？”水手问。

“有，彭克罗夫。”

“噢，六对五十！”

“对！六个！……不包括……”

“谁？”彭克罗夫问。

赛勒斯没有回答，只是用手指了指苍天。

第三章

雾散了——工程师的部署——三个阵地——艾尔通和彭克罗夫——第一只小艇——另外两只小艇——小岛上——六个罪犯上了岸——双桅船起锚了——“飞快号”的炮弹——绝境——意外的结局

夜晚平安无事地过去了。移民们保持着高度警惕，一直没有离开“壁炉”这个阵地。至于海盗那一方面，他们似乎没有任何上岸的企图。自从他们向艾尔通开了最后一枪以后，就没有再开过枪，甚至没有一点声音可以说明双桅船还在海岛附近。也许它认为自己的对手太强大，所以已经拔锚起航，离开了这一带海域吧。

但是，事实并非如此。破晓的时候，移民们透过清晨的薄雾，可以看见一团朦胧的影子，那就是“飞快号”。

“朋友们，”工程师说，“我认为我们应该在大雾完全散开之前做好准备。雾可以使海盗们看不见我们，使我们的行动不引起他们的注意。最重要的是，要让那些罪犯们以为岛上有很多居民，足以抵抗他们。因此，我建议把我们的人分成三组，第一组留在‘壁炉’，第二组去慈悲河口防守。至于第三组，我认为最好安排在小岛上，以便阻止、至少也是延缓任何登陆的企图。我们有两支马枪和四支步枪，因此每个人都能武装起来。我们有的是弹药，不必节省。我们既不怕双桅船上的步枪，也不怕它的大炮。它们能把这些岩石怎么样呢？只要我们不从花岗岩宫的窗口向外开枪，海盗们就想不到朝那里开炮，也不会给那里造成不可挽回的损失。我们担心的是不得不和他们进行肉搏，因为罪犯的人数比我们多。所以我们一定要设法阻止他们登陆，但又不能暴露自己。因此大家不要节省弹药，要不停地射击，但是要瞄准了以后再开枪。我们每个人要打死八到十个敌人，而且必须做到这一点！”

赛勒斯·史密斯把情况讲得很清楚，他的语气很平静，似乎是在调度一件工作，而不是在指挥一场战斗。他的同伴们一言不发，默默地同意了这个部署。现在要做的，就是在晨雾散尽之前各就各位。

纳布和彭克罗夫立刻回到花岗岩宫，从那里拿来了大量弹药。热代翁·斯皮莱和艾尔通是神枪手，他俩各自拿了一支射程有将近一英里的高精度马枪。其他四支步枪则分给了赛勒斯·史密斯、纳布、彭克罗夫和哈伯特。

把守各个阵地的人员是这样的：

赛勒斯·史密斯和哈伯特埋伏在“壁炉”那里，负责控制花岗岩宫下面那片广阔的海滩。

热代翁·斯皮莱和纳布隐蔽在慈悲河口的乱石丛中，河上的吊桥已经被拉了起来，他们负责阻止任何人乘船渡河或在对岸登陆。

艾尔通和彭克罗夫坐独木舟渡过海峡，分别在小岛上占据一个阵地。这样，子弹将会来自四个不同的火力点，就会让罪犯们认为岛上不但有许多居民，而且防守严密。

如果艾尔通和彭克罗夫无法阻止罪犯们登陆，甚至阵地有被海盗们的小船包抄的危险，那么他们就应该乘独木舟回到岸上来，到情况最紧急的地方去。

在出发去各自的阵地之前，移民们最后一次相互握手。彭克罗夫竭力忍住自己的感情，拥抱了他的孩子哈伯特，然后他们就分了手。

不一会儿，赛勒斯·史密斯和哈伯特这一路，以及记者和纳布那一路，都消失在了岩石后面。五分钟后，艾尔通和彭克罗夫也顺利地渡过了海峡，登上了小岛，埋伏在东岸的乱石丛中。

他们谁都没有被发现，因为连他们自己也只能隐约看到雾中的双桅船。

这时候是早晨六点半。

不久，上层的雾气逐渐散开，露出了双桅船的桅冠。但缭绕的雾气仍然在海面上滚动了一段时间，接着就被微风吹散了。

“飞快号”完全露了出来，它抛了两只锚，船头朝北，左舷对着海岛。正如赛勒斯·史密斯估计的那样，它距离海岸不超过一又四分之一英里。

那面阴森森的旗帜仍然在船顶飘着。

借助于望远镜，工程师看到船上的四门大炮全都对着海岛。显然，只要一声令下，它们就可以随时开火。

这时候，“飞快号”连一点动静都没有。只见三十来个海盗在甲板上来来往往。有几个爬上了艉楼；另外有两个站在顶桅的横杆上，用望远镜仔细地观察着海岛。

显然，鲍勃·哈维和他的同伙们都对昨天夜里发生在双桅船上的事感到难以理解。那个半裸的男人强行打开了火药库的门，和他们进行了搏斗，并且向他们开了六枪，打死了一个人，打伤了两个人，最后这个人被打死了吗？他是否泅水回到了岸上？他是从哪里来的？来船上干什么？难道他真的像鲍勃·哈维所认为的那样，想炸掉双桅船吗？这些问题一定使罪犯们茫然不知所措。不过有一点他们可以肯定，那就是“飞快号”前面的那座无名海岛上有人居住，而且那里的全体移民们可能已经严阵以待。可是，不论是海滩上还是山冈上，他们连一个人都见不到。海岸似乎杳无人迹，至少没有任何房屋的踪影。难道居民们都逃到海岛深处去了？

也许海盗们的头子就是这样想的。他是一个谨慎的人，在让他的人上岸之前，他会设法先了解一下岛上的情况。

一个半小时过去了，双桅船没有任何进攻或登陆的迹象。鲍勃·哈维显然是在犹豫。即使用最好的望远镜，他也看不到一个躲在岩石中的居民。虽然遮盖花岗岩宫窗口的绿枝和爬藤在光秃秃的峭壁上十分显眼，但这也许根本没有引起他的注意。的确，他怎么想得到在这样高的地方，会有人在花岗石中间挖出一座房屋来呢？从爪角到腭骨角，包括整个联合湾在内，没有任何迹象能使他认为岛上有人或可能有人。

八点钟，移民们看到“飞快号”上有了情况。海盗们拉动着滑轮上的绳索，放下一只小艇来。七个人跳了进去，他们都带着步枪；其中一个人掌舵，四个人划桨，另外两个人蹲在船头，监视岛上的动静，随时准备开枪。他们的目的很明显，是要做一次初步的侦察，而不是要登陆，否则的话，来的人会更多。

海盗们从桅杆的横梁上一定能看到，海岛的海岸线处在一座小岛的掩护之下，两者之间有一条宽约半英里的海峡。根据小艇行驶的方向，赛勒斯·史密斯立刻断定，海盗们并不打算马上进入海峡，而是准备在小岛上登陆，这证明他先前的部署是正确的。

彭克罗夫和艾尔通各自躲在狭窄的岩石丛中，看着小艇径直向他们驶来，等着它进入射程以内。

小艇小心翼翼地前进着，罪犯们隔很长时间才划一次桨。一个罪犯手里拿着垂线，正在测量受慈悲河水冲刷形成的航道有多深。这表明鲍勃·哈维打算尽量把双桅船靠近海岸。船上的三十多个海盗分散在索具中间，注视着小艇的动向，并试图发现能帮助他们安全上岸的航标。

小艇在距小岛仅两链远的地方停了下来。掌舵的罪犯站起身来，寻找着最适合上岸的地方。

这时候只听见两声枪响。一缕轻烟从小岛的岩石中间袅袅上升。掌舵的和测量水深的两个海盗仰面倒在了小艇里。艾尔通和彭克罗夫的子弹同时击中了他们。

几乎与此同时，人们听见一声更加猛烈的巨响，双桅船的船舷喷出一股烟雾，一颗炮弹落在彭克罗夫和艾尔通藏身的岩石顶上，把它炸得碎石横飞，不过两名枪手都没有受伤。

小艇上的海盗们叫骂着，立刻重新向前驶来。一个海盗接替了掌舵的位置，其他人则奋力划着桨。

不过，出乎意料的是，小艇不但没有掉头回去，反而沿着海岸驶来，它打算绕过小岛的南端，包抄敌人的阵地。海盗们拼命划着桨，想逃出步枪的射程。

就这样，他们一直把小艇划到距离漂流物角顶端、海岸线凹进部分五链远的地方，然后划了一个半圆，绕过漂流物角，继续在双桅船大炮的掩护下，向慈悲河河口驶去。

他们显然是想进入海峡，从背后进攻驻守在小岛上的移民，使他们——不管他们有多少人——处于受小艇和双桅船火力夹击的不利境地。

小艇朝这个方向前进了十五分钟。周围万籁俱寂，风平浪静。

虽然彭克罗夫和艾尔通知道有被包抄的危险，但他们没有离开阵地，一方面他们不愿意把自己暴露在小艇上的敌人和“飞快号”的炮火面前，另一方面他们也相信守卫在河口的纳布和热代翁·斯皮莱，以及埋伏在“壁炉”的岩石丛中的赛勒斯·史密斯和哈伯特会支援他们。

在他们开第一枪以后二十分钟，小艇已经驶到了离慈悲河不到两链远的地方。由于正在涨潮，而且海峡十分狭窄，因此水流和往常一样很急，把罪犯们的小艇朝河口冲去，罪犯们只是通过奋力划桨，才得以把小艇保持在海峡的中央。但是，当他们进入慈悲河河口阵地的射击范围内之后，立刻遭到了两颗子弹的迎击，又有两个人倒了下去。纳布和斯皮莱的子弹都没有落空。

双桅船立刻对着冒烟的阵地又开了一炮，但是除了打碎几块石头外，没有任何收获。

这时小艇里只剩下三个完好无损的人。在潮水的携带下，它如同离弦之箭冲进海峡，来到赛勒斯·史密斯和哈伯特的阵地面前。他们两人认为它还不在射程之内，所以就没有开枪。小艇上的人划着仅剩的两支桨，绕过小岛的北端，驶回双桅船去了。

到目前为止，移民们还没有什么可抱怨的。战斗的开局对敌人大为不利，他们已经有四个人遭到重创，也许已经被打死了；相反，移民们非但没有人受伤，而且枪枪命中。要是海盗们继续这样进攻，并且还打算利用小艇登陆的话，那么他们只能是一个一个地前来送死。

现在大家明白工程师的部署是多么巧妙了。海盗们会以为对手人多势众，而且装备精良，自己要取胜没那么容易。

小艇和海潮搏斗了半个小时，才靠上“飞快号”。艇上的伤员上船时，双桅船上传来了一阵可怕的号叫，接着它又漫无目的地开了三四炮。

这时，又有十来个怒不可遏的罪犯跳上了小艇，也许他们还没有从前一夜的狂饮中清醒过来。同时，第二艘小艇也被放到了海上，上面坐着八个人。第一艘小艇径直朝小岛扑来，企图赶走岛上的移民，而第二艘则打算强行进入慈悲河河口。

情况显然对彭克罗夫和艾尔通非常不利，他们知道必须回到主岛上去了。

但是，他们仍然一直等到第一艘小艇进入射击范围，然后准确地开了两枪，使艇上的人陷入了一片混乱。接着，彭克罗夫和艾尔通离开了阵地，冒着枪弹，迅速穿过小岛，跳上独木舟，在第二艘小艇到达南端的时候渡过了海峡，跑到“壁炉”里隐蔽了起来。

他们刚同赛勒斯·史密斯和哈伯特会合，第一艘小艇的海盗们就占领了小岛，并且开始四处搜索。

几乎与此同时，慈悲河河口的阵地上也传来了枪声，第二艘小艇已经很快接近了那里。艇上的八个人当中有两个遭到了热代翁·斯皮莱和纳布的致命打击，而小艇本身则因失去控制，冲向慈悲河河口的礁石，撞得粉碎。但是，那六个幸存的罪犯一面把步枪举过头顶，以防浸水，一面登上了河的右岸。他们发现自己暴露在埋伏者阵地的火力范围内，于是就拼命朝漂流物角枪弹打不到的地方逃窜。

现在的情况是这样的：小岛上有十二个罪犯，虽然其中有好几个似乎受了伤，但他们掌握着一艘小艇；六名罪犯上了林肯岛，但他们无法到花岗岩宫去，因为吊桥已经被拉了起来，他们过不了河。

“不错！”彭克罗夫冲进“壁炉”，大声说道，“不错，赛勒斯先生！你说呢？”

“我说，”工程师回答，“战斗就要进入一个新的局面了，因为罪犯们不可能这么傻，会心甘情愿地处于这样一种对他们不利的境地！”

“他们永远不会渡过海峡的，”水手说，“艾尔通和斯皮莱先生的马枪在那里挡着他们呢。你知道，这些马枪可以打到一英里以外的地方！”

“也许吧，”哈伯特回答说，“但在双桅船的大炮面前，两支马枪又有什么用呢？”

“噢！我想，双桅船还没有开进海峡吧！”彭克罗夫反驳道。

“要是它开进来了呢？”赛勒斯·史密斯问。

“这不可能，它会搁浅，甚至沉没！”

“可能的，”这时候艾尔通说话了，“罪犯们会趁着涨潮的时候把双桅船开进海峡，哪怕是在落潮时船会搁浅。到那时，在它的炮火打击下，我们就无法守住阵地。”

“真是见鬼！”彭克罗夫叫道，“那帮恶棍似乎真的在准备起锚了！”

“也许我们只好躲到花岗岩宫里去了？”哈伯特说。

“再等一会儿吧！”赛勒斯·史密斯回答。

“可是纳布和斯皮莱怎么办？”彭克罗夫问。

“到时候他们会回到我们这儿来的。准备好，艾尔通。现在该轮到你和斯皮莱的马枪发言了。”

果不其然！“飞快号”开始起锚，打算驶近小岛。潮水还要上涨一个半小时，但满潮时的急流已经停止，因此双桅船行驶起来非常方便。不过彭克罗夫不同意艾尔通的看法，他认为双桅船不敢开进海峡。

这时候，占领了小岛的海盗们逐渐转移到海峡的对岸，他们和林肯岛只有一峡之隔了。他们只有步枪，因此伤不了埋伏在“壁炉”和慈悲河河口的移民们。他们没有想到移民们有远射程的马枪，所以以为自己并没有暴露在对方的火力之下。于是，他们毫不掩蔽地搜查小岛，巡视海岸。

他们的美梦并不长久。艾尔通和热代翁·斯皮莱的马枪开火了，它们无疑给罪犯们带来了最为不幸的消息，其中的两个仰面倒了下去。

所有的罪犯都惊慌失措。其余的十个人甚至顾不上收拾伤亡的同伙，便慌忙逃往小岛的另一边，爬上来时在乘坐的小艇上，拼命划着桨，回到了双桅船上。

“又少了八个！”彭克罗夫喊道，“斯皮莱先生和艾尔通同时开枪，简直就像是事先说好的那样！”

“先生们，”艾尔通一边给马枪装子弹，一边说，“情况更加严重了。双桅船已经启动！”

“锚链已经直了！……”彭克罗夫叫道。

“是的，它已经被拉了起来。”

的确，随着双桅船上的人在摇动绞盘，大家清楚地听到了锚链撞击在起锚机上发出的叮当声。“飞快号”先是被锚链拉回了原位；等锚完全起来以后，它就开始向林肯岛漂来。风从海面上吹来，双桅船扯起了三角帆和二层帆，逐渐向岸边逼近。

大家从慈悲河和“壁炉”这两个阵地上看着双桅船的一举一动，他们纹丝不动，却隐藏不了激动的情绪。要是他们在这么近的距离内暴露在双桅船的火炮底下而无法进行有效的回击，那么他们的处境就会异常可怕。怎样才能阻止海盗们登陆呢？

赛勒斯·史密斯意识到了这一点，他在考虑应该怎么办。他必须在很短时间里做出决定。可是应该怎样决定呢？撤到花岗岩宫里困守，仗着那里充足的食品储备，坚持几个星期甚至是几个月吗？这样固然可以，但以后怎么办？海盗们会成为林肯岛的主人，他们会恣意蹂躏它，随着时间的推移，他们终将战胜被困在花岗岩宫里的人。

不过他们还有一线希望，那就是鲍勃·哈维不冒险把船开进海峡，而只是停在小岛的外面。这样的话，双桅船离海岸还有半英里，隔着这段距离开炮，造成的损失不会太大。

“不会的，”彭克罗夫不停地说，“鲍勃·哈维是个出色的水手，他绝不会到海峡里来的！他知道只要一退潮，他的双桅船就会有危险！一旦没有了船，他该怎么办呢？”

这时候，双桅船接近了小岛，看得出它正在试图朝小岛的南端开。风很小，海潮也变得不再湍急，因此鲍勃·哈维可以随心所欲地操纵他的船。

由于先前小艇已经在这里开过，所以他知道航道，于是他肆无忌惮地开进了海峡。他的意图很明显：他准备停靠在“壁炉”前面，从那里开炮还击那些打死他同伙的枪弹。

不一会儿，“飞快号”来到了小岛的南端，轻松地绕了过去。接着，双桅船吃足了风，来到了慈悲河附近。

“这些强盗！他们来了！”彭克罗夫叫道。

这时候，纳布和热代翁·斯皮莱回到了赛勒斯·史密斯、艾尔通、水手和哈伯特这里。

记者和他的同伴认为应该放弃慈悲河的阵地，因为在那里他们没有任何办法对付双桅船，于是他们就聪明地撤退了。在即将采取决定性行动的时候，移民们最好还是集合在一起。热代翁·斯皮莱和纳布依靠岩石为掩蔽跑了回来，但他们还是遭到了一阵射击，不过毫发无损。

“斯皮莱！纳布！”工程师叫道，“你们没有受伤吧？”

“没有！”记者回答，“只是被反弹的子弹擦破了点皮！这该死的双桅船开进了海峡！”

“是的！”彭克罗夫回答，“再过十分钟，它就会停在花岗岩宫的前面！”

“你有什么打算吗，赛勒斯？”记者问。

“我们必须隐蔽到花岗岩宫去，趁现在还来得及，罪犯们也看不见我们。”

“我也是这样想，”热代翁·斯皮莱说，“可是一旦被困在里面……”

“我们见机行事吧。”工程师答道。

“那就赶快出发！”记者说。

“赛勒斯先生，你要我和艾尔通留在这里吗？”水手问。

“留下来又有什么用，彭克罗夫？”赛勒斯·史密斯回答，“不，我们不能分开！”

现在一秒钟都不能浪费了。移民们走出“壁炉”。弯曲的岩石遮挡着他们，使他们没有被双桅船发现；不过，从炮声和打在岩石上的枪声判断，“飞快号”距离他们已经很近了。

仅仅一眨眼的工夫，大家就已经迅速跳进升降梯，上升到花岗岩宫门口，然后冲进了大厅。从昨天起，托普和于普就被关在了这里。

移民回来得正是时候，他们透过树枝，看到“飞快号”在缭绕的烟雾中驶进了海峡。大家不得不侧着身子看。枪声不停地响着，船上的四门大炮漫无目的地朝已经无人把守的慈悲河阵地和“壁炉”轰击着。岩石被炸得四处横飞，每开一炮，海盗们就要欢呼一阵。

幸亏赛勒斯·史密斯想到把窗户遮蔽起来，所以大家还能指望花岗岩宫不遭到炮击。可这时候，一颗炮弹掠过门洞，打在了走廊上面。

“见鬼！我们被发现了？”彭克罗夫叫道。

也许移民们还没有被发现，但可以肯定的是，鲍勃·哈维认为遮蔽在峭壁上的这些树枝有点可疑，所以有必要朝它开一炮。紧接着，他又加强了火力，第二颗炮弹撕开了树枝的伪装，使花岗岩悬崖上的洞口暴露无遗。

移民们陷入了绝境。掩蔽所已经被发现。他们既无法抵挡这些炮弹，又不能保护这片石壁——在炮火的轰击下，碎石在移民们的周围飞溅四射。他们只有躲到花岗岩宫上层的走廊里去，听任自己的住所遭炮火的摧残。这时，突然传来一声巨响，接着便是一阵凄厉的惨叫。

赛勒斯·史密斯和同伴们连忙冲到窗边……

只见双桅船被一股势不可挡的水柱掀了起来，然后一劈为二，在不到十秒钟的时间里，就和船上的罪犯们一起沉入了海底。

第四章

移民们在海滩上——艾尔通和彭克罗夫忙着打捞沉船遗物——吃饭时的谈话——彭克罗夫的推理——仔细检查双桅船的船身——火药库完好无损——新的财富——最后的残骸——一块铁筒碎片

“他们被炸沉了！”哈伯特叫道。

“对，就像艾尔通点燃了火药一样，被炸沉了！”彭克罗夫说着，同纳布和少年一起冲上了升降梯。

“这是怎么回事？”热代翁·斯皮莱问，他被这个意外的结局弄得目瞪口呆。

“啊！这下我们可以知道了！……”工程师兴奋地说。

“知道什么？……”

“别急！别急！来，斯皮莱。最重要的是那些海盗全都被消灭掉了！”

赛勒斯·史密斯拉着记者和艾尔通来到海滩上，和彭克罗夫、纳布还有哈伯特会合。

双桅船已经无影无踪，甚至连桅杆也看不见。它被这股水柱掀翻了船身，侧着沉了下去，看来水是通过一个很大的口子涌进了船舱。不过，由于这一带海峡的水深不超过二十英尺，所以等到退潮的时候，淹没在水里的船身肯定会重新露出来。

一些船上的物品在海面上漂着。只见许多船的零件从船舱里慢慢浮出水面，有备用桅杆、鸡笼子——里面的鸡还活着——还有箱子和木桶。但是在这些漂浮物中，却看不到任何沉船的残骸，既没有甲板上的木块，也没有船壳上的木料，这使“飞快号”的突然沉没显得有点不可思议。

不过不一会儿，两根在甲板上方几英寸处被折断的桅杆，摆脱了各种索具的缠绕，浮上了水面。桅杆上还挂着帆，这些帆有的展开着，有的则卷在一起。为了不让下退的潮水把这些财富带走，艾尔通和彭克罗夫朝独木舟跑去，打算把漂浮在海面上的所有东西都打捞上岸，或弄到林肯岛上来，或拖上小岛去。

可是正当两人要上船的时候，热代翁·斯皮莱的一句话拦住了他们。

“那六个在慈悲河右岸登陆的罪犯怎么办？”

的确，尽管这六个人乘坐的小艇被岩石撞得粉碎，但不能忘记他们已经在漂流物角上了岸。

大家朝那个方向看去，连一个亡命者的影子都看不到。可能他们看到双桅船沉入海峡以后，就朝林肯岛的深处逃窜了。

“我们以后再去对付他们，”赛勒斯·史密斯说，“他们有武器，所以还是一个威胁，不过六个对六个，双方机会均等。现在还是干最要紧的事吧。”

艾尔通和彭克罗夫登上独木舟，用力朝那些漂浮物划去。

大海处于平潮，水面很高，因为两天前新月刚过。至少还要等整整一个小时，双桅船的船身才会露出海峡的水面。

艾尔通和彭克罗夫用绳索的一头缚住桅杆和木材，再把绳索的另一头带到花岗岩宫前面的海滩上。移民们齐心协力，把那些东西都拉上岸来。接着，艾尔通和彭克罗夫又乘独木舟，把所有漂在水面上的鸡笼子、木桶、箱子等东西打捞起来，然后立刻把它们运到“壁炉”。

水面上同样也浮起了几具尸体。艾尔通认出其中有鲍勃·哈维，便指着他，用激动的口吻对他的同伴说：

“我过去和他一样，彭克罗夫！”

“可你现在不一样了，你现在是一个诚实的人！”水手答道。

浮起来的尸体很少，这很奇怪。他们只看到五六具尸体，下退的潮水已经开始把它们带向了深海。罪犯们很可能被突如其来的爆炸惊呆了，根本来不及逃命，加上船是侧着沉下去的，因此大部分罪犯都被卡在了舷墙下面。不过，潮水会把这些恶棍的尸体冲向深海，这倒免除了移民们一项无聊的工作——在岛上找块地方把它们埋葬起来。

在两个小时的时间里，赛勒斯·史密斯和同伴们忙着把沉船的桅杆拉上岸，解下上面的船帆，然后把它们铺开晒干，这些帆丝毫没有损坏。他们很少说话，因为有许多活儿要干，但他们的脑子里却想得很多！得到这艘双桅船，说得更确切一点，得到船上的这些东西，无异于拥有了一大笔财富。事实上，一艘船就像是一个完整的小世界，移民们的工具库将因此而增加许多有用的东西。这些东西在品种上和在漂流物角拾到的那只箱子差不多，但在数量上却要大得多。

“还有，”彭克罗夫想，“为什么不可以把双桅船打捞起来呢？要是它只被炸出一个窟窿的话，那是完全可以修补的。这艘船有三四百吨重，和我们的‘乘风破浪号’相比，它可像样多了！它可以把我们载到很远的地方！我们爱去哪儿就去哪儿！我得和史密斯先生还有艾尔通商量一下这事！值得在双桅船身上动点脑筋！”

的确，如果双桅船还能够航行，那么林肯岛移民们回国的希望就骤然增加了许多。不过，要对这个重要的问题做出决定，就必须等潮水退到最低的时候，这样才能把船身的每一个部分都看清楚。

等所有漂浮物都被拉到海滩上安全的地方之后，赛勒斯·史密斯和同伴们稍做休息，准备吃饭。他们都饿极了。所幸食品储藏室离这儿不远，纳布又是一个烹饪快手。于是大家就在“壁炉”附近吃饭。不用说，吃饭时谈论的主题，当然是使移民们奇迹般得救的意外爆炸。

“说它是奇迹一点都不错，”彭克罗夫不断说，“因为那些混蛋们被炸得正是时候！那时候花岗岩宫已经受到了极大的威胁！”

“你猜，彭克罗夫，”记者说，“这究竟是怎么回事？是谁把双桅船炸掉的呢？”

“噢，斯皮莱先生，这再简单不过了，”彭克罗夫回答，“海盗船毕竟不像军舰那样纪律严明，而海盗们也不是水兵！既然他们不停地在向我们开炮，那么火药库一定是开着的，只要有谁稍有不慎，或者笨手笨脚，就会使船爆炸！”

“赛勒斯先生，”哈伯特说，“我感到惊奇的是，爆炸并没有产生太大的威力，爆炸的声音很小，而且被炸坏的木板和索具也不多。与其说双桅船是被炸沉的，不如说它更像是被撞沉的。”

“这让你感到奇怪吗，孩子？”工程师问。

“是的，赛勒斯先生。”

“我也感到奇怪，哈伯特，”工程师回答，“不过等我们检查了船身，或许就能够找到答案了。”

“啊，不！赛勒斯先生，”彭克罗夫说，“你不会说‘飞快号’仅仅是因为触礁才沉没的吧？”

“为什么不？”纳布说，“说不定海峡里的确有礁石呢？”

“好吧，纳布，”彭克罗夫回答说，“当时的情况你没有看见，可我却看得清清楚楚。双桅船在沉没前的一刹那，被一股巨大的水柱掀起，然后往左倾斜着掉下来。如果它仅仅是触礁的话，那么就会像平常的船一样，平静地沉入海底。”

“正因为它是一艘不平常的船！”纳布回答。

“好了，我们会知道的，彭克罗夫。”工程师说。

“我们是会知道的，”水手随声说，“不过我敢用我的头打赌，海峡里肯定没有礁石。赛勒斯先生，你凭良心说，难道还有什么比这更奇怪的事情吗？”

赛勒斯·史密斯没有回答。

“不管是被撞沉的还是被炸沉的，”热代翁·斯皮莱说，“彭克罗夫，你应该承认这船沉得正是时候！”

“对！……对！……”水手回答，“可是问题不在这儿。我想问史密斯先生的是，他是否觉得这件事有什么神秘之处。”

“我不敢断定，彭克罗夫，”工程师说，“我只能回答你这些。”

这个回答根本不能让彭克罗夫满意。他坚持认为船是被炸沉的，丝毫不肯让步。他无论如何不同意海峡里会有什么暗礁，因为那里的海底和沙滩一样，只是一层细沙，而且落潮的时候，他经常穿越海峡。再说，双桅船沉没的时候正在涨潮，即使海峡里真的有落潮时未被发现的暗礁，双桅船也有足够的水深安然无恙地从上面开过去。因此触礁是不可能的。所以说双桅船不是被撞沉的，而是被炸沉的。

必须承认，水手的推理并非毫无道理。

大约一点半，移民们登上独木舟，朝沉船的地方驶去。很可惜，双桅船上的两只小艇没能被保存下来；我们知道，其中的一只在慈悲河河口撞得粉碎，根本不能再用；另一只和双桅船一起沉入了海底，没有再浮起来，可能也已被压坏。

这时候，“飞快号”的船身渐渐露出了水面。它倾斜得非常厉害，因为双桅船落下的时候，压仓物的位置发生了移动，在这些重压下，船的桅杆被折断了，而且几乎是龙骨朝天。它的确是被海底下一股不可思议的、但又极其可怕的力量掀翻的，那股巨大的水柱也证明了这一点。

移民们绕着船身划了一圈，随着海水逐渐退去，他们即使查不出沉船的原因，至少也能了解爆炸造成的威力。

在船头的龙骨两侧，离艏柱七八英尺的地方，船身被撕开了几道至少有二十英尺长的口子。要想堵住这些巨大的窟窿是不可能的。包覆船底和船身的铜皮已经荡然无存，它们肯定是被炸成了粉末；不仅如此，就连船的肋材、铁销和木钉也都无影无踪。从船头沿着船身直到船尾，所有列板都是粉身碎骨，再也起不了支撑的作用。副龙骨被一种难以名状的力量分开，龙骨本身也有好几处被从纵梁上扯了下来，完全折断了。

“见鬼！”彭克罗夫叫道，“看来这艘船很难打捞起来了！”

“这是完全不可能的。”艾尔通说。

“不管怎样，”热代翁·斯皮莱对水手说，“如果真的发生过爆炸，那么它的威力也太奇怪了！船的甲板和水上部分没有被炸掉，倒是船底被炸坏了！这些窟窿不像是被火药库炸出来的，而像是被礁石撞出来的一样！”

“海峡里没有礁石！”水手反驳说，“你说什么我都可以接受，就是不同意说船是被礁石撞沉的！”

“我们想办法到船里面去看看吧，”工程师说，“也许能找到船被毁坏的原因。”

这是最好的办法，再说还可以清点一下船上的财物，以便整理和抢救。

现在要进入船内非常容易。水还在继续往下退，由于船身倾覆，甲板上下颠倒了过来，上面已经可以走人了。用来压仓的生铁锭从好几个地方漏了出来。海水从船身的缝隙里流出来，发出阵阵响声。

赛勒斯·史密斯和同伴们手持斧头，走在破碎的甲板上。甲板上堆满了各种各样的箱子，它们在水里浸泡的时间不长，所以里面的东西也许还没有被损坏。

于是大家忙着把这些东西都放到安全的地方。潮水要过几个小时才会重新上涨，必须充分利用这段时间。艾尔通和彭克罗夫在船身的窟窿上安了一个滑轮，以便把木桶和箱子吊出来，装到独木舟上，然后立即运上岸去。大家见了东西就拿，至于分拣工作可以以后再做。

不管怎样，让移民们感到满意的是，双桅船上的货物五花八门，它就像往来于波利尼西亚群岛中的商船一样，装载着各种各样的东西，有器皿、手工制品、工具等等。也许需要的东西都可以找到，大家一致认为，这些东西正是林肯岛上最为缺乏的。

不过，赛勒斯·史密斯却被他所看到的景象惊得发愣：双桅船的船身在致命的撞击下破损严重，这一点刚才也已经说过，不仅如此，连船的内部结构也遭到了毁坏，特别是船头部分。隔板和支柱全都碎了，好像曾经有一颗威力无比的炮弹在双桅船里爆炸过一样。移民们搬开箱子后，可以非常容易地从船头走到船尾。这些箱子不是什么沉重的大件，而只是一些小件，所以搬动起来并不费力，不过里面究竟装了些什么却不得而知。

于是移民们来到船尾，也就是艉楼所在的地方。在这里，他们应该能够在艾尔通的指点下找到火药库。赛勒斯·史密斯认为火药库并没有爆炸，完全可能抢救出几桶火药；况且，一般火药都是用金属封皮包装的，因此或许还没有受潮。

果然不出所料。他们在大量的子弹中间发现了二十多桶火药，桶里都衬着铜皮。大家小心翼翼地把火药桶搬出来。彭克罗夫亲眼看见以后，才相信“飞快号”的沉没不是由于爆炸引起的。火药库所在的那部分船身恰恰是受创伤最小的地方。

“也许不是炸沉的！”水手固执地回答，“可也不会是被礁石撞沉的，海峡里肯定不会有礁石！”

“那船是怎么沉没的呢？”哈伯特问。

“我也不知道，”彭克罗夫回答，“赛勒斯先生也不知道，没有人知道，永远也不会有人知道！”

大家搜寻了好几个小时，海水开始涨潮了。抢救工作不得不停了下来。不过不必担心双桅船会被海水冲走，因为它已经陷入了泥沙之中，就好像抛了锚似的，被牢牢地固定在原地。

因此，大家可以放心地等下次退潮时再继续抢救工作。不过双桅船本身却已经不可救药，必须尽快把船身上的木块抢救出来，不然它会很快被海峡里的流沙所吞没。

这时是傍晚五点。大家工作得很累，因此吃起饭来津津有味。尽管非常疲劳，但吃完饭后，大家都忍不住要看一看“飞快号”上的箱子里究竟装了些什么。

大部分箱子里装的是衣服，可以想象，它们受到了移民们的热烈欢迎。各种场合穿的衣服、各种尺码的鞋子一应俱全，足够大家穿一阵了。

“我们现在太富有了！”彭克罗夫叫着说，“可是这么多东西我们该怎么办呢？”

水手看到装着甘蔗酒和烟草的木桶，还有火器、兵刃、棉花包、农具、木匠和铁匠的工具，以及装着各种种子的盒子，不由地发出一阵阵欢呼。这些东西在水里浸泡的时间都不长，所以一点都没有损坏。啊！要是在两年前得到这些东西，那会是多么及时啊！不过，即使现在心灵手巧的移民们已经自己制造出了各种工具，这些东西对他们仍然很有用。

花岗岩宫的仓库里有的是地方，但是今天时间来不及了，不可能把所有的东西都储存起来。而且不能忘记，岛上还有“飞快号”的六个亡命之徒，他们可能都是穷凶极恶的坏蛋，必须时刻提防着他们。尽管慈悲河上的桥都已经吊了起来，但一条小河或者小溪无法挡住这些罪犯，在走投无路的时候，他们会变得非常可怕。

移民们以后会想出办法去对付他们，但在此之前，必须看守好堆在“壁炉”附近的大小箱子，于是夜里移民们轮流值班。

天亮了，罪犯们并没有前来骚扰，否则守在花岗岩宫脚下的于普和托普会立刻报警的。

接下来的三天，也就是 10 月 19 日、20 日、21 日，大家都忙着在双桅船的货物和索具中抢救值钱的或可能有用的物品。退潮的时候，他们进入船舱搬东西。涨潮的时候，他们就对那些被抢救出来的东西进行整理。包在船身上的铜皮大部分都被揭了下来，船身也在一天天地陷下去。不过，早在从船底漏出的重物被流沙吞没之前，艾尔通和彭克罗夫就已经好几次潜入水底，把双桅船的锚、锚链、压仓的铁锭甚至还有四门大炮都打捞了上来，这些东西都是借助于空桶才得以浮上水面。

由于移民们的奋力抢救，他们的武器库里增添的东西，同样也不比食品储藏室和花岗岩宫的仓库来得少。向来喜欢制订计划的彭克罗夫已经在盘算建一座炮台，以控制海峡和河口。有了这四门炮，他就可以阻挡任何舰队——“不管它们有多强大”——侵犯林肯岛的领海！

当双桅船只剩下一个没用的空壳的时候，天气变坏了，风暴彻底毁坏了船壳。赛勒斯·史密斯原打算把船壳炸掉，然后把岸上的碎木片收集起来，可是强烈的东北风和汹涌的海涛帮他节省了那些火药。

果然，23 日到 24 日的夜里，双桅船的船壳完全散了架，一部分残骸被冲到了海滩上。

至于船上的文件，不用说，尽管赛勒斯·史密斯仔细搜索了艉楼的柜子，但没有丝毫收获。海盗们显然销毁了所有关于“飞快号”船长和船主的资料，加上船尾也没有写双桅船母港的名字，所以无法知道它的国籍。不过，从船头某些部分的形状来看，艾尔通和彭克罗夫认为它是英国制造的。

灾难——与其说是灾难，不如说是幸运，正是由于这无法解释的结局，移民们才得以死里逃生——发生后一星期，即使在退潮的时候，也看不到双桅船的踪影了。船的残骸已经消散殆尽，而花岗岩宫则接受了船上几乎所有的财物。

然而，11 月 30 日，纳布在海滩上散步的时候，捡到了一块厚厚的铁筒碎片，上面有爆炸的痕迹。要不是这一发现，双桅船神秘爆炸的原因可能永远不会找到。铁筒被扭曲得厉害，而且残缺不全，好像受到过某种爆炸物质的冲击。

纳布把这块铁片带给了他的主人，当时工程师正忙着和同伴们在“壁炉”的工场里干活儿。

赛勒斯・史密斯仔细查看了铁筒，然后转身对彭克罗夫说：

"朋友，你坚持说'飞快号'不是因触礁而沉没的吗？"

"对，赛勒斯先生，"水手回答，"海峡里根本没有礁石，这一点你和我一样清楚。"

"可它会不会撞在这块铁片上？"工程师一边说，一边把破铁筒给他看。

"什么，这段破铁筒？"彭克罗夫叫道，语气里充满了怀疑。

"朋友们，"赛勒斯・史密斯继续说道，"大家还记得吗？双桅船在沉没之前，曾经被一股巨大的水柱高高地抛起。"

"记得，赛勒斯先生。"哈伯特回答。

"那么，你们想知道水柱是什么东西造成的吗？就是它。"工程师说着指了指破铁筒。

"它？"彭克罗夫说。

"对！这个铁筒是水雷的残片！"

"水雷！"工程师的同伴们大声叫道。

"那么这水雷是谁布的呢？"彭克罗夫不同意，于是就这样问。

"我能告诉你的就是布水雷的人不是我！"赛勒斯・史密斯回答，"可是它的残片确确实实在这儿，而且你们也看到了水雷无比巨大的威力！"

第五章

工程师的断语——彭克罗夫伟大的假设——空中炮台——四发炮弹——关于残存的罪犯——艾尔通的犹豫——赛勒斯·史密斯的宽大情怀——彭克罗夫遗憾地让了步

于是，这一切都因水雷在海底的爆炸而得到了解释。赛勒斯·史密斯曾经在南北战争中试验过这种可怕的破坏性武器，所以他不会搞错。铁筒里可能装着硝化甘油、苦味酸盐或其他类似的爆炸物，正是在它的作用下，海峡里才会掀起一股水柱，双桅船的船底也才会被摧毁并且在顷刻之间沉没，由于它的船身受到了重创，因此不可能再把它打捞上来。即使是装甲舰碰到这种水雷，也会像小舢板似的被轻而易举地击沉，所以"飞快号"当然经受不住它的打击了！

不错，一切都得到了解释……除了海峡里这颗水雷的来历。

"朋友们，"赛勒斯·史密斯说，"我们再也不能怀疑有一个神秘的人存在了，也许他和我们一样，是一个被抛弃在这座岛上的落难者。我之所以说这些，是为了让艾尔通也知道这两年来发生的各种怪事。这位陌生的好心人多次对我们伸出了援助之手，可他究竟是谁？我想不出。他为什么帮了我们这么多忙，却一直不肯露面？他这样做有什么好处？我也无法理解。不过，他确确实实帮助了我们，而且只有那些具备神奇力量的人，才有能力这样帮助我们。艾尔通和我们一样，也必须感谢这位陌生人。如果在我掉下气球之后，把我从海里救起来的人真是他的话，那么写下那张纸条、把瓶子放在海峡里并且让我们知道同伴所处位置的人，也一定是他！我还要补充的是：是他，把那只装有我们所需要的一切的箱子搁在了漂流物角；是他，在岛的高处点燃了篝火，使你们得以安全返回；是他，把那颗铅弹打在了猪獾身上；还是他，在海峡里布下了水雷，炸毁了双桅船；总而言之，所有那些我们无法解释的事情，都是这位神秘人干的。所以，不管他是谁，落难者也好，被放逐到岛上来的人也好，我们都必须感激他，否则我们就成了忘恩负义的人。我们欠了他的人情，希望有朝一日能够还清。"

"你说得对，亲爱的赛勒斯，"热代翁·斯皮莱说，"的确有一个人藏在岛的某个地方，他几乎无所不能，他的存在对我们有着莫大的好处。我还想说，如果现实生活中真有什么超凡本领的话，那么这位陌生人就一定拥有这种本领。是不是他通过花岗岩宫的那口井暗中打探我们的消息并因此而掌握了我们的所有计划呢？是不是他在我们驾驶独木舟做第一次试航的时候，把瓶子给了我们呢？是不是他杀死儒艮，把托普扔出湖面的呢？是不是他把你赛勒斯从海里救起来的呢？看样子只能是他，因为在当时的情况下，其他任何人都是不可能做到这一点的。如果真是他，那么他就一定具备呼风唤雨的神力。"

记者的话一点不错，大家都有同感。

"是的，"赛勒斯·史密斯回答，"可以肯定有人在帮助我们，而且，我认为这个人具有常人所没有的本领。这又是一个谜，不过只要我们找到那个人，谜也就会迎刃而解。所以，现在的问题是：我们是应该尊重这位心胸宽广的人隐姓埋名的愿望，还是应该千方百计地找到他？这个问题你们怎么看？"

"我觉得，"彭克罗夫回答，"不管那个人是谁，他是个好人，我很尊敬他！"

"不错，"赛勒斯·史密斯说，"可你没有回答我的问题，彭克罗夫。"

“主人，”纳布说，“我认为我们尽可以放手去寻找那位先生，可是，要是那位先生不愿意，我们就无法找到他。”

“你说的有道理，纳布。”彭克罗夫回答。

“我也同意纳布的看法，”热代翁·斯皮莱说，“不过我们不能因此而放弃寻找的尝试。不管我们是否找得到这位神秘的人物，至少我们应该尽到我们对他的责任。”

“你呢，孩子，说说你的看法。”工程师转过身去，对哈伯特说。

“啊！”哈伯特的眼光里闪烁着激动的神色，他叫道：“我要感谢他，他先救了你，然后又救了我们大家！”

“这话不错，孩子，”彭克罗夫说，“我也要感谢他，我们大家都一样！我不是个好奇的人，不过要是能面对面地看这个人一眼，挖掉一只眼睛我都心甘情愿！我想他一定是个英俊、高大、强壮的人，留着漂亮的胡子和光亮的头发，躺在云彩上，手里托着一只大球！”

“可是，彭克罗夫，”热代翁·斯皮莱反驳说，“这不是上帝嘛！”

“可能吧，斯皮莱先生，”水手回答说，“不过我就是这样想象他的！”

“你怎么看，艾尔通？”工程师问。

“史密斯先生，”艾尔通回答，“我现在还不能把我的看法告诉你。你的决定一定是对的。如果你需要我和你们一起去寻找那个人，我会随时听候命令。”

“谢谢你，艾尔通，”赛勒斯·史密斯说，“不过我希望你能直截了当地回答我的问题。你是我们的伙伴；你已经为我们做出了很多贡献，在做重大决定之前，你应该和这里所有的人一样，发表你的意见。所以你说吧。”

“史密斯先生，”艾尔通答道，“我认为我们应该千方百计找到这位不知名的恩人。说不定他是孤单一人，说不定他在受苦，说不定他需要一种新的生活。你说过，我也有他的人情债要还。除了他，不会有其他人到塔波岛去，是他发现了你们现在认识的这个可怜人，并且告诉你们那里有一个不幸的人需要援救！……多亏了他，我才重新成为一个人。我永远不会忘记他！”

“就这样决定了，”赛勒斯·史密斯说，“我们将尽快开始搜寻工作。岛上的每一个角落都不能放过。连最隐蔽的地方也要搜索，希望那位陌生的朋友能理解并原谅我们的意图！”

接连几天，移民们忙着割草和收获。他们打算在把搜索海岛的计划付诸实施之前，先把所有必不可少的农活儿干完。那些来自塔波岛的蔬菜，现在也到了收获的季节。因此，需要储藏的东西很多，所幸花岗岩宫里有的是地方，可以放得下岛上的所有财富。移民们把收获的东西井井有条地存放在那里，大家可以放心，这地方很安全，既不怕野兽的糟蹋，也不怕人的劫掠。花岗石岩层很厚，绝对不用担心里面的东西会受潮。移民们用镐和炸药拓宽或扩大了位于上层走廊里的好几个天然洞穴，于是花岗岩宫便成了一个应有尽有的仓库，存放着移民们的所有家当，有食品、武器、工具和备用的器皿等等。

双桅船上的大炮是用钢铸成的，非常漂亮。在彭克罗夫的一再要求下，移民们用滑轮和吊车把它们吊到了花岗岩宫的平台上；他们在窗户之间开凿了几个炮眼，不久，花岗岩石壁上就可以看到闪闪发亮的炮口了。在这个高度上，这些火炮可以控制整个联合湾。这里就好像是一个小小的直布罗陀海峡，任何在岛附近停泊的船只，都不可避免地处在这个空中炮台的火力射程之内。

“赛勒斯先生，”11 月 8 日那天，彭克罗夫说，“现在炮台已经完工，我们应该试一试大炮的射程。”

“你认为这有必要吗？”工程师问。

“不但必要，而且必须！不然，怎么知道我们储存的这些顶呱呱的炮弹能打多远呢？”

“那就试吧，彭克罗夫，”工程师说，“不过，我想把普通火药原封不动地留着，所以试验不要用它来做，还是用火棉吧，我们有用不完的火棉。”

“这些大炮经得住火棉的爆炸吗？”记者问，他和彭克罗夫一样，也很想试一试花岗岩宫的大炮。

“我想经得住，”工程师说，“不过我们还是要小心行事。”

工程师对大炮很在行，他完全有理由认为这些大炮制作精良。它们都是用锻钢铸成的后膛炮，可以承受大量火药的爆炸力，因此射程很远。事实上，要想取得实效，炮弹的弹道就必须尽量平直，而这样的话，推动炮弹前进的初速度就必须极大。

“决定炮弹初速度的是火药的装填量，”赛勒斯·史密斯对同伴们说，“制造大炮的时候，所有的问题都归结于使用强度尽可能高的材料，而钢在所有的金属当中无疑强度最高。所以，我完全有理由认为我们的炮可以安全地承受火棉爆炸时的气体膨胀，从而获得出色的效果。”

“等我们试过之后，就可以更加肯定了！”彭克罗夫回答说。

不用说，这四门大炮都保存得非常完好。自从它们被从水里打捞上来以后，水手就承担了对它们的清洗任务。他花了许多时间擦拭、上油、抛光和拆洗零件！现在，这些大炮亮得就如同美国海军驱逐舰上的大炮一样。

于是这一天，当着所有移民们的面——包括于普和托普——四门大炮逐一进行了试射。大家在往大炮里装填火棉之前，考虑到了它的爆炸力——前面已经说过，火棉的爆炸力相当于普通火药的四倍。炮弹是圆锥形的。

彭克罗夫拿着导火绳，随时准备开炮。

赛勒斯·史密斯做了一个手势，炮便响了。炮弹射向大海，它掠过海岛，掉进海里，距离无法精确计算。

第二炮瞄准的是漂流物角尽头的岩石，炮弹打在一块离花岗岩宫大约有三英里远的尖石上，把它炸得碎石横飞。

这一炮由哈伯特瞄准并发射，他对自己的试射非常骄傲。而彭克罗夫甚至比他更加骄傲！因为这一炮打得非常漂亮，而获得这项荣誉的又是他亲爱的孩子！

第三炮射向联合湾北岸的沙丘，炮弹落在至少有四英里远的沙滩上，然后跳了几下，掉进了海里，溅起了一片浪花。

打第四炮的时候，赛勒斯·史密斯稍微多加了一点火棉，想看看最大射程能有多远。由于担心炮膛爆炸，所有人都站得很远，他们用一根长绳点燃了导火索。

只听见一声巨响，大炮纹丝不动。移民们冲到窗边，看到炮弹擦过腭骨角的岩石，消失在离花岗岩宫约五英里远的鲨鱼湾里。

“怎么样，赛勒斯先生，”彭克罗夫叫着说，他的欢呼声大得简直和炮声不相上下，“你说我们的炮台怎么样？就算是整个太平洋上的海盗全都集中在花岗岩宫前，没有我们的许可，任何人也休想上岸！”

“相信我，彭克罗夫，”工程师回答道，“那种情况最好不要发生。”

“对了，”水手继续说，“那六个在岛上游荡的混蛋，我们怎样对付他们？难道听任他们糟蹋我们的森林、农田和牧场吗？这些海盗都是十足的野兽，我觉得我们应该毫不犹豫地把他们消灭掉。你说呢，艾尔通？”彭克罗夫又转过身去问他的同伴。

艾尔通迟疑了一下，没有立刻回答。赛勒斯·史密斯对彭克罗夫提出这个冒失的问题感到很遗憾。因此，当他听到艾尔通的回答时，心情非常激动。艾尔通用谦卑的语气说：

“我也曾经是一头野兽，彭克罗夫先生，所以我无权发言……”

说着他慢慢地走开了。

彭克罗夫这才醒悟过来。

“我真是个笨蛋！”他叫道，“可怜的艾尔通！其实他和这里的所有人一样有权发言的！……”

“对，”热代翁·斯皮莱说，“不过他的谨慎使我们对他更加敬重，我们应该尊重他追悔过去的心情。”

“说得对，斯皮莱先生，”水手回答说，“你们就放心吧！我就是把舌头吞到肚子里，也不会再说让艾尔通伤心的话了！现在还是回到原先的话题上来吧。我认为那些强盗丝毫不值得怜悯，我们应该尽快把他们赶出海岛。”

“你真的这样想吗，彭克罗夫？”工程师问。

“一点不错。”

“即使他们不对我们做出新的敌对行动，你也要毫不留情地把他们斩尽杀绝吗？”

“难道他们犯的那些罪行还不够吗？”彭克罗夫回答，他不懂工程师为什么突然变得这样犹犹豫豫。

“也许他们会回心转意！”赛勒斯·史密斯说，“也许会悔过自新……”

“他们会悔过自新！”水手耸了耸肩叫道。

“彭克罗夫，你想想艾尔通吧！”哈伯特抓住水手的手说，“他不就是改邪归正了吗？”

彭克罗夫逐个地看了看他的同伴。他根本没有料到自己的话会遭到大家的反对。他是个疾恶如仇的人，不会同意他的同伴们放过那群流氓，因为他们不仅和鲍勃·哈维的同伙们一起登上了岛，而且还是杀害“飞快号”船员的凶手，他们是一群野兽，必须毫不犹豫、毫不留情地把他们消灭掉。

“怎么！”他说，“所有人都反对我！难道你们想对那些混蛋宽宏大量？好吧。但愿我们不会为此而后悔！”

“只要我们提高警惕，”哈伯特说，“难道还会有什么危险吗？”

“嗯！”记者说，他还没有发表过意见，“他们有六个人，而且是全副武装。只要他们各自躲在角落里，向我们每个人都开一枪，就可以马上成为这座岛的主人了！"

"那么他们为什么没有这样做呢？"哈伯特反驳说，"也许他们认为没有这个必要。再说，我们也是六个人。"

"好吧，好吧！"彭克罗夫回答，"谁也说服不了谁。就让那些家伙去忙他们的事吧，别再为他们操心了！"

"行了，彭克罗夫，"纳布说，"别这么张牙舞爪的！就算有一个倒霉蛋站在你面前，在你的射程之内，你也不会朝他开枪的……"

"我会像打疯狗一样把他打死，纳布。"彭克罗夫冷酷地回答。

"彭克罗夫，"工程师说，"你向来很在意我说的话。在这个问题上，你能不能再听我一次？"

"我会按你的意思去做的，史密斯先生。"水手回答说，可是他并没有被说服。

"那好吧，我们再等一等，不要攻击他们，除非我们遭到攻击。"

就这样，尽管彭克罗夫认为这不是个好兆头，但大家还是决定如此对待海盗们。他们不发起攻击，但保持着戒备。再说，岛很大，而且很富庶。要是那些可怜虫的灵魂深处还有一点良知的话，那么他们也许会悔过自新的。在这样的环境下，难道他们不想重新做人吗？不管怎样，就算是出于人道，移民们也应该等一等。也许他们不能再像过去一样，毫无顾忌地轻松往来于岛上了。在此之前，他们要防范的只是野兽，而现在，岛上游荡着六个罪犯，他们也许是最凶恶的野兽。情况的确很严重，对于胆小一点的人来说，这意味着失去了安全。

不管怎样，目前其他移民们的意见压倒了彭克罗夫。但以后还会这样吗？让我们拭目以待吧。

第六章

搜索计划——艾尔通在畜栏——气球港之行——彭克罗夫在“乘风破浪号”上的发现——发往畜栏的电报——艾尔通没有回答——第二天出发——电报为什么接不通——一声枪响

这一段时间，移民们的头等大事是准备对林肯岛做全面的搜索。这次搜索早就定了下来，它的目的有两个：首先是寻找那位神秘的人物，他的存在已经毋庸置疑；其次是了解海盗们现在的状况，他们藏在哪里，生活得怎么样，会带来什么威胁。

赛勒斯·史密斯本打算立刻动身，可是搜索要持续好几天，因此必须把各种用具和器皿装到车上，以便露营的时候使用。恰巧这个时候，有一头野驴伤了腿，不能拉车，需要休息几天。于是大家认为不妨把出发的日子推迟一个星期，也就是说 11 月 20 日。在这个纬度上，11 月相当于北半球的 5 月，因此气候很好。太阳照在南回归线上，是一年中白昼最长的阶段。因此，现在也是实现搜索计划的最好时机，移民们即使达不到搜索的主要目的，也会获得许多新的发现，特别是在自然物产方面，因为赛勒斯·史密斯建议去探索茂密的远西森林，这片森林一直绵延到盘蛇半岛的尽头。

大家一致同意，利用出发前的九天时间，把眺望岗上剩下的活儿干完。

这时候，艾尔通必须回畜栏去了，因为那里的家畜需要他照顾。大家决定让他回去两天，等他把厩栏里的饲料备足之后，再回花岗岩宫来。

艾尔通临走的时候，赛勒斯·史密斯问他是否需要派一个人陪他去，因为岛上不如以前那么安全了。

艾尔通回答说不用，那些活儿有他一个人干足够了，再说他什么都不怕。万一畜栏或附近有什么动静，他会立刻打电报给花岗岩宫通知他们。

9日清晨，艾尔通驾着由一头野驴拉着的大车走了。两个小时以后，他打来电报，说畜栏一切正常。

这两天，赛勒斯·史密斯忙着实施他的一个计划，该计划一旦完工，花岗岩宫就可以永远高枕无忧了。虽然格兰特湖南端原有的那个溢水口已经被堵死，而且被长出的草木遮住了一部分，但现在赛勒斯·史密斯打算把它完全隐蔽起来。这项工作再容易不过了，只要把湖水抬高两三英尺，洞口就会完全被淹没。

而要抬高水位，只需在格兰特湖的两个溢水口各建一道堤坝，因为湖水就是从那儿流进甘油河和瀑布河的。移民们都被叫来干这项工作，他们把石块砌起来，不久，就建成了两道宽七八英尺、高三英尺的堤坝。

工程结束后，外人无论如何也想不到，在湖的南端会有一条地下通道，而湖水过去就是从这里流出去的。

当然，为花岗岩宫的蓄水池供水、为升降梯提供动力的小渠，都得到了精心的治理，无论出现什么情况都不会断水。只要把升降梯吊起来，那么这个既安全又舒适的掩蔽所就不怕任何突如其来的袭击。这项工作完成得很快，于是彭克罗夫、斯皮莱和哈伯特抽空到气球港去了一次，因为水手急切想知道罪犯们是否光顾了“乘风破浪号”停靠的小海湾。

“这些绅士们就是在南岸登陆的，”他说，“要是他们沿着海岸线走，就可能发现小港。如果这样，那么我对我们的‘乘风破浪号’就不抱任何希望了。”

彭克罗夫的担心并非毫无根据，因此气球港之行的确很有必要。

11 月 10 日午饭后，水手和同伴们便全副武装出发了。彭克罗夫在众目睽睽之下将两颗子弹分别装进枪筒，然后摇了摇头，这对于任何接近他的东西——就像他所说的那样，“不管是人还是野兽”——都不是个好兆头。热代翁·斯皮莱和哈伯特也带上了他们的枪，大约三点左右，三个人离开了花岗岩宫。

纳布把他们送到慈悲河的拐角处，等他们渡过河后，就把吊桥拉了起来。他们约定，回来的时候以鸣枪为号，纳布听到枪声，就来恢复两岸之间的交通。

这一小队人马沿着通往港口的道路，径直朝岛的南岸走去。这段路只有三英里半长，可是热代翁·斯皮莱和他的同伴们用了整整两个小时才走完。他们仔细搜查了道路两侧的茂密树林和冠鸭沼泽，可是没有发现逃亡匪徒的任何踪迹；看来，海盗们还不清楚移民的人数和装备情况，因此逃进了海岛最荒僻的地方。

到达气球港之后，彭克罗夫看到“乘风破浪号”静静地停泊在狭窄的港湾里，感到非常高兴。气球港被四周高耸的峭壁巧妙地遮挡着，除非置身其中或从高处俯瞰，否则任何人，无论是从海上还是从岛上，都发现不了它。

“好了，”彭克罗夫说，“这些无赖还没有到这儿来过。俗话说‘深山藏虎豹’，看来我们只有在远西森林里才会找到他们。”

“太好了，”哈伯特说，“要是他们发现了‘乘风破浪号’，就一定会乘着它逃跑，我们也就不能再去塔波岛了。”

“是的，”记者回答说，“我们还得去塔波岛送一张纸条，这样的话，万一那条苏格兰游船去接艾尔通，它就能知道林肯岛的情况和艾尔通的新住址了，这很重要。”

“现在，‘乘风破浪号’不是在这儿吗，斯皮莱先生！”水手说，

“只要一声令下，它和它的船员就可以扬帆远航！”

“我想，彭克罗夫，搜索林肯岛的行动一完成，我们就会去塔波岛的。不管怎样，我们得想办法找到那个陌生人，也许他知道林肯岛和塔波岛的许多事情。别忘了那纸条是他写的，也许他还知道游船什么时候会回来呢！”

“见鬼！”彭克罗夫叫道，“这个人究竟是谁呢？他了解我们，我们却不了解他！如果他只是一个落难者，那么为什么要躲起来？我们是一群诚实的人，我想诚实的人是不会招人讨厌的！难道他是自愿来这儿的？他能随心所欲地离开海岛吗？他还在岛上吗？或者已经不在了？……”

彭克罗夫、哈伯特和热代翁·斯皮莱一边说，一边登上了“乘风破浪号”，并且在甲板上走了一圈。水手查了查系锚链的缆桩，突然叫道：

“啊！这就怪了！真不可思议！”

“怎么了，彭克罗夫？”记者问。

“这不是我打的结！”

彭克罗夫指着把锚链系在缆桩上的绳索说。

“怎么不是你打的？”热代翁·斯皮莱又问。

“肯定不是！我发誓。这是一个平结，而我习惯于打活结[①]。”

“也许是你搞错了，彭克罗夫。”

“我没有搞错！”水手肯定地说，“绳索在我的手里自然而然就被打成了结，而我的手不会搞错！”

“这么说，罪犯们到船上来过了？”哈伯特问。

“不知道，”彭克罗夫回答，“不过可以肯定的是，有人拔过‘乘风破浪号’的锚，然后又重新把它停泊在了这里！看！这又是一个证据。

① 水手常打的结，优点是不会松开。——原注

锚链被松动过，链套[1]不在锚链筒的支架上了。我再说一遍：有人用过我们的船！”

“可是，如果罪犯们用过这船，那么他们要么会把它洗劫一空，要么会驾着它逃跑……”

“逃跑！……逃到哪里去？……塔波岛吗？……”彭克罗夫反驳说，“难道你认为他们会坐这么小的船去冒险？”

“不过，我们必须承认，他们知道有塔波岛这样一个小岛。”记者回答。

“不管怎么样，”水手说，“我们的‘乘风破浪号’确实出海航行过了，这就跟我名字叫彭克罗夫、是个来自葡萄园的幸运水手一样确实！”

水手非常肯定，热代翁·斯皮莱和哈伯特都不再反驳。很明显，彭克罗夫把船开回气球港以后，有人或多或少地动过它了。水手认为，锚毫无疑问地被人拔起过，然后又被抛回了水底。要是船没有被用来出海航行，何必要起锚、抛锚呢？

“可是，我们怎么会没有看到‘乘风破浪号’在岛的海面上行驶呢？”记者说，他一有疑问就要说出来。

“哎！斯皮莱先生，”水手回答，“只要在夜里出发，顺风的话，两个小时船就能驶出我们的视线！”

“那么，”斯皮莱又问，“我想知道，罪犯们为什么要使用‘乘风破浪号’？用完之后又为什么要把它开回港口？”

“好了，斯皮莱先生，”水手答道，“就把这件事归入那些不可思议的事件中去吧，别再想它了！重要的是‘乘风破浪号’在不在这儿，现在它还在。要是它不幸再一次被罪犯们劫走，就很有可能不会回来了！”

---

① 链套是用来包裹锚链的布，目的是防止锚链筒部分的锚链损坏。——原注

“这样的话，彭克罗夫，”哈伯特说，“就把‘乘风破浪号’开到花岗岩宫的前面去吧，也许这样更加谨慎一些。”

“这话既对又不对，”彭克罗夫回答说，“不对的成分更多。慈悲河河口不适合停船，那里的海潮太猛。”

“可是，能不能把它拉到‘壁炉’脚下的沙滩上来呢？……”

“也许……可以……”彭克罗夫回答，“不管怎么样，既然我们要离开花岗岩宫做一次长时间的搜索，我觉得我们不在的时候，‘乘风破浪号’还是停在这里更加安全，在岛上的匪徒们被肃清之前，我们最好还是把它留在这儿。”

“我也这么认为，”记者说，“如果遇到风暴，船在这里至少不会像在慈悲河河口一样，暴露在外面。”

“可要是罪犯们再次光顾呢？”哈伯特说。

“如果这样，孩子，”彭克罗夫回答，“他们在这里找不到‘乘风破浪号’，就会很快在花岗岩宫附近找到它，我们不在的时候，他们可以轻而易举地把它抢走！所以我和斯皮莱先生一样，认为应该把它停在气球港。如果我们回来的时候还没有把岛上的流氓们肃清，那么出于谨慎，我们会把船开到花岗岩宫附近，直到不再有任何敌意的侵扰为止。”

“就这样。回去吧！”记者说。

彭克罗夫、哈伯特和热代翁·斯皮莱回到花岗岩宫后，就把发生的事情告诉了工程师。后者对他们目前和将来的打算都表示同意。他甚至答应水手，要对塔波岛和海岸之间的那一段海峡做一番勘察，看看是否可能造几道堤坝，建一个人工港。这样，“乘风破浪号”就可以永远处于移民们的视线之内，必要的时候，还可以把它锁起来。

当天晚上，大家给艾尔通发了一个电报，希望他从畜栏带两只羊回来，因为纳布想让它们适应高地上的青草。奇怪的是，艾尔通没有像往常那样确认收到电报。这使工程师很惊讶。不过他想，艾尔通这时可能不在畜栏，或者他已经在回花岗岩宫的路上了。确实，他走了已经两天，他说过 10 日晚上、最晚 11 日早上就回来。

于是移民们等待着艾尔通出现在眺望岗的高地上。纳布和哈伯特甚至留心着吊桥附近的情况，以便他们的同伴一出现，就把桥放下来。

可是，直到晚上十点，还是不见艾尔通的踪影。大家觉得应该再给他发一个电报，让他立刻回电。

可是花岗岩宫的电报铃还是没有回音。

移民们开始焦急起来。究竟出了什么事？难道艾尔通不在畜栏，或者在、但是失去了行动的自由？他们是否应该在这茫茫的黑夜里到畜栏去？

大家商量了一番。有的人主张去，有的人则主张不去。

"也许，"哈伯特说，"是电报机发生了故障，接不通了吧？"

"完全可能。"记者说。

"等明天再说吧，"赛勒斯·史密斯说，"说不定艾尔通没有收到我们的电报，或者我们没有收到他的。"

于是大家就等着，可以想象，大家的心里有多么焦急。

11 月 11 日天一亮，赛勒斯·史密斯就发了一个电报，可是没有回音。

他又试了一次，结果还是一样。

"去畜栏！"他说。

"带上武器！"彭克罗夫补充道。

大家立刻决定让纳布留下来，因为花岗岩宫必须有人看守。纳布将把同伴们送过甘油河，然后把吊桥拉起来，躲在一棵树后，等待同伴们或是艾尔通回来。

万一海盗突然出现，并且企图越过小河，他可以开枪阻止他们，万不得已的时候，他可以撤到花岗岩宫里，只要把升降机吊起来，他就安全了。

赛勒斯·史密斯、热代翁·斯皮莱、哈伯特和彭克罗夫直奔畜栏，如果在那里找不到艾尔通，就搜索附近的树林。

早晨六点，工程师和他的三个伙伴渡过了甘油河，纳布则在左岸一个长着几棵龙血树的小丘后面藏了起来。

移民们离开眺望岗，径直踏上通往畜栏的小路。他们握着枪，随时准备开枪还击任何敌对的行为。两支马枪和两支步枪的子弹都上了膛。

路两旁的树丛很密，罪犯可以轻易地藏身，加上他们有武器，因此确实非常可怕。

移民们走得很快，他们一言不发。托普在前面开路，它一会儿在路上奔跑，一会儿又到树下绕一个圈，不过它一直很安静，没有任何异常的表示。大家可以相信这只忠实的狗，它是不会遭到突然袭击的，只要稍有危险，它就会大叫起来。

赛勒斯·史密斯和同伴们在沿小路前进的同时，也检查着连接畜栏和花岗岩宫的电报线。他们走了大约两英里，仍然没有发现任何断线的地方。电线杆好好地竖着，绝缘物完好无损，电报线也照常拉着。不过，这时候，工程师注意到电报线似乎有点松，当他们走到第七十四号电线杆的时候，走在前面的哈伯特停下来叫道：

“电报线断了！”

同伴们加快脚步，来到男孩停下来的地方。

电线杆横倒在路上。电报线的断头找到了，花岗岩宫和畜栏理所当然收不到对方发出的电报。

“电线杆不是被风刮倒的。”彭克罗夫说。

“对，”热代翁·斯皮莱回答，“电线杆齐根的泥土都被挖了起来，有人把它拔了起来。”

“还有，电报线是被割断的。”哈伯特指着被扯断的铁线断口说。

“断口新吗？”赛勒斯·史密斯问。

“新的，”哈伯特回答，“肯定是不久前才被扯断的。”

“快去畜栏！快去畜栏！”水手叫道。

这时候移民们正好处在花岗岩宫和畜栏的中间。他们还要走两英里半。于是他们跑了起来。

的确，大家都很担心畜栏那边发生了什么变故。也许艾尔通发过电报，可是他们没有收到，不过同伴们着急的倒不是这个，更难以解释的是，艾尔通答应昨天晚上回来，可他却没有出现。再说，畜栏和花岗岩宫之间的联系不会无缘无故地中断，除了那些罪犯，还有谁会破坏他们的联系呢?

移民们跑着，感到十分焦急。他们都发自内心地牵挂着这位新伙伴。他们找到他的时候，会不会发现他已经被从前的部下亲手杀害了呢?

不一会儿，路边出现了一条小溪，它是红河的支流，畜栏的草场就是用它的水灌溉的。移民们放慢了脚步，免得战斗打响的时候还在气喘吁吁。所有的枪栓都打开了。每个人都分别监视着森林的一个角落。托普低沉地叫着，预示着将有什么不幸发生。

终于，大家透过树丛，看到了畜栏的栅栏。他们没有发现任何破坏的痕迹。门和往常一样关着。畜栏里一片寂静，既听不见熟悉的羊叫声，也听不见艾尔通的说话声。

“进去！”赛勒斯·史密斯说。

工程师往前走去，他的同伴们在二十步开外的地方警戒着，随时准备开枪。

赛勒斯·史密斯拔开门闩，正要推门进去，突然托普狂叫起来。栅栏上方传来一声枪响，接着便是一声惨叫。

一颗子弹打中了哈伯特，他倒在了地上！

第七章

记者和彭克罗夫在畜栏里——哈伯特被抬了进来——水手的绝望——记者和工程师的诊断——治疗方法——还有希望——如何通知纳布？—— 忠实可靠的信使——纳布的回答

听到哈伯特的叫声，彭克罗夫扔下枪，朝他扑去。

“他们把他打死了！”他叫道，“我的孩子！他们把他打死了！”

赛勒斯·史密斯和热代翁·斯皮莱也赶到了哈伯特的身边。记者听了听可怜的孩子是否还有心跳。

“他活着，”他说，“不过必须把他抬到……”

“花岗岩宫去？这是不可能的！”工程师回答。

“那就抬到畜栏去！”彭克罗夫喊着说。

“等等。”赛勒斯·史密斯说。

他一个箭步绕过左面的栅栏，在那里发现一个罪犯。后者向他开了一枪，子弹穿过他的帽子。赛勒斯·史密斯没等他开第二枪，就一刀刺进了他的心口，他的刀比子弹准多了，罪犯立刻应声倒下。

与此同时，热代翁·斯皮莱和水手爬上篱笆角，双腿骑在上面，纵身跳进栅栏，他们撤掉了里面的门杠，冲进空无一人的屋子。不一会儿，可怜的哈伯特就躺在了艾尔通的床上。

不久，赛勒斯·史密斯也来到了他身边。

看到哈伯特一动不动的样子，水手悲恸欲绝。他抽泣着，流着泪，恨不得把头撞在墙上。无论是工程师还是记者都无法让他平静下来。

他们自己也已经难过得说不出话来。

但他们会想尽一切办法，把眼前这个垂死的孩子从死神手里抢回来。热代翁·斯皮莱一生中经历过许多危险，所以对普通医学知识也略知一二。他什么都懂一点，有好几次，他甚至不得不为别人治疗刀伤和枪伤。于是在赛勒斯·史密斯的帮助下，他开始对哈伯特做必要的急救。

记者起初非常震惊，因为哈伯特完全失去了知觉，这可能是由于失血过多引起的，也可能是因为子弹力量很猛，打在骨头上造成剧烈的震荡而引起的。

哈伯特脸色惨白，脉搏非常微弱，热代翁·斯皮莱要等很长时间，才能感觉到他的心脏跳动一次，仿佛它就要停止了一样。同时，哈伯特的感觉和思维几乎也已经完全消失了。情况十分严重。

大家解开哈伯特的上衣，用手帕把血止住，然后用凉水清洗他的胸口。

这时大家看到了哈伯特的伤口，它呈椭圆形，位置在第三和第四根肋骨之间的胸口，子弹就是从这儿击中了他。

赛勒斯·史密斯和热代翁·斯皮莱把可怜的孩子翻过身来，后者发出一声微弱的呻吟，大家以为这是他生命中最后一次叹息了。

哈伯特的背上还有一处伤口，上面流满了鲜血，子弹击中他后立刻从这儿穿出了身体。

“感谢上帝！”记者说，“子弹没有留在体内，我们用不着把它取出来了。”

“心脏怎么样？……”赛勒斯·史密斯问。

“子弹没有碰到心脏，否则哈伯特早就死了！”

“死了！”彭克罗夫吼叫着说。

水手只听见记者所说的最后几个字。

“没有，彭克罗夫，”赛勒斯·史密斯回答，“没有！他没有死。他的心脏还在跳动！他甚至还呻吟了一声。为了你的孩子，你最好安静一点吧。我们需要静下心来。别让我们烦恼，朋友。”

彭克罗夫不作声了，他感到很难过，顿时泪流满面。

这时候，热代翁·斯皮莱正努力回忆着如何有条不紊地进行抢救。他检查后断定，子弹肯定是从前胸射入身体，再从后背穿出的。但是，它在穿透身体内部的时候，究竟造成了多大的伤害？它击中了哪些主要器官？此时此刻，就是一个专业的外科医生也很难说清楚这些问题，更不用说一个记者了。

不过，有一点斯皮莱很明白：首先必须防止伤口因发炎而造成血脉不通，然后还要和伤口——也许是致命的伤口——引起的局部炎症和高烧作斗争！然而，他应该敷什么药、用什么消炎剂呢？怎样才能防止发炎呢？

不过，最迫切的，是必须马上把两处伤口包扎起来。热代翁·斯皮莱认为不能再让伤口流血了，因此没有必要再用温水清洗伤口，也没有必要挤压创伤的边缘。哈伯特失血很多，已经非常虚弱。

所以记者认为用凉水清洗伤口就足够了。

哈伯特向左侧躺着，大家让他保持着这个姿势。

“不能让他动，”热代翁·斯皮莱说，“这个姿势最有利于他胸口和后背的两处伤口排脓，他需要绝对的休息。”

“什么！那我们能不能把他抬回花岗岩宫？”彭克罗夫问。

“不能，彭克罗夫。”记者回答。

“见鬼！”水手叫着，朝天挥了挥拳头。

“彭克罗夫！”赛勒斯·史密斯说。

热代翁·斯皮莱又开始全神贯注地检查受伤的孩子。哈伯特仍然苍白得可怕，连记者都觉得有点恐慌。

“赛勒斯，”他说，“我不是医生……我完全不知该怎么办才好……你得帮助我，给我出主意、介绍经验！……”

“冷静……朋友，”工程师握着记者的手回答，“冷静地去判断……你脑子里只能想一件事：一定要把哈伯特救活！”

热代翁·斯皮莱感到责任重大，他起先简直丧失了信心，但工程师的这些话让他又恢复了自信。他坐到床边。赛勒斯·史密斯站着。彭克罗夫撕开自己的衬衣，机械地做着绷带。

热代翁·斯皮莱对赛勒斯·史密斯解释说，他认为首先应该把血止住，但不能急于让创口愈合，因为子弹穿透了身体，不能让脓淤积在胸腔内。

赛勒斯·史密斯完全赞同他的意见，他们决定把伤口包上，但暂时不对它进行缝合。值得庆幸的是，他们用不着做清创手术。

现在必须对付的是随时可能发生的炎症，可是移民们有没有这方面的灵丹妙药呢？

有！大自然慷慨地赐予了他们一种。他们有凉水，这是预防伤口发炎最有效的镇静剂，也是治疗重症的灵丹妙药，如今所有的医生都在使用它。凉水还有一个好处，它能使伤口处于绝对的休息状态，使之免遭过早的包扎。这有一个很大的好处，因为根据经验，伤口在最初的几天里和空气接触很危险。

热代翁·斯皮莱和赛勒斯·史密斯根据他们所掌握的简单常识，做出了上述判断，他们所采取的措施和最优秀的外科医生的一模一样。他们把纱布敷在可怜的哈伯特的两处伤口上，不断用凉水保持纱布的湿润。

水手先在壁炉里生起了火。屋子里的生活必需品很齐全，有枫糖，还有草药——它们都是少年自己在格兰特湖边采集的——因此移民们熬了一些清凉的汤药，喂给昏迷不醒的哈伯特喝。少年的体温很高，整整一昼夜都没有知觉，他的生命真是千钧系于一发，而这一发随时都有断掉的可能。

第二天是 11 月 12 日，赛勒斯·史密斯和同伴们看到了一丝希望。

哈伯特终于醒了过来。他睁开眼睛，认出了赛勒斯·史密斯、记者和彭克罗夫，说了两三个字。他不知道发生了什么事，于是大家就告诉了他。热代翁·斯皮莱恳求他要绝对休息，说他已经脱离了危险，几天后伤口就可以收口了。哈伯特几乎没有受到任何痛苦，由于大家不停地用凉水清洗，因此伤口没有发炎。化脓的过程很正常，体温也不再升高，现在移民们可以希望这可怕的枪伤不会造成任何悲剧性的灾难了。彭克罗夫的心渐渐地放了下来。他就像是一个修女，一个守在儿子床头的母亲。

哈伯特又昏昏沉沉地睡了过去，但这次睡得好多了。

“你再说一遍你有信心，斯皮莱先生！”彭克罗夫说，“你再说一遍你能救活哈伯特！”

“是的，我们会把他救活的！”记者回答，“枪伤很严重，也许子弹还穿过了他的肺，不过即使如此，也不会致命。”

“但愿上帝能听你的话！”彭克罗夫不停地说。

可想而知，移民们在畜栏的二十四个小时里，除了在考虑如何挽救哈伯特之外，脑子里没有想任何其他事情。他们既没有想过万一罪犯们回来，自己会有多么危险，也没有想过将来要采取一些什么预防措施。

这天，彭克罗夫坐在床边照顾病人，赛勒斯·史密斯则和记者商量着下一步的打算。

他们首先对畜栏巡视了一番，没有发现艾尔通的踪迹。这个不幸的人是被他过去的同伙抓走了吗？难道他在畜栏遭到了突然袭击？他是不是做了反抗，并且被打死了呢？这最后一个假设的可能性很大。热代翁·斯皮莱那天翻过栅栏的时候，曾清楚地看到一个罪犯沿着富兰克林山南面的山梁逃跑了，当时托普还朝那个方向追了一阵。那伙罪犯乘坐的小艇在慈悲河河口的礁石上撞碎了。被赛勒斯·史密斯刺死的那个罪犯的尸体，现在还在栅栏外面，他也是鲍勃·哈维的同党。

畜栏没有受到任何损坏，门都关得好好的，所以牲口们没能逃到森林里去。屋子和栅栏里既没有搏斗的痕迹，也没有破坏的迹象。只是艾尔通随身携带的武器和他一起不见了。

“这个不幸的人可能受到了突然袭击，”赛勒斯·史密斯说，“他肯定会奋起自卫，所以说不定已经遭到了毒手。”

“是的！我担心的就是这个！”记者回答，“还有，畜栏里什么都有，所以罪犯们可能就在这里住下了，他们只是看到我们来了以后，才仓皇逃走的。不管艾尔通是死是活，他那时显然已经不在这里了。”

“必须仔细搜索森林，”工程师说，“把岛上的恶棍肃清。彭克罗夫当时要我们像追杀野兽一样地围剿他们，他的预感是对的。要是听他的话，我们就不会遭到这么多不幸了！”

“对，”记者回答，“现在我们有理由毫不怜悯地对待他们了！”

“不管怎样，”工程师说，“我们不得不再在畜栏里待一段时间，只有等哈伯特能够被没有危险地抬回花岗岩宫的时候，我们才能离开这儿。”

“可是纳布怎么办？”记者问。

“纳布不会有危险。”

“万一他因为我们迟迟不归而担心，冒险来这儿呢？”

“他不能来这儿！”赛勒斯·史密斯立刻说，“他会在路上被杀死的！”

“可是他完全有可能来这儿找我们！”

“啊！要是电报没有坏，我们就能通知他了！可现在这是不可能的！我们也不能把彭克罗夫和哈伯特单独留在这里！……好吧，我一个人去一次花岗岩宫吧。”

“不，不！赛勒斯，”记者回答说，“你不能暴露自己！你就是再勇敢也无济于事。那些恶棍肯定监视着畜栏，他们就躲在四周的密林里。要是你出去的话，我们不久就会为两个——而不是一个——不幸的人而感到遗憾了！”

“可是纳布怎么办？”工程师不停地说，“他已经二十四小时没有我们的消息了！他肯定会来这儿的！”

“他不会像我们这样有所戒备，”热代翁·斯皮莱接着说，“所以肯定会被打死的！……”

“难道就没有办法通知他了吗？”

工程师想着，目光落到了托普身上。托普正来回走着，似乎在说：

“我不是在这儿吗？”

“托普！”赛勒斯·史密斯脱口叫道。

狗儿听到主人叫它，立刻跳了起来。

“对，让托普去！”记者明白了工程师的意思，于是说，“我们不能去的地方，托普能去！让它把畜栏的消息带到花岗岩宫去，再把花岗岩宫的消息带回来！”

“快！”赛勒斯·史密斯说，“快！”

热代翁·斯皮莱迅速从笔记本上撕下一页纸，在上面这样写道：

“哈伯特受伤了。我们在畜栏。你要提高警惕。别离开花岗岩宫。附近有罪犯出现吗？让托普把回信带来。”

这封简短的信包含了所有纳布想知道的东西，同时也提出了移民们想提的问题。记者把纸条折起来，系在托普头颈的一个显眼位置上。

“托普！我的狗儿，”工程师一边说，一边抚摩着它，“去找纳布，托普！去吧！去吧！”

托普听到这些话后活蹦乱跳。它明白工程师的意思，知道大家要它做什么。畜栏的路它很熟悉，不出半个小时，它就能走完这段路。要做到这一点，无论是赛勒斯·史密斯还是记者，都必须冒很大的危险，而托普却可以在草丛中、密林间神不知鬼不觉地穿过去。

工程师走到畜栏门前，推开一扇门。

“去找纳布！托普，纳布！”工程师指了指花岗岩宫的方向，又把刚才的话重复了一遍。

托普冲到屋外，一下子就不见了。

“它会安全到达的！”记者说。

“对，而且还会安全返回，这忠实的畜生！”

“现在几点钟？”热代翁·斯皮莱问。

“十点。”

“过一小时它就能回来了。我们等着它吧。”

工程师和记者重新把畜栏的门关上，回到屋里。哈伯特睡得很熟。彭克罗夫始终保持着纱布的湿润。热代翁·斯皮莱看到现在没什么事可做，便忙着准备食物，同时他还仔细监视着背靠着山梁的栅栏，因为罪犯们很可能从那儿对他们发起攻击。

移民们焦急地等待着托普的归来。十一点不到的时候，赛勒斯·史密斯和记者握着枪站在门后，准备一听到狗的叫声，就来开门。他们深信，如果托普顺利到达花岗岩宫，纳布会立刻打发它回来的。

他俩这样站了大约十分钟，突然听见一声枪响，紧接着便传来一阵狗叫。

工程师打开屋门，看到离这儿一百来步远的林子里升起了一缕轻烟，就朝那个方向开了一枪。

几乎与此同时，托普跳进畜栏，大家立刻把门关上。

“托普，托普！”工程师一边叫，一边搂住狗的脖子。

托普的脖子上挂着一张纸条，上面写着纳布的大字，赛勒斯·史密斯念道：

“花岗岩宫附近没有海盗。我不会乱动。可怜的哈伯特先生！”

第八章

畜栏附近的罪犯——暂时安顿下来——继续治疗哈伯特——彭克罗夫的第一次欢笑——回忆过去——将来会怎样——赛勒斯·史密斯对此的看法

看来，罪犯们还没有走，他们窥视着畜栏，企图把移民们一个一个地杀死！对他们没有别的办法，只有把他们看作野兽。不过移民们必须非常小心，因为现在的形势对那些坏蛋有利，他们在暗处，移民们在明处，他们能发动突然袭击，而移民们却不能。

于是赛勒斯·史密斯决定暂时在畜栏安顿下来，这里的粮食储备还可以维持相当长的一段时间。艾尔通的家里各种生活必需品都有，移民们的到来使罪犯们惊慌失措，因此他们没来得及对这儿实施洗劫就逃走了。热代翁·斯皮莱认为，事情的经过可能是这样的：六个罪犯在岛上登陆后，便沿着南部海岸前进，他们横穿过盘蛇半岛，不敢进入远西森林冒险，就来到了瀑布河的河口。他们从这里沿着河的右岸逆流而上，一直走到富兰克林山的山梁下。当然，一路上他们一直在找可以藏身的地方，所以不久就发现了当时无人居住的畜栏。他们在这里住了下来，准备等待时机，实现他们罪恶的阴谋。艾尔通的到来使他们大吃一惊，但他们还是抓住了这个不幸的人，然后……结果大家很容易就能猜到！

的确，现在罪犯只剩下了五个人，但他们全副武装地在森林里游荡，因此深入森林冒险，无异于充当他们的活靶子，移民们既无法抵挡也不能预防他们的枪弹。

“除了等待，没有其他办法！”赛勒斯·史密斯不停地重复着，“等哈伯特痊愈以后，我们要对全岛做一次彻底的搜查，消灭这些罪犯。这将是我们大规模远征的目的，同时……”

“还要寻找我们那位神秘的保护者，”热代翁·斯皮莱接着工程师的话头，继续说道，“啊！亲爱的赛勒斯，我们不得不承认，这一次，在我们最需要他的时候，他却没有保护我们。”

“谁知道呢！”工程师回答说。

“你这是什么意思？”记者问。

“我们还没有到山穷水尽的地步，亲爱的斯皮莱，也许他还会有机会施展他的高超本领。不过现在重要的不是这个，而是哈伯特的生命。”

这的确是移民们最担心的事。几天过去了，值得庆幸的是，那可怜的孩子的病情没有恶化。在同枪伤的斗争中，移民们赢得了不少时间。他们一直把凉水维持在适合的温度，这从根本上防止了伤口发炎。由于附近存在着火山，因此水中含有硫的成分，记者甚至认为，这对于伤口的愈合起到了直接的促进作用。哈伯特的脓比过去少多了，在大家的悉心照料下，他脱离了危险，热度也开始退了。但是，由于受到严格的饮食限制，他的身体很虚弱，而且还会虚弱一段时间。不过，供他喝的汤药非常充足，绝对的休息也对他很有好处。

赛勒斯·史密斯、热代翁·斯皮莱和彭克罗夫包扎少年伤口的动作已经非常熟练。屋子里所有的布料都被用来做了绷带。哈伯特的伤口上敷着纱布，包扎得既不紧也不松，这样收口的时候就不会引起发炎。记者对整个包扎过程极为关心，他明白这一过程的重要性，并且一再向同伴们强调大多数医生都承认的一个事实：精湛的包扎也许比高明的手术更加少见。

十天以后，11 月 22 日，哈伯特的身体有了明显好转。他开始吃一些东西，脸上也有了一点血色，一双善良的眼睛不时地对照顾他的人微笑着。尽管彭克罗夫努力地不停说话，给他讲一些稀奇古怪的故事，不让他开口，但他还是说了几句。哈伯特以为艾尔通也在畜栏，可是没有看见他，于是就问他上哪儿去了。水手不想让哈伯特难受，就告诉他艾尔通去纳布那儿保卫花岗岩宫了。

“哎！”他说，“这些海盗！他们根本不值得怜悯！史密斯先生还想善待他们！我会善待他们的，不过是用子弹！”

“后来就再也没有发现过他们吗？”哈伯特问。

“没有，孩子，”水手回答，“不过我们会找到他们的。等你的伤痊愈了以后，我们就可以瞧瞧，那些在背后放冷枪的胆小鬼，究竟敢不敢和我们面对面地干！”

“我还很虚弱，彭克罗夫。”

“没关系！体力慢慢会恢复的！子弹穿过胸口算得了什么？简直是开玩笑！这种事情我见得多了，没什么大不了的！”

情况总算是在好转，只要不出现什么波折，哈伯特的痊愈是迟早的事。可是万一他的伤势比现在更加严重——比如子弹留在他的体内或者必须截肢——的话，移民们又该如何应付呢？

“不！”热代翁·斯皮莱不止一次地这样说，“我一想到这种可能，就禁不住发抖！”

移民们曾经多次运用他们所掌握的简单常识进行推理，在各种不同的可能性中找到了富有实效的解决办法；这次他们同样依靠这种常识，获得了成功！可是，会不会有朝一日，他们的知识再也不足以解决遇到的问题呢？他们是岛上唯一的居民，而生活在社会中的人却是相互补充、相互依赖的。这一点赛勒斯·史密斯很清楚，有时他甚至问自己，是否会出现某种移民们无法克服的困难。

此外，他觉得至今为止，他和他的同伴们都很走运，而现在他们却进入了一个不幸的阶段。可以说，他们逃离里士满两年半来，一直是一帆风顺。林肯岛为他们提供了大量的矿藏、植物和动物，而他们则依靠自己的知识，充分利用了这些大自然不断赐予他们的财富。因此，移民们在物质上可以说十分富足，更何况在某些情况下，还会有一种神秘的力量帮助他们！……可是这一切都不可能永远持续下去！

总而言之，赛勒斯·史密斯感觉他们开始背运了。

的确，罪犯们的船出现在岛附近，虽然他们可以说是奇迹般地被消灭了，但至少其中的六个海盗逃脱了这场灾难。他们登上了岛，而剩下的五个残匪几乎不可能被抓到。艾尔通显然已经被这群恶棍所杀害，他们手中有枪，而且第一次使用，就险些要了哈伯特的命。难道这一切是移民们厄运的开始吗？赛勒斯·史密斯这样想，记者也常常这样想。他们还感到，一向给他们带来巨大方便的神秘而有效的援助，现在也失灵了。不管这个神秘的人是谁，他的存在已经毋庸置疑了，难道他已经离开了海岛？或者他自己也无能为力了？

这些问题都不可能得到回答。不过，我们不能因为赛勒斯·史密斯和他的同伴们在谈论这些事情，就认为他们已经绝望了！他们绝没有绝望。他们面对现实，分析了各种可能，随时准备应付任何挑战，他们会坚忍不拔、不屈不挠地迎接未来，即使最后注定要失败，他们也会斗争到底。

第九章

没有纳布的消息——彭克罗夫和记者的建议没有被采纳——热代翁·斯皮莱的几次外出——一块破布——信——立刻出发——抵达眺望岗

年轻的伤员正在逐步康复。现在大家唯一期盼的，就是等他的身体恢复到一定的程度，可以把他抬回花岗岩宫去。尽管畜栏的房子收拾得非常干净，生活物资也一应俱全，但它总不如花岗岩宫那样舒适和卫生。再说，这里也没有花岗岩宫安全，虽然移民们高度警惕，但他们随时都面临罪犯子弹的威胁。而在花岗岩宫就不同了，那里的岩石坚不可摧，在里面用不着有任何担心，所有伤害他们的企图都肯定会失败。因此大家都焦急地等待着哈伯特的伤口好起来，以便毫无危险地将他抬回去。尽管通过啄木鸟林困难很大，但移民们还是决心要做这次迁移。

大家没有纳布的消息，不过并不因此担心。这位勇敢的黑人坚守在花岗岩宫里，不会遭到突然袭击。移民们没有再派托普到他那里去，他们觉得没必要让这只忠实的狗暴露在罪犯们的枪弹下，否则他们可能会失去一位最得力的助手。

大家就这样等待着，不过心里却急着回花岗岩宫团聚。工程师一直在为自己的力量分散而苦恼，因为这样只能对海盗们有利。自从艾尔通失踪之后，他们只有四个人可以对付那五个海盗，因为哈伯特还不能被计算在内，对此勇敢的少年也非常关心，他十分明白自己给大家造成的困境！

11 月 29 日，在哈伯特睡熟了听不见的时候，赛勒斯·史密斯、热代翁·斯皮莱和彭克罗夫深入地讨论了目前情况下如何对付罪犯的问题。

“朋友们，”记者说，“在谈过纳布的问题以及无法和他联系的问题之后，我和你们一样，认为冒险从畜栏的路回去，只能是白白挨打而无力还手。现在最好的办法，就是索性先把那些恶棍消灭掉，你们看呢？”

“我也是这样想的，”彭克罗夫回答说，“我想，我们都不是那种害怕吃子弹的人吧。就我来说，只要赛勒斯先生同意，我可以随时冲进森林！大不了一个抵一个嘛！”

“可是能抵得上五个吗？”工程师问。

“我和彭克罗夫一起去，”记者应声答道，“我们全副武装，再带上托普……”

“亲爱的斯皮莱，还有你，彭克罗夫，”赛勒斯·史密斯接着说，“你们冷静地想一想。如果我们已经知道罪犯们藏在岛上的哪个地方，只要把他们赶出来的话，那么我同意直接攻击他们。可是，我们有理由担心事与愿违，开第一枪的完全可能是他们，难道你们不这样认为吗？”

“可是，史密斯先生，”彭克罗夫叫着说，“子弹并不一定就能打中我们！”

“射向哈伯特的那颗就打中了，彭克罗夫，”工程师回答，“再说，如果你们两个人离开了畜栏，那么只剩下我来保护他了。你们能够保证罪犯看不见你们离开畜栏、不阻止你们进入森林吗？再说，他们知道畜栏里只剩下我一个人和受伤的孩子在一起，难道不会趁你们不在的时候，对我们发起攻击吗？”

“你说得对，赛勒斯先生，”彭克罗夫强压怒火回答道，“你说得对。他们知道畜栏里应有尽有，一定会想尽办法把它夺回去的！你一个人挡不住他们！要是我们在花岗岩宫该多好啊！”

“要是我们在花岗岩宫，”工程师回答说，“情况就大不相同了！在那里，我会毫不担心地让我们中的一个人留下来照顾哈伯特，另外三个人去搜索岛上的森林。可是这里是畜栏，我们必须待在这里，直到大家能一起走的时候才能离开！”

赛勒斯·史密斯的话无可辩驳，这一点他的同伴们都很理解。

“要是艾尔通也在这儿就好了！”热代翁·斯皮莱说，“可怜的人！他回归社会才这么短时间！”

“难道他已经死了吗？……”彭克罗夫用一种非常奇怪的语气说。

“你还指望那些恶棍们会对他心慈手软吗，彭克罗夫？”热代翁·斯皮莱反问道。

“是的，要是他们认为这样做对他们有利的话！”

“什么？你是说艾尔通见到了过去的同伙，就忘记了我们对他的好处……”

“谁知道呢？”水手对自己的糟糕假设也不敢肯定，他犹豫了一下，才做出回答。

“彭克罗夫，”赛勒斯·史密斯抓住水手的胳膊说，“这是一个恶劣的想法，要是你坚持这样说，我会很难过的！我可以担保艾尔通是忠诚的！”

“我也是。”记者激动地说。

“是的……是的！……赛勒斯先生……我错了，”彭克罗夫回答，“这的确是一个恶劣的想法，而且没有任何根据！可你能让我怎么办呢？我已经晕头转向了。成天关在畜栏里，我真是难受极了，我从来也没有像现在这样烦躁过。”

“耐心点，彭克罗夫，”工程师说，“亲爱的斯皮莱，你认为再过多长时间，我们才可以把哈伯特抬回花岗岩宫去？”

“这很难说，赛勒斯，”记者回答，“因为稍有不慎就可能引起致命的后果。不过，他现在正在逐步好转，如果他能在一个星期以后恢复体力的话，那么我们可以试试看！”

一个星期！这意味着要等到 12 月初才能回花岗岩宫。

这时候入春已经两个月了。天气很好，气温也开始升高。岛上的森林已是枝叶茂盛，收割季节也即将来临。因此，回到眺望岗以后，除了完成计划中对岛的搜索之外，大家就要开始农忙了。

所以大家可以理解，移民们被困在畜栏里，所遭受的损失很重。然而，他们不得不屈从于现实，尽管他们的内心非常焦急。

有几次，记者冒险到畜栏外面的路上，绕着栅栏走了几圈。托普陪着他，而他自己则握着枪，随时准备应付突然袭击。

他没有遇到什么危险，也没有发现任何可疑的踪迹，否则托普会警告他的。既然它没有叫，这说明用不着担心，至少目前是这样，也许罪犯们在岛的其他地方干着什么罪恶勾当。

11 月 27 日，热代翁·斯皮莱第二次走出畜栏，冒险到山南面大约四分之一英里的树林里侦察。这时候，他发现托普似乎闻到了什么东西。它不再像平时那样漫不经心，而是来回跑着，在草丛和灌木里搜寻，仿佛嗅到了什么可疑的气味。

热代翁·斯皮莱跟着托普，一面吆喝着鼓励它、刺激它，一面巡视着四周，他利用树木做掩护，随时准备开枪。托普闻到的不是人的气味，否则的话，它会有节制地发出沉闷的吼叫。既然现在它没有叫，说明附近没有什么危险。

五分钟过去了，托普仍然搜寻着，记者则谨慎地跟着它。突然，狗儿朝一簇茂密的灌木冲去，从里面拖出一块破布来。

这是一块衣服上的布，既脏又破。热代翁·斯皮莱立刻把它带回了畜栏。

移民们仔细检查了这块破布，认出它是从艾尔通的衣服上扯下来的，因为这种毡子是花岗岩宫工场的独家产品。

“你看，彭克罗夫，”赛勒斯·史密斯说，“可怜的艾尔通曾经反抗过。他是被罪犯们抓走的！你还怀疑他的诚实吗？”

“不怀疑了，赛勒斯先生，”水手回答，“我早就从一时的糊涂中清醒了过来！不过，我觉得从这件事情中可以得出一个结论。”

“什么结论？”记者问。

“艾尔通没有在畜栏被杀害。既然他曾经反抗过，说明他是被活着抓走的！所以，也许他现在还没有死！”

“也许是这样。”工程师说完，便陷入了沉思。

艾尔通的同伴们重新看到了一线希望。的确，在此之前，他们一直以为他在畜栏遭到了突然袭击，就像哈伯特一样，倒在了罪犯们的枪弹下。可是，如果罪犯们在开始的时候没有杀死他，如果他们把他抓到了岛上的某一个地方，那么是否可以认为，艾尔通现在仍然被罪犯们关押着呢？也许罪犯中间会有人认出他就是他们过去在澳大利亚的同伙、越狱的罪犯头子本·乔伊斯。谁知道他们会不会妄想拉艾尔通重新入伙呢？要是他们能让艾尔通叛变的话，那么他对于他们来说是太有用了！……

躲在畜栏的移民们对这件事做出了乐观的判断，他们不再觉得不可能重新找到艾尔通了。而从艾尔通那方面来说，如果他只是被罪犯们俘虏了，那么他一定会竭尽全力逃出来，移民们也将会得到一个强有力的帮手！

“不管怎样，”热代翁·斯皮莱说，“如果艾尔通幸运地逃了出来，那么他一定会直接去花岗岩宫，因为他不知道哈伯特遭到了罪犯们的暗算，也不会想到我们被困在畜栏这里！”

“啊！我真希望他在花岗岩宫！”彭克罗夫叫道，“希望我们也在那里！虽然那些混蛋没有办法破坏我们的住所，但至少他们可以洗劫我们的高地、种植园和家禽场！”

彭克罗夫已经成了一个名副其实的农夫，一心想着他的收成。不过，所有人当中最急于回花岗岩宫的，应该说是哈伯特，因为他很清楚移民们回到那里去的必要性。正是因为他，大家才被迫留在畜栏里的！所以，他的脑子里只有一个念头：离开畜栏，马上离开！他认为自己能够挺过回花岗岩宫的那段路。他说他自己的房间里空气新鲜，而且看得见大海，在那里他的体力会恢复得更快！

哈伯特催了热代翁·斯皮莱好几次，可是记者也有他的理由，他害怕枪伤还没有收口，会在路上突然迸裂，所以迟迟不下令动身。

这时候，发生了一件意外，促使赛勒斯·史密斯和他的两位同伴不得不答应了少年的请求。只有上帝才知道，这个决定竟然会给他们带来痛苦和悔恨！

这天是 11 月 29 日。早晨七点，三位移民正在哈伯特的房间里说话，突然听到托普一阵狂叫。

赛勒斯·史密斯、彭克罗夫和热代翁·斯皮莱抓起装满子弹的枪，连忙跑到屋外。

托普跑到栅栏下面，跳着、叫着，不过它好像很高兴，而不是在发怒。

“有人来了！”

“对。”

“不是敌人！”

“难道是纳布？”

“或者是艾尔通？”

工程师和两个同伴的话还没说完，就看到一个身影跃过栅栏，跳到了畜栏的地上。

是于普，一点没错！托普立刻对它表示了老朋友般的热烈欢迎。

“于普！”彭克罗夫叫道。

“是纳布派它来的！”记者说。

“这么说，”工程师接着说，“它身上一定带着信。”

彭克罗夫急忙冲到猩猩身边。显然，如果纳布有什么重要情况要报告主人的话，那么他再也找不到比于普更加可靠和迅速的通讯员了，它不仅能走移民们无法走的路，而且还能到连托普都到不了的地方。

赛勒斯·史密斯没有估计错。于普的脖子上挂着一只小口袋，里面有一封纳布的亲笔信。

赛勒斯·史密斯和同伴们读到下面这些话的时候，心里别提有多么绝望了：

星期五，早晨六点。

眺望岗被罪犯占领！

纳布

大家面面相觑，一言不发，然后回到屋里。怎么办？罪犯们强占了眺望岗，这意味着灾难、掠夺和破坏！

哈伯特看到工程师、记者和彭克罗夫走进屋里，知道情况又恶化了；而当他看到于普后，更是深信花岗岩宫遭到了不幸。

“赛勒斯先生，”他说，“我一定要走。我能挺得住路上的颠簸！我一定要走！”

热代翁·斯皮莱走近哈伯特，端详了他一会儿，然后说：

“那就出发吧！”

大家很快就在担架和艾尔通驾回畜栏的大车之间做出了选择。担架对于受伤的少年来说可能更加平稳一些，但是需要有两个人抬，也就是说万一路上遭到袭击，就少了两支用于防卫的枪。

相反，如果用大车拉，大家的手不就都解放出来了吗？那么，是否可能在大车里铺上床垫，让哈伯特躺在上面，同时小心前进，以避免发生任何震动呢？答案是肯定的。

大车被拉来了。彭克罗夫套上了野驴。赛勒斯·史密斯和记者把哈伯特连床垫抬起，放在大车底部的挡板之间。

天气很好，明媚的阳光穿过树林照在身上。

“武器准备好了吗？”赛勒斯·史密斯问。

一切准备就绪。工程师和彭克罗夫各自拿着一支双筒枪，热代翁·斯皮莱则带着他的马枪，大家只等着出发。

“你还好吗，哈伯特？”工程师问道。

“啊！赛勒斯先生，”少年回答，“放心吧，我不会死在路上的！”

看得出，说这些话的时候，可怜的少年打起了他的全部精神，他尽了最大的努力，以留住随时可能消耗殆尽的力气。

工程师觉得心里一阵难受，他还在犹豫是否下命令出发。可是，这样会使哈伯特失望，也许还会害死他。

“出发！”赛勒斯·史密斯说。

畜栏的门被打开了。于普和托普明白什么时候应该保持安静，它们冲在前头。大车出来后，门又被关上了。彭克罗夫驾着野驴，慢慢地前进着。

如果不走从畜栏直接通往花岗岩宫的这条路，而是走另外一条小道，肯定会更安全一点，可是这样的话，大车在树林间行动起来会很不方便。所以，尽管这条路罪犯们很熟悉，可移民们还是必须从这儿走。

赛勒斯·史密斯和热代翁·斯皮莱走在大车的两侧，随时准备回击任何袭击。不过，罪犯们可能还没有离开眺望岗。纳布肯定一看到他们在那里出现，就立刻写下了这封信。信上的时间是早晨六点，由于敏捷的猩猩经常到畜栏来，所以它只用了不到三刻钟的时间，就从五英里外的花岗岩宫赶到了这里。因此，这时候路上应该很安全，即使有必要开枪，那也要等到接近花岗岩宫的时候才有可能。

不过，移民们还是非常警惕。于普的手里拿着一根棍子，它和托普一起，一会儿跑在前面，一会儿到路边的树林里搜索，不过它们没有发出任何危险信号。

大车在彭克罗夫的驾驭下慢慢地前进着。离开畜栏的时候是七点半。一个小时后，大家已经走完了五英里中的四英里，却没有碰上任何麻烦。

与位于慈悲河和格兰特湖之间的这一部分啄木鸟林一样，路上一个人影都看不见，也没有任何险情。树林如同移民们初次上岛的时候那样，杳无人迹。

大家接近了高地。再走一英里，就可以看到甘油河上的吊桥了。赛勒斯·史密斯深信，吊桥一定还架在那里，因为罪犯们要么从桥上经过，要么在渡过环绕高地的小河之后，把吊桥放了下来，以便于撤退。

透过最后几棵树的缝隙，大家终于能看到海平面了。可是大车仍然往前走着，护卫它的人谁都不想抛下它。

这时候，彭克罗夫勒住野驴，声音颤抖地叫道：

“啊！这群混蛋！”

他用手指着前方，一股浓烟从磨坊、厩栏和家禽场腾空而起。

浓烟中有一个人在奔跑。

是纳布。

同伴们叫了一声。他听见了，就朝他们跑来。

罪犯们洗劫了高地，大约在半小时前离开了这里！

“哈伯特怎么样？”纳布叫道。

热代翁·斯皮莱回到大车边。

哈伯特已经失去了知觉！

第十章

哈伯特被抬进了花岗岩宫——纳布叙述事情的经过——赛勒斯·史密斯巡视高地——毁坏与劫掠——面对疾病，移民们束手无策——柳树皮——致命的高烧——托普又叫了

大家再也顾不上罪犯对花岗岩宫的威胁和高地遭受到的破坏了。哈伯特的伤势比什么都重要。难道这次转移给他造成了什么致命的内伤吗？记者不敢断定，不过他和同伴们都非常绝望。

大车被拉到了小河的转弯处。大家用树枝做了一个担架，把昏迷的哈伯特连同床垫一起，搬到了上面。十分钟后，赛勒斯·史密斯、热代翁·斯皮莱和彭克罗夫就来到了悬崖脚下，纳布则负责把大车赶回眺望岗去。

升降机开始启动，不一会儿，哈伯特就躺在了花岗岩宫里自己的床上。

在大家的悉心照料下，他醒了过来，看到重新回到了自己的房间，他笑了一笑，可是他非常虚弱，几乎说不出话来。

热代翁·斯皮莱查看了他的伤口。他担心伤口没有痊愈，会重新迸裂……幸好没有。那么，哈伯特怎么会昏迷呢？他的情况又为什么会恶化呢？

这时候，少年发着高烧昏昏睡去，记者和彭克罗夫守在他的床边。

与此同时，赛勒斯·史密斯把发生在畜栏的一切都告诉了纳布，而纳布也向他的主人报告了高地上所发生的事情。

罪犯们只是在前一天晚上才出现在森林边缘、甘油河附近的。当时纳布正在家禽场警戒，他毫不犹豫地向其中一个准备渡河的罪犯开了一枪；可是由于天黑，他没能看清这个恶棍是否被打中。不过，这一枪并没有把强盗们赶走，纳布差点没来得及回到花岗岩宫，至少在那里他是安全的。

怎么办？他怎样做才能阻止罪犯们洗劫高地？有没有办法通知他的主人？另外，畜栏的居民们自己的处境又是如何？

赛勒斯·史密斯和同伴们是 11 月 11 日离开的，而现在已经是 29 日了。也就是说，十九天来，纳布收到的唯一消息，就是托普给他带来的坏消息：艾尔通失踪，哈伯特受重伤，工程师、记者和水手被困在畜栏！

怎么办？可怜的纳布问自己。就他个人而言，他什么都不怕，因为罪犯们不可能到花岗岩宫上来。可是那些房子、农场和经过整治的土地却要遭到海盗们的蹂躏！他是不是应该让赛勒斯·史密斯来判断采取什么对策，至少要让他知道目前所受到的危险呢？

于是纳布想到利用于普，让它送信。他知道猩猩非常聪明，而且经受过许多考验。由于移民们经常在于普面前提到畜栏，因此它懂得这个词的含义，何况大家还记得，它过去经常陪同彭克罗夫驾车去那里。天还没亮，敏捷的猩猩一定能神不知鬼不觉地穿过森林，即使罪犯们发现了它，也会以为它只是一只动物而已。

纳布当机立断写好了信，把它系在于普的脖子上，然后把于普带到花岗岩宫的门前，把一根很长的绳子放到地面；接着，他重复了好几遍：

"于普！于普！畜栏！畜栏！"

猩猩明白了，它抓住绳子，迅速滑到海滩上，消失在黑暗之中，丝毫没有惊动罪犯。

"你做得对，纳布，"赛勒斯·史密斯说，"不过，也许你不通知我们反而更好!”

说到这里，赛勒斯·史密斯想到了哈伯特，这次转移似乎严重地影响了他的康复。

纳布讲完了。罪犯们没有出现在沙滩上。他们不清楚岛上究竟有多少居民，很可能认为防守花岗岩宫的是一支人数众多的队伍。他们也许还记得，当双桅船发动进攻的时候，从岩石的高处和低处，都有密集的子弹射向他们，所以他们显然不想暴露自己。可是花岗岩宫的枪弹打不到眺望岗高地，罪犯们尽可以放心大胆地去那里。于是他们便肆意破坏起来，他们抢劫、放火、漫无目的地作恶。他们以为移民们还被困在畜栏，所以只是在他们回来之前半个小时才离开。

纳布从花岗岩宫跑出来，冒着被枪弹打中的危险，登上高地，想扑灭肆虐家禽场的大火。他无望地和大火作着斗争，直到大车出现在森林边缘才住手。

事情的经过就是这样。在此之前，林肯岛的居民们一直是那么快乐，然而罪犯们的到来对他们构成了永久的威胁，也许还会给他们带来更大的灾难!

热代翁·斯皮莱和彭克罗夫留在花岗岩宫里照看哈伯特，赛勒斯·史密斯则在纳布的陪同下，亲自去查看高地受破坏的程度。

值得庆幸的是，罪犯们没有到花岗岩宫的下面来，否则“壁炉”的工场肯定免不了一场浩劫。不过，即使“壁炉”遭到了破坏，比起眺望岗来，这一损失还比较容易弥补!

赛勒斯·史密斯和纳布朝慈悲河走去，他们沿着河的左岸逆流而上，没有发现任何罪犯们的踪迹。在河对岸的茂密树林里，他们也没有看见什么可疑的迹象。

看来可以这样推断：要么罪犯在畜栏的路上看见移民们经过，知道他们已经回到花岗岩宫了；要么他们在洗劫了高地之后，沿着慈悲河逃进了啄木鸟林，这样的话他们就不会知道移民们已经回来。

如果是第一种情况，那么罪犯们就会回畜栏去，因为现在那里无人防守，而且有许多对他们来说非常珍贵的东西。

如果是第二种情况，那么他们就会回到自己的藏身之处，等待时机，卷土重来。

因此必须对罪犯的进攻有所准备；不过和哈伯特的伤势相比，任何把罪犯们驱逐出岛的行动都是次要的。的确，哈伯特的伤不好，赛勒斯·史密斯就无法动用移民们的全部力量，他们也不能离开花岗岩宫。

工程师和纳布来到高地上，他们看到的是一片凄凉。农田遭到了践踏，即将成熟的麦穗倒在地上。其他农作物也遭受到了相同的损失。菜园被搅得天翻地覆。幸好花岗岩宫里保存有一些种子，还可以弥补这些损失。

然而磨坊、家禽场、野驴的厩房却完全被烧毁了。几头受到惊吓的牲口在高地上游荡着。一些飞禽在大火燃烧时逃到了湖里，现在它们已经回到了原来的地方，在岸边戏水。这里的一切都必须重建。

赛勒斯·史密斯的脸色比任何时候都显得苍白，他努力克制住内心的愤怒，一言不发。他最后看了一眼惨遭蹂躏的农田和废墟上的袅袅轻烟，然后便回到了花岗岩宫。

接下来的几天是移民们来到岛上以后最为悲伤的日子！哈伯特明显变得很虚弱。看样子，由于严重的生理紊乱，他很可能要得一场大病。热代翁·斯皮莱有一种预感，他将无法战胜这恶化的病情！

事实上，哈伯特几乎一直处于昏迷状态，并且已经开始出现神经错乱的症状。而移民们手头唯一的药品，只是一些清凉的汤药。少年的体温还不太高，可是不久就会周期性地发作起来。

12 月 6 日，热代翁·斯皮莱发现哈伯特开始发烧。可怜的少年手指、鼻子和耳朵都变得十分惨白，起初他只是微微打战，浑身起鸡皮疙瘩，不住地哆嗦。他的脉搏既微弱又杂乱，皮肤干燥，口渴得厉害。

此后他便感到全身燥热，脸颊发烧，皮肤通红，脉搏也加快了；接着他开始大量出汗，热度也好像随之降低了一些。这次高烧大约持续了五个小时。

热代翁·斯皮莱始终没有离开哈伯特。现在可以肯定的是，少年每隔一段时间就会发一阵高烧。必须不惜一切代价帮助他退烧，阻止他的病情进一步恶化。

“要想让他退烧，”热代翁·斯皮莱说，“就必须要有退烧药。”

“退烧药！……”工程师回答，“可我们既没有金鸡纳树皮，也没有硫酸奎宁！”

“是没有，”热代翁·斯皮莱说，“但湖边长着许多柳树，而柳树皮有时可以代替奎宁。”

“那就抓紧时间试试看吧！”赛勒斯·史密斯说。

的确，柳树皮和七叶树、冬青叶、蛇根草一样，常被用作奎宁的替代品。尽管它的效果不如金鸡纳树皮那么好，但显然有必要试一试。由于没有条件提炼柳树皮中的生物碱——柳醇，移民们只好使用未经加工的树皮。

赛勒斯·史密斯亲自砍下了黑柳树的几块树皮，将它们带回到花岗岩宫，研成粉末，当晚就让哈伯特服了下去。

夜晚平静地过去了。哈伯特的神经有点错乱，但整整一晚没有发烧，第二天体温也没有上升。

彭克罗夫又看到了一点希望。热代翁·斯皮莱却什么都没说。也许哈伯特的高烧不是每天都会发作，而是每三天发作一次，也就是说，他的体温要到第二天才会上升。因此，大家焦急万分地等待着第二天的到来。

此外，大家注意到，哈伯特在不发烧的时候显得非常疲劳，经常感到头晕目眩。另外还有一个症状令记者惊恐万分：哈伯特的肝脏开始充血，不久，他的神经错乱得更加厉害，这说明他的脑子也受到了影响。

热代翁·斯皮莱被这个突如其来的并发症吓呆了。他把工程师单独拉到一边。

“他得的是恶性疟疾！”他说。

“恶性疟疾！”赛勒斯·史密斯叫道，“你肯定搞错了，斯皮莱。恶性疟疾是不会自发产生的，患者必须要先染上它的病菌！”

“我没搞错，”记者回答，“哈伯特可能是在沼泽地里染上了这种病菌，这就够了。他已经发作过一次了。要是他再发作第二次，而我们又没有办法防止他发作第三次，那么他就完了！……”

“可是那些柳树皮？……”

“它们不顶用，”记者回答，“如果不用奎宁防止恶性疟疾的第三次发作，那么就会致命！”

幸亏彭克罗夫没有听见他们的谈话，否则他会发疯的。

可以理解，12 月 7 日的白天和夜晚，工程师和记者是多么地焦急。

将近中午的时候，疟疾第二次发作了。这次发作十分可怕。哈伯特觉得自己要死了！他把手伸向赛勒斯·史密斯、斯皮莱和彭克罗夫。他不想死！……这个场面令人心碎。大家不得不把彭克罗夫支开。

发作持续了五个小时。哈伯特显然再也禁受不了第三次打击。

这是一个可怕的夜晚。哈伯特在神经错乱的时候所说的话撕碎了同伴们的心！他胡言乱语，和罪犯们搏斗，叫着艾尔通的名字！他还不断恳求那位神秘的人物——他们的保护者，虽然他现在不再出现，但他的形象却深深地印在少年的脑海里……接着，他重新陷入极度虚脱的状态，完全耗尽了体力……有好几次，热代翁·斯皮莱都以为可怜的孩子已经死了！

第二天，也就是 12 月 8 日的白天，哈伯特一直显得很虚弱。他那骨瘦如柴的手紧紧地抓住床单。大家又给他服用了一些柳树皮的粉末，可是记者已经不指望会有什么效果。

“如果明天早晨还不能给他服用更加有效的退烧药，”记者说，“那么哈伯特就死定了！”

夜晚降临了——这也许是这位少年的最后一个夜晚了，他勇敢、善良、聪明，和他的年龄相比，他是如此的成熟，人人都像爱自己的亲生儿子一样喜欢他！可是唯一能治疗这可怕的恶性疟疾的药物，唯一能挽救他生命的灵丹妙药，林肯岛上却没有！

8日到9日的夜里，哈伯特有了一次更加严重的神经错乱。他肝脏的充血程度异常可怕，大脑也受到了影响，已经认不出人来了。

只要疟疾第三次发作，他就必死无疑。他还能活到明天、活到第三次发作吗？恐怕不能了。他的力气已经耗尽，在发烧的间歇，他就像死人一样一动不动。

大约凌晨三点钟，哈伯特发出一声骇人的尖叫。他的身体似乎因极度痉挛而扭动着。照看他的纳布惊恐万状，连忙跑到隔壁房间，去找守候在那里的同伴们！

这时候，托普突然奇怪地叫了起来。

大家立刻冲进屋子，按住垂死的少年，因为他几乎要滚下床去。热代翁·斯皮莱抓住他的胳膊，觉得他的脉搏在逐渐恢复……

凌晨五点。初升的太阳开始把阳光洒进花岗岩宫。这将是一个晴朗的日子，也将是可怜的哈伯特生命中的最后一个日子！……

一缕阳光照在床边的桌子上。

突然，彭克罗夫惊叫一声，指着桌上的一件东西……

那是一只长方形的小盒子，盒盖上赫然写着：

硫酸奎宁

第十一章

解不开的谜——哈伯特在康复——岛上有待探索的那部分——出发准备——第一天——夜晚——第二天——贝壳杉——一对鹤鸵——森林里的脚印——到达爬虫角

热代翁·斯皮莱拿起盒子，把它打开。盒子里大约有二百格令[①]的白色粉末。他尝了尝，味道很苦。毫无疑问，这粉末就是经过提炼的宝贵的奎宁，退热的特效药。

必须抓紧时间让哈伯特服下这些粉末。至于它们怎么会到这里来，只能以后再说了。

“咖啡。”热代翁·斯皮莱说。

不一会儿，纳布端来一杯温热的咖啡。热代翁·斯皮莱在里面放入了大约十八格令的奎宁，然后让哈伯特喝了下去。现在服药还来得及，因为恶性疟疾还没有第三次发作！

但愿它不会再发作了！还必须说明的是，大家重新充满了希望。在这个紧要关头，当人们已经绝望的时候，神秘的力量又开始发挥作用了！

几个小时过去了，哈伯特睡得很平静。于是移民们开始谈论刚才的事情。那位陌生人的援助比以往任何一次都来得明显。可是，他是怎样在夜里进入花岗岩宫的呢？这太不可思议了。说实话，这位“海

① 格令，法国旧时重量单位。

岛保护神”的行为就和他的人一样怪异。

这一天，移民们每隔三小时就给哈伯特服用一次硫酸奎宁。

从第二天起，哈伯特就有了明显的好转。虽然他还没有痊愈，危险的间歇性高烧也有可能经常复发，但是大家对他的照顾却无微不至。再说，现在移民们有了特效药，而且送药的人显然也近在咫尺！总之，大家的心里充满了新的希望。

这种希望没有破灭。十天后，即12月20日，哈伯特开始康复了。他还很虚弱，大家对他的饮食进行了严格的控制，不过他再也没有发过高烧。另外，少年很听话，他十分自觉地服从大家对他所做的规定！他是多么希望早日康复啊！

彭克罗夫就像一个从深渊里被挽救出来的人，他高兴得简直要发疯了。疟疾第三次发作的期限过了以后，他紧紧抱住记者，几乎使他连气都透不过来。从此，他就把记者叫作斯皮莱医生了。

不过，真正的医生还没有找到。

“会找到他的！”水手总是这样说。

不管这个人是谁，他肯定会得到高尚的彭克罗夫热烈万分的拥抱！

10月份结束了，1867年也随之而去。在这一年里，林肯岛的居民们经受了如此严峻的考验。1868年的头一段日子，天气好极了，气温高得出奇，好像是在热带地区一样，幸亏有海风吹来，让人稍感凉爽。哈伯特逐步恢复了生机，他的床就在花岗岩宫的一扇窗户边，从那里他可以呼吸到略带咸味的空气，这对他的康复很有好处。他开始吃东西了，只有上帝才知道，纳布为他准备的精致而清淡的菜肴有多么美味！

“这么多好吃的，连我都想得一场大病了！”彭克罗夫说。

这段时间，罪犯们一次也没有在花岗岩宫附近出现过，艾尔通也没有消息。工程师和哈伯特还抱有一丝找到他的希望，但其他同伴们都相信这可怜的人已被杀害。不过，这个疑问不会存在太久，一旦少年身体康复，对岛的搜索就将开始，搜索的结果对移民们来说太重要了。但是，他们也许还得等上一个月，因为要战胜罪犯，他们就必须倾尽全力。

此外，哈伯特的身体越来越好了。肝脏已经不再充血，伤口也已经完全愈合。

在1月份当中，移民们在眺望岗的高地上进行了许多重要的工作；不过他们的目的只有一个，那就是抢救所有那些遭到践踏、但还可以抢救的庄稼，无论是麦子还是蔬菜。他们把种子和秧苗收集起来，以便为下一季的播种做好准备。至于家禽场、磨坊和马厩的重建工作，赛勒斯·史密斯觉得可以再等一等。因为他和同伴们去围剿罪犯的时候，后者很可能再次光临高地，这回不能让他们再有值得抢劫和焚烧的东西了。移民们要等到岛上的坏蛋被肃清之后，才会考虑重建工作。

1月的下半个月，逐步康复的少年开始下床活动了，开始是一天一个小时，然后是两个小时、三个小时。他的体力恢复得很快，更何况他的体质本来就很强壮。他今年十八岁，身材高大，将来肯定会长成一个举止高雅、仪表出众的男子汉的。从那时起，尽管他还需要一些照顾——在这方面，斯皮莱医生丝毫都不马虎——但他的身体恢复得相当顺利。

到了月底，哈伯特已经可以到眺望岗高地和海滩上去散步了。他在彭克罗夫和纳布的陪伴下洗了几次海水澡，这对他的身体大有好处。赛勒斯·史密斯觉得出发的时机已经成熟，于是决定2月15日动身。每年的这个时候，夜晚都是皓月当空，这对移民们搜索全岛非常有利。

于是大家开始了搜索的准备工作。要准备的东西很多，移民们发誓，不达到他们的双重目的，决不回花岗岩宫：一方面，他们要消灭罪犯，找回艾尔通——如果他还活着的话；另一方面，他们还要找到那个有效地主宰了自己命运的人。

在林肯岛上，移民们已经十分熟悉的地方有：从爪角到腭骨角之间的整个东海岸，辽阔的冠鸭沼泽，格兰特湖及其周围地区，从畜栏小路到慈悲河之间的啄木鸟林，慈悲河和红河沿线，以及富兰克林山的支脉——他们的畜栏就建在那里。

他们到过但没有仔细探索的地方有：华盛顿湾在爪角到爬虫角之间的广阔海岸，西海岸森林和沼泽的边缘，还有一直绵延到鲨鱼湾狭窄海口的沙丘。

他们从未到过的地方有：覆盖在盘蛇半岛上的大片森林，整个慈悲河的右岸，瀑布河的左岸，以及从西、北、东三面支撑着富兰克林山的纵横交错的支脉和峡谷，那里毫无疑问有许多深不可测的藏身之所。因此，岛上还有几千英亩的土地没有被探索过。

于是大家决定深入远西地区，以便把整个慈悲河的右岸搜索一遍。

也许他们应该先去畜栏，因为罪犯们为了抢劫或安身，可能会重新躲到那里。但是，如果现在畜栏已经遭到了抢劫，那么要想去阻止他们也已经来不及了；如果罪犯们真的躲在那里，那么等移民们回来的时候再去收拾他们也不迟。

因此，大家商量后决定采取第一种方案，移民们将穿过树林，直奔爬虫角。他们将用斧子开路，在花岗岩宫和半岛顶端之间开出一条长约十六至十七英里的简易通道。

大车完好无损。野驴也休息得很好，可以拉车做长途跋涉。大家把食品、野营用具、轻便炊具、各种器皿和武器弹药都装上了大车，这些武器弹药是从花岗岩宫装备齐全的兵器库里挑选出来的。不过，大家必须牢记，罪犯们很可能就在森林里游荡，在这茂密的树丛中，开枪和中弹都是轻而易举的事情，因此，移民们一定要集体行动，在任何情况下都不能分开。

大家还决定，花岗岩宫里一个人也不留，连托普和于普也参加搜索。这个住处外人无法上去，所以用不着有人把守。

2 月 14 日是出发的前一天，这天是星期天。移民们休息了一整天，而且还祈祷了上帝。哈伯特已经痊愈了，只是有点虚弱，大家在大车上为他准备了一个座位。

第二天天刚亮，赛勒斯·史密斯就采取了一些必要的措施，以防花岗岩宫遭到侵袭。他把曾经用于攀登的绳梯拿到“壁炉”去，深深地掩埋在沙砾底下，以便回来的时候能再次使用，因为升降梯的卷筒已经被拆下，这套机械现在已经荡然无存了。彭克罗夫是最后一个留在花岗岩宫里完成这项工作的人，然后他沿着一根双股绳滑到地面，绳子的两头由下面的人拉着，只要把另一头扯下来，上面平台和海滩之间的交通就完全断绝了。

天气出奇的好。

“看来今天会很热！”记者开心地说。

“得了，斯皮莱医生！”彭克罗夫回答说，“我们走在树荫下，连太阳都不会见到！”

“出发！”工程师说。

大车在“壁炉”前的海滩上等着。记者让哈伯特上了车，要他至少在旅途开始的一段时间里坐车前进，少年只好听从医生的命令。

纳布牵着野驴前进。赛勒斯·史密斯、记者和水手走在大车的前头。托普一路上快乐地蹦蹦跳跳。哈伯特在车上为于普留了一个座位，后者毫不客气地接受了。出发的时刻一到，小队人马就上了路。

大车先绕过慈悲河口的拐角，沿着河的左岸逆流而上，大约走了一英里，然后穿过小桥，桥的另一头便是通往气球港的道路。搜索者们下到道路的右侧，从那里进入了远西地区的广袤森林。

在最初的两英里之内，树木比较稀少，大车还能够顺利地前进，尽管有时要砍掉一些藤蔓和荆棘，但移民们并没有遇到什么重大的障碍。

森林里枝叶非常浓密，树荫投在地上，给人以凉爽的感觉。喜马拉雅杉、花旗松、木麻黄、拔克西木、桉树、龙血树，还有其他许多移民们叫不出名字的树，一棵接着一棵，一望无际。岛上所有常见的鸟在这里都可以看到，有松鸡、啄木鸟、雉鸡、懒猴，还有叽叽喳喳叫个不停的白鹦、虎皮鹦和其他普通鹦鹉。刺豚鼠、袋鼠和水豚在草丛中窜来窜去，令移民们不禁想起他们上岛后第一次远足的情景。

“总而言之，”赛勒斯·史密斯说，“我发现无论是飞禽还是走兽，都比以前胆小了。所以，罪犯们不久前到过这片森林，我们一定能够发现他们的踪迹。”

的确，许多地方都有小队人马走过的痕迹，这些痕迹新旧不一：有的地方树枝被折断了，可能是为了沿途做记号；有的地方可以看见篝火的灰烬，还有的黏土上留有脚印。可是，没有一个地方看上去像是罪犯们固定的野营场所。

工程师吩咐同伴们不要打猎，因为罪犯们可能就在附近游荡，枪声会惊动他们。再说，要打猎就必须离开大车一段距离，而单独行动是绝对禁止的。

下午，在距离花岗岩宫大约六英里远的地方，路变得难走起来。有时，为了通过密林，移民们不得不砍倒一些树木，开出一条路来。在走进这种地方之前，赛勒斯·史密斯总要谨慎地让托普和于普先进去看看，而它们也会尽心尽责地完成任务。如果狗和猩猩回来的时候没有发出任何警告，就说明大家不用担心，这里既没有罪犯，也没有野兽——他们虽然属于两种不同的动物种类，但凶残的本性却完全一样。

第一天晚上，移民们在离花岗岩宫九英里左右的地方露营，营地近旁有一条慈悲河的小支流，过去移民们并不知道它的存在，它可能也属于慈悲河的水流系统，正是有了它，这里的土地才如此肥沃。

移民们饿极了，晚饭时大家美餐了一顿。饭后他们采取了必要的措施，以便能安然过夜。如果工程师只需要对付美洲豹或其他野兽，那么他只要在营地周围燃起篝火，就足以防御它们了；可是罪犯们不但不会被火吓跑，反而会被吸引过来，这样的话，还不如睡在漆黑的夜色中呢。

不过，守卫工作安排得非常周到。大家一致同意两个人一班，每两小时换班一次。尽管哈伯特再三请求，但移民们还是不让他担任守卫，所以彭克罗夫和热代翁·斯皮莱组成一班，工程师和纳布组成另一班，两班人轮流在营地附近警戒。

再说，夜晚只有几个小时。造成黑暗的原因与其说是太阳落山，还不如说是枝叶的过分浓密。周围很静，偶尔传来几声美洲豹嘶哑的吼声和猴子的叫声，于普似乎对这些声音特别反感。

夜晚平安无事地过去了。第二天是2月16日，大家开始继续穿越森林。行军并不怎么艰苦，只是进展很慢。

这一天移民们只走了六英里，因为他们每时每刻都必须用斧子开路。他们就像是这里真正的居民，仅仅砍掉一些小树，对那些高大美丽的树木则手下留情，再说，他们这样做也是因为砍大树太费力的缘故；不过由此造成的结果是，开出的道路弯弯曲曲，而不是直的。

这一天，哈伯特发现了一些岛上没有见到过的新物种，比如一种乔木状蕨类，它的叶子就像是从盆里溢出的水一样下垂着；还有一种角豆树，野驴非常爱吃它那长长的荚果，它那甜甜的果肉也非常鲜美。移民们在这里还看到了美丽的贝壳杉，它们一簇一簇地拥在一起，圆圆的树干顶端长着一团锥形的绿叶，高度可达二百英尺。贝壳杉是新西兰的万树之王，和黎巴嫩的雪松同样著名。

至于动物，除了迄今为止猎人们已经知道的以外，还没有发现任何新的品种。不过，他们看到一对澳大利亚特有的大鸟，但却无法接近它们，这是一种被称为鸸鹋的鹤鸵，它们有五英尺高，长着褐色的羽毛，属于涉禽类。托普撒开四条腿追赶它们，可是鹤鸵却轻而易举地把它远远抛在了后面，它们的速度真是快极了。

移民们另外还发现了一些罪犯留在森林里的踪迹。他们看到一堆似乎是新近才熄灭的篝火，附近有许多脚印。大家对脚印做了仔细的检查，丈量了它们的长度和宽度，很容易地看出这脚印分属五个不同的人。罪犯们显然在这里露过营；可是——这也是大家对脚印做仔细检查的最终目的——却没有发现第六个人的脚印，如果有，它就一定是艾尔通的。

“艾尔通没有和他们在一起！”哈伯特说。

“是的，”彭克罗夫回答，“他之所以没有和他们在一起，是因为那些恶棍已经把他杀了！可是，难道这些混蛋连一个窝都没有吗？否则的话，我们就可以像围捕老虎一样地去追杀他们了！”

“没有，”记者说，“他们很可能是在四处游荡，在成为岛的主人之前，这样游荡对他们有好处。”

“岛的主人！”水手叫道，“岛的主人！……”他不停地重复着，喉咙仿佛被一只铁腕扼住了一样，哽咽起来。过了一会儿，他用稍稍平静一些的语气说：

“赛勒斯先生，你知道我的枪里装的是什么子弹吗？”

“不知道，彭克罗夫！”

“就是打穿哈伯特胸膛的那颗子弹，我保证它一定不会落空的！”

可是，这些正义的复仇不能使艾尔通起死回生，从对地上的脚印所做的分析来看，大家可以认定，已经没有任何希望再见到他了！

当晚，移民们在离花岗岩宫十四英里的地方露营，赛勒斯·史密斯估计这里离爬虫角不会超过五英里。

果然，第二天，他们就纵穿森林，到达了半岛的尽头；可是，他们没有发现任何罪犯的藏身之所，也没有找到那位神秘的陌生人的住处。

第十二章

对盘蛇半岛的搜索——在瀑布河河口露营——离畜栏六百步——热代翁·斯皮莱和彭克罗夫的侦察行动——归来——全体前进！——敞开的门——亮着灯的窗户——在月光下！

第二天是 2 月 18 日，移民们整天都在搜索从爬虫角到瀑布河之间的沿海森林地区。由于这片森林位于盘蛇半岛的两岸之间，宽度仅为三到四英里，因此他们有能力对它进行仔细侦察。森林里的树木很高大，而且枝叶茂密，说明这里的土壤比岛上其他任何部分的都要肥沃。人们简直会以为是美洲或中非的一小片原始森林被迁徙到了这个温带地区。由此可以推断，虽然这里的土壤表层潮湿，但内部却因火山烈焰而有着较高的温度，从而使这些美丽的植物从土壤里获得了通常温带气候所没有的热量。而这里最主要的树种恰恰是高大繁茂的贝壳杉和桉树。

不过，移民们的目的不是欣赏这些奇妙的植物。他们早就知道，在这方面，林肯岛完全可以和最初被称为"吉祥之岛"的加那利群岛[①]相提并论。可惜，现在这座岛屿已不完全属于他们，有一伙恶棍占据了它，践踏着它的土地，必须把他们消灭干净。

尽管移民们搜索得非常仔细，但他们在西海岸却再也没有发现罪犯的任何足迹，无论是脚印、断枝，还是篝火的灰烬和遗弃的营地，

① 加那利群岛，位于非洲西北部的大西洋中，属西班牙，以气候温和、风景宜人而著称。

都消失得无影无踪。

“我一点都不奇怪，”赛勒斯·史密斯对同伴们说，“罪犯们在漂流物角附近登上了岛，他们穿过冠鸭沼泽以后，就立刻进入了远西森林。所以，他们走的路和我们离开花岗岩宫以后所走的几乎差不多。这就是为什么我们会在森林里发现他们的踪迹。可是，罪犯们到达海边之后，意识到在这里找不到合适的藏身之所，所以就折而北上，于是他们发现了畜栏……”

“也许他们已经回到了那里……”彭克罗夫说。

“我不这么认为，”工程师回答，“因为他们一定认为我们会去那儿搜索。对于他们来说，畜栏只是一个补充给养的地方，而不是久居之地。”

“我同意赛勒斯的意见，”记者说，“依我看，罪犯们会在富兰克林山的支脉之间寻找他们的巢穴。”

“既然这样，赛勒斯先生，那我们就直奔畜栏吧！”彭克罗夫叫着说，“该了结了，我们已经浪费了这么多时间！”

“不，我的朋友，”工程师回答，“别忘了我们有必要知道远西森林里是否有人居住。我们的搜索有两个目的，彭克罗夫。一方面我们要惩处罪犯，可另一方面，我们还要对恩人表示感谢！”

“你说得对，赛勒斯先生，”水手说，“可我认为，如果那位绅士不愿意露面，我们是找不到他的！”

的确如此，彭克罗夫只不过说出了大家的心里话。或许，这位陌生人的藏身之处就像他本人一样神秘！

这天晚上，大车就停在瀑布河的河口。大家和往常一样安排好营地，布置好守夜的工作。哈伯特重新变成了一个精力充沛、体格健壮的少年，就像他受伤之前一样。他充分享受着这种既有海上的微风又有林间新鲜空气的野外生活。现在他已经不再坐在车上，而是走在了小队的前面。

第二天，2 月 19 日，移民们离开了海岸——在河口对面的海岸上，形状各异的玄武岩堆在一起，构成了一幅风景画——沿着河的左岸逆流而上。移民们在前几次从畜栏到西海岸的探险行动中，已经开辟了一部分道路。他们现在离富兰克林山有六英里的距离。

工程师的打算是这样的：仔细搜查形成河床的山谷，同时谨慎地向畜栏周围接近；如果畜栏被罪犯占领，就用武力夺回它；如果没有，就在那里住下，把它作为搜索富兰克林山的行动中心。

这一计划得到了移民们的一致同意，事实上，他们都急着要光复他们的岛！

一道山谷把富兰克林山最大的两条支脉分隔开来，移民们就沿着这条狭窄的山谷前进。河岸上的树木很茂密，可是越往火山上面走，树木就越稀少。这里的地面崎岖不平，非常适合打伏击，走在上面必须极为小心。托普和于普一边行军一边侦察，它们在密林里东跳西跳，比赛谁更机智、更灵活。可是，没有任何迹象表明最近有人在河岸上走过，也没有任何动静表明这里或附近有罪犯的存在。

将近晚上五点的时候，大车在离栅栏约六百步的地方停了下来。高大的树木形成了一个半圆的帷幕，把栅栏挡在了后面。

现在需要对畜栏做一番侦察，看看它是否已经被占领。如果在大白天明目张胆地走过去，那么只要畜栏里躲着罪犯，移民们就会像哈伯特那样，成为暗枪的活靶子。所以最好还是等夜幕降临以后再说。

可是热代翁·斯皮莱却等不及了，他要求对畜栏周围进行侦察，彭克罗夫也忍耐不住，自告奋勇要陪他一起去。

“不行，朋友们，”工程师说，“等天黑了再说。我不会让你们任何人在大白天暴露自己。”

“可是，赛勒斯先生……”水手并没有服从的意思。

“我求你了，彭克罗夫。”工程师说。

“好吧！”水手回答，他用海员们常用的最难听的词语诅咒着那帮罪犯，以此替自己的恼怒寻找新的发泄口。

于是移民们留在大车周围，小心地监视着附近的森林。

三个小时就这样过去了。风停了，树下一片寂静。哪怕是折断一根细枝、踩到一片枯叶或是身体在草丛中打一个滑，都可以听得一清二楚。万籁俱寂。连躺在地上的托普都把头搁在爪子上，没有丝毫焦急的表示。

八点钟，时间不早了，实施侦察的时机已经来临。热代翁·斯皮莱表示做好了和彭克罗夫一起出发的准备。赛勒斯·史密斯同意了。托普和于普留在工程师、哈伯特和纳布的身边，因为任何不合时宜的叫声都会惊动罪犯。

“不要大意，”赛勒斯·史密斯叮嘱水手和记者说，“你们不用占领畜栏，只要侦察一下里面是否有人就行了。”

“好的。”彭克罗夫说。

两个人出发了。

森林里枝叶茂密，树底下漆黑一片，方圆三四十英尺以外，就什么东西都看不见了。记者和彭克罗夫非常小心地前进着，一听到什么可疑的声音，就立刻停下来。

为了缩小目标，两人拉开一段距离前进。事实上，他们每时每刻都等待着枪声响起。

热代翁·斯皮莱和彭克罗夫离开大车五分钟以后，来到了森林边缘的空地前，过了空地，就是畜栏的栅栏了。

他们停下脚步。空地上没有树，此刻正笼罩在一丝朦胧的光线之中。畜栏的门在三十步开外的地方，似乎关着。用弹道学的术语来说，从森林边缘到栅栏的这三十步距离是一个危险区域。的确，任何敢于在这个区域冒险进攻的人，都会被从栅栏后面射出的子弹击倒。

热代翁·斯皮莱和水手不是那种临阵退缩的人，可是他们知道，只要自己稍有疏忽，就会首当其冲，成为牺牲品，而且会牵连他们的同伴。要是他们被打死了，那么赛勒斯·史密斯、纳布和哈伯特会怎么样呢？

畜栏离他们如此之近，使彭克罗夫感到非常激动，他认为罪犯肯定藏在里面，就想继续往前走，可是记者一把抓住了他。

“再过一会儿，天就完全黑了，”热代翁·斯皮莱在彭克罗夫的耳边低声说，“到那时候再行动。”

彭克罗夫神情焦躁地抓紧枪托，尽量控制住自己的情绪，一边等，一边低声咒骂。

不一会儿，傍晚的最后一丝光线也消失殆尽了。黑暗似乎从茂密的森林袭来，将整个空地笼罩了起来。富兰克林山如同一块巨大的屏幕，挡在西方的地平线前面，就像所有低纬度的地区一样，夜幕很快就降临了。出击的时候到了。

记者和彭克罗夫从埋伏到森林边缘的那一刻起，眼睛就没有离开过栅栏。畜栏里似乎一个人都没有。栅栏的顶端构成了一条直线，比四周的夜色更加黑一点，因此很容易看清。不过，要是罪犯真的躲在这里，他们一定会安排一个人放哨，以防遭到突然袭击。

热代翁·斯皮莱握了握同伴的手，然后两个人匍匐着向畜栏爬去，他们做好了随时开枪的准备。

他们来到了栅栏的门前，周围仍然一片漆黑，没有丝毫光线。

彭克罗夫试着推了推栅栏的门，正如他和记者所预料的那样，门关着。但是水手注意到外面的门闩并没有插着。

因此他们断定罪犯们占领了畜栏，并且可能锁上了大门，使外面的人不能推开。

热代翁·斯皮莱和彭克罗夫仔细地听了一会儿。

栅栏里没有一点声音。羊圈里的羊可能已经睡着了，黑夜的寂静丝毫都没有被打破。

由于什么都没听见，记者和水手考虑是否应该越过栅栏，进入畜栏。这样做是违反赛勒斯·史密斯的命令的。他们有可能成功，但也有可能失败。可是，如果罪犯们毫无戒备，如果他们并不知道移民们正在搜索他们，如果现在有机会向他们发动突然袭击，那么轻率地冒险越过栅栏就可能使这个机会化为乌有，他们是不是应该这样做呢？

记者认为不应该。他觉得最好还是等大家集合在一起，然后再想办法进入栅栏。有一点可以肯定：他们可以神不知鬼不觉地来到栅栏边，而且栅栏似乎并没有人把守。打定主意之后，两人便只需回到大车边，和大家商量一下就行了。

彭克罗夫大概也同意记者的看法，因为后者撤回森林的时候，他没有表示任何反对就跟着回来了。

几分钟后，工程师就了解了情况。

“好吧，”他想了想说，“我有理由相信罪犯现在不在畜栏。”

“只要我们越过栅栏，就可以知道了。”彭克罗夫回答。

“朋友们，出发去栅栏！”赛勒斯·史密斯说。

“把大车留在森林里吗？”纳布问。

“不，”工程师回答，“车上装的是我们的给养和弹药，必要的时候，它还可以充当我们的掩体。”

“前进吧！”热代翁·斯皮莱说。

大车出了森林，悄悄向栅栏驶去。夜很深，周围也很静，就跟彭克罗夫和记者匍匐离开栅栏的时候一样。厚厚的草丛掩盖了移民们的脚步声。

大家随时准备开枪。于普按照彭克罗夫的命令走在最后。纳布用绳子牵着托普，不让它往前冲。

不一会儿，空地就在眼前出现了。一个人也没有。小队人马毫不犹豫地朝栅栏走去。没过多久，他们就穿过了危险区域。一枪未放。大车来到栅栏边上，停了下来。纳布在野驴前面牵着缰绳。工程师、记者、哈伯特和彭克罗夫朝大门走去，想看看它究竟是否从里面关着……

有一扇门开着！

“你们刚才是怎么说的？”工程师回过头来问水手和斯皮莱。

两个人都惊呆了。

“我敢发誓，”彭克罗夫说，“这扇门刚才是关着的！”

移民们犹豫起来。难道彭克罗夫和记者侦察畜栏的时候，罪犯们在里面吗？肯定在，因为门刚才是关着的，只有他们才会把它打开！可是现在他们还在吗？或者刚刚有人出去了？

每个人都在想这个问题，却不知如何回答。

这时候，哈伯特朝栅栏走了几步，他突然折返回来，抓住赛勒斯·史密斯的手。

“怎么了？”工程师问。

“有光亮！”

“在屋里？”

“对！”

五个人全都向屋子走去，透过前面的窗户，他们果然看到有一丝微弱的灯光摇曳着。

赛勒斯·史密斯立刻做出了决定。

“机不可失！”他对同伴们说，“罪犯们在屋里，他们没有防备，就要束手就擒了！前进！”

于是移民们端着枪潜入了栅栏。大车被留在外面，由于普和托普看管，为了谨慎起见，移民们把它俩拴在了车上。

赛勒斯·史密斯、彭克罗夫和热代翁·斯皮莱在一边，哈伯特和纳布在另一边，他们沿着栅栏，朝漆黑冷清的畜栏前进。

一会儿工夫，所有人都来到屋门前，门关着。

赛勒斯·史密斯向同伴们做了一个手势，示意大家不要动，自己则朝泛着微弱灯光的窗户走去。

屋子的底楼只有一间房间。工程师向屋里看了一眼。

桌上亮着一盏灯，桌边是艾尔通过去睡的床。

床上躺着一个人。

突然，赛勒斯·史密斯后退一步，嘶哑地叫道：

“艾尔通！”

移民们立刻冲进屋子，与其说屋门是被打开的，不如说是被撞开的。

艾尔通似乎睡着了。从他的脸色可以看出，他受到过长期而残酷的折磨。他的手腕和脚踝上还留着大块的青肿。

赛勒斯·史密斯向他弯下身。

“艾尔通！”工程师抓住他的胳膊叫道，他没料到会在这种情况下找到他。

艾尔通听见有人叫，便睁开眼睛，看了看眼前的赛勒斯·史密斯，然后又看了看其他人：

“是你们！”他叫道，“是你们！”

“艾尔通！艾尔通！”赛勒斯·史密斯不停地叫着。

“这是什么地方？”

“畜栏的屋子！”

“只有我们吗？”

“对！”

“他们马上就会回来的！”艾尔通叫着说，“快准备战斗！准备战斗！”

说着他筋疲力尽地倒了下去。

“斯皮莱，”工程师说，“我们随时都可能受到攻击。快把大车拉进畜栏，然后把大门锁上，全都到这里集中。”

彭克罗夫、纳布和记者立刻去执行工程师的命令了。他们不能浪费时间，也许现在大车已经落到罪犯们的手里了！

眨眼工夫，记者和他的两个同伴就穿过了畜栏，来到栅栏门前，他们听到门外托普在沉闷地吼叫着。

工程师暂时离开了艾尔通，他跑出屋子，做好了开枪的准备，哈伯特也跟了出来。他们十分警惕地观察着俯瞰畜栏的支脉山脊。如果罪犯们藏在那里的话，他们可以轻易地把移民们逐个打死。

这时候，月亮从东边升起，挂在森林的黑幕上空，在栅栏里洒下一片银白色的月光。整个畜栏，包括里面的树丛、小溪和草地，都被照亮了。靠山的那一边，屋子和一部分栅栏沉浸在白色之中，十分显眼。而另一边，靠近大门的那部分栅栏仍然是阴暗一片。

不久出现了一团黑影。那是大车，它被拉到了月光底下，赛勒斯·史密斯听到同伴们关上门，并且从里面牢牢地插上了门闩。

可是这时候，托普猛然挣脱了拴住它的绳子，狂怒地叫着，朝屋子右面的畜栏深处冲去。

“注意了，朋友们，准备战斗……”赛勒斯·史密斯叫道。

移民们扣着扳机，准备射击。托普仍在狂叫，于普也和狗一起跑着，发出阵阵尖叫。

移民们跟着托普，来到一条大树成荫的小溪边。

他们在皎洁的月光下看到了什么？

河岸上横着五具尸体！

他们就是四个月前登上林肯岛的罪犯！

第十三章

艾尔通的叙述——旧日同伙的阴谋——他们霸占了畜栏——林肯岛上的正义伸张者——“乘风破浪号”——在富兰克林山周围的搜索——上面的山谷——来自地下的吼声——彭克罗夫的回答——火山口底部——归来

究竟发生了什么事？是谁打死了罪犯？是艾尔通吗？不会，因为仅仅是刚才，他还在担心罪犯们会回来！

现在艾尔通正处在昏迷之中，怎么也弄不醒他。他说完前面那几句话，就倒在床上昏睡了过去，一动不动。

移民们脑子里乱七八糟的，情绪异常兴奋，他们在艾尔通的屋子里整整等了一夜，再也没有回到躺着罪犯尸体的地方去。至于这些罪犯是怎么死的，看来艾尔通也无可奉告，因为他连自己躺在畜栏的屋子里都不知道。不过，他至少可以告诉大家，在罪犯们遭受灭顶之灾以前，究竟发生了什么事。

第二天，艾尔通从昏睡中醒来。在分别了一百零四天之后，同伴们看到他几乎安然无恙，都热烈地向他表达了重逢的喜悦。

艾尔通简短地叙述了事情的经过，至少是他知道的那一部分。

11 月 10 日，他到达畜栏后的第二天。黄昏时分，罪犯们越过栅栏，对他进行了突然袭击。他们把他绑起来，堵住他的嘴巴，然后把他带到富兰克林山脚一个阴暗的山洞里，罪犯们就躲在那里。

他们决定杀死他。第二天，正当罪犯们准备动手的时候，其中的一个人认出了他，并且喊出了他在澳大利亚用过的名字。这些混蛋想杀的是艾尔通，但他们对本·乔伊斯却非常敬畏。

从那时起，艾尔通就遭到了他昔日同伙们的纠缠。他们想重新拉他下水，希望依靠他夺取花岗岩宫，打进这座无法攻克的住宅，杀死所有的移民，成为岛的主人！

艾尔通拒绝了。他曾经是一个罪犯，但他已经悔过，并且得到了宽恕，他宁可死，也不愿出卖同伴。

就这样，他被绑着手脚、堵着嘴，在罪犯们的监视之下，在山洞里度过了四个月。

虽然罪犯们上岛后不久就发现了畜栏，并且一直依靠储存在那里的物资生活，但他们从没有住在那里过。11 月 11 日，两名罪犯意外地遭遇了前来畜栏的移民，他们朝哈伯特开了一枪。其中的一个逃了回来，吹嘘自己打死了一个岛上的居民，可是他是一个人逃回来的。大家都知道，他的同伙被赛勒斯·史密斯用匕首刺死了。

艾尔通听到哈伯特的死讯，别提有多么焦急和绝望！现在移民们只剩下四个人了，罪犯们可以任意地宰割他们！

这件事情发生后，移民们因为哈伯特的伤势而被困在畜栏，在此期间，罪犯们也没有离开过山洞，即使是在洗劫了眺望岗高地之后，出于谨慎，他们也没有放弃这个巢穴。

这时候，他们开始变本加厉地折磨艾尔通。由于日夜都被绑着，他的手脚上至今还留有血痕。他觉得自己死定了，所以一直等待着这个时刻的来临。

就这样，转眼到了 2 月份的第三个星期。罪犯们一直在等待时机，很少离开山洞，他们只是偶尔外出，深入岛内或去南部海岸打猎。艾尔通没有同伴们的任何消息，也不指望再和他们见面了！

最后，在罪犯们的折磨下，这个不幸的人陷入了一种极度虚弱的状态，丧失了视觉和听觉。所以，从那时候起，也就是说两天来，他甚至连发生了什么事都不知道。

“不过，史密斯先生，”他接着说，“既然我被关押在山洞里，又怎么会到畜栏里来呢？”

“罪犯们又是怎么死在栅栏的地上的呢？”工程师答道。

“他们死了！”艾尔通不顾身体虚弱，撑起半个身子叫道。

同伴们连忙扶住他。他想下床，移民们没有拦他，大家朝小溪边走去。

天已经大亮。

河岸上躺着五具罪犯的尸体，从他们的样子看，死神来得既突然又可怕！

艾尔通惊呆了。赛勒斯·史密斯和同伴们默默地看着他。

工程师做了一个手势，纳布和彭克罗夫便对已经冻僵了的尸体进行了检查。

尸体上没有任何明显的伤痕。

彭克罗夫在仔细检查之后，发现四具尸体分别在额头、胸膛、脊背和肩膀上，各有一个小红点，就像是被挫伤的一样，依稀可见。究竟是什么造成了这些红点，他也说不清楚。

“这就是他们的伤口！”赛勒斯·史密斯说。

“可是用的是什么武器呢？”记者叫道。

“是一种我们不知道的、能在瞬间置人于死地的武器。”

“那么杀死他们的是谁呢？……”彭克罗夫问。

“林肯岛的伸张正义者，”赛勒斯·史密斯回答，“艾尔通，你就是被他抬到了这里。他再一次显示了他的作用，他为我们做了所有我们自己无法完成的事情，而做完之后，他总是避开我们。”

“那么我们去找他吧！”彭克罗夫叫道。

“对，去找他，”赛勒斯·史密斯说，“不过，只有当这位创造了这么多奇迹的超人愿意叫我们去的时候，我们才有可能见到他！”

这种无形的保护使移民自己的行动变得毫无意义，也让工程师感到既恼火又感动。他觉得移民们处在一个相对弱小的地位，而这种地位伤害了他们的自尊心。在赛勒斯·史密斯看来，那个慷慨的人想尽办法拒绝受惠者对他的感谢，这反映出他对移民们的某种蔑视，并在一定程度上降低了他的帮助的价值。

“去找他，”他继续说，“总有一天，上帝会给我们机会，让我们向这个高傲的保护者证明，和他打交道的并不是一群忘恩负义的人！如果我们能够报答他，为他尽一点微薄之力，那么我们会付出一切，甚至生命！”

从那天起，找到那个陌生人就成了林肯岛居民们的唯一心愿。每一件事情都会促使他们去寻找那个谜底，它就是一个人的名字，而这个人有着真正不可思议的力量，简直就是一个超人。

过了一会儿，移民们重新回到了畜栏的屋子里。在大家的照顾下，艾尔通很快就恢复了精神和体力。

纳布和彭克罗夫把罪犯们的尸体运到离畜栏有一段距离的森林里掩埋了。

接着，艾尔通也听说了在他被俘期间所发生的事情，知道了哈伯特的危险遭遇和移民们受到的严峻考验。而后者以为艾尔通早就被罪犯们无情地杀害，再也见不到他了。

“现在，”赛勒斯·史密斯在结束他的叙述之前这样说，“我们还有一件事情要完成。尽管我们的目的已经达到了一半，我们再也不用担心罪犯的骚扰，但我们并不是靠自己的力量才重新成了岛的主人。”

“那么，”热代翁·斯皮莱接着说，“就让我们对迷宫一样的富兰克林山支脉做一次搜索吧！不要放过每一个山洞、每一条沟壑！啊！如果发现这个激动人心的秘密的人是一位记者，那么这位记者就一定是我，朋友们！”

“找不到我们的恩人，”哈伯特应声说，“我们就不回花岗岩宫。”

“对！”工程师说，“凡是人所能及的，我们都要去做……不过我还是要重复一遍，只有他愿意见我们的时候，我们才可能找到他！”

“我们就住在畜栏吗？”彭克罗夫问。

“是的，”赛勒斯·史密斯回答，“这里的给养很充足，而且又位于我们搜索区域的中心。再说，如果有必要回花岗岩宫，坐上大车很快就能到。”

“好的，”水手说，“不过我有一件事情要提醒你。”

“什么事？”

“好天气在一天天地过去，别忘了我们还要出一次海。”

“出海？”热代翁·斯皮莱问。

“对！我们要去一次塔波岛，”彭克罗夫回答，“必须送一封信到那儿去，说明艾尔通现在在林肯岛上，并且指出我们岛的具体位置，说不定那艘苏格兰游船会来接他回去呢。怎么说呢，也许现在这样做已经太晚了。”

“可是，彭克罗夫，”艾尔通问，“你打算怎样出海呢？”

“坐‘乘风破浪号’！”

“‘乘风破浪号’！”艾尔通叫道，“它已经不存在了。”

“我的‘乘风破浪号’已经不存在了？”彭克罗夫叫着跳了起来。

“对！”艾尔通回答，“大约一个星期前，罪犯们在小港里发现了它，他们驾着它出了海，后来……”

“怎么样？”彭克罗夫问，他的心里怦怦直跳。

“由于没有鲍勃·哈维掌舵，船触了礁，被撞得粉碎！”

“啊！这些混蛋！强盗！卑鄙的恶棍！”彭克罗夫大骂道。

“彭克罗夫，”哈伯特握住水手的手说，“我们再造一艘‘乘风破浪号’，比原来那艘更大！双桅船上有成套的铁器和绳索，足够我们用的！”

“可是要知道，”彭克罗夫回答说，“造一艘三四十吨重的船，至少需要五六个月的时间！”

“我们不着急，”记者说，“大不了今年不去塔波岛罢了。”

“有什么办法呢，彭克罗夫，只能接受现实了，”工程师说，“但愿晚些时候去塔波岛不会给我们带来什么损失。”

“啊！我的‘乘风破浪号’！我可怜的‘乘风破浪号’！”彭克罗夫喊着，他对自己的船非常自豪，现在失去了它，感到很伤心！

移民们显然对“乘风破浪号”惨遭破坏感到惋惜，他们一致同意尽快弥补这个损失。决定做出以后，剩下的事情就是对岛上最隐秘的部分做最后的搜索了。

搜索行动于当天——也就是2月19日——开始，持续了一个星期。富兰克林山脚的支脉及其众多分支纵横交错，构成了一个山谷和丘陵的迷宫。显然，移民们要搜索的地方，正是这些狭窄幽深的山谷，甚至是富兰克林山的深处。因为岛上再也没有其他地方比这里更适合于藏身了。不过，这些支脉的分布非常复杂，所以赛勒斯·史密斯不得不采取严密的手段仔细搜索。

移民们首先察看了通往南面火山的山谷，瀑布河的上游就是从这里流过的。罪犯们曾经藏身的山洞也在这里，艾尔通向大家指出了它的确切位置，在被抬到畜栏去之前，他就被关押在这里。山洞还和艾尔通离开的时候一样，大家在里面找到了一批弹药和给养，它们都是罪犯们抢来储藏在这里的。

山洞前的山谷里绿树成荫，树木参天，尤以针叶树居多。移民们把这里仔细搜查了一遍，然后绕过西南支脉的拐角，进入一条更加狭窄的山谷，它一直可以通到海边风景如画的玄武岩石堆旁。

这里的树木略微稀少一点，岩石代替了绿草。一些野羊在乱石丛中跳来跳去。从这里开始，就是岛的荒芜地区了。移民们已经注意到，虽然富兰克林山脚的山谷纵横交错，但其中树木葱茏、绿草如茵的山谷却只有三条，比如畜栏所在的山谷，它西接瀑布河河谷，东邻红河河谷，这两条小溪是在接纳了许多支流之后，才在下游变成了小河。它们汇集了整个山区的山涧，使岛上南部地区的土地异常肥沃。至于慈悲河，它的河水直接来源于啄木鸟林里的丰沛泉水，同样也是这些泉水形成了无数小溪，流向四周，浇灌着盘蛇半岛的土地。

在这三条水量充沛的山谷当中，有一条可能会被某位孤独的隐士选作藏身之地，因为在这里，他可以获得所有的生活资料。移民们对这三条山谷都进行了搜索，却没有发现任何人的踪迹。

难道这个人藏在荒芜的山谷深处、杂乱的岩石丛中、崎岖的北部沟壑或是火山的熔岩流里吗？

富兰克林山北部的山脚下只有两条山谷，它们很宽，但不深，里面没有草木，只是零星地散落着一些冰川漂砾，有的地方延伸着长长的冰渍，或是铺着火山的熔岩，起伏的地面上分布着黑曜岩、拉长石岩和其他的大块矿石。搜索这些地方既费时又费力。这里有成百上千个洞穴，或许它们藏身并不舒适，但都隐蔽得非常好，很难找到。移民们甚至连阴暗的地道也察看过了，这些地道一直通往富兰克林山的深处，它们形成于火山爆发时期，四壁被火山火熏得一片漆黑。大家走遍了这些黑暗的地道，用火把照亮了它们的每一个角落，哪怕是最小的洞穴和石缝也都进行了探测。然而四周仍然是寂静和黑暗。看来，从来就没有人来过这些古老的通道，也没有人碰过通道里的一块石头。这些石头都还保持着海岛形成时期火山把它们喷射出水面的样子。

不过，虽然这些地道表面上十分荒凉，而且漆黑一片，但赛勒斯·史密斯还是要承认，这里并非一点声音都没有。

他来到一个阴暗的山洞底部，这个山洞长达几百英尺，直通大山深处。这时候他惊讶地听到一种沉闷的隆隆声，由于岩石的传声作用，这种声音似乎越发响亮。

陪同他的热代翁·斯皮莱也听到了从远处传来的隆隆声，这说明地下的火山正在苏醒。他们两人听了好几次，一致认为地球内部正在发生某种化学反应。

“这么说，火山并没有完全熄灭。”记者说。

“也许我们上次探索了火山口以后，”赛勒斯·史密斯回答，“地底下又发生了什么变化。任何一座火山，即使被认为是熄灭了的火山，也完全有可能重新爆发。”

“可是，”热代翁·斯皮莱问，“如果富兰克林山真的在酝酿一次火山爆发，会不会给林肯岛带来危险？”

“我想不会，”工程师说，“因为火山口就像一个安全阀，过剩的蒸气和岩浆会和过去一样，从原来的出口喷出去。”

“但愿岩浆不会在岛的富庶地区开辟一条新的通道！”

“亲爱的斯皮莱，”工程师问，“岩浆有什么理由不走它自然形成的老路呢？”

“噢！火山是捉摸不定的！”记者答道。

“别忘了，”工程师接着说，“整个富兰克林山的地势都会促使岩浆流向我们正在探索的这些山谷。要想改变岩浆的流向，除非发生一次地震，改变山脉的重心。”

“在现在的情况下，地震随时都可能发生。”热代翁·斯皮莱反驳说。

“是的，”工程师说，“尤其是当地下积聚的力量开始复苏，而地球内部的通道又由于火山暂时休息而被堵塞的时候。所以，亲爱的斯皮莱，火山爆发对我们来说是一件严重的事情，最好是它根本就没有复苏的意思！不过对此我们也无能为力，你说对吗？话说回来，不管怎样，我认为我们在眺望岗的领地不会受到严重威胁。因为眺望岗和火山之间的地势低洼得很，即使岩浆顺着格兰特湖的水道推进，最终也只能流进沙丘地区和鲨鱼湾附近。”

“况且我们还没有看到山顶上有火山爆发的先兆——浓烟呢。”热代翁·斯皮莱说。

“不错，”赛勒斯·史密斯回答，“我昨天还观察过山顶，火山口上连一丝雾气都没有。可是，长期以来，火山管的底部很可能积聚了大量的岩石、灰烬和凝固的岩浆，从而导致我刚才所说的安全阀在一段时间里受到太大的压力。不过，只要有一股像样的外力，所有的障碍就会通通消除，而你，亲爱的斯皮莱，也尽可以放心，我们的岛如同锅炉，而火山就像烟囱，它们不会因气体的压力而爆炸。但我还是要强调，最好是火山不要爆发。”

“可是我们并没有听错，”记者继续说，“火山内部的确在发出沉闷的隆隆声！”

“是的，”工程师又极为仔细地听了听，然后回答，“千真万确……里面正发生着某种反应，我们既不知道它的强度，也无法预料它最终会造成什么后果。”

赛勒斯·史密斯和热代翁·斯皮莱走出地道，找到了同伴们，并把刚才的情况告诉了他们。

“好吧！”彭克罗夫叫道，“这座火山又要旧病复发了！让它试试看！它会找到制服它的人的！……”

“那人是谁？”纳布问。

“我们的保护神，纳布，只要火山稍微张一张嘴，我们的保护神就会把它堵住！”

看得出来，水手对林肯岛的这位特殊神灵绝对信任。的确，这种神秘的力量有着不可思议的表现形式，而且迄今为止已经显现过多次，它似乎有无边的法力；此外，它还成功地逃脱了移民们的仔细搜寻，尽管后者对自己的行动不遗余力、充满虔诚，甚至到了坚忍不拔的程度，但还是没能找到那位奇怪人物的住处。

2 月 19 日到 25 日，搜索的范围扩大到整个林肯岛的南部地区，就连最为隐蔽的地方也查过了。移民们甚至像警察对待可疑房屋的墙壁一样，对每一块岩石都探查了一番。工程师还拿着一张火山的精确地图，一直搜查到山脚的最后一个地层。另外，他们还对火山锥台附近的地区进行了搜索，那里也是第一层岩石的终点；此后，他们还来到了这顶大帽子的尖脊上，帽子的底部便是张着大嘴的火山口。

不仅如此，移民们还察看了火山的深渊，虽然里面没有火，但可以清楚地听到从深渊底部传来的隆隆声。但是，没有任何火山即将爆发的征兆：既看不到一丝烟雾，也感觉不到岩石发烫。无论是在这儿，还是在富兰克林山的其他地方，移民们都没有发现他们要找的人的踪迹。

于是他们转而搜索整个沙丘地区。尽管连到达鲨鱼湾都是一件极为困难的事，但大家还是从下到上认真地检查了高耸在湾内的熔岩峭壁。但是，既没有找到人，也没有找到物！

总而言之，移民们的努力最终归结为两个字：没有。他们花费了这么多力气和精神，结果却一无所获。赛勒斯·史密斯和同伴们非常沮丧，简直有点恼怒。

他们不得不考虑回家了，因为搜索行动不可能无休止地进行下去。移民们完全有理由认为这个神秘人物不住在岛的表面，于是，极度兴奋的他们开始想入非非。特别是彭克罗夫和纳布，他们已经不满足于用离奇二字来形容他，而把他说成是一个超凡的神。

2 月 25 日，移民们回到了花岗岩宫，他们利用弓箭，把一根双股绳射到平台的门口，借此恢复了住所和地面之间的交通。

一个月后，也就是 3 月份的第二十五天，他们纪念了来到林肯岛三周年的日子！

第十四章

三年过去了——新船的问题——大家的决定——岛上的繁荣——造船场——南半球的严寒——彭克罗夫让步了——洗衣服——富兰克林山

里士满的俘虏们逃亡至今已经三年了，三年来，他们谈论过多少次令他们牵肠挂肚的祖国啊！

他们坚信内战已经结束，北方的正义事业肯定获得了胜利。但是，在这场可怕的战争中，发生了多少意料不到的事情，有多少人流尽了鲜血，又有多少朋友牺牲了生命啊！尽管他们不知道何时可以回到自己的故乡，但却经常谈论这些问题。要是能回到祖国去，哪怕是仅仅几天，和文明世界恢复联系，在故乡和林肯岛之间建立起交通，那该有多好！到那时，这块由他们开垦的土地将属于他们的祖国，而他们则将要在这里度过一生中最漫长、也许也是最美好的时光。难道这个梦想永远不会实现吗?

不过，要实现这个梦想，只有两种可能：要么有一天突然有一艘船出现在林肯岛附近的海面上，要么移民们自己造一艘结实的船，航行到最近的陆地上去。

“除非我们的保护神为我们提供回国的交通工具！”彭克罗夫说。

的确，即使有人告诉彭克罗夫和纳布，有一艘三百吨的大船在鲨鱼湾或气球港等他们，他们也不会感到惊讶。按照他们现在的思维，发生任何事情都不足为奇。

不过，赛勒斯·史密斯却没有这么乐观，他劝他们回到现实中来，特别是在造船这个问题上，这是一项十分紧迫的工作，因为他们必须尽早把艾尔通的新地址送到塔波岛上去。

移民们没有了“乘风破浪号”，造一艘新船至少要花六个月的时间。冬天在逼近，看来这次航行要推迟到明年春天了。

“我们有足够的时间在天气变暖之前做好准备，”工程师在和彭克罗夫谈论这件事的时候说，“朋友，我在想，既然我们必须重新造船，那么最好还是造一艘大船。那艘苏格兰游船是否会到塔波岛去还是个问题。说不定它几个月前去过，由于找不到艾尔通的行踪，现在已经走了。我们应该造一艘船，必要的时候，可以乘坐它去波利尼西亚群岛，或者是新西兰。你们看呢？”

“赛勒斯先生，”水手说，“我想无论是大船还是小船，你都有能力造。我们既不缺木材，也不缺工具。问题只是时间。”

“造一艘二百五十吨至三百吨的船需要几个月？”赛勒斯·史密斯问。

“至少七八个月，”彭克罗夫回答，“不过，别忘了冬天快到了，在冰天雪地的时候，木工活儿是很难做好的，所以还要加上几个星期的停工时间。在明年 11 月份之前能把船造好，就已经很不错了。”

“好吧，”赛勒斯·史密斯说，“那时正好是出海远航的好季节，我们可以去塔波岛，也可以去更远一点的陆地。”

“是的，赛勒斯先生，”水手答道，“你快设计吧，工人们已经万事俱备，到时候艾尔通也一定会帮忙的。”

在征询了移民们的意见之后，工程师的计划得到了一致同意，事实上，大家现在也只能这么做了。的确，造一艘两三百吨的船是一项浩大的工程，但是移民们充满了自信，而且这种自信已经被他们过去获得的成功所证明。

于是赛勒斯·史密斯开始设计图纸和制作模型。与此同时，他的同伴们则忙着砍伐和运送树木，准备做船骨、肋材和铺板。最好的橡木和榆木都产自远西森林。上次对海岛进行搜索的时候，大家曾经开辟过一条通道，现在他们把它拓宽成一条可以通车的大路，取名为远西大道，木材通过它被运到“壁炉”，造船场就设在那里。至于远西大道，它是根据选择木材的需要而被开辟出来的，所以显得弯弯曲曲，不过这样一来，去盘蛇半岛的大部分地区倒是方便多了。

木材必须尽早砍伐和锯开，这一点非常重要，因为湿木材是不能用的，它需要过一段时间才能变得干硬。因此，木匠们在4月份工作得热火朝天，只是秋分时节的狂风才使他们稍微受了一点影响。移民们得到了灵巧的于普的帮助，它一会儿爬到树上系伐木绳，一会儿用结实的肩膀扛砍下的树干。

“壁炉”边上造了一间很大的木棚，砍下的木料都被堆在里面，等候开工。

4月的天气非常晴朗，就像北半球10月份经常有的那种天气一样。在此期间，农活进展得也非常顺利，没过多久，眺望岗高地上遭到洗劫的痕迹就已完全消失。磨坊重新建了起来，家禽场也耸立起了新的房子。看来，有必要把这些房子造得更大一些，因为家禽的数量有了惊人的增长。马厩里现在有五头野驴，其中的四头身强力壮、训练有素，既可以拉车，又可以当坐骑，另外一头野驴则刚刚出生。移民们的农具当中增加了一张犁，野驴们被用来拉犁，就像是约克郡或肯塔基州真正的耕牛一样。大家分头工作，没有一双手闲着。正因如此，他们的身体才洋溢着活力。晚上，当他们憧憬未来的时候，花岗岩宫则充满了欢乐！

当然，艾尔通也和大家生活在一起，他已经不再一个人去畜栏住了。不过，他仍然很忧愁，不爱说话，经常和同伴们共同劳动，却从不和他们一起说笑。他工作的时候十分努力，既强壮、敏捷，又灵巧、聪明。大家都尊敬他、爱戴他，这一点他自己也清楚。

同时，移民们也没有弃畜栏而不顾。每隔一天，就会有一个人驾车或骑驴去那里照顾羊群，顺便带一些羊奶回来，交给厨房的纳布。一路上还可以有机会打猎。所以和其他同伴相比，哈伯特和热代翁・斯皮莱是到畜栏去得最勤的两个人，他们带着上好的武器，由托普开路，于是花岗岩宫里从来就没有断过野味：大的有水豚、刺豚鼠、袋鼠和野猪，小的有野鸭、四足兽、松鸡、啄木鸟和沙雉。此外，还有养兔场和牡蛎养殖场的产品、捉到的海龟、新近拥进慈悲河而被捕捞上来的美味的鲑鱼、眺望岗高地的蔬菜，以及森林里的野果，真是品种繁多，美不胜收，大厨师纳布几乎都找不到地方放这些东西了。

不用说，畜栏和花岗岩宫之间的电报线也已经修复，要是某个移民去了畜栏，并且认为有必要在那里过夜，就可以使用电报和花岗岩宫联系。此外，海岛现在又安全了，移民们不用害怕会遭到袭击——至少是来自人的袭击。

但是，曾经发生过的事情以后完全有可能重演。大家有理由担心海盗甚至逃犯会再次光临。或许鲍勃・哈维还有同伙和党羽被囚禁在诺福克岛，他们可能知道他的秘密计划，并且步他的后尘。因此移民们密切注意着海岛附近的海面，每天都要用望远镜扫视联合湾和华盛顿湾之间的辽阔水平线。每当去畜栏的时候，他们也会十分仔细地观察西面的海域；在富兰克林山的支脉上，他们可以将西方很大的一部分水平线都尽收眼底。

尽管没有出现任何可疑的情况，但大家还是不敢松懈。

因此，一天晚上，工程师对同伴们说了一个加固畜栏防御工事的计划。他觉得为了谨慎起见，应该加高栅栏，并在侧翼建造一座碉堡，一旦有必要，移民们可以躲到里面抵御敌人的进攻。花岗岩宫地势险要，可以说是固若金汤；而畜栏里有房子、物资，还有牲口，所以，不管是什么海盗，只要他们在岛上登陆，就一定会把它当作夺取的目标，万一移民们被困在里面，他们就必须能不受威胁地抵抗敌人。

这个计划还有待完善，它的实施肯定要推迟到明年春天。

到了5月15日左右，新船的龙骨已经横在了造船场的地上，不久，艏柱和艉柱也用榫头分别接到了龙骨的两端，几乎和它垂直。龙骨是用上好的橡木做的，长一百十英尺，可以支撑宽度为二十五英尺的主横梁。不过，木匠们能完成的工作也只有这些了，因为严冬和恶劣的天气紧接着就来了。在随后的一个星期里，大家安上了第一批船尾的肋材，此后，就不得不停止了工作。

月底的几天，天气糟糕透了。东风有时猛烈得如同风暴。工程师有点担心造船场的木棚——他无法把它盖在花岗岩宫附近的其他地方——因为小岛只能挡住一部分冲向海岸的怒涛，每当暴风雨来临的时候，海浪甚至可以一直冲到花岗石峭壁的脚下。

不过值得庆幸的是，这些担心没有变成现实。风更多的是朝东南方吹去，因此，花岗岩宫前面的海滩完全处于漂流物角的遮挡之下。

彭克罗夫和艾尔通建造新船的热情最为高涨，他们一直尽最大的努力坚持工作。他们不顾狂风吹乱自己的头发，也不顾雨水寒冷彻骨，锤子使用得好与坏，和天气并没有多大的关系。不过，这个潮湿的阶段过去后，严寒就来临了，木材的纤维变得像铁一样坚硬，加工起来极其困难。将近6月10日的时候，造船工作终于完全停了下来。

赛勒斯·史密斯和同伴们并不是没有注意到，在林肯岛，冬季的气温非常低，甚至可以和新英格兰的冬天相比，新英格兰和赤道之间的距离，与林肯岛到赤道之间的差不多。如果说在北半球，至少是在美洲的英国属地和美国的北部，北极附近地势平坦，没有任何隆起的地形阻挡北风，所以才会造成如此严寒天气的话，那么对于林肯岛来说，这样的解释就行不通了。

“人们还注意到，”有一天，赛勒斯·史密斯对他的同伴们说，“在同样的纬度条件下，岛屿和大陆的沿海地区不像内陆地区那么寒冷。比如，我常常听别人说，伦巴第的冬天比苏格兰的严酷，这可能是因为大海在夏天吸收了热量，到了冬天又把它释放出来的缘故。这样的话，岛屿就有得天独厚的条件接受大海放出的热量。”

“可是，赛勒斯先生，”哈伯特问道，“为什么林肯岛似乎与众不同呢？”

“这很难解释，”工程师回答，“不过，我猜这是因为林肯岛在南半球的缘故，你也知道，孩子，南半球比北半球冷。”

“是的，”哈伯特说，“比起北太平洋来，南半球的浮冰纬度更低。”

“这倒是真的，”彭克罗夫接着说，“我在捕鲸船上当水手的时候，甚至在合恩角附近看到过冰山。”

“也许我们可以这样解释，”热代翁·斯皮莱说，“林肯岛之所以会受到严寒的侵袭，是因为它离浮冰或冰山相对较近。”

“你的看法很有道理，其实，亲爱的斯皮莱，”赛勒斯·史密斯说，“林肯岛的严寒肯定是附近的冰山造成的。我还要向大家指出一个纯物理学方面的原因，它也会促使南半球比北半球冷。事实上，太阳在夏天离南半球更近，所以在冬天就必然离它更远。这就是为什么寒暑两季的气温会如此悬殊。如果我们觉得林肯岛的冬天十分寒冷，那么反过来也不应该忘记，这里的夏天也非常炎热。”

“可是，请你告诉我，史密斯先生，”彭克罗夫皱着眉头问，“为什么我们这个半球的自然条件会像你说的那样糟糕呢？这不公平！”

“彭克罗夫，我的朋友，”工程师笑着回答，“不管公不公平，我们必须接受现实。造成这种特殊性的原因是这样的：根据理论力学的原理，地球围绕太阳公转的轨道不是圆形，而是椭圆形的。地球就在这个椭圆的两个焦点之一上，因此，当它公转到某一个时刻的时候，就会到达远日点，也就是说离太阳最远的位置；而在另一个时刻，它会到达近日点，也就是说离太阳最近的位置。南半球的冬天，恰巧是地球处于远日点的时候，所以这一地区会如此寒冷。在这一点上，人是无能为力的。彭克罗夫，不管人有多么聪明，他永远也改变不了上帝所创立的宇宙规律。”

“可是，”彭克罗夫显然不愿意接受工程师的意见，他继续说，“赛勒斯先生，人类有丰富的知识，要是他把所知道的东西都写出来，那将会是一本多厚的书啊！”

“要是把人类不知道的东西也写出来，那么这本书肯定还要厚。”赛勒斯·史密斯说。

不过，不管原因如何，6月份的天气照例寒冷异常，移民们成天困守在花岗岩宫里。

这种囚禁生活对于全体移民们——特别是对于热代翁·斯皮莱来说，是多么难以忍受！

“我说，”一天他对纳布说，“要是你有办法上哪儿去给我订一份报纸，我就把我所有的财产全都给你，我可以把我的保证白纸黑字写下来！总之，我现在最想得到的享受，就是每天早晨能知道前一天发生在各地的新闻！”

纳布笑了起来。“说实在的，”他回答说，“我现在想的，只是每天要干的活儿！”

的确，不管在室内还是在室外，要干的活儿有很多。

经过移民们三年的艰苦劳动，林肯岛的繁荣达到了全盛时期。多亏了被摧毁的双桅船，大家又得到了一个新的财源：除了整套的帆缆索具可以用于正在建造中的新船以外，还有各种各样的器皿、工具、武器、弹药、衣服、仪器，这些东西都快把花岗岩宫的储藏室塞满了。移民们甚至不再需要制造那种粗糙的毡料了。如果说他们在第一个冬天曾经挨过冻，那么现在，无论遇到什么坏天气，他们都不必担心。他们有很多衣服，但大家还是穿得很省。赛勒斯·史密斯毫不费力地从氯化钠——其实就是海盐——中提取出苏打和氯。苏打可以很容易地转变为碳酸钠，氯则可以做成氯化钙，它们被用于日常生活的各种活动中，特别是用来漂洗衣物。此外，他们像过去家里生活一样，一年中最多只洗四次衣服。需要补充说明的是，热代翁·斯皮莱在等到邮差给他送来报纸之前，和彭克罗夫一起，充当起了优秀的洗衣工人。

冬季的 6、7、8 三个月就这样过去了。这三个月非常寒冷，平均气温从来没有超过 8℉（−13.33℃），比上一年还要低。因此，花岗岩宫里的炉火一直烧得旺旺的，浓烟把花岗岩石壁熏出了一条条黑色的斑痕！大家不用节约燃料，离花岗岩宫几步远的地方长着许多可做木柴的树木。此外，造船时多余的木料也使移民们节省一些煤，因为煤运输起来有点麻烦。

岛上的人畜都很平安。应当承认，于普有点怕冷，这也许是它唯一的缺点，移民们只好为它做了一件厚厚的棉睡袍。不过它是一个好仆人，灵巧、勤勉、不知疲倦，从不冒失，也不多嘴，大家完全有理由推举它当所有新旧大陆上的同类的模范！

“话说回来，”彭克罗夫说，“它有四只手可以干活儿，理所当然应该干得更好！”

事实上，聪明的猴子干得的确不错！

自从上次移民们对山地周围进行搜索以来，七个月过去了，在这段时间里，包括天气逐渐好转的 9 月份，大家没有发现丝毫关于林肯岛保护神的踪迹，他在任何情况下都没有做出什么行动。不过他也的确没有必要做什么行动，因为没有发生任何让移民们为难的事情。

赛勒斯·史密斯甚至还注意到，如果说陌生人和花岗岩宫的居民们曾经隔着花岗岩石壁有过某种联系，而且托普也本能地感觉到了这种联系的话，那么在这段时间里，这种情况完全消失了。不但狗停止了吼叫，连猩猩也不再狂躁不安。两个朋友——它们早就是朋友了——既不再围着花岗岩宫的水井转来转去，也不像过去那样莫名其妙地叫喊了。从一开始起，工程师就对这些叫喊注意了。然而，他是否能肯定所有谜面都已出现，而谜底却永远无法解开呢？他能保证以后不再发生什么情况，从而迫使这位神秘的人物重新出现吗？谁能知道将来会是怎样呢？

冬天终于结束了，但是，就在大地回春的头几天里，发生了一件事情，这件事可能会造成严重的后果。

9 月 7 日，赛勒斯·史密斯在观察富兰克林山的山峰时，看到空中缭绕着一缕轻烟，火山口喷出了第一股蒸气。

第十五章

火山复苏——美丽的季节——继续工作——10月15日晚上——电报——问题——回答——出发去畜栏——纸条——新增的电报线——玄武岩海滨——涨潮——落潮——山洞——耀眼的光芒

工程师把这事告诉了大家，移民们停下手中的工作，默默地看着富兰克林山的山顶。

火山复苏，蒸气穿透了积聚在火山口底部的矿石岩层。然而，地火会不会引发猛烈的火山喷发呢？谁也无法预料。

不过，即使火山有可能喷发，也不一定殃及整个林肯岛。从火山里流出来的岩浆不一定会造成灾难性的后果。况且林肯岛已经经受过了这种考验，富兰克林山北坡一道道凝固的熔岩流可以证明这一点。此外，火山口的缺口位于上面的边缘部分，从这个形状来看，喷出的岩浆应该会流向岛上富庶地区的反方向。

但是，过去的情况并不一定能够说明将来的事情。火山顶上的旧喷口经常会发生堵塞，从而被新的喷口所取代。这种情况在南北半球都曾经出现过，比如埃特纳火山①、波波卡提佩特火山和奥里萨巴火山②。在火山喷发前，任何情况都有可能发生。事实上，只要来一次地震——这种现象经常伴随着火山喷发出现——就足以改变火山的内部

① 埃特纳火山，位于意大利境内。
② 波波卡提佩特火山和奥里萨巴火山都位于墨西哥。

结构，并为炽热的岩浆开辟出新的通道。

赛勒斯·史密斯向同伴们解释了这些事情，并且实事求是地把正反两种可能性都告诉了他们。

不管怎样，对此大家也无能为力。至少，花岗岩宫不会受到威胁，除非发生地动山摇的地震。不过，要是富兰克林山南边的山壁上开出新的火山口来，那么畜栏的处境就令人担心了。

从那天起，火山的山顶就一直被蒸气笼罩着，而且大家还可以看到，这些蒸气越来越高、越来越浓，只是里面还没有喷出火焰。看来燃烧暂时还集中在中央火山管的下部。

这些日子天气很好，移民们重新开始干活儿。造船工作更加紧锣密鼓地进行着。赛勒斯·史密斯利用海滩边上的瀑布，制造了一台水力锯木机，大大加快了把树干锯成木板的速度。这台机器的构造就和挪威农村常见的锯木机一样简单。只要先使木块水平移动，再使锯子垂直移动就行了；工程师把一个轮子、两个滚筒和一些滑轮恰到好处地装配在一起，便成功地达到了目的。

9月底，虽然船还没有配上纵帆，但它的骨架却已矗立在造船场上了。肋材差不多已经完工，它们暂时由一个模架支撑着，船的轮廓已经初露端倪。这艘纵帆船的船头很尖，船尾则十分开阔，在必要的时候，它显然可以胜任长距离的航行；不过，内外船板和甲板的铺设工作还需要经过相当长的一段时间才能完成。幸亏双桅船爆炸之后，上面的金属配件全部被移民们抢救了出来。彭克罗夫和艾尔通从被炸坏的船板和肋材残片上拔下了许多铁钉和铜钉，这大大节省了铸造钉子的工作，但木工活儿仍然还有很多。

由于要收割农作物和干草，还要把堆积在眺望岗高地上的农产品搬运储存起来，所以造船工作暂停了一个星期。农忙完毕后，移民们就把所有的时间全都花在了纵帆船的建造工作上。

每当夜晚来临时，移民们真的是筋疲力尽。为了不浪费时间，他们改变了吃饭的时间：中午十二点吃午饭，然后就一直要等到天黑下来看不清东西时才吃晚饭。接着他们回花岗岩宫，马上睡觉。

有时候，移民们谈起一个有趣的话题，便会推迟睡觉的时间。他们很乐意谈论未来，谈论一旦驾驶纵帆船去离林肯岛最近的大陆之后，他们的处境将会发生什么变化。不过，不管移民们谈论什么计划，有一种想法自始至终占据着上风，那就是他们以后还要回林肯岛来。他们永远不会放弃这块土地，为了开垦它，他们花费了多少心血，获得了多大的成功，如果在它和美洲大陆之间建立起了交通，那么它一定会得到新的发展。

特别是彭克罗夫和纳布，他俩希望在这里颐养天年。

"哈伯特，"水手经常问，"你不会离开林肯岛吧？"

"不会的，彭克罗夫，尤其是如果你打定主意要留在这里的话！"

"我已经打定主意了，我的孩子，"彭克罗夫回答说，"我会等你回来的！你把你的妻儿都带来，我会让你的孩子成天无忧无虑！"

"说定了。"哈伯特一边说，一边笑，脸涨得通红。

"还有你，史密斯先生，"彭克罗夫兴奋地接着说，"你永远是岛上的领袖！真的！它可以养活多少人呢？至少一万个吧！"

大家就这样谈笑，听任彭克罗夫滔滔不绝，说着说着，记者总要扯到创办一份报纸——《新林肯岛先驱报》！

这就是人的本性。他之所以能够成为万物之灵，就是因为他有一个愿望：干一项持久的事业，一项在他身后仍能永垂不朽的事业。正是这个愿望，才使人能够主宰世界，当之无愧地成为世界的主人。

除此之外，谁能知道于普和托普对未来有没有它们自己小小的梦想呢？

艾尔通一言不发，他心想，自己一定要去见格里那凡勋爵，让所有人都知道他已经悔过自新了。

10 月 15 日晚上，移民们又开始谈论这些话题，不过这次谈话持续得比平时更长一些。已经是晚上九点了。大家忍不住打起了长长的哈欠，说明该是睡觉的时候了。彭克罗夫正要上床，突然大厅里的电报铃响了起来。

大家都在这儿：赛勒斯·史密斯、热代翁·斯皮莱、哈伯特、艾尔通、彭克罗夫、纳布。畜栏里没有人。

赛勒斯·史密斯站起身来。同伴们面面相觑，以为自己听错了。

“这是怎么回事？”纳布叫道，“难道是鬼在打铃？”

没有人回答他。

“外面下着雷雨，”哈伯特说，“会不会是电流的影响……？”

哈伯特没有把话说完。大家都看着工程师，但他摇了摇头。

“再等等，”热代翁·斯皮莱说，“如果这是一个信号，那么不管那个人是谁，他还会再发的。”

“你说他还会是谁？”纳布叫着说。

“谁？”彭克罗夫回答道，“就是……”

水手的话还没说完，电报铃又响了起来。

赛勒斯·史密斯走到电报机旁，通过电报线向畜栏发去这样一个问题：

“您有什么要求？”

不一会儿，指针在字母盘上摆动起来，给了花岗岩宫的居民们以下回答：

“立刻来畜栏。”

“总算有回答了！”赛勒斯·史密斯叫了起来。

对！总算有回答了！谜底就要揭开了！移民们恨不得马上就去畜栏，所有的疲劳和睡意都被抛到了九霄云外。大家一言不发，很快离开了花岗岩宫，来到了海滩上。只有于普和托普留了下来，这次不用它们陪着了。

夜色沉沉。新月和太阳一样不见了踪影。正如哈伯特刚才说的那样，大片的乌云如同低沉厚重的穹顶压在头上，遮住了所有的星光。远处的风暴闪过几道电光，照亮了地平线。

也许再过几个小时，雷电就要打到岛上来了。这是一个可怕的夜晚。

移民们对通往畜栏的小路非常熟悉，因此尽管漆黑一片，但丝毫没有妨碍他们的脚步。他们顺着慈悲河左岸往上，来到高地，穿过甘油河的吊桥，行进在森林之中。

大家疾速走着，心里激动万分。毫无疑问，他们终于要知道这个盼望已久的谜底——那位神秘人物的名字了！他和移民们生活的关系是如此密切，他帮助他们的时候是如此慷慨，而他本人又是如此神通广大！也许这个陌生人早已和他们休戚与共，了解他们生活的每一个细节，听到他们在花岗岩宫所说的每一句话，不然，他怎么总是会在关键时刻帮助他们呢？

大家一边想这些问题，一边加快了步伐。树荫底下非常暗，以至于连小路的边缘都看不清楚。森林里鸦雀无声。飞禽和走兽都感觉到了空气的沉闷，静悄悄地一动不动。连一丝微风也没有，树叶都静止着。只有移民们的脚步踏在坚硬的土地上，在黑暗中发出声响。

他们就这样默默地走了一刻钟左右。终于，彭克罗夫打破了沉默：

“我们应该带一盏灯来的。”

工程师回答道：

“畜栏里有。”

赛勒斯·史密斯和同伴们是九点十二分离开花岗岩宫的。从慈悲河河口到畜栏总共有五英里，九点四十七分，他们已经走完了其中的三英里。

这时候，岛的上空闪起了白色的闪电，照亮了漆黑的树叶，也使大家感到炫目。显然，暴风雨马上就要来临了。闪电越来越密、越来越亮。远方的雷声在天空高处隆隆作响。空气异常沉闷。

移民们走着，仿佛有一种不可抗拒的力量在推着他们前进。

十点一刻[①]的时候，他们透过一道闪电，看到了畜栏的栅栏。他们还没来得及跨过大门，天上便响起了霹雳般的雷声。

陌生人很可能就在畜栏的屋子里，因为电报就是从这儿发出的。不过，窗户上却没有透出丝毫光亮。

工程师敲了敲门。

没有回音。

赛勒斯·史密斯推开门，移民们走了进去。屋子里一片漆黑。

纳布点了一根火柴，不一会儿，灯就亮了起来，大家用它照了照屋子的每一个角落……

没有人。所有东西都和他们上次离开的时候一样。

“这会不会是我们的幻觉？”赛勒斯·史密斯喃喃地说。

不！这不可能！电报上说得清清楚楚：

“立刻来畜栏。”

大家走到放电报机的桌子旁。一切还是那样井然有序：电池放在盒子里，收报机和发报机也都在。

“最后一次来这儿的人是谁？”工程师问。

“是我，史密斯先生。”艾尔通回答。

“什么时候？”

“四天前。”

“啊！有一张纸条！”哈伯特一边叫，一边指着桌上的一张纸。

纸上用英语写着以下这句话：

“沿着新的电报线走。”

“出发！”赛勒斯·史密斯叫道，他明白电报不是从畜栏发出的，而是通过一根接在原有电报线上的新电报线，从一个神秘的住所直接

① 原文为“九点一刻”，疑有误。

发往花岗岩宫。

纳布拿起点燃的灯，大家全都离开了畜栏。

这时候，猛烈的暴风雨倾盆而下。闪电和雷声的间隔也明显缩短了。这场雨很快就会覆盖富兰克林山和整个岛。借助于闪电，大家不时可以看到烟雾缭绕着的火山顶。

在畜栏的屋子和栅栏之间找不到任何电报线。工程师走出大门，直奔第一根电线杆，在闪电的照耀下，他看到绝缘体上有一根新的电报线一直垂到地面。

“在这儿！”他说。

电报线拖在地上，整根线外面都包裹着一层绝缘物质，就好像海底电缆一样，保证电流能自由通过。从它的方向来看，电报线似乎要穿过森林和富兰克林山的南部支脉，向西延伸而去。

“跟着它走！”赛勒斯·史密斯说。

在灯火和雷电的照耀下，移民们沿着电报线指引的道路匆匆走去。

雷声响成了一片，声音大得连说话声都听不见。不过，大家也顾不上说话，只是一个劲儿地往前走。

赛勒斯·史密斯和同伴们先翻过位于畜栏山谷和瀑布河谷之间的支脉，从最狭窄的地方渡过了瀑布河。电报线有时挂在低垂的树枝上，有时拖在地上，明确地为他们指着路。

工程师猜想电报线会在山谷的深处到头，那里也就是陌生人的住所。

可事实并非如此。他们不得不重新翻过西南面的支脉，来到土地贫瘠的高地上，高地的尽头就是堆积着的奇形怪状的玄武岩石壁。移民们时不时地弯下腰，用手摸一摸电报线，以随时纠正前进的方向。但是，这根线显然直接通向大海。毫无疑问，在某一块火岩的深处，隐藏着他们一直想找但迄今为止还没有找到的陌生人的住所。

天空犹如着了火一般。闪电一个紧接着一个。有好几个闪电直接打在了火山顶上，消失在浓烟笼罩着的火山口里。有时候，人们简直会以为是山顶在喷火。

十一点差几分的时候，移民们来到了海岛西部俯瞰海洋的悬崖边上。起风了。海浪拍打着石壁，在五百英尺的下方吼叫着。

赛勒斯·史密斯算了一下，从畜栏到这里，他和同伴们走了一英里半的路程。

在这里，电报线嵌进了岩石的中间，沿着一条狭窄而不规则的石壑，向下蜿蜒而去。

移民们走下石壑，石块随时都可能倒塌，他们也随时会掉进大海。下降的路很危险，但是大家也顾不上这么多了，他们已经无法主宰自己，有一种不可抗拒的力量像磁铁那样吸引着他们，促使他们朝那个神秘的地方走去。

他们就这样不知不觉地走下了石壑，要知道，这条路即使在大白天也是很难通行的。岩石滚动着，在闪电的照耀下宛若一个个火球，发出耀眼的光芒。赛勒斯·史密斯在前面开路，艾尔通负责断后。大家时而高一脚低一脚地前进，时而在光滑的岩石上摔倒；不过他们马上就爬起来，继续往前走。

最后，电报线突然拐了一个弯，通到了海滩的岩石上，这些岩石如同露出水面的暗礁，被汹涌的潮水拍打着。移民们已经来到了玄武岩石壁的尽头。

这里有一道狭窄的陡坡，沿着和海岸平行的方向水平伸展着。电报线顺着陡坡向前延伸，移民们也跟着它继续前进。走了不到一百步，陡坡便开始缓缓下降，最后到达了海面的高度。

工程师摸了摸电报线，发现它钻进了海里。

同伴们在他身边停了下来，大家都惊呆了。

他们不禁叫了起来，感到十分沮丧，简直绝望到了极点！难道他们必须钻到水里去寻找海底的洞穴吗？按照他们目前极度亢奋的心理和身体状况，移民们是会毫不犹豫地这样做的。

工程师想了想，拦住了大家。

他把同伴们带到一个石窟下，然后说：

"等一等，现在正在涨潮。退潮的时候，路就会出来的。"

"可是，你怎么会知道……？"彭克罗夫问。

"要是我们到不了他那儿，他是不会叫我们来的！"

赛勒斯·史密斯说话时的语气充满了自信，因此没有人提出反对。何况他的看法是符合逻辑的。应该相信峭壁底下有一个洞口，虽然现在它被淹没在海水里，但只要一退潮，人就可以进去。

大家必须等好几个小时。于是移民们默默地蜷缩在一个很深的石洞里。这时候天开始下雨，急流般的雨水从云端直泻而下，闪电则时不时地将乌云撕开。雷声在空中回响，显得更加嘹亮。

移民们的心情万分激动。他们的脑海里满是各种千奇百怪的想法，他们设想会出现一个身材高大的超人，因为只有这样的形象，才符合他们想象中神秘的海岛保护神。

午夜时分，赛勒斯·史密斯提着灯，一直下到海滩上，去观察岩石的分布情况。潮水已经下退两个小时了。

不出工程师所料，水面上露出了一个巨大的洞口。电报线拐了个直角，通进这个开阔的山洞。

赛勒斯·史密斯回到同伴们身边，只说了一句：

"再过一个小时，洞口就可以通行了。"

"真有山洞？"彭克罗夫问。

"你曾经怀疑过吗？"赛勒斯·史密斯回答。

"可是这个洞里的水一定会涨得相当高的。"哈伯特说。

"要么洞里根本没有水，"赛勒斯·史密斯答道，"我们可以徒步进去；要么洞里有水，这样的话肯定会有某种交通工具供我们使用。"

一个小时过去了。大家冒着大雨，来到海边。在三个小时的时间里，海水下降了十五英尺。洞口的顶端离海面至少有八英尺。它就像是一个桥拱，翻腾着浪花的海水从下面流过。

工程师弯下腰，看见水面上漂着一个黑色的东西。他把它拉了过来。

原来是一只小艇，它被一根绳子系在石洞内一块突出的岩石上。小艇是用铁皮钉起来的，座位下面有两支桨。

“上船。”赛勒斯·史密斯说。

不一会儿，移民们就全都登上了小艇。纳布和艾尔通划桨，彭克罗夫掌舵，赛勒斯·史密斯坐在船头，提着灯照路。

山洞的穹顶起初很低，接着突然抬高，小艇就在下面前进；但是，洞里太黑，灯光又太暗，因此大家看不清这个洞穴究竟有多大、多高和多深。在这个玄武岩构成的山洞里，到处是一片肃静，丝毫听不见外面的声音，闪电也无法穿透这厚厚的石壁。

地球上许多地方都存在着像这样巨大的石洞，这些天然的地下室都形成于地质时期，它们有的已被海水淹没，有的则蕴藏着完整的湖泊。比如赫布里底群岛中斯塔法岛上的范加尔洞[①]、布列塔尼半岛[②]上杜瓦讷内湾的莫尔加石窟、科西嘉岛[③]的博尼法乔石窟、挪威利斯峡湾的山洞，还有美国肯塔基州的马默斯洞[④]，它有五百英尺高，二十英里长！大自然在世界各地开凿了这些地洞，并将它们保存下来，供人们欣赏。

移民们现在正在探索的洞穴会不会一直通到岛的中心呢？工程师用短促的语气向掌舵的彭克罗夫发布着命令，小艇就这样迂回前进了一刻钟。突然，他命令道：

---

① 赫布里底群岛靠近苏格兰西北海岸，属英国，由大小五百多个岛屿组成；范加尔洞位于赫布里底群岛的斯塔法岛上，洞内有玄武岩石柱群。

② 位于法国西部。

③ 地中海岛屿，属法国。博尼法乔位于该岛南部。

④ 位于美国肯塔基州，平均高度达四十米，除了主洞之外，还包括几百个子洞穴，是世界上最大的石灰岩洞穴。

“往右！”

小艇立刻改变了方向，紧贴着山洞的右壁行驶。工程师做得对，他想知道电报线是否仍然还沿着这一边石壁向前延伸。

它还挂在突出的岩石上。

“往前！”赛勒斯·史密斯说。

于是两支桨插入黑黝黝的水中，推着小艇继续前进。

小艇又行进了一刻钟，这儿离洞口大约有半英里了。这时候赛勒斯·史密斯又说话了：

“停！”

小艇停了下来。移民们看到一道夺目的光芒照亮了巨大的山洞，而这山洞却是位于岛的地下深处。

大家怎么也想不到这里会有这样一个山洞，现在他们可以仔细地看一看它了。

山洞的穹顶高达一百英尺，由许多玄武岩石柱支撑着，这些石柱好像都是从同一个模子浇出来的。从地球最初形成的时期开始，大自然就竖起了成千上万根这样的石柱。现在，石柱上面有着各种参差不齐的拱穹和变幻莫测的边纹。这些玄武岩石柱一根套着一根，高度有四十至五十英尺；尽管洞外波涛汹涌，但洞里的海水却平静地冲刷着石柱的底部。工程师指出了发亮的光源。它照耀着石壁的每一条棱边，仿佛在上面撒下了无数亮点，亮点深入石壁，使它变成了半透明状，并且把山洞里所有突出的岩石都照得如同闪闪发光的小圆钉。

由于反射作用，各种光亮倒映在水面上，小艇就像是在两个闪亮的区域中间漂浮。

来自光源中央的光线清晰而笔直地照在山洞所有的棱角和边纹上，这种光源的性质移民们是不会搞错的：这是一种电光，它那白色的光芒也说明了这一点。它是山洞里的太阳，照亮了里面的每一个角落。

赛勒斯·史密斯做了一个手势，船桨重新插入水中，溅起的水珠犹如五颜六色的宝石。小艇朝光源驶去，不久就来到了距离那儿只有半链远的地方。

这里水面的宽度大约是三百五十英尺，大家看到在耀眼的光源后面，有一堵巨大的玄武岩石壁挡住了去路。山洞变得很大，海水在这里形成了一个小小的湖泊。穹顶、石壁、尽头的悬崖，还有所有的岩石棱角、石柱和尖锥，全都沐浴在电光之中，仿佛这些光是从它们身上发出的一样。岩石的表面被雕琢得如同珍贵的宝石，看上去是如此流光溢彩。

湖泊中央浮着一个很长的梭状物体，它一动不动，静静地躺在水面上。光亮从它的两侧射出来，就好像是从两个被烧得发白的炉口里射出的一样。这个物体看似一条巨鲸的身体，长约二百五十英尺，高出水面十至十二英尺。

小艇慢慢接近了它。赛勒斯·史密斯在船头直起身来看着它，激动得简直无法自制。突然，他抓住记者的胳膊叫道：

“是他！这只能是他！他！……”

接着，他重重地坐下，喃喃地说出一个名字，只有热代翁·斯皮莱听见他说的是什么。

显然记者也听说过这个名字，因为他的脸上浮现出一种神奇的表情，接着他用嘶哑的嗓音回答道：

“是他！一个不受拘束的人！”

“就是他！”赛勒斯·史密斯说。

根据工程师的命令，小艇驶近了这个奇特的漂浮物，从它的左边靠了上去。这里有一束光线透过厚厚的玻璃窗射出来。

赛勒斯·史密斯和同伴们登上平台。平台上有一个敞开的进口塔，大家钻了进去。

楼梯下面有一条亮着电灯的走廊，走廊尽头有一扇门。赛勒斯·史密斯把门推开。

里面是一间富丽堂皇的大厅。移民们迅速穿了过去。紧靠大厅的是一间书房，书房的天花板非常明亮，从上面泻下一片光辉。

书房尽头的门很宽敞，也是关着的。工程师推开门。

一间巨大的客厅展现在移民们眼前，它犹如一座博物馆，陈列着各种珍贵的矿物、艺术品和神奇的工业品。看到这些，大家真以为自己来到了梦幻般的童话世界。

移民们看见有一个人躺在华贵的沙发上，那个人似乎没有察觉到他们的到来。

于是赛勒斯·史密斯开了口，他的话让同伴们惊讶万分：

“尼摩船长，是您叫我们吗？我们来了。”

第十六章

尼摩船长——他的第一句话——一个独立英雄的经历——对侵略者的仇恨——他的同伴——海底生活——孤独——“鹦鹉螺号”在林肯岛找到最后的归宿——神秘的海岛保护神

听到这些话，躺在沙发上的人站了起来，灯光照亮了他的脸：相貌端庄，额头很高，目光里带着几分孤傲，雪白的胡子，一头浓密的头发朝后披着。

虽然他站了起来，但手还是撑在沙发的靠背上。他的眼神很安详。看得出来，有一种慢性病正在逐渐吞噬他的健康，但他的嗓音依然十分洪亮。他带着非常惊讶的语气用英语说：

“我没有名字，先生。”

“可我认识您！”赛勒斯·史密斯回答。

尼摩船长用炽热的眼光盯着工程师，仿佛要把他吃掉似的。

接着，他重新倒在沙发的靠垫上，说：

“算了吧，认识也没有关系，反正我快死了！”

赛勒斯·史密斯走到尼摩船长的身边，热代翁·斯皮莱握住他的手，觉得很烫。艾尔通、彭克罗夫、哈伯特和纳布毕恭毕敬地站在稍远一点的角落里，整间豪华客厅都沐浴在明亮的电灯光之中。

可是尼摩船长立刻把手缩了回去，他示意工程师和记者坐下。

大家无比激动地看着他。被他们称为“海岛保护神”的人现在就在眼前，这位无所不能的人曾经在各种场合给了他们如此有效的帮助，而他们对这位恩人又怀着多少感激之情！彭克罗夫和纳布简直把他奉若神明，可现在他们看到的却只是一个人，一个即将死去的人！

赛勒斯·史密斯怎么会认识尼摩船长的呢？后者听到别人叫他的名字之后，又为什么会如此激动地站起来呢？也许是他以为没有人知道这个名字吗？……

船长重新坐到沙发上，他用手支撑着身体，看着坐在他身边的工程师。

“您知道我过去的名字吗，先生？”他问。

“我听说过，”赛勒斯·史密斯答道，“也听说过这艘神奇的潜水艇的名字……”

“‘鹦鹉螺号’？”船长微笑着说。

“是的，‘鹦鹉螺号’。”

“可是您知道……您知道我究竟是谁吗？”

“我知道。”

“我已经有三十年和人类世界没有任何来往了，这三十年来我一直生活在大海深处，只有在这里我才能找到我的独立！是谁泄露了我的秘密呢？”

“一个对您没有做过任何许诺的人，尼摩船长，因此您不能把他看作背信弃义的人。”

“难道是那个十六年前偶然来到我船上的法国人？”

“正是。”

“这么说，‘鹦鹉螺号’被卷进大漩涡的时候，他和他的两个同伴并没有被淹死？”

“他们没有死，而且还写了一本名为《海底两万里》的书，讲述您的故事。”

“这只是我在几个月当中的经历，先生！”船长迅速地说。

“是的，”赛勒斯·史密斯回答，“不过这几个月的传奇生活足以让人们认识您……”

“把我看成是一个罪人，对吗？”尼摩船长说着，嘴角露出一丝高傲的微笑，“不错，我是一个反叛者，也许遭到了全人类的唾弃！”

工程师没有答话。

“您说呢，先生？”

“我没有权利对尼摩船长您做出评判，”赛勒斯·史密斯回答，“至少是关于您过去的生活。我和大家一样，不清楚您为什么要过一种如此奇特的生活。所以，在不了解原因的情况下，我不能对结果妄加评论。我只知道，自从我们来到林肯岛以后，始终有一双善意的手向我们伸来；我还知道，我们的救命恩人是一个善良、慷慨、强大的人；而这个善良、慷慨、强大的人就是您，尼摩船长！”

“是的。”船长淡淡地说。

工程师和记者站起身来，同伴们也靠拢过来。大家抑制不住心中的感激，准备用行动和语言来表达他们的感情……

尼摩船长用手势制止了他们，他难以掩饰自己的激动，说：

“等听完了我的故事再谢我吧。”①

于是船长简洁明了地讲述了他的一生。

他的故事不长，但他必须把自己最后的精神全部振作起来，才能讲完。他显然是在和极度虚弱的身体作斗争。赛勒斯·史密斯好几次都要求他休息片刻，可是他摇头拒绝，似乎他再也活不到明天了。记者表示要对他进行治疗，可他说：

“没有用，我的时间不多了。”

尼摩船长原本是印度的达卡王子，当时的本德尔汗德②还保持着领

① 尼摩船长的故事在《海底两万里》中已经有所阐述。关于艾尔通的经历，有一些时间上的矛盾，本书同样也有所提及。读者可以在已出版的《海底两万里》中参阅有关注解。——原注

② 位于印度中部。

土的独立，他就是该地区一个君主的儿子，也是印度英雄迪波-萨依布[1]的侄子。他十岁的时候，父亲就把他送到了欧洲，让他接受最全面的教育，并且希望他将来能运用在欧洲学到的知识，与那些压迫他们国家的欧洲人斗争。

达卡王子天资聪颖，品德高尚，从十岁到三十岁，他学习了各方面的知识，在自然科学、文学、艺术等领域都获得了非常高的造诣。

他还周游欧洲。由于他的出身和财富，因此到处都受到别人的奉承，但他却不为任何诱惑所动。他年轻英俊，严肃忧郁，对学习如饥似渴，心里充满了对侵略者的刻骨仇恨。

达卡王子憎恨一个国家，那是唯一一个他从来不想去的国家；他仇视一个民族，那是唯一一个他拒绝与之接近的民族：那就是英国，更何况这个国家还有不少地方让他欣赏。

之所以会这样，是因为在他心里汇集了所有被征服者对征服者的血海深仇。侵略者是不会从被侵略者那里得到宽恕的。达卡王子的父亲只是一位在名义上臣服英国的君主，而王子本人也是迪波-萨依布家族的后代，他从小就受到了报仇复国思想的教育，无比热爱自己如诗如画的祖国，然而，他的祖国现在却处在英国侵略者的枷锁之下，因此，他从来也不想踏上那个被他诅咒的、奴役着印度人民的国家的土地。

达卡王子受到艺术的熏陶，成了一位修养高尚的艺术家，他还是一位精通各门科学的学者，并且在欧洲各国的宫廷中，成长为一名政治家。在那些不完全了解他的人的眼里，他也许是一个云游四方、勤奋好学、却不屑行动的浪子，一个富有、孤傲、空话连篇的旅行者，走遍天涯，却无以为家。

---

① 迪波-萨依布（1749—1799），印度半岛迈索尔地区的最后一位穆斯林苏丹，是抵抗英国侵略者的英雄。

其实他完全不是这样的人。这位艺术家、学者、政治家仍然有着一颗印度人的心，他怀着复仇的愿望，期待着有朝一日能收回祖国的主权，赶走侵略者，恢复国家的独立。

因此，达卡王子于1849年回到了本德尔汗德。他同一位出身贵族的印度女子结了婚；和他一样，那位女子的心也在为祖国的磨难而流血。王子和她生了两个孩子，夫妇俩非常疼爱他们。可是，幸福的家庭生活并没有使他忘记处在外国奴役中的祖国。他等待着。机会终于来了。

也许是英国人对印度人民的压迫过于沉重。达卡王子听到了百姓不满的呼声。他把自己对外国侵略者的仇恨播种在人们的心中。他不仅走遍了印度半岛尚且保持着独立的地区，同样也走遍了处于英国殖民者直接统治下的地区。他使民众重新记起了迪波-萨依布为保卫国家而在赛林加帕坦英勇牺牲的日子。

1857年，印度士兵发动了大规模的起义，达卡王子是这次起义的灵魂。他组织了广泛的反抗运动，把全部的智慧和财富都贡献给了这项事业。他全力以赴，身先士卒，冒着生命危险和那些为解放祖国而奋起战斗的普通士兵们并肩作战。他参加过二十次战斗，负了十次伤，当最后一批独立战士倒在英国人的枪弹下时，他却活了下来。

英国对印度的统治从来没有如此岌岌可危。如果印度士兵像他们所希望的那样，得到了外来的帮助，那么英国在亚洲的影响和统治恐怕早就完蛋了。

当时，达卡王子的名字妇孺皆知。这位英雄从不躲藏，而是公开地进行着斗争。英国人重金悬赏他的头颅，虽然他没有被叛徒出卖，但他的父母、妻儿却惨遭报复，而那时他还不知道他们为自己所冒的危险……

正义又一次倒在了暴力面前。但是文明却永远不会后退，它必然会从自然规律中汲取动力。士兵的起义被镇压了，原先属于印度君主们的土地又重新陷入了英国更加严酷的统治之下。

达卡王子幸存了下来，他回到了本德尔汗德的深山之中。从此以后，他对人类的一切都深恶痛绝，对文明世界也充满仇恨，他决心远离尘世，再也不回来。于是他变卖了仅存的财产，集合了二十多个最忠实的同伴，在某一天失踪了。

达卡王子到哪里去寻找在人类世界所找不到的独立了呢？他去了水底，去了大海深处，那里没有人能追踪他。

这位战士变成了学者。他在太平洋的一个荒岛上建立了一所造船场，并根据自己的设计，建造了一艘潜水艇。他借助一些将来会被人类发现的方法，巧妙地利用了电这一无与伦比的能量作为动力、照明和采暖，以满足他那艘浮力装置的全部需要，而这些电能的来源则是永不枯竭的。大海里有着无穷无尽的宝藏、数不胜数的鱼儿，还有取之不竭的海藻和体形庞大的海兽；除了自然所给予的一切之外，还有人类遗失在海底的物资，这些东西足以满足王子和船员们的需要。于是他最大的心愿得到了实现：他不想再和人世有任何联系。他把潜水艇命名为“鹦鹉螺号”，称自己为“尼摩船长”，消失在茫茫的大海深处。

船长用了好几年的时间，从地球的一极穿到另一极，走遍了所有的大洋。这个人类世界的贱民在陌生的海洋世界里搜集了大量的奇珍异宝。1702 年，有几艘西班牙运金船在维哥湾[①]失事，船上的百万财产成了他用之不尽的财富，他一直利用这笔巨款，隐姓埋名地资助那些为争取国家独立而斗争的民族。[②]

很久以来，他从来没有和其他人联系过。可是，1866 年 11 月 6 日的夜里，突然有三个人来到了他的船上，其中的一个人是法国教授，另一个人是他的仆人，第三个人是加拿大的渔夫。当时“鹦鹉螺号”

① 西班牙港口，位于大西洋上。

② 这里指的是干迪奥特人的起义，尼摩船长曾经以这种方式帮助过他们。——原注

正遭到美国驱逐舰“亚伯拉罕·林肯号”的追赶，两船发生了碰撞，这三个人就是在碰撞中掉进了大海。

尼摩船长从那位教授的口中得知，“鹦鹉螺号”有时被当作巨大的鲸鱼类哺乳动物，有时则被认为是一艘载有海盗的潜水艇，海上到处都有人在搜寻它。

尼摩船长本可以把这三个人扔回大海，因为他们无意中窥见了他的神秘生活。但他没有这样做，而是把他们扣留了下来。就这样，在七个月的时间里，这三个人有幸做了一次海底两万里的旅行，目睹了所有的水下奇观。

1867 年 6 月 22 日，这三个对尼摩船长的过去一无所知的人夺取了“鹦鹉螺号”的一只小艇，成功地逃了出来。由于当时“鹦鹉螺号”在挪威海岸附近陷入一个巨大的漩涡，所以船长以为逃亡者一定会被可怕的漩涡卷走，葬身海底了。他不知道，法国人和他的两个同伴被奇迹般地抛到了岸上，并被罗弗敦群岛[①]的渔民们救起；教授回到法国后，把七个月来在“鹦鹉螺号”上曲折离奇的旅程写成了一本书，供好奇的读者们阅读。

在此后的很长一段时间里，尼摩船长继续过着这样的生活，在海底漫游着。可是，他的同伴一个一个地死去，他们安息在太平洋深处的珊瑚墓地里。“鹦鹉螺号”开始变得空空荡荡，最后，在这群隐居海底的人当中，只剩下了尼摩船长一个人。

这时候他已经六十岁了。虽然他孤身一人，但还是把“鹦鹉螺号”开到了一个海底港口，他过去也曾经把这里作为暂时停留的地方。

这个海底港口位于林肯岛的下面，也就是现在“鹦鹉螺号”的藏身之处。

船长在这里生活了六年，他不再出海，只是等待着死神的来临，

① 位于挪威西北海岸。

等待着和同伴们重逢的时刻。一个偶然的机会，使他目睹了南军俘虏们乘坐的气球坠落在海上。于是他穿上潜水服，来到了离海岸几链远的水下，这时候工程师恰巧掉进了海里。在善心的驱使下，船长把赛勒斯·史密斯救了起来。

起初，他想远远避开这五个落难者。可是，由于受火山运动的影响，一部分玄武岩发生了抬升，堵住了海底港口的出路，因此他再也出不了山洞了。虽然轻便的小船可以在这样的浅水里自由进出，但“鹦鹉螺号”却不行，因为它吃水相对较深。

尼摩船长留了下来，他观察着这些被抛弃在荒岛上的无助的人，却不愿被他们发现。后来，他觉得这些人正直、勇敢，相互充满了兄弟般的友爱，于是逐渐开始关注起他们的努力来。他不由自主地了解了他们生活中的秘密。他穿着潜水服，能够非常容易地到达花岗岩宫内的井底，接着他便攀着突出的岩石爬到井口，从那儿他听见移民们回忆过去，谈论现在和将来。他从他们那里得知，为了废除奴隶制度，美国爆发了大规模的内战。是的！岛上的这些人完全有理由使尼摩船长对人类产生好感，因为正是他们以自己的磊落行为，充当了人类的代表！

是尼摩船长救了赛勒斯·史密斯的命。同样也是他把托普送回了“壁炉”，后来又把它扔出了湖面。他在箱子里装满对移民们有用的物品，把它丢弃在漂流物角；他把小船引进了慈悲河；当花岗岩宫遭到猩猩攻击的时候，是他把绳梯从上面扔了下来；他把纸条塞在瓶子里，告诉大家艾尔通在塔波岛上；他把水雷布在海峡底下，致使双桅船触雷爆炸；他送来了奎宁，把哈伯特从死亡线上拯救了回来；最后，他还用电子子弹枪杀死了罪犯——这种子弹的秘密只有他一个人掌握，他经常以此来猎捕海底动物。于是，所有看似超乎自然的事件都得到了解释，而这些事件进一步证明了船长的宽宏与强大。

与此同时，这位伟大的愤世嫉俗者对善却有着强烈的渴求。他要把一些有用的意见告诉那些受他保护的人；此外，他的心跳越来越无力，他明白自己的死期将至，于是，正如我们知道的那样，他通过连接畜栏和“鹦鹉螺号”的电报线，以及他的发报机，向花岗岩宫的居民们发出了邀请。如果他知道赛勒斯·史密斯了解他的过去，并且会称呼他尼摩船长的话，也许他就不会这样做了。

船长的生平讲完了。于是赛勒斯·史密斯接着说话，他回顾了过去发生的每一件事情，它们都曾对移民们产生过有利的影响；他以全体同伴和他个人的名义，向这位慷慨无比的人表示感谢。

可是尼摩船长并不想索取回报。他的脑子里只有最后一个念头。他没有去握工程师向他伸来的手，而是说：

“现在，先生，您了解了我的一生，请您做一个评判吧！”

船长的这些话显然是在暗示一起严重的事件，当时在他船上的三个陌生人都目睹了这一事件的经过，那位法国教授当然在他的书里对此做了描述，而且肯定引起了强烈的反响。

原来，在教授和他的两个同伴逃脱之前的几天，“鹦鹉螺号”在北大西洋遭到了一艘驱逐舰的追捕，它像撞锤一样，毫不留情地撞沉了那艘驱逐舰。

赛勒斯·史密斯明白船长的意思，他没有回答。

“那是一艘英国驱逐舰，先生，”尼摩船长叫道，他突然重新变成了达卡王子，“英国驱逐舰，您听见吗？它对我发起了攻击！我被堵在一个又窄又浅的海湾里！……我必须冲出去，所以……我就冲了出去！”

接着，他稍稍平静了一些，补充说：

“我既有权利也有道理这样做。我总是尽可能地行善，但必要时也会作恶。正义并不等于宽恕！”

尼摩船长说完这些话后，沉默了一会儿，接着又问：

“你们是怎样看我的，先生们？”

赛勒斯·史密斯把手伸向船长，他严肃地回答道：

“船长，你的错误在于您认为能够再现过去，并试图抗拒必然的进步。这个错误得到了一些人的赞赏，也遭到了另一些人的谴责，对此只有上帝才能做出裁决，而它理应得到人情的宽恕。人们可以攻击那些出于美好的愿望却做错事的人，但不能不尊敬他们。您的错误并不妨碍别人对您的尊敬，您的名字也不必担心历史的评判。历史爱好疯狂的英雄事迹，尽管它也谴责这种事迹所造成的后果。”

尼摩船长的胸膛起伏着，他把手伸向天空。

“我究竟是错还是对？”他喃喃地问。

赛勒斯·史密斯接着说：

“所有伟大的行动都归功于上帝，因为它们全都来自上帝！尼摩船长，您曾经救过站在您面前的这些正直的人，他们会永远怀念您！”

哈伯特走到船长的身边，他跪下身子，握住船长的手，亲吻起来。

垂死者的眼里流出一滴泪水。

“我的孩子，”他说，“上帝保佑你！……”

第十七章

尼摩船长的弥留之际——垂死者的心愿——留给一日之交的纪念品——尼摩船长的坟墓——给移民们的建议——最后的时刻——大海深处

天亮了。但是深邃的山洞里却没有一丝阳光。这时候涨潮的海水堵住了洞口。从“鹦鹉螺号”船舷远远射出的人造光依然没有减弱，潜水艇四周的水面还是闪着银光。

这时候尼摩船长感到极度劳累，便倒在了沙发上。他不让移民们把他抬到花岗岩宫去，因为他要留在“鹦鹉螺号”上，和那些价值连城的奇珍异宝在一起，在这里等待即将来临的死神。

由于长时间的虚脱，尼摩船长几乎失去了知觉。赛勒斯·史密斯和热代翁·斯皮莱仔细地观察了病人的情况。船长显然正在慢慢地死去。他的体力在逐渐衰竭，过去如此强壮的身体，现在却成了一具灵魂即将出窍的躯壳。他所有的生命只是集中在心脏和头脑里。

工程师和记者低声交换了一下意见。他们还能为这位垂死的人做些什么吗？即使无法挽救他的生命，那么是否可能让他多活几天呢？船长曾经说过自己已经无药可救了，他平静地等待着死亡，一点都不害怕。

“我们无能为力。”热代翁·斯皮莱说。

“他为什么会这样？”彭克罗夫问。

“是因为生命开始衰竭。”热代翁·斯皮莱回答。

“可是，”水手接着说，“如果把他抬到外面，让他晒晒太阳，或许他会恢复生机？”

“不会的，彭克罗夫，”工程师说，“别白费劲了！再说，尼摩船长也不会答应离开潜水艇。他在‘鹦鹉螺号’上生活了三十年，所以他死也要死在这里。”

尼摩船长大概听见了赛勒斯·史密斯的话，他微微抬起身来，微弱但很清晰地说：

“您说得对，先生。我希望死在这里，也必须死在这里。所以我有一件事求你们。”

赛勒斯·史密斯和同伴们走到沙发边，他们在垂死者的身后垫了许多靠垫，让他坐得更舒服一点。

整个客厅都沐浴在电灯光里，天花板也被照得非常明亮，上面的各种装饰使光线变得柔和了许多。大家看到船长的目光停留在客厅的每一件珍宝上，他逐一看了看墙上那些富丽堂皇的挂毯上的图画——它们都是意大利、佛拉芒[①]、法国和西班牙大师的杰作，还有放在底座上的大理石和青铜小雕像，以及紧靠在后墙上的精美风琴；接着，他又看了看客厅中央的玻璃鱼缸，里面生长着各种漂亮的海洋生物，有海底植物、植形动物以及名贵的珍珠串；最后，他的目光停留在这座博物馆的三角楣上，上面铭刻着“鹦鹉螺号”的格言：

在运动中运动

他似乎想最后看一眼这些艺术和自然的杰作，这么多年来，他一直生活在大海深处，每天所能看到的，也仅限于这些东西！

尼摩船长保持着沉默。赛勒斯·史密斯没有去打扰他，而是等待

① 欧洲地名，包括比利时、荷兰南部和法国北部。

着这位垂死的人开口说话。

过了几分钟——也许在这段时间里，尼摩船长对自己的整个一生做了回顾——他转身对移民们说：

“先生们，你们认为我对你们有恩吗？……”

“船长，我们愿意用自己的生命来延长您的生命！”

“好，”尼摩船长接着说，“好！……如果你们能答应帮助我实现我最后的愿望，那么就算是报答过我为你们所做的一切了。”

“我们答应您。”赛勒斯·史密斯回答。

他的这个诺言把自己和同伴们都牵扯进来了。

“先生们，”船长继续说，“明天我就要死了。”

哈伯特正要反驳，船长忙用手势制止了他。

“明天我就要死了，除了‘鹦鹉螺号’，我不要其他任何坟墓。它就是我的坟墓！我的朋友全都长眠在海底了，我要和他们一样。”

尼摩船长说完后，客厅里一片寂静。

“先生们，请你们听好，”他说，“由于洞口遭到了抬升，因此‘鹦鹉螺号’被困在山洞里了。不过，虽然它不能离开这座牢狱，但可以沉到深渊里，作为我遗骸的归宿。”

移民们虔诚地听着垂死者的话。

“赛勒斯先生，明天我死后，”船长又说，“请您和您的同伴离开‘鹦鹉螺号’，船上所有的财富都必须和我一起消失。你们现在知道了达卡王子的身世，他给你们的唯一礼物，是这只箱子……里面装着价值连城的钻石，它们大部分都是我在当父亲和丈夫时所留下的纪念品，那时候我几乎还相信世界上存在着幸福；此外还有我和同伴们在海底采集的珍珠。有了这些珍宝，你们日后可以做很多事情。史密斯先生，钱在您和您同伴这样的人手里，是不会成为罪恶的。我会在天国里和你们共同努力，我对你们充满信心！”

尼摩船长非常虚弱，所以不得不停顿了一会儿，接着他继续说：

“明天，你们带上这只箱子离开客厅，走的时候把客厅的门关上；等你们回到‘鹦鹉螺号’的平台上后，就把进口塔的盖子盖上，用螺钉拧紧。”

“我们会按您的吩咐去做的，船长。”赛勒斯·史密斯回答。

“好的。然后，你们就可以登上来时乘坐的那只小艇了。不过，在离开‘鹦鹉螺号’之前，请到船尾去一下，那里的吃水线上有两个很大的螺旋开关，打开它们，海水就会注入水柜，‘鹦鹉螺号’就会慢慢沉入海底，长眠在深渊之中。”

赛勒斯·史密斯做了一个手势，船长于是补充道：

“别害怕，你们只是在埋葬一个死人！”

无论是赛勒斯·史密斯，还是他的同伴们，大家都觉得没有必要对尼摩船长的话提出异议。这些话都是他最后的遗愿，他们只有照着去做。

“你们能答应我吗，先生们？”尼摩船长又问。

“能答应，船长。”工程师回答。

船长做了一个表示感谢的手势，然后要求移民们让他单独待几个小时。热代翁·斯皮莱担心发生意外，坚持要留在他的身边，但垂死者拒绝了，他说：

“我会活到明天的，先生！”

大家离开客厅，穿过书房和饭厅，来到前面的机舱。这里放置着发电设备，除了为“鹦鹉螺号”提供取暖和照明之外，还为它提供动力。

工程师对“鹦鹉螺号”惊叹不已，它本身就是一件杰作，同时还包含着其他的杰作。

移民们登上高出水面七八英尺的平台。他们看到一个大圆孔，孔上封着一块透镜状的厚玻璃，光就是从这个圆孔里射出来的。大家凑近玻璃，看到圆孔里是安放舵轮的舵仓，“鹦鹉螺号”在海底航行的时候，电灯光可以在水下照得很远，舵手就站在这里掌握航向。

赛勒斯·史密斯和同伴们起先连一句话都说不出来，刚才的所见所闻使他们大为震惊。这位保护者给了他们那么多帮助，他们和他刚认识了几个小时，可他却就要死去，一想到这里，移民们便感到一阵揪心。

不管后人对他那不同凡响的一生做何评价，达卡王子将永远作为一名神奇的人物，留在大家的记忆之中。

“真是个了不起的人！”彭克罗夫说，“简直难以相信他真的生活在海底！而且在这里，他也许并不比在其他地方清净多少！”

“也许，”艾尔通说，“我们能靠‘鹦鹉螺号’离开林肯岛，到有人居住的地方去。”

“见鬼！”彭克罗夫叫道，“我可不会冒险去驾驶这样一艘船。在海上航行还可以，可去海底我可不干！”

“我认为，”记者说，“驾驶‘鹦鹉螺号’这样的潜水艇应该很容易，彭克罗夫，我们会很快掌握它的习性。在海底既不怕风暴，又不怕撞船。在水下几英尺深的地方，大海平静得就和湖泊一样。”

“也许！”水手反驳说，“可我更喜欢扯足船帆顺风航行。船是用来在水面上开的，而不是在水下。”

“朋友们，”工程师说，“我们没必要讨论潜水艇的问题，至少是有关‘鹦鹉螺号’的。这艘船不属于我们，我们无权支配它。再说，它对我们也不会有用。不仅上升的玄武岩堵住了山洞的出路，使它无法离开这里，而且尼摩船长希望自己死后能和它一起沉入海底。他的态度很明确，我们必须按他说的办。”

赛勒斯·史密斯和同伴们又交谈了一段时间，然后回到了“鹦鹉螺号”里面。他们吃了点东西，便走进客厅。

尼摩船长从虚脱状态中恢复了过来，他的双眼重新焕发出光芒。大家看到他的嘴角上挂着一丝微笑。

移民们走到他身边。

“先生们，”船长说，“你们是勇敢、诚实、善良的人。你们能毫无保留地献身于集体的事业。我经常在暗地里观察你们。我一直很欣赏你们，现在也是！……请伸出您的手来，史密斯先生！”

赛勒斯·史密斯把手伸向船长，后者热烈地握住了它。

“这太好了！”他喃喃地说。

然后，他又说：

“我的事谈论得太多了！现在应该说说你们自己以及你们所居住的林肯岛……你们打算离开这儿吗？”

“我们还会回来的，船长！”彭克罗夫连忙答道。

“回来？……是啊，彭克罗夫，”船长微笑着说，“我知道您是多么热爱这座海岛。你们用勤奋改变了它，它属于你们！”

“船长，”赛勒斯·史密斯说，“我们打算把它献给美国，它在这一带太平洋海域的位置非常理想，我们要为我们的海军在这里创建一个停靠港。”

“你们在为祖国着想，先生们，”船长说，“你们为她的昌盛和光荣而劳动。你们做得对！祖国！……你们应该回到那里去！应该在那里度过余生！……而我，我死的地方离我所爱的一切是如此遥远！”

“您还有什么遗愿要我们转达吗？”工程师激动地问，“或是有什么纪念品需要交给您那些生活在印度深山中的朋友？”

“不，史密斯先生，我再也没有朋友了！我是我们这群人中最后一个活着的……对于所有认识我的人来说，我早就已经死了……还是说说你们吧！寂寞和孤独是可怕的，不以人的意志为转移的……我要死了，可我曾经以为人可以孤独地活着……所以你们应该尽一切可能离开林肯岛，回到你们的故乡去。我知道那些无赖毁掉了你们的船……”

“我们正在建造另外一艘，”热代翁·斯皮莱说，“这艘船更大，可以把我们带到最近的陆地去；不过，即使我们早晚会离开林肯岛，我们还是要回来的。我们对它有着太多的回忆，是不可能忘记它的！”

“我们是在这里认识尼摩船长的。”赛勒斯·史密斯说。

“也只有在这里才能完整地追寻对您的回忆！”哈伯特补充说。

“而我则将要在这里长眠……”船长回答。

他犹豫了一下，没有把话说完，只是说：

“史密斯先生，我想和您……单独谈谈！”

工程师的同伴们非常尊重垂死者的意愿，都退了出去。

赛勒斯·史密斯只和尼摩船长单独待了几分钟，然后就把朋友们叫了进来，不过，他对垂死者托付给他的秘密只字不提。

这时候热代翁·斯皮莱极其仔细地观察起病人来。显然，船长只是靠一种精神的力量支撑着，再过一会儿，这种力量就再也不能维持他那虚弱的身体了。

白天平安无事地过去了。移民们没有离开“鹦鹉螺号”半步。黑夜降临了，尽管在山洞里察觉不到昼夜的变化。

尼摩船长并没有感到痛苦，但他的情况却每况愈下。随着死神的逼近，他那高贵的脸变得非常苍白，不过很安详。他有时会喃喃地说几句几乎难以听清的话，这些话都是关于他传奇生命中的一些事情的。大家意识到生命正在逐渐离他的身体而去，他的四肢已经凉了。

偶尔他还对身边的移民们说几句话，并给他们以最后的微笑，他就这样微笑着走向死亡。

最后，午夜过后不久，尼摩船长最后动了一动，他竭力把双臂交叉在胸前，仿佛打算死后保持这个姿势。

凌晨一点左右，他只有眼睛里还剩下一丝生气。这双眼睛曾是如此炯炯有神，而现在，它们却放着垂死的光芒。他喃喃地说着：“上帝，祖国！”慢慢地咽了气。

赛勒斯·史密斯弯下腰，帮他闭上了眼睛。达卡王子已经成为过去，他现在甚至连尼摩船长都不是了。

哈伯特和彭克罗夫哭了。艾尔通也偷偷地擦了擦眼泪。纳布在记者身边长跪不起，而记者却宛若雕塑，一动不动。

赛勒斯·史密斯把手伸到死者的头上，说：

“愿上帝接纳他的灵魂！”接着，他转身对同伴们说：

“为我们失去的人祈祷吧！”

几个小时后，移民们履行了他们对船长许下的诺言，完成了死者最后的遗愿。

赛勒斯·史密斯和同伴们带着恩人留下的唯一纪念品——那只装满财富的箱子，离开了“鹦鹉螺号”。

金碧辉煌的客厅依然沉浸在一片光明之中，它的大门被小心地关上了。进口塔也被锁了起来，这样海水连一滴都不会渗进“鹦鹉螺号”的舱室里去。

然后，移民们登上了停在潜水艇边上的小艇。

他们把小艇划到潜水艇的船尾。在那儿的吃水线上，有两个很大的螺旋开关和水柜相通，后者是用来控制潜水艇的沉浮的。

开关被打开了，水柜逐渐装满，“鹦鹉螺号”慢慢下沉，消失在水中。

但是移民们仍然能透过海水看到它。它那强烈的灯光照亮了透明的海水，而山洞却重新回到了黑暗之中。终于，四射的电光消失了，不一会儿，“鹦鹉螺号”成了尼摩船长的坟墓，躺在了海底深处。

第十八章

大家的想法——继续造船——1869年1月1日——火山顶上的浓烟——火山爆发的第一个征兆——艾尔通和赛勒斯·史密斯在畜栏——探察达卡洞——尼摩船长对工程师说的话

天亮的时候，移民们默默地回到了山洞的入口，为了纪念尼摩船长，他们把这里叫作“达卡洞”。现在正是落潮的时候，海水拍打着拱形洞口的玄武岩脚柱，大家轻而易举地从石拱下面穿了出去。

铁皮小艇就停靠在这里，因此潮水冲不到它。为了谨慎起见，彭克罗夫、纳布和艾尔通把小艇拉到了山洞一边的沙滩上，这样它就不会有任何危险了。

随着白天的来临，暴风雨已经停了。最后的几声闷雷也逐渐消失在西方。虽然不再下雨，但天空仍然乌云密布。总之，10月份是南半球的初春，但这个春天的头开得并不好，风向总是变化不定，使人们无法指望天气会稳定下来。

赛勒斯·史密斯和同伴们离开达卡洞之后，便重新踏上了畜栏小路。纳布和哈伯特一边走，一边小心地收着船长铺设在畜栏和山洞之间的电报线，以备不时之需。

一路上移民们很少说话。发生在10月15日至16日夜晚的这些事情给他们留下了难以磨灭的印象。尼摩船长——这位曾如此有效地保护过他们的陌生人，这位被大家想象成保护神的人——现在已经不复存在。他和他的“鹦鹉螺号”一起，沉到了大海的深处。大家都觉得比以前更孤单了。可以说，他们已经习惯了寄希望于他那强有力的救助，但现在，这种力量却再也得不到了，连热代翁·斯皮莱甚至是赛勒斯·史密斯也不免有这种想法。因此，走在畜栏的路上，大家都一言不发。

上午九点左右，移民们回到了花岗岩宫。

大家早就说好要大大加快造船工作，现在赛勒斯·史密斯对此更是花费了比以往任何时候更多的时间和精力。大家都不知道将来会怎样。因此，对于移民们来说，最为保险的就是拥有一艘大而坚实的船，即使在恶劣的天气下也能够经得起大海的考验，并且在必要时能做相当长时期的航行。即便是船造好以后移民们不急于离开林肯岛去太平洋波利尼西亚群岛的某个岛屿或新西兰的海岸，至少他们也可以尽快去塔波岛，把关于艾尔通的消息留在那里。这项措施非常有必要，因为苏格兰游船很可能会出现在附近，丝毫都不能大意。

于是大家继续开始造船工作。只要没有什么更加紧急的事情打扰赛勒斯·史密斯、彭克罗夫和艾尔通，他们就在纳布、热代翁·斯皮莱和哈伯特的帮助下，一刻不停地干活儿。等到秋分的风刮起来，大海就无法航行了；移民们要想在此之前去塔波岛，就必须在五个月内——也就是说在 3 月初——把船造好。因此，木匠们一分钟也不耽搁。另外，移民们用不着考虑制造帆缆索具，因为他们把“飞快号”上的整套索具都抢救了出来。所以，他们首先要建造的是船身。

1868 年就这样过去了，大家进行着这项重要的工作，几乎停下了其他所有的活儿。两个半月之后，肋材已经安装完毕，第一批船壳板也已铺设到位。可以看得出，赛勒斯·史密斯的设计非常精妙，这艘船在海上一定会有出色的表现。彭克罗夫在造船时干劲冲天，即使谁偶尔放下斧子去打猎，他也会抱怨一番。不过，为了迎接即将到来的冬天，花岗岩宫的食物储备有必要加以充实。可忠厚的水手却不管这些，一旦工地上少了工人，他就不高兴。每当这时，他就会怒气冲天，一边发牢骚，一边干六个人的活儿。

整个夏季天气都很坏。有几天天热得要命，大气里充满了电，狂风暴雨把天空搅得天翻地覆，只是在风暴过去之后，才稍微爽朗一些。移民们难得有一天听不见远处的雷声，这些雷声犹如沉闷的低语，一直在耳边回响，就像是地球赤道地区常见的那种雷鸣一样。

甚至在 1869 年元旦那一天，也下了一场极其猛烈的暴风雨，岛上遭到了好几次雷击，许多大树被击倒了，格兰特湖南岸有许多高大的朴树为家禽场遮阴，其中有一棵也被雷劈了。这种大气现象是否和地球内部的变化有什么联系呢？大气的突变会不会和地心的突变有某种关联？赛勒斯·史密斯认为有，因为随着暴风雨的加剧，火山复活的征兆也越来越明显。

1 月 3 日清晨，哈伯特登上眺望岗高地，准备给一头野驴套缰绳，这时候他看到火山顶上冒出了一道巨大的浓烟。

哈伯特立刻告诉了移民们，大家连忙上高地来看富兰克林山的山顶。

“哎呀！”彭克罗夫叫道，“这次冒出来的可不是水汽了！我感觉这个大家伙似乎不再满足于喘几口气，它在冒烟呢！”

水手的形容恰如其分地反映了发生在火山口的变化。三个月来，火山口一直冒着或浓或淡的水汽，不过这些水汽都只是地球内部矿沸腾的物质所造成的。可这一次，除了水汽外，一同冒出的还有一道灰色的烟柱，烟柱底部宽约三百英尺，上升到距山顶七八百英尺的高度后，便扩散开来，形成一朵巨大的蘑菇云。

“火山管里一定在燃烧。”热代翁·斯皮莱说。

“可我们没法把火扑灭！”哈伯特回答。

“我们应该把火山疏通一下。”纳布一本正经地说。

“好哇，纳布，”彭克罗夫叫道，“那么这项工作非你莫属了？”

说着他爆发出一阵大笑。

赛勒斯·史密斯仔细观察着富兰克林山顶冒出的浓烟，他甚至伸长耳朵，似乎想听一听远处的隆隆声。接着，他回到同伴们的身边，说：

“不错，朋友们，毫无疑问，火山发生了重大的变化。现在火山物质不仅仅处于沸腾状态，它们已经开始燃烧，可以肯定的是，我们不久就会遭到火山爆发的威胁！”

“好吧，史密斯先生，就让我们看看火山爆发的样子吧，”彭克罗夫叫着说，“要是爆发得成功，我们就鼓掌！我可不认为这有什么值得担心！”

“是的，彭克罗夫，”赛勒斯·史密斯答道，“因为火山熔岩曾经流过的通道现在还在，鉴于它的走势，迄今为止岩浆一直是往北流的。不过……”

“不过，既然火山爆发对我们没有任何好处，那么最好还是不要爆发。”记者说。

“这可说不定，”水手回答，“也许火山会大发慈悲，喷出一些珍贵而有用的东西，让我们加以利用呢！”

赛勒斯·史密斯摇了摇头，他认为这一自然现象变化得过于突然，不会有什么好结果。他对火山爆发后果的看法，可不像彭克罗夫那么轻率。即使熔岩顺着火山口的方向流动，不会对岛上的森林和庄稼造成直接威胁，但也有可能出现其他复杂的情况。事实上，火山爆发经常伴随着地震发生，而林肯岛是一个由性质各异的地质构成的岛屿：一边是玄武岩，另一边是花岗岩，北面是凝结的熔岩，南面是疏松的土壤，这些地质相互之间不可能结合得很紧密，因此像林肯岛这样的岛屿很可能有分崩离析的危险。所以，即使火山物质的外溢不会带来严重的威胁，地层内部的运动却会震撼海岛，后果不堪设想。

艾尔通趴在地上，把耳朵贴在地面听了听，然后说：“我好像听见了一种沉闷的隆隆声，就像是满载铁条的大车发出的声音。”

移民们聚精会神地听了一会儿，觉得艾尔通说得不错。在隆隆的声响中，有时还夹杂着地下的轰鸣，它如同音乐一样“渐次增强”，然后又逐渐轻下去，仿佛地球深处刮过了一阵狂风。不过，大家还没有听到真正意义上的爆炸声。因此他们得出了这样的结论：目前水汽和浓烟还能够通过中央火山管自由地释放出来，由于火山的出气管有足够的宽度，所以地层不会发生任何断裂，也不必担心火山会爆发。

“好了！”彭克罗夫说，“难道我们不回去工作了吗？让富兰克林山尽情地冒烟、吼叫、呻吟、喷火去吧，这可不是我们不干活儿的借口！走吧，艾尔通、纳布、哈伯特、赛勒斯先生、斯皮莱先生，今天每个人都必须动手工作！我们要安装船的腰外板了，即使十二条胳膊一起上阵也不嫌多。两个月后，我要让我们的新‘乘风破浪号’——我们还会给它起这个名字的，对吗——在气球港的水面上浮起来！所以大家一个小时都不能耽搁！”

在彭克罗夫的催促下，移民们全都去造船场安装腰外板了。这是一种很厚的船壳板，被用来充当船只的护舷木，并把船身的肋材牢牢地连接在一起。这项工作既艰巨又繁重，所以每个人都必须参加。

1月3日一整天，大家都在辛勤地工作，不再去担心火山的事情；再说，从花岗岩宫前面的沙滩上，也看不见富兰克林山。不过，有那么一两次，巨大的阴影遮住了在晴朗的天空中运行着的太阳，这说明在太阳和海岛之间有浓厚的烟云飘过。风从海上吹来，把所有这些水汽都刮向了西方。赛勒斯·史密斯和热代翁·斯皮莱完全注意到了天空的暂时转阴，他俩谈论了好几次火山复活现象明显的发展情况，但是他们手头的工作却并没有因此而停下来。何况，无论从哪方面来说，移民们都有必要尽快把船造好。只要有了船，面对随时都有可能发生的各种变故，他们的安全才能得到更好的保障。谁知道这艘船日后会不会成为他们唯一的避难所呢？

晚饭后，赛勒斯·史密斯、热代翁·斯皮莱和哈伯特又登上了眺望岗高地。夜幕已经降临，黑暗中，大家可以分辨出积聚在火山口的水汽和浓烟中，是否夹杂着火山喷射出来的火焰或炽热的火山物质。

“火山口在冒火！”哈伯特叫道，他的身手比同伴们敏捷，所以第一个爬上了高地。

在大约六英里的远处，富兰克林山如同一个巨大无比的火把，顶端跳动着冒烟的火苗。烟很浓，里面也许还夹杂着火山灰和岩渣，因此火把的光芒大为减弱，在漆黑的夜色中并不显得十分突出。但是，岛的上空笼罩着一片黄褐色的光亮，隐约地勾勒出附近那朦胧的树影。巨大的烟雾遮蔽了天空，只有几颗星星在闪烁着。

“火山变化得真快！”工程师说。

“这一点都不奇怪，”记者回答，“火山已经苏醒了一段时间了。你还记得吗，赛勒斯，富兰克林山冒出第一缕水汽的时候，我们正好在搜寻它的支脉、查找尼摩船长的住处。要是我没弄错，那是在10月15日左右吧？”

“是的，”哈伯特说，“已经过去两个半月了！”

“也就是说，火已经在地底下孕育了十个星期了，”热代翁·斯皮莱继续说道，“所以虽然它现在变化得如此猛烈，但一点都不奇怪！”

“你觉得地面在微微震动吗？”赛勒斯·史密斯问。

“是啊，”热代翁·斯皮莱回答，“不过这离地震还差得远呢……”

“我并没有说我们会遭到地震的威胁，”赛勒斯说，“上帝会保佑我们免遭此劫的！不是地震！这种震动是由温度极高的地心火焰引起的。其实地壳就好像锅炉的炉壁，你知道，炉壁在受到蒸气的压力后，会像乐器上的声片一样颤动起来。现在所发生的正是这种现象。”

“这些火把多么壮观呀！”哈伯特叫着说。

这时候，从火山口里喷出一串火花，水汽也没能挡住它们的光芒。成千上万的火蛇和亮点朝四面八方飞散开去，有的在越过浓烟构成的穹顶时，迅速地跳跃着，使烟雾稍稍退却了一点，在身后留下一道炽热的粉尘。火花迸发的同时，还伴随着连续的爆炸声，就像是一排机关枪在发射。

赛勒斯·史密斯、记者和少年在眺望岗高地上逗留了一个小时，然后走下沙滩，回到了花岗岩宫。工程师一直在沉思，甚至显得很担心，以至于热代翁·斯皮莱忍不住问他，是否预感到火山爆发会直接或间接地造成危险。

“可以说是，也可以说不是。”赛勒斯·史密斯回答。

“可是，”记者接着说，“可能降临到我们头上的最大灾难，难道不会是把岛搅得天翻地覆的地震吗？不过，我认为这大可不必担心，因为水汽和岩浆能自由地通过火山管释放出来。”

“所以，”赛勒斯·史密斯答应道，“我并不担心通常意义上的地震，也就是说由于地下水汽膨胀而造成的地面震动。可是，还有其他因素可能造成巨大的灾难。”

“是什么，亲爱的赛勒斯？”

“我也不太清楚……我需要想一想……我得去富兰克林山看看……再过几天，我就会弄明白。”

热代翁·斯皮莱没有再追问下去。火山的爆炸声越来越响，并且在岛的上空回荡着。尽管如此，不一会儿，花岗岩宫的主人们还是沉沉地睡去了。

1月4日、5日、6日三天过去了。大家继续从事着造船工作。工程师没有多加解释，只是尽量加快了工作的速度。现在，富兰克林山已经笼罩在一片阴沉恐怖的烟雾中了，它一边冒火，一边喷射出炽热的岩石，有的岩石被喷出后，又重新掉进了火山口里。彭克罗夫总爱拿火山开玩笑，看到这幅情景后他便说：

“看哪，那个大家伙在耍球呢！它是个玩杂耍的！”

的确，那些被喷出来的物质又掉进了深渊，由此看来，虽然岩浆在地球内部压力的作用下发生了膨胀，但还没有满到火山口的边缘。从这儿能够看到火山口东北角的缺口，但至少，从那儿还没有任何熔岩向富兰克林山的北坡流出来。

尽管造船工作非常紧张，但移民们也不得不腾出手来去照料岛上各处的其他工作。首先，他们必须去畜栏，那里关着羊群，得为它们更换草料了。于是大家决定，让艾尔通第二天——也就是 1 月 7 日——到畜栏去一次。艾尔通对那里的活儿很熟，一个人就足够了，可是工程师却对他说了一句话，令彭克罗夫和所有其他人都大感惊讶：

“我明天陪你去畜栏。”

“哎，赛勒斯先生！”水手叫道，“我们干活儿的时间可不多了，要是你也去，我们一下子就少了两双手了！”

“我们过一天就回来，”赛勒斯·史密斯回答说，“我必须到畜栏去一次……我想了解火山活动究竟达到了一个什么样的程度。”

“火山！火山！”彭克罗夫生气地说，“不管火山爆发是一件多么大的事，可我一点都不在乎！”

尽管水手很不满意，但工程师计划中的探测活动仍然被定在了第二天。哈伯特本想和赛勒斯·史密斯一起去，可他一走，彭克罗夫又要发怒了，于是他只好作罢。

第二天一早，赛勒斯·史密斯和艾尔通便登上了由两头野驴拉着的大车，飞快地朝畜栏跑去。

森林上空不时有大片乌云飘过，富兰克林山的火山口不停地往乌云里添加着烟雾。这些低沉地压在天空中的乌云显然是由各种杂质构成的，如果仅仅是火山喷出的烟雾，那么它就不会这样奇怪的浓密而沉重。浓烟里飘浮着许多粉末状的岩渣，比如细碎的火山灰和灰色的尘埃，这些物质细小得和淀粉一样，而且非常轻微，可以在空中飘浮好几个月。1783 年冰岛发生过一次火山爆发，此后一年多的时间里，空气中一直弥漫着火山尘埃，以至于把太阳光都差点遮住。

不过，这些细微物质大多数还是会落下来的，就像现在所发生的情况一样。赛勒斯·史密斯和艾尔通还没到畜栏，天空便下了一场细火药似的黑雪，顷刻之间就改变了地面的景象：树木、草地全都消失了，上面覆盖着一层几英寸厚的火山灰。不过，幸好刮的是东北风，烟尘大部分都散落在了海上。

“这真奇怪，史密斯先生。”艾尔通说。

“情况很严重，”工程师回答说，“这些火山灰，还有这些浮石粉，总之，所有这些矿物质尘埃，它们都说明火山内部所发生的变化是多么剧烈。”

“难道我们真的无能为力了吗？”

“除了了解火山活动的进展情况之外，我们无能为力。艾尔通，你先去忙畜栏的活儿。我要到红河源头的那一边去，了解一下富兰克林山北坡的情况。然后……”

“然后怎么样，史密斯先生？”

“然后，我们一起去探察达卡洞……我想看一看……好了，我两个小时以后再来找你。”

于是艾尔通走进了畜栏的院子，他一边等工程师回来，一边照料羊群。由于火山爆发前的征兆，羊群显得有些不安。

这时候，赛勒斯·史密斯登上富兰克林山东边的支脉，绕过红河，来到了一眼硫黄泉边，这眼泉水是他和同伴们在第一次对林肯岛进行勘察时发现的。

情况发生了很大的变化！现在他看到的烟柱不再是一股，而是十三股，它们好像被某个活塞猛烈地推动着，从地底下冒出来。显然，这里的地壳正承受着可怕的压力。空气中弥漫着硫酸气、氢气和碳酸气，还夹杂着水汽。地面上到处都散布着火山凝灰岩，它们过去都是粉末状的火山灰，随着时间的流逝，才逐渐变成了坚硬的石头。赛勒斯·史密斯感到这些岩石在微微颤抖，不过他还没有发现任何新熔岩流的痕迹。

工程师把整个富兰克林山的北坡观察过一遍之后，对情况有了更全面的了解。火山口仍然吐着浓烟与火焰；岩渣像冰雹似的落到地上；不过岩浆还没有通过火山口的瓶颈处向外喷射，这说明火山物质还没有满到中央火山管上面的边口。

“我倒是希望它能满出来！”赛勒斯·史密斯暗自想，“要是这样，我至少可以确定熔岩流走的是过去的老路。谁知道它会不会通过哪个新的缺口往外流呢？不过这倒没有危险！尼摩船长早就预感到了！不！这没有危险！”

赛勒斯·史密斯一直走到宽阔的堤道上，堤道往前延伸，围住了狭窄的鲨鱼湾。从这儿，他可以仔细地观察熔岩流的旧迹。他完全可以肯定，上一次火山爆发是很久以前的事了。

接着，他一边往回走，一边仔细地听着地下发出的隆隆声，这声音犹如持续的雷声，中间还夹杂着清脆的爆炸声。上午九点钟，他回到了畜栏。

艾尔通正等着他。

“牲口的饲料都已添加好了，史密斯先生。”艾尔通说。

“很好，艾尔通。”

“它们看上去很烦躁，史密斯先生。”

“是啊，这是因为它们的本能，而本能是不会欺骗它们的。”

“您打算什么时候……”

“带上灯和火镰，艾尔通，”工程师答道，“我们立刻出发。”

艾尔通照着工程师的命令去做了。野驴的缰绳已被卸下，它们在畜栏里游荡着。两人从外面关上了门，赛勒斯·史密斯在前，艾尔通在后，踏上了通往西海岸的羊肠小道。

他们走过的路上铺满了从浓烟里落下的粉尘。树林里没有任何野兽，甚至连鸟儿也都逃光了。时而吹过的微风扬起地上的灰尘，把两位移民裹在昏天黑地的尘土旋涡中，使他们都不能看见彼此。他们小心地用手绢捂住眼睛和嘴巴，以免被迷住眼睛或呛到喉咙。

在这样的条件下，赛勒斯·史密斯和艾尔通不可能走得快。此外，空气非常沉闷，似乎有一部分氧气已经被燃烧掉了，不再适于呼吸。他们每走一百来步路就不得不停下来喘口气。所以，当工程师和他的同伴到达岛的西北岸这座由玄武岩和斑岩构成的巨大山顶时，已经是十点多了。

艾尔通和赛勒斯·史密斯开始往陡峭的山坡下走，他们走的基本上还是那个暴风雨的夜晚所走过的艰难之路，这条路通向达卡洞。不过现在是白天，所以这条路没有上次那么危险，更何况光滑的岩石上铺着一层厚厚的灰尘，使他们俩得以把脚稳稳地踏在倾斜的石面上。

不一会儿，他们就来到了海岸边约四十英尺高的悬崖上。赛勒斯·史密斯记得这座悬崖将缓缓下降，直通海里。尽管这时海水处在低潮，但仍然看不见沙滩，海浪直接拍打着玄武岩海岸，由于受到了火山灰的污染，所以浪花很脏。

赛勒斯·史密斯和艾尔通顺利地找到了达卡洞的入口，他们在最后一块岩石上停了下来，这块岩石就像是山洞里的平台。

“铁皮船应该在这儿吧？”工程师问。

“是的，史密斯先生。”艾尔通一边回答，一边把拱门下面的轻舟拉过来。

“上船，艾尔通。”

两位移民上了船。微微起伏的波浪把小船推进到石洞深处极低的拱门下。艾尔通用火镰点亮了灯，然后把灯放在船头，让光亮往前照，接着他抓起船桨。赛勒斯·史密斯掌着舵，朝黑暗的山洞里驶去。

“鹦鹉螺号”已经不在这儿了，它的光芒也不再照亮这漆黑的山洞。也许在大海深处，船上的电灯仍然依靠强大的能源而亮着，但却没有一丝光线从尼摩船长长眠的深渊里透上来。

虽然灯光很弱，但在它的照耀下，工程师仍能沿着石窟的右壁前进。山洞的穹顶下面——至少在前面的那部分——是死一般的寂静，不一会儿赛勒斯·史密斯就清楚地听到了来自火山深处的隆隆声。

“那是火山的声音。”他说。

除了这声音以外，他们很快闻到一股强烈的化学化合物的气味，带有硫黄的蒸气使工程师和他伙伴的喉咙感到阵阵刺痛。

“尼摩船长担心的就是这个！”赛勒斯·史密斯喃喃地说，他的脸色有点苍白，“不过我们还是要到洞底去。”

“走吧！”艾尔通说着，俯身抓起船桨，朝石窟深处划去。

进洞二十五分钟以后，小船在石窟的尽头停了下来。

这时候赛勒斯·史密斯站起身来，用灯来回照着石壁的各个部分。这块石壁把山洞和火山的中央管道分隔了开来。它究竟有多厚？是一百英尺，还是十英尺？没人能说得清。不过，在这里地心发出的声音十分清晰，所以石壁不会很厚。

工程师先沿着一条水平方向的直线对石壁做了一番检查，然后他把灯挂在一支船桨的顶端，在更高一点的玄武岩石壁面前来回移动。

这部分石壁上有许多几乎看不见的缝隙，一股呛人的烟雾从岩石的接缝处泄漏出来，弥漫在山洞的空气当中。石壁上到处都是裂痕，有几处甚至还很大，一直延伸到离水面两三英尺的地方。

赛勒斯·史密斯沉思了一会儿，然后又喃喃地说：

“不错！尼摩船长说得对！危险就在这里，而且是可怕的危险！”

艾尔通什么都没说。赛勒斯·史密斯做了一个手势，他便重新拿起了船桨。半小时后，他和工程师驶出了达卡洞。

第十九章

赛勒斯·史密斯讲述他的探察——大家积极进行造船工作——最后一次去畜栏——水与火的较量——残存在海岛表面的东西——大家决定让船下水——3月8日到9日的夜晚

赛勒斯·史密斯和艾尔通在畜栏待了一天一夜，把一切都料理完毕。第二天——也就是1月8日早晨，他们回到了花岗岩宫。

工程师立刻把同伴们召集起来，告诉他们林肯岛正处在巨大的危险之中，没有任何人能帮助他们脱离险境。

“朋友们，”他的声音显得非常激动，“林肯岛将不能和地球一样永远地存在下去。它早晚会被毁灭，而毁灭的原因在于它本身，因此任何方法都不能使它避免厄运！”

移民们面面相觑，他们看着工程师，听不懂他在说什么。

“你说得明白点，赛勒斯！”热代翁·斯皮莱说。

“大家听我解释，”赛勒斯·史密斯回答说，“确切地说，我只是把尼摩船长在短短几分钟的秘密谈话里告诉我的解释转达给大家听。”

“尼摩船长！”移民们不由自主地叫道。

“是的，这是他在临终前希望给予我们的最后一次帮助！”

“最后一次帮助！”彭克罗夫叫着说，“最后一次帮助！你们将会看到，虽然他已经死了，但他还会给予我们其他帮助的！”

“尼摩船长究竟对你说了些什么？”记者问。

“听我说，朋友们，”工程师回答，“林肯岛的自然条件和太平洋里的其他岛屿不同，尼摩船长告诉我说它的布局十分特殊，早晚会引起地下海底结构发生断裂。”

“断裂！林肯岛！得了吧！”彭克罗夫叫道，尽管他对赛勒斯·史密斯非常尊敬，但还是忍不住耸了耸肩。

“听着，彭克罗夫，”工程师继续说，“昨天我去探察了达卡洞，亲自验证了尼摩船长曾经注意到的情况。这座山洞在岛底下延伸，直通火山，它的尽头和中央火山管仅一壁之隔。而这块石壁上布满了裂痕和缝隙，来自火山内部的硫黄气体已经开始从这些裂痕和缝隙中透出来了。”

“怎么样？”彭克罗夫紧锁双眉，问道。

“我发现这些缝隙在地球内部的压力下正在扩大，玄武岩石壁也在逐渐开裂，用不了多久，山洞里的海水就会通过缝隙和裂痕流进火山管。”

“好哇！”彭克罗夫还想开一次玩笑，于是反驳说，“海水会把火山浇灭的，这样不就完事儿了！”

“是啊，彻底完事儿了！”赛勒斯·史密斯回答说，“如果海水穿过石壁，通过中央火山管流到岛深处沸腾的岩浆里去，那么，彭克罗夫，林肯岛就会被炸到天上！一旦海水流进了埃特纳火山，西西里岛也会被炸飞的！”

工程师的话非常肯定，移民们都沉默不语。他们都明白自己面临着怎样的威胁。

应该说，赛勒斯·史密斯的话一点都不夸张。由于火山几乎都位于大海或湖泊的边上，所以许多人都认为，只要开出一条通道，让海水或湖水流进火山，就能把它熄灭了。但他们不知道，这样做可能会造成地球的局部大爆炸，正如锅炉里的水蒸气突然遇火会发生膨胀一样。水流到一个温度高达几千度的封闭环境里之后，会在瞬间蒸发，并产生极大的能量，这种能量是任何屏障都挡不住的。

毫无疑问，地层即将断裂，这对海岛造成了可怕的威胁，而后者能存在多久，完全取决于达卡洞的石壁能坚持多久。这段时间甚至已经不能再用月或者星期来计算，而是应该用天、也许用小时来计算了！

移民们首先感到的是一种深深的痛苦。他们想到的不是直接威胁着自己的死亡，而是这块曾经养育了他们的土地即将遭到毁灭，他们开拓了这座岛，他们热爱它，希望有一天让它繁荣起来！可是他们的汗水都白费了，他们的劳动都将毁于一旦！

彭克罗夫忍不住哭了，一颗巨大的泪珠顺着他的脸颊往下淌，他却一点都不想掩饰。

谈话又继续了一会儿。移民们讨论了还可能存在的希望，最终的结论是：大家一致认为一分钟都不能浪费，建造和装配木船的工作必须以全部的精力来进行，这是现在林肯岛的居民们获救的唯一希望。

于是，所有人都被动员起来了。现在去播种、收割、打猎，增加花岗岩宫的食物储备又有什么意义呢？储藏室和配膳室里现有的东西足以供应木船做长时间的远洋航行了！最重要的是，必须赶在这无法避免的灾难来临之前把船造好，供移民们使用。

大家满怀热情地重新投入了工作。1 月 23 日左右，船壳板已经铺好了一半。至今为止，火山顶还没有发生任何变化，从火山口喷出的依然是夹杂着火焰和炽热岩石的水汽和浓烟。可是，在 23 日的夜里，岩浆满到了火山的第一级，在它的作用下，盖在火山顶部的帽状火山锥被掀开了。只听见一声可怕的巨响。移民们先是以为岛发生了断裂，连忙跑到花岗岩宫的外面。

这时大约是凌晨两点钟。

火光照亮了天空。火山顶部的火山锥——一块高一千多英尺、重几十亿斤的巨石——滚了下来，震动了整个海岛的地面。幸好火山锥是向北倾斜的，所以掉在了火山和大海之间的沙砾和凝灰岩平原上。

火山口现在变得很大，它向空中喷射着耀眼的火焰，火光经过反射，把天空染得通红。与此同时，一股岩浆从新形成的火山顶上涌出，宛若一条条长长的瀑布直泻而下，又好像水盆里的水装得太满，向外溢出来似的，于是，成千上万条火蛇沿着火山的斜坡往下爬去。

"畜栏！畜栏！"艾尔通叫道。

不错，由于新火山口的朝向，岩浆正在向畜栏流去，因此，红河源头、啄木鸟林等岛上最富饶的地区立刻处于被毁灭的危险之中。

移民们听到艾尔通的惊叫，急忙奔向野驴的厩房。大车早就套好了。大家只有一个念头：立刻到畜栏去，把关在里面的牲畜全都放出来！

凌晨三点钟不到，他们来到了畜栏。羊群凄厉的叫声表明它们是何等恐惧。已经有一股炽热的矿物熔岩从富兰克林山的支脉流到了牧场上，正吞噬着栅栏边的草地。艾尔通猛然打开大门，受惊的牲口们四处逃散。

一个小时后，沸腾的岩浆流满了畜栏，横贯畜栏而过的小河河水化作了一片蒸气，房屋也像干草一样燃烧着，甚至连栅栏的木桩也都被烧得精光。畜栏里什么都没留下！

移民们曾经试图阻止岩浆的流入，但他们疯子般的努力却徒劳无功，在这样巨大的灾难面前，人类根本无能为力。

天亮了，这天是 1 月 24 日。在回花岗岩宫之前，赛勒斯·史密斯和同伴们打算观察一下岩浆泛滥的最终流向。岛上的地势由富兰克林山往东逐渐下降，因此尽管隔着茂密的啄木鸟林，大家还是担心岩浆会一直蔓延到眺望岗高地。

"格兰特湖会保护我们的。"热代翁·斯皮莱说。

"但愿如此！"赛勒斯·史密斯简单地回答。

移民们原本希望到富兰克林山顶部火山锥所坠落的那片平原上去，可是岩浆挡住了他们的去路。它顺着红河河谷和瀑布河河谷直流而下，所到之处，河水无不蒸发殆尽。所以不仅根本无法穿过这道岩浆，相反还必须往后退。火山顶部的尖锥坠落之后，已经变得面目全非。现在的山顶平坦一片，取代了昔日的火山口。山顶的南缘和东缘各出现了一个缺口，岩浆不停地从这两个缺口中流出，形成了两道泾渭分明的岩浆流。在新火山口的上方，烟云和灰尘同积聚在岛上空的水汽混杂在一起。雷鸣声响成一片，分不清哪个来自天空，哪个来自火山。燃烧着的岩石从火山口被喷射到一千多英尺的空中，爆炸开来后像一阵弹雨，纷纷落下。一道道闪电划破天空，和爆发的火山交相辉映。

上午七点左右，移民们在啄木鸟林边缘的藏身之地再也待不下去了。不仅从火山口喷出的石块开始像雨点般地落在他们四周，而且红河河谷里的岩浆也溢了出来，有切断通往畜栏的道路的危险。树林边缘的第一排树木着火了，树脂突然受热蒸发，像焰火盒一样地爆炸开来；其他一些比较干燥的树木倒没有受到影响，依然屹立在岩浆流中。

移民们重新踏上了畜栏路。他们走得很慢，一边走一边还回身张望。由于倾斜的地势，岩浆迅速向东流去，下层的熔岩刚刚凝结成块，沸腾的岩浆就接踵而至，立刻将它淹没。

这时候，红河河谷的岩浆主流所造成的威胁越来越大。河谷里的森林全部着了火，大股的浓烟在树梢上翻滚，而树根则在岩浆流里噼啪作响。

移民们在格兰特湖附近、离红河河口约半英里的地方停了下来。现在他们要决定一个有关生死存亡的问题了。

赛勒斯·史密斯早就习惯对严重形势做出估计，他知道他的同伴都是那种敢于听真话的人，不管这真话有多么严重。于是他说：

“现在有两种可能：要么湖水能够挡住岩浆，这样的话岛可以部分地得到保全，不至于完全毁灭；要么岩浆吞没整个远西地区的森林，使地上的一草一木都不复存在。如果这样，我们在这光秃秃的岩石上只有死路一条了，何况一旦岛发生爆炸，我们就更得死！”

“这么说，”彭克罗夫双臂交叉，跺着脚叫道，“我们用不着造船了，是吗？”

“彭克罗夫，”赛勒斯·史密斯回答，“我们一定要努力到底！”

这时候，岩浆在森林中冲出了一条通道，在吞噬了一些美丽的大树之后，来到了格兰特湖边。湖边的地势稍高，如果再高一点的话，也许就可以挡住岩浆流了。

“动手吧！”赛勒斯·史密斯叫道。

大家立刻领会了工程师的想法：必须挡住岩浆，迫使它流进湖里。

移民们向造船场跑去，从那儿取来了铁锹、镐子和斧头，大家利用泥土和倒地的树木，在几个小时的时间里，筑起了一道高三英尺、长几百英尺的堤坝。堤坝筑成之后，他们觉得这一切前后只不过持续了几分钟！

这项工作完成得恰是时候。几乎同时，岩浆就流到了堤坝的脚下。熔岩流怒吼着，仿佛泛滥的河水要漫出河床，冲垮这唯一可以阻挡它吞噬整个远西森林的障碍……可是堤坝挡住了岩浆，经过一分钟可怕的对峙，岩浆泻入了格兰特湖，形成了一道二十英尺高的瀑布。

移民们喘着粗气，一动不动，一言不发，呆呆地看着这场水与火的较量。

这是多么壮观的景象啊！任何笔墨都无法描绘这种惊心动魄的场面！水遇到沸腾的岩浆之后，立刻化为蒸气，并发出嗞嗞的响声。蒸气在空中盘旋着，上升到一个极高的地方，犹如一只巨大无比的锅炉被突然打开了阀门。不过，不管湖里的水有多少，它终究会干涸的，因为湖水没法补充，而岩浆却源源不断，夹带着炽热的物质，不停地泻进湖中。

最早流进湖里的岩浆立刻就凝固了，它们堆积起来，很快就露出了水面。新的岩浆流在上面，也结成了岩石，并且逐步向湖的中心推进。这样便形成了一道湖堤，有把整个湖泊填满的危险。不过湖水倒不会溢出来，因为原本会漫过湖堤的那部分湖水已经化成了蒸气。空气仿佛被震耳欲聋的嗞嗞声撕得粉碎，水汽被风吹到海上，化作雨水落下来。湖堤越来越长，凝结的岩石块相互堆积起来。在原来平静的湖面上，出现了一堆巨大的、热气腾腾的岩石，好像是由于地壳的上升，使成千上万块暗礁露出了水面一样。大家可以想象一下飓风之中的惊涛骇浪突然因暴寒而凝结成冰的情景，就可以知道在不可阻挡的岩浆注入格兰特湖三个小时以后，这个湖泊会是什么样子。

这一次，看来水要被火打败了。

不过，岩浆注入格兰特湖，对于移民们来说是一件好事，他们可以有几天喘息的时间。眺望岗高地、花岗岩宫，以及造船场都暂时得到了保全。但是，他们要利用这几天来铺设船壳板和仔细填塞船缝，使船能够尽快下水，以便上船避难，至于索具，可以等船下了水以后再安装。由于岛随时随地都可能在爆炸中毁灭，因此在岛上已经没有任何安全可言了。虽然花岗岩宫一直是一个可靠的藏身之所，但是现在，它的花岗岩石壁每分钟都可能坍塌！

1 月 25 日至 30 日，也就是在接下来的六天时间里，移民们在造船时所干的活儿相当于二十个人的量。他们几乎一刻也不休息，火山口喷出的火光使他们即使在夜里也能工作。岩浆依旧在往外流，只是流量似乎比原先小了些。这真是万幸，因为格兰特湖几乎完全被填满了，要是再有新的岩浆流到凝结的岩石表面，那么它一定会溢到眺望岗高地，再从那儿流到海滩上去。

不过，虽然岛的这一部分得到了保全，但它的西部却完全被破坏了。

事实上，由于瀑布河河谷很宽，而且河两岸的地势又比较低洼，因此沿着瀑布河谷推进的第二股岩浆没有遇到任何阻碍，炽热的岩浆流就这样涌进了远西森林。一年中的这个时候，酷热天气已经把树脂烤得非常干燥，因此树木立刻燃烧起来。火不仅通过下面的树干蔓延，而且还以高处的树枝为媒介，这些树枝交叉在一起，更加快了火势扩大的速度。树顶的火势甚至比树脚下岩浆推进的速度还快。

动物们惊慌失措，美洲豹、野猪、水豚、考拉以及其他的飞禽走兽都朝气球港大道另一侧的慈悲河和冠鸭沼泽逃去。可是移民们手头的活儿太忙，连那些可怕的猛兽也顾不上提防了。他们已经离开了花岗岩宫，甚至也不到“壁炉”里去休息，只是在慈悲河河口附近搭了一个帐篷，在那里露宿。

赛勒斯·史密斯和热代翁·斯皮莱每天都要登上眺望岗高地。有时哈伯特会跟着他们，可彭克罗夫却从来不一起去，因为他不想看到海岛被彻底摧毁的悲惨景象。

这的确是一个令人心痛的场面。岛上所有原先被森林覆盖的部分现在都已寸草不生，只有盘蛇半岛的顶端还留着一丛绿色。奇形怪状的树桩零星地散落着，光秃秃的，被烟火熏得发黑。劫后的森林比冠鸭沼泽还要荒凉。岩浆已经流到了这里的每一个角落。过去郁郁葱葱的森林，现在却只剩下了一堆荒芜的火山凝灰岩。瀑布河和慈悲河的河谷里已经没有一滴水可以流进大海了，要是格兰特湖也完全干涸了的话，那么移民们就没有水可以解渴了。所幸的是，湖的南端没有遭到岩浆侵袭，并且形成了一个小水塘，岛上可以饮用的淡水全都在这里了。陡峭嶙峋的火山支脉在岛的西北面耸立着，宛若一只硕大的爪子贴在地上。对于移民们来说，此情此景是多么令人痛苦、多么可怕，又是多么令人伤心！不久以前，他们居住的这片土地还是那么肥沃富饶，上面覆盖着森林，穿行着河流，并且有着丰富的物产，可是转眼之间，这一切都化作了荒凉的山石，如果他们过去没有储备粮食，那么现在可能连吃的东西都找不到了！

“这景象真叫人心碎！”有一天热代翁·斯皮莱说。

“是啊，斯皮莱，”工程师回答他，“但愿老天爷给我们足够的时间造完这艘船，现在它是我们唯一的避难所了！”

“赛勒斯，你不觉得火山似乎在趋于平静吗？要是我没看错的话，它虽然还在喷岩浆，但喷得比以前少了！”

“这不说明什么问题，”赛勒斯·史密斯答道，“火山深处的地下火仍然非常猛烈，而且海水随时都可能灌进去。我们现在的处境就像是一群船上的乘客，船着了火，我们却无法将火扑灭，而且我们清楚这火早晚要烧到火药库！干吧，斯皮莱，干吧，别浪费时间了！”

又过了八天，直到 2 月 7 日，岩浆仍在不断地往外流，不过火山喷发却局限在明确的范围之内。赛勒斯·史密斯最担心的，是岩浆流到海滩上来，因为这样的话，造船场就难逃厄运了。不过这段时间，移民们都感觉到岛的地基在震动，这使他们极为担心。

这一天是 2 月 20 日。木船还需要一个月才能下水。岛能坚持到那个时候吗？按照彭克罗夫和赛勒斯·史密斯的打算，一旦船壳的密封程度达到了要求，就立刻让它下水。至于甲板、上层建筑、内部装修和索具，这一切都可以以后再说，最重要的是移民们必须在岛以外的地方拥有一个可靠的避难所。也许最好的办法是把船开到气球港去，让它远离火山喷发的中心，因为万一岛发生断裂，木船停在小岛和花岗岩石壁之间的慈悲河河口，就有可能被压得粉碎。所以，大家集中全力，制造船壳。

转眼到了 3 月 3 日，移民们估计再过十来天，就可以让船下水了。

大家的心里重新燃起了希望。在林肯岛的第四个年头里，他们经历了多少磨难啊！彭克罗夫一直因为他的领地遭到摧残和破坏而闷闷不乐，现在他似乎也从郁闷的阴影中走了出来。的确，他脑子里想的只有那艘船，这是他全部的希望。

“我们会把它造好的，”他对工程师说，“一定会，赛勒斯先生。真凑巧，秋天即将到来，再过几天就是秋分了。有必要的话，我们可以到塔波岛上去过冬！不过，在林肯岛上生活过以后再去塔波岛……

啊！真倒霉！谁能想到会发生这样的事情呢！”

“抓紧时间！”工程师总是一成不变地回答。

大家加紧工作，一刻也不敢怠慢。

“主人，”几天后纳布问，“要是尼摩船长现在还活着，您认为这一切还会发生吗？”

“会的，纳布。”赛勒斯·史密斯回答。

“我可不这么认为！”彭克罗夫在纳布的耳边低声说。

“我也一样！”纳布认真地说。

在 3 月份的第一个星期里，富兰克林山又变得危险起来。成千上万条玻璃丝状的岩浆如雨点般落到地上。岩浆重新从火山口溢出来，流遍了火山的山坡。它流过凝结了的凝灰岩表面，摧毁了在第一次火山喷发中幸存的那些枯树。这一次，岩浆顺着格兰特湖的西南岸，越过甘油河，侵入了眺望岗高地。对于移民们的劳动成果来说，这是最后的也是最可怕的打击。磨坊、家禽场和马厩里的一切都被毁了。受惊的家禽四处乱窜。托普和于普显得极度恐惧，它们本能地感到大难即将临头。岛上有许多动物在第一次火山喷发时就已经死了，幸存下来的都只能栖身于冠鸭沼泽，另一小部分则在眺望岗高地找到了安身之处，但是现在，这个避难所也向它们关上了大门。岩浆的洪流溢过花岗岩石壁，开始向海滩倾泻下来，形成了一道道火光闪闪的瀑布。这一景象既壮观又恐怖，简直无法用语言形容。到了夜晚，岩浆就如同流动着熔化金属的尼亚加拉大瀑布，上面是炽热的蒸气，下面是沸腾的岩浆。

移民们被迫撤到了最后的藏身之处，尽管木船上部的缝隙还没有填好，但他们还是决定立刻让它下水！

这项工作被安排在第二天，也就是 3 月 9 日的上午。于是彭克罗夫和艾尔通开始着手进行准备。

可是，就在 3 月 8 日的夜里，一股巨大无比的蒸气柱从火山口喷出，一直冲到三千英尺的高空，同时还发出惊天动地的爆炸声。显然，达卡洞里的石壁终于经不住气体的压力而崩裂了，海水沿着中央火山管流进了烈火熊熊的深渊，顷刻之间蒸发得无影无踪。可是，由于火山口没有足够的空间供这些蒸气排出，因此发生了一次震撼天地的大爆炸，即使远在一百英里以外的人也能听见它的声音。被炸碎的山石坠落在太平洋里，仅仅几分钟的工夫，林肯岛原先所在的地方就成了汪洋大海。

第二十章

一块孤立在太平洋里的岩石——林肯岛的移民们最后的避难所——步步逼近的死神——意外的获救——它为什么来？又是怎么来的？—— 最后的善举——陆地上的孤岛——尼摩船长之墓

现在唯一没有被太平洋的波涛所淹没的，只是一块孤立的岩石，它长三十英尺，宽十五英尺，高出水面还不到十英尺。

这也是花岗岩宫仅存的废墟。高大的石壁崩塌下来，裂成了碎块，原先大厅里的几块岩石堆积起来，形成了这块高出水面的礁石。而在爆炸中被撕碎了的富兰克林山下部火山锥、鲨鱼湾的腭状熔岩峡口、眺望岗高地、安全岛、气球港的花岗岩石、达卡洞的玄武岩石，还有距离火山喷发中心如此之远的长长的盘蛇半岛，这一切全都消失在了周围的深渊里。林肯岛只剩下了这块狭窄的岩石，它成了六位移民以及他们的爱犬托普的避难所。

所有动物同样也在这场灾难中丧生了，岛上的飞禽走兽不是被压死就是被淹死，连不幸的于普也在某一个地洞里罹难了！

赛勒斯·史密斯、热代翁·斯皮莱、哈伯特、彭克罗夫、纳布和艾尔通之所以能够逃生，是因为爆炸的时候他们都聚集在帐篷底下，而当被炸碎的海岛残片像雨点般到处落下的时候，他们则被抛到了海里。

移民们浮上水面后，只看见离他们半链远的地方有一堆岩石，于是他们就朝它游去，并且登上了它。

他们已经在这块光秃秃的岩石上度过了九天！除了灾难发生前他们从花岗岩宫的仓库里抢出的一些食品以及积聚在岩石低洼处的几滴雨水外，这些不幸的人就什么都没有了。他们最后的希望——那条木船——也已经被砸得粉碎。他们没有任何办法离开这块岩石。既没有火，也没有生火的工具。他们只有等死！

尽管移民们每天吃的东西仅能够维持生命，但到了 3 月 18 日，他们的粮食也只够吃两天了。面对这种情况，他们的学识和智慧都已无能为力。他们的命运掌握在上帝的手中。

赛勒斯·史密斯非常平静。热代翁·斯皮莱却十分焦躁，他和生着闷气的彭克罗夫一起，在岩石上来回踱着步。哈伯特坐在工程师身边，盯着他看，似乎在向他求救，而工程师也没有办法救他。至于纳布和艾尔通，他们看上去则一副听天由命的样子。

“啊！不幸啊！不幸啊！”彭克罗夫不住地说，“要是有什么东西能把我们渡到塔波岛去就好了，哪怕是一只核桃壳也行！可是没有，什么都没有！”

“尼摩船长死对了！”纳布说。

以后的五天，赛勒斯·史密斯和不幸的同伴们节省到了极点，他们只吃一点点东西，使自己不至于饿死。他们的身体非常虚弱。哈伯特和纳布甚至已经开始出现神志不清的症状。

在这样的情况下，难道他们还抱有什么希望吗？不会！他们还能有什么机会？盼望着一艘船出现在岩石附近？根据经验，他们清楚地知道，船只是不会到太平洋的这一带水域来的！指望苏格兰游船恰恰在这时候到塔波岛去接艾尔通？要是这样，那可真是天意安排的巧合了！不过没有这种可能，更何况移民们还没来得及把艾尔通搬家的消息送上塔波岛，因此即使苏格兰游船去了那里，船长搜遍全岛也不会有所收获，他只能往回行驶，到低纬度的地区去。

不！他们没有任何获救的希望！等待他们的只有死亡，在这块岩石上饿死或是渴死！

他们躺在礁石上，奄奄一息，对周围发生的一切全然不知。只有艾尔通还竭尽最后的力气，抬起头绝望地看着杳无人迹的海面！……

3月24日上午，艾尔通突然向远处的一个小黑点扬起了胳膊，他先是跪在地上，然后站起来，似乎是在用手发信号……

有一艘船出现在海面上！它并非漫无目的，而是开足马力，径直向礁石驶来。要是不幸的移民们还有力气巡视海面的话，那么他们早在几个小时以前就可以发现它了！

"是'邓肯号'！"艾尔通喃喃地说了一声，然后就倒了下去，不省人事。

经过细心的照料，赛勒斯·史密斯和同伴们终于苏醒了过来。他们醒来后，发现自己躺在一艘汽船的船舱里，也不知道是怎么死里逃生的。

不过艾尔通的一句话，使大家恍然大悟。

"是'邓肯号'！"他轻声说。

"'邓肯号'！"赛勒斯·史密斯答应道。

他举起胳膊喊道：

"啊！万能的上帝！这么说，是你让我们获救的！"

这艘船的确是格里那凡勋爵的游船"邓肯号"，现在指挥着它的是格兰特船长的儿子罗伯特，他奉命驾船去塔波岛，把赎了十二年罪的艾尔通接回国！……

移民们得救了，他们现在已经在回家的路上了！

"罗伯特船长，"赛勒斯·史密斯问，"你在塔波岛没有找到艾尔通，离开那里之后，怎么会又想到到东北一百英里以外的地方来呢？"

"史密斯先生，"罗伯特·格兰特回答说，"我们要寻找的不仅是艾尔通，还有你和你的同伴们！”

“我和我的同伴们？”

“不错，在林肯岛上！”

“林肯岛！”热代翁·斯皮莱、哈伯特、纳布和彭克罗夫都惊讶到了极点，他们不禁异口同声地叫道。

“你是怎么知道林肯岛的？”赛勒斯·史密斯问，“这座岛的位置连地图上都没有！”

“我是看到了你们留在塔波岛上的信之后才知道的。”罗伯特·格兰特答道。

“信！”热代翁·斯皮莱叫着说。

“是的，你们看。”说着，罗伯特·格兰特拿出一张纸条，上面除了标有林肯岛的经度和纬度，还写着：“现在艾尔通和五位美国移民就住在那里。”

赛勒斯·史密斯看了纸条之后，认出它的笔迹和畜栏里那封信的笔迹一样，于是他说：“是尼摩船长写的！……”

“啊！”彭克罗夫说，“原来是他驾驶着‘乘风破浪号’，独自前往塔波岛的！……”

“就是为了去送这封信！”哈伯特应声说。

“我说的不错吧，”水手叫道，“即使船长去世了，也会帮我们最后一次忙的！”

“朋友们，”赛勒斯·史密斯用极其激动的口吻说，“愿仁慈的上帝接受我们的恩人尼摩船长的灵魂！”

听到赛勒斯·史密斯的这句话，移民们都脱下帽子，低声吟诵着船长的名字。

这时候，艾尔通走近工程师，简单地说：

“把箱子放在哪里？”

原来在岛沉没的时候，艾尔通冒着生命危险，把这只箱子抢救了出来，现在，他忠实地把它交还给工程师。

“艾尔通！艾尔通！”赛勒斯·史密斯深受感动地叫着他的名字。

接着，他又对罗伯特·格兰特说：

“先生，你们在塔波岛上留下的是一个罪犯，接回来的却是一个悔过自新的诚实人，我为自己曾经帮助过他而感到自豪！”

就这样，罗伯特·格兰特知道了尼摩船长和林肯岛移民们的传奇故事。接着，大家测定了这块礁石的方位，从此，它将永远被标在太平洋的地图上。工作完成之后，船长便下令掉头返航。

半个月后，移民们登上了美洲大陆的土地，回到了恢复和平的祖国。经过那场可怕的战争，正义和法律终于获得了胜利。

林肯岛的移民们利用尼摩船长留给他们的那一箱财宝中的大部分，在艾奥瓦州购置了一块很大的土地。但他们把财宝中唯一的也是最美丽的珍珠留了下来，以被“邓肯号”救回祖国的落难者的名义，赠送给了格里那凡夫人。

移民们一直希望能够在林肯岛上盛情款待客人；现在，他们把这些客人全都请到了他们购置的土地上，让他们和自己一起劳动，换句话说，让他们和自己一起追求财富和幸福。他们建立了一个幅员辽阔的移民区，并用沉没在太平洋深处的那个岛的名字为它命名。在那块土地上，有一条小河叫慈悲河，有一座山叫富兰克林山，有一个小湖叫格兰特湖，有一片森林叫远西森林。这块土地就好像是陆地上的岛。

工程师和同伴们用他们充满智慧的双手，使这里的一切都变得欣欣向荣。林肯岛以前的移民们全都在，因为他们曾经发誓要永远生活在一起：对于纳布来说，主人走到哪里，他就跟到哪里；艾尔通则随时准备为大家效劳；彭克罗夫这位过去的水手现在更像是一个农民；而哈伯特也在赛勒斯·史密斯的指导下完成了学业。至于热代翁·斯皮莱，他创办的《新林肯岛先驱报》是世界上消息最灵通的报纸。

在这块土地上，赛勒斯·史密斯和同伴们接待了许多客人的来访，其中有格里那凡勋爵和夫人、约翰·孟格尔船长和夫人——罗伯特·格兰特的姐姐，以及罗伯特·格兰特本人、麦克·纳布斯少校，还有所有与格兰特船长以及尼摩船长的故事有关的人。

在这里，每个人都非常幸福，大家还是像过去一样团结；不过，他们永远也忘不了那座海岛，他们刚到那里时一无所有，在整整四年的时间里，是海岛满足了他们生存的需要，而现在，它却只是一块听任太平洋波涛拍打的花岗岩礁石，只是一个曾经叫尼摩船长的人的坟墓。

经典译林

Yilin Classics

名	单价	书名	单价
症楼	78.00 元	艾青诗集	35.00 元
的教育	39.00 元	爱丽丝漫游奇境	29.00 元
娜 · 卡列尼娜	65.00 元	安徒生童话选集	42.00 元
慢与偏见	36.00 元	奥德赛	92.00 元
十天环游地球	32.00 元	巴黎圣母院	42.00 元
洋淀纪事	39.00 元	百万英镑	35.00 元
法利夫人	38.00 元	悲惨世界（上、下）	98.00 元
影	28.00 元	被侮辱与被损害的人	39.00 元
城	36.00 元	变色龙：契诃夫中短篇小说集	39.00 元
得 · 潘	35.00 元	变形记 城堡	38.00 元
叶集：惠特曼诗选	39.00 元	茶馆	32.00 元
花女	35.00 元	查拉图斯特拉如是说	38.00 元
思录	29.00 元	城南旧事	29.00 元
牛大王历险记（插图版）	35.00 元	大卫 · 科波菲尔（上、下）	79.00 元
代英雄	45.00 元	稻草人	29.00 元
心游记	32.00 元	飞鸟集 · 新月集：泰戈尔诗选	39.00 元
向太空港	39.00 元	福尔摩斯探案集	58.00 元
活	42.00 元	傅雷家书	49.00 元
兰克林自传	36.00 元	钢铁是怎样炼成的	39.00 元
老头	39.00 元	格列佛游记	35.00 元

书名	单价	书名	单价
格林童话全集	49.00 元	给青年的十二封信	38.00 元
古希腊悲剧喜剧集（上、下）	118.00 元	海底两万里	38.00 元
红楼梦	69.00 元	红与黑	49.00 元
呼兰河传	35.00 元	呼啸山庄	39.00 元
基督山伯爵（上、下）	108.00 元	纪伯伦散文诗经典	42.00 元
寂静的春天	35.00 元	假如给我三天光明	32.00 元
简·爱	39.00 元	金银岛	35.00 元
经典常谈	29.00 元	荆棘鸟	45.00 元
静静的顿河	128.00 元	镜花缘	49.00 元
局外人·鼠疫	38.00 元	菊与刀	35.00 元
克雷洛夫寓言	32.00 元	宽容	32.00 元
昆虫记	39.00 元	老人与海	32.00 元
理想国	45.00 元	聊斋志异	55.00 元
了不起的盖茨比	38.00 元	列那狐的故事	39.00 元
猎人笔记	38.00 元	林肯传	39.00 元
柳林风声	36.00 元	鲁滨逊漂流记	39.00 元
鲁迅杂文选集	36.00 元	绿野仙踪	32.00 元
绿山墙的安妮	36.00 元	论人类不平等的起源和基础	35.00 元
罗马神话	16.80 元	罗生门	39.00 元
骆驼祥子	32.00 元	美丽新世界	35.00 元
秘密花园	36.00 元	名人传	39.00 元
木偶奇遇记	35.00 元	拿破仑传	49.00 元
呐喊	29.00 元	牛虻	38.00 元
欧·亨利短篇小说选	36.00 元	欧也妮·葛朗台	32.00 元

名	单价	书名	单价
徨	32.00 元	培根随笔全集	38.00 元
（上、下）	88.00 元	普希金诗选	42.00 元
鹅旅行记	36.00 元	乞力马扎罗的雪	39.80 元
爱生命 · 海狼	38.00 元	人间草木：汪曾祺散文精选	49.00 元
索寓言：555 则	36.00 元	人性的弱点	39.00 元
类群星闪耀时	36.00 元	儒林外史	42.00 元
瓦戈医生	68.00 元	三国演义	59.00 元
个火枪手	59.00 元	莎士比亚喜剧悲剧集	49.00 元
乡年鉴	42.00 元	神秘岛	48.00 元
年维特的烦恼	28.00 元	十日谈	68.00 元
曲（共三册）	128.00 元	双城记	45.00 元
说新语（上、下）	89.00 元	受戒：汪曾祺小说精选	46.00 元
世同堂（上、下）	78.00 元	水浒传	69.00 元
丝	39.00 元	宋词三百首	39.00 元
美书简	36.00 元	谈美	35.00 元
姆叔叔的小屋	45.00 元	汤姆 · 索亚历险记	32.00 元
吉诃德	78.00 元	唐诗三百首	39.00 元
年	38.00 元	天方夜谭	42.00 元
尔登湖	36.00 元	童年 · 在人间 · 我的大学	49.00 元
合之众	35.00 元	我是猫	39.00 元
都孤儿	44.00 元	物种起源	42.00 元
游记	62.00 元	西顿野生动物故事集	38.00 元
达多	32.00 元	希腊古典神话	49.00 元
土中国	36.00 元	小妇人	45.00 元

书名	单价	书名	单价
小王子	29.00 元	星星离我们有多远	35.00 元
喧哗与骚动	58.00 元	雪国　古都	39.00 元
羊脂球	38.00 元	一九八四	36.00 元
一间自己的房间	36.00 元	伊利亚特	82.00 元
尤利西斯	58.00 元	月亮和六便士	45.00 元
约翰·克利斯朵夫（上、下）	98.00 元	朝花夕拾	22.00 元
战争论	45.00 元	战争与和平（上、下）	108.00 元
子夜	49.00 元	中国民间故事	39.00 元
罪与罚	66.00 元	最后一课	36.00 元